敢问库布其

马玉明　吕　荣◎著

内蒙古出版集团
远 方 出 版 社

图书在版编目(CIP)数据

敢问库布其/马玉明，吕荣著.—呼和浩特：远方出版社，2014.7
ISBN 978-7-5555-0208-1

Ⅰ.①敢… Ⅱ.①马… ②吕… Ⅲ.①报告文学—中国—当代 Ⅳ.①I25

中国版本图书馆CIP数据核字(2014)第140605号

敢问库布其

作　　者　马玉明　吕　荣
总 策 划　苏那嘎
责任编辑　云高娃
封面设计　晓　乔
版式设计　韩　芳
出版发行　内蒙古出版集团　远方出版社
社　　址　呼和浩特市乌兰察布东路666号
　　　　　(电话 0471—2236466　邮编 010010)
经　　销　新华书店
印　　刷　内蒙古爱信达教育印务有限责任公司
开　　本　710×1000　1/16
字　　数　357千
印　　张　25
版　　次　2014年7月第1版
印　　次　2014年7月第1次印刷
印　　数　1—30 000册
标准书号　ISBN 978-7-5555-0208-1
定　　价　48.00元

目录

引　子

他得有两副脑子，两挂肠子

“马教授，我吕荣。”

2012年10月的一天，电话里传来鄂尔多斯市林业局总工吕荣的声音。吕荣是马教授多年的老朋友，只是近两年各自穷忙，疏于联系。他来电话肯定又是有什么课题要鉴定，于是马教授笑着应答：“吕总，有何指示？”

吕荣还是那么高喉咙大嗓门，讲话像是作报告：“马教授，咱们再合作一把，写一部长篇报告文学。”

“什么？报告文学？”马教授的神经一下子有点紧张，“吕总，咱们搞自然科学的，写报告文学可是越界呀！”

“怕什么？人要是不敢想不敢干，一辈子还能做成甚事？再说，咱们是从科学知识和技术原理方面写，咱们不写，文学作家又写不出来，所以根本不存在什么越界呀抢饭碗的事，不要有顾虑！库布其是我国八大沙漠之一，是离北京最近的沙漠，风沙紧逼北京城让我们内蒙古人羞愧得抬不起头来。洪水把库布其的沙子冲进黄河形成沙坝，使黄河水倒灌，几次淹了包钢的进水口。严重时，库布其每年涌入黄河的沙子高达1.6亿吨！黄河是咱们中华民族的母亲河，可是我们中华儿女却把黄河变成世界上最大的‘悬河’、‘害河’，惭愧啊惭愧！”

吕荣说得很动情：“库布其的治理一直是鄂尔多斯生态建设的最大难题，所以多少年来人们一直是怕问库布其，改革开放以来开始试问库布其，现在我们已经基本上把库布其治理了。报告文学的书名我都想好了，就叫《敢问库布其》！沙漠也正是咱们俩的专业。”

“‘敢问’？”马教授在电话里沉吟着，“‘敢问’是一个谦词，表示我们对沙漠对自然的谦恭、敬畏，这个词用得好！”

提到沙漠，就触到马教授心里最柔软的地方，马教授开始犹豫了：“可是，我手边正搞一套44卷……”没等马教授说完，吕荣就打断马教授的话：“马教授，对不起，打断一下，我都打听好了，那套《通典》就是你《内蒙古资源大辞典》的翻版，完全是重复性劳动。在内蒙古你是出书最多的教授，早已著作等身，再干重复性工作完全是浪费生命！”

吕荣在打电话的同时，从网上发来他们2009年使用无人机航拍的库布其沙漠正射影像图。“马教授，你看这张图，库布其沙漠尾部全部穿上了绿装，中部南北锁边、10条孔兑（蒙古语“干沟或季节性河流”）绿廊、5条穿沙公路绿带形似穿上了捆扎紧身的霓裳，头部戴上了多条孙悟空的紧箍咒，一条活蹦乱跳的沙漠巨龙被捆、绑、裹、扎得严严实实，乖乖地躺在原地，昔日那种南侵、北扩、东伸、西延的嚣张气焰消失殆尽。马教授，你是‘鄂尔多斯通’，又是沙漠学教授，这样的治沙成果、用沙成效、管沙成就，何不提笔重绘呢！因为苍龙今天已经被缚住了，如不，于人于理于事都说不过去！”

吕荣讲得马教授心动了。是啊，库布其沙漠，马教授是再熟悉不过了，一看这张图，更是直观、客观。库布其沙漠，现在已经是世人皆知，全球瞩目。它的变化，是我们这个伟大时代进步的缩影，也蕴含着人类社会与沙漠和谐对话的真正开始，意义非凡。

停顿了一下，吕荣的声音忽然柔和起来：“文坛有句名言，就知识量而言，十篇小说或许都不及一篇论文；但就影响力而言，恐怕十篇论文也不及一篇小说。文学作家写沙漠是花花哨哨很好看，但是咱们专业人员看着总不过瘾。马教授，我一直没有忘记几年前的约定，咱们合作写一部有关沙漠方面的文学作品。我知道，这个世界只有你能把沙漠写得非常美丽，能写出沙漠的内涵和价值。这次就是要发挥你这个教授、科普作家的长处，用科学纪实文学的形式，以科学美的无穷魅力，阐述治理沙漠的科学道理和趣闻轶事，相信大家更关注这些热点。另外，库布其沙漠这几十年的变化实在太大了，好多情景历历在目，不把我们这一代治沙人，尤其是企业家们对库布其沙漠治理的理念、方法和感悟写出来，让我寝食难安。”

马教授被感动了，为他们这么多年的情谊，也为马教授内心深处的沙漠情结。

几天后，吕荣告诉马教授，丁崇明局长已经同意把写作《敢问库布其》作为局里的一项宣传工作，但是丁局长并不看好这本书，同意得很勉强。马教授问为什么。吕荣犹豫了一下告诉马教授，丁局长的原话讲：“你是搞专业的，马老师是做学问的，都是搞自然科学的。你们要想写好报告文学，除非他得有两副脑子，两挂肠子！”

丁崇明的话不是没有道理。文学作品靠的是形象思维，科技作品靠的是逻辑思维。习惯逻辑思维的人写形象思维的东西，这无疑是一次难度不小的挑战。马教授感到心里的压力很大，但少年时代的文学梦又时隐时现，渐渐膨胀。

20世纪80年代，马教授和内蒙古人民出版社打交道多，全社员工上上下下他认识一多半。但这些年人民社的领导换得像走马灯似的，反倒是远方出版社经常有事找马教授。一天，远方出版社苏那嘎社长问马教授现在忙什么，马教授迟疑了一下，就把《敢问库布其》的事情告诉他，没想到他竟高兴地跳起来，连声说：“生态建设是我们内蒙古的头等大事，出版生态特色图书是我社的强项，生态特色系列图书是我社的品牌，我们合作。咱们一言为定。”

几天后，苏那嘎社长电话告诉马教授，他已向出版局领导汇报了《敢问库布其》创作出版事宜，局领导非常高兴，表示全力支持。

局领导还强调，专家、教授写文学作品，可能是“十二五”生态文明建设的新动向和生力军，值得关注和支持。

此后，苏那嘎社长每隔几天就会给马教授打电话，询问书稿的大纲和进度。当初，马教授在向苏社长说《敢问库布其》选题的时候，心里还略有几丝犹豫，但现在已经是没有退路了。于是，马教授和吕荣商定，先积累素材。马教授草拟写作大纲，吕荣负责采访提纲。

几十年来，马教授去过库布其几十趟，吕荣说他记不清是几百次了。既然报告文学是“用脚走出来”的文学，需要靠实地采访，马教授和吕荣约定按报告文学的内容和架构，于2013年6月，从库布其沙漠东头慢慢走到最西边，找点形象思维的感觉。

第一章

库布其，弓上的弦

一、地球“金腰带”上的库布其

2013年6月12日，鄂尔多斯市林业局总工吕荣如约来呼和浩特接上马教授，正式开始他们第一次的库布其沙漠采风。司机杨勇刚以前就认识，同行的还有鄂尔多斯市林业局蒙汉兼通的林学硕士格希格图，这样他们到牧区就有翻译了。吕荣告诉马教授，库布其沙漠所分布的准格尔旗、达拉特旗、杭锦旗3个旗的林业局都已经打好了招呼。随车还带了照相机、录音笔、打印机、全球定位系统、3台笔记本电脑和准备给采访对象赠送的书籍、礼品等，4个人坐一辆斯巴鲁车，1个月要用的东西塞得满满的，居然还备有马教授路上想喝的2瓶酒。看着吕荣忙碌的身影，马教授忽然有了新的感触：这个魁梧的鄂尔多斯汉子心可真够细的。

早上从呼市出发，小车沿着呼准（呼和浩特市至准格尔旗）高速公路行驶。公路两旁的土默川平原一望无际，绿油油的玉米、向日葵等农作物铺陈大地，景观优美如画，像巨大的绿色地毯覆盖在广袤的平原上，令人心旷神怡。

他们在车上一路谈思路、聊变化，不知不觉来到黄河东岸，抬头望去，河对岸有一处金灿灿的大沙山。

“马教授，你看那是什么？”吕荣指着沙山说，“库布其沙漠的尾端就在我们眼前。”

“你不是说库布其沙漠尾端全治理了吗？”

“这一点你到时候就知道了。”

他们采访的第一站就是准格尔旗。

从呼和浩特市往西110公里，一过黄河就是位于鄂尔多斯高原的准格尔旗。吕荣讲，如果把库布其沙漠比作横卧在鄂尔多斯高原北部一条黄龙，这条黄龙是头大尾巴小，西部的龙头宽处60多公里，东部的龙尾窄处不到10公里。他们这次的采访就从东部龙尾巴的准格尔旗开始。

库布其沙漠的形状像一个细长细长的梯形，既直又规整，东西虽然长达400公里，西、北、东三面竟然不可思议地均以黄河为界。“库布其”为蒙古语，意思是“弓上的弦”。黄河犹如一张巨大的弓臂，库布其就是这张弓臂上的弦。因为库布其的东、西两头都系在黄河上，中间直直的沙带和北边弯弯的九曲黄河又始终保持着十里八里的距离，黄河、黄沙色彩辉映，阳光下金光闪烁，再加上黄皮肤的黄种人的浪漫想象，所以库布其酷似黄河弯弓上的一道弓弦。自然界这种奇妙的地貌组合令人惊讶，更惊讶的是这种奇妙的地貌组合恰恰就发生在弯弓射大雕的“一代天骄”成吉思汗的长眠之地——鄂尔多斯。

路上，吕荣也感慨地谈到蒙古语怎么能这么形象地把库布其比作弓上的弦。马教授多年当老师的臭毛病又发作了，故意问吕荣是否知道这个说法的出处，没料到吕荣想了想竟然答出来了：“是《可爱的鄂尔多斯（概况版）》，你写的第一章自然概况里提到的。”

“那你知道是谁告诉我的吗？”

吕荣摇了摇头。

考住了鄂尔多斯这个“活字典”，马教授不由得又卖弄一下：“是图佈陞宝局长。”吕荣又摇了摇头，眼神里有几丝期许。“那是1983年，我刚从盟林业局借调到盟科委，夏日书记把我借调到宣传部主持编写《可爱的鄂尔多斯》。图佈陞宝是伊克昭盟（2001年改为鄂尔多斯市）蒙古族四大才子之首。一天，林业局图局长在路上喊住我，问我是不是在写一本有关鄂尔多斯的书。就是那次图局长告诉我，'库布其'在蒙古语中的意思是'弓上的弦'，是黄河弯弓上的弦，于是我赶紧写到书里。现在地球人都知道'库布其'的蒙古语意思是'弓上的弦'，但没有人知道谁是原创作者。"

是啊，斗转星移，世事更新，吕荣能记得是马教授把'库布其'是蒙古语'弓上的弦'第一次写进书里也不容易了，你还能指望大家都知道它的原创者是图佈陞宝吗？

沉默中，吕荣忽然一拍马教授的手："有弓臂有弓弦就是一张完整的弓，那箭呢？箭就是一条条穿沙公路和治理后绿色的十大孔兑，它们就是库布其射出的一支支利箭，直指阴山山脉！"

一阵笑声过后，吕荣又说："库布其是蒙古名汉译，多年来学术界和习惯上都用的是'库布齐'，'整齐'的'齐'。可是亿利集团的王文彪老板用的是'库布其'，是'其他'的'其'，而且联合国也跟着王文彪用'库布其'。咱们这本书怎么处理这个问题？"

马教授不答反问："我听说鄂尔多斯市政府办公会议专门规定过库布其的汉字用法，有没有？"

"没有。有的话，我还能不知道？"

"那这个问题这么办。土壤学术界规定，砂字用石字旁的砂。我和马世威教授编写《沙漠学》时就规定：在高温高压的地质部分用石字旁的砂，此外全书都用三点水的'沙'字。这是个体例问题，体例首先要为作品服务，其次是一本书体例一定要统一。"

"那咱们这本书你打算怎么用？"

"全书统一用'库布其'。现在从官方一直到联合国都用'其'字，咱们这部书就用'库布其'。"

库布其沙漠是中国第八大沙漠，也是距北京最近的沙漠。

库布其沙漠地势南部高，北部低。其南部为构造台地（硬梁地），海拔为1300～1700米；中间为覆盖在河成阶地上的风成沙丘，海拔为1100～1300米；北部为沿黄河的河漫滩地，海拔1000～1200米。从黄河的河漫滩地到南部的硬梁地不足100公里的距离，高差竟达500米左右。

沿黄河北部的河成阶地，是鄂尔多斯市重要的农业垦殖区。三级阶地和二级阶地为剥蚀—淤积阶地，一级阶地及河漫滩为淤积阶地。一级阶地与河漫滩高差很小，有的地段黄河水位还高出地面10多米。建国以后，在黄河和库布其之间的狭长阶地上，已建成东西向的黄河南干渠250公里，引黄灌溉使沿黄河地带成为内蒙古重点产粮基地之一。沿河地区从东部的吉格斯太乡到西部的乌兰乡，素有“吉格斯太到乌兰，海海漫漫米粮川”的美誉。

现在，这个黄河上最大的“几”字湾南岸，已经是著名的鄂尔多斯国家商品粮基地。它的面积虽然仅占鄂尔多斯市国土面积的4%，但高效灌溉农田占80%以上。到目前为止，该区分布着现代化程度很高的高产田、复合田、吨粮田、特色田等。从东往西有五家尧、白泥井、五股地、解放滩、独贵塔拉、吉尔格朗图等，它们通过土地整理、水权转换、维蒙特自走式喷灌、测土配方、特色种植、集约经营，成为引领农业现代化的排头兵，真正实现了“海海漫漫米粮川”的梦想。

虽然库布其沙漠东、西仅有400公里，但这400公里不仅和黄河有天作之合，而且还诡异地分布在我国干草原、半荒漠、荒漠3个生物气候带的分界线上。由于自然条件的差异，库布其沙漠从东向西又可分为景观各异的东、中、西三段。

东段西起达拉特旗的罕台川，东抵准格尔旗的黄河边；中段指达拉特旗的罕台川以西，杭锦旗毛布拉孔兑以东的地区。东、中段属于温带半干旱区干草原栗钙土地带，干草原植被。西段分布于杭锦旗毛布拉孔兑以西，该段沙漠由北、南二支组成。西段的西部为温带干旱区半荒漠棕钙土地带，荒漠草原植被，西北部为温带干旱区荒漠灰漠土地带，草原化荒漠植被。

库布其沙漠西、中、东三段的划分，使这条沙漠黄龙的龙头、龙身、龙尾各具特色。龙尾、龙身雨量较多，龙头雨量较少，但热量丰富。尤其是雨量较多的龙尾、龙身部有发源于鄂尔多斯高原中央脊部的十大孔兑，由南而北切穿库布其沙漠，进入黄河滩地，最后汇入黄河。十大孔兑从东向西依次是呼斯太沟、东柳沟、母花沟、哈什拉川、壕庆河、罕台川、西柳沟、黑赖沟、布尔太沟、毛布拉沟，均为季节性河流。

中段库布其沙漠从毛布拉孔兑东至罕台川以西，中间横穿5条孔兑。5条孔兑有三大特点，即流水不断的黑赖沟、洪峰最大的西柳沟、河床最高的罕台川。

东段库布其沙漠也有5条孔兑横穿其中。其特点是母花沟和壕庆河2条孔兑尾端未入黄河，虽然穿越库布其沙漠，但到沿河滩上就消失了。

十大孔兑还有个特殊的现象，西岸沙丘高大，部分沙丘落沙坡脚已进入沟川。而东岸大多是砒砂岩裸露的崖岩。一沟相隔，差异如此悬殊，主要是常年盛行的西北风和暴雨形成山洪的杰作。

横卧在黄河"几"字形弯弓弦上的库布其沙漠，由于和黄河千年携手，同枕共眠，一沙和一水的导热系数的差异，在小环境内筑成新的大气环流。

无论是炽热的夏午，还是寒冷的冬夜，相距咫尺的沙漠和水系，形成了悬殊的气压差。当大家进入沙漠北沿，总感觉狂风飕飕，不时看到沙丘脊线上有风沙流飞扬，这就是特殊的地理环境造就的特殊的小气候现象。而在库布其南缘，气候截然不同，风小，沙丘平缓稀疏，植被状况好于北缘。所以，库布其沙漠中，北缘沙丘高大密集，常以高大的新月形沙丘链、格状沙丘、梁窝状沙丘雄踞其上，甚至惊现金字塔沙丘。

各大沟的特点是沟长、坡陡、夏汛、冬枯、含沙量大。如西柳沟最大含沙量1550公斤/立方米，年最大输沙量达1760万吨。十大孔兑多年平均输沙量达3855万立方米，整个鄂尔多斯地区，包括库布其沙漠的南部，沙化严重时年输入黄河的泥沙量最高达1.6亿吨！这些沙物质输入沿河滩地，埋压农田，淤积黄河。如1961年8月20～23日达拉特旗南部的一次暴雨，各孔兑均出现较大洪峰，巨大的山洪通过库布其沙漠，携带大量泥沙冲向黄河，使达拉特旗北部平原的四村到吉格斯太镇10个乡共97个自然村的2万多农户遭受巨大损失，所有水利设施被山洪洗劫一空，新民堡乡的永和、八顷圈子、杨家营子、檐营子等著名的产粮区约3.75平方公里范围变成覆沙1～2米厚的荒滩。其中，西柳沟的泥沙一度阻塞黄河，在黄河里横筑沙坝，使水倒流，淹没了包钢的进水口！

沙漠的主角是绵延起伏的沙丘。库布其沙漠的沙丘几乎全部是覆盖在第四纪河流淤积物上。在河漫滩上分布着一些零星低矮的新月形沙丘及沙丘链，高度多数在3米以上，移动速度较快；一级阶地沙丘高度5～10米不等；一级与二级阶地之间沙丘明显高大，一般为10～20米，最高达25米；二级与三级阶地的过渡区，沙丘特别高大，可达50～60米；三级阶地上多为缓起伏固定沙丘，流沙较少，呈小片局部分布。

库布其的沙丘形态以新月形沙丘链和格状沙丘为主，其次为复合型沙丘、抛物线状沙丘、灌丛沙丘、梁窝状沙丘和金字塔沙丘。20世纪70年代末，流动沙丘占沙漠总面积的61%，半固定沙丘占12.5%，固定沙丘占26.5%。固定和半固定沙丘多分布于沙漠边缘，并以南部为主。

准格尔旗地处内蒙古自治区西南部，鄂尔多斯高原东端，蒙、晋、陕三省交界带。全旗总面积7692平方公里，总人口36.61万人。旗政府所在地薛家湾距呼和浩特市110公里，距钢城包头市180公里，北、东、南均为黄河环绕，黄河过境长度197公里。

准格尔旗以资源富集闻名全国。煤炭探明储量约544亿吨，且地质构造简单、埋藏浅、煤层厚、低瓦斯、易开采，发热量均在6000大卡/千克以上，为优质的动力煤和化工煤；石灰石总储量50亿吨，品位高，氧化钙含量达52.92%；铝矾土总储量1亿吨，矿层稳定，品位呈现铝高硅低的特征。此外，高岭土、硫铁矿、白云岩、石英砂的储量也相当大，特别是煤层气的储量十分可观，属国内罕见的煤化工资源。

2012年，准格尔旗实现地区生产总值突破千亿元，达到1000.4亿元，全旗财政总收入达到242.93亿元，人均地区生产总值达到271111元。2012年，准格尔旗位列全国县域经济百强县（市）第十位，继续位于西部百强县第一位。

准格尔旗林业局于忠芳局长在办公室热情地接待了马教授一行。

这是他们采访的第一位主人公。显然，于局长也做了充分准备，只见他拿出一摞文件，条理分明地按吕总事先的电话要求汇报起来。马教授一边记着要点，一边打量着于局长，只见他身材魁梧，皮肤白皙，神态儒雅，说话不紧不慢，眼睛里始终透着一股笃定和笑意。马教授忽然又一次明显地意识到，这就是鄂尔多斯人，富起来的鄂尔多斯人不论做什么工作，不论职位高低，他们的举止言谈都充满自信，话里话外皆洋溢着自豪。

于局长讲，准格尔旗土地总体情况是“七山两沙一滩地”。治理沙漠是受农牧民欢迎的。经过这十几年的努力，库布其沙漠在准格尔旗的黄龙尾巴已经被他们完全治理了，全旗植被覆盖度达到72.6%，森林覆盖率达到31.6%。对于整个大沙丘来说，现在能看见沙子的地方仅仅是个别背风坡，从沙丘迎风坡是看不见明沙的。

今后在库布其沙漠治理方面，重点已经不是治理明沙，主要还是提高林分质量，从而提高治理沙漠的效益和档次。为此他们专门保留了一块大沙丘，在黑圪烙湾和黄河对岸的托克托县建了一个沙漠神泉旅游度假村。一些城里人和南方人没见过沙漠，没见过黄河，所以故意留下一块沙漠当成景观，开发成旅游区，现在这个黄河景观和沙漠景观一体化旅游点火得很。

马教授突然想起在快到准格尔旗时吕荣给他留下的悬念，原来那一处光秃秃的沙山是作为旅游用的景点而故意留下的。

于局长介绍，准格尔旗现在已由农业大旗转变为工业大旗，三次产业经济结构比例为0.9∶64∶35.1，企业用地势头日兴，这也给现在的治沙带来了一些新问题。问题就是农牧民在治理库布其沙漠的过程中开始选择树种，把选择树种跟他们的利益联系在一起。他们认为沙柳回报率少，所以开始种植经济林，这个问题是从2010年开始的。2010年之前他们关注的是生存环境，2010年以后他们关注的是生活质量，开始关注征地利益，意识到经济林征地补偿金额要比其他林地高很多，对他们有利。2005年开始实施的22万亩日元贷款项目，农牧民都很愿意种植沙柳，但是今年有个1.5万亩的日元贷款项目，受到当地农牧民的阻拦，不让种植沙柳，要种植就种植樟子松、杏树等树种，因为这些树种经济价值高，征地补偿费高。

准格尔旗林业局副局长、正高级工程师白玉峰笑眯眯地补充："现在准格尔旗个人出资造林的趋势异常突出，是因为矿区征收农民土地时，有林地要比荒地的征地价格高几倍，所以农牧民为了获得更多征地补偿，都积极地在自己的土地上栽树，所以总体来讲，现在的准格尔旗的丘陵沟壑区到处都是绿绿的，是当地农牧民自掏腰包种植的，矿区开发逆向拉动了生态建设造林绿化。大致情况是要征刚种植的一棵杏树50元，小型果树200元，中型果树，就是已形成树冠的400～500元，大型果树800～1000元，1米高的针叶树200元，2米多的就是四五百元。"

这哪是种树，完全是种钱啊！大家不由得都有些感慨。富裕县出现的问题都带着"富"字。

马教授停下手中的笔，抬头看着白局长。白局长方方的脸上带着微笑，加上慢条斯理的语速，一看就是个有主意、有见解的男子汉。

"不过现在的情况有些变化，"于忠芳局长插话，"现在有些企业的做法是征地不按绿化树种算，那样既麻烦又花钱多，而是按人头算，征一个人的地给100万。"

吕荣忽然想起一件事："白局长，我想问一问曾经在飞播时发生的药物中毒事件，这个影响大不大？我是指对治理库布其沙漠的影响，对林业生态建设工程的影响？"

白玉峰局长说："没有影响。当时搅拌飞播包衣种子的时候，用的是当地农牧民，农牧民没有按照要求去做防护措施，所以皮肤上出现了一些过敏现象。农牧民是想通过这件事弄点钱，才闹了点事。"

吕荣又问："重点工程实施以前和以后对治理库布其沙漠的比例是多少？前面治了多少？后面治了多少？"

白局长说："主要还是重点工程启动以后，之前也就是治理了1/3，启动以后是2/3。重点工程启动之前主要治理沙漠边缘地带好治理的地块，启动后主要治理沙漠的大沙远沙地带。在治理库布其中，林场作用也很大。重点工程启动之前布尔陶亥治沙站治理了20多万亩，工程启动以后飞播大概是20多万亩，总共治理了60多万亩。

“通过治沙带来以下几方面效益：整个准格尔旗范围内的明沙基本治住，使人们免遭风沙；库布其沙漠边缘上的农田基本上摆脱了风沙侵入，保护农田的作用非常明显；农牧民打草、采种子、卖枝条等收入增加了很多。过去刚修完的路不到一两个月就被沙子埋了，路不通，煤炭拉不上来，农牧民只能砍掉在沙丘上已经栽活的沙蒿、沙柳烧火，形成一个恶性循环。再有，对于国有林场来说，过去那些明沙都是规划上的国有林场地，通过治沙，这些地块确确实实变成了国有林场的林地了。现在沙尘暴或扬沙天气的沙子都是远处飘过来的，本地沙子已经固定住了。”

吕荣说：“把沙子治理以后，有没有反弹现象？反弹的主要表现是什么？”

白局长说：“有。主要表现是偷牧，农牧民半夜把羊赶到林地。这个问题很矛盾。禁牧真不容易。现在禁牧的效果非常好，沙是治住了，草长得老高老高，不让放牧，那是白白地浪费资源；让放牧吧，又怕控制不了放牧尺度。现在农牧民都是半夜偷着放羊，只敢在就近的地方放，时间长了这些地方被羊过度啃食，又导致沙化。”

是啊，这是鄂尔多斯农牧区近几年政策上一个难解的扣。

在准格尔旗，他们按计划只采访了两位退休的老同志，一位是旗政协副主席赵淑珍。赵淑珍是内蒙古林学院1964年毕业的大学生，也是准格尔旗林业系统最早的本科生。

赵淑珍今年76岁，但说起治理库布其东段沙漠的难忘岁月，依然是激情澎湃，壮志不减当年。知道他们要来，她已经精心做了准备，屋里摆了鲜花、时令水果，还有她这些年发表的论文、奖状、荣誉证书、工作照片。大家都是老相识，三言五语后他们就走进赵淑珍当年的岁月。

“准格尔旗最大的沙丘在乌兰布浪和布尔陶亥那面，布尔陶亥的沙丘是最大的。当时的库布其沙漠真是不毛之地，什么植物都没有。刚开始种树的时候，我们都会选自然条件好点的地方种树。在沙里种树时首先要做好沙障，先把一行行沙障设置好，然后再种树。我从学校毕业后在布尔陶亥待了十来年，一直和工人一起栽树。每年春天我们冒着风沙栽树。当时是有点苦，现在想起那些苦心里却是甜甜的。

“当时准格尔旗造林也没有针叶树种。1973年我当技术人员后，从呼市郊区调来了一小部分针叶树种，在沙圪堵林场开始种植针叶树，长得挺好。有了基础后，我就从内蒙古林业厅调了油松、樟子松、落叶松的种子，开始育苗，效果还很不错。育苗最关键的是覆土，再就是开沟的深度。现在沙里栽的都是松树，都是我们那时候打的基础。”

当聊到她为什么当了旗政协副主席时，赵淑珍笑得很开心，她说：“治沙人命硬！”

赵淑珍在下面的林场干了十几年后，旗里任命她为副场长，场长不同意，压住任命书不宣布，旗里干脆任命她为旗林业局副局长；等提她为局长时又有人不同意，所以只好再升半格当了旗政协副主席。

赵淑珍说，她虽然当了政协副主席，干的还是林业上的工作。

他们采访的另一位退休的老同志是布尔陶亥林场退休职工苏建华，今年72岁。准格尔旗的蒙古人大多数是既不会说蒙古语也不懂蒙古文，苏建华老人是个少见的蒙汉兼通的人。他说：“我家是在库布其沙漠的公益盖大队东营子村。当时我们这个地方沙害很严重，刚种上的地就被风吹坏或小苗被刮死，农民种地要补六七次才能收获。还有就是一刮风时牲口出不了圈，我们念书的时候风刮得路也走不成。”

苏建华老人以前是一名小学老师，因为孩子多，生活很困难，有位领导建议他去治沙站工作，因为治沙站有地，经常给职工分一些瓜果蔬菜，所以他在20世纪60年代初就来到治沙站，加入到植树人的队伍。当时他们去沙漠种树，背上铺盖，吃住就在沙里头（库布其沙漠的老井头）。住的是护林房，护林房很简陋，也就是个能遮风避雨的小屋，常常是风刮得眼睛也睁不开。大概一个多月回不了家，也见不上老婆和娃娃。当时他们真的很想家，但不完成任务不让回，再怎样也要完成造林任务才能回家。于是大家一边种树一边唱歌。

吕荣问他当年唱的歌还记得不，老人脱口说："哪能呢，那些歌一辈子也忘不了！"当吕荣让他唱两句时，他犹豫了。这时，格希格图用蒙古语和老人聊了一会儿，然后对他们说："老人说准格尔旗的山曲太酸，能把牙酸掉了，写到书里不好。"想了想，老人还是给他们唱了几句：

黑召来沟栽柳树，
看看毛敖肯扭两步，
栽了柳树栽杨树，
栽不起树就不好住。

（歌词中的"毛敖肯"是蒙古语，意思为"爬女子"。）

苏建华老人现在每月的退休工资是4000多元，8个儿女都成了家、有了孩子，他乐呵呵地对马教授等人说："一到过年过节孩子们都回来，摆满满两桌都放不下!"

马教授一行在库布其沙漠的龙尾巴上来回转了几圈，景色都是一个样，到处都是绿绿的。所有景观都和于忠芳局长说的没有区别：对于整个大沙丘来说，现在能看见沙子的地方仅仅是个别背风坡，从沙丘迎风坡是看不见明沙的。

马教授想起赵淑珍的担心，植被太密了，植物的营养、水分跟不上会不会出问题。他问吕荣，吕荣没有回答。

又爬上一个大沙丘，陪同他们的白玉峰副局长不在身边，吕荣这才告诉马教授："都是灰东西白玉峰搞的。"马教授知道他和白玉峰是老同学，几天来看上去关系也不一般，于是诧异地看看吕荣，吕荣却是笑嘻嘻的。

原来，飞播以前在库布其的乌兰不浪、布尔陶亥也飞了好几次，但几次都失败了。其实不是飞播技术问题，主要是播后禁牧不好造成的。那一年白玉峰搞常务，又主管飞播，准旗又不差钱，他怕飞播再失败，悄悄地把播区都飞了两遍。

马教授不由地也笑了，一时也不知道说什么好。

布尔陶亥是个有风水的地方，它是横亘在鄂尔多斯中部地台的东部起点，也是准格尔旗南北水向的分水岭。发源于这里的呼斯太沟向北流，是横穿库布其构成十大孔兑最东的河流；发源于这里的纳林川、十里长川、犍牛川等河川向南流，方向南辕北辙，最终都流入黄河。

准格尔旗是中国北方著名的“漫瀚调之乡”，布尔陶亥就是近几百年传唱《北京喇嘛（三十里明沙二十里水）》的地方。歌词告诉人们，这里的库布其沙漠以前是个什么样子。

三十里明沙二十里水，
五十里的路上我来瞭妹妹你。
半个月瞭了你十五回，
因为瞭你跑成一个罗圈腿。

三十里明沙二呀么二十里的水，
五十里的路上我来呀么来看你。
大沙梁梁高来二沙梁梁低，
就呀为看妹子跑弯了哥哥的腿。
过了一回黄河没喝过黄河的水，
交了一回女朋友就没亲过妹妹你的嘴。

布尔陶亥治沙站是他们在准格尔旗采风的最后一站。站长张万禄是吕荣上中专时的同学。

鄂尔多斯市过去的国营林场和治沙站在建站之初，地点都选在沙丘高大、没有人烟的地方。布尔陶亥治沙站过去就是库布其沙漠典型的不毛之地。张万禄中专学的是治沙专业，1984年毕业就分到布尔陶亥治沙站，一直到现在，已经是30年了。讲到当年的库布其，他可没有歌词里的浪漫情趣，脸上还有掩饰不住的害怕情态，嘴里叨叨了几遍："过去这个地方连个人也没有，尽是沙。"

现在布尔陶亥境内的库布其沙漠治理率达到了70%以上，也有统计数据显示是80%，这个地方的远沙大沙地带的治理，都是在国家重点工程实施后飞播造林的结果。沙子治住了，生态环境也明显改善了，布尔陶亥又成了适宜人居的风水宝地，有钱人在这里盖起来一座座模样怪异的小洋楼。

张万禄半开玩笑半认真地说，当地老百姓当面对他说过，"沙子再不能治了，再治娃娃们连耍的地方没有啦"。沙区的小孩儿没有玩具，也没有游乐场，只有在沙丘上溜沙梁、刨沙窑、做沙城。

张万禄站长的汇报不时地被来人打断。原来，他们都是吕荣林业上的好朋友，他们知道马教授一行明天就要离开准格尔旗，特意约好赶来送别。吕荣看看时间，宣布换个地方接着谈。

布尔陶亥治沙站的职工食堂并不大，大家挤在一桌，情绪都很高涨。小菜都是治沙站自产的有机食品，几条野生鱼、几只蒙古兔很快就将气氛推向高潮。吕荣借敬酒之际向大家说明来意并表示感谢。没想到他的话音刚落，准格尔旗林业局种苗站站长郭沙平意外地唱起了反调，他说："不好不好，库布其沙漠太长，东西400公里，自然条件也不一样，写起来情况不统一。应该只写库布其的龙尾巴治理。"

郭站长的话立刻引起大家的争论。副局长白存德说应该写整个鄂尔多斯，副局长武银福说应该把毛乌素沙地也放在一起，大家各说各的理，各讲各的词，慷慨激昂，笑声不断。

在去达拉特旗的路上，他们的话题谈到库布其沙漠的纬度。

20多年来，大家越来越关注地球纬度，话题都是北纬40°。

在地球北纬30°附近，有许多神秘而有趣的自然现象。如美国的密西西比河、埃及的尼罗河、伊拉克的幼发拉底河、中国的长江等，均在北纬30度入海。地球上最高的珠穆朗玛峰和最深的西太平洋马里亚纳海沟，也在北纬30度附近。在这一纬度线上，奇观绝景比比皆是，自然谜团频频出现，如中国的钱塘江大潮、古巴比伦的“空中花园”、约旦的死海、古埃及的金字塔及狮身人面像、北非撒哈拉大沙漠的“火神火种”壁画、令人惊恐万状的“百慕大三角区”和人类叹为观止的古代玛雅文明遗址……可以说，在北纬30°线附近或在这一纬度线上，奇事怪事数不胜数。这些饱含着地球文明资讯的现象和自然景观，这些巧夺天工的古建筑和令人费解的神秘之地均会聚于此，不能不叫人感到异常的蹊跷和惊奇。

北纬30°被人称之为“地球的脐带”，这是一个拥有灿烂文明的地带。数千年前，世界四大文明古国——中国、古巴比伦、古埃及、古印度均在这里最早绽放出文明的光彩。1986年以后，北纬30°线上的成都平原又增添了一大奇迹——由古蜀人创造的三星堆文明和金沙文明。

北纬30°中国段被誉为“中国最美的风景走廊”，东起浙江舟山市，西至西藏日喀则地区，横跨浙江、安徽、西藏等9个省区；并且跨越长江三角洲、汉江平原、四川盆地、川西高原和青藏高原。甚至有人总结说，在北纬30度上生长的姑娘也是世界上最美的姑娘。

这本来是一条地理学家划出的虚拟线，然而却没有任何一条经纬线有它如此神奇的魔力。

但是，如果将北纬30°线上下各移动5°左右，人们再次吃惊地发现，在北纬30°线附近，是令人恐怖的地震死亡线。据史料记载，在北纬30°线附近，我国的西藏地区共发生过大于8级的地震4次，7~7.9级地震11次。2008年5月12日发生的四川省汶川县8级大地震，震中也在北纬31°。2010年4月14日发生在青海省玉树的7.1级地震，震中33.2°的北纬纬度也大致接近30°。2013年4月20日四川省雅安市芦山县发生7级地震，震中在北纬30.3°。

国外也是如此，在北纬30°线发生的灾难性地震，死亡在2000人以上或者震级在7级以上的就达几十次。如日本大陆的地震达到8级，葡萄牙里斯本发生2次8级地震，土耳其埃尔津登发生的8级地震，美国旧金山发生的8.3级地震，意大利拉坦察发生的9.8级地震……北纬30° 为什么会成为一个令人费解、怪事迭出、祸患隐忧、灾难频仍的神秘地带？

大家都知道地球是三轴椭球体，但是最近有人研究说地球是卵圆形的，而且形状更像一枚鸡蛋。如果把卵圆形的地球放大4万倍就出现了一个北窄南宽的“大鸡蛋”，中间还有一个腰缩回去一圈，缩就缩在北纬40° ，也就是说地球还真有腰，而且这个腰就在北纬40° 。而北纬40° 是首都北京地理方位的纬度代号，是中国首都北京的象征，是中国的政经腹地和亚洲的人文中心。它位于北京市北五环沿线一带。

从中国乃至亚洲范围上讲，由于北纬40° 得天独厚的地理生态优势，是世界上最优质牛奶和葡萄酒的产地。从更广域的全球纬度上看，北纬40° 是全球经济、政治、文化、旅游的中心，是地球上宝贵的“金腰带”。它横穿北京、天津、北戴河、巴黎、罗马、东京、首尔、马德里、伊斯坦布尔、安哥拉、盐湖城、丹佛、华盛顿、纽约、费城等等多个世界著名城市。

这就奇怪了，形状细长细长的库布其沙漠流动沙丘的主线，为什么会完完整整地全都分布在地球的“金腰带”上呢？

二、鄂尔多斯的地形像个金元宝

鄂尔多斯宏观地貌格局是西有贺兰山、桌子山，北有乌拉山、大青山，南和东有黄土高原及丘陵沟壑区，四面最低处也比鄂尔多斯腹地高出150～200米，所以在地质学上称为鄂尔多斯盆地。因其属于内蒙古高原的一部分，主体为宽阔的内陆高平原，本身的海拔又都在千米以上，故常称为鄂尔多斯高原。在高原中部，有一条准格尔旗布尔陶亥—东胜区罕台—漫赖—杭锦旗四十里梁一线的高原脊线（北纬39° 50′ ），海拔达1400～1700米，因此这条高原中部脊线也称鄂尔多斯地台，并以地台脊线为中心向南北两侧逐渐低下。鄂尔多斯东西距离长400公里，南北宽340公里，略呈长方形，地形总的特征是上圆下方、四周高、边缘下陷、中间又凸起，活脱脱像个金元宝！

这种地貌格局在全球是独一无二的。

就说鄂尔多斯市吧，多年所用的数据是海拔1460米，正处于高原脊线中间凸出的金元宝的半圆形上，准格尔旗布尔陶亥—东胜区罕台—杭锦旗四十里梁三点也成一直线。城区主体位于北纬39° 39′ ，处在高原脊线（北纬39° 50′ ）的南坡，而北京的纬度是北纬39° 54′ （指北京的北五环一线），北京的纬度比东胜的纬度多出0° 15′ 。纬度每差1分，距离是1.85公里，0° 15′ 是27.75公里。也就是说，如果北京的北五环一线再往南27.75公里，就是长安大街、天安门、中南海……

2010年，鄂尔多斯地区生产总值达2643亿元。根据住建部政策研究中心联合高和投资发布的《中国民间资本投资调研报告》，鄂尔多斯资产过亿的富豪人数不下7000人。人均地区生产总值超越香港位居全国第一。鄂尔多斯每217个人中间，就有1个亿万富翁；每15个人里面，就有一个千万富翁。生活在金元宝里的鄂尔多斯人，成为中国最富的群体。虽然这只是有限单位和个别官员的预测，但有了钱的鄂尔多斯人个个都已是器宇轩昂，出手不凡。不论官员还是百姓，口头禅都是："我们有钱。"

有了钱的鄂尔多斯人也不断地创造着"财富神话"，像打上"飞的"去上海购物，一购几套别墅等等故事层出不穷。

1978年，鄂尔多斯市地区生产总值仅有3.46亿元，人均344元，财政收入只有1900万元，人均不足20元，8个旗（区）中5个国家级贫困、3个自治区级贫困。是什么原因使原本内蒙古最贫困落后的鄂尔多斯迅速崛起，使鄂尔多斯人一下子就富得流油呢？有人说是鄂尔多斯人聪明、豪爽、热情、能干，有人说是改革开放，更有一大堆人研究出种种重要的、经典的"鄂尔多斯发展模式"。其实让马教授说，都对，但不全面，一个很重要的因素是鄂尔多斯人待对了地方，待在了物华天宝、资源富集的金元宝上！

地球在数十亿年剧烈的地壳运动中，形成了铅、锌等储量可观的矿藏；火山喷发，岩石风化，长时期的水流冲击，把大量盐类物质、众多的稀有金属汇聚在一起；板块碰撞，使许多地方由陆地变为海洋，海洋变为陆地。在漫长的海陆变迁过程中，由于各方面的地质作用，把大量的海洋生物和陆地森林植物统统地、反复地掩埋在地下，转化为我们今天所看到的石油、天然气和煤炭等资源。

盆地地貌是沙漠形成的重要场所。我国著名沙漠专家江福利教授曾经指出："中国沙漠形成于盆地中，这是一种客观规律。"的确，从全球情况来看，世界上许多沙漠都分布在盆地当中。即使分布在高原或山前冲积平原上的沙漠，在古代或近代地质时期，其地形也曾经是相对较低的冲积平原、湖积平原或山前洪积平原以及其他相对下陷的地方。盆地因其特殊的地貌类型，为接纳各种类型的沉积矿物提供了适宜的条件。

盆地都有漫长的发育历史和形成过程，为各种矿产资源的形成创造了良好的条件。它们把四周高地流融的同类和近乎同类的矿物质积贮起来，形成各种特色矿床。而盆地中沙层厚积的地方，更是矿产资源容易集聚之地，所有的盆地沙漠底下几乎都是一个矿产富集的"聚宝盆"，是人类巨大的、宝贵的财富。

盆地的地势低洼，地表自然会有不少河流和冲积平原，或者是巨大的湖泊、沼泽地，所以大多数盆地都是人类早期活动的场所。现在，由于其资源富集，自然条件优越，或迟或早，都会成为工矿业采掘中心、农业高科技发展中心，成为一个个耀眼的经济明星。相比而言，鄂尔多斯这个金元宝和我国其他盆地相比，除了都占据改革开放的天时之外，关键是占足了地利，不但距离北京近，而且还处在地球北纬40° 线的"金腰带"上。

中国的盆地面积约占我国陆地面积的19%，我国四大盆地都分布在西部地区。它们是塔里木盆地、准噶尔盆地、柴达木盆地和四川盆地。盆地中有沙漠、沙地的不足10%，但都具有矿产富集的"聚宝盆"的特点，这与中国沙漠都属于大陆内部型的独特成因有关。

塔里木盆地是我国第一大沙漠盆地。它位于新疆南部，东西长1500公里，南北宽200～800公里，面积56万平方公里，是中国最大的内陆盆地。中部是号称“死亡之海”的塔克拉玛干大沙漠，面积占盆地总面积的57%。塔里木盆地油气资源十分丰富，预测油气资源总量达191.5～206亿吨，分别占全国陆地石油、天然气资源量的1/5和1/4，2000年底塔里木盆地累计探明储量：石油5.4亿吨、天然气5571.15亿立方米；控制储量：石油2.01亿吨，天然气113亿立方米。目前，塔里木盆地已成为国内继四川盆地、鄂尔多斯盆地之后的第三大天然气区。

准噶尔盆地位于新疆的北部，是中国第二大的内陆盆地，在天山、阿尔泰山及西部的一些山脉之间。东西长1120公里，南北宽800公里，面积38万平方公里。盆地腹部为古尔班通古特沙漠，面积占盆地总面积的36.9%。盆地呈封闭式不规则三角形，地势东高西低，海拔在500～1000米之间，盆地西南部的艾比湖湖面海拔仅190米。准噶尔盆地油气资源十分丰富。20世纪50年代，在克拉玛依开发了中国第一个大油田。全盆地石油总资源量107亿吨，天然气总资源量2.5万亿立方米。截至目前，准噶尔盆地油气资源探明率分别为24.4%和8.5%，仍处在勘探青壮年期，油气资源开发前景广阔。

柴达木盆地为高原型盆地，地处青海省西北部，盆地略呈三角形，东西长约800公里，南北宽约300公里，面积约25.8平方公里，为中国第三大内陆盆地。“柴达木”是蒙古语“盐泽”的意思。柴达木盆地在青海湖西边，虽然荒凉，但物产丰富，蕴藏有丰富的盐类和其他化学元素，主要有盐、硼、钾、镁、锂、锄、溴、碘、锶、铯、石膏、芒硝、天然碱等。盆地铅、锌、铬、锰等金属及煤炭、石油、天然气、石棉等资源丰富。最为著名的是各种盐，其中钠盐探明储量530多亿吨；氯化钾探明储量2亿多吨，占全国总储量的97%；硼探明储量1100多万吨，占全国总储量的一半；氯化镁探明储量约20亿吨。柴达木盆地不仅是中国盐矿之最，也是世界盐矿之最，因此柴达木盆地又被称为“盐的世界”。

四川盆地面积约20万平方公里，是中国的四大盆地之一，也是著名的外流盆地。四川盆地里是我国西南地区面积最大的冲积平原，年降水量600～1000毫米，为全国径流最丰富的省区之一。战国时著名水利专家李冰在这里开凿了延用至今的都江堰，更使这个地区沃野千里，“天府之国”的美誉多半由它而来。四川盆地的矿产资源主要包括水能、煤、泥炭、石油、天然气、油页岩、生物质能、地热等8种。水能资源最丰富，占全国总蕴藏量的22.2%，仅次于西藏，居全国第二位。煤炭已探明的总储量在全国居第十位。天然气储量占全国的44%，居第一位。

能解读数据奥秘的人，都是逻辑思维的奇才。四大盆地的数据表明，几乎所有的盆地都是一个矿产富集的“聚宝盆”，盆地沙漠更是由于它形成过程的复杂性、诡异性而闻名于世。

地球“金腰带”上的鄂尔多斯，地质形成过程中就充满了惊心动魄的旷世传奇。在距今36亿至19亿年之间，鄂尔多斯地区相继经历阜平、五台、吕梁3次巨大的地质运动，为鄂尔多斯坚硬稳定地块的形成奠定了基础。

现代人很难想象，在漫长的地质年代里，鄂尔多斯曾经有3次被海水侵入。第一次海浸是在距今6亿年前震旦纪时期。随着古生代初期海洋面积的不断扩大，来自中国南海的海水侵入下陷的鄂尔多斯古陆。从此，鄂尔多斯古陆变成了鄂尔多斯古海。距今4亿4千万年前的奥陶纪晚期，由于加里东造山运动的影响，鄂尔多斯古海出现了1亿年左右的无海时期。到了距今3亿3千万年的晚古生代的石炭纪中期，鄂尔多斯古海再次下沉，来自华北地区的海水又侵入了鄂尔多斯。第二次海浸在早寒武纪至中奥纪。中奥陶纪经志留纪、泥盆纪至石炭纪，鄂尔多斯陆地上升。第三次海浸是在中石炭纪至二叠纪末的海西运动。像这样有时是海洋，有时又变成陆地的地质变化，曾在鄂尔多斯漫长的历史上发生过多次。海水时进时出，造成海陆交替沉积。今天鄂尔多斯随处出露的河湖相沉积地貌，就无时无刻地不向人们叙述着鄂尔多斯在地质历史时期那激情澎湃的岁月。

海陆变幻交替的历史时期，鄂尔多斯地区出现了生命。最早出现的是三叶虫、准格尔小实盾虫、鄂尔多斯虫、伊克昭庄氏虫等海生动物，此后又出现了希瓦格蜓、小泽蜓、假史塔夫蜓等蜓类软体动物。在滨海、沼泽、湖泊、湿地地带，出现了繁茂的石松、节蕨、直蕨等类陆生植物。

此时的鄂尔多斯到处都是古木参天的热带森林。其中节蕨类中的鳞木、芦木等，直径可达1米，树高达30～40米。每次鄂尔多斯被海水浸没都说明当时的鄂尔多斯处于温暖湿润的气候环境，而且每次海水退去都使鄂尔多斯植被茂密、古树参天，为下一步形成煤田奠定了丰厚的物质基础。现在鄂尔多斯地下原煤储量惊人，都是由于特殊的多次地质变化，反复将原始热带森林一次次地埋藏于地下沉积而形成的。可以说，地球在很古很古的时候，就非常厚爱鄂尔多斯这块热土，有意将蕴藏着巨大太阳能量的乌金留给生活在鄂尔多斯的天之骄子。

鄂尔多斯地质历史时期的森林景观很长，从晚古生代石炭二叠纪开始，一直延续到新生代早第三纪。石炭二叠纪和侏罗纪都是内蒙古重要的“造煤时代”，煤田广泛分布在鄂尔多斯（库布其沙漠、毛乌素沙地）、锡林郭勒（浑善达克沙地）、赤峰、兴安盟（科尔沁沙地）、呼伦贝尔西部（呼伦贝尔沙地）的盆地沙漠和沙地下面。其中以准格尔旗、伊金霍洛旗、杭锦旗、鄂托克旗为中心的世界巨型煤田，造就了今日鄂尔多斯市发展资源型城市的风光和辉煌。

沧海桑田，历经磨难和涅槃再生的鄂尔多斯如今已是金元宝在手、金腰带缠身。鄂尔多斯现已发现矿产资源46种，都是国家紧缺的能源矿产。其中，煤炭探明储量4485亿吨，占全国的1/6，预测远景储量超过1万亿吨；天然气探明储量1.09万亿立方米，占全国的1/3。此外，天然碱储量6000万吨、食盐1000万吨、芒硝70亿吨、石膏35亿吨、石灰石65亿吨、高岭土65亿吨，紫沙陶土、石英砂等矿产资源亦储量可观。

丰富的矿产资源支撑着鄂尔多斯市矿业经济的发展。经初步核算，2012年鄂尔多斯市地区生产总值完成3656.8亿元。第一产业完成增加值90.14亿元。第二产业完成增加值2213.13亿元，其中，工业完成增加值1971.68亿元，增长15.6%；建筑业完成增加值241.45亿元，增长13.5%。第三产业完成增加值1353.53亿元，增长9.8%。三次产业增加值比例调整为2.5∶60.5∶37。全市地方财政总收入完成820亿元，公共财政预算收入完成375.51亿元。连续三年，呼和浩特市、包头市两个城市的财政总收入加起来都不如一个鄂尔多斯市收入高。

沙漠以独特的面貌存在于地球上，不仅盆地沙漠地下是矿产资源富集之地，而且沙漠地区地上也有充足的阳光，气候炎热，空气干燥，使太阳辐射十分强烈。太阳能，这种古老而又新兴的能源，取之不尽，用之不竭，无污染，更无副作用，所以沙漠将是人类未来主要的光能基地。

地球上的一切生命，需要的基本能量来自太阳辐射。植物的光合效应是一个转化能量、固定能量的复杂化学过程。单位土地面积上植物产量的高低，决定于利用光能的多少。从叶绿体的光化学角度分析，光能转化率（光能利用率）最高为20%～25%，但在自然条件下生长的植物或栽培的作物，其光能利用率远远低于该值，通常不到1%，作物短时最高利用率也不过5%左右，光能利用的潜力还很大。

中国沙漠、沙地区域位于中国北部和西北部，属高纬度地区，太阳辐射量少，但同时又深居内陆，远离海洋，加之大部分沙漠、沙地都在海拔千米左右的高原上，下垫面、海拔、云量对辐射的影响超过了纬度的影响。因此，这里的年总辐射量均超过长江流域和江南地区，与低纬度的海南岛相当，日照时数都在3000小时以上，普遍比长江以南地区多。由此可见，中国沙区是全国日照时数最长、年总辐射量最大的区域之一，为全国光资源最富有的区域之一。

中国沙漠、沙地地区还是我国风能资源最富有的区域之一。风能是除太阳能外的又一巨大能量来源。沙漠是由风力塑造成型的，凡有沙漠必有风。廉价的风能可转变为光能、热能、机械能，用于生产、生活，几乎无所不能。

据资料介绍，从整个沙区来看，风资源的可利用率大多在90%以上。沙区风能最佳的内蒙古，中部地区可达到29440千瓦/年以上。在年平均风速为5米/秒的情况下，若 1 平方公里安装15台功率为2千瓦的风力发电机，在内蒙古每年就有一半地区可获得13788×106千瓦·小时的电量，节约燃料约275万吨煤。可见，在交通不便、缺乏燃料和能源的广大沙区，因地制宜发展风力发电是很有价值的，对满足人民生活所需具有重要意义。

风能资源同样具有日变化和年变化的规律，一天中白天多，夜间少，一年中春季最多，秋季次之，夏季和冬季最少。

按现在的市场经济的观点，沙地、沙漠地区最大的价值是土地资源。由于人们受传统农耕文化的影响，过去所有对土地衡量的标准都局限于农业耕种，殊不知沙地、沙漠天生就是为高科技产业开发准备的。土地是稀缺资源，库布其沙漠中部的企业家赵永亮已推平上百万亩沙丘用于特种养殖和沙产业开发，库布其沙漠西部的企业家王文彪造林绿化5000平方公里，控制面积2万平方公里，用于新能源开发和特种植物种植。这些库布其沙漠里成长起来的企业家，最懂沙漠，最爱沙漠，真正掌握了沙漠的价值所在。

三、库布其，地球的“子宫癌”

1969年7月20日，阿波罗11号宇宙飞船登上了月球，使人类第一次有了从月球上观察地球的机会。从宇宙飞船发回的有关地球荒漠化的情况，令人毛骨悚然。当今的地球由于人类的某些无知和傲慢，造成土地退化，最终导致荒漠化，使地球满目疮痍，遍体鳞伤，沙漠和荒野构成了令人惋惜的地球景观。

V.G.卡特等人在《土和文明》一书中写道：“人类踏着大地前进，在走过的地方留下一片荒野。”翻阅一下历史，可以找到许多这样的实例：尼罗河流域、黄河流域、印度河河口等古代文明的发祥地，如今许多地区沦为了沙漠和废墟。撒哈拉沙漠也曾几度由绿洲变沙漠，沙漠变绿洲。伊拉克、叙利亚、黎巴嫩、巴勒斯坦、突尼斯、希腊、意大利、墨西哥、秘鲁等等国家的某些地区也是到处可见土壤流失、沙丘活化而形成的荒凉景观。

土地荒漠化被喻为“地球癌症”。一般我们形象地把地球表面土地退化的顽症称为“皮肤癌”。但是，如果是像鄂尔多斯这块孕育人类文明发祥地的生态系统和生态功能得了癌症，那就应该称为“子宫癌”。毛乌素沙地、库布其沙漠的出现，既是鄂尔多斯人类文明发祥地的“子宫癌”，也是地球的“子宫癌”。

自然科学的进化论认为，猿类的出现可追溯到地质学上的渐新世，其生存年代为距今3500万年至3000万年前。从猿到人的过渡，如果从拉玛古猿算起，大约经过了1000多万年；如果从南方古猿算起，则有200多万年。

旧石器时代距今约250万年至1万年。早期智人，又称古人，生活于距今约20多万年至4万年前，地质时代属中更新世。晚期智人又称新人，出现于4万年前。

最近，鄂尔多斯市博物馆爆出一条惊人消息：中国学术界目前确定，内蒙古鄂尔多斯“河套人”的生存年代距今约在14万年至7万年间，比过去认为的3.5万年至少提前了3.5～11.5万年。也就是说，“河套人”属于旧石器时代的早期智人，黄河湾里的河套当之无愧地是孕育人类文明的发祥地！

“河套人”遗址是在中国乃至世界考古学、人类学等领域均具有较大影响的一处旧石器时代晚期的文化遗址，它是中国境内最早发现的旧石器时代遗存，对研究人类的进化过程和晚期智人的体质特征及旧石器晚期文化类型、特征等有着十分重要的价值。同时，“河套人”作为具有丰厚积淀鄂尔多斯文化的人文始祖，对于研究历史悠久的鄂尔多斯文化的发展沿革有了追本溯源的科学依据，对进一步弘扬鄂尔多斯地区的民族文化具有不可替代的重要作用。

“河套人”文化遗址位于库布其沙漠南侧乌审旗西南端的萨拉乌苏河流域（又名无定河或柽柳河），是1922年由法国天主教神父、地质及古生物学家桑志华在河岸砂层中发现的，地质年代属中更新世。他所发现的化石有左上侧门齿一枚，齿的大小与现代人相似，齿冠结构具有原始特征。从20世纪20年代初以来，“河套人”文化遗址发现了古人类的额骨、顶骨、枕骨、单个门齿、下颌骨、椎骨等化石380多件，还有大量的中更新世的哺乳动物化石及鸟类化石。

乌兰木伦遗址位于库布其沙漠南侧，是康巴什和伊金霍洛旗交界处乌兰木伦河旧石器时代遗址的简称。遗物堆积为灰绿色的河湖相三角洲沉积，2011年正式发掘。经测定该遗址时代为距今约7万年至3万年，为旧石器时代中期，属于第四纪晚更新世。乌兰木伦遗址是鄂尔多斯地区史前文化的又一次重大发现，其年代恰好填补了距今14万年至7万年的萨拉乌苏遗址和距今3.8万年至3.4

万年的水洞沟遗址的中间缺环。目前出土4200多件人工打制的石器，3400多件古动物化石，以及大量灰烬、木炭、烧骨等组成的用火遗迹。经专家鉴定表明，其动物群属于晚更新世萨拉乌苏动物群。

朱开沟文化遗址位于库布其沙漠南侧的伊金霍洛旗纳林塔乡境内。1984～1997年，考古工作者在这一区域先后进行了4次发掘，共发掘不同时期的房址83座、瓮棺葬19座，出土可复原陶器约510件、石器270件、骨器420多件、铜器50多件。专家们在对出土的遗址、遗物进行综合分析后认定，朱开沟遗址的时代上限相当于距今4200年的原始社会晚期，下限约相当于距今3500年的商代前期。朱开沟遗址内涵丰富，特点鲜明，为孕育我国古代北方游牧民族的摇篮。该文化代表性器物为蛇纹鬲。

地质时代属中更新世的“河套人”，在鄂尔多斯生活于距今约20多万年至4万年时，受喜马拉雅造山运动和鄂尔多斯台地隆起的影响，鄂尔多斯南部和北部下陷为洼地，形成了深厚的河湖相沉积物；而鄂尔多斯的北部和西南部，受黄河流水作用的影响，也出现了大量的河湖相沉积物。

在第四纪更新世，全球进入大冰期时代，并经历了一系列干、湿与冷、暖交替的古地理环境变化，为库布其沙漠的形成进一步提供了丰富的沙物质基础。进入公元前1万年至公元前8000年的早全新世以后，水热条件总体比晚更新世末期温湿，气候变暖，冰雪融化，水资源充沛，生物繁茂，在鄂尔多斯出现了湿润的草甸草原和灌丛草原，流动沙丘逐渐固定，出现了植被繁茂的鄂尔多斯草原。

在之后的近万年时间里，鄂尔多斯的气候经历了干燥期和湿润期的频仍交替，流沙的扩展都与气候的干燥期相对应。公元前7000年、公元前5000年、公元前3000年、公元前1000年前后，是鄂尔多斯全新世四期流沙的大发展时期，也是相对干燥时期；而公元前8000年、公元前6000年、公元前4000年、公元前2000年前后，则是植被繁茂、流沙固定、沙质古土壤——黑垆土的形成发育时期，它也与当时的气候湿润期相对应。例如，在公元前6000～前4000年，也就是著名的距当代人类最近的周期最长的全新世最后一次湿润期，鄂尔多斯植被主要是森林草原、森林灌丛草原、灌丛草原和典型草原植被；而在公元前5000～前3000年全新世干燥期，鄂尔多斯植被主要是典型草原、荒漠草原和草原化荒漠植被。气候决定着鄂尔多斯植被随干燥、湿润的变化而摆动，并有着明显的地带性现象。

在气候周期最后一次温暖湿润期时，鄂尔多斯地区出现了新石器时代文化，即公元前6000年左右的白泥窑文化、公元前5000年左右的庙子沟文化、公元前4000年左右的阿拉善文化和距今4200年原始社会晚期的朱开沟文化。人类文明发祥地的兴衰也随着气候波动而更迭延续着。

气候环境的干湿更替与鄂尔多斯的农牧业文化兴衰也密切相关。每一次的干燥期，均以畜牧业的发展为特色，并有较小范围的农牧交错；每一次的湿润期，则以农业发展为主，并有范围较小的农牧交错。但这一时期的原始农业对生态环境的影响极小，鄂尔多斯的生态环境仍保持着全新世以来的状态。

马教授一行在库布其沙漠考察时发现，巴音乌苏西北部有大量的树化石，塔拉沟、高头窑、弓家塔、魏家峁等地有大中型煤矿多处，充分证明了库布其沙漠在古代时期气候湿润，森林茂密。

在组成生态环境的诸多要素中，气候是最活跃的因子，气候的变化决定了农业生产的丰歉，而农业是农业社会的经济命脉，它的变化直接影响到社会的安定。从鄂尔多斯乃至中国北方的历史上看，气候干燥使草原沙化，这是导致北方游牧民族南下逐鹿中原最直接的原因。

中国近5000年来的气候变迁存在着明显的周期性。寒冷期与温暖期交替出现，与这种温暖期与寒冷期交替出现相对应的是北方游牧民族小规模犯边和大规模南下逐鹿中原的交替。历史上，北方游牧民族在中原地区建立的区域性或全国性政权多出现在寒冷期。在温暖期，气温较高，降水丰沛，有利于农业生产，整个社会经济比较繁荣，政治稳定，北方游牧民族既没有大规模南下的必要，又没有大规模南下的可能。而在气候寒冷期，气温要比温暖期低1℃～2℃，降水明显减少，温带草原要向南移动200公里左右，北方游牧民族为了生存，必然随草原的南移而大规模南下。干冷的气候也使中原王朝的种植业遭到破坏，常常是赤野千里，颗粒无收，加上统治阶级的横征暴敛，内部战乱烽起，大大降低了抗御游牧民族南下的能力，使北方游牧民族入主中原成为现实。

根据库布其沙漠形成的地质构造和气候变化的影响，可以清楚地看出，现在的库布其沙漠是历史上气候干燥期和近代人类频繁活动共同作用的结果。

公元前8世纪，西周宣王曾在鄂尔多斯地区建镇，并在黄河南岸（今杭锦旗范围）建立周南仲城，主要是防止西周北部毗邻的游牧民族猃狁的侵犯，派大将南仲在朔方构筑城堡。这说明在当时的环境下，库布其沙漠还没有出现，是适合人类生存的地方。

战国秦汉之际，匈奴在北方崛起，阴山、河套是匈奴人活动的重要场所。战国时期，魏国为了防御秦国的东进入侵和加强对北戎（即匈奴）的防御，在秦孝公元年（公元前361年）修筑西长城，在《史记・魏世家》就有“筑长城，塞固阳”的记载。这段长城位于库布其沙漠北缘，东西走向，起于白泥井乡李三壕村，跨哈什拉川，经新民堡、王爱召、树林召，至粉土圪旦。说明当时鄂尔多斯东部黄河以东地区归属魏国上郡的管辖，而黄河西部鄂尔多斯地区为北戎人居住。

北戎是游牧民族，只有水草丰美的地方，才有从事牧业生产的可能。也就是说，在青铜器文化时期（公元前350 ~ 前220），鄂尔多斯地区处于初期牧业文化阶段，不可能因过度放牧导致土地沙漠化。

公元前306年，秦昭王即位，先后战胜韩、赵、魏、齐、楚诸国，并且西灭义渠戎国后（公元前270年），为了防御匈奴南下侵扰，修筑长城，史称秦昭王长城。从长城的位置看，公元前270年，部分鄂尔多斯地区属于匈奴人活动的地方，库布其沙漠上的植被还没有受到破坏，仍然保留着草原的自然景观。

鄂尔多斯作为匈奴的故地，不仅史书中有明确的记载，而且为考古发现所证实。现在已知的匈奴遗迹主要分布在鄂尔多斯北部，也就是当时还在沉睡的库布其沙漠的南部边缘。

匈奴是游牧民族，然而随着社会进步和扩展生活空间的需要，对军需物资粮食的需求增加，匈奴人学会了农耕，而且持续了很长的时间。到了南北朝时期，匈奴仍然保留有农业耕种的传统。农业耕种必然要伐树烧荒，森林草地受到破坏，必然对生态环境产生一定的影响。但是，当时人口、畜牧业的发展有限，而且气候也处在相对湿润期，即使农耕垦荒，对生态环境也不会造成大的危害。

秦始皇统一中国后，为了扩展疆土和防止北方匈奴的南侵，在公元前214年，派大将蒙恬北击匈奴。蒙恬出兵，主要是为收复河南地（今鄂尔多斯地区）。蒙恬将匈奴驱逐到阴山以北，对河南地进行管理和开发，设立34个县，徙民戍边，并修建了万里长城。

历史上对蒙恬“城河上为寨”有许多不同的见解。1996年内蒙古鄂尔多斯的考古工作者，在达拉特旗北部黄河沿岸找到了一段30公里长的东西走向的长城遗址（东起新民堡村东，西至王二窑子村东），为探索蒙恬所筑长城提供了重要依据。这表明“城河上为寨”就是在河边筑长城，而达拉特旗的长城就在黄河岸边，这与《史记》的记载也完全吻合。说明当时的库布其沙漠还没有形成，库布其沙漠是因为后来环境破坏后才逐渐形成的。

汉朝从公元前206年到公元220年，先后存续了400多年，是中国历史上比较强盛的王朝。在管理体制上，汉承秦制，加强了对鄂尔多斯地区的管理，期间，大量的移民开发对鄂尔多斯环境造成极大的影响。生态学家研究表明，鄂尔多斯流沙开始于东汉末年。从历史看，汉朝对鄂尔多斯的经营是以抵御匈奴为目的，以移民和农业垦种为重点，戍卒为解决军粮，就地垦荒耕种，破坏了大面积的森林草原植被和地表土层，为鄂尔多斯草原沙漠化创造了条件。

武帝元朔二年（公元前127年），卫青统兵收复河南地，并设立朔方郡，管理河套西北部和后套地区，建朔方城，修缮秦长城。《汉书·匈奴传》记载：“汉遂取河南地，筑朔方，复缮故秦时蒙恬所为塞，因河而为固。”元狩四年（公元前119年），汉使大将卫青、霍去病击败匈奴后，为进一步加强对匈奴的防御，太初三年（公元前102年），命徐自为在五原塞外筑城障列亭，“三年夏，遣光禄勋徐自为筑五原塞外列城”，即光禄塞。

汉武帝对河套地区开发十分重视，5年内先后进行了3次大规模的移民垦殖。据《汉书》记载，元朔二年夏，“募民徙朔方十万口”；也因“山东被水灾，居民多饥乏”，“乃徙贫民于关从西，及充朔方以南新秦地中，七十余万口”。西汉时期，鄂尔多斯地区总人口130多万人，而全国的人口为5767万人。按照当时垦种习惯，“种谷必杂五种，以备灾害；田中不得有树，用妨五谷”。鄂尔多斯作为新垦区，凡开垦处一切树木都被砍光伐尽。此外，在鄂尔多斯地区发现多处汉墓群，多为洞室墓和砖室墓，并在墓葬中广泛使用木料。可见，当时鄂尔多斯地区、河套地区开荒垦殖已经相当的普遍，并揭开了人为因素使土地大规模沙漠化的序幕。

王莽时期，由于政策失当引发匈奴不满，导致战乱。内地移民多数逃回原籍，东汉时鄂尔多斯地区人口只有十多万人，意味着原有耕地几乎全部荒芜、弃耕，在多沙的草原地区，必然引起土地沙漠化。朐衍县故城、灵州故城都被流沙淹埋，不见踪迹。

到南北朝时期，鄂尔多斯地区最终出现了沙漠。有关库布其沙漠的最早记载是北魏时期。流沙的形成和堆积是一个由少到多逐渐积累的过程。如果库布其沙漠是地质沙漠，在史书中必有记载。但是，到了北魏时期突然出现流沙深厚的记载，说明当时的流沙已危害了社会生活，引起了人们的关注。同时表明，库布其沙漠的活化、形成，是北魏以前不断破坏森林草原和垦荒耕种的结果。

据《魏书·刁雍传》记载，刁雍于太平真君七年（公元446年）表文：“奉诏高平、安定、统万及臣所守四镇，出车五千乘，运屯谷五十万斛付沃野镇，以供军需。臣镇去沃野八百里，道多深沙，轻车为难，设令载谷，不过二十石，每涉深沙，必致滞陷。又谷在河西，转至沃野，越渡大河，计车五千乘，运十万斛，百余日乃得一返，大废生民耕垦之业。车牛艰阻，难可全至，一岁不过二运，五十万斛乃经三年。”可见，刁雍军需粮道的流沙已严重影响了交通，流沙已相当严重。文中“沃野”，今杭锦旗西北巴拉亥一带，“谷在河西”指河套地区，“越渡大河”指黄河。从“大废生民耕垦之业”看出，当时河套地区垦荒相当普遍。据历史学家考证，此军需粮道经过今鄂托克旗西部到杭锦旗北部的沙漠地带。这表明北魏时期库布其沙漠已经形成。而此时的鄂尔多斯气候处于低温期，生态环境脆弱，森林植被一旦破坏，短期内难已恢复，为形成流动沙地提供了气候条件。

到唐代，鄂尔多斯北部陆续出现被称作“普纳沙”和“库结沙”的沙丘地带。清代光绪末年，实施“新政”，“开放蒙荒”、“移民实边”，并在库布其沙漠修建了多处召庙，一方面说明当时有些地区环境较好，水草丰美；另一方面说明当时人口增加，垦荒普遍，使库布其沙漠的扩大和蔓延进一步加快。在20世纪20年代末至30年代初，是近百年来流沙面积最广的时期，几经固定与活化，发展至今。

库布其沙漠的形成有地质、气候因素，也有人类活动导致沙漠扩展、活化的因素。

探讨库布其沙漠的历史，必然要对周边的环境有一定的认识，特别是对上风区的环境地质有所了解，从而客观地分析库布其沙漠的形成和演变。

库布其沙漠位于黄河北上大折曲以东，大折曲以西是乌兰布和沙漠。乌兰布和沙漠以西是在地质时期形成的巴丹吉林沙漠，再往偏西北向是著名的额济纳绿洲，古代重镇居延城、黑水城即建立在此，但是现在均埋没在沙漠之中。

考古资料表明，早在汉代，额济纳绿洲就已进行了大面积的垦种。以后，唐、西夏和元代也不断地进行垦殖，并随着垦区范围水源（古弱水下游）的变化而变化。有趣的是，唐、西夏和元代时期好像故意拒绝利用汉代的老垦区，而热衷于开发新垦区，其实是汉代垦区土地严重沙化，已无法继续耕种。从现代额济纳绿洲沙漠化形态看，垦区北部，即汉代的老垦区内，沙丘高度多数在10米以上，并形成沙丘链；而在垦区南部，即唐、西夏和元代时期垦区，基本是灌丛沙丘和沙平地，是流沙堆积的初级阶段，说明汉代垦区的沙漠化要比唐、西夏和元代垦区早。因此，从额济纳绿洲垦区沙漠化的考古结果看，绿洲沙漠化应在汉武帝打败匈奴以后逐渐形成的，与现在的库布其沙漠形成的时间基本同步。

同样，从乌兰布和沙漠的考古资料看，汉代和西夏时期的人类活动直接导致了土地沙漠化的发生和扩大。

阴山以南，黄河中游大折曲以北，自古就以地势平坦、土壤肥沃而闻名，是著名的河套平原，素有“黄河百害，唯富一套”的说法，而良好的自然环境又是早期人类居住、生活的基础。

人类考古表明，在乌兰布和沙漠的北部，汉代以前就有人类活动，并遗留有人类早期到战国后期和秦代的遗迹、遗物。

1963年，侯仁之、俞伟超曾在磴口县保尔陶勒盖农场发现燧石质石核，以后又发现磨光石斧，表明早在新石器时代，古人类就在乌兰布和沙漠的北部地区生活。此外，匈奴人的摇篮和原居住地就在黄河河套地区和阴山一带，也说明这里“草木繁茂，多禽兽”，具有宜牧宜猎的环境条件。然而自秦汉以来将匈奴驱逐阴山以北，特别是汉武帝元朔二年（公元前127年），卫青击败楼烦王和白羊王，再次将驱逐匈奴到漠北，并在秦九原郡地区设立了朔方郡，先后移民80万人到此开荒耕种，同时命当地驻军也屯垦戍边，揭开了乌兰布和沙漠北部地区历史上大规模垦荒开发的序幕。

近年来，考古专家侯仁之、俞伟超、魏坚等人总计在乌兰布和沙漠共清理汉墓135座，预计上述地区汉墓群共有墓葬1200多座。墓葬时代包括了西汉中晚期、新莽时期和东汉初期，说明当时乌兰布和沙漠垦区的繁荣。尽管这些墓葬现在均埋没在沙漠中，却反映了历史上乌兰布和沙漠不合理的人为活动对沙漠化形成的严重影响。

北宋太平兴国六年（公元981年），王延德出使高昌，经夏州，过黄河，途径了乌兰布和沙漠北部。据他记载：“行入六窠沙，沙深三尺，马不能行，行者皆乘橐驼。不育五谷，沙中生草名登相，收之以食。次历楼子山，无居人。行沙碛中，以日为占，旦则背日，暮则向日，日中则止。”六窠沙即今天的乌兰布和沙漠北部，楼子山可能是现在的巴彦乌拉山。说明在10世纪中后期，乌兰布和沙漠北部的沙漠就已成，并严重地影响了交通等日常活动。当然，乌兰布和沙漠北部沙漠最初形成的时间可能还要早得多。

以上赘言所述，库布其沙漠、乌兰布和沙漠的形成和额济纳绿洲沙漠化在时间上具有同步性，基本是在秦汉时期将匈奴驱逐到阴山、漠北以后，大规模移民垦荒、驻军屯垦戍边，造成森林、草原植被严重破坏，使地质时期积累的沙物质裸露而形成的。加之公元前1000年前后，气候条件又处于全新世的相对干燥时期，客观上加剧了沙漠化的扩展。而乌兰布和沙漠的形成和额济纳绿洲的沙漠化，又在地形因素的强烈影响下，对库布其沙漠的扩展产生了积极的作用。

沉重的历史，苦难的岁月，使鄂尔多斯这块曾经无比辉煌的人类文明的发祥地，最终也难逃"地球癌症"的厄运。好在库布其沙漠这个"子宫癌"，在当今人类猛醒的环保意识下和现有的科技水平下是可以治愈的，而且正在治愈，正在康复。

四、黄河，拉满弦的弯弓

黄河哺育了中华民族，黄河流域作为中华民族古老文明的摇篮，为中国乃至世界文化作出了不可磨灭的贡献。在中国辽阔的北疆，黄河从高原奔腾而来，好像是从白云中流出来一般；若从高空俯瞰，它弯曲扭动的身姿隐隐象征着我们民族那独一无二的图腾；而黄河下游摇摇摆摆多次改变的河道，酷似一条悸动的龙尾。在中国历史上，黄河就是中华民族最主要的发源地，中国人称其为"母亲河"。毛泽东曾说过这样一句话："你们可以藐视一切，但不能藐视黄河。藐视黄河，就是藐视我们这个民族。"

黄河是世界第五长河、中国第二长河。它发源于青藏高原青海省的巴颜喀拉山脉北麓约古宗列盆地的玛曲，自西向东流经9个省区，最后流入渤海。"黄河之水天上来，奔流到海不复回。""黄河落天走东海，万里写入胸怀间。"这是诗仙李白的诗句，表达了中国人民对于黄河的无限深情，情景交融，妙绝千古。"风在吼，马在叫，黄河在咆哮，黄河在咆哮！它震动着，跳跃着，像一条飞龙，日行千里，注入浩浩的东海。”这是冼星海的《黄河大合唱》的歌词，他借黄河之景，热情地歌颂中华民族源远流长的光荣历史和中国人民坚强不屈的斗争精神。

黄河全长约5464公里。中上游以山地为主，中下游以平原、丘陵为主。由于河流中段流经黄土高原地区，因其河水中夹带了大量泥沙而河水发黄，故称“黄河”。同时，它也是世界上含沙量最多的河流。现在，黄河每年径流量580亿立方米，相当于全国河川流量的2%，流域面积约79.5万平方公里，承担着全国15%的耕地、12%的人口和50多座大中城市的供水任务。

在中国地图上，向东流的黄河，北上、向东、向南、再向东流，在中国正北方的版图上气势恢宏地呈一个大大的“几”字形。“几”字形的中上部，黄河三面环绕着的风水宝地就是鄂尔多斯市。

如果把黄河流出的“几”字形分两次按太极图作图，人们会不相信自己的眼睛，更怀疑自己的思维是不是出了问题。

先以黄河向东、北上、向东的“S”形同圆内的圆心为界，画出左右两个相等的太极图阴阳鱼，鄂尔多斯位于黑色阴鱼的眼睛部位；如果以黄河向东、向南、再向东的反“S”形同圆内的圆心为界，画出左右两个相等的太极图阴阳鱼，鄂尔多斯还是位于白色阳鱼的眼睛部位！

天地定位，山泽通气。太极灵气，尽在斯也。

几百万年的黄河为什么要在中国大地上执著地画出偌大的“几”字形符号？黄土地为什么要用染黄的黄河水孕育出世界上最聪明的黄皮肤黄种人？

鄂尔多斯，处处充满神奇。

黄河自鄂托克旗碱柜进入鄂尔多斯，流经鄂托克旗、杭锦旗、达拉特旗、准格尔旗，最后从准格尔旗龙口镇河口村出境，全长728公里。黄河在这个“几”字形湾里，创造出天下最富的河套，孕育了驰名中外的“河套人”文化，塑造出神奇怪异的黄河峡谷，造化了与库布其沙漠合璧的大河弯弓。

黄河从4000多米的青藏高原流出，经过我国的干旱地区、半干旱地区，把这些自然条件严酷的地方都变成绿色成荫、花果飘香的“塞上江南”、“塞上粮仓”、“绿洲河套”。

河套，指的还是这神奇的“几”字形湾，包括银川平原和鄂尔多斯高原、黄土高原的部分地区。银川平原，又称“西套”、“前套”；“东套”也称“后套”，历史上黄河没有改道之前，河套专指的是鄂尔多斯地区，现在也把阴山山脉与库布其沙漠之间的冲积平原、巴彦高勒与西山咀之间的巴彦淖尔平原称为河套；有时也把包头、鄂尔多斯、呼和浩特之间的土默川平原称为“前套”。依靠黄河发展起来的灌溉事业，打破了河套平原荒漠草原与荒漠这一地带性的束缚，呈现阡陌相连、沟渠纵横、绿荫弥望的景色。

过去常说：“黄河百害，唯富一套。”所谓“一套”泛指此“前套”、“后套”的合称，现在从经济圈考虑，新的提法叫“大河套”。所谓“黄河百害”，指的是黄河经常发生泛滥以致改道的严重灾害。从周定王五年（公元前602年）到1938年国民党政府扒开郑州以北花园口大堤的2540年中，黄河发生决口泛滥1590次、大的改道5次、重要改道26次。每次决口泛滥给人们的生产生活都造成重大损失。

黄河以泥沙含量高而闻名于世，其含沙量居世界各大河之冠。据测算，黄河三门峡站多年平均输沙量约16亿吨，如果把这些泥沙堆成1米高、1米宽的土墙，可以绕地球赤道27圈。“一碗水，半碗泥”的说法，生动地反映了黄河的这一特点。这些泥沙90%来自黄土高原，每年随泥沙流失的氮、磷、钾养分约3.5亿吨，所以还有一种说法是“黄河流淌着的是中华民族的血液”。

面积约40万平方公里的黄土高原是世界最大的黄土沉积区，它是第四纪地质时期沙尘暴的杰作。黄土高原黄土的粒径一般在0.005～0.05毫米之间，在黄河正常流量的情况下，它们都能随水而动，所以它们也是染黄黄河水的主要物质。

我国著名泥沙专家、清华大学钱宁教授发现黄河之所以成为“悬河”，罪魁祸首就是淤积河床深处的泥沙，它们比黄土高原黄土的粒径粗，颗粒大都大于0.05毫米（在中国沙物质划分标准中属于极细沙），而且粗泥沙占60%左右，甚至还有粒径0.1毫米（在中国沙物质划分标准中属于细沙）以上的沙物质。而0.05～0.1毫米的沙物质正是沙漠、沙地的粒径组成。这样，黄河从上游到中游依次穿过的腾格里沙漠、毛乌素沙地、乌兰布和沙漠、库布其沙漠四大沙漠（地）自然难辞其咎。尤其是库布其沙漠，它地处四大沙漠（地）最东端，对黄河中下游的河道淤积负有直接责任。

新中国成立后，党和人民政府十分重视黄河治理，毛泽东主席提出："一定要把黄河的事情办好。"周总理也在一次全国各省市第一书记会议上坚决表示："黄河的事情我挂帅。"多年来，国家在改造黄河方面投入了大量人财物力，黄河泛滥以致改道这两大重灾逐渐减少。但是，多年的拦洪筑坝、加固大堤和河床里不断沉积的泥沙，相互作用，恶性循环，使现在黄河大部分河段的河床都高于流域内的城市、农田，全靠大堤在约束黄河，因而黄河又被称为"悬河"或"地上河"。

如今的黄河比50年前高了6米，有的高出地面13.5米。郑州段黄河河床海拔高度是86～95米，早已高过了郑州"二七"纪念塔。黄河开封段水平面到河床海拔155米，比开封市海拔高出75米，河床底部也高出两岸地面约3～10米。现在，开封市地下已淹埋了自汉唐至今的7个城市！

"悬河"似一把"悬剑"高高悬在我们头上。

还记得黄河"几"字形湾的太极图阴阳鱼吗？两个太极图阴阳鱼有一处重叠，就是黄河纬度最高、像巨龙拱起脊背的那一段，它就是库布其沙漠北段三盛公至包头短短200多公里河段。特殊的地段自然有着非同一般的现象，就是在最近几十年，黄河仍在这里轮番上演着惊天动地的决口、冰坝、沙坝、断流的情景。

"几"字形湾的防洪大堤是1952～1956年效仿大禹治水的方法，通过人抬肩扛、就地取土、人工施筑而成。大堤各方面质量都没有达到设计要求，整体防御能力弱。此后虽进行过多次加固，但都是就近取土完成，使堤防两侧形成了坑塘沟壕，并且因资金条件所限没有进行防渗处理。因此，汛期管涌、渗漏等险情时有发生。

同时，黄河也成为"几"字形湾南北两岸的"悬河"。河床比南岸的杭锦旗、达拉特旗、准格尔旗分别高出2～6米，比北岸的乌拉特前旗高出3米、比临河高出2米、比五原高出6米。在中国经济高速发展的近十年，黄河仍然是决口不断：

2003年9月5日，黄河北岸乌拉特前旗大河湾段决口。

2006年7月27日，黄河北岸包头段出现决口。

2007年6月21日，黄河北岸包头段兰桂村护田大坝决堤。

2008年3月20日，黄河南岸独贵塔拉奎素段发生溃堤。

2012年8月7日，黄河北岸包头段哈林格尔镇堤决口。

凌汛是黄河常见的一种自然现象，但冰坝却是“几”字形湾里非常怕见的灾难事件。1933年，黄河北岸蹬口县凌汛决口，300多里一片汪洋，水势汹涌，冰积如山。

黄河流域东西跨越23个经度，南北相隔10个纬度，地形和地貌相差悬殊，径流量变幅也较大，再加上冬季受来自西伯利亚冷空气的影响，气候干燥寒冷，所以每年冬季黄河上许多河段都要结冰封河。根据气温、流量及河道特征，地处黄河流域最北端“几”字形湾里库布其沙漠北段三盛公至包头段，是整条河流凌汛灾害最易发生的河段。流凌严重时，甚至在黄河上筑起几丈高、长达数公里的冰坝，巨大的冰坝或使河水向两边外溢，或摧毁河道上的桥梁。

“几”字形湾里的黄河，每年12月上中旬开始封河，直到次年3月中下旬才开始解冻，结冰期长达120天。三盛公至包头河段封冻比兰州段早20天，解冻却晚1个多月。

兰州到三盛公至包头河段，纬度相差4度37分，冬季月平均气温相差5℃左右。早春二月，兰州的黄河首先解冻开河，带着款款体温，混同封冻期间河槽的积蓄水急剧释放下泄，形成凌汛洪水。洪峰流量沿程递增，冰水越聚越多，水位不断上涨。而“几”字形湾里的黄河，因气温仍低，结冰较厚，冰凌固封，在释放下泄形成凌汛洪水的冲击力和压力作用下，水鼓冰裂，强势冰开，形成武开河。

武开的黄河响声山崩地裂、惊炸无兆。巨大的冰凌在宽阔的河面上还算平静，犹如朵朵白云上下翻滚，但在狭窄、弯曲的急流处，巨大的冰凌显得笨拙，不如它下面的流水速度快，于是有些冰凌想方设法借助快速流水，想从冰凌缝隙或冰凌下面钻过，结果导致冰凌集聚，冰块叠加，形成冰塞、冰坝，致使河槽水位陡涨。

“几”字形段河道黄河流量一般在每秒400立方米左右。封冻时，河槽内储蓄水量平均6亿多立方米，最多能达9亿立方米。解冻开河时，河槽内的蓄水迅速释放出来，最大凌汛洪峰流量可达每秒3500立方米。这时如果遇上可怕的冰坝，结果可想而知。

1967年3月15日，黄河“几”字形段节节卡冰结坝，凌峰流量沿程增加，水位猛涨，致使百里长堤四处溢水，黄河南岸的达拉特旗柳林圪梁堤、杭锦旗史三河头坝、准格尔旗的榆树湾纷纷决口成灾，黄河北岸河水以冰坝形式倒灌包钢进水口。

在“几”字形湾里，向黄河里输送沙子的主要是库布其沙漠的中段。中段沙漠的南部是中国面积最大的寸草不生的砒砂岩，沙漠的中部有十大孔兑，它们都处于鄂尔多斯高原脊线的北端，其中有八大孔兑的洪水直接注入黄河。

马教授一行特意先去的地方就是孔兑上游的砒砂岩丘陵沟壑区。

砒砂岩是沙砾类钙质粗骨土和泥页岩类钙质粗骨土的统称。来源于中生代白垩纪和侏罗纪陆相碎屑沉积岩类的泥岩、砂岩、砂砾岩，通常以粉红色、紫色、灰白色、灰绿色互层相间而存在，当地群众把它称为“五花肉”。

砒砂岩是一种奇特地貌，它的断面红白相间，艳丽夺目。3.2万平方公里沟壑犬牙交错的景观，气势磅礴，山峦起伏，远观如风吹皱的锦缎飘落在大地，近看又似红白相间的彩带随山舞动，气势恢宏。砒砂岩分布在晋、陕、蒙三地，但以鄂尔多斯的面积最大、地貌典型，现在已开发为砒砂岩地质公园和生态旅游景区。

地球表面分化的沉积物有二次成岩过程。沉积物粒径一致、在足够压力下还可以再变成岩石，二次成岩最著名的是澳大利亚的乌鲁鲁（学名艾尔斯岩）；沉积物粒径不一致，但压力够的代表作是内蒙古大学蒙古学学院楼前的风景石。

砒砂岩是由于河湖相沉积物在二次成岩过程中压力不够而结构松散的。旱时，它能像岩石一样坚硬，雨后却像泥巴一样稀软。其上几乎是寸草不长，被地质学者称为“地球不死的癌症”。雨后稀软的砒砂岩也是黄河泥沙来源的罪魁祸首之一。

吕荣告诉马教授，他接待过我国著名的土壤学专家、兰州大学教授胡双熙。胡教授说过，砒砂岩颜色和矿物质有关，经过长期的淋溶、沉淀、氧化—还原作用，颜色发白的是因为含钙离子氧化物多，颜色发黄的是因为含低价铁离子氧化物多，颜色发红的是因为含高价铁离子氧化物多。所含的不同矿物质与沉积时的气候、地理环境密切相关。

说来也怪，鄂尔多斯这些年由于人努力、天帮忙，植被盖度加大，沙漠、沙地植被得到恢复，这都好理解。怎么多年寸草不长的砒砂岩，现在竟然也是绿染点点，春意盎然？

关于“几”字形的形成和八大孔兑与黄河的关系，马教授特意请教了中科院寒区旱区环境与工程研究所的拓万全博士。拓博士的研究课题就在鄂尔多斯，看上去他和吕荣关系好得不行。拓博士的研究课题为“黄河上游沙漠宽谷段风沙水沙过程与调控机理”，是国家“1973”项目。但当问到这些问题时，他说得很犹豫：“我研究的课题是黄河河道水沙和泥沙问题。关于这一段河道‘几’字形的变化过程是个很大的难题。按说河流内的沉积物应该就是河流的沉积物，但是从另外一个层面反映，这地块整体上又是湖相沉积物，到底是洪水造成的还是以前的黄河，虽然位置还是那个地方，数据没有出来，目前确实还不敢定论。大家都是猜测，都是一些零零星星的说法。十大孔兑和黄河之间的相互作用关系也是非常复杂的，好多事情是要经过试验研究，没有数据的话不敢说。不管卫星遥感影像上看还是实物现地看到的，最重要的是每一次河道摆动的时间没法测定。”

砒砂岩的下游紧挨着的是库布其沙漠的十大孔兑。

十大孔兑由南向北并行注入黄河。十大孔兑发源于鄂尔多斯地台北侧，数量是10条，其中有2条消失在冲积平原中，所以一般统称十大孔兑。各孔兑河长在65～110公里之间，河道平均比降在2.67‰～5.25‰之间，总流域约1.1万平方公里。孔兑河道中，地表覆盖有西侧库布其沙漠季风期的风沙残积土，东侧则是砒砂岩丘陵，成为洪水的重要泥沙源。孔兑下游为冲积扇区，地势相对平坦。

十大孔兑中的西柳沟、毛布拉和罕台川3条孔兑下游各设有1个水文站，分别为龙头拐水文站、图格日格水文站（1982年以前为官长井水文站）、响沙湾水文站（1999年以后为红塔沟水文站）。孔兑以暴雨产流为主，上游丘陵沟壑区风沙残积土和风化沙、砾岩以及中部河段河道内堆积的风沙为暴雨产生泥沙提供了充足的沙源，加之河道比降大，输沙能力强，产、汇流均很快，所形成的洪水一般都为高含泥沙洪水，每立方米含泥沙量高达数百甚至上千公斤。

1961年8月达拉特旗南部的一次暴雨，各孔兑出现较大洪峰，巨大的山洪通过库布其沙漠，携带大量泥沙冲向黄河，使达拉特旗北部平原遭受巨大损失。其中，西柳沟的泥沙一度阻塞黄河，在黄河里横筑沙坝，使水倒流，第一次淹没包钢的进水口。

鄂尔多斯市生态区位十分重要，是我国北方生态建设的重点地区之一。从苦难中奋争过来的鄂尔多斯人，以生态建设为生命线，发出了“保卫家园，保卫黄河”的誓言。1994年，鄂尔多斯市成为自治区首家引进世界银行贷款治理荒漠和水土流失的城市，先后向世界银行争取到10亿元人民币的贷款和联合国80万美元的无偿援助资金。经过8年奋战，在生态护河项目区完成骨干生态工程坝257座、淤地26平方公里，治理面积达到2300平方公里，使涌入黄河的泥沙每年减少1.2亿吨。

有点遗憾的是，在生态护河项目治理过程中，库布其沙漠又发生了一起黄沙入黄河的事件。

1998年7月，在鄂尔多斯高原产生了2次强降雨过程，暴雨中心又是位于黄河一级支流西柳沟的中上游。暴雨洪水夹带大量泥沙冲入黄河，又在黄河主河床中淤积，形成东西长10公里、南北宽1.5公里、厚6米多的沙坝。据当地水利部门介绍，泥沙总量达到1亿吨。大量的泥沙淤积在河床中，将黄河干流向北推移1.5公里，把位于河床中的包钢3个进水口再次全部堵死，致使包钢部分车间停产，经济损失巨大。

欣慰的是，鄂尔多斯人“保卫家园，保卫黄河”的誓言有效！从1998年以后的这十几年，库布其沙漠的沙子再也没有流入黄河，这个看似天道使然的自然灾害，目前可以说是彻底消除。

马教授所到之处，十大孔兑和一条条穿沙公路俨然变成生机盎然的绿色长廊，将横亘在鄂尔多斯高原的库布其沙漠裁为数段。漫漫黄沙之上出现纵横交错、无边无际的生命绿色，赏心悦目的人造绿廊、绿洲，景象蔚为壮观。

1972年，黄河一改泛滥以致改道的常态，出现了有史以来的新患——断流。

黄河断流，是吸干母亲乳汁的断流，是黄河更可怕的灾难。

20世纪70年代，黄河每年断流不到14天。进入90年代以后，每年断流时间在102天，河口地区竟有295天无水入海。1998年元旦的头条新闻就是黄河断流。这年断流天数137天。

“几”字形湾里的黄河也是如此。好多地方大家不用脱鞋就能过河。岸边的河头地无法耕种，纵横交错的灌渠成了摆设。没有水，农民无法种地；没有水，工厂不能开工。不少人开始怀念黄河泛滥、天水一色的情景。黄河断流成了中国人的一大心病。

最感心痛的是一批远见卓识的高级知识分子。1998年初，中国科学院和中国工程院张光斗、方智远、周光耀等等135名院士，以满腔激情联名发出了《行动起来，拯救黄河》的呼吁书。

两院院士指出，黄河是中华民族的象征，是中华文明的摇篮。然而，今天的黄河正面临着断流威胁。自1972年以来，黄河已成为一条季节河，照此下去，不久将变为内陆河。呼吁书说：“黄河断流，意味着整个黄河流域生态环境正在继续恶化。黄河断流，严重造成下游土地荒漠化、生物多样性消失。黄河断流，直接威胁着下游经济的发展。黄河断流，还将对中华文化、民族心理产生不可估量的影响。面对这严峻的现实，所有的炎黄子孙都应进行深刻反思。”

采访期间，马教授一行多次路过黄河，每次都能引起马教授不同的思绪。

马教授想起他的老大哥贺政明，5岁跟母亲从山西来到达拉特旗黄河湾，22岁写出《玉泉喷绿》，在全国一举成名。之后他创作《黄河儿女》、《北方寡妇》的灵感都来自黄河。

马教授还想起他的小老弟肖亦农，他俩都是当年黄河边上内蒙古生产建设兵团的兵团战士。肖亦农当时是在杭锦旗吉尔格朗图公社的三师三十三团，马教授是在杭锦旗独贵特拉公社（现为独贵塔拉镇）的二师二十团，两人都当过团政治处报道组组长。不同的是，多年以后，他们俩一个当了作家，一个当了教授。30年前，两人有过一些小的合作，低调做人是两人的共性。散文大家全秉荣曾评价过肖亦农的低调做人：“什么时候问他，他都说没事没事，从不张扬，然后突然拿出振聋发聩的作品。”马教授喜欢“水鸭子式”做人，表面上平静悠闲，在底下扑腾。马教授尤其欣赏肖亦农以黄河为背景的“金色的弯弓”系列中篇小说《红橄榄》，把黄河上的情趣挥洒到了极致。

在黄河边，望着滔滔河水，很自然就想起唐代诗人王之涣的《凉州词·黄河远上白云间》，展示了边塞地区壮阔、荒凉的景色：

黄河远上白云间，一片孤城万仞山。

羌笛何须怨杨柳，春风不度玉门关。

有人说，王之涣这首诗的开头原是“黄沙远上白云间”，后来被人传成了“黄河远上白云间”。可是在马教授的脑海里，黄河、黄沙早已混在一起，一字之差，夜半推敲，各有雅意。

当年马教授在伊克昭盟工作的时候，一出差必定要路过黄河。早先是坐班车，到河边下车，汽车开上木船，木船把汽车运过对岸，然后人再上车。后来黄河上搭起了浮桥，虽然汽车摇摇晃晃通过，但感觉很幸福了。只是到了黄河流凌期，过黄河要看运气如何。有一年，大概是1981年春天，马教授坐班车来到河边，排队过河的汽车已有几里长。流凌期间浮桥早撤了，全靠木船来回摆渡运汽车。要想过河，一是河中的凌块不能大不能多，二是河面上风不能大。那天这两个情况都让他赶上了，河槽里的凌块像冰山崩裂了一般，白花花的汪洋一片；河面上的风很大，这个季节正是西北风的盛行期，而且开河要吸热，河面气温骤降，凌厉的寒风一会儿刮得人透心凉。伊克昭盟这边的人越聚越多，嘈杂声越来越大。仔细看，娶亲的、奔丧的、贩卖猪羊的，乱哄哄地滚成一片。再看对面包头岸边，人也是黑压压的一片，互相喊话都能听到。马教授忽然心中一动，拿出海鸥120照相机，爬上班车车顶拍下一张照片。30多年来，马教授经常要扔掉一些书藉和资料，但每次看到这张照片都心有所动。

1958年修建了黄河三盛公水利枢纽工程，桥面宽7米，可以走13吨以下的汽车。1983年以前，728公里的“几”字形湾里没有一座桥。1983年10月，东胜到包头的第一座黄河大桥正式通车，几乎有好几年，这座大桥都是人们谈不完的话题。大家不厌其烦地从各个角度谈论着“桥”的概念、性质、意义、用途、理解和感慨，而且水平越来越高。

也正因为心中有黄河大桥这个情结，一过黄河到准格尔旗，马教授就仔细数着鄂尔多斯黄河上现在到底有多少桥。最后只好请准格尔旗林业局副局长白玉峰、达拉特旗林业局副局长李连生反复打电话找人询问黄河上铁路、公路大桥的准确数字，得知准格尔旗12座、达拉特旗7座、杭锦旗3座，“几”字形湾里，30年共建黄河大桥22座。

采访期间，马教授一行碰上鄂尔多斯市政府一位副秘书长，马教授问他鄂尔多斯沿河共有多少座黄河大桥，他数来数去总共数了12座。

这件事使马教授郁闷了好几天，这官是怎么当的，这是黄河大桥呀！

九曲黄河流经我国多个省区，汇集了40多条主要支流和1000多条溪川，山水相容，塑造出一幅幅秀丽神奇的景观画廊。其中以“黄河三峡”命名的就有4处，它们是甘肃省永靖县的炳灵峡、刘家峡、盐锅峡三大峡谷；山西省吕梁市柳林县的黄河大峡、龙泉石峡、屈产峡；河南省济源市西南30公里黄河中下游交界处的孤山峡、龙风峡、八里峡；黄河小浪底水库大坝中上游的最后一个峡谷处。

其实，黄河在鄂尔多斯“几”字形湾的出口处，还有一处更神奇的“黄河三峡”。它的神奇在于它不但有绝壁悬崖，更有一湖清水，阳光下湖色浅时，湖水洁白如玉，水珠晶莹剔透。早晚峡谷夺光，湖水蔚蓝深邃，幽幽绿绿。它彻底颠覆了那句“跳到黄河洗不清”。

在鄂尔多斯市准格尔旗东部与山西偏关县交界的黄河峡谷，黄河连续转了2个“S”形。文喜曲折，河曲出奇。黄河在这里童心濯濯地玩出2个“S”形，使河面亦开合无常，造化出峰峦雄伟，危崖耸立，沟谷深峻狭窄，相对切割深度竟达210米，急流险滩之处，河道曲折多变，静如镜面，啸如激雷。

第一峡城坡峡河水时平时缓，奔涌而出，如野马般横冲直撞，激起数丈高水柱。水花下落后，阳光一照，晶莹剔透，烁烁夺目。

第一峡出城坡峡至包子塔一段，河水于峡谷间奔涌突进，涛声激壮，流速急骤。其间白头浪段河水曲折迂回，突然逆转方向，在4平方公里内凸出一个巨兽似的半岛，头颅高昂，傲视群雄，鬼斧神工，令人惊叹。

第二峡是转过白头浪段“S”形急弯后，两岸壁耸千仞，洪涛漫卷。船过头直，一壁扑面，数崖峰立，水流湍急，转眼却见水潆流洄，舟船陡转。

第三峡两岸山崖如峙对立，深涧幽峰令人眩目。水流急促，巨石切涛，漫起迷天水雾。岸崖之上草木悬空，云雾缭绕，幻景层出不叠。

万家寨水利枢纽是准格尔旗三峡最大的亮点。它位于准格尔旗魏家峁黄河段，河东为山西省辖境。水库主体镶嵌于黄河峡谷之中，是准格尔旗企业家智慧的杰作。它利用上游“S”形弯道水势变缓，在下游从河槽底部筑起100多米大坝拦河蓄水。黄河水一过“S”形弯道，流入巨大的静态水体，流速放缓，0.005～0.05毫米泥沙迅速沉积，所以水体清澈，与两岸崇山峻岭共同组成壮丽的景观，是整个黄河流域独具特色的旅游景点。万家寨水利枢纽将奔腾的黄河锁住，高峡出平湖，幽谷成仙境。

流经准格尔旗和河曲县相会处的马栅镇宽阔的黄河河道上，有2座景色迷人的小岛，这就是著名的太子滩和娘娘滩。太子滩是黄河上的一个悬水岛屿，地处黄河河道中心位置，占地约0.072平方公里，遥而望之，似在开阔河面上的一艘巨型舰艇。太子滩上有温泉，热气汩汩而出，试之烫手。两边黄河缓流，开阔壮丽。娘娘滩与太子滩相呼应，娘娘滩地势平坦，东西长约500米，南北宽约800米，面积0.16平方公里，这是黄河河道中仅有的2个小岛，仿佛是镶嵌在黄河这条金色项链上的两颗翡翠。

相传汉高祖刘邦驾崩后，吕后专权，将代王刘恒及其母薄太后逐出京城，为躲避吕后陷害，母子俩逃到了此地，见这里黄河中有2座小岛与世分隔，岛上风水极好，就分别在两岛住了下来。吕后篡政失败后，刘恒被拥为文帝，其母被尊为太后。黄河上这2座小岛故而得名“太子滩”和“娘娘滩”。虽然这里曾出土过汉代“富贵万岁”瓦当，但传说是否属实，还有待考证，然而此间的胜景却是闻名遐迩。

龙口镇为鄂尔多斯地区海拔最低处，气候温暖湿润，以盛产各类水果而著称，因此有“塞外小江南”之美誉。丽日下，黄河闪着粼粼金光缓缓西流，两岸峰峦叠翠，高崖之上，长城巍然屹立。水光山色之间，桃柽柳绿，花果飘香，相映成辉。河面上渔渡繁忙，或步于岸边，或游于船上，都会令人赏心悦目，流恋忘返。

“几”字形的黄河在鄂尔多斯创造了无数的神奇，也留下亘古不变的故事。这传奇和故事融入鄂尔多斯人祖祖辈辈的肢体和血液中，使鄂尔多斯人像黄河一样，有时孤傲豪放，有时恬静谦和，永远向前，奔腾不息。

第二章

沙漠，地球上最美丽的地貌

一、沙丘，“上帝之手”的杰作

最近，科学家对上帝的两只“手”兴趣大增。一只“手”是科学家日前所拍摄到的太空照片。一团幽影似的蓝云变成了一个用张开的大拇指和几只手指抓住的一块燃烧的煤。这幅令人震惊的照片是由美国太空总署的钱德拉X光观测仪拍到的，该观测仪在地球表面上空约580公里处绕着轨道运行。

这只“上帝之手”是由超新星爆炸引起的，爆炸后该星迅速形成一颗直径12英里的脉冲星，该脉冲星深隐于手腕上的白团里。脉冲星喷出数量庞大的电磁能量，创造了一团由尘埃和气体形成的云，这团云长达150光年。照片中的红色圆碟，是另一团气云。是“手”的能量从脉冲星传至气云时形成的。美国太空总署的科学家估计，图片中的景象实际上是发生在1.7万年前。它被X光拍下后，以每小时6亿英里的速度传至地球。

上帝的另一只“手”，是在中国西北地区3500～7000米高空，由西风急流和西北吹向东南的冬季风合在一起所形成的“更强大的西风急流”。从240万年前开始，上帝就热衷于玩一个匪夷所思的游戏，他用这只“手”，把中国西北部干旱地区表面的沙尘抓起来往东南方向抛去，任凭沙尘落下的地方渐渐堆积成40万平方公里的黄土高原，然后乐此不疲地把渐次出露于地表的大于沙尘粒径的沙粒就地分片，不断聚集、聚集，最后形成一个个波澜壮阔的沙漠。2002年《自然》杂志发表了中国学者的最新研究成果，把上帝热衷于玩的这个游戏的开始时间，推到了2200万年前。

风就是上帝抛尘、堆沙的那只“手”。

风就是大气的流动。风产生的因素有两方面，一是大气中的热量和气压分布不均匀，二是地球的自转运动对大气的影响。近地面层气流，指的是贴近地面百米内的气流，也就是人们常感觉到的变幻无常的风。它受热量、水汽、下垫面等诸多物理属性的影响，常以无规则的、随机的湍流脉动形式四处游荡。风看似虚无飘渺，来无踪、去无影，骤然狂风怒吼，觅时倏忽不见。但天道使然，世间万物皆有一定章法。尤其是貌似神秘的风，无论它清啸长逝的孤芳自赏，还是与沙尘的相嬉共舞，都严格地遵循着鲜为人知的特征和规律。

解落三秋叶，能开二月花。
过江千尺浪，入竹万竿斜。

唐代诗人李峤的《风》这首诗让人看到了风的力量和存在。风能使晚秋的树叶脱落，能催开早春二月的鲜花。它经过江河时能掀起千尺巨浪，刮进竹林时可把万棵翠竹吹得歪歪斜斜。但江南的风毕竟还是像吴音软语的娇娃，风是清而不浊的。而沙漠里的风生来就是混浊的，但凡起风，风里一般都夹带着沙粒，科学家却给它起了个浪漫的名字——风沙流。

风沙流只与沙漠的亲昵依偎。风是沙漠忠实的雕塑家和欣赏者。风沙流与沙漠具有本身的特征、性质、规律，但二者是相互依存、互为因果，都是受风、沙、下垫面3个主要因素的影响，以风沙流作为动力和物质条件，在形成演变中达到动态平衡。二者都具有顽固和善变的双重性格。例如，虽然沙漠表面复杂多样、姿态万千，但都具有重现性、演绎性、规整性、相似性等特质，同一类型沙丘所形成的沙丘样式，尽管它们远隔千山万水，相距遥远，但同类沙丘的平均长度、宽度和波长的关系，不管沙丘大小、形态和地理位置如何，都是相似的。风沙流也具有复杂多变的一面，它的出行一般都是以湍流或紊流形式，其运动方向和速度是不断变化的，表现在时间和空间上都不规则，“情绪”和“节奏”也有高亢和低沉，但在一定条件下或特定的时间内，其运动的方向是确定的，并信守着固定的特征、性质和一定的规律。

风沙地貌的形成是风对疏松的沙质地面进行吹蚀、搬运和堆积的结果。实质上错综复杂的风成地貌形态都是风沙活动过程的记录。风积地貌是指被风搬运的沙物质，在一定条件下堆积所形成的各种微观、宏观地貌。风沙地貌学家对风沙地貌体系的揣测已经多年，目前比较普遍的看法是，粒径在0.1～0.25毫米范围内的沙物质，在离地面的高度2米、风速在16米/秒以下时，沙粒既能组成形态各异的各种沙丘类型，也能形成与沙丘形态相似的沙波的风积地貌。在风沙运动的研究中，如果离地面的高度没有标出，那么只标出风速是没有意义的。虽然在近地层中平均风速的垂直梯度变化很大，但风向几乎不随高度改变。

沙丘是沙漠里最基本的风沙地貌形态，很多从事沙漠研究的学者都用不同指标对沙丘分类进行探讨。吴正先生根据成因—形态原则，采用3级分类系统对我国沙漠地区的沙丘进行了分类。一是按沙丘形态和风况之间的关系，区分为三大基本类型：横向沙丘—沙丘形态的走向和起沙风合成风相垂直或成60°～90°的交角；纵向沙丘—沙丘形态的走向和起沙风合成风向相平行或成30°以下的交角；多方向风作用下的沙丘—沙丘形态本身不与起沙风合成风向或任何一种风向相垂直或平行。二是再按照沙丘固定程度把每一种基本类型划分为裸露（流动）的和具有植被覆盖（固定、半固定）的2个亚类，每一亚类又作了细分。

受各种因素的影响，通常情况，风沙流对地表的蚀积，具有蚀快积快、蚀慢积慢的特点。沙丘的移动取决于风向及其变律，可以分为3种情况：第一种方式是前进式，这是在单一的风向作用下产生；第二种方式是往复前进式，它是在两个风向相反而风力大小不等的情况下产生，库布其沙漠的沙丘大都位列其班；第三种是往复式，是在风力大小相等、方向相反的情况下产生。

但在观测中发现，即使在高度相同、风速不变的情况下，和计算的速度比较起来，一个正在收缩中的沙丘要移动得更快一点，正在成长中的沙丘则要移动得慢一些。沙丘移动速度除了与风速、风向和沙丘本身高度有关外，还与沙丘的水分、植被状况有关。

一般沙丘越高，体积越大，相对来说可动的沙粒就越少，受保护的不可动的沙粒越多，所以移动速度越慢。根据我国各地沙丘移动的野外定位和半定位观测，以及不同时期航空相片上沙丘形态变动测量资料看出，我国绝大部分地区沙漠的沙丘年平均移动速度不到5米，只有沙漠边缘地区由于沙丘比较低矮，移动速度才较大，一般每年前移值达5～10米，有的可超过每年10米，沙丘移动速度最大者，年移动值甚至可达50米以上。

鄂尔多斯的风具有明显的季节性风对流的特点。冬春季以西北风为主，沙丘整体上向东南方向移动，各类沙丘样式显得协调一致，典型规范；4月底以后西北风结束，偏南风粉墨登场，各类沙丘的上部纷纷向西北方向移动，裸露沙丘和沙丘链上的反向风致使经典沙丘纷纷脱相，变得离经叛道、古怪异常。尤其是经过植物治沙、工程治沙干预后的沙丘，要判定某一沙丘当时的形态，确实有专业难度。

库布其沙漠十大孔兑要数西柳沟最为桀骜不驯，几次发洪水，都把库布其沙漠的沙子拥到黄河里筑起沙坝，水淹包钢。这次吕荣安排的采访，其中一项内容就是沿着西柳沟南上。

一天下午，马教授一行按计划去“拜访”西柳沟。离开达拉特旗旗政府往西往南，穿过“米粮川”农田，汽车很快来到黄河二级阶地。吕荣几次停下车来寻找他熟悉的沙丘，嘴里念念叨叨，表情也是阴晴不定，忽然他大声喊道：“连生，连生。”达拉特旗林业局副局长李连生一直陪着马教授和吕荣，他在前面另一辆车上带路，听到吕荣叫他连忙跑过来问：“吕总，什么事？”

吕荣问李连生：“那一年咱们和白玉岭副市长七八辆车来这里，2辆车陷进大沙丘。那几个高大的新月形沙丘和新月形沙丘链哪去了？”李连生看了看，指着一坡长满茂密灌丛的沙堆说：“就是这个。”吕荣疑惑地走上去，只见沙竹、油蒿、牛心朴子长得齐腰高，干枯的沙米已不新鲜，说明这里的沙丘固定已不是一年两年了。

吕荣讲，这里原来是一大片新月形沙丘和新月形沙丘链，是西柳沟沙源的主要供给区。

新月形沙丘是流沙形态最简单的一类。顾名思义，这种沙丘的平面形态具有新月的外形，新月的两个夹角（称兽角或翼）指着下风方向。新月形沙丘的横剖面形态具有两个不对称的斜坡，迎风坡凸出而平缓，坡度介于5°～20°之间，它决定于风力移动的沙量；背风坡是凹而陡的斜面，即滑动面，倾角为28°～34°，相当于沙子的最大休止角。单个新月形沙丘的高度不高，通常在3～8米，很少超过30米的，其宽度一般为高度的10倍。新月形沙丘大多零星分布在沙漠边缘地区，除了沙垅、沙条外，它的流动性还是比较大的。

新月形沙丘链是在沙源比较丰富的情况下，由许多密集的新月形沙丘连接而形成。新月形沙丘链属于规模巨大的沙丘链，库布其沙漠的新月形沙丘链一般高15～30米，长不过几十米。中国塔克拉玛干沙漠的新月形类型沙丘为最大，一般高30～100米，长度达10多公里。

新月形沙丘和新月形沙丘链以及复合型新月形沙丘，都是横向沙丘形态中最基本和最普遍的形态。它们都是在单向风或两个相反方向的风作用下形成的。

马教授指了指牛心朴子，司机杨勇刚说是牛心朴子。马教授笑了笑对吕荣说：“马克思有句名言，世界上没有黑色的花。牛心朴子就是开黑色的花，结黑色的果。看来，马克思应该来库布其沙漠看看。”

吕荣也笑了：“植物开黑色的花、结黑色的果有，但这种植物为数不多。如黑果枸杞、黑花蜀葵、黑玫瑰、黑菊、黑牡丹、三色堇、鸡冠花、苋、黑心菊等，它们都是开黑色或黑紫色的花，但自然生长的少，人工定向培育的多。”

紧接着吕荣问马教授，植物花卉品种繁多，花色万紫千红，五彩缤纷，唯有黑花稀有少见，是什么原因？

马教授略一沉思后，又如给学生讲课似的说："科学家发现，花的颜色是和花里含的花青素有直接关系。在花瓣中一般含有两种物质，一种叫花青素，一种叫胡萝卜素。当花青素和植物中的铜、铁、钴、钼等不同的金属元素结合后，就像经过了调色板调色一样，花瓣就会显示出不同的颜色，但是它们调不出纯黑的颜色，也就是说在植物体内不能产生黑色的因子，所以马克思的话是对的。只有在特殊情况下，才有可能出现黑色趋向，所以没有纯黑色的花。但是花青素的性质非常不稳定，遇到酸类呈红色，遇到碱类呈蓝色，遇到强碱性物质成为蓝黑色，中性时是紫色。所以我们有时候见到黑颜色的花朵，多是深紫色的。当然，基因突变和人工培育也有可能产生黑色的花，如黑郁金香就是荷兰园艺家吉尔特·哈格曼花费了6年时间培育出来的，实现了几代园艺家的梦想。"

大家听得如痴如醉，惊愕不已。马教授继续说："还有研究表明，黑色花稀少的根本原因是太阳辐射与花卉本身的生理特点决定的。太阳光由7种不同的有效光线组成，每种有色光线波长不同，所含的热量也有明显的差异。在植物界中，红、黄、蓝、橙、白的花朵能反射含热量高的有色光，使之免受高温灼伤，具有自我保护的能力。而黑色花正好相反，吸收热量的能力强，可吸收太阳的全部光波，使花体内部组织产生高温灼伤，难以生存，经过长时间自然选择，黑色花也就难得了。这也是顺应适者生存的自然法则。"

马教授一行继续往南走，植被盖度逐渐减少，有些地方开始出现梁窝状沙丘和抛物线沙丘。按照国家林业局的规定，这两种沙丘属于固定、半固定沙丘。

梁窝状沙丘是在两个风向相反，但以一个风向为主，地面有草丛或灌木生长的情况下，常形成由隆起的弧状沙梁和半月形沙窝相间组成的固定或半固定沙丘，称为梁窝状沙丘。它的特点是缺乏固定方向的沙梁，中间低而四周以无一定方向的沙梁所组成的圆形或椭圆形的沙窝地形。由于近几年库布其沙漠中、西部治理力度的加大，梁窝状沙丘数量也在增多。

抛物线沙丘是一种较特殊的固定和半固定沙丘形态。其形态特征与新月形沙丘刚好相反，即沙丘的两个兽角（丘臂）指向上风方向，迎风坡平缓而凹进，背风坡陡而呈弧形凸出，平面图形与马蹄相似，又像一条抛物线，故而得名。如果风力较大，抛物线形沙丘的中部未被植物固定的部分继续向前移动，则把两个丘臂拉成又长又窄，相互近于平行的“U”字形，称为“U”形沙丘或发夹形沙丘。在库布其沙漠，虽然抛物线沙丘不如梁窝状沙丘数量多，但偶尔发现一个典型的抛物线沙丘，仍然使马教授一行兴奋不已。有人感叹，沙漠是最具有曲线美的尤物。

太阳快要落山了，马教授一行才走到库布其沙漠中部，高大裸露的沙丘全部都是格状沙丘。格状沙丘要有两个近似垂直的风向，主风向形成的沙丘链（主梁）与次风向形成的低矮沙埂（副梁）交叉分隔着丘间低地，平面形态呈网格状。格状沙丘的峰尖高耸屹立，由峰尖往下延伸着蜿蜒的沙脊，沙脊之间形成诡异的沙窝。极目远眺，千里瀚海沙丘如波涛起伏，层层叠叠，涌向天际，蔚为壮观。极目远望，远近大小的沙丘地貌，像波涛、像浪花、像潮汐一样的美丽壮观。

马教授觉得时间有点晚，但眼前壮阔的沙漠景观立刻让他兴奋起来。“大漠孤烟直，长河落日圆”的诗句虽然早已脍炙人口，但能有几人像他们这样有福，能置身于诗情诗景中，沐浴在中华文化的瑰宝里慢慢欣赏、细细品味。他觉得丹田一股暖流在徐徐涌动。

观赏沙漠，讲究的就是一早一晚，而且一晚胜过一早。

内蒙古的沙漠，由于冬春季主风的主宰，所以迎风坡对着西北，背风坡都向着东南。早晨太阳从东方升起，虽然光线也是斜射的，沙丘明暗已然有了层次感。早晨阳光直接照在本来应该出彩的沙丘背风坡，结果只有方向朝西南的迎风坡处于光线的幽暗处。由于这部分幽暗的面积比例较小，反差不大，所以显不出沙漠的雄浑壮观。而傍晚就不一样，光线是从一个个主沙丘的斜背面照过来，沙丘顶部的轮廓能勾画出美丽动人的曲线，沙丘的背风坡全部处在光线幽暗区，显得深邃而神秘。强烈的明暗对比，浓烈的晚霞色彩，近处迷人的沙纹蕴含着一道道远沙，远处高大的沙山囊括着沙纹的万千情怀，夕阳晚照，落日余晖映红了沙山，彰显出沙漠恬静、温柔、优雅的一面，如梦似幻。

突然，一阵阵轰鸣声打破了沙漠的宓静。只见一辆涂着迷彩，像坦克一样的沙漠旅游越野车闯入沙漠，它随着沙漠的曲线蜿蜒颠簸，就像一叶扁舟荡漾在大海之上。须臾之间，越野车已开到一座大沙丘的背风坡处停下，李连生副局长和车上的人打着招呼。很快，吕荣、格希格图他们都赶过去，从车上往下卸东西。

马教授觉得纳闷，置身事外也不好，于是也朝着他们走去。李连生笑着对马教授说："马教授，吕总不让你知道，要给你个惊喜。咱们今天晚上在沙漠里过夜！"

这的确是个惊喜。多年以前，马教授曾有过在沙漠里过夜的经历，但那是工作需要不得已，至今他都忘不了沙漠黑夜的寒冷，冻得他冰凉。

来的人很利索，三两下就支起两座帐篷，摆好了睡袋，架起来烧烤用具，卸下一堆干柴和食物。马教授注意到吕荣特意带的那2瓶用新疆大枣酿造的好酒也摆在沙滩上，看来，这是他们没有出发前就预定好的。马教授觉得有点破费。吕荣告诉他："连生所在的林业局和地方搞了个沙漠旅游点，现在正是试行运营阶段，沙漠露宿也是一项内容，东西都是现成的，咱们把使用结果告诉他们也是一项工作。"

这么解释似乎也对。看着这一切近乎豪华的排场，马教授真是感慨万千。国家富裕了，一些看似传统的东西全变了。入乡随俗，体验生活，处处得改变观念，这可不是一句空话。

> 夜晚，有人燃起篝火，
> 马头琴荡起了悠扬的旋律。
> …………

马教授又想起这首诗，这是当年盟委书记吴占东给他们背过的一首长诗。去年写《大漠赤子　民族精英——吴占东纪念文集》约稿时，他搜肠刮肚也只记得这两句。现在真的面对篝火，他还是想不起后面的诗句。年轻时，像《钢铁是怎样炼成的》、《牛虻》、《约翰·克利斯朵夫》这些名著他差不多能背下来，而现在，几句诗也记不住。虽然他不服老，心情还是不免有点沮丧。

可是大家的情绪随着篝火越来越高涨。酒倒上，肉也散发出香气，从来不唱歌的吕荣突然唱起了鄂尔多斯敬酒歌，虽然调子好像不太准，但端酒的架势很优雅。这首歌大家都很熟悉，吕荣一唱，大家跟着合唱，而且都学着腾格尔的样子，扯着嗓子使劲喊：

金杯银杯斟满酒，
双手举过头。
炒米奶茶手扒肉，
今天喝个够。
朋友朋友请你尝尝，
这酒醇正，
这酒绵厚。
让我们心心相印，
友情长久，
在这富饶的草原上共度春秋。

歌声、笑声回荡在沙漠中。酒喝完了，大家忽然静下来。吕荣问大家："今天几号了？"大家算了算，是19号。吕荣讲："今天是2013年6月19日，神舟十号载人飞船已经在天上飞了9天了。咱们出来8天了。"

大家抬头望去，沙漠上空的星星特别明亮，阴历十二了，一轮新月已渐丰满。格希问道："咱们能看见神舟十号吗？"大家都把脖子伸得长长的，有的干脆仰面躺在沙丘上。星空中，仔细看还真有会动的星星，不知道聂海胜、张晓光和王亚平是在哪颗星星上。

马教授和吕荣爬上一个沙丘，四周黑魆魆的，沙丘如同凝固的波浪一样高低错落。远离世界、远离尘嚣的感觉有些怪怪的，沙漠里也静得出奇，静得耳朵难受。微醺过后，身体散热很快。在这个季节，库布其沙漠地表温度中午接近60°，凌晨温度能降到10°以下。两人本来想说什么，但凉气袭人，于是他们立刻跑回帐篷，拉开睡袋钻了进去。

第二天一大早，吕荣早早醒来。他轻轻走出帐篷，启明星还在，北斗星也在闪烁。他爬上一个大沙丘，眼前浩瀚的沙丘逐渐清晰起来，柔美的线条伴着晨光显现出它的非凡韵致。朝霞很浓，泛着红云，沙漠的表面也涂抹上一层淡淡的令人羞涩的红晕。又一次置身沙漠，人们不但可以看到连绵起伏的沙丘链，还可以享受到沙漠无污染、无公害、纯天然的恩赐。他心里感慨万千，库布其沙漠是天然雕饰的人间仙境，也是沙物质、风、光、沙生植物丰富的绿色宝库。这里美，美在神秘，美在天然，美在有无限的潜能。美能让意志薄弱者怯步，能让胸怀大志者豪情顿发。

18世纪的土耳其诗人赛义德说："假如要和这些沙漠相比，那么所有的土地都是无价值的。"是的，没有到过、没有研究过、没有领略和体会过沙漠那万种情怀的人是很难懂得诗人的赞美的。

沙漠是广阔的，那浩瀚无垠的沙海，晴空万里，骄阳似火，热气腾腾地炫示着它那炽热而广博的胸怀。沙漠是纯净的，它既没有顽石，也少有杂尘，每颗沙粒无论是内部的化学成分，还是外部的形态特征，都是那么惊人的相似。别看沙粒颗颗独立，自成一体，但是它们的源渊深远，同一个沙漠的沙粒，都有着共同饱经沧海的世纪经历。物以类聚，志趣相谐、纯净淡泊是它们的本色，整体划一是它们的境界。沙漠是美丽的，造物主的偏爱使它无处不显现出优美的曲线。其形，丰腴巧夺天工，窈窕鬼斧神工；其态，月牙型活泼奔放，网格状含蓄深沉，抛物线藕断丝连，金字塔八面玲珑。晨曦时，波光粼粼，五彩纷呈；夕阳下，大漠孤烟，亦壮亦哀……

沙漠给人的感觉是浩瀚无垠、绵延不绝、天地一色，令人震撼。其景观最引人瞩目的是由形态各异、大小不同、排列有序的沙丘，构成跌宕起伏、千姿百态、雄浑壮丽的浩瀚沙海。它们被认为是地球上最美丽的地貌之一，常被用作文学题材和图片背景，也是诗人神驰和幻想的天堂。

沙漠的沙丘多呈群体分布特色。繁复众多的沙丘像克隆出来的一样，其形态、尺度具有不可思议的重现性和演绎性。同一沙漠的沙丘就像同一家族的孩子一样，体形神态、高低胖瘦都相似，它们总是相聚在一起，且分布均匀，起伏循环，疏密有度，走向一致，阵容整齐，间距组合得十分规整，凸显的规整性是沙丘形态群体分布的整体风格。

这次马教授一行采访，值得一提的是在七星湖发现了金字塔沙丘。

当时，七星湖总经理郝亮舍带马教授一行参观景区。当汽车驰过一处地方时，马教授连喊停车。下车后，他径直向一座孤零零的大沙丘走去，沙丘前堆了不少垃圾。郝亮舍总经理赶上来不好意思地说："这些垃圾早就想清理了，但是没有顾上。"沙丘很高，足有50多米高，坡长有200多米，马教授坚持要上，于是大家陪着他一起往上爬。

这座沙丘虽然坡长只有200多米，但表面的干沙层很厚，常常是走一步退半步，行走起来十分困难。爬沙丘有个诀窍，要沿着沙丘脊线迎风坡顶部走，这个部位因为承受的风力较大，沙层相对紧实。同时还不能太着急，脚步不能迈得太大，要稳住性子轻拿轻放，中间还要经常休息，保持体力。

爬上沙丘顶部，视野顿时开阔。树大招风，沙丘大了也是一样，沿着沙丘脊线吹过来的剪切气流带来阵阵凉意，使人感到格外惬意。环顾南北两侧，全是黑蓝色的湖水。郝亮舍说，他们叫这个地方"两湖一沙"，他们叫这个沙丘"怪沙丘"。因为这个沙丘不合群，孤零零地矗立在两湖之间，而且形状也和周围的沙丘不一样。

看着大家期待的目光，马教授终于笑了："郝总，恭喜你，这个'怪沙丘'可是个宝贝，它是有名的金字塔沙丘，而且是中国最东部的金字塔沙丘。火星上成型的沙丘类型，只有金字塔沙丘和地球上的沙丘相似，所以你们也可以叫它'火星沙丘'。这十几年来，我一直是你们旅游局长乔明团队的专家，鄂尔多斯的好多旅游项目评估我都参加了，也学了不少知识。搞旅游得讲究卖点，七星湖惊现'火星沙丘'，就是一个大卖点。"

郝亮舍显得很兴奋，他连声表示感谢："回头我就叫人把垃圾清理干净，再在这里立块'火星沙丘'的牌子，用汉、蒙、英3种文字写明！"在大家高亢的情绪中，马教授给大家讲起金字塔沙丘的故事。

金字塔沙丘因其形态与埃及尼罗河畔的金字塔相似而得名。但埃及的金字塔是四棱四面，而金字塔沙丘多是三棱三面，因其在平面图上类似三角星而又称之为星状沙丘。金字塔沙丘有一个高尖的峰顶，并从尖顶向不同方向延伸出3个沙脊，每两脊之间都有一个发育良好的三角形滑动面，坡度一般在25°～30°之间。

金字塔沙丘比较高大，一般在50～100米，在阿拉伯语中叫作"诺德"，即"大沙山"之意。金字塔沙丘是沙漠和戈壁边缘上的一种形态和运动都较为奇特的沙丘类型。传统的理论认为，它既然有三棱三面，应该有三股风，这三股有效风不但要能量一致，而且要互成180°的角度，关键是风都要对着三个面吹。自然界哪有这种地方，即使有也是极个别的地方。而金字塔沙丘分布很普遍，塔克拉玛干沙漠有，库姆塔格沙漠、巴丹吉林沙漠、腾格里沙漠都有，这些有金字塔沙丘的地方，并没有条件这么苛刻的三股风。于是，有人认为金字塔沙丘是对流过程的上升气流所造成的，而多数人较同意费道罗维奇的意见，认为是前进气流受到山体干扰，风产生折射又形成一股风，与原先两股气流共同作用的结果。

说到这里，马教授让大家看看他们脚下的这个金字塔沙丘旁边有没有山。大家早就看了半天，但还是环顾了一下四周，摇摇头，同时也锁上了眉头。

"还有更离奇的事呢。"马教授不愧是个当老师的，讲什么都能吸引大家的注意力，他接着说，"大约十几年前，我们国家有个博士，研究金字塔沙丘成因出了成果，轰动一时。他到敦煌库姆塔格沙漠，看到那么多大大小小金字塔沙丘，而且每个金字塔沙丘的棱之间夹角都近似于180°，于是在风洞里堆了一堆沙子，先固定一个角度，然后用固定的一股小风，注意，我说的是小风。他用小风把小沙堆轻轻吹出一个棱，再调出180°，又吹出一个棱，再调出180°，又吹出一个棱，于是一个金字塔沙丘的雏形就出来了，三个棱对着三

面。他的成果就是，金字塔沙丘的成因是有三股夹角180° 、有效风能量一致、风向对着棱吹出来的。“

“这不可能，”郝亮舍首先喊起来，“我从小就在沙子里玩，风不可能对着棱吹，这是小孩子都知道的。”大家“轰”地笑了起来，正好一股风过来，把笑声卷得好远好远。

同行的内蒙古林科院姚洪林研究员接过话题：“这个事情我知道。咱们不说它了。不能拿小蝌蚪来判断它妈妈的样子。问题是，谁能说清楚金字塔沙丘是怎么形成的呢？就看你了，马教授。”

马教授显得很自信，他看了看大家，煞有其事地说:“国内有金字塔沙丘的地方我都去过，本来想申请个课题取得一些数据再说话，但几年来申报课题没有一个地方批。地球上，金字塔沙丘占各类沙丘总量的5%，一般沙漠，金字塔沙丘都不会超过10%。撒哈拉东北部最多，金字塔沙丘面积大约占到24%。”教授就是教授，虽然有些书卷气，但人家就是能说出来。

“世界上根本就没有三股风能量一致、又要互成180° 的角的地方。那么，金字塔沙丘是怎么形成的呢？我告诉你们，是两股互成180° 的风对着两个面吹，第三个面是这两股风在共同的背风坡回旋气流造成的。大家看看咱们脚下这个金字塔沙丘，这个地方，西北风不用说，肯定有，因为西北风是这个地方冬春季的季节性主风。你们看，这就是西北风的迎风坡。”大家点点头。“再往这边看，它肯定还有一股东北风，两股风夹角大致在180° 。”这回大家是疑疑惑惑点点头。“咱们再看南面，这个面是凹下去的，它是由西北风、东北风两股气流的回旋气流在背风坡造成的。”

这回大家都不吱声了。这么复杂的世界性的难题，结论就这么简单？

吕荣也在想，这个马教授，一辈子只爱看书不愿做官，当年他离开伊克昭盟时，书记伊钧华、盟长夏日给他个处长都没有留住他。现在，什么海市蜃楼假说、响沙成因、神光沙丘机理、七星湖变迁，他都有自己一套理论。看来，真是人各有志。忽然他又想，这段内容一定要写进书里，《敢问库布其》的特色之一就是要把新知识、新理念宣传出去，这样书才有价值。

沙漠地貌学家对沙丘表面变化的形态已经争论多年，目前比较普遍的看法是，不论粗沙细沙，也不管风大风小，沙粒既能组成以上所述的各种沙丘类型，也能形成沙波的风积地貌。

沙波和沙丘截然不同，它们的形成具有完全不同的机制。沙波主要由沙纹、沙脊、沙条3种类型构成。

沙纹使沙丘增添了无穷的魅力，就像女人的化妆品一样，但它是纯天然的，是天生丽质，不像纹身、整容是人为的。沙纹是风在沙质地表上塑造的、呈波状起伏的微地貌，广布于沙丘集中地段且形态相异。沙丘如果没有沙纹，就会失去风姿和风韵，沙丘有了沙纹，就会增添诱人的神秘感和吸引力。

风成沙纹一般有长而平行的直脊，剖面形态两坡明显不对称。它们可以有发育良好的分叉脊，其排列方向与风向垂直，具有明显的迎背风坡和脊部。沙纹是细沙跃移不断碰撞的结果，它使粗沙在连续的表层蠕移而聚集在坡脊上。沙纹迎风坡面微微向上凸起，背风坡面在峰顶附近比较陡峭，接近沙粒的休止角。一般波长在7.5 ~ 1.5厘米之间，已测量到的最大波长是25厘米，高度大都在0.5 ~ 1厘米之间。沙纹的波长（沙脊的间距）与高度之比称为波纹指数，平均为18。沙纹波长与沙粒粒径及风速密切相关。

风沙地貌的微观特征常蕴含着这个沙漠的宏观缩影。一个沙漠的沙丘可以说明这个沙漠的几何特征，而且它也能客观反映某一地区或局部环境的风况。沙丘上的沙纹和障碍物后的沙辫，属于更微观的部分，但也能起到窥一斑而知全豹的作用。沙脊是比沙纹更大的地表形态，波长一般在60 ~ 100厘米，波高达5 ~ 8厘米。

沙纹、沙辫、沙脊、沙丘、沙海，从微观细处到宏观格调，都有着一脉相承的难解情缘。

沙漠以独特的风格屹立在地球上，不仅有绿洲，而且是个天然的资源宝库。充足的太阳能和风能，使沙漠地区具有较长的生长期和无霜期，这种优势使作物白天光合作用强烈，夜晚呼吸作用减弱，消耗有机物质减少，昼夜温差大，有利于糖分积累，所以沙漠地区出产着最甜最香的瓜果，栽培着珍贵的细纤维品种棉花，保持着小麦亩产的最高记录。

是的，沙漠是纯情的、赤诚的、瑰丽的，它充满了浪漫情调和神秘色彩。你只有置身其中，才能体会到它那动人心魄的魅力，感受到那种荡涤灵魂的沐浴和升华。诗人赛义德的论断是英明、正确的。随着科学技术的进步，人类对沙漠的开发是永无止境的，富饶的沙漠也将以崭新的科学图景等待着人们的正确开发。

二、风沙流的“风流韵事”

东汉许慎《说文》：“水少沙见。”许慎说的不完全对，沙来源于大山，经过水沐风浴，止于尘埃。

古人常讲中国人好似散沙一片，现在世人也说中国人好像一片散沙。其实，这句话说对了。中国人不但从数量上海海漫漫的像沙，而且从性格性情、兴趣爱好、思维方式、行为特点，以及他们的理想和奋斗目标，几乎都和沙别无二致。

先说说个体的精彩相似。

中国现在的13亿人，包括地球上的70亿人，起源进化距今约240万年前。沙也是一样，咱们现在看到的沙，岩石分化也起源于距今约240万年前。沙是经受过高温、高压，但是因为温度、压力不够而未成岩的松散聚集物。它虽然没有再次成为岩石，但还是经历过了无数次的高温、高压嬗变的苦难历程。人也是一样，现在地球表面上活动的人，如果从240万年前的早期人类算起，每20年一代，每个人都经历了12万代才有了今天的你我他。想想，12万代基因传递240万年不断链，那得经历、规避多少天灾人祸。理论上讲，现在活着的基因都很优秀，都是幸运的宠儿，就像瑰丽多彩的沙粒一样。

中国人常说：“人以群分，物以类聚。”沙就是典型的物以类聚，而且是聚中有类。

把沙粒划分为不同的粒径组，即粒级，对于研究沙粒的特性才有实际意义。现在，国内外都很重视沙的物以类聚，但由于人以群分的观点不同，对沙粒径的划分指标也不一致。例如，美国定为0.063～2.0毫米，前苏联为0.05～1.0毫米，中国则采用0.05～2.0毫米。在以上粒径范围内才称为沙或沙粒。在此基础上又划分出多种粒级类别，如中国的标准是极粗沙1.0～2.0毫米，粗沙0.5～1.0毫米，中沙0.25～0.5毫米，细沙0.1～0.25毫米，极细沙0.05～0.1毫米，粉沙小于0.05毫米。

沙丘由于风的长时间吹刮，所以粗沙留在原地，细微颗粒被风带走，沙粒粒径变得越来越一致，分选度越来越好。根据中国主要沙漠和沙地的沙粒径分析，浩瀚的沙海大多由一粒粒0.1～0.25毫米的细沙聚成，所谓聚沙成塔就是这个意思。其中，细沙粒径平均占整个沙丘的66.78%，最高含量可达99.38%。它恰好也能诠释“人以群分”的内涵。

儒家文化是一种入世的思想，是实用主义的哲学。儒家思想教人如何变得圆滑世故。沙粒的磨圆度是指颗粒棱角的尖钝程度，是沙物质形态儒家思想的重要特征。沙丘沙为了迎合沙漠世界的需要，适时地把自己的棱、角、边打磨得圆滑世故，几尽可能地以近似圆状带棱角和不规则棱角形状粉墨登场、潇洒入世。尽管如此，沙粒的遗传基因还是决定了它傲视群雄的鲜明个性。

组成沙物质的矿物质种类较多，可分为轻矿物和重矿物两种，比重小于2.8的为轻矿物，比重大于2.9的为重矿物。沙物质以轻矿物石英和长石的含量为最多，约占90%，其比重较轻，为2.5～2.8，易于风吹即动，一呼百应。但沙粒的硬度很大，石英硬度为7，仅次于金刚石（硬度为10），长石硬度为6。即使风力再大，碰撞力再强，沙粒也不易破碎。同时，这样强的硬度可抵抗物理、化学风化及一切外来势力的侵扰，因此在地球上形成了数量巨大而又独具特色的石英沙。

沙物质中重矿物质所占比例小，为10%，但种类多，约有16～27种。主要以角闪石、绿帘石、石榴石和金属矿物铁、锰、铜、铝、镁等元素及化合物为主。由于不同地区的沙物质来源不同，其矿物组成及含量，尤其是重矿物的组成和含量差异很大，构成了沙粒“DNA”的基本要素。

观察沙粒的颜色，可以窥视它的“前世今生”。如赤红者为铁，黑者为镁，蓝者为铜，紫者为锰，黄色半透明为二氧化硅，颜色较黑富含磁铁矿，颜色偏绿含有氯酸盐及海绿石，光亮、白色含石膏，接近白色含珊瑚粉末，翡翠色含橄榄石等等。由于这些色素离子溶入二氧化硅热液中的种类和含量不同，因而呈现出浓淡、深浅变化万千的色调，使不同的沙漠呈现出黄、黑、白、红、墨绿等别具一格的景观。

如果用40倍以上的显微镜观看沙粒，颗颗沙粒都是盖世奇宝。红的、绿的、黑的、黄的、白的等等皆有，而且这几种色彩相互还有点缀之美。如白的沙粒上有红的乳晕，红的沙粒上有黑的美人痣，黑的沙粒上有绿的酒窝，绿的沙粒有黄的明媚，黄的沙粒又有白的皓齿，颗颗沙粒光彩夺目、璀璨晶莹。人人都会发出感慨，沙粒的人生竟是如此的精彩绝伦、雍容华贵。

能够成为沙丘的沙，个个都是“老江湖”，在大风大浪里摸爬滚打也不是几百年了。尽管它们已经“事业有成”，但“英雄本色不改”，依然保持着棱角形状。沙粒磨圆度和粒径的关系是随着粒径范围减少到0.12～0.5毫米时，沙粒棱角明显增加。这是高迪等人对世界各种不同沙漠108个沙样共21.6万颗粒进行了磨圆度观测得到的结果。科学家还对卡拉库姆石英沙粒的形态进行了观测，甚至在吹扬作用很好的沙里总是有一些尖棱角颗粒，犹如少不更事的毛头小子一样，搅和其中。沙粒的磨圆度决定其粒径大小，较大的颗粒“老于世故”，比小颗粒容易磨圆。同样，我国塔克拉玛干沙漠和库布其沙漠的风成沙，也是棱角和次棱角的居多，圆和滚圆的较少或未见到，足见这些沙粒性格的至大至刚、矢志不渝。

库布其沙漠的沙漠沙，矿物成分主要由石英、硅质岩碎片、金属矿物、绿帘石和普通角闪石等组成，同时，长石、石榴石和辉石也有一定的比例。从矿物组成特征看，库布其沙漠与相毗邻的毛乌素沙地风沙土矿物有明显的区别。在毛乌素沙地风沙土中，含有较多的石英、长石、普通角闪石和石榴石，同时风化矿物和金属矿物也具有相当的含量，而硅质岩碎片和绿帘石含量明显减少，说明库布其沙漠和毛乌素沙地虽然中间只有一条鄂尔多斯地台相隔，但风沙土的物质来源具有一定的差异。

中国文化的博大精深，是天人合一的文化，是人类无比的瑰宝。那么，天沙合一的文化，也是世间少有的奇葩。沙是沙文化或天沙文化的物质基础，风就是沙的灵魂和精髓，是沙的天，是沙的文化。有了风的“中庸”、“仁爱”，使沙从松散、慵懒的天才惰性中猛醒，意识到沙的良知与责任，升华了人性，完美了人格，领会了伦理、民主、科学的文化特质，凝聚了同胞兄妹的和谐功力，懂得了追求最高的道德境界和建功立业的价值理想。

风是天沙文化多情的始作俑者。从它自身来说，仪态万方，变化多端，情感起伏骤然，性子忽暴忽柔。万千年来，它一直以经典流体的模式维系着万物的生存。风不但光顾京城闹市，缠绵于花前月下，而且对看似无生命的砾石沙尘更是情有独钟、痴迷若狂。大的砾石，风将其筛匀筑堤，蔚为壮观；小的沙尘，风将其玩于股上，悬若陀螺，兴致发作，野合成风靡一时的风沙流、沙尘暴……

事实上，沙在几百万年沧海桑田的形成过程中，始终受到风的眷顾和垂青，享用着风的文化。岩石风化、河湖沉淀、地壳上升或河湖干涸，只要沙粒出露地表，就马上和风搅在一起，并按照风的意愿，排列有序地形成各种地貌景观。每一颗沙粒都是一片沙漠的缩影，保留着前世今生的一脉相承。其成分、形状、大小，其产地来源、形成过程、运动方式，都有着惊人的相似之处。沙粒个性鲜明，始终保持着自己的独立和自由，但它又是聪睿的智者，懂得同族团结、和谐功力的强大，所以它们积极奋进，无私地用自己微小的躯体筑成浩瀚无垠的沙海。置身漠野，万物之灵也会感慨它们的精神和胸怀，放眼未来，更会惊叹它们绚丽的文化内涵。

人对自然界的感知，首先成功于少数修行有道的先哲，如庄子、老子等。随着社会进步、科学技术的飞速发展，认识自然、局部改造客观条件，现在已是各类专家、专业人员的业务和专长。认识的方法论、工具论不但成为学术殿堂开启未来新兴学科的金钥匙，而且它渗透到各个研究领域，犹如润雨催发，带来的是整体面貌的改变和研究质量的提升。风沙运动学对风沙流的研究方法，是当代认识风沙运动、洞悉风沙现象、模拟风沙流结构的最新理论和研究方法。

在自然界，松散沙粒在地表上都是随机排列的。常有2种排列方式，一粒沙粒置于另一粒沙粒之上，或落于两粒沙粒之间，处于放松、文静的休闲状态。但是，沙粒在风流的引诱下难免产生骚动、振动，就会有不稳定的平衡状态。在风速较低和时间不长时，沙面的颗粒就可能出现暂时的悸动，但很快会稳定下来。北方的风，在较大的风之前，常常是阵发性的小风。小风频频出现，沙面可以一次次恢复平静，但被反复撩拨、挑逗过的沙粒，开始春心荡漾、心猿意马，萌发憧憬、臆造幻境。

沙粒要想从气流中获取另一种生活的能量，必须在风力达到一定条件下才能得到。当风速达到某一临界值以后，地表沙粒开始脱离静止状态而转入运动状态，这种使沙粒开始移动的风速称为起动风速，也叫临界风速。一切超过起动风速的风，都叫起沙风。换言之，起沙风的最低风速就是沙粒的起动风速。就沙粒粒径来说，以0.1～0.25毫米为主的干燥裸露的沙丘，起沙风速一般为每秒4～5米（离地面高2米处的风速）。

微风吹动，表面的沙粒又一阵骚动。风力渐渐加强，有些沙粒开始蠕移、滚动。突然，有一颗沙粒刚好从另一颗沙粒上翻越时，一股湍流吹来，将它托起，由于沙粒形体的不对称，沙粒即以高速旋转的形式跳起、前冲，然后以一个小角度，像子弹一样撞击到落下的沙面上。

命运如何选择第一颗飞跃的沙粒似乎并不重要，重要的是总有一颗沙粒要肩负这一使命。于是，带有强烈冲击力的第一颗沙粒瞬间击起一片沙粒，这些沙粒不负重望，跳起后从风中吸取新的能量，落下时又击起更多的沙粒。沙面上沸腾了，被风搅起后的沙粒，运动密集、微小、高速，轨迹层层叠叠。在一片喧嚣和激荡中，臃肿者笨拙地翻滚爬动，矫健者在地面上旋转着华尔兹舞步急驰而去，更有少数身轻如燕者顺势跃上风头，越飞越高，开始它们漂洋过海的远游。

天沙文化包括静态沙漠的雄浑壮美，更有魂荡天外、激情喷射的风沙流韵事。

两相流体是近年来流体力学中最活跃的研究领域之一。风沙流、风尘流、风砾流以及风雪流，都是地球上最大的气固两相流。半个多世纪来，国内外上万名科学家分别在世界各个沙漠和室内风洞里致力于颗粒运动的研究，在诸多领域都取得了丰硕成果。当风速达到起动风速时，地表沙粒便开始移运，产生的风沙运动即形成风沙流。

换句话说，风沙流就是指含有沙粒的运动气流。

风沙流中的沙粒运动有悬移、跃移、蠕移3种方式，其中以跃移为主。参与跃移运动的主力军，是沙粒粒径为0.1～0.25毫米的沙丘沙，所以跃移运动是风沙流中最重要的一种方式。它数量多，移速强，是造成所谓的风沙危害的主要形式。

由于宏观性质是微观性质的统计平均，所以在叙述宏观性质的时候，又常常从微观的角度加以说明。流体中每个分子都在无休止地做着不规则的运动，相互间经常碰撞，交换着力量和能量，因此流体的微观结构和运动，无论在时间或空间上都充满着不均匀性、离散性和随机性。另一方面人们用仪器测量到的或用肉眼观察到的流体宏观结构及运动，却又显明地呈现出均匀性、连续性和确定性。微观运动与宏观运动性质的如此不同却又和谐地统一在两相流体之中，这也是大千世界的和谐之处。

在风沙流常遇到的问题中，从体积来说，宏观小微观大；从时间来说，宏观短微观长的条件是可以办到的。“洞中方数日，世上已千年”，这是大家都能理解的。

经科学家多年反复验证，跃移运动的宏观数量特征为：跃移质约占风沙流中总沙量的1/2以上，甚至达3/4；不同风速下跃移搬运的沙量约占总沙量的78%，蠕移的搬运沙量约占22%。

从沙粒在风沙流中随高度分布的特征或规律来看，绝大部分跃移沙粒都是贴地表附近运动。通过野外实测证明，90%以上的跃移沙粒都是在地表附近30

厘米的高度范围内运动。在地表以上 5 厘米的区域内，运动的沙粒通常占跃移质的一半以上。

沙粒的跳跃有高有低，起跳时的角度变化较大。有40％的颗粒起跳角在30°～50°，有28％在60°～80°之间。但下落时，降落角总是保持10°～30°之间。当然，这和沙粒在运动中的高速旋转有关。

跃移沙粒在运动中以高速旋转，约每秒200～1000转，恳若陀螺。枪械为了保证射出去的子弹直线运动，在枪膛里设置了来复线。风沙流就聪明多了，它巧妙地利用沙粒没有被磨圆的形体不对称性，使沙粒借助风力高速旋转，不管沙粒起跳的高度如何，起跳的角度大小，下射角一律统一、高速、有力地直射沙面。以高速旋转的沙粒通过冲击的方式，可以推动6倍于它的直径、或200多倍于它的重量的表层颗粒。

高速旋转沙粒的冲击还有一个作用，就是修炼沙粒的道行。

高速、有力的冲击，把沙粒表面击打得看似遍体鳞伤，把沙粒的棱、角、边打磨得圆滑世故。但是沙粒对此并不气恼，反而是感恩戴德、心花怒放。一则，击打可以除去数万年前沙粒在湖海中沉积时附着的氧化铁超细微粒子，露出自己的天生丽质、闺房真容。二则，在强力的冲击下，它可以借力高升，进入主流社会，有机会去追求最高的道德境界和实现建功立业的理想。三则，所有的沙粒中，没有沙皇、没有贪官、没有包二奶的，大家都是平等的，心平气顺的，共同的梦想也是大家心甘情愿的。否则，孙悟空那么大的本事，被压在五行山下五百年动弹不得。它们自忖哪有孙悟空的本事，一旦被压在沙丘底下，少则几千年几万年，多则，那将永远不见天日！

科学家用高速摄影机研究跃移运动时发现，在以5米/秒的风速吹刮平均粒径0.2毫米的沙粒时，估计沙粒跃移的平均移速为1.5～2米，或每分钟移动90～120米，每小时移动5～7公里。在沙源丰富时，这种宏观上的大规模运动是跃移的主要运动形式。这种运动也是风沙流最壮美、最完善的运动速度。

运动着的跃移沙粒是以高速飞行的，虽然它们的绝对速度并不大，但其相对速度却大得惊人。例如，一颗粒径为0.2毫米的沙粒以5米/秒的速度运动，则飞过其自身粒径的时间只需要4×10^{-5}秒，而一架长7米的飞机以350米/秒超音速飞行，飞过其机身的时间是2×10^{-2}秒，即沙粒的相对速度是超音速飞机的500倍。

沙粒沿地表滚动或滑动，称为蠕移运动。蠕移沙粒的粒径大于跃移沙粒，范围是0.5～1.0毫米之间，约占风沙流中总沙量的1/4。风一直以经典流体的模式维系着世间万物的秩序。

悬移运动就是沙尘暴。粒径小于0.05毫米的粉沙和粘土颗粒，体积小、质量轻，在空气中自由沉速低，一旦被风扬起，就不易沉落，能被风悬移很长距离，甚至可远离源地数千公里。在荒漠的沙丘中，往往缺乏小于0.05毫米的沙尘。这里再次重申笔者的观点，沙尘暴的尘埃很少来自沙漠。

风砾流虽然不如风沙流韵事多彩，但它的故事也是风沙流无法效颦的。对于粒径大于1毫米的粗沙，一般风力下不易起动，但在特定条件下，如冰川表面摩擦阻力小，当风速大到一定程度以后，卵石也能被风吹动。

舒姆曾做试验，8级风以上，体型$4.9\times3.9\times2.7$厘米、重56克的石块也可被风吹动。而且一旦开始运动以后，在较小的风速下也可继续运动。风经常兴致发作，将大的砾石筛匀筑堤，蔚为壮观。

新疆的阿拉套山口的大风是极其著名的，全年有155天出现大风（8级即风速≥18.3米/秒及其以上的风称为大风），常超过40米/秒，最高达60米/秒，把艾比湖岸上直径2～3厘米的砾石吹起，堆成30厘米高的砾波。更惊人的是，在古尔图河大桥以南9公里处的东岸，风暴长年卷起河岸上直径1～2厘米的砾石，堆成高5～7厘米、宽70厘米的砾埂，沿河分布达1公里以上。

科学领域自有它自己的趣闻轶事。科学家还做过与砾石相反的实验，在一层疏松分散的水泥粉上，吹过一阵稳定的气流，即使当风速超过100米/秒，就是说，当风速达到足以使粒径为4.6厘米的卵石发生运动时，也吹不动粒径极小的水泥粉。许多学者不厌其烦地重复这个经典实验，都得到相同的结果。细小颗粒起动困难，其原因是颗粒太小时，它们之间的内聚力增加，持水力加大，当粗糙度减到很小，平均阻力即趋于零，涡流作用也很小，使极细小的颗粒向上运动相当困难。

感恩自己拥有的一切吧。沙粒应该感谢自己，虽然自己体型不够魁梧，天生又是不规则的菱形，但正因如此，才使它有条件融入和自己长相一致的庞大同族，再赶上好时代，有机会成就共同的伟业；沙粒也应该感谢钟情它的风。虽然风有时也会犯些低级错误，但是最终还是风，与之携手，不离不弃、患难与共。

风沙流“风流成性”，习性难改。风沙流的“风流韵事”，坊间传闻是它经常发生严重的二次流。

在学校，研究生面试时，导师们经常会问马老当年留下的一个传统考题：地面上有一小堆沙，若一股风吹来，会发生什么现象？以前不是学沙漠专业的学生受“中国人好像一片散沙”的影响，多数回答是，沙子会四下散开。

在旷野也存在这个问题。风沙流把沙粒卷起，沙粒为什么没有四下散开？沙粒形成沙片、沙堆乃至沙丘，为什么风沙流越吹越刮，沙丘的形体反而会越来越大？相信好多读者心里也有这样的疑虑。

在旷野，一旦沙片形成，尽管是最初薄薄的一片，但它和小鼓包一样，犹如在平坦风沙流流经的地表上附加一个向心压力场。由于沙片顶高出周围，当风速略为加大，压力稍有减小，于是有一股沙片上的侧向风，就会把沙片周围的沙粒推向沙片顶上，使之向沙片靠拢、集中。并且由于沙片表面又附加了一个动沙面阻力，沙片会像风沙流动路上的一个过滤器，对直接通过沙片的颗粒有拦截作用，因此沙片不但不会轻易被吹散，而且会不断发育成长。

沙粒一旦堆积，运动机会就相对减少，其平均移速必然比风沙流慢得多。沙堆运动慢，后边的风沙流就会赶上来。由于沙片上两端侧向风的存在和作用，沙粒再补充到沙堆上，形成更大的沙堆，沙堆就会越积越高。沙粒自然聚积成堆的特性，称之为沙粒运动的收敛性。用此性质也能解释风沙地貌为何大多数是起伏不平的，而且越古老的沙漠地形起伏越大。

这种沙片上两端向中心吹的侧向风，就是风沙流中的二次流。二次流是流体边界层流动的一种普遍现象。经典流体力学指出，在边界层中运动的流体，包括气体、液体和气液、气固及液固两相流，直至普遍的多相流体，由于流场不均匀，边界层中的流体将受到横向压差力的作用，从而产生偏离边界的运动。靠近边界的流体层，由于速度小，就会比远离边界的流体层产生更大的偏移。边界层上的流体，在横向压差力的作用下，发生垂直于主流而指向压力较小一边的附加运动，这就是二次流。但是由于连续性的原因，二次流的影响，通常不仅局限于边界层，它还会影响到流体的核心区域，且影响相当大。

最简单的二次流现象，可以在用匙子搅动茶水杯时观察到。随着匙子的运动，茶叶一边旋转，一边向杯底的中心聚集，且向杯顶方向上升。这就是由于搅动，在杯壁摩擦阻力作用下，杯轴流体运动速度最大，且轴线上的速度梯度是指向杯顶的。根据伯努利定律，速度大的压力小，流体将由压力大的地方向压力小的地方运动。因此，茶叶就向杯底中心聚集，并沿杯轴上升到水面。茶水受到搅动，整杯茶水主流做绕杯轴的旋转运动，而二次流的作用却使流体产生杯中心和周边两圈同轴的环流运动，且是中心圈上升和周边圈下沉。它把周边的茶叶向杯底中心集中。

二次流是一种叠加于主流场的附加横向流动，它能够推动主流中的沙粒向着速度大、压力小的横方向运动。如果仅有主流而无二次流的作用，没有二次流的收敛、向轴线的汇集的保守作用，那么沙片、沙堆将很容易被风的主流所吹散，从而也谈不上进一步向盾状沙堆、新月形沙丘发育和成长。

古人常讲中国人好似散沙一片，现在世人也说中国人好像一片散沙。可是，古人和现在世人都忘了说，散沙，是一种状态，一种休闲，一种生活。而一旦有外力干扰，散沙立刻万众一心、精诚团结、不惧磨难、勇于奉献，向世人展示它雄浑壮阔、浩瀚无垠、不可战胜的另一面。

中国人真的好似散沙一片。

三、沙湖，裸沙怀里的“小情人”

七星湖位于鄂尔多斯市杭锦旗境内的库布其沙漠腹地，是一个以沙漠生态观光产品为主，集娱乐、休闲、度假、探险为一体的国家4A级综合旅游区。

七星湖沙漠生态旅游区总占地面积9.2平方公里，其中水域面积3.8平方公里，芦苇湿地面积0.41平方公里，草原面积3.8平方公里，沙漠面积3.84平方公里。七星湖是因7个湖泊分布呈北斗七星状，传说这里是七仙女下凡洗澡的地方，故得名“七星湖”，因此有了“天上北斗星，地上七星湖”一说。七星湖深居大漠，很少有人知道库布其沙漠里还有如此神奇的七汪碧水，更鲜有人像牛郎一样有缘目睹七仙女的风采，所以给大漠中的七星湖蒙上了一层神秘的面纱。

七星湖在蒙古语中称道图湖，神奇的蒙古族传说赋予了它们浪漫的色彩。传说过去这里有一种水牛鸟，眼如饭碗，肢如木椽，体如牛身，在空中盘旋轻如羽毛，叫声如牛吼，发出“哞哞”的声音，许多飞禽走兽视它为怪物，只要看到它的影子便都躲起来。当地蒙古族牧民认为这种鸟能够替人们消灾免难，带来吉祥，于是取名道图，译成汉语是“声音宏亮”的意思。

七星湖四面都是高大的沙丘，浩瀚的沙漠奇峰耸拔，环立如障。湖与湖之间有沙山相隔，以沙山相隔的7个湖，犹如7颗蓝宝石镶嵌在金色的库布其沙漠中。

古已有之的沙漠，广阔无边。沙子翻滚运移，形成沙丘。沙丘相携，集成沙丘链。沙丘链相叠，塑成沙山。沙山连绵，却与七星湖相依相偎、相互辉映。丘间滩地，聚水成湖，湖沙同居共处，联姻成绝妙的天仙配。沙湖就像沙漠怀里的小情人一样，柔心弱骨，静谧秀丽，温柔可人，秀色可餐。这种沙水同处、干湿共存、两级和泰、相互辉映的天作之合，真可谓自然奇景，人间仙境。

传说中美丽的7个湖，在现实中却是各具情态、各领风骚，犹如南国佳丽，沙漠里的娇娃。大道图（伊克道图）位于7个湖的最西端，水面开阔浩渺，面积2.7 ~ 3平方公里，水深4.5 ~ 5米。芦苇茂密，群莺飞舞。东达道图（遗鸥湖）位于3个海的中间，面积约1.9平方公里，水深3米，水中天然生长着多种鱼类及虾类，以鱼肥、鱼香驰名。扎汉道图（天鹅湖）位于7个湖的最东边，水面宽阔，每年春秋两季白天鹅翩然而来，在水面上追逐嬉戏。神海子在高达30米的沙山下，3米高的芦苇荡锁住一汪碧水，湖水深不可测，金黄色的沙丘和蔚蓝色湖面形成强烈的反差，给人以圣洁、神奇的感觉。小泡子周边平坦宽敞，由于土质坚硬，湖水及小水潭的数量随着降雨量而变化，又有“珍珠湖”之称，别具一番风格。伊克尔神湖（神鱼湖）形状为葫芦，风景独特，夏季湖中盛开荷花，各种鱼类被当地牧民视为神灵，千百年来任由它们自生自灭。最为神圣的是伊克尔神湖，它是蒙古族牧人世世代代朝拜的圣地。该湖既有江南的秀美，又有丰富的宗教内涵。月亮神湖形如半月，湖中有大量的田螺，在高度缺氧时，它们被迫上岸呼吸，却成了鸟类的食物。周边的绿洲草场和锁住黄沙的沙枣林带，使这里成为沙漠里的世外桃源。

为了更好地保护沙湖，目前七星湖旅游区只将伊克道图湖作为重点开发对象，而其余6个湖保持了它们的自然状态。根据资源和结构，七里湖旅游区把全景区分为沙漠生态观赏区、沙漠观赏区、沙漠风情休闲度假区、沙漠娱乐区、湖滨湿地观赏区、水上娱乐区、生态疗养区等7个区域。

在七星湖，你可以乘沙漠之舟，走进无垠的大漠，感受大漠的情怀与神秘，可以晨观沙海日出，晚赏大漠落日，饱览连绵沙漠的美丽景色；在“大漠孤烟直，神湖日月辉”的情景中自由地挥洒豪情，高卧沙山，低傍湖泊，心随景变，情由景生，感慨人生的美妙，自然的诡异；在这里可以品尝蒙古民族的特色小吃，感受浓郁的蒙元文化，寻觅回归自然的无穷乐趣。

敦煌的月牙湖，古称沙井，俗名药泉，自汉朝起即为“敦煌八景”之一，得名“月泉晓彻”，位于库姆塔格沙漠的最东角、甘肃省河西走廊西端的敦煌市。敦煌是古代“丝绸之路”上的名城重镇，不仅有举世闻名的文物宝库莫高窟，还有多姿多采的自然风貌和人文景观。其中鸣沙山月牙泉风景名胜区，就是敦煌诸多自然景观中的姣姣者。月牙泉是敦煌最负盛名的一景，古往今来以“沙漠奇观”著称于世，被誉为“塞外风光之一绝”。

月牙泉和鸣沙山位于敦煌市南5公里处，与东面的莫高窟艺术景观融为一体，是敦煌城南一脉相连的“三大奇迹”。月牙泉处于鸣沙山的环抱之中，其形酷似一弯新月而得名。清代正名月牙泉，有“沙漠第一泉”之称。月牙泉在高大沙山包围的峡谷中，泉水碧绿，粼粼水波，清澈可掬，涟漪萦回，碧如翡翠，水质甘冽，澄清如镜。泉在流沙中，干旱不枯竭，风吹沙不落，蔚为奇观。历代高僧和文人学士对这一独特的沙泉地貌、沙漠奇观称赞不已。泉边芦苇茂密，微风起伏，碧波荡漾，水映沙山，蔚为奇观。月牙泉东西长约100米，南北宽约25米，泉水东深西浅，面积约0.01平方公里。鸣沙山和月牙泉既像大漠戈壁中一对孪生姐妹，沙湖又似裸沙怀里的小情人，“沙以灵而故鸣，水以沙而益秀”。“沙水共生、沙泉共处”，构成举世闻名的沙漠奇观。游人无论从山顶鸟瞰，还是沿泉边畅游，都会骋怀神往，确有“鸣沙山怡性，月牙泉洗心”之感。

月牙泉四面都是高达七八十米的沙山，月牙泉的神奇之处，就在于它和流沙之间仅有数十米之遥，有文字记载的几千年的岁月里，猛烈的风沙一直没有淹没泉水。更神奇的是，人们蜂拥到沙山上跋涉、游玩，从最高处用滑沙板一泻而下，常常拥下一堆堆沙片。每年、每月、每日，川流不息的游人不停地将山上的沙粒向下推泻，可是，为什么沙山的高度却不见降低？月牙泉因何又不被沙掩盖？这些不解之谜或许更能引起人们的好奇。

有许多说法近乎于天方夜谭。报载，有人著文认为敦煌的沙粒富有灵性，每当强风或游人白天将沙粒推下，夜里，这些有灵性的沙粒会自己再向上跳回去。马玉明教授在2004年受敦煌市市长邀请，和高永教授、姚洪林研究员去敦煌鸣沙山月牙泉风景名胜区考察过10天，对于大家的诸多美好猜想这里不加评述，只想借此机会和大家聊聊与科学有关的3件趣事。

一是月牙泉奇特的风。原来，每到深夜，这里就起风，风从西面北沙山与西沙山的缺口吹进来，当这股风吹到泉边就盘旋而上，将白天滑下的沙粒又随风上扬回高处，能使沙山在白天留下的万千脚印，一到清晨，一切又恢复如初。独特的地形和气流，是鸣沙山永不低落、泉水永不淹没的秘密。在中国唯有这里得天独厚，这是大自然对敦煌月牙泉天大的恩赐。

尽管如此，南沙山北面的一座小庙已被流沙淹没，北沙山不得不禁止游人攀登。

二是敦煌月牙泉这一带属党河流域，是敦煌绿洲的一部分。由于敦煌市人口剧增，游客数量持续高位运行，致使党河流域地下水位下降，连带着月牙泉水位也下降。20世纪50年代，月牙泉最深处约5米。从60年代起水位持续下降。2001年开始，景区对月牙泉实施渗灌补水工程。方法是在北沙山北部靠西面沙山的低矮处，修一个蓄水池，下面用管道和月牙泉连通，通过渗灌，每年向月牙泉补水600多万立方米，以维持其水位。目前，月牙泉水位保持在1.1米左右。

这个蓄水池是在景区游客游览路线之外，所以游客是看不到的。景区的主任把这种做法称作给月牙泉“打吊瓶”。

三是景区给月牙泉“打吊瓶”的渗灌补水，月牙泉的湖水并不买账，始终采取排斥状态。仔细看，从湖水的颜色还是能看得出来。湖面上自东北向西南似有一条水线，靠西北的外来水颜色较浅，靠东南的原有湖水颜色较深。当然，景区的人是不会轻易告诉你这个秘密，游客不注意也不会发现这个现象的。

宁夏沙湖位于银川平原以北，总面积80.1平方公里，湖泊面积45平方公里，沙湖南面是一片面积20平方公里的沙丘。独具特色的秀丽景观，把塞外与江南美妙地融合了起来，构成了一幅美轮美奂的江南风光图。

宁夏沙湖是国家首批5A级景区，全国十大魅力休闲旅游湖泊之一。沙湖旅游区在距银川市西北56公里平罗县境内的西大滩，已成为祖国西北地区颇负盛名的旅游热点，因其独特优美的沙水景致而被选为全国35个王牌景点之一。宁夏沙湖景区有“世界环境保护五百家单位之一”、联合国授予的“全球环保500佳”荣誉称号。

宁夏沙湖原是黄河古道，海拔1088～1140米，低于周围10～40米，湖泊除受地下水补给外，农田灌溉退水、渠道渗漏水等是沙湖主要的补水来源，甚至还接纳部分洪水。新中国成立后，这里曾是一座农场，20世纪80年代，改建为旅游区。经过无数建设者的精心建设，才逐步变成集西北粗犷与江南秀美为一体的著名景区。因为它是人工建成的，知名度很高，名字里又有“沙湖”，所以这里不得不提一下，但它不是天然的由沙漠而形成的沙湖。

这里所说的湖也不包括青海湖，因为青海湖不是因沙漠原因而形成的沙湖。

月亮湖，位于内蒙古阿拉善盟阿拉善左旗境内，是腾格里沙漠中的天然湖泊。因其从东边看好像一轮弯月，当地牧民称之为“月亮湖”。又因从西边沙丘上看好像一幅中国地图，气势磅礴，故此得名“中国湖”。

月亮湖地处腾格里沙漠东缘，核心区范围达150平方公里。月亮湖水面约1.4平方公里，水深2～4米，南北长2公里，东西宽1公里。湖中芦苇摇曳，湖岸草坪如毯，湖水碧波荡漾，水鸟嬉戏，鱼翔浅底。湖的周围生长着花棒、柠条、沙拐枣、梭梭等各种沙生灌木林草。黄羊、野兔、獾猪等等数十种野生动物是这里的主人，珍稀的白天鹅、黄白鸭、麻鸭等成群队栖息于此，沙峰、湖水相映成趣，不啻人间仙境。

登临沙山高处，极目远眺，茫茫沙海，渺无边际。俯瞰月亮湖，只见湖光沙色，交相辉映；碧水蓝天，浑然一体，恍如梦境一般。在粗犷、豪放、沉寂的大漠中，月亮湖犹如一面明镜，集灵动、轻柔和雅静于一身，充分展现出一种原始的、自然的、未经人工刻意雕琢的原生风貌。

据检测，月亮湖一半是淡水湖，一半是咸水湖。咸水湖有2个独特之处：一是湖水可说是天然药浴配方。面积3平方公里的湖水，富含硒、钾盐、锰盐、少量芒硝、天然苏打、天然碱、氧化铁及其他微量元素，与国际保健机构推荐药浴配方极其相似。湖水极具生物净化能力，能迅速改善、恢复自然原本生态，毫不混浊；二是千万年形成的黑沙滩。长达1公里，宽近百米的天然浴场沙滩，推开其表层，下面是厚达10多米的纯黑沙泥，其质地远超“死海”的黑泥，可谓腾格里沙漠独一无二的纯生态资源，更是天然泥疗宝物。

月亮湖景区，资源组合极为独特，不仅有草原游牧民族传统文化，而且集大漠风光、戈壁神韵、原生态湖泊和藏传佛教为一体，使自然的神奇与人类内心精神需求得到极为完美的融合，所以也是现代都市人体验原生态大自然、感悟生命、洗心静思的心灵休闲胜地。同时，月亮湖是发现七星湖之前，距离国内各大城市半径最短的沙漠探险营地，也是全球最具影响力的沙漠深度旅游体验地之一。

天鹅湖，位于内蒙古自治区阿拉善盟阿拉善左旗境内，腾格里沙漠东部边缘的天然湖泊。南北长约1500米，东西宽约500米，面积约3.2平方公里。

天鹅湖与月亮湖南北相距35公里，与旗政府所在地巴彦浩特镇东西同样相距35公里，三者形成一个钝角等腰三角形。天鹅湖四周是浩瀚的沙漠，沙丘起伏，沙涛滚滚，景象奇伟壮观，令人心旷神怡。湖边布满沙枣树，湖水清澈、明净，水域广阔。每年的3月底至4月初，湖面栖息游玩的天鹅犹如流动的画面，美不胜收。天鹅湖和月亮湖一大一小，是腾格里沙漠众多湖泊中一对出众的姐妹花，它们相互衬托，可谓绝代双骄。

腾格里沙漠位于阿拉善地区的东南部，介于贺兰山与雅布赖山之间。就大地形来说，属于阿拉善高原的冲积平原，海拔1050米。“腾格里”蒙古语意为“天”的意思，形容这片沙漠“像天一样高远、辽阔”。当地牧民说：“登上腾格里，离天三尺三。”他们对腾格里沙漠是万分敬畏，却又十分依恋。

历史上，腾格里曾是一片海洋，现在，昔日碧波荡漾的古海洋经过漫长的地理变迁形成了今日的腾格里沙漠。尽管如此，现在腾格里沙漠里还有422个原生态湖泊，总面积达5034平方公里。其中积水的湖泊大约251个，面积约100平方公里。湖泊依山势呈带状分布，水源主要来自周围山地和沙漠潜水。虽然腾格里沙漠年降水量仅有100～220毫米，但近年来湖水不但没有减少，反而有所增加，许多湖泊有泉水补给，水质良好。众多湖泊，犹如颗颗深蓝色的宝石镶嵌在这茫茫的沙漠中，应了那句“唯有安详之心，才能感觉美丽”。

巴丹吉林沙漠，位于内蒙古自治区阿拉善右旗北部，面积4.7万平方公里，其西北部还有1万多平方公里的地域至今尚无人类的足迹。最高沙峰为必鲁图峰，海拔1617米，相对高度500多米，是地球上最高的沙山，比撒哈拉大沙漠高峰还高出70多米，俗称“世界沙漠珠峰”。巴丹吉林沙漠海拔高度在1200～1700米，年降水量不足40毫米，年蒸发量高达3500毫米，蒸发量是降水量的40～80倍。但是沙漠中湖泊仍然是星罗棋布，湖泊竟然多达144个。其中，常年有水的湖泊达74个；淡水湖12个，总水面约33平方公里，最大深度可达6.2米。消失的几个大湖泊海拔都很低，古日乃湖位于沙漠的西北缘，地面高程900～1000米；在沙漠边的北缘是拐子湖，地面高程900米左右。

有些湖盆边缘仍有淡水泉出露，音德日图的泉水以泉眼之多、之奇、集中而著名，被誉为"神泉"。该泉也称磨盘泉，108个泉眼从一块大石头上破水而出，令人匪夷所思。磨盘石头约有1米高，顶部大约有3平方米，状如磨盘，其上泉眼密布，泉水披挂而下。泉水甘冽爽口，水质极佳。据说这个泉的水被称之为"圣水"，旧社会王爷不让妇女靠近，现在当地人依旧遵守着这个习俗。

神泉是隐匿于沙山之中的一个咸水湖。由于巴丹吉林沙漠的夏天温度很高，湖水的蒸发量大，补给主要靠少量的地下水和雨水，导致湖水盐的浓度升高、浮力变大。所以，人在湖中根本用不着任何泳姿，平躺在水中就可以漂浮不沉。

巴丹湖位于巴丹吉林沙漠南缘的沙山中，距沙漠地质公园16公里。在巴丹主沙峰的北侧，有一直径约50米的圆形咸水小湖，四周被百米以上的陡峭沙山紧紧环抱，宛如一颗璀璨的明珠深深嵌在沙山中，被当地人誉为"大漠天池"。鸣沙山底有清澈的淡水湖，湖水明净清爽，泉水潺潺，微风怡人。巴丹湖本为咸水湖，不可思议的是，咸水湖里竟有淡水泉眼，喷出的水十分甘甜，令人称奇。

在一个叫庙海子的盐水湖边，有一处喷涌的泉水，泉眼粗若碗口，伸手探下去，深不及底。泉中有虾，通体透明。随喷泉翻涌的沙子被涤荡得晶莹剔透，喷出的泉水经年流入海子，在地上形成了一条深深的渠道。

在海子的北部，离岸边有5米远的湖水中，有一眼突泉，水柱如脸盆一般大小，水面上浪花翻滚，宛若莲花。当地人说，前些年有人在泉的四周围堰，想建个池塘，无奈沙漠中没有土石，用沙子堆起的围堰经不住水的压力，崩塌了。如今那个围堰早被泉水荡平，连痕迹也全然不见。

巴丹吉林沙漠的泉水常以湖水为中心，与周围沙丘呈同心圆状分布。更神奇的是，该地湖泊严冬也不结冰。湖泊芦苇丛生，水鸟嬉戏，鱼翔浅底，享有“漠北江南”之美誉。

1996年，德国探险旅行家包曼出版了《巴丹吉林沙漠》一书，轰动了欧洲探险界。

其实，沙漠里有湖，起码中国的沙漠里有湖，是一种非常正常的自然现象。因为中国的沙漠都是位于各个大小不同的盆地之中，有湖的地方往往又在盆地的低凹处。中国的沙地降水条件要比沙漠好，如毛乌素沙地有湖171个；浑善达克沙地分布着众多的小湖、水泡子和沙泉，泉水从沙地中冒出，能汇集成河；科尔沁沙地有大小河流百余条，湖泊星罗棋布；呼伦贝尔沙地的河流、湖泊是北方地区最多的，著名的呼伦湖、贝尔湖是内蒙古的水产基地。

中国沙漠里的湖，主要集中在内蒙古的几个沙漠里，前面提到的库布其沙漠有七星湖，腾格里沙漠有422个湖，巴丹吉林沙漠有144个湖，乌兰布和沙漠（1997年调查）有湖泊130多个。内蒙古以外的4个沙漠里也有湖，只不过湖的数量不多而已。如北疆的古尔班通古特沙漠有澎湖、鱼湖、草湖等；南疆的塔克拉玛干沙漠除巴里坤湖、情人湖外，2006年科学家在“生命禁区”、被当地人称为“康拉克”的区域内，发现人类目前能够到达的沙漠里有10个湖，湖泊最深的地方大概有七八米，总水域面积达到200平方公里左右；库姆塔格沙漠在新疆和甘肃交界处，首支库姆塔格沙漠联合科考队于2007年9月，在库姆塔格沙漠意外发现了一大一小两处像敦煌鸣沙山月牙泉一样的湖泊；柴达木沙漠所处的柴达木盆地原是一个巨大的内陆湖泊，后来也是因青藏高原地势的抬升和雨量的不断减少，而得不到充足的水源补充，湖水不断干涸，形成了一个巨大的天然盐碱湖盆地。在柴达木沙漠里有褡裢湖、哈拉湖和珍珠湖，每个湖都各具情态，有着美丽的传说。

沙漠因为缺水而生成，也因为缺水而被称为生命的禁区。但在极度干旱的塔克拉玛干沙漠、巴丹吉林沙漠却有着沙山和湖泊共存的奇观，这让全世界的人都很费解。在学术界，对于沙湖的形成有很多种说法，他们的专业和智慧让人惊叹。

笔者借此机会再透露一点沙漠的最新研究成果。首先，有一类沙湖的形成是地质时期留下来的。所谓的地质时期是指在全新世早、中期（距今约1.1万年），全球气候都温暖湿润，气温较今高2℃～4℃，年平均气温14℃～16℃，在距今大约为8000年前～3000年前，内蒙古的年平均气温比现代高2℃～3℃，平均年降水量比现在多150～250毫米，水系网是现在的10～20倍，阿拉善与鄂尔多斯的大面积湖泊的水位要比现在高很多，湖面也比现在广阔。如库布其沙漠的七星湖，乌兰布和沙漠与腾格里沙漠环绕的吉兰泰盐湖，库姆塔格沙漠的月牙泉，塔克拉玛干沙漠的巴里坤湖以及巴丹吉林沙漠和腾格里沙漠的一些多年老湖，都是形成于这个地质时期。

当然，如果仅仅依靠这个地质时期所留下的湖水，上述这些沙湖一个个早变成罗布泊了。有科学家算过，以巴丹吉林沙漠为例，每年蒸发量超过4000毫米，即使按照湖泊水面1年的蒸发量2000毫米计算，5000年的时间里，1万米高的水柱也会全部被蒸发掉。所以除地质时期留下来的湖水以外，在这几千年时间里，这些多年老湖幸运地躲过了成为罗布泊的命运，是因为它们都还有一定的水源补给。

沙湖的第二类形成原因是季节性河流尾闾湖形成的湖泊。如发源于阿尔金山的季节性河流，在流经库姆塔格沙漠南部时，河道改变方向以后，遗留的一部分积水在沙漠中形成了尾闾湖。

沙湖的第三类形成原因是河道侧渗补给形成的湖泊。如乌兰布和沙漠整个地势都低于黄河水面2～6米，有引黄灌溉的条件，河道侧渗是沙湖主要的补水来源。

还有一类沙湖是初次被人类发现。如在塔克拉玛干沙漠发现的康拉克湖泊群，有10个湖，湖泊最深的地方有七八米，每个湖泊的周围都是被沙漠环绕，而且在湖泊里发现野鸭、狐狸、白鹭、印度鸭等动物。最让人兴奋的是，曾是塔里木河“霸主”、几乎处于濒危边缘的塔里木裂腹鱼也在湖中被发现，它早已被新疆列为二级保护鱼种。从目前发现的塔里木裂腹鱼看，它们在这里生长的时间已很长了，所以湖泊在短期时间内形成的可能性不大。

这就要涉及一直未提及的沙漠特性以及凝结水的作用。

首先是沙漠的特性。全球的沙漠大都是由0.1～0.25毫米的沙粒组成。沙漠有博大的胸怀，天上下多少雨，它就能接纳多少水，全部搂抱在怀中，不会形成径流，更形不成冲刷沟。雨过天晴，火辣的太阳一露面，沙丘表面水分立即蒸发，出现3～30厘米的干沙层，奇妙的干沙层犹如一层偌大的棉被，将下面饱含水分的湿沙丘捂盖得严严实实。沙子排列疏松，形不成毛细管，更没有毛细管上升水，沙中的水分再怎么活跃，也无条件逃出，永远滞留在沙中。这就是有沙就有水、沙漠是个大水库的道理。

沙丘干沙层是随着生物气候带而薄厚不同。在半湿润半干旱地区，沙丘的迎风坡干沙层厚3～10厘米，背风坡的干沙层要比迎风坡的厚，一般为5～30厘米；在干旱和极干旱地区，沙丘的迎风坡干沙层厚10～30厘米，背风坡的干沙层同样要比迎风坡的厚，一般为30～100厘米。

学术界往往关心的是迎风坡干沙层的厚度。

干沙层下面是不随风云变幻、始终如一的湿沙层。湿沙层也随着生物气候带而薄厚不同。中国有2个极端干旱地区分布着3个沙漠：塔克拉玛干沙漠、库姆塔格沙漠和巴丹吉林沙漠。这几个沙漠湿沙层的含水率为1%～3%，往东到半干旱半湿润地区，湿沙层的含水率逐步增加为3%～5%。

问题就出现在沙丘干沙层和湿沙层的怪现象上。一个是对雨水的渗透问题。沙漠地区是降雨少，但是，一旦有雨则多是暴雨，暴雨的水分由于重力作用会迅速下沉。姚洪林研究员在毛乌素沙丘实验的结果是，当干沙层被湿透以后，每1毫米的降雨，能使丘间低地的地下水埋深增长100毫米。再说，每个沙湖都有自己的分水岭，分水线囊括的地盘往往是沙湖面积的几千倍几万倍，局部降雨可能水量是不大，但宏观的总量却是十分可观的。

再一个怪现象是沙漠自己会制造水分。

现在科学研究说沙漠里的动物能够利用自己的皮肤制造水分，大家可能会接受，因为动物是有生命的，它要水分是为了生存。如果说沙漠能够自己制造水分，恐怕好多人接受不了。但这是千真万确的，沙漠就是利用表层的干沙层和下面的湿沙层不停地制造水分，而且它制造水分都是在黑夜里悄悄进行，所以外人很少知道。

马教授为解释七星湖的成因，应内蒙古电视台的邀请，于2006年7月，带着研究生刘坤、杨云霞等人前往七星湖一探究竟。白天，他们测的沙丘地表温度是61℃，干沙层是13厘米，湿沙层的含水量是3%。凌晨3点，沙丘地表温度是9℃，温度相差竟达51℃！更令人不可思议的是沙丘上完全没有了干沙层，干沙层全部变成了湿沙层，在湿沙层5厘米处，含水量达到7%，手捏湿沙成团，可以不散。

尽管他们目标很明确，是奔着沙丘凝结水去的，但是他们完全没有想到凝结水的数据竟是如此令人震撼。兴奋使他们完全没有了睡意，回宾馆加了衣服，又直奔沙丘的丘间低地而去。丘间低地也变了样，白天很硬的地表，晚上却软软的、湿湿的，含水量达到5%。数据表明，沙丘迎风坡产生的凝结水要比丘间低地多2%。

电视节目《七星湖成因之谜》播出之后，电视台请的评审专家吵成一堆，就是农业大学院里，老师们也是嚷成一片。

一天，张昊博士专门来家找到马教授。张昊博士是研究草原生态的，和马教授私交甚好，说话不用客气。

马教授一一回答张昊博士的质问。关于七星湖是地质时期留下的，这个一算蒸发量就明白了。关于七星湖和黄河地下水侧渗相关，尽管二者相距10公里，侧渗水能达到那么远的距离？20世纪七八十年代黄河断流了，七星湖为什么没有干枯？好，也算。那腾格里沙漠有422个湖，巴丹吉林沙漠有144个湖，它们又是靠哪条河的侧渗水补给？

巴丹吉林沙漠中为什么分布着如此之多的湖泊？原因是500公里外的祁连山和巴丹吉林沙漠地下1万米深处，两者靠一条隐蔽的“地下河”相通，这里的沙漠下面隐藏着一个大型的地下水库。

马教授告诉张博士，巴丹吉林沙漠下面隐藏着一个大型的地下水库，这不是什么秘密，更不是什么新发现，中国的沙漠、沙地由于都处于盆地之中，可以说每个沙漠沙地下面至少都有一个地下水库。而且柴达木沙漠下面的地下水库有5层，储量相当于10个青海湖！

至于巴丹吉林沙漠和500公里外的祁连山，在地下1万米深处有一条隐蔽的“地下河”相通，既然相通，压差1万米，那巴丹吉林沙漠的沙湖水应该冒出十丈高，可是看见的泉水都冒着像螃蟹吐的小泡泡。

利用排除法，减掉各种假说，“图穷见匕首”，凝结水立刻成了两人谈话的核心。

所谓凝结水，是指当物体表面温度低于或高于周围大汽中水蒸气温度时，冷、热气体在物体表面凝结形成的水珠。其实，凝结水在人们日常生活中无处不在，小到随口对着玻璃哈气而形成的小水珠，或下雨前家里水管子上的水珠，大到下雨、下雪乃至打雷、闪电，都是冷、热气体碰触的结果。抑或，清晨数万平方公里植被叶片茎干上形成的露珠，都有凝结水的身影。这看似简单的气态和液态的转换，在人类活动和自然环境中却有着很广泛的应用。

露其实是自然界的一种普遍现象，实质是凝结水的一种。古人阅其表将之比作天上来水，寓之情赋予其丰富的情感：“蒹葭苍苍，白露为霜，所谓伊人，在水一方。”寥寥数字便勾勒出一个苍凉幽缈的深秋清晨时空背景，从而引出后面脍炙人口的诗句来。文人墨客喜用“露”托物寄情，因其纯洁无暇，便有了“垂緌饮清露，流响出疏桐”；因其稍纵即逝，便有“譬如朝露，去日苦多”；因其恰得时宜，便有“清风玉露一相逢，便胜却人间无数”。

元狩四年（公元前119年）的春天，汉武帝命卫青、霍去病各率骑兵5万分别出定襄和代郡，深入漠北，寻歼匈奴主力。霍去病率军北进2000多里，结果被匈奴左贤王困在沙漠里，没有水喝。手下谋士想起“露”的诗句，建议在沙漠表面架起兵器等硬物，下面用器物接水。凌晨，露水接满了容器，士气大振，歼敌7万多人，俘虏匈奴屯头王等83人，兵锋一直逼至瀚海（今贝加尔湖）。经此一战，“匈奴远遁，而漠南无王庭”。

人类进入工业时代，生产生活中利用蒸汽凝结水进行火力发电、原油分离等活动，凝结水的应用最大程度地回收了系统的热能，从而节能降耗，创造经济效益。科研中也常用到蒸发凝结水进行科学化验。农业生产中常常利用农作物凝结水量小和附着表面时间长的特点采用傍晚喷洒农药、寒露季节采摘油茶等。

当然，凝结水也具有负面效应，比如南方地区梅雨季节房屋地面的返潮现象，凝结水过量和持续时长，影响植株花粉传播，其残留水体也容易滋生细菌和真菌等病原体导致植株患病等。

对于土壤吸湿凝结水的研究，前苏联起步较早。早在20世纪40年代，前苏联学者列别杰夫就提出了“凝结学说”，甚至认为土壤凝结水是沙漠地区浅层淡水的主要来源。1950年代以后，法国也开始从不同角度进行研究，探索了露水的形成。我国学者对凝结水研究起步较晚，20世纪60年代发现了吸湿凝结水现象，并进行了初步测量；20世纪70年代，随着遥感技术和同位素技术的应用，吸湿凝结水研究有了一定的发展；80年代以后，凝结水逐渐成为干旱、半干旱沙漠地区的研究热点，科技人员先后在我国多个沙漠、沙地开展了土壤凝结水实验和研究，并取得了一定成果。

凝结水产生的原理是，白天，由于沙漠是热传递的不良导体，太阳一照，沙丘表面温度升高很快，但干沙层下面湿沙层是凉的。夏天中午最热时，巴丹吉林沙漠表面温度最高，能达到80℃，其他沙漠表面的温度也都在60℃~70℃，库布其沙漠是61℃。等到晚上，随着太阳落山，气温逐渐下降。也因为沙漠是热传递的不良导体这个特性，沙丘散热同样很慢。等到后半夜，沙层表面温度降至9℃左右，而沙层下面的温度还是20℃~30℃。这样，热沙层的热气体不断向外扩散，遇到沙层表面的冷气体就凝结成水珠，成为凝结水。

还有，白天沙面温度高于空气，水汽气化到沙面上空。夜晚沙面温度低于空气，空气中的水蒸气在沙粒表面凝结成水，凝结水珠不断增大，由于沙粒的保持水分的能力极差，受重力作用的凝结水珠就要下渗。如果整个沙丘制造的水分超过沙丘的持水能力，大量水分就会成气候的向下渗透。如果沙湖周围偌大的沙漠制造的水分同时下渗，不停地下渗，人们就明白沙漠中为什么会有沙湖这么一景。

在自然环境中，特别是在干旱、半干旱地区的沙漠生态系统中，凝结水扮演着非常重要的角色。造物主是公平的，它让沙漠地区雨水资源短缺，却又让凝结水几乎一年四季都在默默地奉献着，其累计水量远远超过当地的年平均降水量。正是凝结水和沙漠地区的偶尔降雨，维系着沙丘巨厚的湿沙层，保持着沙漠是个天然大水库的态势，进而奇妙地、超然物外地凝聚着沙漠之湖神秘莫测的天然神韵。

马教授问张昊博士："如果有两个同样大小的沙丘，一个沙丘是裸沙，是流动沙丘，上面没有任何植物；而另外一个沙丘上长满了植物，植被郁郁葱葱。你说现在哪个沙丘里的水分多？"

"那还用说。"张昊博士张口就说，突然他停了下来，狡黠地一笑，"难道……难道……这不可能。"

马教授告诉张昊博士："答案是，长满了植物的沙丘水分少。如果沙丘上的植被已经郁郁葱葱，那么这个沙丘的水分不会超过1%。而上面没有任何植物的裸沙丘，在干草原地带，沙丘里的水分在3%～4%。这个结果看似违反常规，其实这正是沙漠的特殊规律。"

初看标题："沙湖，裸沙怀里的'小情人'"，读者一定会以为笔者在用"裸沙"、"怀里"、"小情人"的字样玩噱头，科学地讲，如果不是裸沙，如果沙湖不在沙漠的怀里，就不可能还有多余的凝结水支撑沙湖的存在。如果不是沙漠一往情深地把天地造化的琼浆玉液心甘情愿地滋润着小情人似的沙湖，那这个世界就会失去一种大漠之情、天地之爱。

四、响沙，这里的沙子"唱情歌"

八百里的库布其沙漠以神秘、蛮荒、典雅、迷幻、绵延"五绝"的大漠旖旎风光著称于世。

库布其沙漠作为黄河弯弓上的弦，从东到西，现已形成的九大沙漠旅游景区像一串墨绿色的珍珠镶嵌在金黄色的锦缎上。黑圪劳湾、响沙湾、沙漠森林公园、大圐圙、银肯塔拉敖包、恩格贝、夜鸣沙、七星湖，这些景区个个风格迥然，功能各异，特色明显，却又浑然一体，成为国内沙漠旅游、探险的黄金线路。如黑圪劳湾为国家2A级景区，响沙湾为国家5A级景区，恩格贝为国家4A级景区，夜鸣沙为国家3A级景区，七星湖为国家4A级景区。恩格贝成为自治区生态示范区，七星湖是国际沙漠论坛永久会址，银肯塔拉敖包写入吉尼斯世界纪录。到库布其旅游，人们可以欣赏连绵起伏的沙丘曲线，聆听沙子吟唱的漫瀚调情歌，在忘却红尘中享受到纯净沙漠环境的无污染、无公害、纯天然的漠野情趣。

关于库布其沙漠的成因，有一个这样的传说：相传武则天时，八仙之一张果老从西天回来。他倒骑千里神驴，来到腾州城（今鄂尔多斯地区），在一棵木瓜树下乘凉，不知不觉睡着了。好奇的村童往驴背的袋子上捅了一个洞，里面流出沙子来，而且一发不可收拾，形成了库布其沙漠。张果老被吵醒后，眼前已是一片沙海，他无比懊悔，用神指一划，在沙漠中端划出一个沙湾，形成响沙湾，又请来雷公在此守候，使沙粒响声不断。

“响沙湾”在蒙古语中被称为“布热叶芒哈”，其意为“带喇叭的沙丘”。在这里还有另外一个传说：以前在响沙湾有个展旦召，当时召庙的规模很大，有2000多个喇嘛。一天，神仙张果老骑着毛驴从天上来到这里，听见下面人声鼎沸，低头一看，原来是召庙里的喇嘛密谋造反。张果老冷笑一声，把在西天灌进鞋子里的沙子往下一撒，转瞬间形成了一条长达800里的库布其沙带。那座古老的展旦召也遭到飞来横祸，一下子全被埋在黄沙之中。然而喇嘛们毕竟是佛祖的弟子，还有些法术，他们虽不见天日，可并没有死去，因而经常在下面擂鼓吹号，于是沙丘顶上便发出阵阵声响。

神秘的沙歌现象吸引着中外游客纷至沓来。沙响妙音春如松涛轰鸣，夏似虫鸣蛙叫，秋比马嘶猿啼，冬日则似雷鸣划破长空。也有人形容响沙的声音，时而如青蛙呱呱鸣叫，时而如战马的嘶鸣，时而如一个神秘的少女把远古的传说娓娓道来，时而又如千军万马在战场上冲锋的号角。关于响沙的成因众说纷纭，科学工作者进行过多次科学考察，得出的理论有“筛匀汰净”理论、摩擦静电说、地理环境说、“共鸣箱”理论等等，莫衷一是。

响沙湾坐落在鄂尔多斯境内库布其沙漠中端的银肯沙带。“银肯”是蒙古语，汉译“永久”之意，当地群众叫它响沙湾。响沙湾属于沙漠类自然风景区，为新月形丘链或格状丘地貌。银肯沙带东临罕台河谷大川，背依茫茫大漠，沙高110米，宽400米，坡度为45°，呈弯月状的巨大沙山回音壁似的缀在大漠边缘，是一处珍稀、罕见、宝贵的自然旅游资源。这里沙丘高大，瀚海茫茫，一望无际。金黄色的沙坡辉映在蓝天白云下，有一种茫茫沙海入云天的壮丽景象。沙丘好似一条金黄色的卧龙，沙山宛如弯月，顺着沙山往下滑，轰鸣声犹如惊雷贯耳。

沙漠净水沙湖在弯月沙山回音壁南约2公里处，是一个小面积沙池，终年不断，为难得的“沙漠甘泉”。

从草原钢城包头往南，经过黄河大桥，穿行鄂尔多斯高原，在高速公路上南行约50公里，便到了库布其沙漠的响沙湾。它地处陕西、山西、内蒙古“金三角”地带，居呼和浩特市、包头市、鄂尔多斯市“金三角”开发区中心，交通十分便捷。

1984年1月响沙湾被国务院批准为旅游景点，1991年被国家旅游局列为国线景点，1999年转为民营股份制企业，2002年被国家旅游局评定为国家4A级旅游景区，2011年成功加入国家5A级旅游景区行列。响沙湾以绿色、生态、环保、节能、低碳为开发理念，开沙漠度假之首，领低碳旅游之先，引未来休闲之路，努力将响沙湾打造成为国内一流、国际知名的旅游景区。

在14年的发展历程中，响沙湾人团结奋进、锐意进取，将过去风沙肆虐之地建设成能为游客提供一流吃、住、行、游、购、娱的旅游景区。景区经过二期规划建设，逐渐形成响沙湾港、仙沙欢乐岛、悦沙岛、莲花度假岛、福沙岛等各具特色的游乐区域，形成了独特的环形游览线路和景点。

响沙湾旅游景区的董事长是王文俊。达拉特旗人，学建筑出身。一生笃信佛教，事事与人为善。他的汽车上镶着“阿弥陀佛”四个金字，虽然字不大，但是非常显眼，据说多次被警察拦住。论长相，王文俊属于典型的达拉特旗美男子，眼睛里永远闪烁着亲切的笑容。1999年他承租响沙湾答辩时，20多岁的王文俊就是用他那真诚的笑容和自信，征服了在场所有的专家和领导。

马教授和王文俊是多年的老朋友，从王文俊创业开始，马教授就是响沙湾的常客。因为研究响沙，马教授经常住在响沙湾，所以中层以上领导差不多都认识。反倒是吕荣作为在鄂尔多斯市林业局工作了十几年的总工，竟然和王文俊不认识。几次采访，王文俊都不在响沙湾，9月份这次出来，就是专门奔着王文俊老板来的。

一见面，王文俊老板握住马教授的手说："昨天开会，我们还念叨你和姚老师来着。"

寒暄过后，吕荣习惯性地摊开本子直奔主题，请王文俊介绍情况。

王文俊看着马教授说："这回可时间长了，你有几年没有来响沙湾了？"

马教授想了想说："真是的，大概有2年多快3年了。"

王文俊说："2年多快3年了，那不行。你就是一年不来响沙湾，就不算来过响沙湾。你们先下去看看再说。"

响沙湾副董事长李明克走了进来，他比董事长大20多岁，是最早跟随王文俊创业的元老，也是马教授的老朋友。他们好像是商量过的，李明克热情地陪着马教授一行去参观景区的新变化。

到达对岸的响沙湾，需坐横跨罕台河谷大川的索道。

1999年响沙湾兴建了1号索道，当时是世界上第一条沙漠索道，单程总长498米。2007年又建了2号索道，旅游旺季时，这里仍然是游客排队最长的地方。坐索道的感觉是人在空中移，景在眼前飘，换个角度看视界，一览众山小。

响沙湾港是游客进入沙漠的第一站。这里是游客集散中心，旅客游玩的冲浪、滑沙、跳伞、打靶等等多种惊险刺激的沙漠活动项目都从这里辐射出去。

有李明克副董事长亲自陪同，为马教授一行节省了好多时间，保证了他们能体验一些新项目。

王文俊说对了，两三年不来，响沙湾增添了不少新项目。

最让马教授一行感兴趣的是赫然耸立的有乳白色尖顶的沙漠艺术宫。它高30米，直径100米，占地面积7850平方米，可容纳1万人。沙漠艺术宫是由从加拿大引进的新型建筑材料充气膜结构建成，是非常时髦的融科技、文化为一体的艺术殿堂。沙漠艺术宫是双层结构，漂亮的苍穹下，地面就是原始的沙漠。旅客的沙凳座位，吸汗去湿，冬暖夏凉，颇有情趣。

马教授一行进去时，沙漠艺术宫里上演的《鄂尔多斯婚礼》正演到新娘撕心裂肺告别母亲的高潮。李明克立刻安排马教授一行坐在贵宾席上。

等眼睛适应了光线，马教授注意到，响沙湾民族歌舞团的主要演员还是那些熟悉的面孔，但是演出的效果却迥然不同。新型建筑材料充气膜结构要比钢筋水泥修建的蒙古包好，色彩和光线更鲜亮、更艳丽，音响效果也更强烈、更震撼、更清丽。歌舞团的演员们都很了不起，这些艺术家不仅常年在响沙湾景区上演，还多次在国内外巡演，据说已经走了20多个国家。细看今天的演出，演员还是那么投入，演技更是炉火纯青，整个剧情扣人心弦，台上台下都融入一种情真意切的氛围。

响沙湾的《鄂尔多斯婚礼》演出都在中午，旅客都是边吃边看。不经意间，李明克老总已安排了酒菜，于是大家边吃边看。

鄂尔多斯婚礼历史悠久，源远流长，婚礼的习俗已经传承了700多年。它是蒙古族最有特色、最具吸引力、最隆重的婚礼形式，也是迄今保留最完整、内容最丰富的蒙古民族风情画卷。它吸收了蒙古民族艺术精华，融风俗、礼仪、服饰、歌舞、音乐于一体，寓情于舞，寓情于歌，充满幸福、吉祥、喜庆、热烈的气息，它以其独特的民族特色，浓郁的生活气息，悠扬的歌舞形式和热烈宏大的场面，表达了勤劳、勇敢、智慧的鄂尔多斯蒙古族人民对美好生活的热情追求，展现了鄂尔多斯人粗犷、豪迈、善良的性格。鄂尔多斯婚礼是马背民族智慧的结晶，现已成功入选首批“国家非物质文化遗产”保护名录。

在沙漠艺术宫里，观赏古老的《鄂尔多斯婚礼》表演，吃手扒肉，品尝醇美的马奶酒，听着悠远绵长的蒙古族民歌，人们会进入“酒不醉人人自醉”的境界里。

李明克老总让马教授一行参观他们的莲花酒店，叫来一辆沙漠冲浪车。

沙漠冲浪车造型奇特，它车身低、轮胎宽，装扮怪异，酷感十足。人乘沙漠冲浪车到沙漠的深处去，犹如在海上颠簸漂浮一般。驾驶员选择的沙丘路线，让人能充分感受到高低起伏的沙丘落差，既惊险又刺激。尤其是酒醉微醺，心情愉悦放松之际，又遇清风拂面，眼前沙丘高峰低谷不断变幻之时，在惊愕与享受中可以放声高呼，体验前所未有的心跳快感。

沙漠冲浪车缓缓驶入莲花度假岛站。放眼望去，一座造型独特的建筑物立刻吸引住人们的眼球。刚才从高处俯瞰，莲花酒店宛如一朵盛开在沙漠深处的莲花，体现了老板王文俊的佛家愿景，也为响沙湾景区增添了一处高档典雅的会所。

2年前莲花酒店用钢板做底座时，马教授来过，现在正在装修阶段。李明克老总兴致很高得在前面引路，一一介绍酒店的功能和特色。

莲花酒店以五星级酒店标准建造，占地面积45216平方米，酒店面积23214平方米，共有380间客房。酒店内的洗浴用水均采用太阳能加热，室内照明使用传统的电能，外围的亮化则采用太阳能及风能，符合景区二次规划绿色、生态、环保、节能、低碳的理念。酒店有200个房间为景观房，不管游客是用餐或是住宿，都可以欣赏到大漠锦绣、长河落日，给人以亲近自然、回归自然之感。

夜晚，响沙湾安排了大型的篝火晚会，让马教授一行和演员、游客共同体验传统的蒙古安代舞，放松一下疲惫的身体，还能欣赏到佤族部落的姑娘和小伙子带来的激情舞蹈。

夜晚来临，繁星点点，皓月当空。热闹非凡的沙漠篝火、璀璨夺目的焰火晚会，立刻把素不相识的人融为一体。篝火爆着响声，火星闪亮溅起，夜的颜色红亮起来。随着一声声女声尖叫、一阵阵男人大笑，佤族姑娘狂野的舞蹈掀起篝火晚会狂欢的高潮，紧接着，安代舞的舒缓旋律又把大家带入“歌海舞乡”的美仑美奂之中。

有时，狂燥喧嚣的氛围，却能给心灵带去一份宁静与安详。

响沙湾为国家旅游局确定的5A级旅游景区创建试点单位。先后荣获“内蒙古十佳旅游景点”、“内蒙古自治区文明风景旅游区”、“内蒙古精神文明建设先进单位”、“内蒙古旅游诚信企业”、“内蒙古优秀民营企业”等荣誉称号。鄂尔多斯响沙湾旅游有限公司的成立，带动了周边农牧民的经济增长，现在景区的从业人员达300多人，而且每年人均收入在不断递增。同时响沙湾也是达拉特旗的纳税大户，给当地财政收入的增长作出了很大的贡献。

响沙湾的贡献还表现在对周边沙漠旅游的带动作用上。现在，紧挨着响沙湾东面出现了二响沙湾，旅客指数逐日攀升；西面约3公里处，有一处沙漠的高地，海拔1486米，上面建有世界最大的银肯塔拉敖包，彰显着蒙古民族豪放气派，释放着蒙元文化的浓厚香醇，它也被载入了吉尼斯世界纪录；在响沙湾南边2公里处，林业部门筹建的沙漠森林公园已经挂牌运营。

现在的库布其人，在环保理念和经济利益的驱动下，已经由过去的单纯治沙，转变为玩沙、用沙的新档次。现在的库布其沙漠，也犹如一座庞大的自然保护区、公园和旅游景区的群星璀璨的群落，它把沙漠中所有的游览之圣都集中到这里，呈现出一个由上帝神工设计、经巨匠雕琢的极品，又被鄂尔多斯人经营运作到巅峰极致。

当众人夸奖沙漠艺术宫构思巧妙时，响沙湾老板王文俊笑的像个弥勒佛。他开口说道：“历经磨难，方能修得正果。”引得大家一阵大笑。

王文俊等大家笑过之后，慢慢叙述他的九九八十一难。

“刚开始在沙漠里建设这个景区时，马教授你都记得哇，人们说什么的都有。反正是这个也不行，那个也不对，不行的一大堆。当时我压力也很大，也很矛盾，我感觉建设和经营是响沙湾最大的问题。都说办法比问题多，问题都可以解决，但是我们光讨论就讨论了2个多月，也没有个头绪。

“2006年响沙湾民族歌舞团成立，可是在哪儿演出呢？最开始在住宿区那边搞了个简易舞台，当时苏建荣是达拉特旗的书记，他来的时候演的第一场，后来又演了没几场就停了。因为是露天的，一是一些电子设备受不了，二是晚上演出的时候，大小多少有点风，人坐在沙地上，也是不太方便。

“那年马来西亚经济委员会和鄂尔多斯市政府有个洽谈会，我们是接待人员。会议安排在响沙湾住一晚，并且晚上要看演出，没有办法，我们就建了个小蒙古包，里面能坐100多个人看婚礼。

“2008年6月27日旅行社和我打招呼，说7月24日香港要来一个旅游团，是400多人，当时问我能不能接受。我说没问题。当时我们那个小蒙古包太小，已经满足不了游客的需要，我们早就想建个大的。借着这个机会，我们就开始建一个大蒙古包。

“我记得很清楚，当时建设天数总共是27天。为了赶工期，劳动强度是有点大，后来有的工人加钱也不干，天天吃肉也不干，有的干了一下午就跑了，还有的白天就累得在沙地上睡着了，拉起来继续干。那时候的人真能受苦，现在哪有那么能受苦的人。

“到了7月23日晚上，蒙古包还在建设当中，那天晚上又下起大雨，蒙古包里面下小雨，当时开始刮腻子。怎么办呢？还下着大雨，我就把索道上的一大堆人都叫回来，让他们拿着汽油喷灯往干吹。到了后半夜，雨停了。我们干了一晚上，到第二天也就是24日上午10点来钟才基本弄完，设计了一个简易舞台。他们来了以后还不是很完善。我说就让他们来吧，一切都免费。第二天的时候条件稍微改善了一下，400多人能一起坐下来吃饭，看婚礼。这是响沙湾民族歌舞团演出的第三个阶段。

“有一次我去了东胜西面的九城宫，看见在高尔夫球场上有个用气吹起来的白色房子，他那个没有咱们的这么大。我看了一下，心想这是个好东西啊！

“有一天早上起来，我突然想起来，应该找个能铺设火车道的地方，因为铺设火车道对地面的高低要求很严。当时就领上专家看，看的看的，有一块地能建设那个大蒙古包。然后我跟九城宫那边要回来电话，跟北京的代理商联系，要了一个直径最大500米的，从加拿大运回来。

“这么大的东西怎么顶起来呢？人家确实有办法，房屋内一个柱子也没有，都是用气顶起来的。建起来后，确实挺好的，里面空间很大，而且原有的地貌不需要改造，还是沙漠。那时候已经开始筹备摄影大赛了，参赛作品需要在这个艺术宫里展览，展览的话需要钢架，大概算了一下，这些钢架需要20多万元。我当时觉得这个价格可以接受，但突然一想，我这个地面都是沙子，我用钢架要干嘛呀！我不要钢架了，我要别的东西呀。

“当时买回来一大堆布绳子，然后把作品都挂在墙上，那种绳子还带点艺术感，很好。所以好多好的想法都是人穷的时候想出来的。

“我们把婚礼演出舞台设置在里头，因为地方很大，里头建一个婚礼演出舞台不是问题。当时我拿起笔就开始设计婚礼舞台，因为我学得专业就是建筑，结构计算之类的我都会，在里头又设计了个小蒙古包，蒙古包里面设计了个鄂尔多斯婚礼舞台，舞台形状是蒙古人的帽子，带上哈达的形状，体现蒙古文化。

“最后舞台下面的观众椅子怎么做呢？就是刚才吕总夸的那种。

“我们专门去北京买椅子。北京的椅子确实很多，一把椅子有四千的、八千的，一万的都有。然后介绍说，这个是在国家大剧院的，那个是在哪个剧院的，大概算了一下，这个椅子很费钱啊。

“我这个沙漠艺术宫里的剧院总共才花了二十几万，结果椅子就花这么多钱。当时我坐在那边心里想，导购一直在旁边给我介绍。突然一想，我那个地都是沙子，我放这么好的椅子要干什么呀？突然灵感就来了，我礼貌地跟导购员说，现在就是看看，想好了再过来。

“我出了商店就给小刘打电话，让他做几个塑料罐，直径是多少的都给他说好了，因为先做个试验，看能不能。回来以后，正好那天从蒙古国城市学院来了个教授，他给设计了一下盖子和套子，因为上面还要坐人了哇。人家设计得挺好，做得也挺好，后来我们这个舞台上的设施、衣服都是让他们来做的。蒙古国那边做的东西和咱们这边的蒙古人不一样，花纹、图案都有点异国情调。做完后我们坐下体验看看，还真是挺好的。后来考虑到怕有贵宾不习惯，给正中间安排了几把椅子，其他的都是用装满沙子的罐子来当凳子的，坐下来还很舒服，节省了不少钱，关键是效果出奇。

“莲花酒店的大部分材料都是进口的，当时就是考虑，我要是用普通的材料做，建出来就是个普通的酒店而已。

“当时我们还出去考察了一下，去世界各地旅游度假比较发达的地区。发现咱们国家的旅游度假和世界上差得很多，咱们国家没有一个能真正做度假的，国内的好多什么度假村之类的，都不是真正的度假。度假做的最好的是地中海，人家做了60多年的度假，所以说我们现在要用他们的理念，作出自己的特色。

“我记得前两年有些游客进沙漠后，就坐在沙地上，带上自己吃的东西，躺在沙子上，和自己的孩子们玩。我们工作人员看了以后，说这些游客真是抠，就躺在那边，也不消费，连吃的喝的都自己带上。我说你错了，我要的就是这种人，在我们这个地方，能给他一个全身心放松的感觉就行了。

“今年五一节我们做了个试验，想探探这些游客心里到底想的是什么？我们这个门票是120元，凭票乘坐索道过去。五一节时我让所有的游客都免费进去，免费乘坐索道，让这些游客进去后自愿消费。当时很多人都不同意，但我有权力啊，不同意也得同意，因为我们要做个实验。

“坐索道过去后，就有20元、30元、50元等等项目，这些游客都不消费，光看不消费。骑骆驼那边我们是提高了20元，变成了140元。结果发现，骑骆驼项目的收入比原来增加了将近一倍还要多，一天三千多四千号人！为什么呢？旅客都高兴了，这个地方不掏钱就能进来了，进来后，又可以随心所欲，掏钱的话，就应该玩自己愿意玩的。

“我说我的试验成功了。”

王文俊看见大家听得很高兴，接着说：“草原旅游和草是没有关系的，他们不理解我的话，没有草能建成草原吗？我说没草原我能做成草原来，你喜欢草原是吧，世界上最好的草原在欧洲呢，不在内蒙古，欧洲的草原就像地毯一样。

“‘草’是个名词，‘原’也是个名词，‘草’、‘原’合在一起按道理还是名词。可是现在一说草原，就不是草和原了，而是蒙古族文化的代名词。

为什么全国人民一说草原就想到内蒙古呢，为什么不想到新疆、青海？那边的草原也很漂亮。所以'草原'这个词，是蒙古人民生活方式的代名词。你现在什么也不做，就一首歌、一碗酒、一块肉、一匹马，这就是草原。

"所以我想在沙漠里做草原，让游客来到沙漠体验草原，就是让他们观赏蒙古族人民的生活，体验蒙古族人民的生活方式。我们当时规划的时候，在这个沙漠里，就一边走一边看，从各个角度去看，因为每个角度看出来的想法和灵感是都不一样的。按照这个想法把规划图纸画出来，然后再去实地看，再修改，再去看，反复重复多次。首先自己要有感受，坐在实地感受，就是这样反复多次才能作出精品来。

"休闲度假做的是氛围和环境，就是人的心理。游客他真的很需要一种独特的感受，但他不知道自己需要什么，我们正好把他的需要做出来，那就成功了。"

响沙，又称鸣沙、鸣沙山等。响沙是指沙粒在特定的自然环境中能够自鸣，或在外力条件下（人、畜、风的策动）能够发出声响，且其声响和特殊环境所形成的共鸣箱产生的共鸣现象。

响沙的发现在我国已有2000多年的历史，司马迁的《史记》及一些古籍对这一现象都有所记载。国外最早记载响沙现象的是公元6世纪的中东沙漠国家，研究报道则始于19世纪。20世纪以来，国内外100多名学者为探索响沙成因机制做了大量实验并提出了不少科学假说和解释。

响沙的声音是最令人惊异、迷惑之点，也是弄清响沙的一个关键环节。古人听响沙，"初闻殷殷继咚咚，余音似与宫配"，"鼓惊天动地来"，"依稀琴筑费人猜"，"人于碛内时闻人鸣声，不见形"，"时闻歌啸，或闻号哭。视听之间。然不知所至"。

古书记载敦煌响沙"盛夏自鸣"、"冬夏殷殷有声如雷"、"天气晴朗，沙鸣闻于城内"、"风俗端午日……其沙吼声如雷"……

现代人听到响沙的声音是"吱吱、叽叽、啸啸、嗡嗡、咚咚、轰轰、隆隆"，像琴声、鼓声、铃声、钟鸣、珠玉声、雷声、青蛙叫、狗叫、唱歌、奏乐，进而有像雄猫在栅栏上叫唤，用湿手指摩擦玻璃杯的边一样，食指指甲在拉紧的丝弦弹一下，像风琴和大提琴低音键发出的声音，而且有的响沙能随着天气变化发出多种不同的声音。

日本的响沙有季节变化，初春“唱”得最响亮动听，夏天就低落下去或干脆“谢幕”不唱。新华社记者在1961年报道塔克拉玛干沙漠的响沙是夏天的夜晚，达尔文是路过一个酷热的多沙平原，俄国旅行家A.叶利谢耶夫听到响沙是在“近午时分，炎热难忍”之时，考爱岛的响沙是“沙子越干燥，发出的雷声也越大”。

从古至今，世界上听到过响沙之声的人何止百万千万，这些人谁没在大千世界中听到过上面提到的各种声音呢？难道就因为沙子能发出像猫像狗的叫声，像琴像鼓的响声就毛骨悚然、惊恐万状，或者欣喜若狂、大呼小叫、如醉如痴、流连忘返吗？不，根本不是这些原因。诸位专家和响沙探秘者都亲身感受到却又忽略了一个事实，那就是大家除听到发自沙面上的响声外，更听到和感受到一种发自手上、脚上、身上、空中，甚至是耳边咫尺的声响，正是这种“共鸣”后又折射回来的神秘响声，弥漫在人体四周，使人感到神秘和诧异。

《响沙》一文中提到：“你若两手使劲一捧，沙子就会像青蛙一样‘哇’的一叫，倒使你自己猛吓一跳。”这“哇”的一叫，声音就似来自耳边，心理反映和正常情况不一样，所以才被“猛吓一跳”。至于文中提到的“人若是从上往下滑。沙子就发出隆隆的一片轰响，既像汽车响，又像飞机声”，其“隆隆的一片轰响”本身就是一种共鸣声。详细记载这种声响的当首推俄国旅行家A.叶利谢耶夫，他在《荒漠的面貌》一书中写道：“突然，酷热的空中发出一种美好的声响……声音来自四面八方……但是那些声音却在灼热的空中荡漾和消失，似乎来自天上坠入地中……”这种来自“空中”、“四面八方”的声音，就是共鸣后的声音，也即“共鸣箱”的杰作。

响沙为什么能够发出各种不同的响声，多少年来一直困惑着人们，并激励着人们对响沙形成的原因进行了大量的研究、探索和提出各种假设。诸如气垫理论、填充模型理论、空气振动理论、盐结皮理论、剪切面理论、静电理论、喷气理论、内摩擦理论和粘结滑动理论等等。然而，这些理论都存在与实验结果不完全相符的问题，不是自相矛盾，就是不能解释特定条件以外响沙的事实或响沙异地不鸣或异地沙鸣的现象，有的理论甚至立论本身就是错误的。

巴格诺尔德较早地测定响沙的频率：海滩上响沙发出的声音频率最高，在800～1200赫兹之间，他用“啸啸声”来形容它的尖厉叫声；沙漠中的响沙发出的声音频率较低，在132赫兹左右；即使响沙在向下崩泻时，发声频率也只不过260赫兹，他用“隆隆声”来形容它的声音十分低沉。

布朗等人对响沙的声音进行过分析，发现干沙产生的声音频率基本为1200赫兹，湿沙为2500赫兹。

响沙的地理位置并不重要，全球各大洲凡有沙漠、沙地的地方都可能产生响沙环境，发生响沙现象。现在报道的数百处响沙，大致分为内陆响沙、海滨响沙、湖滨响沙、河岸响沙等4种类型。其中，内陆响沙是全球各大沙漠皆有，以巴丹吉林沙漠最多，估计有数百处，组成了一个庞大的响沙群；海滨响沙以日本最多，曾有10多处，以夏威夷的考爱岛最为典型；湖滨响沙报道的只有2处，美国的密执安湖、俄罗斯的贝加尔湖；河岸响沙也只有2处，伊犁河中游的卡尔日新月形沙丘，乌克兰第聂伯罗彼得夫斯克的河滩浴场。

全球的沙漠粒径大致在0.1～1.6毫米之间，五大洲的沙粒粒径一般在0.125～0.25毫米。中国沙漠、沙地沙的粒径以小于0.25毫米粒径占优势，各沙漠沙地平均为细沙占85.6%，中沙占11.6%，粗沙占2.8%。若说巴丹吉林沙漠拥有庞大的响沙群，是因为沙粒最粗，0.25～0.5毫米的中沙占27.3%，0.5～1.0毫米的粗沙占9.1%，那么，塔克拉玛干沙漠的粒径小于0.25毫米的细沙占到100%，而且0.01～0.05毫米的极细沙含量超过了15%，响沙地点恐怕也不止现在报道的几处。所以，粒径组成不是响沙的根本原因，而风选程度才是响沙的关键所在。

所有的沙粒表面几乎皆有风力磨蚀浅坑或氧化铁、碳酸盐溶蚀的轻微坑槽。尤其磨圆度而言，多为滚圆—棱角形和棱角形，滚圆形的颗粒在塔克拉玛干沙漠均在3%以下。银肯响沙的颗粒多为不规则带磨蚀后的棱角。海滨响沙多为近似圆形沙粒，但有些响沙是多角形的，其共同特征是沙粒表面都有良好的磨蚀表面。

中国过去传统的提法是“三大响沙”。另外2处是敦煌的鸣沙山和中卫的鸣沙山。

敦煌的鸣沙山位于库姆塔格沙漠最西端，距敦煌市城南5公里，因沙动成响而得名，更因鸣沙山环绕的月牙泉而名扬天下。月牙泉是敦煌最负盛名的一景，在黄沙包围的峡谷中，有一汪弯弯的泉水，粼粼水波，清澈可掬。敦煌响沙全称为“鸣沙山月牙泉国家风景名胜区”，沙山为流沙积成，多呈金字塔形，沙分红、黄、绿、白、黑五色。汉代称沙角山，又名神沙山，晋代始称鸣沙山。库姆塔格沙漠东西绵亘约40公里，南北宽约20公里，沙垄相衔，盘桓回环。沙随足落，经宿复初，此种景观实属世所罕见。敦煌鸣沙山的响声，敦煌城里都能听到。

第三处响沙位于宁夏中卫县黄河岸边的沙坡头，科学院和铁道部等机关都在这里设有治沙站。鸣沙山位于腾格里沙漠东南端，沙漠在此处已紧逼黄河河岸。沙山高约100米，沙坡面南坐北，中呈凹形，有很多泉水涌出，这座沙山向来是人们顶礼膜拜的神秘所在。它和敦煌的鸣沙山一样，每逢农历端阳节，男男女女便在鸣沙山上聚会，然后纷纷顺着沙坡翻滚下来，这时候沙便发出轰隆的巨响，像打雷一样。

巴丹吉林沙漠一度是我国试验原子弹的“禁区”。改革开放之后，人们发现巴丹吉林沙漠里到处都是响沙，其中宝日陶勒盖的鸣沙山高达200多米，沙峰陡峭，沙脊如刃，高低错落，沙子下滑的轰鸣声响彻数公里，有“世界鸣沙王国”之美誉。

马教授是我国最早研究响沙机理的人之一。他从1973年开始，多次到响沙湾研究考察。1979年10月在《地理知识》上发表《响沙》一文，他根据中国内陆“三大响沙”客观存在的特殊地貌，首次提出了“共鸣箱”理论，认为响沙的发生需要具备以下3个条件：沙丘高大且陡，约50米以上；背风向阳，背风坡沙面呈月牙形；沙丘下有水渗出或有大的干河槽。

干河槽表面看来没有水，实际上下面仍然有水在移动。在一般天气下，由于水分蒸发，在干河槽上就形成一道肉眼看不见的蒸气墙或一层较冷的气流。这堵看不见的蒸气墙或冷气层和月牙形背风坡沿脊线形成的热气层正好组成一个天然的“共鸣箱”。沙丘被人畜搅动或在风的吹动下可以发出声音，声音里含有很多种频率，其中如有一种频率恰巧能在天然的“共鸣箱”里引起共鸣，就会使沙粒本身的音量突然增大。在这个“共鸣箱”里，若温度随高度减低，则声线向上弯曲；而温度随高度增加时，声线向下弯曲。声线遇到蒸气墙或冷气层时，立即被反射回来，使共鸣的音量发生叠加，使本来已共鸣了的响沙，骤增到正常人所能听到的100～2000赫兹之间。

背风向阳，背风处自然是落沙坡，向阳则气温高，沙面温度高。背风坡呈月牙形，说明背风坡不但在大风时存在着一个强大的涡旋气流，而且还有一股与主风方向垂直或近乎垂直的相反风向。反向风和涡旋气流的双重作用，使背风坡呈月牙形。敦煌鸣沙山的优势风为偏东北风，次要风为偏西风；银肯响沙的主风为冬春季的西北风，次要风为夏秋季的偏南风。背风坡月牙形的局部地貌，不仅是“共鸣箱”的建构基础，更是两种风力交替作用的场所。它们的默契合作，汰净了落沙坡的沙粒，使之先具备沙响的条件，进而在“共鸣箱”里共鸣，强烈而有力地交混回响共鸣声，使钟山下的岩石发生震动，使5公里外的敦煌城内都能听到。

“共鸣箱”理论发表后，在国内引起了小小的轰动。不少报刊报道了此事，《十万个为什么》新版中也采用了这一学说。

然而几年之后，质疑、谴责“共鸣箱”理论的舆论见诸报端，而且愈演愈烈。因为有人在“共鸣箱”之外的沙丘上发现了会响的沙子。马教授自己也很难受，因为他知道，任何理论只要有一个事实与它不符，那么这个理论就是有问题的。

那段时间，马教授经常徘徊在响沙湾。那时的响沙湾还没有开发，空旷的沙湾里很长时间看不到一个人。有一次，是冬天，他爬沙爬累了，就把皮大衣一裹，在响沙湾的坡底向阳湾睡着了。

大自然是一部巨大的谜书，人类为了读它，已经花了5000年以上的时间，结果发现，这些谜是永远猜不完的，猜出的越多，涌现的新谜也越多。何况，眼下他猜错了，起码是猜得不全面、不准确，成了有些人口诛笔伐的对象。

郁闷中，在一阵犬吠中，几个小鬼抓住他，押往十八层地狱下油锅。地狱里，黑黑的油锅泛着浪花，无数大鬼小鬼都是牛头马面，就在要把他扔入油锅的一刹那，他吓醒了！睁开眼的一瞬间，他吓得马上又闭上眼。因为他看见，无数牛和马正围着他、嗅他，它们嘴里喷着热气，嘴巴流着哈喇子，打着喷嚏。而且，躺在底下向上看这群牲口，出奇的可怕！

命运的神奇，就在于它在冥冥之中有魔方般的组合。

1987年，马教授调回内蒙古林学院沙漠治理系任教。机缘巧合，使他有机会参与主编了《沙漠学》、《风沙运动学》、《沙漠资源学》、《沙漠学概论》等一系列专业教科书。十几年的时间，让他潜心向学，系统地学习钻研国内外沙漠理论的研究成果。同时，他的两位师兄老哥，马世威教授和姚洪林研究员，积极地帮他搜集资料，热情地鼓励他继续响沙的研究。

其实，响沙湾的噩梦一直在延续。从1979～1999年，响沙成为他挥之不去的梦魇。他不愿与人谈论响沙，但是有关响沙的中外资料已积攒了厚厚两大摞，夜深人静的时候，他常常一宿一宿地琢磨、推敲着各种实验和各种理论。

令人哭笑不得的是，就是这个存有瑕疵、受人指责的“共鸣箱”理论，有权威人士提出是竺可桢在《沙漠里的奇怪现象》一文中首次提出的。可是细读竺可桢的这篇短文，提到响沙的只有这么一句话：“据一些专家的意见，只要沙漠面部的沙子是细沙而干燥，含有大量石英，被太阳晒得火热后，经风的吹拂或人马的走动，沙粒移动摩擦起来，便会发出声音，这便是鸣沙。”寥寥几十个字，哪有“共鸣箱”的字样。真是墙倒众人推啊！

1984年，王梓坤院士在伊克昭盟主持全国晚报科技工作会议，马教授认识了王梓坤院士，两人就响沙和海市蜃楼进行过长谈。他很喜欢王梓坤的《科学发现纵横谈》，有时间就拿出来读一读。其中有一段话他特别喜欢：“‘身无彩凤双飞翼，心有灵犀一点通。’大自然往往把一些深刻的东西隐藏起来，只让人们见到表面或局部的现象，有时甚至只给一点暗示。总之，人们只能得到部分的、远非完全的消息。善于猜测的人，仅凭借这部分的消息，加上他的经验、学识和想象，居然可以找出问题的正确、或近于正确的答案。”

“寂然凝虑，思接千载；悄焉动容，视通万里。”“天公斗巧乃如此，令人一步千徘徊。”终于，马教授的思绪豁然开朗，他立刻带学生去响沙湾，按设计方案取样，回来在实验室验证，实验结果，让他着着实实体验了一把如释重负的感觉。

科学实验的巧妙和巨大成功，带给实验者的审美愉快不亚于完成了一件艺术杰作。

1999年，“共鸣箱”理论发表20年后，他又提出“筛匀汰净”理论。

20年，在人类历史的长河中不过是一瞬间，可是对一个人来说，20年的煎熬，个中滋味，最后只能说句“天凉好个秋”。

“筛匀汰净”理论用一句话来说就是：风力将同一粒径的沙粒筛匀富集在一起，汰净每颗沙粒表面附着的氧化铁超细微粒子，汰净沙粒之间的植物残根碎屑和尘埃微粒。

具备了这2个条件，当沙层含水量达到0.4%以下，沙粒一碰就响。

首先，地球上的多发常见的能引起沙粒运动的风多在每秒5～16米；其次，前面讲过，全球的沙漠粒径大致都在0.1～1.6毫米之间。在这两个大前提下，风力将同一粒径的沙粒筛匀富集在一起是很容易的事情，同一个沙丘，甚至同一个沙漠的粒径基本都是一致的。

地球上所有沙漠沙的来源，都是岩石不断风化，到沙这一粒径时，经过流水冲刷到湖、海里沉积，然后地壳上升、湖水外泄、沙粒出露，加入风沙运动形成沙丘、沙漠。

沙粒在湖、海里沉积是个地质过程，最少的也得几万年到几百万年。在漫长的地质过程中，沙粒表面都会黏附着一层氧化铁的超细微粒子。沙粒从迎风坡的丘脚逐次运动到丘顶，再到下风区沙丘，要经过数年数以亿万计的滚动、碰撞、摩擦才能到达。每一次从丘顶滚至落沙坡，沙粒也不是一泻到丘底，因为在背风坡存在着一个巨大的涡旋气流，这个随风速而不断变化的涡旋气流，将下滑的沙粒反复不断地向上吹蚀、抛起、碰撞、摩擦。所有这些运动导致如下结果，不但磨蚀掉沙粒表面黏附着的超细微粒子，而且能把沙粒天生不规则菱形的边、角、棱都打磨得圆润、光滑，多呈滚圆—不规则带棱角的形状，磨圆度都达到理想的状态。

在植被较好的地方，沙粒之间的植物残根碎屑和尘埃微粒能达到30%。但是真正能响的沙子，经过上述的风沙运动，含量不足1%。

具备了“筛匀汰净”的条件，且含水量在0.4%以下时，沙粒即可发声。这就是库布其沙漠乃至全球到处都有响沙的缘故。沙粒纯净，就具备了沙粒摩擦、碰撞即能发声的前提条件。条件好时，迎风坡、背风坡纯净的沙粒都能发出沙响。若能恰巧遇上这些纯净沙，将沙拿出原地也能维持较长时间的沙响。

但是，这种响沙是不稳固的，下雨或其他条件改变后，都会影响响沙发声，而且这种响沙现象只能称为沙响，只有经过“共鸣箱”结构产生共鸣现象的，才是真正的响沙。

可以说，“共鸣箱”是响沙的音箱，“筛匀汰净”才是响沙的形成机理。

库布其沙漠穿沙公路有一个旅游景区叫夜鸣沙，沙丘晚上也经常发出声响。那是因为白天沙面温度骤高，沙粒膨胀，夜晚温度骤降，沙粒收缩，加上重力作用，背风坡常会出现崩塌状况，引起响沙的自鸣。

2004年，中央电视台第十套科技频道播发了30分钟的《揭开响沙之谜》电视专题片，同年“响沙馆”获得国家专利。

王文俊老板经常开玩笑：“马教授，凡事说明白就没有意思了，没有神秘感，谁还来我这响沙湾玩沙子呢？”

第三章

举国置疑，为什么沙子越治越多

一、沙漠，地质发展的必然过程

2013年6月22日，星期六，马教授在中科院兰州寒区旱区环境与工程研究所采访杨根生老先生。马教授看着杨先生端详吕荣交给他的鄂尔多斯硅化石时，忽然问："杨先生，你认为地球的年龄是多少？"

杨先生微微抬起头，眼光从眼镜框与眉头之间射出来："你说呢，马教授？"

马教授说："有关地球年龄的说法有4种，36亿年、45亿年、50亿年、60亿年。数据差距这么大，说法这么多，真不知道哪个数据更科学一点。"

杨先生接着反问："那你觉得哪个数据更科学？"

马教授说："科学家们用放射性元素的同位素测得了地球上最古老的岩石年龄超过41亿年，而陨石的年龄均为45～47亿年，测定取自月球表面的岩石标本年龄在44～46亿年。也有人认为，婴儿时代的地球是一个炽热的熔融球体，最古老岩石是地球冷却下来形成坚硬的地壳后保存下来的，从熔岩冷却到固体岩石还要一定的时间，这样地球大约在50亿年前开始形成的，其年龄与太阳的年龄基本上相同。事实上，至今人们还没有在地球自身上发现确凿的证据来证明地球就是活了46亿年，所以我一般用60亿年，这样讲课好讲。60亿年的60，正好和咱们时间的60分、60秒对应。不管地球多大岁数，上限既然说不清楚，也没有个定论，咱们可以不去管它，因为上限对我们人类并不重要，重要的是地球岁数的下限，它跟我们人类密切相关。”

杨根生先生不直接回答马教授的问题显得很睿智，78岁的他，思维还是那么敏锐。只听马教授接着讲到：“如果拿60分钟对应60亿年，那么1分钟对应的是1亿年，1秒钟对应的是1666666年，再可以简化为1秒钟对应170万年。

“地球自形成以来也可以划分为5个代，从古到今是太古代、元古代、古生代、中生代和新生代。有些代还进一步划分为若干纪，如古生代从远到近划分为寒武纪、奥陶纪、志留纪、泥盆纪、石炭纪和二叠纪；中生代划分为三叠纪、侏罗纪和白垩纪；新生代划分为第三纪和第四纪。

“距今24亿年以前的太古代，也可以这样理解，就是在地球距今24分钟时，地球表面已经形成了原始的岩石圈、水圈和大气圈。但那时地壳很不稳定，火山活动频繁，岩浆四处横溢，海洋面积广大，陆地上尽是些秃山。这时是铁矿形成的重要时代，最低等的原始生命开始产生。

“距今24亿年至6亿年的元古代，也就是在地球距今24分钟至6分钟时，这时地球上大部分仍然被海洋掩盖着。到了晚期即地球队距今6分钟时，地球上出现了大片陆地。元古代就是原始生物的时代，这时出现了海生藻类和海洋无脊椎动物。

“距今6亿年至2.5亿年是古生代，就是在地球距今6分钟至2分30秒时，这时是古老生命的时代，海洋中出现了几千种动物，海洋无脊椎动物空前繁盛。之后出现了鱼形动物，大批鱼类繁殖起来。一种用鳍爬行的鱼出现了，并登上陆地，成为陆地上脊椎动物的祖先。两栖类也出现了。北半球陆地上出现了蕨类植物，有的高达30多米。这些高大茂密的森林，后来变成大片的煤田。

“距今2.5亿年至0.7亿年的中生代，就是在地球距今2分30秒至0分42秒时，是爬行动物的时代，恐龙曾经称霸一时，这时也出现了原始的哺乳动物和鸟类。蕨类植物日趋衰落，而被裸子植物所取代。中生代繁茂的植物和巨大的动物，为后来形成许多巨大的煤田和油田打下了基础。中生代还形成了许多金属矿藏。中生代持续了约1.8亿年，相当于地球距今1分48秒。

“新生代是地球历史上最新的一个阶段，时间最短，距今只有7000万年左右，就是地球距今0分42秒时，这时地球的面貌已同今天的状况基本相似了。新生代被子植物大发展，各种食草、食肉的哺乳动物空前繁盛。自然界生物的大发展最终导致人类的出现，古猿逐渐演化成现代人。一般认为，人类是在第四纪出现的，距今约有240万年的历史，也就是说，人类是在地球时间距今0分1.44秒才出现的。

“我在以前算过，现在地球表面上活动的人，最初的老祖宗是在地球时间距今0分1.44秒才出现的，如果每20年一代，每个人都经历了12万代才有了今天的你我他。也就是说，在地球形成的60分钟时间里，今天的你我他是在地球时间距今0分0.000012秒才出现的，每个人按活80岁算，也只是在地球形成的60分钟时间里闪现了0.0000046秒。我们只是地球的一部分，而且是地球上非常非常微小而短暂的一粒尘埃，连颗沙粒也不如，我们有什么理由不敬畏地球，不敬畏地球上的高山、大海、土地和沙漠呢？”

听到这里，杨根生先生乐得哈哈大笑起来，在座的大家也被马教授这种奇谈怪论逗乐了。

杨根生先生面带笑容说：“大家不要笑，马教授说的是对的。多年以前我也算过。我们人类和地球到底是什么关系？我们如何把握自己短暂的一生？如何对待自己研究的沙漠？”

是啊，地球这个漫长的年龄的确超出人们的想象能力。“人生不满百，常怀千岁忧。”几千年的人类文明史，已足够让现在人想象困难，何况是几十亿年的洪荒岁月。

吕荣看着杨根生先生手里还在把玩那块化石，便问这是鄂尔多斯什么地质年代的什么树种的化石。

杨根生先生笑着说："这是中生代的化石，在距今约1.8亿年前，用马教授的算法是地球时间距今1分48秒时留下来的东西。那时，在鄂尔多斯到处都是裸子植物，门类甚多，主要有苏铁、银杏、松柏类等。苏铁应该是常绿的木本植物，它是现代热带、亚热带最常见的植物之一。但是我们在几次考察鄂尔多斯时，发现的苏铁类植物化石种类繁多，颇具名望的有焦羽叶、篦羽叶、中国似查米亚、篦似查米亚等。

"同样，银杏也是当代热带地区最常见的植物，但是它比苏铁类要高大得多，一般树身常高在三四十米以上，直径2米左右。银杏这类热带植物，在鄂尔多斯中生代地层中发现有很多类群，主要有似银杏、狭轴穗、具边银杏、纤细拜拉、粗脉楔拜拉等等。此外，在松柏类中，还发现有热带、亚热带的苏铁杉和南美杉等。可见，中生代的鄂尔多斯四季如春，气候湿热，林木苍莽，到处是郁郁葱葱的景致。

"裸子植物是中生代重要的造煤植物。同样，今天鄂尔多斯地下的煤田，有不少地区就是这一时期的植物经埋藏、演变而形成的。因此，中生代也是鄂尔多斯历史上重要的造煤时代。吕荣，你这块化石，看这纹理结构，应该是松柏类化石。我办公室各类化石标本都有。

"探讨自然科学，是一件非常愉快的事情。它可以把你带到一个遥远的岁月，用智慧碰撞地球的蛛丝马迹，用理性逻辑小心求证客观事实。

"人类生活在沙的世界、硅的世界。沙的化学成分主要是二氧化硅，它的含量占地壳重量的12.6%。硅酸盐类矿物在自然界中分布也非常广泛，约占全部已知矿物种类的1/3。按重量算，硅酸盐约占地壳总重的75%，加上二氧化硅所占的重量，共达87%以上。

"在自然界的物理风化作用（温度、冰劈）、化学风化作用（氧化、水化、水解、水溶）和生物风化作用下，地球地壳表面的岩石遭到严重的破坏，风化产物的主要类型之一便是以二氧化硅和硅酸盐类碎屑为主的巨量的沙。巨量的沙物质富集于地表，它们随着风雨飘摇，有的沉淀于江河湖海中，有的隐于条件较好的植被之下，还有的遵循着物以类聚的准则，形成浩瀚无垠的沙漠。

“地球上所有的沙漠，可以说都是就地成沙。沙漠的附近或四周都有被风化和剥蚀的山体地壳。现在沙漠的聚积地，在地质历史上几乎都是湖盆凹地。湖也常纳百川，有容乃大，数百万年的积淀，使每个湖盆凹地都沉积了几十米乃至几百米厚的沙物质。

“由于造山运动，地壳上下交错变化，原来的湖盆凹地上升，湖水干涸，沙体外露，经风吹蚀堆积而成沙丘、沙漠。所以严格地说，多数沙漠都经历过一个河湖相的沉积、聚集的漫长岁月。地壳风化、剥蚀成沙，再经过搬运、沉积，累积要经过上万年乃至数十万年数百万年的光阴，而地壳上升或断流蒸发使湖水干涸只需数百年或数十年的时间。湖水一旦干涸，呈现在人们面前的将是巨厚层的沙物质。

“可悲的是，人们往往认识不到沙层的厚度和数量，为了眼前的微薄小利破坏沙层上的植被和覆盖层。而植被和覆盖层一旦遭到破坏，巨厚的沙物质便由此被风激活。在风的作用下，沙物质所形成的风沙流漫天飞舞，沙尘暴遮天蔽日，满世界都是沙的天下。

“可以说中国的沙漠、沙地，都经历过一个严重的、人为破坏草原和森林植被而导致原有地球表面生态平衡失调，最终出现沙漠的悲剧。”谈到这里，杨根生先生的兴致很高，“咱们不谈鄂尔多斯了，鄂尔多斯的环境变化还有个缓慢过程。我给你们讲个快的，你们见过青土湖吗？

“青土湖在民勤。潴野泽在《尚书・禹贡》、《水经注》里都有过记载，称为碧波万顷，水天一色。也有大禹治水到潴野泽才大功告成的传说。它是《尚书・禹贡》记载的11个大湖之一，是一个面积至少在1.6万平方公里、最大水深超过60米的巨大淡水湖泊。青土湖水域面积仅次于青海湖，解放初的青土湖也有100多平方公里的水域面积。20世纪50年代末，大学一毕业，我被分到兰沙所，就去过青土湖。那真是一块水草丰美的风水宝地，碧水粼粼，水草丛生，湖光波影，水鸟争鸣。

“导致青土湖消亡的最主要原因是红崖山水库的修建，使青土湖的补水遭到了毁灭性的破坏，也破坏了当地的地下水系。一开始，湖水干枯时，民勤当地人都很高兴，湖里的鱼有毛驴那么大，家家户户天天炖鱼吃。民勤人吃光了鱼还是很高兴，因为几千年的青土湖底，淤积了厚厚一层淤泥，腐殖质含量很高，老百姓只要在淤泥上把种子一撒，年年都是大丰收。就像刚才说的，人们往往认识不到湖水、植被下面沙层的厚度和数量，为了眼前的微薄小利，愚昧地破坏沙层上的植被和覆盖层。而植被和覆盖层一旦遭到破坏，巨厚的沙物质便由此被风激活，导致了这一地区的沙漠化。最后，民勤人成为生态难民，跑到全国各地。后来民勤有句话：‘天下有民勤人，民勤没有天下人。’大自然狠狠地惩罚了一下民勤人。

别忘了，
三千年前这里还是一片古海，
三百年前这里还是波光粼粼，
三十年前这里仍有鸭塘柳林，
而三十年后的今天，
你们却只落得，
一片荒漠，
一道秃岭，
一双呆痴的目光，
两片干裂的嘴唇！

“一位民勤的诗人曾在一首诗里假历史老人之口这样警示人们。”

听者无不唏嘘，众皆动容。吕荣说：“这有点像西方人讲的，人类打开了潘朵拉魔盒，释放出被植被覆盖的沙层，形成人类管控不了的沙漠。

“是啊，潘朵拉魔盒的故事大家都知道，虽然逻辑上不算完美。潘朵拉是希腊神话中火神赫淮斯托斯或宙斯用黏土做成的，作为对普罗米修斯盗火的惩罚而送给人类的第一个女人。众神亦施展法力打扮、装饰潘朵拉，使她拥有更诱人的魅力。根据神话，潘朵拉出于好奇打开一个“魔盒”，释放出人世间的所有邪恶——贪婪、虚无、诽谤、嫉妒、痛苦等等，当她再盖上盒子时，只剩下希望在盒里面。在潘朵拉打开盒子以前，人类没有任何灾祸，生活宁静，那是因为所有的病毒恶疾都被关在盒中，人类才能免受折磨。由于潘朵拉的好奇，灾难与瘟疫逃出来，从那时起，灾难们日日夜夜、处处为害人类，使人类受苦。”

杨根生先生说：“潘朵拉魔盒是希腊神话故事。非常可贵的是，希腊人创造了这个神话。而希腊这个国家下面也有沙，希腊和欧洲许多国家下面都有沙，他们不但知道潘朵拉魔盒的故事，而且更懂得潘朵拉魔盒的意义，从来注意不破坏地表植被，所以魔盒里的邪恶在他们那里没有释放出来。”

大家笑过之后，不由地都在思索，神话故事都是寓意深远的，从这个故事里人们又明白了什么？

二、埃尔·巴兹博士说，“荒漠化”一词是多余的

荒漠化被称作“地球的癌症”，是全球性的严重环境问题之一。

“荒漠化”一词是20世纪60年代末至70年代初，因为非洲西部撒哈拉地区连年严重干旱，造成空前灾难，使国际社会密切关注全球干旱地区的土地退化，所以“荒漠化”这个名词开始流行起来。

“荒漠化”一词虽然只有简简单单3个字，但它牵扯到学术概念、学科争鸣、各个国家的国家利益，曾经引起联合国长达30多年的争论，别说各国官员为此争吵得面红耳赤，就是专家学者也被这3个字搅得晕头转向，以至于卡特教授于1981年称荒漠化为一种“糊涂概念”。1983年专家温斯坦利认为：“‘荒漠化’一词的应用所带来的问题也许比它所解决的问题更多。”美国波士顿大学遥感中心的埃尔·巴兹博士甚至在1983年建议，“荒漠化”这一词汇是多余的，根本没有必要使用这一词汇！

马教授在《敢问库布其》提纲确定之后，单独就为这一节征求过好多专家的意见，全书付梓之前，也请一些读者看过这一节的内容。大家的意见是，这一节虽然专业性很强，但重要性还是不能忽视的，多数人的意见还是放上，愿意看的自然能感觉到其中的乐趣，不愿意看的大可以跳过这一节，只要记住土地荒漠化，就是土地退化，大体上也叫沙漠化就行。

20年前的1993年，为编写《沙漠学》，马玉明教授和马世威教授、王林和教授、姚云峰教授在内蒙古林科院姚洪林副院长办公室开会，就因为“荒漠化”一词吵起来，众人各不相让，嗓门愈来愈高，以至于走廊里黑压压地挤满了几十人，大家都焦躁不安，不知道怎么办好，传出“院长和人打起来了”的话。

这个故事一直让大家说了几十年。当然，这个精彩的瞬间、难忘的记忆早已让马教授用文字把它凝固下来，从中也可以折射出“荒漠化”一词给大家带来的麻烦。

荒漠化的麻烦在于：中国有通常意义上的荒漠；学术界有生物气候带划分的专用词荒漠、草原、森林，其中有荒漠草原、草原化荒漠；有来过库布其沙漠考察的前苏联杰出的地理学家B.A.奥布鲁切夫院士提出的荒漠，他把荒漠划分为石质荒漠、砾质荒漠、沙质荒漠、黏土荒漠、盐土荒漠等5个类型，这一观点早已被世人所接受并得到广泛的应用。另外，还有根据气候划分的荒漠，以干燥度和湿润度划分的荒漠，以生物气候带分类的荒漠。这些个荒漠的内涵、外延都有很大区别。

荒漠化有广义荒漠化和狭义荒漠化之分。广义荒漠化，即B.A.奥布鲁切夫所讲的5种荒漠类型，其中又分风蚀荒漠化、水蚀荒漠化，以人为主形成的荒漠化、以自然为主形成的荒漠化。即使根据《联合国防治荒漠化公约》争吵30年最后敲定的定义区域，是指年降水量与潜在蒸发散之比在0.05～0.65之间的地区，但中国还有小于0.05的地方25.3万平方公里，大于0.65的地方4.1万平方公里。于是，1994～1997年的几年时间里，国内刊物就发表了上千篇关于荒漠化定义、内涵外延、适用范围的文章。

中国是个词汇非常丰富的国家，汉字也是世界上历史最悠久的文字之一，但是没有文字学家的介入，自然学家把荒漠和荒漠化几乎弄到只能意会、不能言传的地步。

联合国对于荒漠化概念的争议，更像充满高端智慧的一盆浆糊。

1968～1973年，萨赫勒与埃塞俄比亚的旱灾给当地居民带来了巨大损失，给农业生产造成严重危机，荒漠化问题才激起了国际社会的深切关注。从1973年以来，联合国针对世界荒漠化问题召开了多次重大会议：1975年，第29届联合国大会通过了针对萨赫勒大旱灾第3337号决议；1977年召开了联合国荒漠化会议；1978年在联合国环境规划署设立了荒漠化处，并要求采取国际联合行动向荒漠化进行斗争。

自从联合国召开荒漠化会议之后，就引起了人们对荒漠化概念无休止的争论。在国际上，学者对荒漠化有100多个定义，在我国也有十几个表述荒漠化和沙漠化的定义。因此，实际上有多少研究荒漠化或沙漠化的学派，就有多少个不同定义和文献。

任何概念都是人对客观事物的本质、特征和各种联系的具体反映，特别是重要性和关键性的科学概念，更是在进行学术交流、理论研究和生产实践中需要明确界定和准确表达的。

近30年的讨论和争议，其分歧和焦点主要是对荒漠化分布的空间范围、形成的时间尺度、发生的原因、造成的后果、景观变化、发展趋势、可否逆转等方面进行了相同、相似乃至相反的论述。在众多的定义中用了很多的词汇描述荒漠化、沙漠化这一现象。比如沙漠化、干旱化、贫瘠化、干热化、萨赫勒化乃至隐蔽荒漠化。

还有一些国家采用沙漠蠕动、沙漠侵占、侵入沙漠和沙质荒漠化来标识较狭义的荒漠化概念。对荒漠化的其他论述还有生态系统退化、各种形态的植被退化、生物潜能遭到破坏、生物潜能衰败、生产力下降、生物生产力减弱、生物量变更、沙漠景观加剧、生态系统衰竭等。

每一个定义都反映出荒漠化是一个地区环境退化的过程，是一种从有利或占优势条件的状况到优势较小的转变，并主要就植被情况、地表形态、水分的可利用性，土壤、大气现象等进行特别描述。定义中论述的其他内容还有沙漠景观的特征朝着原非沙漠景观的地区移动、入侵、扩展、加剧、蔓延，最后导致性质上的彻底改观。

联合国等国际组织对荒漠化十分重视。从1977～1994年，联合国对荒漠化的定义曾作过多次修改。1977年联合国荒漠化会议诞生的荒漠化定义为："荒漠化是土地生物潜力的下降或破坏，并最终导致类似荒漠景观条件的出现。"这是第一个正式被联合国采纳的定义。

1982年，联合国环境署在肯尼亚内罗毕召开的纪念斯德哥尔摩人类环境宣言的特别会议与第十届环境规划理事会，会议报告中强调指出"荒漠化在这10年内（1972～1982年）仍然是一个严重的问题，它摧毁了土地的生产力，使许多肥沃的土地日渐衰退"，并将荒漠化作为一个重要的环境问题列入规划。

1984年，联合国环境规划署第十二届理事会议，联合国荒漠化会议提出的荒漠化定义被采纳，并在荒漠化防治行动计划中被应用的定义为："荒漠化是土地的生物潜能衰减或遭到破坏，最终导致出现类似荒漠的景观。它是生态系统普遍退化的一个方面，是在为了多方面的用途和目的而在一定时间谋求发展，提高生产力，以维持人口不断增长的需要，从而削弱或破坏了生物的潜能，即动植物生产力。"

1990年2月，联合国环境规划署召开的荒漠化评估会议中指出："荒漠化即由于人类不合理的活动所造成干旱、半干旱及亚湿润干旱地区的土地退化。"

1992年6月3～14日在巴西里约热内卢召开的联合国环境与发展大会上又补充为："荒漠化是因各种因素造成的干旱、半干旱和亚湿润干旱地区的土地退化，其中包括气候变化和人类活动。"这一定义基本为世界各国接受，并作为《联合国防治荒漠化公约》制定的思想基础。

联合国亚太经济社会结合亚太地区情况，又补充为："荒漠化应该包括湿润半湿润地区由于人为活动引起向着类似荒漠景观的环境变化过程。"

1992年在里约热内卢会议上，把防治荒漠化列为国际社会优先采取行动的领域，纳入《世纪议程》，同时对全球荒漠化问题作出了最新评估。这次大会之后，联合国大会通过了47/188号决议，成立了国际荒漠化公约政府间谈判委员会。公约谈判从1993年5月开始，历经5次会议，1994年6月17日最终文本签订于巴黎。

这是一个具有重大意义的时刻，100多个国家和地区的官员、众多学科的无数学者、30多年的争吵，总算在这一天画上了句号。

但是，那一天会议进行得也不顺利，无奈之下，睿智的大会主席心生一计，他把会议计时器在桌子上按倒，并告诉与会者，今天是1994年6月17日，通不过就不散会。吵到后半夜，大家又困又累，再说，吵了30年才吵出的这么个结果，再吵也吵不出个新花样，一个个才把字签了。《联合国防治荒漠化公约》孕育了30年，临产前难产的阵痛，更是撕心裂肺，令人揪心。

我国林业部副部长祝光耀代表中国政府签署了公约。

从此，联合国把每年的6月17日确定为“世界防治荒漠化和干旱日”。

国际防治荒漠化公约政府间谈判委员会经多次反复讨论，最后在《联合国防治荒漠化公约》上确定的定义为：“荒漠化是指包括气候变异和人类活动在内的种种因素造成的干旱、半干旱和亚湿润干旱地区的土地退化。”在公约中明确了干旱、半干旱和亚湿润干旱区的范围及土地和土地退化的含义。干旱、半干旱和亚湿润干旱地区是指年降水量与潜在蒸发散之比在0.05～0.65的地区，但不包括极区和副极区。

经过长时间的激烈争吵，虽然得出一些实质性的结论，但同时也陷入了既无法肯定又无法否定的困境，给从事科研、教学、生产的科技人员带来了许多麻烦，以致一些专家提出了不同看法，截止到1994年6月17日，国际荒漠化公约政府间谈判委员会重申了荒漠化定义之后，国际上的争论基本上告一段落，但分歧依然存在，争论不会终止。应该指出，这次制定的荒漠化的定义并不是完美的定义，它只是综合了多数官员、学者对荒漠化的认识，以文件的形式予以确定，在实际工作中予以参考，因此，我国荒漠化研究应结合我国国情来理解国际社会关于荒漠化概念的认识。

但是，近20年来，全世界荒漠化土地仍在继续扩大。据联合国环境署统计，全世界大约12亿人口、110多个国家境内面临危险，荒漠化使全世界每年蒙受420亿美元的损失，全球受沙漠化影响的土地已达3800万平方公里。因荒漠化而丧失的土地，每年都高达5～7万平方公里，几乎每分钟就有11顷的土地被荒漠化。

20世纪，我国土地荒漠化速度是不断加快的。70年代，每年扩大1560平方公里，80年代2100平方公里，90年代2460平方公里，90年代末甚至达到3436平方公里。我国每年因荒漠化造成的直接经济损失高达642亿元，直接或间接影响近4亿人口的生存、生产和生活。土地荒漠化不仅使生态环境恶化，使土地生产力衰退，威胁江河安全，而且加剧了沙区的贫困。据统计，我国沙漠化土地约170万平方公里，占国土面积18%以上。

进入新世纪以来，我国年均治理荒漠化土地1717平方公里。其中，防沙治沙工作成绩最显著的就是鄂尔多斯的库布其沙漠、毛乌素沙地。

三、人穷志不短的精神治沙

植被的破坏，流沙的形成和堆积，是一个由少到多逐渐积累的过程。到了清代，鄂尔多斯地区的气候仍然是温暖而湿润，地面有较多的河流和湖泊，生长着茂密的针阔叶混交林，是个水草繁茂、森林密集、山青水秀的好地方。

康熙三十五年（公元1691年），由贝勒松善奏准，在鄂尔多斯开始砍伐森林，火烧草原，从事农作。至光绪年间，森林草原大部分被破坏，肥沃土地逐渐变成明沙。清代中叶，对鄂尔多斯地区的森林大肆砍伐，大规模开垦沙地草场，进行掠夺式农垦，致使沙地植被遭受空前破坏，土地沙化。乾隆八年（公元1743年），理藩部尚书和陕甘总督到榆林会商，决定把“黑界地”全部开放垦殖，史称“开放蒙疆”。于是，农垦人员剧增，有的人乘机逾界进入伊克昭盟蒙旗地私垦。光绪二十三年（公元1897年），国子监司业黄恩永奏：“内蒙乌、伊两盟牧地，纵横数千里，河套东西，尤属膏腴，山西缠金地，如今民多私垦，不如官为经营。”

清末，诗人博迪苏穿越库布其沙漠，目睹了流沙由少到多逐渐积累堆积的后果，著有《朔漠纪程》。他与同伴挥笔题词。从他们的诗词中可窥库布其沙漠风沙地貌之一斑。

其一：

万里黄沙扑面频，
龙吟虎啸还星轮，
顷间不辨东西路，
饱作风尘梦里人。

（博公）

其二：

塞北风高四月寒，
远天沙气又迷漫，
马车屡踬牛马缓，
此去方知行路难。

（魏震）

其三：

大漠无垠不见村，
高低绵亘尽沙墩，
沙中怪石如蹲虎，
定有当年没羽痕。

（魏震）

新中国成立后，受“大跃进”运动的影响，由于对自然规律的认识不足，为了急于解决粮食问题，各级政府组织号召群众进行了1958～1959年、

1960～1961年2次大规模的开荒。“文化大革命”初期，一些正确的林业方针、政策被否定，提出了所谓的“以粮为纲”、“粮食自给”、“牧民不吃亏心粮”等错误口号，又鼓起了毁林、毁草，大肆开垦沙地之风，开始了从1970～1973年连续4年的第三次大开荒，导致伊克昭盟约6667平方公里土地沙化。截止1974年，全盟流沙面积由建国初期的1.05万平方公里（占全盟国土面积的12%）扩展到3.5万平方公里（占全盟国土面积的40%，流沙面积率增加了28个百分点）。由于生态环境的急剧恶化，导致农牧民的生活处于极度贫困之中，部分沙区人民被迫迁徙他乡。

“三年困难时期”是指1959～1961年期间，由于“大跃进”运动以及牺牲农业发展工业的政策所导致的全国性的粮食短缺和饥荒。在农村，经历过这一时期的农民称之为过苦日子、过粮食关、歉年，中国官方在1980年以前多称其为“三年自然灾害”，后则改称为“三年困难时期”。半个世纪之后，现在比较公认的结论是：从农业粮食减产因素看，自然灾害略大于决策错误；从农村一个时期的集中缺粮情况看，决策错误影响远大于自然灾害，可以说是“三分天灾，七分人祸”。

建国后的3次大开荒，只有“三年困难时期”饿死了不少人，饥饿过后就是疯狂的开荒。

亿利资源沙产业集团副总经理、“水冲沙柳”技术发明者韩美飞给马教授讲了库布其沙漠边缘独贵特拉公社解放大队“三年困难时期”的“无粮过冬”。

“‘大跃进’的时候，大炼钢铁，给每个村下任务，要收钢铁，好像是给每个村下的100斤铁的任务。当时完成不了任务，有两个锅就得砸一个锅。那时候我稍微大一点了，具体哪年我记得不太清楚了，那时候吃食堂已经是好时候了，共产主义了。

“农村大人孩子都集体在食堂吃饭，食堂给份饭。当时我上小学一年级，记得吃的还行，能吃上米饭，还能喝上粥。后来慢慢地就吃不开了，生产队死下的羊（病死或其他原因死的），谁也不能拿走，然后绑在杆子上，风干后，过年的时候把死羊肉蘸黄米糕一起吃。啊哈，那时候感觉那就是世上最好吃的东西了。

“大集体红火热闹的时候还行。到了那个无粮过冬的时候，我记得是冬天吧，当时就把玉米棒棒的皮子剥下来，然后煮那个棒棒，玉米棒棒的轴心是软的，是给娃娃们吃的，而且就吃玉米轴心前段最软的部分，如果吃后面部分，那些猴娃娃就方便不出来。大人们吃的就是后面粗的那部分，嚼在嘴里，慢慢地咽下去，不吃饿得不行。当时大人都便不出来，男的给老婆掏，女的给老公掏，自己有能力的就自己掏，不掏出来会憋死的。有的大人也给小孩掏，掏呀掏不出来，拧抠的都出血了。这是当时的普遍现象，不是个别现象。

“玉米棒棒吃完了，就把玉米棒棒上的皮子拿回来煮的吃。因为玉米皮子都是粗纤维和木质成分，那得好好煮，不知道煮多长时间，反正是大人们煮。煮烂后，用石头兑臼捣碎，再用过去的老布过滤一下。那时候农村还没有纱布，老布又厚又紧实，水过滤过不去，拿出去就埋在明沙里，让沙子把水给吸出去了，干一点再用石头兑臼捣。捣碎后再把这些东西放在笼屉里蒸，有条件的人家，里面还能混点玉米面，大部分人家是没有的。蒸完了拿出来，弄点盐水就着吃。

“后来这个东西也吃完了，那时候灯香籽儿算是粮食了。这个东西好吃，炒出来颜色不好看，黑黑的，但是吃起来还有股炒香味儿。棉蓬吃多了脑袋往大长，灯香一般是给小孩吃，小孩吃了好排便了哇。后来到了春天，就吃我们叫苔藓样，现在也不知道叫什么？”

吕荣听他的描述，插话说：“是马兰花。”

“对，大家都出去掏这个大兰花，大兰花怎么吃呢，就在春天把地下发的那个白芽子掏出来晒干后，放在锅里炒完就能吃。还有就是吃榆树皮，榆树也是自己家的树才能吃，所以当时外地人来了都偷着吃。当时我们自己吃的时候，就把树皮一条条剥下来，人活脸面树活皮，不能把皮全剥下来，全剥下来榆树就死了。后来所有的榆树皮都被剥得白白的，全剥下来吃了。

“那阵子，人穷的时候连做饭烧火的东西也没有。我们那个时候还小，就把刚生下来的死小猪捡回来吃，还有就是羊下羔子带下来的那个叫什么胎盘的。对，现在牧民也有这种习惯，就把胎盘挂在羊圈的高处。当时我们就去捡胎盘，拿回去吃。

“那时候能吃的东西什么也没有了，在沙里碰见什么逮住就吃了。最后饿的，有的人把蝲蛄逮住，头一掰掉就吃了。外地逃荒人把蛴螬，就那个白白胖胖会动的虫子也给吃了。还有就是吃老鼠，掏老鼠窝里的粮食吃。

“包头东边有个制糖厂，生产队大集体用马车从包头糖厂把制糖后的废渣拉回来，给每家分点甜菜渣子，甜菜渣子一点甜味都没有。还有就是每家半口袋红薯片子，这就是一家人整个过冬的粮食，糜子、玉米一粒都没有。最困难的时候是给前苏联还债的时候，1959年中苏关系破裂，1960年开始还债，加上1960年的旱灾，当时我也不知道为什么没有粮食，只知道全国人民要勒紧裤腰带给苏联还债，毛主席那时候就说不欠你苏联任何东西。就这么几年，吃的最好的东西就是薯片了。

“那时候外地人饿死的不少。我们这个村饿死的人好像没有。饿得走不动的有，劳动不成，软得走不动的有。其他村的有饿死的，小娃娃也有吃不上奶子的，大人也没有吃的。所以有点好东西就先给娃娃们吃，首先要保住小孩。

“无粮过冬的时候，生产队去每家每户搜粮食，必须把粮食都交出来，如果有粮食不交出来，被民兵或其他人查出来要劳教。那时候小偷很少，偷东西罪名很大。在生产队里，如果你晚上出去偷一两斤糜子，那最少批斗你两三个月。那时候都吃不饱，外村有个人在食堂里偷吃了5个2两大的馒头，被逮住后批斗，最后那个人受不了上吊自杀了。

“那时候唱的‘只要能跟上毛泽东，我们就愿意喝西北风’。那时候白天黑夜没有上下班时间，都自觉地加班，那种精神现在从哪儿去找？过去是不讲报酬、不讲上班时间的长短，就是为了国家、为了人民、为了革命忘我地工作。一个正痛片，治感冒、治头疼，所有病都通通用一个正痛片来治疗。”

油蒿是一种菊科沙生的小半灌木，伊盟老乡把它叫作沙蒿。它天然分布最多的地方就在伊克昭盟，多年来一直是当地控制沙化的宝贵植被。在油蒿灌从下，有多年累积的腐殖质和粉尘物质，开荒头一二年，农作物能有一定的收成。“三年困难时期”，伊克昭盟的各级领导积极推广、介绍掏沙蒿救灾的经验：春天掏一卜卜沙蒿，秋天就有一盆盆捞饭，而且掏下的沙蒿还可以当柴烧。于是，即使在今天植被盖度高达75%的鄂尔多斯，人们还可以听到当年掏沙蒿“遗风”。

掏沙蒿

风尘尘不动树梢梢摇，
我再给朋友们唱上两声掏沙蒿。
你拿上锄头我拿上锹，
唱完了山曲咱们再把那沙蒿掏。
房背后的沙蒿哥哥你不能掏，
那本是咱二人的避风草。
井里头打水起水花，
你有甚灰心思对住别人撑住点。
大摇大摆大路上来，
你把你那小白脸脸给人家掉过来。
你叫我掉过来我就给你掉过来，
有什么灰心思对住人家说出来。

在掏沙蒿的过程中，以前种活的树，不论老公家的还是农村大集体的树，只要能烧火的，全部砍伐殆尽。“柴米油盐酱醋茶”，烧柴是第一位的，不管什么东西，人总不能吃生的。

常听到一些年轻的专家们批评大开荒：一手植树种草，另一只手却在砍树、破坏荒漠生态系统，制造新的沙漠化土地。可是痛定思痛，是要谴责“人祸”的决策者，更要警惕以后再犯类似的的错误！面对刚刚从“无粮过冬”挣扎过来的濒死的饥民，面对不少地方到处死人的情况下，怎么办？恕作者妄言，这些道貌岸然的专家肯定没有挨过饿。“两弹一星”的功勋者，哪个没有挨过饿，但是半个世纪过去了，听到他们有过一声抱怨吗？

中国自古以来就是一个农业国，“民以食为天，食从水土生”，这大概可以说是一条永恒不变的经济自然法则。它禁锢了人们的思维，以致人们在很长的建设进程中摆不脱“大农业”、“小农经济”的枷锁。尤其是改革开放之前，治理沙漠的速度赶不上沙化的速度，关键是人口多、国家穷。

汪季教授给出一组数据：13亿人的嘴，加起来似0.5平方公里的苍穹；13亿人的胃，加起来如50立方公里（尽管《现代汉语词典》里没有这个单位，但是物理学是有这么个单位）的沧海，那么，中国人一天通过苍穹似的嘴、沧海般的胃里消化多少食物呢？换句话说，中国人一天吃多少呢？

如果中国人每天消费粮食85.2万吨，相当于一个粮食基地县全年的总产量；猪肉6万吨，即每天要宰生猪40多万头；食用植物油2万吨，即每天要吃掉60万亩油菜所榨的油；糖6.17万吨，即每天要吃掉4.8万亩甘蔗地所产的糖；鲜蛋2151.3万公斤，即每天要吃掉21.5万只鸡全年产的蛋；水产品2250.3万公斤，超过云南省水产品一年产量的一半；酒3.6万吨，全年累计喝掉的酒可以装满1.5个杭州的西湖。如果把这些消费的食物按一节火车皮载重65吨算，需火车皮365680.2节，按20节算一列火车，共18284.01列，一节火车按15米算，这些火车可绕地球0.137圈！

如果一年呢？按照汪季教授给出的数据：中国人一天消费的总量23769273吨再乘以365天，结果计算器连声喊叫：“错误！错误！”

它拒绝计算这可怕的数据。

中国的“地广人稀”只是一种表面现象。有关资料显示，中国北方荒漠化地区人口总数已达4亿人，比建国初增加了160%。新疆160万平方公里土地，可供人类生存繁衍的绿洲仅有4.5%，目前农区人口密度每平方公里200～400人，同东部沿海省份的人口密度已不相上下。20世纪初，塔克拉玛干沙漠周缘地区仅有150万人，人口密度每平方公里（含沙漠、戈壁）2人；到了20世纪80年代，人口增至513万，人口密度每平方公里8人，超过联合国制定的沙漠地区人口密度临界指标为7人的标准。青藏高原河谷合理的人口密度是每平方公里不超过20人，而今在该地区却高达90人，大大超出土地承载力。过垦过牧，造成风沙肆虐。

事实上，跨入新世纪的近十多年来，促使土地沙化的两个主要因素都没有减少：气候暖干的趋势更加突显，人口规模仍在扩大。

国外的情况也是一样。沙漠化最明显的地方之一，是撒哈拉沙漠南侧的撒黑尔。此地的北部，以游牧或放牧的形态饲养着羊和骆驼，把整个地区的植物都吃光了，导致地表光秃秃的一片；而较为湿润的南部，则因家畜过度繁殖，原本不过方寸的耕地禁不起接连不断的耕作，整个地区逐渐变成不毛之地。再加上水源不足，人们开始挖掘井水。当人群因水源而聚集，豢养的家畜也就多了起来，又加速了环境的恶化，促成沙漠化。这种恶性循环使得该区人民生活普遍过得很困苦。撒哈拉沙漠没有雨季，所以没有季节性的降雨，但只要是空中有任何一点点的水汽，沉睡在沙底下的植物就会争着冒出新芽，但很快又会被过度放牧的家畜吃光了，所以沙漠化的土质现在仍在无声无息的扩大中。半个世纪以来，撒哈拉沙漠已扩大了65万平方公里，现在撒哈拉沙漠南部的萨赫勒地区已成为世界上最严重的荒漠化地区。

土地是人类赖以生存的重要资源，现在全世界对荒漠的治理速度赶不上它的发展速度。荒漠化严重影响了人类的生存空间，成为本世纪可持续发展的一大障碍。

地球上原有森林面积占陆地面积2/3，约有8166万平方公里，现已锐减到2800万平方公里。森林的大量消失，大大加剧了土地荒漠化。目前，全球荒漠化土地面积达3600万平方公里，占到整个地球陆地面积的1/4，相当于俄罗斯、加拿大、中国和美国国土面积的总和。

恩格斯说："我们不要过分陶醉于我们对自然界的胜利。对于每一次这样的胜利，自然界都报复了我们。"沙漠专家A.Γ.巴巴耶夫也说过："人们应当牢牢记住，沙漠不是人类应加以战胜的敌人，而是人类友善的伙伴。对于伙伴，要友好相待。”

联合国前秘书长科菲·安南指出，荒漠化是世界环境恶化最令人忧虑的一环。地球陆地表面的40%属于旱地，上面居住着全世界1/3的人口——近20亿人。对于绝大多数旱地居住者来说，生活是艰难的，其未来常常是不稳定的，他们处于生态、经济和社会的边缘。荒漠化同土地退化相关，由人为因素和气候变化所致的土地生物生产力的丧失。

文明发祥地中东的美索不达米亚地区是世界上最早发展农业的地域之一，从而也是最早的文明发祥地之一。美索不达米亚的土壤本来甚为肥沃，但是由于过度的农业活动，人们不理会土地的承载力，加之开发河段上游、采伐森林，上游土地从而不能吸收降雨，大量的雨水经常流入河中造成水土流失以及洪水。

1975年，国家和内蒙古给伊克昭盟投资300万元，平均每亩0.17元的治沙经费。这是国家对伊克昭盟治沙工作的巨大支持。位于库布其沙漠的准格尔旗、达拉特旗、东胜县3个旗县开始在库布其沙漠边缘营造农田防护林和农田防风固沙林，全盟土地沙漠化状况有了明显好转。

中国的治沙工程，国家长期投入不足。1999年，国家投入治沙资金为3000多万元，主要用于治沙工程建设，按治理面积平均每亩投入2.26元，只够买两三棵小树苗，与实际需要相差甚远。“八五”期间，国家投入治沙资金仅1亿多元，地方配套资金又很难落实，因为沙区多是“老、少、边、穷”地区，地方财力有限，相当一部分群众尚未解决温饱，很难拿出钱来防沙治沙。目前，在西北地区，造林1亩成本约100元，每亩治沙工程造林，则需500～600元。过去的办法就是发动农民投工投劳，以弥补造林经费的不足。

现行的管理体制也影响到治沙效率。治沙是国家投资，而承担治沙任务的基层管理机构是县级林业部门。国家下拨的治沙经费，经过层层截留后，最后到旗、县里的钱就很有限了，而且时间上也延迟很长，往往在下半年甚至年底资金才能到位，从而影响到治沙工程的正常进行。同样，由于旗、县级财政都比较紧张，旗、县林业部门也必须从中扣除一定比例的管理费，以维持自身的正常运转。加之治沙工程大多是按项目承包的方式进行的，项目承包单位同样要追求经济效益，就必然使工程质量及其生态效益上再打折扣。这样，国家投入的有限治沙资金，最后能够到达沙化土地上且发挥生态效益的，就为数不多了。

以京津风沙源工程为例，规划10年投资577.24亿元，其中基本建设部分，林业占94.26亿元，草原占44.038亿元，水利占58.28亿元。一些地方领导也最热衷造林工程，既彰显政绩，又能向国家要钱，治沙造林给地方财政带来的实惠也不言而喻。

中国“三北”防护林工程、前苏联“斯大林改造大自然计划”、阿尔及利亚“绿色坝项目”、美国“罗斯福工程”号称人类有史以来的世界级造林工程，其中“三北”防护林又为四大之首。然而，除了“罗斯福工程”后来调整策略取得成功外，其余工程收效不大，甚至加速了生态退化。

林业部搞了十几年“三北”防护林，被称为世界之最。现已投资近2000亿元，造林65.7万平方公里，成活率只有25%，保存率只有13%，很难起到生态屏障作用。据有关部门统计，自“三北”防护林工程和防沙治沙工程实施以来，治理沙地仅占全国沙化土地面积的19.33%。也就是说，20多年2000多个亿治沙的总和还不到沙化土地总面积的1/5。

绵延上千里的防护林，现在已经是坍塌的“绿色长城”，种植的树种都是“杨家将”（杨树），不仅许多地方的杨树长成半死不活的“小老头树”，而且由于普遍种纯林，在发生虫害时，一倒一大片，仅小小的天牛就将宁夏20年的建设成果——几十亿株杨树毁于一旦。

人们常常能看到显示“三北”防护林成果的照片或电视片，但见绿树成荫，成排连片，倒也不是假的。不过正如科学家所说，参观的景点往往是自然条件原本就好的容易通过验收的项目点上，这些点占不到治理区域面积的10%。一小块地方即使治住了，而大面积的土地退化依然在进行，其结果必然是局部好转，整体恶化。这就是为什么出现“边治理、边退化”、“治理赶不上退化”的根本原因。

自然条件差的地方，人们改善生态、治理沙化的积极力量是非常有限的，甚至是微不足道的。建设好的项目区，由于人为破坏或自然退化，几年之后效能丧失，起不到什么作用。大多数项目仅能起到试验目的，很难发挥出实用的生态效益。

达拉特旗的大街上，多处广告宣传牌反复出现一句话："生态建设，西部开发，不能以绿色划句号。"单纯治沙，给沙漠披上绿装，现在已远远满足不了群众的需要。变绿是手段，发展绿色产业才是目的。如果沙漠风沙流动治理了，没有后续的有明显经济效益的绿色产业，调动不了群众治理沙漠的积极性。

采访时，准格尔旗布尔陶亥治沙站张万禄站长对马教授和吕荣说："我们林业管理也有一些管得太死的地方。比如1985年上级部门让实施丰产林，治沙站职工的积极性都很高。因为当时准格尔旗盖房用的都是椽材，而且需求量很高，价格也可观。按经济价值来算，丰产林对于增加治沙站收入及职工福利很有利。当时的林场、治沙站都很穷，职工们都把希望寄托在丰产林上，精心伺弄。

"结果丰产林栽完3年变成椽材后，上级部门严令不让砍。如果能砍下卖出去的话，能解决治沙站及林场职工很大一部分问题。后来椽材长成檩材，檩材也有人要，治沙站卖了还能还贷款。吕总，你是知道的，当时治沙站穷得要命，而且那时候是治沙站最苦的时候，结果上级部门还是不让砍。

"过了几年，采伐指标变通后批下来，能砍了，价格也掉下来了，需求量也没有了。所以我们贷款栽植丰产林赔了大钱，工人们非常有意见。当时黄老汉就是一个，对我意见大极了，直到现在还不和我说话。他说：'治沙站贷款栽植丰产林，不但没有收入，还要还贷款，损害职工利益。'"

马教授一行听了深有感触。

接下来，马教授一行来到了康巴什。

在康巴什，吕荣告诉马教授："王果香又不在，你来两次她都不在。王果香现在是鄂尔多斯市政协副主席、鄂尔多斯市防治沙漠化暨沙产业草产业协会会长。1996年她在联合国国际防治荒漠化公约组织第八次政府间谈判会议上作了精彩发言，果香飘世界。”

“那你下一个找谁？”

“机械化造林总场老场长张团员也不在。在呼市就和他打个电话，刚才联系了，回来又走了。要是团员在就好了，那家伙肚里可有东西呢。”

“采访见不到人，这回可是体会到记者们的滋味了。”

“办法总比困难多。我又约了两位重量级的人物，你猜是谁？”

“两位？是高春明和李升？”

吕荣说：“说曹操，曹操就到。”

马教授和高春明、李升都是老朋友，寒暄后坐定，马教授说：“我知道你们俩早就是正高级工程师，咱们彼此彼此。先问两个问题，你们俩现在的职务？在机械化造林总场待了多少年？”

李升说：“我是资源站、森林资源林政管理站主任，他是国营林场和森林公园管理局局长。他在机械化造林总场待了27年，我待了28年。”

马教授说：“能和库布其沙漠打二十七八年的交道，确实不容易。”

马教授又问：“那时候为何叫机械化林场？”

李升说：“‘三北’防护林体系上马之后，‘三北’地区有了6个机械化林场，如巴彦淖尔盟机械化林场、榆林机械化林场、伊克昭盟机械化林场、通辽机械化林场等。可到现如今保存下来的只有鄂尔多斯机械化林场和坝上机械化林场两个。吕总，咱们实习时在白土梁林场研究过机械造林，那里地方土地平整，墒情不错，开沟也挺好，后头紧跟着插上枝，所以机械化造林效率高那是没有说的。

“但是，由于库布其沙漠中西段地形复杂，机械无法进入，所以机械化造林总共只进行了4～5年，并且面积也不大。后期这几十年主要还是以人工造林为主，所以名字叫机械化造林总场，实际上最后还是变回了人工造林。

“张团员学的就是林业机械，所以大学毕业来了以后，在万台兴林场、白泥井林场、三十顷林场这些条件较好的地方进行过机械造林研究。”

李升形象上最大的特点是圆脸络腮胡子，腮帮子老是刮得青青的，倒八字眉、小眼睛，再配上向上翘的嘴角，永远给人一种笑口常开的感觉。在造林总场，他除了没有当过场长，几乎所有的工作都干过，长期的基层工作，练就了他一副能把死人说活的好口才。而高春明则和李升不一样，春明高高的个子，长寸头、浓眉、方脸，说话语速缓慢，但极富条理。两人在大林场是近30年的黄金搭档，今天采访又把两人同时请来，果然，两人一唱一和、一张一弛、一疏一密，把国营林场在库布其沙漠中段治理的那段历史，活灵活现地再现在人们眼前。

马教授说："总场在造林上有哪些具体政策和要求？"

高春明说："原来我们技术落后，条件有限，应该说在政策上也有些失误。1983年到90年代，杨政清当场长时进行改革，折腾了不少。就说工人的育苗，管理上有不少的改革，包括育苗奖惩制度，如将造林的株行距2×1米改为4×1米。这实际上是国营林场政策和治理沙漠技术的探索，通过工作总结经验，包括树种、规格、季节的不适宜，造林苗条长度与迎风坡沙丘的栽植部位等都可以说是探讨的过程。"

李升说："总场在政策上是有一些失误，和当时全国的大局一样，但在技术上还是有一些探索性和成果性的东西。在白泥井时，1983年开始造林，总场苗木不够，每年得200多万苗子，可当时只能产50多万，所以开始注重苗木产量。那时工人的工资是八九级工资制，不管是造林工人还是育苗工人，工人工资与生产效益无法挂钩。1983年开始探讨将产量和工人工资挂上钩。1984年开始探索小段包工，比如说苗木扦插后，一切抚育由个人管，一亩杨树扦插苗出6000株按实际工资发，如果产量上升，工资随涨并全部兑现。

"造林总场的工人是从那时候开始有了三部分，一个是老工人，称为国家工人；老工人子弟就成了小三场的工人；还招了一部分合同制工人。小三场工人容易进入，进行简单考试后，只要条件具备就可安排。当时治沙不限制人数，小三场工人安排进来很多，人越来越多，造林总场连退休人员就有600多号人。

"总场杨书记从1985年开始打破八级工作制，实行家庭林场、家庭苗圃。

一年多少工资就承包多少亩地，按地产苗，定产量。所以那时还是以产量为主，不注重质量。

“同时，总场还创办了地毯厂、砖瓦厂、汽车修配厂、林工商公司等。创办这些企业的初衷是增加林场的造血功能，最主要还是因为人太多，没办法养活所有人。

“1986年开过林场改革的论证会。论证会上，专家对造林总场的改革是认可的，所以说造林总场能维持下来，与杨书记创办企业有着直接的关系。那时造林总场的改革人人皆知，比社会改革要早，率先打破八级工资制。我在1985年提为副科长，那时社会上还没有实行科级干部工资改革，而总场已经开始实行了，我记得那时工资从50元一下子提为76元。”

高春明说：“现在回过头来看林场，凡是一哄而起的事都值得警惕。你人多没办法，很多工人没有专业知识，有些事就没办法做。”

马教授说：“最初种什么树种？”

李升说：“从1984年开始提倡苗木质量问题，开始分级，一级苗给7分钱，二级苗5分钱，三级苗4分钱，等外苗继续培育。林场还实行了家庭苗圃、家庭林场，进行苗木等级划分，苗木质量有所提高。

“可是那时候由于种条缺乏，没有采穗圃，因此工人们所产的苗子特别杂，一块地里能有箭杆杨、小叶杨、加拿大杨好几种。

“我在白泥井水分条件最好的地方选了这么几种，有箭杆杨、小美12号、北京杨18号等5种杨树，进行了育苗品种对比试验。一个是采取高垄育苗，在水分条件好、积水多的地方同一个品种都采用高垄对比；二是一个品种间用不同长度的插穗，一种是18公分的插条，一种是12厘米的插条。在同一个立地条件下，最后得出北京杨长得最高。

“然后进行定植对比试验，第二年普查，北京杨长到了3米多近4米。北京杨生长得快，但是后来衰退得也快。例如小美12号，如果弄12厘米的插穗，成活率没问题，但是后期苗木的生长就出问题了。第一年如果用18厘米的插穗，当年能长到1.3米左右；如果是12厘米的，只能长到80厘米左右。最后留下的基本上是小美12号，其他几个品种基本被淘汰。

“在三眼井搞防护林带，我们栽了北京杨8000号，3年的苗子胸径长到3厘米。最后总结了个文字材料《杨树品种的对比实验》，没有想到1985年在《内蒙古林业》第一期上发表了，报社还奖励了90元。那时的90元将近我2个月的工资。

“在三十顷地，那时苗圃的蛀干害虫就是青杨天牛，虫害率能达到36%。我和苏梅在总场森防站就做这个研究。从剪枝、培育、观察，最后从产卵开始打氧化氯果，第三年能下降到2%。最后我把那篇文章也发表了。

“苗子数量上来了，质量也逐步变好。但是那时候在库布其沙漠造林，总场采用的都是前苏联的模式，一开始是1×1米，如白泥井作业区、曹四滩作业区、李三壕作业区。1×1米幼林时长得还好，后来就不行了，太密了，最后改为2×1米，1982年后改为4×1米，逐步减下来。”

高春明说：“自治区林业厅的口号是‘有苗不算秃’，但另一方面，王稼祥当厅长时，伊克昭盟的灌木不能算人造林。国家项目规定乔木必须达到60%以上，如无法达到就忽略不计。”

李升说：“小叶杨最大的缺陷是胸径长到十几公分以上就易得红心病，长到二十几公分，特别容易断，所以小叶杨逐步被淘汰。那时的小叶杨都是从呼市的马路上进行采集的。当时由于没有冰箱，怕温度升高，所以采回后都是在地洞里进行贮存。白泥井地洞是‘文化大革命’时期‘深挖洞、广积粮’时挖的地洞，放到最顶端进行贮存。小叶杨从1983年就开始被淘汰了，凡是小字号的都比较容易得红心病。加拿大杨也有红心病，只是不多，加拿大杨易得破肤病。”

高春明说：“加拿大杨速生，由于长得快，皮薄，冬天晚上低温，白天温度高，一晒一冻而引起的。”

李升说：“其实破肤病是一种病菌感染。现在的新疆杨也有破肤病，最后导致溃疡病，并且非常严重，普遍。

“当时魏林壕的造林都是农民的弃耕地，土地条件好，赶上那几年的雨水较大，乔木第二年长得特别好，所有来参观的人都去那里。可是等国家林业局的来人参观时，树木已经化梢，前一年还没事的，过一年就全部化梢。最主要还是由于密度大而死亡。”

高春明说：“在沙漠里，沙地造林绝对不可以弄纯林，尤其是乔木，绝对不能搞规规矩矩的造林，如株行距等。而是要近自然式栽植，能长多少是多少，千万不能拉线定点。”

李升说：“最明显的是，在我手上搞的最成功的也是最失败的一块，就是在白泥井苗圃。那时苗圃已经划分等级，等外苗看着很好，就是高度不够。所以我建议在三眼井水泉湾坡上做个试验，把等外苗在该地进行栽植，并且将苗子栽植于好的地段进行对比。那时不看生长量，只看存活率。

“我以2分钱一株的价格将等外苗买回进行4×1米的栽植，并做好了沙障。第一年的乔木成活率达到90%以上，长得特别好，保存也特别好。因为是做实验，所以也下了很大的辛苦。但是后来生长就差了，到现在也只是细细的树棒棒，这是由于营养和水分缺少，尤其是水分的缺少造成的。如果当时及时进行间苗，那点树也可能成材了。这是我最成功和最失败的一次试验。”

高春明说：“沙漠里绝对不能种成材林，弄点灌木是可以的。”

李升说：“还有就是，过去混交林都是机械式要求，一行杨树，一行沙柳。这种栽法确实不行。所以在我俩搞库布其沙漠植被技术研究课题时，提出了团块状混交、近自然混交。就是说，这块地是下湿地，适宜栽杨树，就栽乔木；适宜栽沙柳，就栽沙柳；适宜种草，就种草。如隔行混交，各种混交实施起来就很困难。平时隔行混交时乔木长起来，沙柳就无法生长。我们就块状混交，在适宜栽沙柳的地方，沙柳永远在这块地上，生长特别好。乔木在适宜乔木生长的地方，生长得也特别好，互相不存在竞争。”

高春明说：“包神铁路穿过沙漠时，必须要做几百米宽的防风固沙沙障，做完沙障后栽树，一次性完成。包神铁路工程中曾获很多奖项，做得很成功。铁路防沙治理那些材料都是我们俩弄的。

“1984年以后，沙漠种植的主要是榆树、沙枣、沙柳，而柠条主要栽于硬梁地。回想80年代后期、90年代前期的鄂尔多斯地区，尤其是库布其沙漠这块儿，主要是防风固沙林。从沙漠外围、边缘地带进行绿化，总体以国有林场和集体林场为主，那段时间农民个体造林的几乎没有，而且80年代初期改革时，对生态破坏最为严重。”

吕荣说：“总场虽然是个处级单位，但主要还是从事基层工作，环境艰苦，工作条件差。”

高春明说：“2000年之前，林业人特别务实，做实事，住到农民家，工作最为艰苦。库布其沙漠春天天气特别糟糕，常常大风连续刮40～50天，而这个季节正是林业上最忙的时间。起初分场没有交通工具，去哪都是步行。1986年时有个四轮车，在挂斗上绑了些木头架子，垫上棉垫子坐下，就已经感觉是特别好了，有车可以坐了。8月份最热，这时下乡，背一瓶子水，水被太阳晒得味道变得特别难喝，喝下去几天肚子就受不了，没办法就到农民家喝点酸米汤。”

李升说：“那时候条件不好。在黑庆壕时，我跟丁志刚睡在凉房，黑夜没电，只能点蜡。九大区是自己发电，而且有个电视放在东墙根的水泥台上，我们能从黑庆壕望见九大区电视在晚上闪现的光影。黑庆壕和九大区有七八公里。白泥井当时有个小车，但是不敢跑，因为白泥井没有汽油，当时都是去树林召办事加油并提回来一壶，什么时候有任务再用那一壶油。

“后来分场也有了电视。那时我们下乡，有的分场很穷，穷到分场场长自己借钱进行接待，而这钱有可能过了两三年后才能还上。”

高春明说：“1995～2000年是林场最穷的时候。工资不能按时发，出差的费用一两年报不了。”

李升说：“我和高春明在总场出差是最多的，我曾经有900多块钱，报了2年多才拿回来，总场没钱，只好自己先出。”

马教授说：“春明，从1983年咱们治沙专业毕业就在基层这么干，如果说在其他部门，发展可能会更好，你看你的同学张建龙早就是副部级了，你是怎么想的？”

高春明说：“我先给你们讲个故事。我有个同学叫陆春阳，毕业以后去了兰州中铁设计院，主要涉及铁路防沙这块儿。我们在做包神铁路治沙工程时，张处长说要请个专家过来指导一下，结果来的是陆春阳。当时我就想，一样从同一个学校同一个专业毕业，现在又干同一样的工作，人家是请来的专家，我就是个技术人员。

“所以说人的发展，起步很重要，毕业后去了哪里，从事什么工作，都很有关系。想起张建龙，心里更有落差，我们之间的工作环境、性质、工资差别就太大了。2000年以后鄂尔多斯经济腾飞后，我也有种扬眉吐气的感觉。但是，三十年河东四十年河西，这两年鄂尔多斯经济又不行了，所以说，快要退休了，就觉得有点亏。”

李升说：“1985年机构改革时，我就是副科级，那时26岁。1987年我调回总场任团委书记，还是副科待遇，九几年成为正科长。在总场，他当生产科长，我当过多种经营科科长、人事科长，人们都很羡慕。我还在李三壕当过区长，白泥井当过区长，听名声，好像是个官，实际上作业区长跟生产队长没有两样。

“咱们林业上，过去叫林大头。我、春明那几年从市里回来，研究‘库布其沙漠综合治理示范研究’的课题，当时吕总带头，我是课题组副主任。在很多方面吕总起到了关键性的作用，比如说以南围北堵锁边，沟川道路切割，丘间滩地点缀。最后该课题获得了自治区科技进步一等奖。鉴定时马老师也在，是专家评委。这以后，就提为副高，最后是正高，当时心里想已经很不错了。”

马教授说：“还有个问题，就是为什么过去我们的治沙赶不上沙化？内在原因是什么？”

李升说：“总体还是投入不足。那时造林就是国营林场，社会造林基本没有，有点任务全部分给国营林场。‘三北’造林开始时不包括库布其沙漠这边。农民造林跟林场造林是两个概念，比如说林场造林，搞的科研课题，咱们的苗木都是实实在在的。沙里造林，苗条规格、浸水程序都是高春明当生产科长时提出的。"

高春明说："主要是国家资金投入少，政策、口号多。那时投入一亩地几块钱，苗木质量达不到，技术标准上不去。还有一个是农民穷，免不了开荒种地，掏沙蒿破坏植被。"

李升说："'三北'防护林后期，国家也有大量投入，但是管理机制不行。那时把钱一投就等于造了林，没有检查、监督等机制。不像现在，让我们造林，给你任务，如果造林质量不行，最后检验不合格，就不给你兑现钱。"

高春明说："生态问题的背后是经济发展水平。"

李升说："再一个就是人们的思想观念。经济发展水平上来后，人们的思想认识也会提升。比如说我们鄂尔多斯这几年的大规模造林，主要靠国家投资是不行的，必须要全社会动员，各大企业以及农牧民参与造林，所以说通过多元机制造林是有效的。"

高春明说："我总觉得，群众造林整体上在生态改善上起的作用不大。禁牧以后，所有东西都自然成活变好了，生态问题得到了解决。"

吕荣说："谈谈禁牧的困难和好处。"

李升说："禁牧主要体现在林业上，禁牧针对的是草原生态。在2010年，我在当林改办主任时，请来内蒙古电视台在鄂托克旗专门做个林改专题片。现在看禁牧，那时国家没给草原补偿时，林地不让放牧。后来草原上也进行了禁牧，农牧民实际上是拿上钱买生态，农牧民将草料买过来，直到8月才能放牧，相当于把一年的收入都掏空了。很多专家认为农牧民付出的代价很大，所以从林业禁牧到草原禁牧，必须得轮牧，必须喂养一段时间，放养一段时间，不然农牧民就没有了任何的收入。后来草原生态给了补贴，这时农牧民的信心才得以提升。

"这几年，生态公益林从过去的5元涨为10元，逐渐会涨为15元，农牧民的林业收入实际上是不多的。靠林业收入、林业生产效益拉动造林，这是不可能的，必须通过国家的补贴。再一个就是产业性拉动，才能把农民的积极性拉动起来。"

高春明说："彻底禁牧也是不行，必须合理地交叉放牧。比如说，去年降雨好，草场特别好，你就要合理地利用。禁牧与否必须要有度，草场长起来以后，要让牛羊去吃，必须得在适宜的面积里放养适量的羊，控制在一定的度上。这样有助于松土，生长新植物，产生一定的刺激。现在政府投入太大，人性化、合理化适度放牧以后，降低投入也能达到效果。对于牧民来说，在没钱的情况下，偷放还是比禁牧好。"

李升说："关于沙化治理的速度，除国家投入外，地方领导决定着当地生态的建设。如果地方领导坚决治沙造林，政府意志将其作为头等大事去抓，建立相关机制，进行管理，农民就会从机制、法律认识上有提高。所以鄂尔多斯从提出绿色大市、生态大市、建设现代化林业以来，鄂尔多斯的林业跟过去相比，有了翻天覆地的变化。

"改革开放以来，国家加大治沙科研经费的投入，各部门、多渠道累计治沙科研项目的经费不下1万亿元。例如全国就有100多个沙尘暴课题。"

听了李升和高春明的话，马教授一行人陷入沉思。中国是一个土地沙漠化严重的国家。建国以来，沙漠与沙漠化的地域已由1949年的66.7万平方公里扩大到267.4万平方公里，占国土面积的27.8%，近4亿人口受到沙漠化影响，占全世界受沙漠和荒漠化的困扰人口的40%。我国荒漠化危害的直接经济损失约每年642亿元，平均每天损失1.76亿元。

沙漠化已是中国目前面临的一个最严重的社会经济与环境问题。虽然中国为治理土地沙漠化开展了大量工作，但是沙漠化的态势仍然是治理速度赶不上恶化速度，土地沙漠化和荒漠化形势一直十分严峻。

现在，举国都在置疑，为什么我国的沙化土地越治越多、沙化形势会越来越严重呢？ 我们已经采取了许多治理措施，为什么全国的沙化土地面积不是在减少而是仍在继续增长呢？为什么日益严重的沙化形势还是遏止不住呢？

土地沙化，既有自然方面的原因，也有人为的因素。从自然方面来说，我国北方是一个干旱、半干旱的环境脆弱区，这里的本底环境是沙性土质，土层疏松，植被脆弱，一遇干旱年头，风沙活动就会增强，其结果就是植被变疏，沙漠扩大。前面已经讲过，第四纪地质以来，就奠定了我国北方今天的沙漠地貌格局。

自进入人类社会历史时期以来，我国北方大体上处在一个相对湿润的阶段，风沙活动较弱，沙漠趋于稳定。但是，如果出现长时间的干旱，或受到人为因素的强烈干扰，风沙活动还会激化。进入20世纪中叶以后，由于中国人口猛增和经济快速发展，加之气候变暖趋势，使我国土地沙漠化扩展成为不可阻挡的趋势。

好在国家林业局局长赵树丛说，进入新世纪以来，随着实施了一批重点生态建设工程，全国荒漠化、沙化土地面积逐年减少，分别由20世纪末的年均扩展1.04万平方公里、3436平方公里，转变为目前的年均缩减2491平方公里、1717平方公里，有力地促进了沙区社会经济发展。但是要想彻底改变中国沙漠化的现状，还缺乏一个系统的战略安排。

新中国成立60多年来，我国的国内生产总值增加了十多倍，而矿产资源消耗同比增加了40多倍。60年来，鄂尔多斯820个湖泊现在只剩下60多个。前全国人大环境与资源委员会主任曲格平说，从“六五”到“十五”，我国国民经济的各项指标基本上都较好地完成了，“唯独环保指标，连续30年没有完成”。

我国对荒漠化土地的治理工作虽然取得了举世瞩目的成绩，局部取得了成功，但总的形势依然非常严峻，任重道远。一些地区荒漠化仍在加剧、在扩大，许多生态性灾难频繁发生。过去几十年里，国家对沙漠化防治工作投入了大量人力物力，但研究显示，仅有约10%的沙漠化土地得到了治理，12%的沙漠化土地得到了不同程度的恢复，“局部治理，整体恶化”、“绿化不如沙化快”的状态并没有得到根本改变。北方干旱地区从西到东绵延万里的沙漠还在向中华腹地推进。

在人类治沙的过程中，各个国家都有过很多惨痛的教训。政府短期行为与决策的失误，一味强调增加牲畜的存栏数和粮食产量，从而助长了牧民过牧草场，农民毁林毁草开荒种地，而由此造成的水土流失和土地沙漠化则不在责任追究之列。历史告诉人们，大部分环境恶化和土地沙漠化都是人为因素造成的。半个世纪以来，沙漠不断扩大、沙暴频频的真正原因，并非人工植被营造的太少，而是天然植被破坏过甚。小环境的局部改善，抵消不了大环境的整体逆变。

近20年来，我国气候变暖趋势日益明显，华北等地区已经出现了干旱化趋势。科学家们预测，2020年前后我国将出现类似明崇祯年间的十年大旱，干旱必然导致土地沙漠化急剧扩大。更严重的是，最近在对近40年来中国681个气象站气象实测资料综合分析后，中国科学家发现青藏高原已成为新的风沙策源地。

千百年来，有数不尽的沙临城下、沙埋家园的故事。在沙漠中沉睡的古楼兰国等西域三十六国就是历史的遗证。

凡属生态环境问题都有一种“叠加效益”，只是头痛医头、脚痛医脚，割肉疗疾，不能从根本上解决，只能事倍功半，不可能遏制住环境加速恶化的步伐，而且将来一旦治理起来，费用也更加高昂，代价也会更加惨重，远远超过以生态环境为代价所换取的眼前的和暂时的利益。

近几十年来，全球治沙措施大体上可以分为两类，一类是从沙化机理上去寻求解决问题的根本途径，主要是通过经济政策的调整，减轻人、畜对土地的生态压力，如移民、封育、退耕休牧等；另一类是从风沙运动造成的风沙危害上解决办法，主要是通过一些生物措施和工程措施来抑制沙化过程，如方格沙障、植树种草、飞机播种等。一般来说，前者操作过程较慢，但可以治本；后者见效快，局部效益强，但多偏于治标。如果两者结合起来，局部的效果最好。 但是要想用这两者结合的方法治理中国的西部沙漠，其设想是不可能实现的。

从2000年开始，鄂尔多斯成功的经验是，把“五荒”建设由农牧民家庭为主向企业、公司大规模开发建设转变。先后有亿利集团、东达蒙古王集团、伊泰集团、鄂尔多斯集团、通九集团、神华集团等100多家大中小企业进入库布其沙漠和毛乌素沙地进行开发建设。企业成为治理沙漠的主体。

与此同时，鄂尔多斯市不断调整产业结构，把三次产业增加值比例调整为2.5：60.5：37。

经初步核算，2012年鄂尔多斯市地区生产总值完成3656.8亿元，第一产业完成增加值90.14亿元；第二产业完成增加值2213.13亿元，其中，工业完成增加值1971.68亿元，增长15.6%，建筑业完成增加值241.45亿元，增长13.5%；第三产业完成增加值1353.53亿元，增长9.8%。在这种产业结构比例下，是没有人再会去破坏植被开荒种地的。

全球沙漠的形成都是由于气候干旱造成的。

中国的沙漠是因为第四纪青藏高原崛起造成的。但是青藏高原蕴藏的巨大的水体，还有让中国沙漠消失的有利优势。十八大提出生态文明建设，要从源头扭转生态环境恶化趋势。什么是治理中国沙漠环境恶化的源头？调西藏1/3之水，用2000亿立方米水灌注八大沙漠、四大沙地，把西北干旱区变成江南水乡，这才是治理中国沙漠的源头和根本。

“西水北调”是中国治沙人的一个梦。“西水北调”的实现，必将为中国人民创造良好生产生活生存环境，建设一个美丽中国，实现中华民族的永续发展。

在1998年出版的《沙漠学》的绪论里，马教授写道：“一部人类史，也可以说是人类为了争夺生活空间的斗争史。为了开辟新的生活空间，在20世纪人类又办了两件大事：其一是人类登上了月球，开始计划着如何享用这新的空间，无数美妙动人的蓝图魂系着多少人的憧憬；其二就是向地球所有纬度的沙漠进军，探讨沙漠空间的生存和发展。可以说，两件大事都是成功的，人类成功地开辟了两个新的生活空间，巧合的是，这两大生活空间——月球的表面积和地球上沙漠的面积竟是惊人地相似!但是从人类目前所处的状况讲，后者空间的使用价值和实际意义远大于前者。一个世纪以来，人类在失败、教训的基础上，终于认识了沙漠，并从沙漠里开采出无数珍贵的财宝，同时，也得出了一个更为珍贵的认识——人沙和谐论。”

第四章

沙尘暴，你是恶魔还是天使

一、风沙紧逼北京城

1977年8月，以联合国秘书长名义在肯尼亚首都内罗毕召开的世界沙漠化会议宣布，把北京划入“世界沙漠化边缘城市”。但是，大多数老百姓并不知道这个消息。

1979年3月 6 日，那个年代全国影响力最大、全国唯一的“两报一刊”之首《人民日报》，发表由新华社社长穆青策划，记者黄正根、李忠诚、傅上伦、李一功撰写的记者来信《风沙紧逼北京城》。这个消息无疑像枚重磅炸弹轰响在内蒙古各界群众的心里。文章里写道：“在北京，大风一起，大街小巷尘土飞扬，扑面而来的风沙吹得人睁不开眼，……白昼如同黄昏。北京上空飘着的是内蒙古的沙子。内蒙古的风沙年年笼罩北京城，沙丘进逼，沙临城下，而且，沙丘的先锋离天安门只有70公里之遥！”

这篇文章第一次向世人报道了侵袭首都的沙尘暴问题，引起国内外的广泛关注和热议。紧接着，《光明日报》、《北京日报》、《内蒙古日报》等中央和地方报纸、电视台纷纷刊播，进一步引起了社会上的强烈反响。内蒙古各界群众愧疚、自责、难受，人人都觉得对不起伟大首都北京，离北京最近的库布其沙漠所在地区的鄂尔多斯人，更是整日忧心忡忡、惴惴不安，个个都为心中圣地天安门蒙难沙尘而忏悔、祈祷。

说起当年那段忧郁的日子，马教授和吕荣至今仍是记忆犹新，恍如昨日。那时候他俩都在伊克昭盟治沙造林研究所工作，全所的技术干部中，除他俩外没有几个是正儿八经学沙漠治理专业的。现在，风沙紧逼北京城，库布其沙漠、毛乌素沙地的沙子都刮到北京去了，他们都觉得脸上臊得慌，不敢正视全所同志们的眼光。

冷静下来，专业知识告诉他们，沙子不可能翻山越岭跑到北京，北京要有沙子也是就地起沙，肯定不是内蒙古的，也不会是库布其沙漠、毛乌素沙地的。但什么是沙尘暴，他们还是第一次听说。过去他们上课，老师就没有提过这个词，教材讲义里也没有见过这个词。为此，他们请教过气象局专家贺勤、农业局土壤专家何石增，翻遍了一些单位的资料室、档案室，渐渐地，懵懵懂懂中有了些感觉。

没过多久，更坏的消息传来，北京因为沙尘暴考虑要迁都！

北京，中国历代皇朝的中心，中华人民共和国的首都。北京，10亿中国人民的政治、经济、文化的策源地，是世界的文化古都，世界文明的一颗熠灿明珠。当时，它是世界革命的心脏，是全世界人民心中的革命圣地，寄托着解放全人类的美好希望。占全世界人口2/3的处于水深火热之中受苦受难的人们，等待着这座城市的战无不胜的毛泽东思想去拯救。难道它真的因为肆虐的沙尘暴而迁都吗？

30多年过去了，离天安门只有70公里的沙丘已有定论，是属于北京就地起沙。但是，因沙尘暴而迁都的争论却越吵越凶，迁都之事好像人言沸沸，已成定局。作为专业人士，马教授借此机会谈谈自己的看法。

先说说离天安门只有70公里沙丘的事情。

对北京情有独钟的雅士认为，北京建城有漫长的历史，在这里，燕国立国，金国建都，元代建过大都，明成祖雄踞此地统治天下，大清朝借地建立了260多年江山。那时北京是西山上树木葱笼，玉渊潭下汩汩清波。曹雪芹住在西山时写诗说：“欲寻高士去，一径隔溪幽。岸阔浮鸥水，沙平落雁秋。”清末志士谭嗣同小时候住北京南郊，那里也是树木森森，芦苇遍地，生态环境远远好于今天。

说得没错，倒退1000年，祖国大地好多地方的生态环境都是好于今天，推而广之，全球各国的生态环境也大抵如此。

研究自然科学的专家说，北京地区历史上就是春季多风。气候变化是有周期性的，遇到干旱周期，风沙必然大；湿润周期，即使风大，沙尘也不会太大。北京地区年平均降水量是600毫米，而蒸发量在1800～2000毫米，所以被称作半干旱区。风沙是半干旱区的一种自然现象，而且是上千年前就存在的。北京的风沙危害可上溯到元朝，元大都流传的童谣“一阵黄风一阵沙，千里万里无人家”，反映了当时风沙肆虐的情况。

和祖国好多地方一样，北京地区也曾经拥有茂密的原始森林，具有良好的防风御沙作用。但由于历史上的战争和北京都城建设的需要，原始森林被破坏殆尽。从某种意义上来说，永定河是北京的摇篮，是北京的母亲河。永定河中上游地区曾广泛分布着茂密的森林，是金、元、明、清时期北京城市建设所用木材的主要采伐地之一，也是城市生活耗费的大量木材和薪炭的主要供应地。由于日复一日、年复一年地砍伐，永定河中上游流域的茂密森林被破坏殆尽，水土流失加剧，遂在元明时代就有了“浑河”、“小黄河”、“无定河”等恶名。

新中国建国初期，北京地区的森林覆盖率只有可怜的令人难以置信的1.3%左右，而风沙化土地面积已达0.24平方公里，涉及郊区11个县（区）130个乡（镇），占全市平原土地面积的38%。其中，永定河、潮白河、大沙河、康庄及南口等五大重点风沙危害区总面积0.165平方公里，占全市沙化土地面积的69%！这些地区夏季高温、干旱、少雨，土地瘠薄，植被稀疏，长期以来，风沙活动频繁，最终人们看到，永定河北岸，大红门以南，猝然出现一片沙丘。

风沙紧逼北京城，大有“兵临城下”之势。

永定河为北京地区最大河流，海河五大支流之一。上游源于山西省宁武县的桑乾河，在河北省怀来县接纳源自内蒙古高原的洋河，流至官厅始名永定河，全长650公里，流域面积5.08万平方公里。流经山西、河北两省和北京、天津两市入海河，注入渤海。

从卫星地图上看，西山内的永定河弯弯曲曲，颇有黄河“九曲十八弯”的气概。历史上永定河先后改道多次，反复冲积，构成了流域内沙丘缓岗、沙漫滩等不同地貌重复出现，交错分布。20世纪70年代以来，随着全球气候变化，永定河流域持续多年干旱少雨，下游常年处于断流状态。

一份公开资料说，永定河故河道、故河滩上的流沙，原先已被植物所固定，但是在“以粮为纲”的年代，当地群众纷纷在此开荒耕种，结果导致固定沙丘活化，变成了流动沙丘，这里的沙尘源源不断飞往北京城区。此外，北京城内和近郊建筑工地很多。这些建筑工地都要挖很深的地槽，结果使潜伏在地下的粉沙就有了重见天日的机会。

中华环境保护基金会的一位专家说，从生态的角度看，永定河的长期断流是一个生态灾难，不仅在于它无法供应下游庞大的城市群用水，而且其裸露的河床里，大量沙土随风肆虐，成为北京沙尘暴的主要原料“供应商”，专家将之称为就地起沙。严格意义上说，这是北京总有沙尘暴的主要原因。

《风沙紧逼北京城》里说的离天安门只有70公里的沙丘就是天漠。

天漠位于张家口地区怀来县小南辛堡乡龙堡村。天漠的形成仿如天外来客，以前的报刊都说是内蒙古的沙子从天上吹过来的，所以叫它“天漠”。龙堡的村民说，十几年前，天漠只是一个大型的沙丘群，大约面积在40亩左右，高度不过2米。如今，它的面积已经超过了1000亩，由4个大沙丘组成，高度已经高达20多米。而且，天漠的沙线正在以每年接近40米的速度向村庄靠近。

1999年5月14日，时任国务院总理的朱镕基来到这里视察，这次视察标志着龙堡作为一个象征性地标——沙尘暴正式逼近北京的存在。同时也增加了天漠的知名度。

天漠现在已经是村民新开发的旅游景点，叫作天漠公园，公园的英文名称叫作“The Flying Desert”，即“飞来的沙漠”。每位参观者需要20元门票，比种地的收入高得多。而在景区门口，一副对联昭示着村民们将其作为旅游产业包装的信心：

千山万水已走遍，沙漠之梦今日圆！

壮观的沙丘景象使影视界高兴了，北京终于有了自己的“沙漠”，它成了电视剧、广告片的外景拍摄地，《还珠格格》等100多个剧组在这里抢拍了镜头。村里现在有不少人家里都养马，主要靠租给在这里拍“沙漠风光”的剧组赚钱。每逢周末，都会有大量的北京游客甚至是海外游客前来游玩，只是不知道面对斯事斯景，慕名前来者有何感慨。

30年前的观点认为，北京的沙子是从内蒙古刮来的。2012年，科学家曾对北京的风积沙做过鉴定，发现北京沙的重矿物和不稳定矿物成分明显高于周围的浑善达克沙地、库布其沙漠、毛乌素沙地、科尔沁沙地。北京沙的磨圆度较差，表面比较粗糙，也与周围地区沙漠沙有显著的区别。所以，近期的共识是，北京的沙子完全来自于本地。

《风沙紧逼北京城》向世人敲响了北京风沙危害的警钟。

北京客观上是被沙漠所包围，而且沙漠大有居高临下之势。

北京东北有科尔沁沙地，北有浑善达克沙地，西有毛乌素沙地、库布其沙漠、乌兰布和沙漠、腾格里沙漠、巴丹吉林沙漠。除科尔沁沙地海拔在300米以外，其余几大沙漠、沙地海拔均为1000米以上，并且都在上风区。北京的海拔只有50多米。想一想，300米和50米是什么概念，而1000米和50米又是什么架势！1979年2月，北京周围几大风沙区轮流从不同方向往北京城里“灌沙”，就像小脚老太太站在房顶上，借着向下刮的风势往院子里倒尘土，那北京再伟大也受不了！

更为严重的是，北京周围就有大量的沙尘源。

北京被河北省围绕，而河北省沙漠化土地有2.72平方公里，涉及114个县、市、区，占河北省面积的14.5%。这回不用像小脚老太太站在房顶上，就是3岁小孩站在房顶上，借着向下刮的风势往院子里扬尘土，北京也是够受的。

国家气候中心高级工程师陆均天说，从公元300年以来，中国一共出现过5个沙尘事件频发期，每个周期持续90年左右，世纪之交的这10年沙尘事件又呈现出明显增加的趋势。

2000年发生12次、2001年发生了32次的沙尘暴，是近百年来中国发生沙尘暴最多的两年。北京的沙尘暴天气震惊了全国乃至全世界。一遇刮风，城里就黄沙弥漫，以致家里窗户不严就满屋尘土，北京却常常是风沙“迷人”，姑娘们上街多头包纱巾。沙尘暴成为妇孺皆知、街谈巷议的热点话题。

北京是土黄色的，一夜间北京城下了33万吨尘土！

空气中弥漫着呛人的土腥味儿，地面、建筑物、汽车，甚至每一片刚吐绿的树叶，都被罩上了一层土黄色的黄沙，就连天安门城楼上也覆盖着一层厚厚的黄土。有媒体直接借用古诗“满城尽带黄金甲”形容当时的北京。

黄沙，细密柔弱，纯净可爱，古人用它做沙漏记录时刻，用它做图案美化世界。黄沙，桀骜不驯，凶悍无比，借助狂风它大闹天宫，周游世界；借助风魔它覆盖城乡，吞噬生灵。大自然是公正无私的，谁尊重了它，它肯定以十倍百倍的恩泽奖赏你；谁破坏环境、污染环境，黄沙也许就是上苍派来的惩恶使者。数次沙尘暴席卷北京，波及大半个中国，媒体纷纷惊呼“沙尘暴成为与黄河、长江洪水比肩的民族大患”。它卷起的茫茫黄沙让人心悸，更让人思考。

20世纪60年代初期，北京晴空万里，遥望西山很容易；如今整个城市上空雾气腾腾，从市内一个月难得望见两次西山。当年北京缺树无草，城市搞清洁卫生把青草当作一害除掉是在干蠢事；国外人家在花钱建草坪，美国的华盛顿每人平均有绿地40多平方米，而北京平均每人占有绿地仅3.9平方米。“文化大革命”前全市营造了约27平方公里公园绿地，几年内被人为破坏了4.3平方公里，市郊农田防护林也没有完全形成。西北方向的大风沙刮来，便势不可挡。

来自中国气象局国家卫星气象中心的专家推断，产生于我国西北、华北地区的沙尘主要是以西北、西北偏北和西北偏西3条路径顺风而下进入北京地区的：第一条路径为内蒙古浑善达克沙地一带—河北黑河河谷—北京地区；第二条路径为内蒙古朱日和一带—河北洋河河谷—北京永定河河谷；第三条路径为河北桑乾河谷—北京永定河河谷。

根据卫星观测资料和沙尘暴事件的回顾，以及2001年春季沙尘暴观测和实地考察，每年冬春季影响我国的沙尘暴源区有两大类，即境外源区和境内源区。境外源区主要有蒙古国东南部戈壁荒漠区和哈萨克斯坦东部沙漠区两个区域；境内源区主要有两个：一是内蒙古东部的浑善达克沙地中西部，二是内蒙古库布其沙漠、腾格里沙漠、巴丹吉林沙漠。

为保卫北京，应该建立4道防线阻击沙尘暴：在北京北部的京津周边地区建立以植树造林为主的生态屏障；在内蒙古浑善达克中西部地区建起以退耕还林为中心的生态恢复保护带；在河套和黄河地区建起以黄灌带和库布其沙漠为中心的鄂尔多斯生态屏障；尽快与蒙古国建立长期合作防治沙尘暴的计划框架，在蒙古国设置保护屏障。

北京的第一股绿潮是伴随着改革开放而来的。1979年，第五届全国人大常委会六次会议确定每年3月12日为植树节。随后的1981年，经邓小平倡导，第五届全国人大四次会议作出了《关于开展全民义务植树运动的决议》，生态建设由此成为全民的责任和义务。

从1979年第一个植树节开始，北京的造林活动进入高峰，之后逐渐增长。据统计，到2000年，20年间，北京的林木覆盖率从1980年的16.6%增加到2000年的34%，森林覆盖率从12.83%提高到30.65%，平均每年的沙尘天降至10天左右。

早先北京的植树就是解决荒山问题，有树就种，一味的求数量，结果造成了很多问题。从20世纪90年代初期开始，北京开始注意种树的自然规律，如阴坡植松、阳坡种侧柏等这些最基本的规律。同时摸索树种搭配，针叶和阔叶的搭配，乔木、灌木、草本的搭配。搭配之后，虫子种类也多了，在阔叶上栖息的鸟类也都来了，这样土壤的微生物也增加了。1990年前后，北京还引进试用

40个新品种的树种，并对其进行驯化、试种。从山东等地引进了约10万棵银杏树，银杏虽然长得比较慢，但非常耐病，深受市民们的喜爱。

2000～2008年，举办奥运会助推了整体绿化与北京大气治理进程的同步，北京的绿化工作也伴随着北京申奥成功迎来峰值。2000年，北京启动了“城市绿化隔离区”的建设。四环、五环两侧的100平方公里造林，五河十路的绿化工程，山区的大面积造林……各项绿化工程纷纷上马。

到2007年，北京市顺利完成了申奥前承诺的指标，林木覆盖率以每年1%～1.5%的速度快速增长，达到53%，森林覆盖率达到37%。在奥运年，北京的蓝天数达到了274天，比1998年的100天增加了174天。

近年来，北京市共营造水源涵养林、水土保持林等700平方公里。同时，通过爆破整地造林等方式共营造各种景观林65平方公里，大量增加了针阔叶树种混交比例和红叶系列等彩叶乔灌木树种的栽植，初步实现了“层林尽染、山山看红叶”的目标。

截至2011年底，北京市林木绿化率达到54%，森林覆盖率达到37.6%，城市绿化覆盖率达到45.6%，人均公共绿地面积达到15.3平方米。2012年全市森林覆盖率达到38.6%，林木绿化率达到55.5%，城市绿化覆盖率达到46.2%，人均公共绿地面积达到15.5平方米。首都绿了，风沙渐远北京城。

我国防沙治沙取得的这些成绩，也赢得了国际社会的赞誉。2008年联合国第十六次可持续发展委员会主席称：“中国的荒漠化防治工作处于世界领先地位。”2011年6月17日，联合国秘书长潘基文发来贺信，充分肯定了我国防治荒漠化的成绩。

从历年统计资料看，我国沙尘暴呈现波浪式递减趋势，特别是新世纪的头10年，长期肆虐我国北方地区的沙尘天气得到很大缓解，沙尘天气发生频次和强度都处于近50年来的较低水平，这说明增大植被建设对于控制沙尘暴的生态治理是有成效的。

例如，中国气象局2006年在《中国气候和环境演变》中公布：1954～2004年间我国北方强沙尘暴次数，在新中国成立初是每年6次，到20世纪80年代是每年4次，近10年则是每年3次。北京市气象台近60年的资料也得到同样趋势。20世纪50～60年代，年平均沙尘暴和扬沙日数分别为4.8天和31.1天，而最近20年平均仅分别为0.2天和5.1天。其实，这种变化从老百姓的日常生活中也可得到证实：20世纪50～60年代风沙天气之多之强，冬春季妇女上街都要纱巾包头；30多年过去了，首都北京今非昔比，这里处处青草葱葱，绿树成荫，过去那种头裹纱巾的景象几乎被人们淡忘了。

从《风沙紧逼北京城》的报道开始，“风沙袭击北京城”，“沙漠化正在威胁着北京城”，“最近的沙漠离天安门只有70公里”，“国家没少进行造林防沙的工程，投入不少，但是效果是有限的”，“风沙是自然规律，治沙工程是个逆自然规律的工程”等等呼声就不绝于耳。

受《风沙紧逼北京城》的影响，1980年初，首都经贸大学教授汪平首先上书，提出了将首都迁出北京的问题。从此，呼吁中国迁都的序幕拉开。2006年3月的全国两会期间，蒙古、内蒙古沙尘暴来势凶猛，479名全国人大代表联名向全国人大常委会提出议案，要求将首都迁出北京。不久，北京理工大学教授胡星斗等著名学者在网上发出酝酿已久的《迁都建议书》：“中国北方的生态环境已经濒临崩溃。呼吁把政治首都迁出北京，迁到中原或南方。”并上书中央、全国人大和国务院，建议分都、迁都和修改宪法。

2008年2月，民间学者秦法展和胡星斗合作撰写了长文《中国迁都动议》，提出“一国三都”构想，即选择佳地建立一个全新的国家行政首都，而上海作为国家经济首都，北京则只留文化职能，作为文化科技首都。诸多专家学者纷纷建议迁都，中央电视台也推波助澜，一时间有关迁都话题如火如荼，步步升级。与此同时，有关迁都的问题引起了中央高层的关注，面对北京日益恶化的环境，原国务院总理朱镕基在河北考察时也曾说过，如果风沙问题无法彻底解决，就只能考虑迁都了。

有资料表明，世界近200年里有1/3的国家都迁了都，日本平均28年迁一次，现在的韩国要迁，说日本又在张罗迁都。某些资料表明，首都也不是一个国家一个，有实行“双都”、“陪都”制度的。南非、荷兰、美国实行的是2

个首都，实行“双都”：一个是政治都，一个是经济都。美国的经济首都是纽约，政治首都是华盛顿。这样职能分开的首都能避免城市的过度膨胀，规避诸多的干扰，可以更有效地发挥首都功能。

是实行“双都”、“陪都”，还是异地建都，有待于学者专家及全社会的讨论、科学的论证。放眼世界，美国迁都华盛顿、德国迁都柏林、巴西迁都巴西利亚、马来西亚迁都太子城、韩国迁都世宗、缅甸迁都彬马那等国家迁都中部，都是有利于国家均衡发展，利于国防，节约资源，有益于国家和民族的整体利益。

2012年3月，参加全国人大会议的479名全国人大代表联名提出议案，要求将首都迁出北京。2013年7月28日，由国家发改委、国家城市规划局、国家环保局等20多个部门的160多人来到河南信阳就首都迁都进行第28次考查研究，似乎最后确定中国于2016年迁都于信阳。迁都，不仅是一项庞大、系统的工程，也是一项惠及子孙的宏伟事业，更是实现中华民族伟大复兴的重大举措。

马教授认为肆虐北京的沙尘暴惊动了中央，惊扰了北京市民，称得上惊天动地、举国震惊。但从北京沙尘暴的规模和危害来说，与当年美国的黑风暴相比，可以说是小小巫见大大巫。美国黑风暴是20世纪十大自然灾害之一，是“历史上三大人为生态灾难”之一。既然美国这么严重的“大大巫”沙尘暴都能治理，北京“小小巫”沙尘暴就不能治理吗？何况现在北京沙尘暴治理得很有成效。所以，如果是因为沙尘暴而迁都，那完全没有必要。如果考虑一国三都，均衡国家发展，迁都不是不可以考虑，但请不要拿沙尘暴说事。

现在，首都北京的环境问题已不是沙尘暴和离天安门70公里的沙丘了，雾霾又像一个新的幽灵悄然而至。在经历了2011年的灰霾之后，2013年1月14日，北京市气象台10时35分发布了北京气象史上首个霾橙色预警（霾的预警等级只分黄色和橙色2个级别，橙色是霾预警信号的最高等级），警示当日白天北京平原地区会出现能见度小于2000米的霾，空气污浊。当日，雾霾仍盘踞京城，北京出现了35个监测站PM2.5数据实时上线后的最严重污染。上午9时空气质量监测数据显示，除定陵、八达岭、密云水库外，北京其余区域空气质量指数AQI

全部达到极值500，为6级严重污染中的“最高级”。这次，北京连续4天空气质量6级污染，创历史纪录。

和当年《风沙紧逼北京城》的情况相似，北京市马上又新增20万亩平原造林计划。现在北京需要像当年防治沙尘暴一样，与雾霾背水一战，争取早日摘除“雾都”的帽子。当然，雾霾的问题不难解决，因为它是人为因素造成的。沙尘暴纯属自然过程，人们都能局部减轻。工业化人为因素带来的雾霾环境污染，治理起来可以说是小菜一碟。

二、美国、前苏联当年的黑风暴

美国黑风暴是20世纪十大自然灾害之一。20世纪30年代，一场人类历史上规模罕见的沙尘暴袭击了大半个美国。当时，沙尘暴肆虐美国达10年之久，被后人称为“历史上三大人为生态灾难”之一。

黑风暴是一种强沙尘暴，指沙尘暴级别中最高的一种。大风飚起的沙尘形成一堵沙墙，所过之处能见度几乎为零。它是强风、浓密度沙尘混合的灾害性天气现象。强风是启动力，具有丰富沙尘源的地表是构成黑风暴的物质基础。黑风暴发生时，风力在8级以上，强风把大量尘土及其他细颗粒物质卷入高空，形成一道高达500～3000米的翻腾风墙，携带的尘土滚滚向前，在高空可飘散到数千公里甚至1万公里之外。真可谓风墙耸立、漫天昏黑、翻滚冲腾、流光溢彩。

1934年5月12日，美国西部草原地区发生了一场人类历史上空前未有的黑风暴。

巨大的风暴从美国西部土地破坏最严重的干旱地区刮起，狂风卷着黄色的尘土，遮天蔽日，向东部横扫过去，形成一个东西长2400公里、南北宽1500公里、高3.2公里的巨大的移动尘土带，当时空气中含沙量达40吨/立方千米。风暴持续了3天3夜，掠过了美国2/3的大地，3亿多吨土壤被刮走，给大半个美国铺上了厚厚的一层尘土，仅芝加哥一地的积尘就高达1200万吨，有的甚至落到了距离美国东海岸800公里航行在大西洋里的船只上。风暴所经之处，溪水断流，水井干涸，田地龟裂，庄稼枯萎，牲畜渴死，千万人流离失所，目光所及，一片凄凉。16万农民倾家荡产被迫离开了大平原。这就是震惊世界的黑风暴事件，黑风暴使美国几代人听了都后怕。风暴过后，清洁工为堪萨斯州道奇城的227户人家清扫了阁楼，从每户阁楼上扫出的尘土平均有2吨。

著名的黑风暴，得名于1935年4月14日这个“黑色星期日”。

那年从3月份开始，尘暴就开始频繁地发生，大风刮了整整27个昼夜，3000多万亩麦田被掩埋在了沙土中，基本上每天家里面都是处在一种灰蒙蒙的状态。4月14日是星期天，天气格外晴朗，但这天对于俄克拉荷马州盖蒙城的居民来说却是不堪回首的“黑色星期天”。在沙尘肆虐数周后，盖蒙城的人们终于欣喜地看到太阳出来了。大家纷纷走出家门，或在蓝天下沐浴阳光，或上教堂做礼拜，或出门野营。但到了下午2点半的时候，气温骤然下降，成千上万只鸟儿黑压压地从人们头顶飞过，划破了天空的寂静。人们丝毫没有意识到，这是一种灾难来临前的征兆。

突然，一股沙尘“黑云”涌出地平线，急速翻滚而来。阿卫斯·卡尔森在他发表于《新共和国》杂志的文章中写道：“人们在自家庭院赶上沙尘暴，都得摸着台阶进门。行进中的汽车必须停下，因为，世界上没有一只车灯可以照亮那黝黑的沙尘漩涡……这次沙尘暴是所有沙尘暴中最为可怕的一次梦魇，即使在偶然晴朗的白天和平常的阴沉天气，我们都无法摆脱沙尘恶魔的纠缠。我们成天与沙尘生活在一起，吃着尘埃，睡在沙尘之中，天天看着沙尘剥夺我们的财产，使我们的希望变得渺茫，这已越来越变得不可抗拒。诗情画意般的春季变成了传说中的幽灵，噩梦变成了现实。”

美国著名环境史学家沃斯特教授在他的《尘暴》一书中，对1935年的这场黑风暴作了详尽的描述：“突然，在北方地平线上出现了一股黑色的风暴，朝他们这边移动，那时既没有声音，也没有风，除了一个巨大的怪兽样的烟云外，什么也没有。风暴在下午2点40分袭击了道奇市。就在人们还没有缓过神来的时候，黑暗已经将他们全部吞噬。一种绝望的恐惧顿时弥漫在大平原的上空。7000英尺到8000英尺的这种黑色大墙强压过来，就像一个黑色的帘子把整个天空全部笼罩住了。它给人们造成的心理上的恐惧，在很大程度上是其他的普通的小型的尘暴无法比拟的。黑风暴到来时，格鲁尔的父亲把家人叫在了一起。突然，她听到'轰'的一声，邻居家的房子被风暴毁掉了。伴随着邻居们凄婉悲凉的哭泣，一种更大的恐惧在黑暗之中弥漫开来。

"风暴持续了4个多小时，黑暗中的人们就这样煎熬着，随时都有窒息而亡的危险。等到风暴稍小一点，看得清道路后，大家都急着上路。然而，此时上路无疑是在铤而走险。当年跟随父母逃难的克罗拉，在路上看到了悲惨的一幕：领着一家逃命的丈夫因迷失了方向，在沙尘中窒息而亡，而无助的妻子决定和孩子们一起选择死亡，离开这个黑暗的世界。这样的人间悲剧到底发生了多少，没有人知道。"

1935年美国的黑风暴持续了近1个多月，其灾害程度与1934年的黑风暴相比有过之而无不及。1935年的"黑色星期天"应该是范围最大，同时也是风暴级别最猛烈的一次尘灾。1962年的诺贝尔文学奖得主、美国作家约翰·斯坦贝克将美国黑色风暴事件称为"肮脏的30年代"。他在《愤怒的葡萄》中写道："当时，无依无靠者被从堪萨斯、俄克拉荷马、得克萨斯、新墨西哥驱逐到西部。从内华达到阿肯色，无数的家庭和部落，被沙尘暴扫地出门，无数的人们被迫流落他乡，有坐汽车的，有乘马车的，无家可归，饥寒交迫；两万、五万、十万、二十万逃难者翻山越岭，像慌慌张张的蚂蚁群，跑来跑去，到处在寻找工作，串上串下，出出进进，左刨右刨，东采西樵，地上任何东西、背上的任何包袱，都是果腹的食物。孩子们在饥饿中挣扎，没有家，没有地方栖身，就像蚂蚁那样，仓皇奔跑，艰辛觅食，几乎所有的人都为有一片土地奔波。

"一连数日，天空一片黑暗，甚至封闭良好的房子里的家具上也都积有厚厚的一层尘埃。有些地方地面上的沙尘，就像雪片一样随风滚动，掩埋农田。"

正如堪萨斯的记者艾尼尔·湃勒1936年在描写俄克拉荷马州界北部时写道："如果想让自己心肺撕裂，就来这里，准能做到。""这是一个沙尘暴的世界，是我毕生见过的最为悲惨的土地。"

在持续10年的沙尘暴中，黑风暴的袭击给美国的农牧业生产带来了严重的影响。牲畜大批渴死或呛死，风疹、咽炎、肺炎等疾病蔓延，载畜量由刚开始的2000万头降到了后来的1100多万头。黑风暴也使原已遭受旱灾的小麦大片枯萎而死，有数千平方公里的农田被毁，以致引起当时美国谷物市场的波动，冲击经济的发展。同时，黑风暴一路洗劫，将肥沃的土壤表层刮走，露出贫瘠的沙质土层，使受害之地的土壤结构发生变化，造成数千平方公里的农田废弃，严重制约灾区日后农业生产的发展。据美国土壤保持局的统计资料，1935～1975年的40年间，美国大平原地区每年被沙尘暴破坏的面积达到了4000平方公里，最多达到6000平方公里，南部棉田因风沙问题每年的重播面积为80%。历史上这场黑风暴的影响整整持续了10年以上，进一步加剧和延长了美国的经济萧条。

黑风暴引发了美国历史上最大的一次"生态移民"潮。

2个月后，沙尘暴再次冲天而起，掠过了堪萨斯、得克萨斯、科罗拉多、俄克拉荷马等州。生活在大平原上的居民们终于彻底绝望了，他们开始纷纷逃离。就连当时的内政部长H.伊克斯，也劝告俄克拉荷马州"锅柄"地区的人们干脆离开家园。

由此，美国历史上规模最大的一次移民潮开始了。据统计，到1940年，位于大平原上的几个州共有250万人口外迁，其中有20万人涌入加利福尼亚州。

由于当时的美国正处于"大萧条"时期，其他地方的居民对于这些"生态移民"的到来多持抵触情绪。由于加州接受能力有限，当地政府不断派人劝阻移民们去往别处，但是逃难者根本不听劝告。加州政府不得不动用警察，在州界充当人墙，不让移民进入。即便如此，移民们仍是蜂拥而至。洛杉矶警察局长不得不带着125名警察在州界充当人墙，劝阻"这些不受欢迎的人"。在这种情况下，因黑风暴而背井离乡的贫苦农民，其境况之悲惨也就可想而知了。

《矿工杂志》中同样记载了这些“生态移民”，当他们来到边境时是怎样成为不受欢迎的人：“有个驾驶着一辆破车的当地司机，挺直且呆板地演讲，歇斯底里地狂叫，就像一部失灵的机车上每一个铰链、轴承以及连接部位都在发出刺耳的怪叫声一样：‘加利福尼亚的救济名单现在严重满员，再来已无济于事！’而几乎崩溃的逃难者却不管他在说什么，只顾左顾右盼地照管着自己庞大的家庭成员，不要有人落后。他们人挨人，几乎水泼不进，挤进去后再想挤丢都是不可能的事。”

黑风暴一般发生于春夏交接之际，其形成与大气环流、地貌形态和气候因素有关，更与人为的生态环境破坏密不可分，它是荒漠化加剧的象征。人口的快速增长带来不合理的农垦、过度放牧、过度采樵、单一耕种，这些现象必然导致植被和地表结构的破坏，使草原植被破坏、土地沙化、生态系统失衡。由于这种造沙的速度远快于人们治沙的速度，无疑为黑风暴形成提供了条件。

1870年以前，美国南部大平原地区是一个生机勃勃的草原世界。那时，扎根极深的野草覆盖着整个大平原，这里土壤肥沃，畜牧业发达，一片人与自然和谐共处的景象。1870年后，美国政府先后制定多项法律，鼓励开发大平原。尤其是一战爆发后，受世界小麦价格飙升的影响，南部大平原进入了“大垦荒”时期，农场主纷纷毁掉草原，种上小麦。大平原草地深耕后种植小麦，降水充足年份，粮食高产丰产。经过几十年发展，大平原从草原世界变为“美国粮仓”。但与此同时，这里的自然植被遭到严重破坏，表土裸露在狂风之下。美国政府曾拨付了大量的金钱补贴砍伐森林，而且这种政策实施了很长时间，招致舆论界的严厉批评。在西部开发初期，由于缺乏规划和指导，农民大量涌入，曾对生态环境造成灾难性的破坏。当时，美国出台土地私有化政策，鼓励向半干旱的中西部大草原移民开荒。这项政策在那个时代被认为是既发展中西部又解决饭碗问题的聪明之举。在新型农业机械的帮助下，仅1860～1890年30年间便有90万平方公里的处女地被开垦，中西部成为美国的主要粮仓。孰料因过度掠夺性垦牧造成新垦地大面积沙化，新垦地逐渐成为沙尘暴的源头。

在20世纪前20年，美国土地干旱开始加剧，农民仍然从事耕种业，却常常颗粒无收。进入20世纪30年代，美国经历了百年不遇的严重干旱，南部大平原风调雨顺的日子彻底结束，一场场大灾难随之而来。干旱首先在1930年袭击了美国东部地区，1931年向西部转移。据1934年美国全国资源委员会调查，全国有14.164万平方公里土地遭侵蚀，50.6万平方公里土地近于完全丧失表土，约40.47万平方公里土地受到损害的威胁。由此可见，形成黑风暴条件之一的沙尘源地已经非常丰富。地表失去了植被的保护，大风席卷旱田扬起沙尘巨浪，直冲天空。

北美黑风暴的发生是人口、资源和环境综合作用的结果。北美黑风暴的肆虐在向人类报警，也在向人类挑战，如果人类不能控制发展，如果人类的无边欲望和地球的有限资源互为抵牾，如果人类不能与大自然相濡以沫的话，最终要败在自己手下。

归纳起来，美国这场黑风暴主要是当地落后的农业生产、滥用土地和多年的连续干旱所致。美国南部平原土地上原来是草本植物固定着地表细物质，后来随着定居者增加、土地开垦和家园建设，不断破坏了当地良好的生态环境。当时第一次世界大战期间小麦粮食需求巨增，大面积种植粮食致使地表土壤损失殆尽。另外，大量饲养牛羊的过度放牧，对西部平原地表植被造成过度啃食，干旱来临，地表遭受大风剥蚀。

这是大自然对人类文明的一次历史性惩罚。由于开发者对土地资源的不断开垦，森林的不断砍伐，致使土壤风蚀严重，连续不断的干旱，加大了土地沙化现象，最终引发了巨大的黑风暴。

事后美国痛定思痛，专门制定了“农业复兴计划”，推行了免耕法和退耕还牧，划定了保护区，建立了国民资源保卫队，实施世界四大造林工程之一——罗斯福生态工程，大致沿西经100度线种植了一条宽约161公里的从北向南纵贯美国中部的防护林带。经过20多年的恢复和生态建设，这一地区的表土状况初步稳定，黑风暴才没有继续肆虐。

其实，美国的一些有识之士很早就认识到沙尘暴的严重危害。20世纪30年代初，美国“土壤保持之父”贝纳特就曾经领导了一场颇具规模的“积极保持土壤，改善农作措施”运动，呼吁“唤醒全民，采取行动，改善农业”，并鼓励推广一套新的耕作措施，以避免今后发生类似的大灾难，开始了美国最早的预防、治理沙尘暴活动。但是，由于当时美国深陷经济大萧条中，沙尘暴并未引起人们的广泛注意，国会根本不理睬他的建议。

一场骇人听闻的黑风暴终于使美国人惊醒过来。当时新当选的美国总统富兰克林·罗斯福非常重视治理沙尘暴，在他的领导下，全国上下齐心协力，积极采取三大措施，才逐步从大萧条中找到了治理沙暴的出路。

首先，罗斯福总统敦促国会通过了《水土保持法》。1935年4月，当贝纳特参加国会听证会时，适逢南部平原发生“黑色星期天”。贝纳特使用大量的事实证据，揭露了目光短浅的农业耕作制度所能带来的恶果。他大声疾呼：“沙尘暴的幽灵，侵吞了国家的资本，遮盖了白昼天日。”经历了这场沙尘暴噩梦后，议员们终于清醒了过来。在罗斯福总统的推动下，国会很快通过了《水土保持法》，以立法的形式将大量土地退耕还草，划为国家公园保护了起来。

其次，罗斯福当局竭尽政府权威与所能，说服农民善待土地，着手改善农业与农作技术。美国设立了联邦保护计划，通过改变大平原地区基本耕作方法，实行种草计划，推行轮作制度，提倡等高线耕作，发展条带状种植，营造“防风林带”等生态保护计划来防止“黑风暴”的破坏。联邦政府还对农民从事的那些目的在于保持土壤的种植、耕作活动给予每英亩1美元的补贴。例如，1933年，在农业调整管理局名下，政府开始实施减少过剩粮食（如小麦）补贴政策。从1933～1937年，美国政府的这项补贴是众多受黑风暴影响的农民唯一的收入来源。当地农民拿到补偿后，常常能够稳定一段时间，而不是一遇黑风暴就即刻放弃自己的土地。

其三，罗斯福劳动—救济计划的实施，为850多万人提供了就业，人均月工资达到41.57美元。劳动发展局还积极组织安排就业人员去建桥、修路、建设公共建筑、公园以及机场。同时，民间团体也帮助失业者到国家林区工作，并安排他们吃住，组织开沟挖渠，修建水库，植树造林。1933～1939年，至少有300

万人参加了这一计划。这项措施既帮助失业者解决了就业问题，又种了无数棵树，营造了防风林带，为缚住沙尘暴立下汗马功劳。到1938年，南部65%的土壤已被固定住。1939年，农民们终于迎来了久盼的大雨，大平原地区的沙尘暴天气开始逐渐好转，美国人在与沙尘暴的战争中终于获得初步胜利。

通过以上三大措施，大大改善了农作方式，增加了土地植被、森林和草原覆盖面积，从而降低了雨水和土壤流失，慢慢地使美国大平原地区的沙尘暴发生频率、强度开始逐渐降低和减少，在当地生态环境进入良性循环的同时，经济开始复苏和繁荣。

为了避免黑风暴灾难重演，美国进行了一场旷日持久的生态保卫战。美国专门制订了“农业复兴计划”，在农业部下设土壤保护局等来处理后事。从多年的惨痛经历中摸索，美国形成了一套全方位作业的防沙经验，并成功地减少了沙尘暴的发生。总的说来，美国治理沙尘暴主要有“五招”：

第一招天地结合。将天气预报和地面治理结合起来。每次强风到来之前，气象部门提前48小时准确预测强风的行走路径，然后在其经过的地区对裸露的耕地进行喷灌，使之湿润结实，切断风沙源。

第二招固沙有方。把植物纤维、旧报纸纸浆与黏性物质搅拌在一起，与绿色染料混合喷洒在沙尘表面，既固定了沙尘，又可美化环境。另外可将黏性的沙尘固化剂喷在沙漠上，其渗透深度可达1厘米，且表层不怕压，不起灰，可以走人、行车，非常结实。喷洒一次可锁沙尘1～2年，且成本比植树种草要低得多。

第三招严惩不贷。沙漠土地拥有者和屋主，在其周围人为制造沙尘或不采取措施控制沙尘者，每天罚款500美元。如拒不执行，每天增罚2000美元。对在沙漠中施工的承包单位负责人和员工在开工前至少上4个小时的环境课，要求他们一边施工一边用水消尘。如果达不到要求，将勒令其停工或给予罚款。

第四招提高农耕技术。采取不同成熟期和不同播种期作物间作、套种和作物留茬，大力推行免耕法，并使用特殊的农机具浅耕土地，有效防治了沙尘暴。

第五招休牧返林。政府鼓励农户退耕休牧、返草返林。在不到 5 年的时间内，返林面积达15万平方公里，约占全国耕地总数的10%，在此基础上建立自然保护区144个。可以看出，美国主要利用了“人退”的办法成功遏制了困惑该国几十年的黑风暴问题。

黑风暴推动了人们对传统耕作方法的反思和对保土保水新方法的探索。经过多年的研究，美国科学家确认是铧式犁翻耕破坏了土壤结构和地表植被，使得土壤缺乏抵抗干旱和大风天气的能力。由此，逐步创立了以秸秆、残茬覆盖和免耕播种为核心的保护性耕作，并发展成为美国主流的耕作制度。20世纪30年代，反思沙尘暴的起源，研究治理沙尘暴的对策，结果表明是耕作破坏了土壤植被和土壤结构，导致土壤极易发生风蚀，直至形成沙尘暴，开始了保护性耕作技术研究；40～60年代，技术试验与研究；70～80年代，一批企业开始商业化生产免耕播种机，加速保护性耕作的推广；90年代以后，美国68.3%的耕地实施了保护性耕作。其中免耕面积增加更快，从1990年的6.84平方公里增加到2009年的25.25平方公里。秸秆残茬管理模式的种植面积超过了60%。

经过70多年的不懈努力，黑风暴重灾区已经成为美国重要的农业生产基地。他们对农牧交错带荒漠土地的整治管理堪称典范，同时现在也是世界上最大的旱作农业区之一。小麦带、玉米带都位于一度荒芜的大平原上，成为美国的“面包篮”。出产的小麦被认为是世界上质量最好的，大量出口赚取外汇，并有“世界粮仓”的美誉。

美国政府还在生态环境保护的细节之处实现他们保护环境的诺言。具体表现在：对于森林环境的保护强调其生态功能；对于荒漠生态系统的保护强调其生态屏障作用；严格控制农药与化肥污染；城市环境保护“以人为本”；实施环境补偿政策。在美国只做到“谁污染、谁治理”还不够，企业违规或违法后，在法律要求的纠正违规行为之外，政府还要求其执行对环境有益的项目，以弥补违规行为造成的后果。美国环境补偿项目构思于20世纪80年代，90年代以后在全国实施，并稳步发展。1999年联邦财政计划中有 336个补偿环境项目，总金额达2.3亿美元。这些费用起到了改善生态环境、“杀一儆百”的作用，同时又能够变“不义之财”为“积德善举”，可谓“一箭双雕”，不由得让人佩服。

值得一提的是，同其他发达国家一样，在保护国家生态环境方面，美国的非政府组织的力量功不可没。然而，这些非政府组织的作用是逐渐凸现出来才被得到认可的。

1970年4月22日，美国历史上第一个“地球日”示威游行时，曾有人骂它是“自十字军以来的一次由一群乌合之众支持的马戏表演”，是“生态狂”。然而到1990年，“地球日”20周年时，4月22日这一天已成为一个国际性的节日。

目前，美国已有1万多个非政府环境保护组织，其中10个最大组织的成员已有720万人。更重要的是，环境保护主义已经成为一个广为接受的社会思潮。根据民意测验，有75%的美国人都确信自己是一个“环境保护主义者”，有80%的人把环境看作最重要的社会问题之一。

环境保护运动的高涨也对政府行为产生了巨大影响。1969年，美国国会批准了《国家环境政策法案》，随后20年间有数百个环境法规出台。1970年，美国国家环保局重新整编，成为该国最重要的政府管理实体之一，它不仅是国家重大环境保护工程的制定和实施者，而且负有国家环境法规的执行和监督责任。到了90年代，甚至连那些最严厉的批评者也不得不承认，在实施了环境立法的地方，“空气和水都比20年前清洁了，环境污染的情况减少了，树木在1995年比1885年更多了”。

最能体现环境保护运动对政治施加压力的应该是总统选举。如果美国的政党不将环境保护放在重要的位置，选民们就可能不投他的票，这对政客们的压力是足够大的。因此，无论是老布什当选，还是小布什上台，都将改善环境作为对选民的庄严承诺。1992年，克林顿在竞选总统时挑选的竞选伙伴是《濒临失衡的地球》的作者阿尔·戈尔，则体现了一种人心所向。因为《濒临失衡的地球》是1992年美国的畅销书，它所表达的是一个政治家对全球环境问题的关注和愿为保护地球而付诸努力的决心。克林顿入主白宫后不久就发表了热情高昂的“地球日”演说，正是这一演说促使美国的环境保护出现一个又一个高潮。

人类每一次对自然界的胜利，大自然都要作出相应的反应。继美国黑风暴之后，前苏联未能吸取美国的教训，使黑风暴在欧亚大陆上两度大规模地重演。

从1954年开始，在“让荒地服务于社会主义”口号下，前苏联在哈萨克、乌拉尔的伊希姆、图尔盖等半干旱草原，10年之内开垦了约60万平方公里土地，其中大部分是雨量很少不宜开垦的草原地区，这一做法一度使前苏联粮食产量增加了2/3。但植被和表土结构被破坏的结果是在1960年3月和4月，前苏联新开垦地区先后2次遭到黑风暴的侵蚀，经营多年的农庄几天之间全部被毁，颗粒无收。大自然对人类的报复是无情的。3年之后，在这些新开垦地区又一次发生了黑风暴，这次黑风暴的影响范围更为广泛。哈萨克新开垦地区受灾面积达20万平方公里，新垦区农耕系统几乎瘫痪，连上千公里以外的罗马尼亚、匈牙利和南斯拉夫都尘雾迷漫，叫苦不迭。

前苏联政府一直实施大量补贴重工业发展的经济政策，这不仅导致经济的畸形发展，而且造成了严重的环境污染。也是1954年开始，为了实施其雄心勃勃的开发中亚地区的规划，在土库曼卡拉库姆沙漠中修建了卡拉库姆列宁运河，全长1400公里，每年可从阿姆河调水到西部灌溉3.5万平方公里的荒漠草场和1万平方公里的新农垦区，并改善了7万平方公里草场的供水条件，使运河沿线地区成为土库曼斯坦一个以棉花为主的农业基地。

但这样大规模地开发规划，在不做科学论证和环境影响研究下就贸然动工。结果，由于从阿姆河引水过多，并过量开采地下水，使阿姆河下游的水位急剧下降，湖面发生明显变化，咸海比原来的海岸线后退了40～60公里，不仅湖中的物种80%死于非命，更可怕的是，咸海30年间面积从6.6万平方公里锐减为2.5万平方公里。咸海水面缩小以后，周围地区的地下水位也随之降低。这种“创造性地再造自然——在荒漠地带种植棉花”带来了一系列生态环境问题。咸海周围地区形成干枯地带，裸露的湖底盐碱一望无垠，在风力作用下，形成严重的白风暴（含盐的风暴）。这项宏伟计划不得不以失败而告终。

一些国际援助行动计划也产生过类似的情况。如20世纪60年代非洲撒哈拉地区持续干旱，食物严重短缺，饿殍遍野。由联合国组织实施了解决人畜饮水的防沙治沙国际行动计划。在近20年的时间内，国际组织共资助6.25亿美元，钻出大量深水井。以这些水井为中心，建立固定的生活区，由游牧转为定居。虽然牲畜数量增加了，但畜产品产量降低，绿色植被严重丧失。结果，开发利用不到5年的时间，导致以水井为中心的沙化圈，生态环境急剧恶化。因此，国际组织于1987年中止了该计划。

从20世纪80年代中期起，每年都要发生几十次的白风暴不仅使咸海附近的环境白色荒漠化，而且在盛行北风的吹带下，还造成阿姆河和锡尔河两岸60%的新垦区因高度盐碱化而废弃，导致了不可逆转的生态灾难。可怕的是，这种报复甚至直接危及人体：棉田施用的大量杀虫剂以及其他农用化学品随灌溉排水沉入湖底，湖底裸露后，这些物质被白风暴卷起洒向人间，宛若潘朵拉的魔盒里飞出的幽灵，尤其是阿姆河下游，使居民得白血病、肾病、支气管炎的比例显著升高，每10个婴儿中便有1个在出生后第一年内死去，咸海周边有几十万居民因此迁移。

然而，违背自然法则终究要受到惩罚的。十几年来咸海流域生态灾难所造成的损失，已经远远超过前苏联在该流域发展农业获得的经济收益，号称“人类文明奇迹”的项目，仅仅维持了30年就被改造为类似月球表面的白沙漫漫的无人区。联合国环境规划署对此曾这样评价：“除了切尔诺贝利核电站灾难外，地球上恐怕再也找不出像咸海周边地区这样生态灾害覆盖面如此之广、涉及的人数如此之多的地区。”

美国和前苏联黑风暴灾难的发生，向世人警示，要想避免大自然的惩罚，人类一定要按照客观规律办事。人类在向自然界索取的同时，一定要自觉地做好索取环境和人类自身生存环境的保护，否则将会自食恶果。美国和前苏联的这2场沙尘暴浩劫，都是震惊世界的环境报复人类的事件。

三、沙尘暴是当代女娲

据美国媒体2012年6月6日报道，荷兰一家名为“火星一号”的公司，宣布启动计划在2023年把20名宇航员送上火星“只去不回”的“单程之旅”。在目前收到的37000多个报名意向中，中国人报名人数达到了450多名，据说，有人是为了躲避地球上的沙尘暴而报名的。

据此，欧洲航天局的新闻公报不得不说，火星上的常态是干旱大风，很少有地球上常见的风和日丽的景象。火星表面常常会遭到沙尘暴的侵袭，尘埃甚至可能盘旋而起，达数公里之高，有数月之久。火星大气中，尘埃扮演了左右火星天气的最关键角色。

19世纪，从美国的黑风暴开始，到中国的风沙紧逼北京城，世人领教足了沙尘暴的滋味。但是很少人知道，月球上的沙尘暴远胜于地球，火星上的沙尘暴则更甚于月球！更少有人知到，沙尘暴是地球自然生态当中的一个必经的过程。地球上曾有过无数个沙尘暴周期，最后一次大的沙尘暴周期是从240万年前开始，几乎是和人类进化同步发展，患难与共、不离不弃、如影相随地一直走到今天。

沙尘暴是近年来妇孺皆知的热门话题。它是沙暴和尘暴两者兼有的总称，是指强风把地面大量沙尘物质吹起并卷入空中，使空气特别混浊，水平能见度小于1公里的严重风沙天气现象。其中沙暴系指大风把大量沙尘吹入近地层所形成的挟沙风暴；尘暴则是大风把大量尘埃及其他细粒物质卷入高空所形成的风暴。

气象学把沙尘天气分为浮尘、扬沙、沙尘暴和强沙尘暴4类。浮尘是指尘土、细沙均匀地浮游在空中，使水平能见度小于10公里的天气现象；扬沙是指风将地面尘沙吹起，空气混浊，水平能见度在1～10公里以内的天气现象；沙尘暴是指强风将地面大量尘沙吹起，使空气很混浊，水平能见度小于1公里的天气现象；强沙尘暴是指大风将地面尘沙吹起，使空气非常混浊，水平能见度小于500米的天气现象。当瞬时最大风速大于25米/秒，能见度小于50米，甚至降低到零时，称为特强沙尘暴，或称黑风暴，俗称“黑风”。

生成沙尘暴一般需要3个条件。第一个条件是要有大风，因为大风是发生沙尘暴的动力。第二是地面要有尘源，这是形成沙尘暴的物质基础。第三个也是十分重要的条件，即上凉下热的不稳定空气。其原理可以从“捅火炉、灰飞扬”简单现象得以说明。捅火炉的时候，如果炉火着得正旺，哪怕是小心捅一下，也会使炉灰满屋飞扬。其原因是靠近火炉的是热空气，远离火炉是凉空气，形成了火炉周围空气稳定程度的差异，所以火炉上方的空气是不稳定的。这样，被捅动的炉灰很容易随着热空气向上升而飘落满屋。如果炉中火已经熄灭，火炉周围空气温度是一样的，使大劲捅炉，一般也不会扬起灰尘。

显而易见，如果低层空气稳定，受到风的吹动，沙尘也不会被卷扬得很高；如果空气不稳定，那么风吹沙尘后将会卷扬得较高，如果两个地方风力和沙尘源条件相同，那么空气是否稳定，就对是否刮沙尘暴起着决定性作用。沙尘暴一般多发生在午后到傍晚，午后地面最热，空气上下对流最旺盛，沙尘会飞得最高。相反，“狂风怕日落”，夜间空气对流停止，沙尘难以上扬。所以风沙天气期间的飞机多在夜间飞行。

沙尘暴天气主要发生在春末夏初季节。冬春季干旱区降水甚少，地表异常干燥松散，抗风蚀能力很弱，这时若天气突然变暖，气温持续回升，即为沙尘暴形成的特殊的天气气候背景。

《风沙运动学》把沙尘暴称为悬移运动。沙尘颗粒保持一定时间悬浮于空气中而不同地面接触，并以与气流相同的速度向前运移，称为悬移运动。沙尘暴的“尘”，指的是粒径小于0.05毫米的粉沙和黏土颗粒。它体积小、质量轻，一旦被风扬起，就不易沉落，能被风悬移很长距离，甚至可运离尘源地数千公里之外。如撒哈拉沙漠的微尘，可在相距3000公里以外的德国北部、英国和斯堪得那维亚地区观察到；美国堪萨斯地区的尘埃可在纽约看到，相距也有2000公里。同样，我们中国的沙尘也可以很轻松地飞到1万公里以外的美国最美丽的夏威夷岛上。

在这里，作为业内专家，向关心沙尘暴的读者纠正一个概念和一个普遍的误会。一个概念是沙的粒径是0.05～2毫米；尘由粉沙和黏土组成，粉沙的粒径是0.005～0.05毫米、黏土小于0.005毫米，所以，沙尘暴的“沙”不是0.05～2毫米粒径的沙，而是由粉沙和黏土组成的粒径为0.005～0.05毫米的尘。黏土和粉沙颗粒能被带到3500米以上的高空，进入西风带，被西风急流向东南方向搬运。大风只能将0.05 ~ 2毫米粒径的沙，在劲风势头携带一段距离，绝不可能升入高空翻山越岭，更不可能像尘物质那样悬浮在空中，漂洋过海。

一个误会是不要以为沙尘暴的尘都来自沙漠，沙漠里沙丘上数量巨大的沙，粒径近乎都在0.1 ~ 0.25毫米之间。沙丘里也有尘物质，但含量很少，一般都在1%以下。如库布其沙漠的尘含量为0.82%。全球只有塔克拉玛干沙漠的沙粒径最细，尘物质含量高达2% ~ 5%，这是因为塔克拉玛干沙漠所处的塔里木盆地几乎是一个封闭的盆地，四周高大山脉将几百万年来不断形成的尘物质完全禁锢在特殊盆地里长期积累所致。

但是，沙漠仍然是沙尘暴的主要元凶、始作俑者。

沙漠是地球上独特的地貌，覆盖其上的沙物质总体特性是吸热快、导热慢，在持续高温的天气条件下，沙漠上的空气迅速升温膨胀上升，使周边的冷空气高速侵入，瞬时间形成垂直对流。正是这种高速移动的垂直对流空气，把沙漠周边的河道粉尘、弃耕农田、退化草场的尘物质卷入空中，形成扬沙或沙尘暴天气现象。

河道的粉尘粒径多是小于0.05毫米的沙物质，它们和弃耕农田、退化草场土壤沙尘的主要成分都是硅酸盐。当干旱少雨且气温变暖时，硅酸盐表面的硅酸失去水分，形成硅酸盐土壤胶团，尘粒胶团表面都会带有负电荷，相互之间有了排斥作用，成为气溶胶不能凝聚在一起，遇风极易形成扬沙即或沙尘暴。沙尘暴的尘物质，本质上就是带有负电荷的硅酸盐气溶胶。

中国古籍里有上百处关于“雨土”、“雨黄土”、“雨黄沙”、“雨霾”的记录，最早的“雨土”记录可以追溯到公元前1150年：“天空黄雾四塞，沙土从天而降如雨。”这里记录的其实就是沙尘暴。“雨土”的地点主要在黄土高原及其附近。古人把这类事情看成是奇异的灾变现象，相信这是天人感应的一种征兆。晋代张华编撰的《博物志》中就记有：“夏桀之时，为长夜宫于深谷之中，男女杂处，十旬不出听政，天乃大风扬沙，一夕填此空谷。”

公元1644年，这一年的春节是大明王朝崇祯皇帝一生中最黯淡无光的新年。初一一大早，京师大风呼啸，出现了罕见的特强沙尘暴。大风霾在古代星相术士眼中是边事刀兵大起的徵象，乃大凶之兆。大喜吉日出现这种景象早已让崇祯心烦意乱，沙尘暴，让帝国最高统治者触景伤情，比任何时候都真切地感受到灰蒙蒙的大厦将倾已经成为不可挽回的事实。

沙尘暴是一种风与尘相互作用的灾害性天气现象，它的形成与地球温室效应、厄尔尼诺现象、拉尼娜现象，以及森林锐减、植被破坏、物种灭绝、气候异常等因素有着密不可分的关系。其中，人口膨胀导致的过度开发自然资源，砍伐森林、破坏植被、乱垦滥牧是沙尘暴频发的主要原因。

厄尔尼诺现象又称厄尔尼诺海流，“厄尔尼诺”一词来源于西班牙语，原意为“圣婴”，表示在秘鲁和厄瓜多尔附近几千公里的东太平洋海面温度的异常增暖现象。当这种现象发生时，大范围的海水温度可比常年高出3℃～6℃。太平洋广大水域的水温升高，改变了传统的赤道洋流和东南信风，导致全球性的气候反常。厄尔尼诺出现的周期并不规则，平均每4年一次。

正常情况下，热带太平洋区域的季风洋流是从美洲走向亚洲，使太平洋表面保持温暖，给印尼周围乃至中国带来热带降雨。但这种模式每2～7年被打乱一次，使风向和洋流发生逆转，太平洋表层的热流就转而向东走向美洲。但这股暖流一出现，性喜冷水的鱼类就会大量死亡，使渔民们遭受灭顶之灾。

“拉尼娜”是西班牙语“小女孩”的意思。拉尼娜现象是指发生在赤道太平洋东部和中部海水大范围持续异常变冷的现象。表现为海水表层温度低出气候平均值0.5℃，且持续时间超过6个月的现象。拉尼娜现象的征兆是飓风、暴雨和严寒，它与厄尔尼诺现象均会使全球气候出现严重异常，引发中国大陆西部的沙尘暴。拉尼娜现象是在厄尔尼诺现象之后形成的，因其特征与厄尔尼诺现象相反，也被称为反厄尔尼诺现象。

拉尼娜现象有时出现减弱征兆，科学家便戏称，“小女孩”这回是真的老了。

我国西部的沙尘暴还和前一年12月孟加拉湾海水偏高有关。

同是一个地球村，中国不可能成为风平浪静的“世外桃源”。

世界上共有四大沙尘暴多发区，它们分别是北美、大洋洲、中亚以及中东地区。

我国沙尘暴日益严重，其原因和美国、前苏联一样，主要是土地不合理开发和不合理耕作所致。随着人口的增加以及有关方面管理的不到位，我国西北、华北地区土地大量开垦，草原过度放牧，人为破坏自然植被，形成了大量裸露、疏松土地，为沙尘暴的发生提供了大量的沙尘源，一遇大风便形成影响社会、危害人民健康的沙尘暴。

我国沙尘多发区有2个。

第一个多发区在西北地区，即塔里木盆地周边地区，吐鲁番—哈密盆地经河西走廊、宁夏平原至陕北一线和内蒙古阿拉善高原、河套平原及鄂尔多斯高原。

第二个多发区在华北，赤峰、张家口一带，直接影响首都北京的安全。

从1999～2002年春季，是中国近百年来沙尘暴最严重、最集中的一段时间。中国境内共发生55次沙尘天气，其中有31次起源于蒙古国中南部戈壁地区，换句话说，就是每年肆虐中国的沙尘，约有6成来自境外。这是中国气象局副局长李黄向媒体公布的研究结果。

中国的沙尘天气路径可分为西北路径、偏西路径和偏北路径。西北路径，沙尘天气一般起源于蒙古高原中西部或内蒙古西部的鄂尔多斯高原，主要影响中国西北、华北；偏西路径，沙尘天气起源于蒙古国西南部或南部的戈壁地区、内蒙古西部库布其沙漠等地区，主要影响中国西北、华北；偏北路径，沙尘天气一般起源于蒙古国乌兰巴托以南的广大地区，主要影响华北大部和东北南部。

我国是世界上受荒漠化危害最严重的国家之一。尽管国家采取了一系列治理荒漠化的行动，并且也收到一定效果，但是，从总体上说，我国的沙化形势始终没有改变。全国土地沙化的范围一直在扩大，且速度不断加快，所造成的危害也越来越严重。尤其是近年来华北地区趋于严重的旱情，进一步加剧了土地的退化和沙化过程。江河断流，湖沼干涸，植被萎缩，土地沙化，沙尘暴愈演愈烈。

沙尘暴频发的背后是土地沙化日益严重：年均扩展速度20世纪50～60年代为1560平方公里；70～80年代为2100平方公里；90年代为2460平方公里，相当于每年损失一个中等县的土地面积；21世纪之初为3436平方公里。按2460平方公里的速度发展下去，今后50年间，将净增30～40万平方公里的荒漠化土地，相当于10个海南省的面积，成千上万的农牧民将成为“生态难民”。

地球上的强沙尘暴发作起来几乎都是一个样，不论美国、前苏联、非洲、中国，或者库布其沙漠，就是月球、火星上的强沙尘暴，也和地球上的强沙尘暴别无二致。

强沙尘暴来临时既壮观又可怕。

现在人们经济条件好了，每一次强沙尘暴突现，都有无数张照片记录下它们的狰狞面目。强沙尘暴多从西北方向或西方推移过来，几乎所有的沙尘暴来临时，人们都可以看到风刮来的方向上有黑色的风沙墙快速地移动着，越来越近。远看风沙墙高耸如山，极像一道城墙，这是沙尘暴到来的前兆。

强沙尘暴发生时，必先刮起8级以上大风，风力非常巨大，能将3厘米以下的石头卷起如树高，将沙尘卷起2公里之高。《西游记》里每当妖怪出来时便说“天昏地暗、飞沙走石”，这“天昏地暗、飞沙走石”8个字就是强沙尘暴的专用名词。除此以外，任何大风难以产生这8个字的效果。汽车如果遇上这8个字，立刻就倒了八辈子霉了，迎风的一面漆皮瞬间敲掉，露出白森森的原貌。随着飞到空中的沙尘越来越多，浓密的沙尘铺天盖地，遮住了阳光，使人在一段时间内漫天昏黑，看不见任何东西，伸手不见五指，就像在夜晚一样。鄂尔多斯诗人感慨道：“黄风卷黄尘，天地无缝隙，白天屋点灯，对面不见人。”

强沙尘暴来临时，靠近地面的空气很不稳定，下面受热的空气向上升，周围的冷空气流过来补充，以至于空气携带大量沙尘上下翻滚不息，形成无数大小不一的沙尘团在空中交汇冲腾。

沙尘暴风沙墙的上层常显黄至红色，中层呈灰黑色，下层为黑色。上层发黄发红是由于上层的沙尘稀薄、颗粒细，阳光几乎能穿过沙尘射下来之故。而下层沙尘浓度大、颗粒粗，阳光几乎全被沙尘吸收或散射，所以发黑。整个风沙墙给人流光溢彩、魔力四射的惊异之感。风沙墙移过之地，天色时亮时暗，不断变化，这是由于光线穿过厚薄不一、浓稀也不一致的沙尘墙时所造成的。

鄂尔多斯沙尘暴是从阿拉善铺天盖地来到库布其沙漠，沙子蠢蠢欲动、尘埃活蹦乱飞，天地浑然一体，上尘下沙竭尽之能事，壮观的场面令人目瞪口呆、语言苍白。这是大气强烈对流后形成的环流现象，也是大气压差的杰作。

20世纪60年代以前的报纸或书刊，人们几乎找不到“环境保护”这个词。也就是说，环境保护在那时并不是一个存在于社会意识和科学讨论中的概念。确实，回想一下当时流行于全世界的口号——“向大自然宣战”、“征服大自然”。马教授记得当年上大学时，每个教室的黑板上方都有8个醒目的大字：征服自然，改造沙漠。每当马教授看到这几个字时，心中的豪气便陡然而生。那时的大自然、沙漠绝对是人们征服与控制的对象，而非保护并与之和谐相处的伴侣。人类的这种意识大概起源于洪荒的原始年月，一直持续到20世纪。没有人怀疑它的正确性，因为人类文明的许多进展是基于此意识而获得的，人类的许多经济与社会发展计划也是基于此意识而制定的。

美国海洋生物学家蕾切尔·卡逊1962年出版的《寂静的春天》，这是一本引发了全世界环境保护事业的书，书中描述人类可能面临一个没有鸟、蜜蜂和蝴蝶的世界。她所坚持的思想终于为人类环境意识的启蒙，点燃了一盏明亮的指路灯，在世界范围内引起人们对野生动物的关注，唤起了人们的环境意识。这本书同时引发了公众对环境问题的注意，将环境保护问题提到了各国政府面前，各种环境保护组织纷纷成立，从而促使联合国于1972年6月12日在斯德哥尔摩召开了人类环境大会，并由各国签署了《人类环境宣言》，开始了环境保护事业。

蕾切尔在本书中强调了人类自身对地球环境的作用：“就地球时间的整个阶段而言，生命改造环境的反作用实际上一直是相对微小的。仅仅在出现了生命新种——人类之后，生命才具有了改造其周围大自然的异常能力。新情况产生的速度和变化之快已反映出人们激烈而轻率的步伐胜过了大自然的从容步态。”

《寂静的春天》发表8年之后，美国成立了环保署，颁布了多项旨在保护环境和珍惜野生动植物的法规。包括世界自然基金会和绿色和平组织在内的多个国际环保组织相继成立，为宣传和推动环保理念立下汗马功劳。联合国也积极加入了环保大军，多次主持召开全球环境大会，颁布了多项环境公约，其中包括著名的《京都议定书》。

1981年的报刊，“环境”与“经济”这两个关键词进入了中国人的视野。1983年全国环境保护工作第二次会议上，国家正式把环境保护确定为一项基本国策。

沙尘暴作为一种自然现象，虽然它危害甚多，但也并非“有百害而无一利”。沙尘暴是地球自然生态系统不可或缺的组成部分，它和地球上其他许多物质循环有着密切联系。而这些自然现象，也并非对人类都是不利的。沙尘暴给常人留下的印象并不好。在不少人眼里，沙尘暴是“侵略者”、“破坏者”，但它其实也是“建设者”，这个世界如果完全没有了它还真不行。

曾任中国首次北极科学考察队队长、现任《中国国家地理》杂志社社长的李栓科研究员，对媒体总是讲沙尘暴是有害的、把沙尘暴妖魔化的现象觉得忍无可忍。他认为，媒体有什么权力告诉公众一个错误的科学概念？把沙尘暴说得那么可怕，一无是处？沙尘暴其实对人们还有好处的，比如，它给海洋系统带来营养物质，否则小鱼小虾就会失去赖以生存的食物；如果没有沙尘暴，全球变暖将更厉害。当然沙尘暴也带来害处，不过，就整个地球对人类社会来讲，沙尘暴带来的好处远远大于坏处。沙尘暴当然需要治理，问题出在怎么治理。自然规律是需要人类遵守的，这是自然的公平之处，人类一定要懂得尊重自然。

或许在另一层面来说，沙尘暴也许是地球为了应对环境变迁的一种症候，就像人们感冒了会发生咳嗽，是为了排除气管中的废物一样。为研究沙暴提供塔斯曼海养分以及其他诸多效应等，澳大利亚曾汇集了许多气候学者一块工作。他们发现，每当澳大利亚发生5次以上的沙尘暴，翌年沿海渔民的渔业就会获得大丰收。同时，澳大利亚沙尘暴的红色石英沉积物也可在新西兰找到，并且使新西兰的土地变得更肥沃。

沙尘暴作为一种自然现象，它给全球生态系统带来了巨大的好处。沙尘的洲际运动把富含生物生长必须的多种营养成分播撒开去，恩泽大地。亚洲沙尘暴每年把上千万吨的沙尘微粒从中国西北和蒙古国等干旱地区携出、撒落到广阔的太平洋，给大洋中的生物带来一顿营养丰富的盛宴。环境化学家、海洋生态学家、大气物理学家……他们一步步勾勒出沙尘暴的另一幅面孔——生命万物的忠实朋友、改善环境的可靠帮手。其实，沙尘暴也是大自然的一种恩赐。

夏威夷当地肥沃的土壤沉积物，根据沙尘“DNA”分析，证明有许多的养料成分是来自遥远欧亚大陆的中国。两地相隔万里，普通的风是无法把欧亚大陆的尘埃吹到这么遥远的地方。辛辛苦苦的正是中国的沙尘暴，它把中国的粒径细小却富含养分的尘土携上3000米的高空，穿越大洋，像播种一般把它们轻轻柔柔地撒下来，使夏威夷土壤肥沃、植被妖娆、风光秀丽。要知道，在自然条件下，即使一块小的岩石从分化到粒径细小而又富含养分的尘土，是需要上万年的时间。想起来就让人心疼。

但是，中国的沙尘暴千辛万苦的无私“献媚”，美国并不买账。

2001年4月18日，美国海洋和大气管理局实验室的科学报告指责说：“来自中国北部的沙尘暴抵达美国，使从加拿大到亚利桑那州的地面蒙上一层沙尘。落基山脉的小山丘因为来自中国的沙尘而模糊不清。”美国地球政策研究所所长莱斯特·布朗在一次记者招待会上指出：“在中国内蒙古、甘肃、宁夏和新疆地区，每年有2330平方公里的土地沙漠化，还有面积比这大几倍的土地由于过度使用而退化，导致生产力下降。每年从3～5月的沙尘暴反映了中国的沙漠化。这些沙尘暴通常会运行成百上千英里，刮到中国东北部的人口稠密的城市，其中包括北京。沙尘暴遮天蔽日，能见度降低，交通放慢，并迫使机场关闭。”他的话语中充满调侃：“引发沙尘暴的原因是中国西北部土地受到人口的压力，那里的人太多、牛羊太多、犁太多。让全中国的13亿人——相当美国人口数量的5倍——能吃上饭并不容易。”

除了夏威夷群岛，科学家还发现，地球上最大的“绿肺”——亚马逊盆地的雨林也得益于沙尘暴，它的一个重要的养分来源是非洲的沙尘。沙尘暴能把原本荒芜的亚马逊盆地变成热带雨林，成为地球重要“生态肺”，无数植物高耸茂密、葱葱郁郁的秘密，就是沙尘气溶胶里含有铁离子等有助于植物生长的营养。

此外，由于沙尘暴的成分是带有负电荷的硅酸盐，所以能中和酸雨中的氢离子，减轻酸雨危害。沙尘暴多发生在干燥高盐碱的土地上，碱性的沙尘进入大气中可以与空气中的酸性物质中和，达到抑制酸雨的效果。

现在科学家已经测算出沙尘暴对酸雨的影响，即沙尘及土壤粒子的中和作用使中国北方降水的pH值增加0.18～2.15，韩国增加0.15～0.18，日本增加0.12～0.15。韩国、日本是我国天气过程的下游，因此春季我国沙尘暴气流常可东移恩泽韩国、日本，中和了他们无法控制的酸雨，拯救了他们的女人难以治愈的8种皮肤怪病。

但是，韩国、日本也和美国一样，对此天大的恩泽也不领情。有的日韩网民语带讥讽，在网上说“真想把中国全部用塑料布盖上”，“希望诸葛亮改变风向，将沙尘重新送回中国”。

中国林科院马文元研究员和韩国有个沙尘暴的合作项目，那几年经常去韩国。有一次马教授在会上遇上马文元，问起韩国人对中国的沙尘暴有什么看法。马文元说，韩国人对中国人还是很友好、很礼貌的，但是一说起沙尘暴就变了脸。马教授教了他个说法：“在中国农村，秋收以后粮食在场面上都要借风势扬场。扬场时，傻瓜愣子都会躲开下风口。地球这么大，你韩国有本事搬到我们上风口不就没事了吗？”

几年后马教授又遇上马文元，当问及此事时，马文元乐得哈哈大笑。

沙尘暴天气对中国最大的“功绩”，应该说是它造成了世界上面积和厚度都是最大的黄土高原。

随着第四纪初青藏高原和喜马拉雅山脉的强烈隆起，阻断了距离原本最近的、仅2100公里的印度洋暖湿气流深入内陆，使我国西北地区年降水量骤然减少，气候日趋干燥。干燥地区气温日差较大，夜冷昼热，岩石逐渐物理风化成为沙粒、沙尘，形成了沙源。同时，青藏高原还使东亚高空温带西风急流分支，北上的北支西风急流得以把地面粉尘及细粒刮到高空并顺风输送到东部地区，从而形成了我国40万平方公里的面积巨大、土粒物理化学性质却又十分一致的黄土高原。

我国居住在黄土高原上窑洞中的人口也是世界上最多的，多达4000万。有些地方垂直崖上有多层窑洞，远看犹如一幢幢大楼一般。因为黄土是热的不良导体，窑洞冬暖夏凉，居住十分舒适。1966～1999年间，发生在中国的持续2天以上的沙尘暴竟达60次。世界黄土研究学会终身主席刘东生院士认为，黄土高原应该说是沙尘暴的一个实验室，这个实验室积累了过去几百万年以来沙尘暴的记录。现在，中国西北部沙漠和戈壁的沙尘，仍然忠信诚实地按时按季漫天漫地飘过来，每年都要在黄土高原上留下一层情有独钟的薄薄黄土。

中国古代把人活动的空间分为三界。地球表面芸芸众生生活的地方为中界；人活着作孽打入地狱受罚的地方叫下界；人活着做好事上天当神仙的地方称上界。上界没有冰雹、雷雨这些天灾，一年四季风和日丽、温暖如春、鲜花盛开、瓜果飘香。从小在书中看到上界这些描写的马教授心生仰慕，长大了学了点科学知识，更是对古人的智慧和想象钦佩不已。不说远古的图腾世界，就是有文字的两三千年前，古人是怎么知道或如何想象出天上有这么一块恒温恒湿、没有天灾人祸，住着玉皇大帝、王母娘娘、各路神仙和众多仙女的好地方呢？

事实上，天上还真有这么一块非常美好的地方。

人类居住的地球，大气层20公里以下的地方叫对流层，是刮风下雨、雷鸣闪电、沙尘暴、台风轮番表演的舞台；20公里往上到30公里处，称为大气层的平流层，平流层恒温恒湿、四季如春，就是古人想象的住着玉皇大帝、王母娘娘、各路神仙和众多仙女的上界。

人们可能不会相信，沙尘暴的沙尘能够调节全球的温度。

这些年，人类的高强度活动产生了“温室效应”，使全球气候异常。有些沙尘暴的浮尘偶尔进入平流层，虽然给上界的玉皇大帝、王母娘娘、各路神仙和众多仙女带去了诸多不便，但这也好比给地球撑了一把“阳伞”，抑制了全球变暖，因此被尊称为“阳伞效应”。评估全球变暖的权威机构——联合国政府间气候变化委员会曾公布，包括沙尘暴沙尘在内的大气气溶胶（大气中的固体和液体粒子）造成的降温，大约抵消了全球变暖升温总量的20%。

沙尘暴强劲的飓风还可使植物，特别是参天大树本能地发育根系，盘根错节，抗拒大风而不使其倾倒。

再说一个沙尘暴能像女娲补天一样的功绩，人们可能更不会相信。

在平流层和对流层中间，有一层薄薄的但臭氧浓度相对较高的臭氧层。臭氧是无色气体，有特殊臭味，因此而得名臭氧。臭氧分子极不稳定，紫外线照射之后形成一个臭氧—氧气循环的持续过程：由太阳飞出的带电粒子进入大气层，使氧分子裂变成氧原子，而部分氧原子与氧分子又重新结合成臭氧分子。

地球上的一切生物离开太阳光就无法生存。太阳光是由可见光、紫外线、红外线3部分组成：进入大气层的太阳光（包括紫外线）有55%可穿过大气层照射到大地与海洋；40%为可见光，它是绿色植物光合作用的动力；5%是波长100~400纳米的紫外线。紫外线又分为长波、中波、短波紫外线3种。长波紫外线能够杀菌，但是波长为200~315纳米的中短波紫外线对人体和生物有害。当它穿过平流层时，99%的紫外线被臭氧层吸收。因此，臭氧层就在地球上空又形成一把保护伞，使人类的生命免遭强烈的紫外线伤害。

过量的紫外线会使人和动物免疫力下降。最明显的表现是皮肤癌的发病率增高，甚至于使动物和人的眼睛失明。植物和微生物也会因为承受不了紫外线的强烈照射而死亡。海洋中的浮游生物，可以大量吸收温室气体而为鱼类提供食物，紫外线直接侵害的就是浮游生物。浮游生物的死亡又会产生连锁反应，使海洋中的其他生物相继死亡。如此恶性循环，最终毁灭的将是人类自己。

近些年，各国的科学家不断爆料，地球北极上空出现了几个臭氧层空洞；南极上空臭氧层空洞面积最大值超过往年，相当于过去10年的平均水平；甚至地球的“第三极”——青藏高原的上空也出现了臭氧层空洞。我国神话故事中曾有女娲补天的美丽传说，以前人们总觉得是神话、故事、传说。远古时代，远祖们生产力低下，经常是食不果腹，他们为什么还要编造出这个弥天大谎流传后世呢？今天的科学探测表明，沙尘暴正在像女娲补天一样，默默地、奇迹般地弥补着地球上空出现的臭氧层空洞！

沙尘暴虽然有着污染环境不尽人意的一面，但是，它能弥补地球上空臭氧层空洞，拯救地球上的生命，它就是当之无愧的当代女娲。

恨沙尘暴易于理解，而爱，乃是一种哲学之爱、全局之爱，也是一种宽容和睿智。

四、喇嘛哥哥实在好

在库布其沙漠中段北缘、达拉特旗境内，有一座非常著名、规模宏大的召庙，叫王爱召。鼎盛时期，王爱召占地面积约0.04平方公里。

王爱召又名伊克昭，汉译“大庙”，全称“乌哈格尼巴达古拉圪奇庙”，明廷赐名“广慧寺”。1577年，博硕克图袭济农位。此间正值西藏喇嘛教黄帽派与阿拉坦汗的蒙古政权汇合时期。喇嘛教从西藏向蒙古地区传播，首达鄂尔多斯，对这一地区的社会面貌产生了巨大影响。1585年，三世达赖喇嘛锁南嘉措到鄂尔多斯传播教义，亲自指示在鄂尔多斯修建一座三世召庙。博硕克图亲自主持，在黄河南岸今达拉特旗树林召东南40里处库布其沙漠边缘修建庙宇。1613年，这座规模宏大的召庙落成。

清初，清政府为了加强对蒙古各部的统治，推行盟旗制度，将鄂尔多斯的6个旗组成为1个盟。因各旗的札萨克（旗的行政长官）会盟在达拉特旗的大庙王爱召，王爱召因此而得名伊克昭。王爱召是伊克昭盟地区修建的第一座喇嘛庙，之后，在此庙的基础上向东发展建成了准格尔召（库布其沙漠南侧），向西发展建成了什拉召（库布其沙漠北侧），组成了鄂尔多斯早期的三大召庙。王爱召南邻库布其沙畔，北靠黄河、阴山，坐落在一块高出黄河阶地的名叫卧龙土岗的硬梁地上，颇有气势和风水。

王爱召曾有房屋约259间，四周还建有282间喇嘛住房。400年来一直是黄河南岸规模最大的一座寺庙，民间历来有“东藏”之称，有和“西藏”呼应之意。

鄂尔多斯王公贵族和当地蒙古族，对王爱召的热爱并不仅因为它的香火鼎盛及寺院规模的宏大，更是由于这里曾经暂时安放过成吉思汗陵寝。

史料记载，自成吉思汗逝世后，为祭祀方便，建立了象征成吉思汗陵寝的“八白室”（8座白色的毡帐）。随着蒙古族政治中心的变动，“八白室”辗转于大漠南北。明正统年间，鄂尔多斯蒙古部进驻河套，遂将成吉思汗生前所用器物及灵柩等移至达拉特旗王爱召，以受四时之祭。至此，王爱召香火益盛，声名远播。

博硕克图济农致力于在鄂尔多斯传播喇嘛教，这在客观上减少了战争，得到了相对的和平稳定环境，使各族人民暂时得以修生养息，促进了鄂尔多斯社会经济的发展。在他倡导、推行喇嘛教后的几百年间，鄂尔多斯曾经有过大大小小千余座寺庙，当地人称之为“召”。在宗教势力比较集中的地区，当地牧民若有2个儿子，其中健康聪明漂亮的一个要去庙上当喇嘛，于是就有了“远瞭准格尔召紫敖包，几百年没见过天火烧。近看准格尔召蛮架锅，一千人吃饭两炉火”的佛教盛景。

喇嘛教盛行的直接影响是蒙古族人口的锐减。远的不说，鄂尔多斯部进驻河套时有40万人，加上原有的本地牧民，人口不下百万。清政府为制约蒙古族再度兴起，推行盟旗制度和大力传播喇嘛教，仅仅几百年时间，到清朝末年，鄂尔多斯的蒙古人锐减到8万人，建国前只有5万人。喇嘛教盛行时，鄂尔多斯出现了5个姑娘1个小伙子的男女比例严重失调的情况。人性的扭曲和人性的压抑，沿着库布其沙漠跌宕起伏、绵延不绝。

1941年2月9日，侵华日军从包头出动80辆大卡车的步兵，在坦克、装甲车的掩护下，杀气腾腾，一路无阻地开到王爱召，赶走召上的喇嘛和周围的老百姓，便不分昼夜地抢运召内珍藏300年的文物珍宝。抢劫整整进行了三天三夜，鄂尔多斯最古老、最著名的“东藏”刹时成为侵略者掠夺财富的乐园，一大批最珍贵的文化魂宝顷刻间丧失殆尽。

12日上午，鬼子撤走时把周围的干柴草抱进召内和民房，浇上汽油，一把火点着。下午又用飞机和大炮，对王爱召施行狂轰滥炸，王爱召的熊熊大火整整燃烧1个半月之久。金碧辉煌的王爱召被彻底毁坏，与废墟无异，1000多名喇嘛含泪离开王爱召，王爱召的鼎盛香火从此不再。

“文革”时期，红卫兵们又将仅存的一座喇嘛讲经堂及几间喇嘛住房拆了。如今，王爱召遗址只有一些废墟和埋在废墟下的柱石。遗址的远处还有一间不足9平方米的仓房，原班弟喇嘛洛布森津巴（汉名杨三明）三十年如一日在这间小仓房中潜心向佛。酸楚楚、凄惨惨的，一盏佛灯，一个喇嘛，一座“寺院”。

马教授一行从赵永亮的沙产业基地出来，正好路过王爱召。走上卧龙土岗，随处可见原先寺庙的残砖碎瓦，脑海里浮闪出王爱召鼎盛时期的宏伟壮观、晨钟暮鼓时，便心生敬仰、心旷神怡；当脑海里突现日寇飞机对王爱召狂轰滥炸、熊熊烈火时，只觉得浑身燥热，血脉贲张。

马教授一行和卧龙土岗上的居民聊了一会儿，他们指了喇嘛洛布森津巴的住处。

喇嘛洛布森津巴长得慈眉善目，体型微胖，今年虽然已经80岁，但依然能够看出年轻时一定长得不错。他不善言谈，语速较慢。交谈中，马教授注意到他的思维还是很清晰的。当问到日本飞机轰炸王爱召的事情时，喇嘛津巴心中还有一股怒气：“我那时候7岁了，已经当喇嘛了，正月十四烧的！”

马教授算了算，1941～2013年，72年前的事了，当时喇嘛津巴应该是8岁，好像差一年，但阳历2月9日和阴历正月十四好像差不多。

喇嘛津巴好像还在气头上：“日本人是头一年来用飞机炸了一顿，第二年是来烧。日本人来了就在包头、大树湾地区，他们来的时候挨住往王爱召放了一顿炮。那会儿我们听见炮声就往南面沙里跑了。日本人把王爱召的好东西来来回回拉了三天三夜，那些金银、经卷之类的好东西都拿走了，有4个大钟也拉上走了。啊呀，日本人是‘三光’政策，什么也没有了。我7岁了，就穿的一个皮袄躲在沙漠里。

“土改的时候，共产党给王爱召留了1000多亩地，那些没收地主们的东西都给了王爱召，维护宗教，还让念经。1966年‘文化大革命’，旗里的红卫兵来了，把后来又积攒起来的铜器、金器全拿走了，剩下的房子也给拆了，这样王爱召彻底甚也没有了。现在你们去看的那个小庙庙那会儿是个小库房，留下来了，现在我就在那里头念经。”

马教授问喇嘛津巴：“我大学有个同学叫林栋，他的家就在王爱召，你认识林栋吗？”

“林栋，那是我亲外甥，我二妹妹的大小子。”喇嘛津巴听说来访的马教授是他外甥的大学同学，而且就在农大当教授，面色顿时和善下来，“林栋放着大学老师不当，他现在去蒙古了，在那边闹了个挺大的摊场，年年回来看我。林栋说要帮我盖个庙，也没有消息。”

聊了一会儿，马教授突然问起“喇嘛哥哥和二妹子”的故事，惹得大家忍不住都笑了起来。笑过之后，大家立刻都看着喇嘛津巴，看看他生气没有。这是个敏感的话题，马教授问得有点唐突。

不料，喇嘛津巴并没有生气，他笑了笑，回答得有点含糊：“那个事嘛，是有的，是我叔老子的事。人嘛，窜门子是难免的事，需要嘛，也是很正常的事。那时候我还小，不太清楚大人的事，没有唱得那么邪乎。”

话题有点尴尬。该问的也都问了，马教授一行只好告辞。

鄂尔多斯当地人对宗教充满着无法言说的膜拜。他们往往是将人当作了佛，把神也视为人来对待。他们认为无论是神佛还是人，只要有血有肉，就不能够拒绝情感，就不能没有爱情。何况那些喇嘛哥哥，个个都是优秀人才，是当年的“高、富、帅”，他们年轻的心，理所应当地去追求人的情感世界。

王爱召的爱情故事，充满了传奇和浪漫色彩。那是一个真实的故事：离王爱召北边不远，有个村子叫小淖。小淖村里有个姓王的地主，家里有个非常漂亮的姑娘叫二妹子。不知道什么时候，二妹子就和王爱召的一个喇嘛哥哥好上了。王地主连打带骂也拦不住女儿要和喇嘛哥哥好，最后一生气把二妹子嫁到后套巴盟。但是二妹子还是经常回来和喇嘛哥哥幽会。每次离开小淖回巴盟，二妹子骑在牲口上一边哭一边唱，现在大家传唱的词曲，基本上都是二妹子当年的伤心哭诉。马教授以前有位领导叫周文义，他的家就在小淖。他们那时还是小孩子，二妹子每次回来，他们都喊着叫着围过去。二妹子不但人长得漂亮，而且敢爱敢恨，孩子们围上来也照唱不误。时间长了，孩子们也被二妹子感化了，二妹子唱，他们也唱。周文义说着说着就唱起来：

上房瞭一瞭，
瞭见了王爱召。
二小妹妹捎了话话哟，
要和喇嘛哥哥交。

喇嘛哥哥好人才，
花眉生眼秃脑袋。
骑上白马打远来，
腰里系上红腰带。

喇嘛哥哥心眼好，
喇嘛哥哥嘴又牢。
来得迟呀走得早，
三年五年谁也不知道。

喇嘛哥哥好心肠，
半夜三更送冰糖。
冰糖放在枕头上，
紫红袍袍咱们两个伙盖上。

喇嘛哥哥真不赖，

紫红袍袍伙伙盖。

鸡叫头遍他要走，

摸一摸他光溜溜的秃脑袋。

如今，王爱召这座曾是鄂尔多斯蒙古王公贵族视为宗教圣地的大型藏传佛教寺院，在日本人的炮火下变成了一片废墟。但是，二妹子传唱的《喇嘛哥哥》，似乎已经遮盖了王爱召当年的辉煌。目前，鄂尔多斯市在挖掘当地深厚历史文化的同时，已将二妹子和喇嘛哥哥的故事浓缩为一部经典剧目《瞭见王爱召》，全剧通过人性被压抑、情感被撕裂、寺庙被毁灭三条主线，生动地反映了王爱召的历史悲情，歌颂了人性的美好，表达了蒙汉人民团结一致共同抗日，义无反顾地用鲜血和生命捍卫民族尊严的爱国主义情怀。

王爱召遗址位于达拉特旗王爱召镇王爱召村，从王爱召到旗政府有一条柏油路，40分钟便到了旗政府。在路上，吕荣问马教授为什么对王爱召这么感兴趣，马教授的话让大家一会儿唏嘘感叹，一会儿又开心大笑。

马教授最近一年来非常关心中日钓鱼岛争端，一有时间就从网上查找双方的军事力量对比。如果是真打起来了，中国人是为正义和复仇而战！国耻家恨，其中就包括被日本人毁掉的王爱召和什拉召。

法国政治家克列孟梭有句名言："战争太重要了，不能单由军人去决定。"马教授忽然想起用"人造沙尘暴"。这个办法可以不费一枪一弹，不用一人一炮，就会达到目的。不要小看沙尘暴，美国对伊拉克、阿富汗的2次战争中，中间2次停火都是因为沙尘暴。

地球的上空，有2层高空西风急流。高空急流是围绕地球的强而窄的气流。

远的那层属外太空领域，在距离地球上空90～100多公里得有一条较窄的高速气流带，中心风速通常在每小时200～300公里之间。这个高速气流带关乎卫星的轨道问题，各国都很重视。2012年3月，一枚火箭从美国弗吉尼亚州瓦勒普斯发射场发射升空。美国为研究这一高空急流，投入的总成本约400万美元，美国航天局已连发射了5枚火箭，进行一项名为异常传送火箭实验。

另一层高空西风急流属于对流层顶附近接近平流层，自西向东围绕整个地球。在赤道附近，距离地球上空12～16公里，在中纬度和高纬度上约8～12公里，位置在副热带高压北部，冬季强夏季弱。冬季靠南，在25°～32°北纬之间；夏季向北推移约10～15个纬度，约在35°～47°北纬之间。中国的急流以副热带急流为主。急流中心风速一般每小时180～280公里，有时可达360～540公里。

中国由于青藏高原的隆起妨碍了对流层高空西风急流的运行，近地面层的西风带被迫分为南、北两支。南支沿喜马拉雅山南侧向东流动，北支从青藏高原的东北边缘向东流动。北支高空气流常年存在于3500～7000米的高空，成为搬运沙尘的主要动力，它正好经过西北干旱地区，有时又和西北吹向东南的冬季风合在一起，形成更强大的西风急流，把路过之处从地面上扬到高空的细沙尘，源源不断地远输到朝鲜、日本、夏威夷，甚至更远的地方。

从1998年4～2010年3月，来自西北和内蒙古西部的沙尘暴扬起的浮尘，已经几十次光顾过日本，当然这是自然因素造成的。如果日本胆敢挑起战火，就让他们尝尝“人造沙尘暴”炮弹。冬春季1～4月，西风急流在25°～32°北纬之间，可以遏制关岛附近驻美基地不要乱动；4月以后，西风急流北移在35°～47°北纬之间，“人造沙尘暴”炮弹正好能落在东京上空，沙尘弥漫空中，叫他们什么武器都动不得。而且，中国上空的西风急流是老天爷专门留给中国人对付日本人的，让他们祖祖辈辈都成不了希特勒。

其实，气球炮弹这个损招还是日本人想出来的。二战时期，日本偷袭珍珠港，激怒美国出兵，形势对日本越来越不利。日本军方听取了日本气象学家的建议，用气球吊上炸药包顺着西风急流飘向美国。这个计划很成功也很顺利，气球经过2天半8000公里的空中飘移，遇上北美大陆，速度减慢，炸药包在美国国土上纷纷爆炸，引起多处森林着火。没有任何征兆、从天而降的炮弹引起了美国民众的极度恐慌。但是，美国人也很贼，严密封锁消息。那时候也没有手机、互联网，日本人见不到任何消息也就不了了之了。否则，大家想想，那还了得！

中国就人道多了，中国的气球带的是沙尘，要不了他们的命，也烧不着他们的火，只不过是让他们的杀人武器不能用罢了。中国要的是和平，要的是中国的固有领土，要的是中国人再也不受人欺负。

马教授采访回来，在学校党委书记邬建刚主持的一次会议上意外地遇上多年不见的老同学林栋教授。他把以上内容发给林栋，林栋订正了日本人火烧王爱召的日期及一些错处，并约马教授专门长谈一次。他说，二妹子好像不住在小淖，有空他再问问他母亲。林栋对王爱召作了解释，他说，现在许多人对“王爱召”3个字的含义不了解，其实“王爱召”是一句蒙古语，“王”是指当时主持建设寺庙的鄂尔多斯部落最高领导人鄂尔多斯部济农博硕克图，也称“王”；“爱”是蒙古语音译字，它的含义是“的”、“之”的意思；“召”在蒙古人中指的就是“寺庙”，因此，“王爱召”就是“王的寺庙”或“王汗的寺庙”之意。

对于喇嘛哥哥的唱词，林栋专门写了一段话，收录如下。

关于《上房瞭一瞭》，这首歌的曲调源于古老的鄂尔多斯蒙古民歌，由于鄂尔多斯蒙古民歌具有很强的灵活性和趣味性，非常适合人们在山野草地、田间地头、茶余饭后、酒席宴会上集体坐唱或对唱独唱，歌手们随口而唱，随口编词，即兴逗乐，洒脱开心。为了满足不懂蒙古语群众的需要，民间歌手和老百姓们又将汉词填写到蒙曲之中歌唱，这就形成了鄂尔多斯高原上曲调优美、形式多样、丰富多彩、蒙汉人民喜闻乐见的著名的漫瀚调歌唱形式。这种歌曲有广泛的群众基础，极为普及。《上房瞭一瞭》这首歌可谓其中之一。《上房瞭一瞭》这首歌以二妹子、喇嘛哥哥、王爱召、情爱为主线条，不同地区，不同时期的人们在同一曲调下编撰了许许多多的歌词，根本无法统计与记录，这里仅摘录流行较早的几首供大家感觉感觉。

大喇嘛有一点点老，

三喇嘛有一点点小。
花眉生眼的二喇嘛呀，
不大不小正好好。

喇嘛哥哥真不赖，
喇嘛哥哥好风采。
白茬茬皮袄紫腰带，
二妹妹见了实心心爱。

二妹妹生得好，
二妹妹长得嫐。
花朵朵脸脸杨柳腰，
喇嘛哥哥动心了。

死宝变活宝，
珊瑚珠珠配玛瑙。
只要二妹妹一面面笑，
哥哥不怕天火烧。

大路不走小路路来，
小路不走从后门踩。
大门锁住我翻墙过，
怕人听见手提上鞋。

第五章

灌木王国，个个都是治沙好抓手

一、地球残遗植物最后的避难所

鄂尔多斯远离海洋，冬天在西伯利亚冷高压气团的控制下，强烈的西北季风是库布其沙漠冬春的主风向，使沙漠寒冷而干燥，夏天受东南季风的影响，常在夏秋之季带来降雨，造成沙漠旱风同季、水热同期的典型大陆性干旱气候。鄂尔多斯南北短短340公里的距离内，分布着暖温、温凉、干热、极干热4个热量带；东西沿库布其沙漠400公里的长度内分布着明显的典型草原、荒漠草原、草原化荒漠3个生物气候带。干燥度明显地由东向西递增，东部不足1.6，最西部达4.0以上。冬长夏短、寒暑剧变，是鄂尔多斯的气候特征。

鄂尔多斯地势复杂多样，既有平坦起伏的高原，又有沟壑梁峁丘陵；既有沟谷平原，又有沙地沙漠；既有低湿滩地，又有干旱高山。气候的基本特征是温带四季分明的强大陆性和弱季风性干旱、半干旱气候，年均降水量从东至西由400毫米递减到160毫米。

特殊的地质地貌类型和气候特征，决定了鄂尔多斯特殊的植被类型。东部的半干旱、中部以西的干旱半荒漠、西北部的干旱荒漠带，使鄂尔多斯的植被带也呈现出中生、旱生、超旱生的群落过渡。

荒漠草原和草原化荒漠位于杭锦旗库布其沙漠西北部和鄂托克旗北部，是旱生和超旱生植物的集中分布区。这里分布着种类繁多的古老残遗和珍稀植物，重点保护植物40种，其中国家级重点保护植物18种。仅在西鄂尔多斯国家级自然保护区境内就有特有种、古老残遗种及其他濒危植物多达72种。

据历史考证，侏罗纪晚期，原始被子植物出现，裸子植物开始退居次要地位；到了晚白垩纪，被子植物迅速发展取代了裸子植物而居统治地位。由于亿万年地质的变迁、环境的变化，很多生长于中生代的植物已经灭绝了，如今留存下来的稀有种、残遗种、濒危种、渐危种成为了中生代植物的显著代表。

四合木是内蒙古唯一特有属植物，也是蒙古高原、亚洲中部特有属之一；鄂尔多斯半日花为古地中海植物区系的特征植物；绵刺是东阿拉善荒漠特有种及特有群系；沙冬青是亚洲荒漠唯一的常绿阔叶灌木；内蒙古野丁香仅分布在阿尔巴斯山地，扎根于低山石缝中。以垫状锦鸡儿、油蒿为建群的植物，形成了鄂尔多斯草原化荒漠群落。其中油蒿在中国的成片分布，中心就在鄂尔多斯，它和臭柏群落、柳湾林构成鄂尔多斯的特有植被景观。

因此，鄂尔多斯无论在植物的区系组成上，还是在植被组成上，都是内蒙古特有现象最为明显的地区，故被世界植物组织誉为“地球残遗植物最后的避难所”。鄂尔多斯是研究物种起源、发展、演变的最好场所，是进行生物多样性研究的理想之地。它特有的自然景观和丰富多样的物种资源，吸引着古今中外的众多专家学者，早在200年前，就有外国专家相继来这里考察过。

1844年，法国传教士尤克和他的旅伴从包头经盐海子纵穿库布其沙漠。根据这次旅行所获得的资料，于1875年对鄂尔多斯西部的植被特征进行了报道。

1862～1866年，法国人大卫随一传教组织来我国，他于1866年访问了呼和浩特、乌拉山、包头及库布其沙漠附近的黄河沿岸沙地，并采集了大量植物标本。他所采集的标本送给巴黎博物馆，后来为弗朗什所鉴定，并于1883年出版了《大卫在中国所采集的植物》第一卷。桌子山生长的灰榆就是在这本书中首次被定名的。

1871年7月末，受俄国地理学会委派，俄国探险家普热泽瓦尔斯基领导的第一个探险队在库布其沙漠及其边缘的黄河沿岸进行了 1 个多月的植物标本采集，采集到1个新属14个新种。

法国耶稣教会牧师桑志华于1917～1923年先后在鄂尔多斯的库布其沙漠和萨拉乌苏（乌审旗南部小石砭一带）进行过植物调查。

1873年，比利时传教士捷沃・斯和委尔林定发表了论述鄂尔多斯东部植被特征的文章。

1876年，俄罗斯人普塔宁对鄂尔多斯进行考察。1876年8月，他从呼和浩特出发，穿过准格尔丘陵与库布其沙漠，经陕北转河西走廊。1891年他发表了一篇短文，论述了库布其沙漠的流动沙地。1891年，他在其专著《中国唐古拉——西藏边缘及蒙古中部》一书中，描述了鄂尔多斯东部、北部沙漠的自然特征。他所采集的植物标本部分为俄国植物学家K.N.马克西莫夫所鉴定，其余为F.P.卡马罗夫所整理。其中的一个新种绵刺就是为纪念这位植物采集家而命名的。

1893年，俄罗斯著名学者奥布鲁切夫从三盛公进入鄂尔多斯，考察了库布其沙漠西部，然后到陕西定边柠条梁。在他的一系列有关中国东部和内蒙古高原的著作中，发表了很多有关鄂尔多斯高原地区地质、地貌和植被方面的文章，并于1950年出版了他的专著。

1957年中国科学院邀请前苏联著名治沙专家、生物学博士彼得洛夫在库布其沙漠进行了 2 年多的考察研究，考察成果发表在《沙漠地区综合调查研究报告》（第一号，1958；第二号，1959）。彼得洛夫回国后，在第二号资料的基础上出版了《中国北部的沙漠（鄂尔多斯和阿拉善东部）》、《鄂尔多斯（自然地理）》两部书。

由于鄂尔多斯独特的地理位置和丰富的植物资源，建国前后，这里也是中国植物学者研究植被、草场、地质地貌、古生物等领域的重点地区之一。他们的研究成果，都充分展示了鄂尔多斯地区植物的珍贵性、奇妙性和亟须保护的迫切性，为2个国家级自然保护区和8个自治区级自然保护区的最终建立奠定了坚实的基础。

夏纬英于1933年从陕北延安、榆林北上进入鄂尔多斯，由达布察克、伊和乌素、特默林、察干敖包，最后沿库布其沙漠到黄河沿岸的艾力套海，共采集标本240多种。

1950年，我国著名的植物学家林镕、张肇骞、李继侗、吴征镒、侯学煜、蔡希陶等考察者在伊克昭盟采集了大量的植物标本，为鄂尔多斯的植物学研究工作提供了丰富的资料。

1954～1955年，地理学专家严钦尚和郑威等在鄂托克旗南部的城川、乌审旗的大石砭和小石砭等地进行了调查，确定了鄂尔多斯优良固沙植物种：沙地柏、柠条、沙柳、乌柳、沙蒿、沙蓬、沙竹、牛心朴子等。

1955年7月，北京农业大学贾慎修教授等人对鄂尔多斯鄂托克旗、杭锦旗进行了重点调查，其调查结果写入《内蒙古伊克昭盟草原调查报告》。

1959～1963年，内蒙古大学李博、曾泗弟、赖守国等对鄂尔多斯境内的毛乌素沙地、库布其沙漠进行考察，采得新种毛果兴安虫实。

伊克昭盟林业局宋瑜生、李志忠经过2年多的实地调查和采集标本，于l984年编写了《伊克昭盟木本植物调查研究》（内部资料），共收入野生植物51科、l38属、233种。

1998年内蒙古大学刘书润为西鄂尔多斯自然保护区编写《西鄂尔多斯自然保护区植物名录》（内部资料）。

库布其沙漠龙头西鄂尔多斯国家级自然保护区、白音恩格尔荒漠濒危植物自治区级自然保护区、库布其沙漠柠条锦鸡儿自治区级自然保护区和库布其沙漠梭梭市级封禁保护区的建立，为干旱区第三纪残遗植物避难所进行了最有效的人工保护。

西鄂尔多斯国家级自然保护区，面积5600平方公里，位于库布其沙漠西部，亚欧荒漠东部边缘，是西鄂尔多斯荒漠草原和东阿拉善草原化荒漠的过渡地区，有着独特的气候特点、地形地貌及古地理环境。1995年经内蒙古自治区人民政府批准建立，1997年晋升为国家级自然保护区。

西鄂尔多斯国家级自然保护区内，现已查明有野生植物335种，其中特有古老残遗种及其他濒危植物有72种，占全部植物种数的21.79%。国家重点保护植物7种，即四合木、半日花、绵刺、沙冬青、革苞菊、蒙古扁桃、胡杨。内蒙古自治区珍稀濒危植物13种，即四合木、半日花、绵刺、沙冬青、革包菊、蒙古扁桃、内蒙古野丁香、贺兰山黄芪、大花雀儿豆、长叶红砂、阿拉善黄芩、白龙穿菜、灌木青兰。列入《中国生物多样性保护行动计划》中植物优先保护名录5种，即半日花、革包菊、沙冬青、绵刺、四合木。

其中，四合木和半日花是第三纪孑遗物种，距今已7000万年，被专家、学者赞誉为植物中的“大熊猫”、“活化石”。它们在长期严酷、恶劣自然生境中繁衍进化，都保存了特殊的抗逆基因。这些基因亟待保护和利用，是人类开展遗传工程研究的宝贵基因库，在荒漠植物生物多样性的就地保护中意义重大，具有极高的科学研究价值。

地质方面，保护区寒武系发育良好，三叶虫化石极其丰富多彩，是研究我国华北型三叶虫动物群的重要地区之一。地质构造上，与贺兰山同属鄂尔多斯台缘褶带，因喜马拉雅运动断裂，又经黄河切割，形成现今地势。目前，保护区还保存着极其珍贵的古地理环境，山地地层剖面明显，是非常珍贵的天然史书。保护区的建立，对研究生物的起源、发展演变以及地质构造和古地理环境均有着深远的意义。

半日花，半日花科半日花属的矮小灌木。高约5～15厘米，丛幅一般为10～20厘米，多分枝，梢呈垫状，单叶对生，革质，披针形或狭卵形，长5～10毫米，宽1～3毫米，花单生枝顶，黄色。属于强旱生落叶植物，具有抗干旱、抗风沙、耐瘠薄等特点。生于草原化荒漠区的石质或砾石质山坡，在我国仅分布于内蒙古西鄂尔多斯桌子山山麓和新疆的准噶尔地区。

四合木，蒺藜科四合木属的强旱生肉质叶小灌木。是中国特有的孑遗单种属植物。其形态特征与主产南美洲的金虎尾科近缘，反映出它与古地中海植物区系成分的联系。高可达90厘米，老枝红褐色，小叶肉质，倒披针形，长3～8

毫米，宽1～3毫米，花瓣白色，花期集中在6～7月，果期7～10月，果常下垂，具4个不开裂的分果瓣。

四合木根系发达，虽为直根系植物，主根粗壮，但侧根亦很发达，数量较多。生长季长时间无降雨时叶会大量脱落，秋季降雨后未脱落的叶子会重新返青恢复生长。种子萌发后，地下生长速度为地上生长速度的10～14倍。根皮较厚，可保证在土壤干旱时不失水，同时可防止土壤表层沙粒高温灼伤根部。

四合木由于热值高，易燃烧，即使是在新鲜状态时，火力也很旺，地方常用其引火而遭到破坏，面积已日益缩小，处于濒危状态。

目前，已有众多的学者对四合木的繁育更新、虫害防治开展了研究，取得了大量的研究成果，概括起来主要有播种育苗、扦插育苗和组织培养等方面，但是对于四合木的平茬复壮研究目前未见报道。

因此，马教授一行的采访显得特别重要。

在采访西鄂尔多斯自然保护区管理局局长杨永华时，他给马教授一行详细介绍了保护区的基本情况后，突然想起了一件使他疑惑的事情。他说："我们在濒危植物集中分布区开辟防火隔离带中，砍伐了一部分濒危植物。先生们想一想，濒危植物是不能随便砍伐的，除特殊情况非要砍伐外，条例规定是不能动的。我们在防火隔离带上砍伐的四合木、沙冬青、霸王、红砂等濒危植物，第二年它们却神奇般地长出新枝条来，不但没有被砍死，而且长得更好、枝条更多。这个现象意外地给我们找到了一条平茬复壮濒危植物的路子。"

马教授若有所思地说："灌木大部分都有平茬复壮的生物学特性。但是，有一点要值得注意，有的灌木无论是根还是茎，都有大量的不定根和不定芽，只要形成的创伤具有生长条件，不定根和不定芽就会被激活，长出新根和新枝来，如柳类灌木等。有的灌木则不然，它们只在茎上有不定根和不定芽，而根上则没有这个功能，如柠条、杨柴等。所以要特别注意，在此类灌木平茬时，千万不能平茬掉根茎处的生长点！如果茬掉生长点，这株灌木就再也没有生还的希望了。像杨柴，种一株，几年后能长出一片，那不是根蘖苗，而是茎蘖苗。杨柴地上部分的枝条经沙埋后，地下由不定根长出新根，地上由枝条的不定芽会长出新枝条。”

杨局长听后豁然开朗，激动地说：“啊呀，灌木平茬还有这么多的奥秘。我们计划每年要平茬复壮一部分濒危植物，这样看来，还得谨慎行事，先得小面积摸清它们的特性，然后再大面积推广。”

马教授紧接着说：“濒危植物本来就少，经不起折腾。生物学界研究它更新复壮者少之又少，现成的成果基本没有。所以你们的想法是对的，你们要是把濒危植物平茬复壮的办法实践出来，在学术界就填补了一项更新繁育濒危野生植物的空白。”

杨局长听完喜形于色：“哈哈，真没想到，我们基层保护区的研究，还能填补学术空白，没想到啊没想到！”

从西鄂尔多斯自然保护区出来，马教授想起“文革”时期的作家浩然在后期发表的一篇短文，他说在他的家乡，村口有一颗枣树，由于太老了，叶子稀稀拉拉。村里的几个年轻人觉得这颗老枣树有碍观瞻，决定把它连根刨去。挖到一半时，村里的几位老人出面制止，让年轻人再埋住。年轻人想，枣树的根已伤了不少，死是死定了，先埋住再说。没有想到，第二年那株老枣树焕发了青春，还挂满了一树果实。

看来在自然界，不论乔木、灌木或草本的生物体，只要不伤及它的生长锥（生长点组织），局部的损害和刺激反而能激发生物体的再生。濒危孑遗植物种的更新复壮，希望就在基层杨局长他们的身上了。

绵刺，也被称为古老的孑遗种。既然是古老又孑遗，它的本事就是假死。但是，只要老天一下雨，它立马就能恢复正常生长，并迅速开花结实，完成它的生长周期。

蒙古高原特有的单种属植物革苞菊，亚洲中部干旱地区植物区系重要种蒙古扁桃，古老的第三纪残遗渐危种沙冬青，亚洲中部荒漠区稀有残遗种裸果木，荒漠区超旱生渐危种梭梭、沙拐枣、霸王、红砂，超旱生植物柠条锦鸡儿、耐盐碱树种胡杨、鄂尔多斯广布的中间锦鸡儿，盐碱滩地生长的柽柳、水柏枝、白茨，它们都有抵抗恶劣环境生存的组织结构共性和各自不同的技能，组成了库布其沙漠和周边特殊环境的植物资源，为人们呈现出丰富多彩的荒漠生态景观。

地质时期，白垩纪到早第三纪时，鄂尔多斯地区属于干旱亚热气候带，并以亚热带稀树草原景观占优势。第四纪早更新世，鄂尔多斯植被类型为森林草原。

进入人类社会，先秦时期，鄂尔多斯地区生长着茂密的针阔叶混交林，以针叶树居多，乔木花粉中针叶树花粉占绝对多数，并以松类花粉为主，阔叶树花粉亦占有一定比例。春秋战国时期，鄂尔多斯高原林木茂盛，百兽出没，森林区分布在高原的北部、东部和南部，森林覆盖度为50%以上。

北魏时期，杭锦旗北部出现了一块块积沙，不过当时尚能行车，沙漠还未连成片。这可能是库布其沙漠的雏形。隋朝时期，鄂尔多斯地区水草丰美，植被良好。

唐太宗年间，朔方节度使推行屯垦实边政策，鼓励砍伐森林，放火烧荒，开垦种植。许棠所作的《夏州道中》有“茫茫沙漠广，渐远赫连城”的诗句，马戴所作的《旅次夏州》有“霜繁边上宿，鬓改碛中回。怅望胡沙晚，惊蓬朔吹催”的诗句，李益所作的《登夏州城楼观征人赋得六州胡儿歌》有“沙头牧马孤雁飞”、“风沙满眼断征魂”之诗句。

宋朝时期，在鄂尔多斯高原东南部，仍有一片以油松、侧柏、杜松为主要树种的森林区。这个林区向东北延至晋西北地区，向东南延至陕西富平县地区，向西南部延至陕北榆林、横山一带。

成吉思汗率军西征西夏时，路经鄂尔多斯草原，他看到这里山清水秀，草木茂盛，鹿群出没，在赞叹留恋之际，手中的马鞭子突然掉在地上，随从人员要拾起马鞭时，被成吉思汗制止，他说，这地方很美，是老翁适居之乡，他死后可葬在此地。于是部下将马鞭掩藏在地里，上面立起敖包。后来，成吉思汗在六盘山去世，部下就将美丽的甘德利草原作为成吉思汗的陵地。

据准格尔召碑志和建庙史记述，当时“地多林莽”，“周围广阔，四面八方远近皆有连绵的山脉所环绕，山中长有柏树、松树、檀香树和各种茂盛的花草”。康熙三十五年，即1696年，由贝勒松善奏准，在这块土地上开始砍伐森林，火烧草原，从事农作。至光绪年间，森林草原大部被破坏，肥沃土地逐渐变成明沙。清乾隆八年，理藩部尚书和陕甘总督到榆林会商，决定把“黑界地”全部开放垦殖。自此，鄂尔多斯的森林、草原植被遭到彻底破坏。库布其沙漠西南桌子山一带，由于自然条件不利于垦殖，为这一带的残遗、濒危植物侥幸逃脱一劫。

20世纪40年代末和50年代初，鄂尔多斯除了东部神山阿贵庙有小片松柏残林、西部桌子山残遗濒危植物外，再也见不到大面积的苍松翠柏等针阔叶森林。当时的鄂尔多斯大地是灌木广布，乔木罕见。据资料记载，新中国成立初期，毛乌素沙地分布有天然柳湾林6670平方公里，半灌木油蒿几乎在鄂尔多斯所有地类都有分布，面积约3万平方公里，占伊克昭盟面积1/3强。

解放了的鄂尔多斯人，生产积极性空前高涨，一心扑在致富上，开始无节制地向大自然索取，殊不知这种不科学的行为却破坏了自身生存环境和物质基础。20世纪50年代后期到70年代中期，不到20年间爆发了3次大开荒，其后果要比历史上从秦汉到明清的3次大开荒对生态环境的破坏要严重。因为这3次大开荒是由当地百姓在气候条件相对较差、人口数量猛增、间隔时间过短的情况下进行的，没有给生态环境的自然恢复留有任何喘息修补机会。大开荒非但没有解决温饱，反而带来了土地沙化、草场退化、人民生活更加贫穷的恶果。

尽管从50年代起，人们总盼望着有好收成，总想留住“风吹草低见牛羊”的美好环境，但由于风沙干旱，加上人们不科学甚至反科学的行为，奋斗了30年，历尽千辛万苦，然而自然规律总不以人的意志为转移，换来的不是甜蜜而是苦涩，人无粮、畜无草，沙进人退，让自然牵着鼻子走，出现了严重的生存危机。

生态系统的严重失调，导致病、虫、鼠害猖獗，造成毛乌素沙地天然柳湾林大面积死亡，加之人为滥砍乱伐，使毛乌素原有的柳叶鼠李林、互叶醉鱼草林、黄柏林，只剩下残株散生，原来散生的丝棉木现仅有三四株古老个体，小叶鼠李、黄榆等基本绝迹。阿尔巴斯的珍稀植物四合木、鄂尔多斯半日花、红砂等，由于过度的放牧，居民的乱砍烧柴和土法炼焦、土法生产石灰等违法活动而遭到了严重的破坏，面积大大缩小，种群骤减，处于濒危状态。广阔的硬梁地草场不仅失去了往日的风吹草地见牛羊的景观，而且草的地下部分也被牲畜踩踏和风蚀冲出了地面。桌子山沟的杜松、旱榆几乎被砍光。生态环境的破坏给动物也带来灭顶之灾，草原上大群黄羊、鹅喉羚、野狼绝迹了，千沟里的青羊、盘羊、野豹也没了踪影，就连狐狸也少见了，鄂尔多斯的生态系统到了崩溃的边缘。

1978年，党的十一届三中全会的召开，终于使伊克昭盟的生态建设跨入了一个前所未有的历史时期。2000年在鄂尔多斯市推行“禁牧、休牧、轮牧”，实施舍饲、半舍饲养畜，作出“建设绿色大市、畜牧业强市”的决定，这是鄂尔多斯生态保护与建设的最根本措施，给多年来被啃光、踏光的植被一个休养生息的机会。过去裸露的沙质地表成了绿圪蛋，好多消失了的花草又回到了草原，甚至过去从未见的植物也竞相出现。

2007年出版的《鄂尔多斯植物志》，共收录木本植物220种，在220种木本植物种中，灌木种为146种，占天然木本植物种数的73.2%，因而鄂尔多斯成为今天的灌木王国。

二、离退休的“老干部”

离退休的老干部，字面上理解是在工作岗位上干到了退休年龄的老干部群体，工作到站，回家休息、颐养天年。

我们这里讲的离退休“老干部”指的是在建国以来为鄂尔多斯治沙事业立下汗马功劳、功不可没的杨树，它们在当年恶劣的生态保护中尽职奉献、不懈努力、战功赫赫。但是，由于树地不适、耗水过大、寿命有限，在完成它们的历史使命后，现在是该“刀枪入库、退居二线”了。为了更好地建设鄂尔多斯的生态，应该继承杨树不畏风沙的光荣传统，从杨树的精神中归纳出“沙”字真谛，这就是平静之中的满腔热情、平凡之中的伟大精神、平常之中的极强烈的责任感。只有发扬杨树老干部的光荣传统，才会使中国治沙事业发展后劲得到持续增强。

杨树是杨柳科杨属植物落叶乔木的通称。全属有100多种，主要分布在欧洲、亚洲、北美洲的温带、寒带及地中海沿岸国家与中东地区。中国有50多种，鄂尔多斯就有20多种。如小叶杨、加拿大杨、新疆杨、河北杨、箭杆杨、钻天杨、箭小杨、合作杨、小美旱杨、毛白杨、银白杨、群众杨、北京杨、胡杨、黑杨、斯大林工作者杨、辽杨、健杨、三角叶杨、小黑杨等。至于以上杨树之间相互产生的杂交杨，中国大概有2000多种，伊克昭盟于20世纪70年代曾引进200多种。进化论和科技追求的“杂交优势”，在这些杂种的后代中似乎并没有得到体现。

杨树是世界上分布最广、适应性最强的树种。在中国发展林业和治沙事业上，人称“南方杉家浜、北方杨家将”。可想而知，北方杨树的地位和作用。遥想当年，满世界都是杨树的天下，杨树主宰着北方的城市绿化和沙漠治理。

显赫一时的杨树，成为人们崇敬的偶像。它的小枝具有顶芽与芽鳞2枚以上，单叶互生，卵形或近圆形，柔荑花序，雌雄异株，无花瓣，但有环状花盘及苞片。苞片顶端分裂，雄蕊多数。蒴果小，具冠毛。每到蒴果成熟的6月份，带毛的小蒴果，犹如乘坐着时髦的降落伞，惟妙惟肖，满天飘飞，寻找着安家落户的地方。漫天的白絮也曾得到无数诗人的赞美，它是一个绿化时代的象征，人称“六月雪”。

杨树的生物学特性与其他任何树种相比，杨树具有五大生物学特性：早期生长速度极快、无性繁殖最易、雌雄异株杂交育种容易、基因组2N38最小，为生物界的通用模式生物。

杨树播种繁殖虽说技术含量大，但是产量也大。杨树种子很小，如钻天杨的种子1000粒才重0.39克，银白杨的种子1000粒重为0.54克。针尖大的蒴果，一亩地可成苗1.2万株，稍微稠点的地方，数量都能上1.5万株。外人很难想象，一株株参天大树，它们的果实只有谦虚的针尖大小。而杨树就是用这针尖大的蒴果，最大限度地、无怨无悔地奉献着它庞大的身躯和无私精神。

杨树的无性繁殖容易，用其枝干的任一部位的一小截，插到土里浇点水即可。杨树生长快、成活率高，为那个时代缺树苗的地区绿化、治沙起到了中流砥柱的作用。

在20世纪50～80年代初，鄂尔多斯地区由于缺乏造林种苗，为了满足当时治理沙漠的需求，从老杨树上截下枝条进行扦插造林，只要水分条件将就，当年的成活率都没有问题。但是，多代反复的无性繁殖，一味地要求杨树无私的奉献，最终导致杨树生命力减弱，未老先衰，形似小老头，佝偻着腰，头顶干枯梢，腰缠裂树皮。即使这样，杨树仍顽强地守候在最基层的生态防线上，默默地作着最后的奉献，像领袖称呼的“老阿姨”一样。

杨树曾经是独挡天下的用材林、防护林和四旁绿化的主要树种。那个年代，充分利用杨树的生物学特性，可以迅速恢复植被，解决了好多地方的生态问题。直到目前，鄂尔多斯市仍有杨树约1333平方公里，占全市森林总面积约6%，为鄂尔多斯防风固沙、保持水土、涵养水源、调节气候、美化环境继续发挥着不可替代的作用。

发展杨树产业还可以迅速建成杨树人工林，解决木材问题。

杨树的木材一度是民用建筑材的首选和唯一选择，盖房，生产家具、火柴梗、锯材等，都离不开杨树，同时也是人造板及纤维用材。此外，杨树的叶和嫩枝，还是喂养家畜的好饲料。

杨树虽然是长江以北极普通的一种树，然而决不是平凡的树种。它年轻的时候，也挺拔、坚毅、风光过，唯它能战胜艰苦环境，成为一个时代孤独的守望者。杨树在哪里，就象征着希望、活力、坚强不屈的生命。它虽然没有婆娑的姿态，缺乏屈曲盘旋的虬枝，也许你要说它不美。如果美是专指艺术的“婆娑”或“旁逸斜出”之类而言，那么，杨树算不得树中的好女子。但是它伟岸、正直、质朴，果敢刚毅中也不乏温柔。

茅盾先生赞美杨树是力争上游的一种树，笔直的干，笔直的枝。它的主干通常是丈把高，像人工加工过似的，一丈以内，绝无旁枝。它所有的丫枝一律向上，而且紧紧靠拢，也像人工加工过似的，成为一束，绝不旁逸斜出。它的宽大的叶子也是片片向上，几乎没有斜生的，更不用说倒垂的。它的树皮光滑而有银色的晕圈，微微泛出淡青色。

杨树是在北方风雪的压迫下却保持着倔强挺立的一种乔木，哪怕只有碗口粗细，它却始终努力向上发展，高到丈许、两丈，参天耸立，不折不挠，抗争着风霜雨雪，傲视着电闪雷鸣。

当人们在积雪初融的高原上走过，看见平坦的大地上傲然挺立这么一株或一排杨树，难道就只觉得它只是棵树？难道人们就想不到它的坚毅、忠诚、坚强不屈，至少也象征了北方的基层干部！杨树也许就是棵平凡的树，它在西北极普遍，不会被人特别重视，就跟北方的农民一样。杨树有极强的生命力，不惧风沙，不怕严寒，更没有嫌弃贫瘠的土壤，这也跟北方的农民很相似，和生它养它的乡土不离不弃。

遗憾的是，客观研究表明也好，几十年现场考察也罢，杨树确实是不具备耐旱植物的特征，因此在缺水地区不适宜大面积栽植。杨树是速生树种，耗水量是旱生树种的几倍乃至十几倍。据调查，一棵中林龄的杨树，在生长期，一天耗水量高达23.8公斤，是柠条的7.2倍、樟子松的5.9倍、沙柳的4.6倍。在水资源匮乏的干旱半干旱地区，种大面积的杨树林，无疑对缺水的土地是雪上加霜。人称杨树是一台小型抽水机，它只能在水分条件较好的立地条件下造林。

北方数量最多的小叶杨，最大的缺陷是当其胸径长到十几公分时就易得红心病，做个柱子还可以，不然长到二十几公分，特别容易遇风折断。

时过境迁，杨树已完成它创业的使命，真该像老干部一样工作到站，回家休息、颐养天年了。1983年后，伊克昭盟就不再大面积营造杨树。

小叶杨开始被淘汰了。而且凡是小字号的杨树，年老体弱后都比较容易得红心病，都该离退休了。事情有点伤感，有点悲壮，但这是社会发展的趋势。

城市绿化也是如此。以北京市为例，由于杨树生长速度快，树形漂亮，绿化效果好，因而从20世纪60年代开始，北京城乡栽植了大批杨树。杨树一般20年后就开始老化，出现树冠干枯、落叶早等“老年慢性病”。杨树分雌雄，只有雌树才在春季飘飞絮，越是“高龄”的杨树，制造的飞絮就越多。北京的杨树至今已有30多年的树龄，需要更新改造的老杨树约有40平方公里、500万株。专家们诊断后认为，这些杨树“树龄较长、老化衰败、景观效果较差”，必须统一伐除，以更换补栽新的树种。

号称世界上最宏大的人工林业生态工程“三北”防护林效益欠佳，也缘于此。

杨树从5月底开始飘絮，有过敏性鼻炎的人，只要跟杨絮一接触，就喷嚏、鼻涕不止。每到飘絮的季节，路上的行人都用手遮脸或戴着口罩，时间大约持续2周。

100多年前，外国传教士从加拿大将加拿大杨引入中国，不知道有意还是无知，只引入加拿大杨的雄树而没有雌株。结果繁殖只能靠枝条进行无性繁殖，致使在中国就没有加拿大杨的有性繁殖育种。时间长了，加拿大杨自然就有了红心病和破肤病。

加拿大杨倒不飘絮，但是它的雄树柔荑花序很长，约有10厘米，雄花红红的、碎碎的，花序还弯曲着，散落在地上酷像一条条毛毛虫！

改革开放以后，中国林科院设法从加拿大引入13株加拿大杨雌树，有性繁殖的新株实体确实长得非常快，一年能长4米多高。林科院为了保密，用数字给它起了个番号，10厘米一小段树枝卖到2块钱，发了不少财，红火了一时。

值得一提的是从西北大漠来的新疆杨。在鄂尔多斯或北方沙区，只要是条件好的地方，尤其是“窄林带、小网格”配套的林、路、渠边栽种新疆杨，长势理想、喜人。但是，凡事都有个限度，一味地无性繁殖，最终还是有问题的。这是个科学问题，不是思想和态度问题。

杨树，在北方城市绿化和治理沙漠的进程中，总体上处于一种退出状态。但是，仍有一些杨树，像部分老干部有发挥余热、想体现自身价值的良好愿望，它们仍然在完善自我、展示才干，追求着更高层次的梦想。

在达拉特旗采访林业老专家金琦时，他说：“杨树是耗水量比较大的树种，不适宜在半干旱干旱地区大面积栽植。但是，在缺林少树的鄂尔多斯地区，20世纪50～80年代，如果不栽杨树，就没有栽的。我们当时是栽了不少杨树，它们在维护生态安全上起到了不可替代的防护作用。现在杨树大面积枯梢，乃至死亡，一是寿命到了，二是水分供不应求的结果。现在技术先进了，旱生树种也多了，育苗、造林的手段科学了，不适宜当地的树种应该退出历史舞台。所以说，杨树的使命完成了，功不可没的杨树已成了老态龙钟的老干部，该退休了。”

和沙漠有关的杨树，要数鼎鼎大名的胡杨了。鄂尔多斯是有一点天然的胡杨林，但是面积不大。胡杨很美，尤其是在秋天，红黄色的树叶像燃烧的火焰，美不胜收。内蒙古阿拉善盟每年秋季，都举办“胡杨节”，那是大漠里盛况空前的胜景。

沿着库布其沙漠，从造林总场到亿利集团，现在到处都掀起一股胡杨育苗的热潮。在现代化温室大棚里，一株株胡杨正在成长。别看它们现在还小，但是别忘了中国有句古话叫“女大十八变”。胡杨就是女人树，它小时候的叶子像柳树叶，长大了就变成杨树叶，而且有18种不同的叶型，学术界把它称为“异叶杨”。胡杨也叫英雄树，是杨柳科杨属胡杨亚属的一种神奇植物。有人把它称为女英雄树，是因为它体现了女性的顽强和坚韧，它不惧风沙，专门生长在大沙漠里，守护着祖国的大漠边关。胡杨耐寒耐旱、耐盐碱、抗风沙，有非常强的生命力，寿命可达一千年，死后更神奇，能一千年不倒，即使倒了也一千年不腐朽，所以人们也尊称它为“三千岁”。

三、颇有争议的“少壮派”

伊克昭盟的冬天是土灰色的。

土是灰黄色的，空气中的沙尘、风霾是灰色的，懒懒的阳光也是暗灰色的。所有的植物，不论乔木、灌木都是落叶的，枯黄的落叶是黑灰色的，寒风中瑟瑟发抖的枝干也是灰绿色的，就连偶尔飞过的喜鹊、乌鸦也是土灰色的。

土灰色给人的感觉就是压抑、荒凉、空旷、原始、落后，感觉和实际往往是吻合的。经过建国后几次大开荒的贡献，伊克昭盟的经济一直处于自治区12个盟市的倒数第一名。所以伊盟人出去开会、办事，穿着是灰土的，坐在最后一排，神情脸色也总是灰溜溜的。

伊克昭盟一度成了自治区犯错误的干部的发配之地。另外，伊克昭盟还是内地犯人劳改释放后的安排场所。

尽管如此，据《伊克昭盟国土资源》记载，建国后至1982年，伊克昭盟33年间，外出人口远远大于进来的人口。进来的人口中包括从自治区发配过来的干部和家属。当然还有那一部分人员。

伊克昭盟成了天下“第二个民勤”！

民勤因为沙化穷出了“天下有民勤人，民勤没有天下人”的骇世警言。伊克昭盟比民勤强点，还有不少外来的“天下人”，这似乎给了伊盟人莫大的安慰和自豪。

冬天的绿色，成了当时伊盟人的梦。

伊盟人的梦，就是书本上的松树。

伊克昭盟散文家徐兴邦先生，一生钟爱松树，幻想着自己家乡有一天能栽上松树，他曾大笔疾书《松树礼赞》，刺痛造林人的心扉。

松树为轮状分枝，节间长，小枝比较细弱平直或略向下弯曲，针叶细长成束。因此，其树冠看起来蓬松不紧凑，“松”字正是其树冠特征的形象描述。所以，“松”就是指树冠蓬松的一类树。中国是名副其实的“裸子植物故乡”，种类将近80多种常绿乔木，松树也被誉为“北半球森林之母”。

罗昭伦对松树有这样的评价：

“春天来了，濛濛春雨像乳汁般哺育着万物，处处蒸腾着勃勃向上的生机。在百花娇艳，万紫千红，竞相比美时，松树也在春雨的哺育下，芽苞裂开小小的口子，抽出嫩绿的枝条，长出一片片的小叶，像一根根翠绿的小针，软软的，柔柔的。一朵朵黄色的小花长在枝头，迎着温暖的春风舞动。只要用手轻轻一碰树枝，那黄绿色的花粉，就像烟雾一样飘落下来，慢慢地四处飘散开去。

“酷暑时节，松树虽然没有万千花朵那样美丽、芳香，但为了人类，它即使粉身碎骨也毫无怨言。别的树木都被那强烈的阳光晒得有气无力，耷拉着头，显得垂头丧气。但松树却有着顽强的生命力。阳光越强，它的枝叶就越显得茂密，颜色也越显得青葱。

“每当秋风扫落叶的时候，百花凋落，树叶飘零，草枯萎了，许多树木在肃杀的秋风中只剩下光秃秃的枝干了。而松树却依旧是一片翠绿，依旧屹立在金色的阳光中，享受着绿色的快乐。它的树皮好像一块块胶布交错着贴在树干上，一束束针一样的叶子在秋风中摆动着。

“寒冷的冬天，白雪皑皑，风雨潇潇，群鸟栖息，万物沉寂，人们已经穿上厚厚的棉衣，而松树依旧身穿显示自己青春活力的绿装，以它顽强的毅力和抗寒力，一次次地战胜了风和雪，给单调的自然以翠绿的装点。

“它的主干坚硬强劲，它的叶如针似丝，它的皮苍老斑驳，它的根紧拥大地，任你东南西北风，它依然傲视苍穹。为了汲取更丰富的营养，它把根深深地扎进脚下的土地；为了在寒冬时减少水分蒸发，它把叶子变成了一根根小针。暴风雨袭来，不少树木被连根拔起，可只有松树安然无恙。它，永远是自重的，高傲地挺立着，犹如一位顶天立地的巨人。

“我爱松树，爱它的英姿挺拔、粗犷豪放；爱它的积极进取、努力向上；爱它的与人为伍、随遇而安；爱它的意志坚强、个性刚毅；更爱它任风侵雨蚀、木秀于林……我赞美松树，赞美它不惧炎炎烈日，不畏风雪严寒；赞美它昂首挺胸、坚强不屈的壮士风格；赞美它无私无畏、勇于牺牲、造福于人类的献身精神。”

人们赞美松树，愿做一个具有松树品质的人。

蟠龙虬髯势凌云，
手挽冰峰任屈伸。
日月山巅伴日月，
昆仑峰顶抚星辰。

肩披冰雪朝天笑，
脚踏寒霜动地吟。
独秀一枝扬正气，
铁骨铮铮见精神。

无产阶级革命家借青春永驻、生机勃勃的青松形象抒发傲霜斗雪、无私无畏的革命精神。“暮色苍茫看劲松，乱云飞渡仍从容”，表现出毛泽东主席叱咤风云，蔑视一切反动派的民族气节和英雄气概；陶铸的“最是劲松绝壁立，崇高风格不须疑”，陈毅元帅咏诵的“大雪压青松，青松挺且直，要知松高洁，待到雪化时”，更是借松抒发了无产阶级革命者大无畏的革命精神和凛然正气。他说，松树有冬的孕育的青葱，有春的萌发的灿烂，有夏的浓绿的辉煌，有秋的苍碧殷实，有蛰伏，有困惑、有忧思、有痛苦，而后才有崛起，才有奋进，才有自立世界民族之林的奇伟。

顺应伊克昭盟人的心愿，20世纪70年代初，内蒙古林科院、伊克昭盟治沙造林研究所和展旦召治沙站合作，从红花尔基、章古台引进樟子松幼苗，栽到库布其沙漠的七里沙里。

在引种、推广针叶树的那些岁月里，自始至终在学术界、行业里就为此争论未休。针叶树像颇有争议的“少壮派”一样，起步阶段处处受到非议和刁难。

在地区行业里，自古一理就是：草原地区是长草的，不能栽乔木，更不用说栽针叶树了。沙漠土壤贫瘠、风沙流肆虐、风蚀沙埋频繁、沙面极不稳定，根本不适宜栽树，更何况以前没有听说过、谁也不认识的樟子松。引种樟子松就是异想天开，寒区、湿润区的树种难道能在温带旱区生长？

在学术行业里，反对和赞成的分成两派，各自引经据典、有案可稽、言之凿凿、述之滔滔。

国内外专家和学者针对干旱和半干旱区能否营造阔叶乔木林做了大量卓有成效的研究，取得了浩如烟海的研究成果，各种著述、研究文章不胜枚举。但是，有关在干旱半干旱地区能否人工营造针叶乔木林的研究，还在进行跨世纪的争论。

主流学派认为，乔木林对水分要求较高，单位面积耗水量较大，不合理地造林会造成不良后果：要么是树木长不起来，就会形成“小老头”，漫山遍野的杨树就是活生生的例证；要么是耗水太多，使地下水位显著下降，反过来使自然植被退化。另外，乔木林的栽种条件严格，必须挖深坑、细整地，这势必造成沙地、干燥山坡原有植被的破坏，逐渐沙化成为新的风蚀水蚀策源地。

主流学派提出了反对在干旱、半干旱地区人工营造针叶乔木林的意见。有些国内学术研究权威机构也提出了相同观点，如中国工程院在《西北水资源配》咨询研究报告中着重强调了人和自然必须和谐、尊重自然的观念。主流学派专家、学者的意见和科研机构的观点有的是基于理论研究，有的是基于许多地区多年的造林实践，都具有很高的可靠性和权威性。

但是，关于在干旱半干旱地区能否营造针叶乔木林的非主流学派认为，主流学派的观点有其局限性和适用的条件，有教条主义和本本主义之嫌。干旱、半干旱地区并不是完全不能用针叶乔木造林，不能一概而论。

因为一个地区的内部地理结构是复杂的，干旱地区内也有河流和河滩，可以造针叶乔木林或恢复针叶乔木植被。沙漠地区内既有沙丘，也有丘间洼地，有的丘间洼地的地下水位高，栽植些乔木也能起到很好的绿化和防沙作用。干旱地区内还有人工灌溉的绿洲，有重要的公路、铁路等交通设施，根据需要营造以针叶乔木为主的农田—公路—铁路防护林网（带）也是可行的。

在我国温带区域内，大致上由东南向西北，逐步有湿润—半湿润—半干旱—干旱—极干旱的区带出现，受气候地带的制约，相应的分布着森林—森林草原—典型草原—荒漠草原—荒漠的植被带。湿地则具有一定的非地带性特征，造林时要充分尊重其规律性。

非主流学派认为，进行植被建设时，在尊重气候、土壤和植物自然分布规律的前提下，充分利用现有先进的造林技术方法，可以极大地提高干旱半干旱地区针叶乔木造林的成活率。目前国内外关于干旱、半干旱地区造林的先进方法有好多种。

争论必然要涉及到狭义干旱和广义干旱的基本定义。狭义干旱是专指气候干旱，广义干旱则既包含着气候干旱，也包含着水文干旱。凡具有广义干旱的区域，即地球上的干旱和极端干旱地区，成为沙漠、戈壁的集中分布区。狭义干旱是范围较广的具有稳定性和振动性的干旱气候区，在该范围内既可能有干旱和极端干旱地区的存在，也可能有因地质、地貌、水文等因素的影响，部分地区河流较多，其他水资源丰富，呈现出非真正干旱区的现象和景观。

在非真正干旱区，按照当时当地的技术水平、生产能力和经济条件，能够得到廉价足量优质的淡水，致使农业、工业和绿化的用水较充足，是能促进该地区的发展，成为干旱地区的绿洲。

譬如，新疆是我国最干旱的省区，但并非全部皆为干旱地区。全新疆有 5 种干湿类型，其中干旱区面积最大，占全疆面积的36.7%；极端干旱区占全疆的28.8%；半干旱区占23.3%；半湿润区占10%；湿润区面积最小，占全疆的1.3%。半干旱、干旱和极端干旱区三者占全新疆面积88.7%，所以，新疆绝大部分为干旱少雨地区，但是，也不能否认新疆还有非常宝贵的湿润地区和半湿润地区。

反过来，海南岛西部（简称琼西）多年平均降水量达1000毫米（最多达1588毫米，最少仅有275毫米），属于热带季风气候区。但雨量的季节和地区分布极不均匀，每年冬春都出现不同程度的干旱气候，西部沿海一带干燥度达1.97，为海南岛、中国的干旱地区之一。

二连—包头—锡尼镇—三段地一线为干燥度等于2的分界线，线东为干草原，即半干旱地区，线西至最西部靠黄河的大部分地区为荒漠草原，又称半荒漠，属于干旱地区的东缘。半荒漠西部靠黄河的一小部分，干燥度大于4，为典型的干旱地区，亦即我国最东部的荒漠地区。

同样，鄂尔多斯虽然大部分地区地处我国半干旱区的最西部，少部分地区地处我国干旱区的最东部，自然条件不容乐观。但在鄂尔多斯境内，南有“塞上江南”的巴图湾，北有海海漫漫的“米粮川”，之间河流屡现、湖海子广布，实事求是、具体问题具体分析地营造适度针叶类乔木林是完全可行的。

改革开放后的科技人员不畏反对声，没有因“噪声”而终止实验。他们在不同的立地条件上，采用不同的密度、不同的混交类型、不同的造林季节栽植，并用气孔仪、树干径流仪、叶面蒸腾仪全方位测试。结果表明，就中林龄樟子松在生长期，日耗水量仅为4.03公斤，是乡土树种中的旱生灌木柠条的1.2倍、沙生灌木沙柳的0.77倍。从樟子松针叶结构看，叶小针状，表面蜡质层覆盖，气孔少且分布在背面，蒸腾速率小，是非常省水的树种。

樟子松，松科大乔木，又名海拉尔松、蒙古赤松、西伯利亚松、黑河赤松，是欧洲赤松的变种。生长于海拔400～900米的沙地、山脊、向阳山坡及石烁沙土。

樟子松树皮呈黄褐色，树干通直，生长迅速，适应性强。嗜阳光，喜微酸性土壤。樟子松分布在蒙古以及我国黑龙江等地，大兴安岭林区和呼伦贝尔草原固定沙丘上有樟子松天然林。新中国成立后，人工林有很大发展。

樟子松是百松中的普通一种，它不但具备所有松树的生物学、生态学特性，而且还具有抗风沙、耐高温、忍干旱，在沙漠环境中能正常生长发育的特性。

具体有五大特点：

一是针叶季相变化特点。初春树液流动，叶绿素细胞分裂活跃，针叶呈现翠绿；夏秋光合作用旺盛，针叶呈现墨绿；寒冬树液停止流动，针叶呈现灰绿。樟子松针叶从翠绿、墨绿变为灰绿，属于正常的季相生理反应。

二是生长特点。樟子松一年只有1次高生长期，属于有限高生长树种。在库布其沙漠地区，4月上旬至6月上旬为樟子松高生长期，进入6月中旬，气温升高，顶芽封顶，高生长停止。以后一直到秋季初霜时只进行径生长和生殖生长，积累营养，提高木质化程度，准备越冬。所以樟子松造林只要躲过高生长期后，都可以栽植。

三是樟子松气孔开闭特点。经研究，樟子松在气温5℃～25℃时气孔开张，小于等于5℃、大于等于25℃时气孔关闭。气孔的主要作用是进行气体交换和水分蒸腾。过低的温度，会使土壤冻结，水分凝固，樟子松根系无法吸收水分，树液停滞。如果气孔开启，继续蒸腾，会发生树体水分失衡。温度过高，如果气孔开启，根系吸收水分供不应求，也会发生树体水分失衡，这样容易导致生理干旱。樟子松冬季调节减少水分散失的妙招就是关闭气孔，停止树体水分蒸腾。另外，樟子松调节冬季减少水分散失的另一个技巧就是，当气温低到5℃时，叶柄与树枝形成离层，部分树叶会自动脱落，减少了叶面蒸腾水分的场所，樟子松就自然维持了树体的水分平衡。

四是菌根特点。樟子松是主根发达、须根退化的常绿树种。众所周知，植物吸收土壤水分主要靠须根的根毛和根尖，樟子松单靠自己的根系吸水是难以为继、供不应求的。但是，它还有一个绝招是同土壤中的白丝菌形成共生体，菌丝体从土壤中吸水供应其水分需求，它给白丝菌供应养分养料。白丝菌就成了樟子松菌根抗御干旱的守护神。这就是为什么栽植樟子松时，无论栽小苗，还是植大苗，都要带土球的原理所在。

五是耐沙割特点。樟子松的针叶表面蜡质层厚，树皮老化鳞片多，对于沙漠中的风沙流击打有一定的忍耐性。

樟子松是珍贵树种之一，寿命长达150～200年。它还具有生长迅速、抗逆性强的特点。在库布其沙漠的条件下，5龄以前的生长缓慢，6～7年以后即可进入高生长旺盛期，每年高生长量30～40厘米。马教授在准格尔旗布尔陶亥治沙站南边煤老板李文的水镜山庄，见过樟子松年生长量达到1米的！

20世纪80年代初，吕荣在伊克昭盟林研所当所长时，在昌汉淖沙地实验场搞了100亩不同树种、不同苗木规格、不同造林密度、不同造林季节沙地针阔混交试验研究。通过3年的栽植，30年的观测，成果为杨树、榆树已枯梢老化，油松大部分顶芽早枯，成了生长衰弱的歪脖子树，而樟子松的长势不衰，高达12米以上，胸径40厘米左右。樟子松初植苗木规格为3年生留床丛状带土苗成活率最高，造林初期2×2米、15年后3×3米、30年后4×4米的密度表现最好，造林季节为雨季表现最佳。

在一次采访中，马教授一行特意和内蒙古林科院姚洪林研究员约好，一起前去库布其沙漠七里沙作业区，调查当年林科院在这里栽种的樟子松。

这片樟子松林以前马教授来过多次，没有想到这几年樟子松长得太喜人了！株株樟子松挺拔、壮硕，英姿勃勃，气宇轩昂。胸径粗细不等，都在20～50厘米之间，但是高度基本一致，都有15米高左右。

姚洪林看见这片樟子松兴奋得有点失态。只见他摸摸这株，抱抱那株，眼泪毫不掩饰，尽情流淌。

大家都知道是怎么回事，但还是笑着围过去。

只见满头白发的“70后”仍旧哭得像个小孩。老姚哭着笑着，一把鼻涕一把泪地跟大家说：“前两天在阿拉善盟考察把胳膊摔断我也没有掉一点眼泪。可是一看见这些树我就受不了！这些樟子松小苗子，都是1972年我从章古台引进来的。坐班车到了达拉特旗，没有车来，好说歹说花了5块钱雇了老乡一辆小毛驴车，人家不来，让我自己赶。没有办法，我现学现赶，赶了一天才到的七里沙。50多年了，看见它们我比看见孩子还亲。”

男儿有泪不轻弹，只是未到伤心处。治沙人的痛处，都在树上。

油松，是松树这一大类中的重要成员。整个长江以北，尤其是黄河流域，针叶树类里数油松表现最为突出。

鄂尔多斯不论是在地质历史时期还是人类社会期间，都曾数次有过茂密的油松林。直到100多年前，鄂尔多斯还有部分地区生长着油松。据《准格尔旗志》记载：“西至伊旗之境，东至黄河之滨，南至陕西古城之边，北至库布其沙漠之畔，原始森林分布广阔而均匀，生长浓厚而茂密，真是森林满山，绿树成荫……”“清同治五年（公元1877年），马应龙回族军队侵袭准格尔旗时，神山附近乔灌木丛生，蒙古族群众日夜隐藏其中……纳林川、东孔兑、羊市塔、魏家峁、黑界地、准格尔召、神山、马栅、沙草梁、乌兰沟……无不丛生着松树、刺柏、黄柏、香柏、酸刺、乌柳、黑格兰（柳叶鼠李）等乔灌木，到处是一片繁荣茂盛、草木皆旺的森林植被区。”

生长在准格尔旗马栅的2000岁高龄的古柏和生长在羊市塔镇的“中国油松王”，皆可对上述记载予以佐证。从这个角度看，油松应该是鄂尔多斯地道的乡土树种。它和樟子松一样，它的育苗、造林，也一直是鄂尔多斯造林人苦苦求索的对象。

“中国油松王”是在库布其沙漠东部准格尔旗羊市塔镇松树塄残留的一株古油松，经科学测定，它是北宋英宗治平三年（公元1082年）天然落种而成的，树龄至今已有933年的高龄，当地人尊称它为“老神树”和“神树爷爷”。

“中国油松王”早已被准格尔旗列为重点文物保护单位，准格尔旗还辟建了远近闻名的油松王旅游区。已建成松王庙、三皇殿、龙王庙、药王庙、经堂等高档仿古建筑，成为内蒙古旅游线路的重要景点。

2006年，油松被定为鄂尔多斯市市树。

2011年9月，旅游局长乔明又约马教授去准格尔旗评审一家老板花1亿多元为“中国油松王”做的二期旅游规划。当时，内蒙古农业大学刚对马教授被译为国家二级教授进行公示，又看到“老神树”现在被保护建设的这么好，马教授心情非常高兴。感慨之余，他讲了自己30多年前和“老神树”的故事，引起了在座专家的极大兴趣，纷纷要求把这些故事写出来。最近他写了几篇有关“老神树”的回忆，收录在此。

故事一　砍掉“老神树”

1980年，时任伊克昭盟盟委副书记得蔡子萍下乡路过“老神树”时，看到敬香上贡的群众络绎不绝便很生气。来到树下，只见香烟缭绕，树下摆满了羊腿、整鸡、香肠等贡品；树上景象更是壮观，无数的红布、红绸缎横幅挂满了“老神树”的枝枝叉叉，上面写着“神树保佑”、“有求必应”。再看落款，除了伊克昭盟本地人外，山西、陕西、河北的都有，甚至还有湖北武汉的。蔡子萍便叫把212吉普车开到树下，让司机站在车顶上摘下手能够得着的所有横幅。

当时“老神树”的地界属于五字湾公社。蔡书记把一大捆横幅摔到公社书记得办公桌上，大发脾气，限令公社尽快把迷信树砍掉。公社书记只好责成武装部长完成任务。

武装部长领了炸药、雷管放回自家的凉房里，正推诿着不知怎么办时，没想到他弟弟偷着摆弄雷管把手炸了，于是这事便搁置下来。

蔡书记知道后，又下令让附近的雷达部队前去炸树。消息传来，附近的老百姓立刻像炸了锅的蚂蚁，大家一传十、十传百，等部队赶到时，“老神树”下黑压压地已聚集了几百人，里三层外三层地团团将“老神树”围住，使部队的战士无法下手。为了保卫这棵“老神树”，老百姓自发地组织起来看护队，日夜轮班守护着他们的“老神树”。

科学的春风终于吹到了伊克昭盟。经林业专家和新闻媒体的努力，“老神树”这株国家级的“活化石”、“活文物”最终受到了当地政府和群众的重点保护。

故事二　“神树爷爷”要看传统戏

“老神树”自从受到官方的重点保护以后，群众明白了“老神树”的科学价值，但也更敬畏“老神树”顽强抗争的“天人合一”的精神和神奇。由于“老神树”树龄已近千年，当地群众尊称“老神树”为“神树爷爷”，并自发地组织起来一个“敬神会”，形式上把传统的农历七月十五和农闲时的“赶交流”结合起来，活动时间定在每年七月十五前后。

20世纪80年代的一年，北方大旱，准格尔旗更是赤日炎炎，久无甘露。“敬神会”根据群众呼声，决定把祈雨作为主题，提前举办“敬神”活动。由于当时流行港澳歌舞，所以大会专门请了些有名气的流行歌手。四乡八里的群众蜂拥而至。

农历七月初十，按照“敬神会”的安排，数千人的祈雨庙会正式开始。会场上到处都是摆摊卖货的，有卖炖羊肉的、粉皮的，人群中携儿带女的、呼朋唤友的，摩肩接踵、熙熙攘攘。戏台上，港澳歌手也被观众的热情感染，歌者鸟语侉音，舞者袒胸露腿，让人听得如坠蛮乡，看得眼花缭乱。

时近中午，酷热的空中突然刮来一股强烈的飓风，大风夹着黄土黄沙，像沙尘暴一样席卷会场。顷刻间，数千人被大风刮得灰头土脸，四下逃散。大风来得猛，去得也怪，一个多小时就停了。但会场上已空无一人，戏台上的横幅、彩带被刮得不见踪影，小商小贩搭的凉棚被吹得东倒西歪，像海啸、地震光顾过的一样，惨不忍睹。

晚上，“敬神会”的领导们聚在一起，大家七嘴八舌地抒发着各自的感受和高见。话题由大风的古怪扯起，最终落到对“神树爷爷”的敬畏上。是什么地方做得不对惹得“神树爷爷”生气、大发脾气呢？突然，有人一拍大腿喊起来：“我知道了，神树爷爷是要看传统戏！”

统一认识后，“敬神会”连夜派人去山西请晋剧团前来演戏。演出的第三天，天上下起瓢泼大雨，赶庙会的群众个个又淋成落汤鸡。尽管如此，这次传奇式的祈雨至今仍被大家津津乐道。

“神树爷爷”不仅是大家的精神寄托，而且也是当地蒙汉传统文化的象征。

故事三　“神树爷爷”给我显过灵

记得1980年的夏天，我听说有人要砍掉“老神树”，急忙从东胜坐班车赶往准格尔旗政府所在地沙圪堵。一路上赶上天下雨，天黑了才到的沙圪堵。第二天早晨到汽车站一问，班车根本没有去“老神树”的，问来问去，只好买了一张去准格尔旗神山国营林场的票。

一个系统的同志果然好说话。神山林场的王场长知道我是盟林业局的技术员，还背着当时比较稀罕的照相机，立刻热情地款待了我，并商定他亲自陪我，第二天只开胶轮55拖拉机机头前去看“神树爷爷”。

这个决定果然英明。由于连日下雨，道路很是泥泞湿滑，若不是开个拖拉机55的机头，根本不可能颠簸着扭来扭去前行。即使这样，离“老神树”还有8里路时，由于雨水把唯一一条土路冲断，我们只好下车步行。

雨后的天气真好，晴空万里，没有云也没有风。当地的里数大，说是8里路，实际距离可能远大于此。正当我累得走不动时，王场长突然用手一指：“看见没，那就是神树爷爷！”我停下来眺望，远处，在一处丘陵之巅上，矗立着一株墨绿色的大树。我心中好生奇怪，一般树木要想长高长快长得高大，都应该长在山谷或沟底，这样才能水分好、肥料足。“老神树”怎么如此霸气，孤零零地长在丘陵之巅呢?

“老神树”越来越近，越往近路都是爬坡路。走几步我就抬头望望“老神树”，“老神树”越来越清晰，越来越高大了。来到百米之遥，我迫不急待地拿出相机拍起照来。来到二三十米时，我突然惊呆了，我闻到“老神树”树体上散发出一股浓浓的香火之气。这股香火味，杭州的灵隐寺和昆明西山的大雄宝殿给我留下的印象极深，可那都是大殿屋内，常年香火不断，关键是空气不流通所致。而眼前的这株古松树散发的浓浓香火味，神奇地摄人魂魄，让人心灵震憾，心生敬畏。

来到树下，又一种感觉让我心头猛的一紧。天空没有一丝风，抬头看，高大的树冠几乎纹丝不动，但树冠高处却发出一种数九寒天狂风吹刮的呼啸之声。我突然感悟到四个字——树大招风。由于树体高大，在看似空气静止流动的状况下发出狂风的呼啸声，若没有神树的演示，我这辈子恐怕永远理解不了“树大招风”这4个字的含义。

终于来到树下，摸着“老神树”的树皮，心中充溢着万千感慨和好奇。神树枝叉上挂满“神树保佑”、“有求必应”的红条幅，进一步印证了神树的神奇和敬香者的公众心理。

而我更惊讶的是神树的树根。由于“老神树”生长在丘陵之颠，根部极易受到风蚀。多年来“老神树”又蒙冤于迷信色彩，有人进香，无人管护，致使根部严重风蚀，油桶粗的几根主根完全裸露在外面，就像一只巨手向下死死地抠住大地，顽强地与厄运抗争、痛苦地向世人抽搐！望着“老神树”的惨状，听着树冠高空偶尔传来的风的呼啸声，我的眼泪止不住夺眶而出！

晴空白日，“老神树”诺大的躯干尚且如此招风，若是大风袭来，“老神树”眼看着难逃轰然一倒的厄运！想到这里，我连忙摘下帽子，从坡下远处取土倒在老神树的树根上。几趟下来，我累得呼哧呼哧直喘，几帽子土连一根树根的边边也没有盖上。王场长叹口气劝导我：“这样吧，等过两天路干了，我派人拉两车土给神树爷爷培上。”

我还在伤感，天突然下起雨来，王场长考虑到路还远，拉着不情愿的我连忙向坡下跑去。跑出二三百米，雨突然停了。我们好奇地停住脚，雨线就出现在我们身后几米远，看看天空，万里晴空只有“老神树”上空浮着一团乌云。王场长激动地对我大声喊：“你是个能人，神树爷爷对你显灵了！神树爷爷对你显灵了！”

“神树爷爷”对我显灵了！这个问题曾一度经常萦绕在我的脑海里。我是个唯物主义者，自幼胆大，不信神鬼，可神树对我显灵又该如何解释？难道真是碰巧了？马克思说过：“无数巧合就是一种必然。”这种必然又预示着什么？尽管没有答案，但“老神树”身处危难的情景一直像一股无形的力量驱使着我，短短几个月，我在《鄂尔多斯报》、《内蒙古日报》、《内蒙古林业》、《地理知识》、《驼铃》、《鄂尔多斯文艺》上，先后发表了《神树之谜》、《从油松王到神山林场》、《中国油松王》、《古油松点将推王》、《中国油松之王》等文章和照片，直到自治区林业厅正式下文拨专款1000元给“老神树”盖了围墙，回填了客土，保护了风蚀裸露的根部才告一段落。

“神树爷爷”是有灵气的。它傲然挺立在准格尔旗神奇富饶的土地上，千年的天地之精华滋润了它，万众的敬仰之香火濡养了它，使它既能感悟自然界的风云变幻，又能通达人世间的世态炎凉。最令人称奇的是，“老神树”的年轮显示，“文革”动乱期间，“老神树”悲天悯人，10年丝毫未长。1978年粉碎“四人帮”后，“老神树”与华夏普天同庆，返老还童，挂满了一树球果，惹得全国各地的林业育种专家纷至沓来，啧啧称美。

“神树爷爷”给我显过灵。当时给我的是使命感，一介书生只有靠自己手中的笔去宣传它、保护它。而今我已年过花甲，回想自己走过的几十年岁月，突然意识到，自从“神树爷爷”给我显过灵，我的事业、工作和生活几乎可以说是顺风顺水，虽有波澜曲折，但每当大事关头总是有如神助。

2010年，鄂尔多斯市开始启动实施“两个双百万亩”（百万亩油松、百万亩樟子松）生态工程，以铺天盖地的造林气魄，投巨资打造和谐的自然环境，举全力建设优美的生存环境，大手笔构筑良好的发展环境，高起点营造厚重的人文环境。

但是，反对的声音又来了。而且来头还不小，是位院士。理由还是前面啰嗦过的“主流派”的本本主义。

来鄂尔多斯看看吧，不论是毛乌素沙地，还是库布其沙漠，无论是作为治沙外围锁边林、十大孔兑护岸林、穿沙公路防护林，还是丘间低地点缀林，或是沙漠旅游景点景观林，到处都是樟子松美丽的圆锥塔形树冠，随处可见油松轮状蓬松的树形，还有青翠的云杉，柱状的杜松，再加上当地的爬地柏，这些四季常绿、冬季苍翠的针叶树种，为鄂尔多斯的寒冬季节增添了无限生机。

鄂尔多斯绿化的成果告诉人们，在半干旱地区是不适宜大面积的整体推进营造乔木林，但是在人居环境条件较好的地块、有水源的区域，合理地、科学地营造针叶树种还是可行的。更何况，鄂尔多斯营造约0.13平方公里的针叶类乔木林，也只占鄂尔多斯国土面积8.7万平方公里的1.5%。

绿化沙漠也好，美化大地亦罢，树种也要与时俱进，这是大势所趋，是社会发展的必然。颇有争议的“少壮派”，现在已经有了担当。

四、牧民群众欢迎的“哈日格那”

“哈日格那”是鄂尔多斯地区柠条的蒙古语名称。

柠条是对豆科蝶形花亚科锦鸡儿属锦鸡儿的通称。柠条属是个大家族，共有40多种。鄂尔多斯地区分布着9种锦鸡儿，它们是柠条锦鸡儿、中间锦鸡儿、狭叶锦鸡儿、垫状锦鸡儿、甘蒙锦鸡儿、荒漠锦鸡儿、短脚锦鸡儿、窄叶矮锦鸡儿、秦晋锦鸡儿。其中，数柠条锦鸡儿最为贵气。

柠条锦鸡儿，又叫毛条、大白柠条，是库布其沙漠的土生土长的树种，成片的天然柠条锦鸡儿群落达150平方公里，它是库布其沙漠一大靓丽的植物景观。为此，林业部门专门建立了库布其沙漠柠条锦鸡儿自治区级自然保护区。

大白柠条是高大灌木或小乔木，株高为2.4～4.7厘米，最高可达8米，主干胸径最大可达12厘米。大白柠条在形态方面具有旱生结构，部分叶退化成刺状。根系极为发达，为深根性树种，主根明显，但侧根也很发达，根系向四周水平方向延伸，纵横交错，固沙能力很强。树皮金黄色或黄白色，有光泽。大白柠条耐旱、耐寒、耐高温，不怕沙埋，沙子越埋，分枝越多，生长越旺，固沙能力越强，是干草原、荒漠草原地带的旱生灌丛。

柠条生长时，和所有的旱生植物一样，先埋头扎根，把根扎到地下潮湿的地方，然后两叶一丫才拱出地面，蓬勃向上，继而舒枝展叶。即便枝繁叶茂、卓立原野时，柠条仍然继续把根深扎。遗传使它懂得，只有深深扎根，才是生命张扬的根本。

无论在陡峭的高坡，还是在干涸的沙梁，无论天然分布、人工栽植，还是飞播营造，柠条都能落地生根，越长越旺。在零下30℃的严寒，柠条岿然茁壮；在零上40℃的酷暑，它依然葳蕤。

柠条对生态环境的改善功能很强。一丛柠条可以固土23立方米，可截流雨水34%，减少地面径流78%，减少地表冲刷66%。北方的土壤是缺磷、少氮、钾有余，鄂尔多斯的沙漠和沙质壤土更是如此。柠条林带、林网不但能够削弱风力，降低风速，直接减轻林网保护区内土壤的风蚀作用，而且变风蚀为堆积，能使土壤细粒物质相对增多，沙土容重变小。再加上林内大量枯枝落叶的堆积，腐殖质，氮、钾含量增加，尤以钾的含量增加较快。

鄂尔多斯市分布有灌木146种，素有“灌木王国”之美称，其中柠条分布面积占所有灌木面积的43%，占现有森林总面积的36%。大量的资料和多年的实践表明，柠条在鄂尔多斯地区具有很强的适应性。

鄂尔多斯市几十年来为了大力发展柠条，无论在政策上，还是在体制机制上，情有独钟地给予柠条一席重要地位。

20世纪70年代，伊克昭盟提出“三种五小”的生产方针，“三种”即种树、种草、种柠条，单独把柠条提出来上升到生产建设方针的高度。80年代又把种树、种草、种柠条的生产建设方针量化到每年种树100万亩、种草100万亩、种柠条100万亩。于是，伊克昭盟自上而下出现了不少“柠条盟长”、“柠条书记”、“柠条队长”等种柠条的领导人物。

进入新世纪，鄂尔多斯市提出建成林沙产业“351”基地，即“十二五”末，鄂尔多斯要达到3个千万亩、5个百万亩、1个10万亩，其中就有千万亩柠条饲料林基地建设。

经过50多年的努力，无论是在沟壑纵横的丘陵山区，还是在一望无际的干旱梁地，无论是毛乌素沙地，还是库布其沙漠，鄂尔多斯地区到处都有人工柠条林的分布。2013年底，全市有柠条林1058万亩，占国土总面积的8.1%，发挥着巨大的生态、经济和社会效益。

群生的柠条抱团聚族，根连根，手拉手，可以成林，继而成海。柠条一旦连成带片，地下根部的根瘤便成功会师，地上枝叶的叶绿素功效倍增。柠条是豆科植物，豆科植物天生就有固氮作用，这对于改良土壤，为家畜提高蛋白质来源非常重要。

当豆科植物的根系在土壤中生长时，会刺激同一互接种族的根瘤菌在根系附近大量繁殖。豆科植物对根瘤菌的这种影响，在土壤中可以达到2～3厘米的距离。这样，根系附近的、与该种豆科植物同族的根瘤菌就会不断地繁殖并聚集到根毛的顶端，根瘤菌分泌一种纤维素酶，将根毛顶端的细胞壁溶解掉。随后根瘤菌从根毛顶端侵入到根的内部，并形成感染丝。根瘤菌不断地进入根内，并且大量繁殖，在根瘤菌侵入的刺激下，根细胞分泌一种纤维素，将感染丝包围起来，形成一条分支或不分支的纤维素鞘。侵入线不断地向内延伸，一直到达根的内皮层，内皮层处的薄壁细胞受到根瘤菌分泌物的刺激，不断进行细胞分裂，从而使该处的组织膨大，最终形成根瘤。

豆科植物与根瘤菌是共生的关系，就是说豆科植物靠根瘤菌所固定的氮获得营养，根瘤菌则需要在豆科植物的根里才能生存。豆科植物离开根瘤菌后，氮的来源只能从土壤中吸收，而北方土壤中的氨盐并不丰富，所以植物叶子可能会发黄，严重者导致死亡。

根瘤菌是一类与农业生产关系密切的细菌，与豆科植物共生具有很高的固氮效率。它是人类食品中淀粉、蛋白质、油的重要来源之一。

硬菜，指的是北方地区宴席中的肉菜。马教授一行在采访时，牧民们夸赞柠条是沙区难得可贵的“硬草”。“硬”是说柠条的营养价值高和特殊作用，“草”讲的是一年四季牲畜可食的灌木植物。特别是在冬天，草本植物枯死，唯有柠条枝梢鲜绿可供牲畜采食，所以柠条是牧民们喜欢的“哈日格那”。

柠条枝叶的营养价值很高，含粗蛋白质22.9%、粗脂肪4.9%、粗纤维27.8%；种子中含粗蛋白质27.4%、粗脂肪12.8%，一年四季均可放牧利用。尤其在冬春枯草季节和遇特大干旱或大雪，即“黑白灾”时，柠条更是牲畜的主要饲草饲料，被牧民称为度荒的“救命草”。

乌审旗有个地名叫柠条梁。20世纪五六十年代乌审旗到处黄沙漫漫，人烟稀少，唯独柠条梁人畜兴旺，全靠柠条改善生态环境，给牲畜提供饲草。特别是枯草期，柠条是上等的度荒牧场。

柠条不但在大雪封地时露头供食，而且可在柠条林内为家畜遮风蔽沙，是得天独厚的灌木草场。鄂尔多斯春旱严重，在大地一片灰黄、野草尚未发芽之时，柠条最早吐出新芽绿叶，尤其是初花时的嫩枝条，牲畜适口性好，这时牛羊吃到它，当然是美味佳肴的“硬草”了。

柠条无论干贮，还是青贮，饲用价值很高，特别是同饲料玉米一起混贮，柠条嫩枝条粗蛋白含量高，饲料玉米秸秆糖分含量高，二者互补，是高级的精饲料，羊牛非常爱吃。

柠条也常形成沙漠灌丛群落。它在肥力极差，在沙层含水率2%～3%的流动沙地和丘间低地以及固定、半固定沙地上均能生长。即使在降雨量100毫米的年份，柠条也能奉献绿色。

柠条可在梁地、沙窝、溪间、路旁到处生长，矮时齐腰，高则过人。柠条它与农无争，与林无争，与牧无争，与人无争。它把肥田美土让给人类耕作生息，自己却扎根于荒山秃岭、沙漠沙地，默默地防风固沙，改土蓄水。它把庄严让给了松柏，把显俏留给了花卉，自己却选择了缄默，蓄积能量拓展空间。

在鄂尔多斯那广袤的原野上，那一簇簇、一行行柠条，尤其是人工摇耧播种的柠条，远看似大地上一条条绿色的彩带。它们或自立门户独树一帜，或成群结队聚众而生。单株个体皆蓬散的丛状冠形，整体连片则形成一张张经纬纵横的巨网，长可达数里，宽可过百米，以柔克刚、聚集生气。

漫山遍野的柠条郁郁葱葱，泼洒出了一块块雄浑壮阔的绿洲，渲染出了一道道奔腾豪放的风景线。这风景线是鄂尔多斯基础的生命线，它是生命底线的守护者，与共有一片蓝天的父老同守贫瘠，与扎根同一块土地的乡亲共度时艰。

柠条花期4月下旬至6月。春天，那一串串嫩黄色蝴蝶似的豆科花朵，旗瓣翼瓣龙骨瓣，含蓄优雅，散发着浓郁的幽香，漫山遍野，沁人心脾，又好似给沙漠、硬梁地上铺了一层硕大无比的绿毯，抵御着风沙的侵袭。秋天，一串串咖啡色的“豆角”挂满枝头，一成熟便噼噼啪啪裂开，黄豆般的籽粒撒在地上，任风翻动，遇土扎根。

寒冬来临时，柠条带刺的叶虽细小，却依然绿意盎然。

柠条是良好的饲草饲料灌木，根、花、种子均可入药，有滋阴养血、通经、镇静之功用。

柠条的籽可榨油酿酒，花可养蜂酿蜜，枝可造纸压板，枝梢可以放牧养畜。它还是优良的绿色能源，热值相当于标准煤的70%。更为重要的是，柠条的粗蛋白是营养丰富的牧草，封禁3年之后，即可四季放牧，一亩柠条能让一只羊过上“小康”生活。如果硬要说柠条还有所索取的话，那似乎也只是要求人们每过几年便平茬复壮一次，否则便会退化枯萎。

当农民挥起锋利的镢头为它除去旧枝，来年春暖花开时，新生的枝条便更加茂盛、鲜嫩，楚楚动人。如此循环，百岁柠条，竟能永葆青春，这是另一种涅槃。经鄂尔多斯人研究，柠条无论是在烈日炎炎的仲夏，还是在寒风刺骨的隆冬，无论是在鲜花烂漫的暮春，还是在硕果累累的金秋，一年四季都能平茬，绝不会像很多植物在生长季平茬复壮就会导致整株死亡。这正是柠条强大的生命力所在，更是千万亩柠条存在的原因。

柠条的身上寄托着鄂尔多斯几代人的绿色希望。当支离破碎的黄土地变成柠条世界、黄沙漫漫的大漠变成绿色海洋时，干旱半干旱地区以种植业为主的传统型、温饱型经济结构的伊克昭盟，借助柠条变成以林草业、养殖业为主的生态型、小康型经济结构的鄂尔多斯时，支撑这种结构的，就是越割越旺的柠条和越来越多的羊群，而照亮这条可持续发展道路的，是生态文明的火炬，也成就了鄂尔多斯“灌木王国”的美誉。

小叶锦鸡儿灌丛为半干旱草原地带半固定沙地和固定沙地上分布最广的一种旱生具刺灌丛。建群种小叶锦鸡儿依生态地理环境的不同，植株高度、叶片大小、颜色以及花的发育都有较大的变异。一般在半固定沙地上生长势最旺盛，随着沙地固定程度提高，生长势下降。虽然鄂尔多斯地区现在还没有小叶锦鸡儿一席空间，它的生命力强、利用价值高、防风固沙能力大，在与沙漠化作斗争中应作为重要的治沙材料，倡导大力引进、广泛推广。

中间锦鸡儿为荒漠草原地带梁地上的替代类型。建群种中间锦鸡儿在形态和外貌上和小叶锦鸡儿相近似，由它组成的沙地灌丛的高度较低，郁闭度一般也不高，但群落组成比较复杂，并表现出明显的草原化特征。在沙地固定程度较低的地方，灌丛间往往还生长着大量的油蒿、沙竹、沙米和虫实等沙生植物。

柠条锦鸡儿是锦鸡儿属植物在草原化荒漠区的替代种，是草原化荒漠区沙地上的一种强旱生具刺灌丛，在半荒漠区具有非常明显的生态和景观作用。

目前，柠条是中国西北、华北、东北西部水土保持和固沙造林的重要树种之一，是贫瘠、干旱中最顽强的生命，属于优良固沙绿化树种。

吕荣在采访的一路上，多次谈到他负责的柠条飞播项目。他信心满满地说：“我们是从2003年开始在鄂托克旗进行柠条飞播试验研究的，伴生飞播种为杨柴和籽蒿。10年了，经过广大科技人员的不懈努力和三大技术的集成应用，现在飞播柠条取得了突破性的进展。如果飞播柠条能够取得彻底成功，不仅拓宽了飞播领域，必将为鄂尔多斯的生态建设事业带来一场深刻的革命。”

五、总书记关心的“沙漠卫士”

2007年11月17日，胡锦涛在鄂尔多斯市考察工作，看到成片的沙丘上长满了沙柳，曾经退化的草原植被开始恢复时说："通过退耕还林还草，鄂尔多斯市粮食产量不仅没有减少，反而有所增加，牲畜头数也翻了一番，更重要的是取得了生态效益，整个生态环境有了明显改善，这对于恢复生态、改善民生有着重要作用，符合科学发展观的要求。要进一步完善政策、巩固成果，坚持不懈地把这件利国利民的事情做好。"

2008年1月19日，胡锦涛在看望享誉世界的杰出科学家、我国航天事业的重要奠基人钱学森时说："前不久，我到内蒙古自治区鄂尔多斯市考察，看到那里沙产业发展得很好，沙生植物加工搞起来了，生态正在得到恢复，人民生活水平也有了明显提高。钱老，您的设想正在变成现实。"

总书记说的沙生植物就是以沙柳为主的沙生灌木；沙产业指的是以沙生灌木为原料的林板、林纸、林饲、林电、林品一体化的产业（林指沙生灌木林，板指人造板，纸指造纸，饲指饲料，电指生物质发电，品指食品、药品、保健品）。沙柳生长迅速，枝叶茂密，根系繁大，固沙保土力强，利用价值高，是库布其沙漠地区造林面积最大的树种之一。

沙柳为典型的沙漠灌木植物，其幼枝黄色，叶线形或线状披针形，枝条丛生不怕沙压，根系发达，萌芽力强，是优良的固沙造林树种和名副其实的"沙漠卫士"。

沙柳具有不定芽和休眠芽，萌蘖力强，具有萌生性和丛生性，繁殖容易。平茬可激活休眠芽，易产生不定芽，具有新枝速生的特性。通过平茬，可以清除衰老的枝条，减少老化、退化枝条对整株的影响。平茬后，产生伤口，沙柳为了愈合伤口，大量的生长素积聚在伤口周围形成愈伤组织，激活了休眠芽，激活的休眠芽在近地面产生大量的不定芽，形成丛状新枝条。年轻的枝条，生活力旺盛，生长速度快，2～5年就可长成大丛沙柳。

沙柳这种沙生灌木像割韭菜一样，具有平茬复壮的生物习性。人们用刀齐根砍下这些沙柳，再切成七八十厘米的节杆，就成了一株固沙栽种的新苗。这时，砍过的沙柳并没有死，它们默默地孕育着，等待来年春天的新生。3年成材，越砍越旺，这是沙柳的本性。可是，如果不去砍掉长成的老枝干，沙柳长势不旺，10年后，它们就会枯枝退化甚至死亡。民间有一句沙柳格言：只要心中有榜样，人生就不会迷失方向！

沙柳具有干旱旱不死、牛羊啃不死、刀斧砍不死、沙土埋不死、水涝淹不死的“五不死”特性。沙柳属于多年生速生灌木，抗逆性强，较耐旱，喜水湿，成活率高，适应性强，抗风沙，耐一定盐碱，也耐严寒和酷热，喜适度沙压，越压越旺。

沙柳受沙埋后易生不定根和不定芽，形成新的枝条和根系，在一定范围内，植丛的生长速度与沙埋深度成正相关。只要沙埋不超过树冠，沙层越厚生长越旺盛，最终形成高大的沙柳沙堆。但是，当后续沙源终断，其他沙生植物大量渗入，沙丘逐渐走向固定时，沙柳便会失去独战沙漠的兴趣，渐渐退出自己鏖战多年的领域。

沙柳不怕干旱，可以从沙丘底部，一直窜根爬到沙丘顶部。但雨水充足或长年浸泡在水里，它也一样能够正常生长。为了解开这个谜团，《鄂尔多斯植物志》主编吴剑雄曾经做过一个试验。他找到一处常年积水的沙丘丘间低地，把水全部排干挖沙柳的根系，结果发现，沙柳根系的毛根处，裹着大大小小无数用沙固结成的“沙圪蛋”。大者有苹果大，小的像玻璃球。“沙圪蛋”很硬，中间却是空的，毛根就是利用它自己制造的“沙圪蛋”保持着沙柳根系的呼吸作用！

马教授把“沙圪蛋”命名为“吴氏沙壳”，以此纪念吴剑雄的这一重大发现。

沙柳不怕牛羊啃，即使把一丛沙柳四周枝条的皮都啃光了，只要在里边还有一枝没被牛羊啃过，过不了多长时间灌丛又恢复了生机，长出离地面三四米高的新枝。

沙柳的根系非常发达，可从地下深处吸收水分，有较强的生命力。沙柳扎于地下的根像网一样寻求水分，向四处延伸，而且是均匀地扩散生长，避免集中在一起消耗过多的沙层水分。如沙柳的株高2～3米时，它的主根可以钻到沙土里3～4米深，水平根可伸展到20～30米。成年沙柳的根最远能够延伸到100

多米，一株沙柳就可将周围流动的沙丘牢牢固住。即使某一面受到风蚀，露出1～2层水平根，也不至于造成全株死亡。

大多数植物的根都向下生长，这叫向地性，是植物的天性。但是兰登明教授发现，沙柳的侧根沿着沙坡向上或向下生长到一定长度后，这条根上就会匀匀长出一排向上生长的毛根，收沿沙坡一早一晚形成的凝结水。

沙柳不仅把大面积沙丘牢牢地固定住，而且成片成串的沙柳形成的植物带，涵养沙地的水分，削平了沙包，没有几年就能形成一片片平缓的绿地。接着，当地人就可以利用这片绿地种树、种庄稼、种药材，形成的植物链又可以饲养牛羊鸡鸭。

沙柳成活后的柳条既可当种苗卖，还可作为编织材料，或作为制作刨花板、中密度板的原材料出售。沙柳等沙漠植物粉碎青贮，还可做成牲畜的“营养罐装食品”。

沙柳所含的热量和煤差不多，据测定热值为每公斤4300～4700千卡，1公斤沙柳风干物相当于0.68公斤标准煤。针对沙柳优良的燃烧性能，用沙柳进行生物质发电，是鄂尔多斯创新的新时尚。该项目技术装备简单，运行成本低，项目效益多元。

马教授一行在采访毛乌素生物质发电厂老总李京陆时，他介绍说：“1公斤沙柳枝条，平均可发出1度绿色电，成片的沙柳林可发展成每4～6年砍一次的绿色煤田。”

这一思路既解决了鄂尔多斯生态效益向经济效益转化的实际问题，又与当前牧区全面推行舍饲圈养的做法合拍，前景非常看好。因此，由沙柳引发的沙产业已成为如今新一轮的经济增长点。

李京陆的毛乌素生物质热电厂，于2007年5月在乌审召生态工业园区破土动工，2008年7月份并网发电。

该项目是全球首家选用沙柳平茬剩余物作为生物质燃料进行直燃发电的示范电厂。通过生物质热电厂几年的实施运行，对生物质锅炉直燃发电技术的攻关和开发，以及对沙生灌木平茬、收获、破碎、集运、贮存、上料及分配等技术的完善，现在已形成一整套适合中国沙生灌木类生物质直燃锅炉发电的技术标准、设备体系。为中国的沙生灌木类生物质直燃发电及能源化利用，提供了创新性的技术支撑和成熟技术，建成了生态环境良好的循环经济模式及其产业化示范工程。毛乌素生物质热电厂年销售收入达1.2亿元，年利润达1500万元，完成各项税收700万元，投资利润率达12.5%。

值得重视的是，毛乌素生物质热电厂形成了一举多赢的循环经济发展模式。企业将生态建设与国家新能源需求相结合，先行建设能源林基地，自觉承担起治沙造林的义务，使新能源产业效益直接转化为生态建设的持续动力，形成了造林治沙—获得生物质—新能源发电获益—反哺沙区群众造林抚育—再扩大生态建设和生物质能源产业规模的产业良性循环模式，具备持续性的企业规模发展和规模治沙的动能。

尤其是企业产业化治沙富民效果好。目前，电厂累计投入资金8000多万元，自身已经营造沙柳240平方公里，占国家“十一五”期间全国沙漠化减少面积的2.8%，拉动周边地区平茬抚育各类灌木约534平方公里，收购沙生灌木24万吨，直接使农牧民增收8000多万元，惠及5000多户。这种既治沙又致富，将沙区生态恢复与农牧民的生活改善、生产转型以及企业发展有机地结合在一起，实现了人与生态、经济和社会的和谐发展，可持续性强。

毛乌素生物质热电厂按照“碳吸收”、“碳减排”、“碳捕捉”的“三碳经济”模式，着力转变经济发展方式，推动企业向高端发展。2011年5月，利用电厂烟气实施占地约0.14平方公里、年产200吨的螺旋藻养殖项目正式开工建设，同时配套建设螺旋藻加工GMP车间，实现生产高起点、高标准，产品高品质、高效益。

生物质电厂还有5朵靓丽的“小花”：第一朵是生物质粉煤灰经简单加工处理可成为优质的钾肥销往酸性土壤地区；第二朵是利用循环水可成为周边工厂和城镇居民的供热源；第三朵是冒出的烟回收后养殖螺旋藻；第四朵是大片的沙柳原料林已同国外协议为碳汇补偿林；第五朵是冷却水成为周边绿化的生态用水。

漫赖刨花厂是鄂尔多斯市宏业人造板有限责任公司下设的一个以沙柳为原料生产人造板的企业。成立于1989年，最初建设规模为年产5000立方米的沙柳普通刨花板生产线。2002年公司投资新建了年产6万立方米中纤板生产线一条，现已进入批量生产，产量已达到设计生产能力，质量达到了国家标准。

漫赖乡建刨花板厂以前，全乡平均每年造林面积2平方公里，建厂后每年农民自发种植沙柳10平方公里。到2012年，全乡沙柳、沙棘、柠条等灌木的有林面积约534万平方公里。漫赖刨花板厂附近的伊金霍洛旗、杭锦旗、鄂托克旗、准格尔旗、达拉特旗的造林面积也逐年增加。上述旗靠近漫赖刨花板厂的乡（镇）近几年有林面积增加了约0.34平方公里。每到春秋季节，农牧民自觉植树造林已成为当地一道令人愉悦的景观。

20多年来，漫赖刨花厂累计生产人造板50万立方米，实现产值5000多万元，累计创利税600多万元，收购沙柳近80万吨，发放沙柳收购资金1.2亿多元。漫赖刨花厂安排当地农村剩余劳动力600多人、城镇待业人员200多人，带动了鄂尔多斯市6旗（区）10个乡300多个自然村4000多户共1.5万多名农牧民脱贫致富。该企业的资产，也由原漫赖刨花板厂的243万元跃增到现在拥有2亿元总资产的地方民营骨干企业。

以沙柳综合利用逆向拉动农民自觉植树造林的现象，在国内漫赖是首例，1996年被有关专家称之为“漫赖现象”。“漫赖现象”带动了鄂尔多斯市 7 条人造板生产线的发展，其中有4.5万立方米刨花板生产线、10万立方米中密度纤维板生产线。同时，人造板生产线还带动农民建起了40多家沙柳削片加工厂，为人造板企业提供半成品原料，安排农村剩余劳动力和城镇失业人员近千人。

把沙柳由烧火柴变成“摇钱树”的，主力军还有内蒙古东达蒙古王集团以及附近其他几家沙柳加工企业。

据东达蒙古王集团董事长兼总裁赵永亮介绍，公司于1998年收购了因不符合环保要求等原因亏损、破产、倒闭多年的原达拉特旗造纸厂，新上了年产50万吨沙柳制浆配抄挂面箱板纸技改项目，为年产近100万吨的沙柳找到了出路。年产10万吨高强瓦楞纸，使“次小薪材”的沙柳变废为宝。2006年，这个公司支付给农牧民沙柳原料费3600万元、运输费1800万元，使3万多户农牧民共12万多人受益。

通过龙头企业带动，变生态链为产业链，农牧民按订单发展林业有了新的收入，变“要我种”为“我要种”，沙柳种植面积成倍增加。东达蒙古王投资建设了2000平方公里沙柳种植基地、50万吨沙柳人造板纸生产项目和30万吨颗粒饲料加工项目，基地与项目区的运营形成一个微循环产业链。

2005年时任杜梓市长在林沙产业大会上强调抓林沙产业要紧抓不放，一抓到底。首先是抓投入，建立了以政府投入为导向、农牧民投入为主体、社会投入为补充的多元化资金投入机制，以利益杠杆撬动生态建设，激发了社会各方面参与生态建设的积极性。

其次是抓基地，坚持以小群体、大规模，区域化布局。以分散经营的方式安排原料林基地建设任务，把建设任务落实到户；由基地所在地区政府和林沙产品加工企业共同协商确定最低保护价，以公司加基地、基地连农户、就近优先采购的模式保护农牧民的利益，并鼓励生产企业按照原材料市场供需情况和最低保护价合理制定收购价格。

2005年，全市沙柳、杨柴、柠条、沙棘、甘草、麻黄等六大基地已初具规模，不仅为林沙产业发展提供了大量原材料，而且在生态防护体系中发挥了重要作用。

第三是抓龙头，对有条件的林沙企业，积极鼓励和支持其通过兼并、收购、租赁等形式扩大生产规模，提高产品档次，提高市场竞争能力。着力培育一批依托林沙资源，具有市场开发能力、科技开发能力和精深加工能力，能辐射、带动农牧民发展个体林业的林沙龙头企业。

第四是抓科技，以科技推动产业发展，投资1500万元，购进飞机10架，组建了鄂尔多斯通用航空公司，确保大面积飞播造林的需要。投资1000万元，组建了鄂尔多斯碧森种业公司，年加工林木种子3000吨，确保造林用种质量的提高。组建了旗区机械化造林服务队，开展了柠条飞播、超旱生灌木的人工栽培、灌木选优等十多项重点课题攻关，确保生态建设的可持续发展。

市长一声号令，全市上下积极行动。一场林沙产业人民战争全面铺开，鄂尔多斯的林沙产业一跃成为全国老大。沙柳的贡献率占到了半壁江山。

文学家喜欢沙柳、赞美沙柳，称沙柳是大漠的女神，守候着静静的荒凉；说沙柳是大漠的爱人，从来不肯丢手，牢牢地把大漠拥在自己的怀里。当晚秋绿色远去，沙柳披上乳黄色的外衣，姑娘拿其做盆景，或和它拍照，形象美丽，超越了貂蝉。

诗人喜欢沙柳，喜欢它的坚忍，喜欢它的顽强，喜欢它的生命力，喜欢它的团体性，更喜欢它毫不利己、专门利人的奉献精神。

胡锦涛总书记喜欢沙柳，是因为沙柳不仅是固沙造林的“沙漠卫士”，更重要的是沙柳能为社会贡献巨大的生态效益，对鄂尔多斯整个生态环境和改善民生都起到了重要作用。

六、“沙”氏一族

提起沙漠，人们总以为沙漠里是荒凉无际，黄沙滚滚，寸草不生的。其实，沙漠并不是生命的禁区，那里尚有片片绿洲呈现着生机，维持着沙漠独具特色的生态平衡。生活在沙漠里的这些植物被称为沙生植物。在沙漠中，由成百上千的沙生植物组成的沙漠植物群落，主要是由“沙”氏一族和它的亲戚、邻居所组成。这些沙生植物由于长期生活在风沙大、雨水少、冷热多变的严酷气候条件下，万千年来练就了一身适应艰苦环境的本领，生就了种种奇特的形态造型。它们把顽强的生命力和本能发挥到极致的能力，令人惊异。

在这里有必要将库布其沙漠的“沙”族英雄和它伟大的亲戚、邻居隆重推出，让读者洗耳恭听这些沙生植物的名讳，领略它们的风采。

以“沙”字或“砂”字为序冠名的沙生植物，列举如下：

沙柳、沙蒿、沙竹、沙米、沙芥、沙枣、沙蓬、沙葱、沙棘、沙韭、沙果、沙冬青、沙打旺、沙地柏、沙拐枣、沙芦草、沙引草、沙苁蓉、沙茴香、沙棘豆、沙奶草、沙菀子、沙木蓼、沙生大戟、沙生冰草、沙生针茅、沙生鹤虱、沙地青蓝、沙兰刺头、沙地繁缕、沙菀蒺藜、沙珍棘豆、沙地萎陵菜、沙地旋复花、沙生地蔷薇。

白沙蒿、黑沙蒿、水莎草、红砂、紫沙参、距沙芥。

布利沙芥、中国沙棘、长叶红砂、山羊沙芥、斧形沙芥、宽翅沙芥、距果沙芥、中华沙棘、戈壁沙蓬、瓦氏沙参、距花沙参、长柱沙参、头状沙拐枣、头穗沙草、宁夏沙参、多岐沙参、异型沙草、西北沙柳、狭叶沙木蓼、狭叶沙生大戟、狭叶沙参、密穗莎草、球穗莎草、蒙古沙拐枣、蒙古沙蓬、中华草沙蚕。

另外，“沙”氏一族还有久经考验、为数众多的亲戚和邻居，如霸王、胡杨、甘草、梭梭、白茨、杨柴、花棒、柠条、虫实、水柏枝等，虽然它们的名字不带沙字，但它们和“沙”氏一族祖祖辈辈生活在一起，世世代代之间的友谊和感情有的远远超过“沙”氏一族自身的“血缘”。面对风沙，它们互为伴生植物，团结互助、各尽所能，共同维系着家族的兴旺与繁衍。

沙漠地区的植物在地球上都是历尽沧桑，通过自然界选择、优胜劣汰，在长期的进化演替过程中，形成了适应特殊环境条件的非凡能力，表现出对沙漠环境的多种适应方式和适应特性。

“伊盟有三沙，即沙子、沙蒿、沙和尚，鸡蛋里还有沙。”这是20世纪50～70年代人们对地方生态状况的自嘲。

沙子，代表地理系统的表征。原伊克昭盟境内除了占国土面积48%的毛乌素沙地和库布其沙漠外，全境荒漠化土地面积占到86%以上。地貌景观是赤地千里，地表除了沙子还是沙子，风吹沙动、飞沙走石、沙尘弥漫，荒凉到了极致。

沙蒿，代表植物系统的特征。沙蒿群落是沙生植物中的顶级群落。沙蒿在当时，既是人们扎手的烧火柴，又是牲畜苦涩的救命草。万般无奈地过度利用，使得世代传承的、少的可怜、生命力极强的旱生植物也难于安居。

沙和尚（蜥蜴），代表动物系统的无奈。又小又矮的爬行动物，在光秃秃的沙梁上，它眨双眼皮你也能看清楚。唯一、单调的动物，何能称其为系统呢！

沙子无处不在，鸡蛋里还有沙，生态环境恶化到何种地步。

沙蒿是俗称，是白沙蒿（也称籽蒿）和黑沙蒿（也称油蒿）的通称。沙蒿是菊科旱生小半灌木，具有与灌木相似的外形（如不具明显的主干，高 5 米以下）的多年生植物。常在近基部生长出多个粗细相似的枝干，丛生。介于木本植物与草木植物之间，上部是一年生的，仅在枝条的下部为多年生，并有木栓组织保护。因此在寒冷的冬天，上部的枝条枯萎或死亡，常被农人砍伐作为柴薪。

沙蒿还是很好的固沙植物。沙地流动性的主要指标为植被盖度，一般植被盖度小于5%为流动沙地，只有一年生草本植物沙米、沙竹才有这种能力在光得没毛的沙丘上生长。植被盖度在5%～30%为半固定沙地，白沙蒿在此环境中适宜生存。如果植被盖度超过30%时，沙地水分就满足不了它的生存需求，白沙蒿便自动退出该区域。植被盖度大于30%为固定沙地，由于黑沙蒿根系非常发达，主根深达2米以上，侧根水平距离超过5米，所以它能在固定沙地上形成稳定的群落，生态学界称其为沙地顶级群落。黑沙蒿是固定沙地的指示植物。

黑沙蒿是干旱、半干旱气候条件下在沙质土地上植物界生存斗争的优胜者，也是相当稳定的建群种。它可以生长在不同类型的沙土生境上，从半固定沙丘到固定沙丘，从草甸性沙地到覆沙梁坡，到处都能生长，所以就有极大的可能和沙区内各种不同生活型的亲戚、邻居植物形成多种多样的群落。它们不仅是固沙植物，有的半灌木也是药用植物、饲用植物，如麻黄、黄芪和杨柴等。

鄂尔多斯草根文人写过不少赞美沙蒿的散文。在鄂尔多斯的沙原上，遍布着一簇簇、一片片的沙蒿，随风摇曳，不断地向人们颔首致意。

沙蒿，并不是什么奇花异草。它既没有娇艳的花朵、浓郁的香气，也没有婀娜的枝叶、妩媚的躯体。无论是在百花竞开的初春、万木争荣的盛夏，还是硕果累累的晚秋，它的外貌总是那么普普通通，平平淡淡，毫不引人注意。

沙蒿，在百草世界里，不矫揉造作，不标新立异，不哗众取宠，不孤芳自赏。它既不像娇生惯养的樱桃，更不似养尊处优的牡丹。它不挑剔气候，也不选择土壤，只要哪里撒下它的种子，它就在哪里扎根发芽。人们常赞美杨柳到处为家，也常称颂松柏岁寒不凋，但是沙蒿却在杨柳不长、松柏不生的最最荒芜贫瘠的沙漠里踏踏实实地、不声不响地生长着，繁衍着。

当狂风一起，摧花折枝，风沙流骤起，风蚀、沙埋频繁交替的时候，沙蒿，它却尽力伸展自己那繁多有力的根须，汲取黄沙深处的点滴水分，越长越茁壮，越长越浓密。它把千百万分散的沙土颗粒团结在自己的周围，使它们站稳脚跟，不再流动，给它们换上新装，绿意盎然，将它们变成沃土，让它的亲戚、邻居在其上长出浪漫的花草。

鄂尔多斯人在以栽植沙蒿为主的治沙实践中总结出很多草根经验和做法。

种植上，利用沙蒿种子表面覆被着的一层生物胶，它具有在干时保护种皮，湿时吸水膨胀，内供种仁萌发，外裹沙土起到覆土作用，避免闪芽，直播效果非常理想。用此原理进行人工撒播和飞机播种造林，上演了一幕幕植被演替的奇妙组合。

栽植上，用2～3年生沙蒿枝条扦插造林，清明前栽一株活一株，栽一片活一片。清明后可能受“情绪”影响，栽植成活率相当低。固沙上，利用沙蒿枝条在沙丘风蚀部位，设置平铺式、直立式、行列式、方格式沙障，稳定沙面，可为造林种草创造条件。保护上，采取封沙禁牧，充分发挥沙蒿的结种量大、自然落种多、种粒小、随风传播快的特点，理想地进行沙漠植被的自然更新和修复。

沙蒿，只要有一点生存条件，它们就会生根、发芽、生长，成群结队，海海漫漫地牢牢地扎根于大地，保护着自己的家园。

由于沙漠缺水，所以沙漠里的植物根系都非常发达，可从地下深处吸收水分，保持较强的生命力。这是沙漠植物适应干旱环境的主要特征之一。沙生植物的共性是主根深、水平根的侧根广。它们的水平根不但可以向四面八方扩展得很远，而且均匀地扩散生长，避免集中在一起，消耗过多的沙层水分。

如梭梭的垂直根一般深达5米，最深可达14米，深深扎入地下水层，以吸收地下水。柽柳的主、侧根都极发达，主根往往伸至地下水层，最深也可达10多米。胡杨、沙拐枣属植物的根系多为水平分布，水平根可超过10米，但在地下水8～10米深的沙地上，沙拐枣的根系可垂直向下发展到5米左右，最深能达到地下水沿毛细管上升的区域。

对多年生沙漠植物来说，千万不要以为它地上部分出现落叶或枯梢，便是死亡的象征。这往往是沙生植物面对严重干旱的巧妙策略，被迫进入休眠或假死状态。其实，假死状态的沙生植物根部依然健壮，等到降雨、沙地水分条件好转，哪怕是一泡骆驼尿，那些休眠或假死的植物就可能立刻复苏，“借尸还魂”，重新萌生枝叶。此种现象在荒漠植物中是普遍存在的。

沙漠中水分稀少，蒸发量却大得惊人，蒸发量往往是降雨量的几十倍乃至几百倍。叶子是植物进行水分和气体交换的最大器官，许多沙漠植物为了适应在干旱区生存，茎叶表层都有一层保护蜡膜，叶片退化不发达，具有被毛等附属物，可以减少并防止水分的蒸发。

如花棒为适应高温和沙割的沙漠环境，叶轴肉质化，树皮成片剥离，保护着茎杆免受灼伤；白刺、沙拐枣、大白柠条枝条呈现灰白色，可以抵挡强烈的阳光直射；沙冬青的叶表面有一层蜡质和灰白色绒毛，梭梭叶呈鳞片状，霸王叶退化成肉质针状。

沙芦草、沙竹，以根状茎长在沙漠中。根状茎的形状如同根一样，都有着明显的节与节间，节上的腋芽向上长出不定芽、地上茎，向下能生出不定根。在节上还有小型的退化鳞片叶保护，根状茎内储藏有丰富的营养物质，利用其很强的繁殖力来生存、生长。

沙漠中，由于雨季短暂，红砂、棉刺、沙米、虫实等好多的沙生种旱生植物，在1～2个月乃至1～2个星期里就可以迅速发芽、生长、开花、结果，在相当短暂的时间里完成它的生活周期。为了繁衍下一代，五星蒿、油蒿、籽蒿等植物采用大量结实的办法，一株可结实几十万乃至上百万粒种子，以多取胜，在恶劣的沙地环境，利用总有能遇到适宜生境的概率延续本种的后代。也有的植物如百花蒿、角蒿、二色补血草等，为了吸引动物为它们传粉受精，往往会开出十分艳丽的花朵，为荒芜的大地带来缤纷靓丽的色彩。凡此种种，都是大自然的生态奥秘，也是适者生存的遗传密码。

沙漠和沙地中优势植物自然是沙生、旱生植物。它们能借助特殊的生理结构特性，“笑纳”干旱，“享受”高温酷暑。在这些沙生、旱生植物组织结构中，它们有的把叶片缩小变厚，栅栏组织发达，角质层、蜡层加厚，表皮毛密生，气孔凹陷，叶片向内反卷包藏气孔，施展“吸水大法”，自我浇灌，“独酌自饮”。有的则加强了吸水能力和保水储水能力，以适应干旱。如提高细胞液浓度，降低叶细胞水势，扩展根系，提高原生质水合程度等，让水分在高压态势下，自动前来“纳贡”。

“沙”氏一族和它的亲戚、邻居，虽然相伴生长在同一沙漠环境，但是各家的做法自有高招，各具家族特色。

肉质旱生植物，属于植物中的“得道仙人”，能长期不食人间“烟火”而依然生长良好。仙人掌、骆驼刺、龙舌兰、芦荟、肉丛蓉、列当、沙冬青等，因长期“修炼”而拥有“仙风道骨”。

中国古人幻想修炼成仙的第一个步骤“辟谷”，在它们这里得到了实现。其植物通过叶部、茎部肉质化的薄壁组织储存大量水分，减少蒸腾失水来适应严重干旱，其根部已退化为木质纤维，完全暴露在外都不会影响其生长。

硬叶沙生植物，属于植物中“身怀绝技”的“有道之人”。它们虽然没有“修炼”到把茎、叶全部退化、归隐，脱离“肉体凡胎”，但是它们或把茎、叶内的角质层加厚，在失水较多情况下能够防止叶片皱缩发生破裂；或将内功修炼得吞吐自如，利用高超的叶细胞渗透压，用内力扩大吸水来源，增强吸水能力，改善供水条件。

如针茅属等沙生、旱生的狭叶植物，叶的上表皮呈牧笛褶曲状，较大的突起中，贯穿似马头琴狭带状的机械组织，气孔全部分布在上表皮突起物的侧面。当干旱失水时，叶肉组织收缩而机械组织不变，叶子卷成筒状，将气孔围在中间，叶筒内空气湿度保持在一定水平，从而稳定蒸腾强度。这类植物还具有对外界水分剧烈变化作出迅速生理反应的能力，它们既能迅速吸收暴雨带来的水分，又能忍受较长期高温引起的组织脱水。

小叶和无叶沙生、旱生植物，这类在高温酷暑下“修炼”的芸芸众生，在沙漠和沙地的江湖中比较普遍。它们的功夫就是把叶面积极度缩小，通常不到一平方厘米，但也都能称霸一方，算的上“扬名立万”的英雄。无叶沙生、旱生植物将叶子退化，由绿色茎来执行光合作用的功能，这有点违背教科书。例如沙漠中的梭梭、沙拐枣和麻黄属的一类植物，它们在一年生枝条的外面覆盖以闪亮且较厚的角质层，叶子呈极短的线状并且能很快脱落。一部分枝条上着生花，共同完成光合作用，果实成熟后一齐脱落，另一部分枝条当年木质化越冬。

软叶沙生、旱生植物，“帮派”界限不甚明确。虽然叶片有不同程度的旱生结构，有其他派别武功的痕迹，但叶子较柔软，能在江湖上另立山头、自成一派。在土壤水分较多的季节里，它比其他旱生植物蒸腾要更强烈，甚至超过中生植物。然而在严重缺水季节常常落叶，如旋花属、山扁豆属和半日花属的一些种类，这些植物同中生植物在形态和生理上，均有非常明显的差别。

另外，在极端干旱荒漠中，还有一类称为窄水沙生、旱生植物，是西域一带大漠的“武功高手”，它们能在水分不足时，使用关闭气孔以阻止细胞液浓度升高的绝技。这类“侠客”能在长期干旱下保持叶子不干枯，只是变黄而最终脱落。某些非肉质的大戟属植物就属此类，它们在江湖上行事诡异，但也绝不伤及同类。

沙漠植被稀疏，但这稀疏的沙漠植物，却是人们意想不到的宝贵财富。

沙生植物中很大一部分是灌木植物，由于沙漠受强烈的紫外线辐射，给予沙生植物的光合作用异常剧烈，其生物合成途径均会产生变异，生成各种各样的次生代谢产物，包括萜类、生物碱、酚性化合物、聚乙炔、木脂体、挥发性单萜、环烯醚萜类、甾体、氰甙、胺类及单宁。沙生灌木作为天然贮存能量的活材料，不仅构成沙漠草场的多样性，而且还是人类宝贵的食物、燃料、香料、油料和稀有独特的药物宝库。

沙拐枣是库布其沙漠乃至亚洲中部荒漠的广布种。它是沙生超旱生灌木，高可达1.5米，分枝多、叶退化，以绿色嫩枝进行光合作用。其水平根系十分发达，长可达10多米，从而可以广泛吸收沙层中的凝结水分，垂直根系则较浅，却可常常进行根蘖繁殖。尤其是沙拐枣的果实，具刺毛状附属物，成为富有弹跳力的圆球，可随风迁徙，“背井离乡”，滚动传播甚远。

十字花科沙芥属全世界有5种，库布其沙漠中就生长着3种，全部为沙生植物。沙芥属植物的个体数量较上述植物虽少一些，但它却独独喜欢生长在光裸的沙丘上。快速长成的高大植株以及奇特的带翅短角果，都是十分引人注目的。翅果的硬翅可以随风漂移，落地后可扎地安居。值得一提的是，沙芥的枝叶花果里含有一种古怪的辛辣香味，鄂尔多斯人用它做成沙芥拌汤、沙芥泡菜，已成为名气不小的地方名吃。据说，库布其沙漠有一位老太太，就是靠卖沙芥拌汤，盖起了一座楼房。

沙地常绿灌丛在沙地植被的群落类型中占有特殊位置，近年颇受人关注。这种类型由常绿匍匐灌木叉子圆柏构成，天然分布比较广，不但见于毛乌素沙地中东部和浑善达克沙地东部的固定沙丘，而且在新疆的天山上也能看到一丛丛、一片片的沙地柏群落，它是沙生演替系列达到高级稳定阶段的代表类型之一。叉子圆柏地上分枝密集，地下根系发达，形如发网，对沙土起到了良好的固着作用，同时它用自身独特的气味，限制了一般草原植物的侵入和定居，只有在灌丛空隙当中，才有少量能耐受其独特气味的中旱生和旱中生植物生长。

叉子圆柏也称臭柏、沙地柏、爬地柏。它燃烧后，散发一种能麻醉人神经的芳香类物质。所以，过去伊克昭盟召庙上“跳鬼”，就燃烧臭柏，舞者、观者闻其味，很快就能进入飘飘欲仙的境界。

沙地柏作为一种绿化树种，现在北京的大街小巷随处可见，就在三峡大坝上也能看到它的身影。

沙枣是一种耐盐、喜潜水、耐大气干旱的小乔木或灌木。天然林分布于地中海沿岸、中亚细亚等地，在我国大致分布于北纬34° 以北的西北各省和库布其沙漠及华北西北部，以西北地区的荒漠、半荒漠地带为分布中心。

沙枣因其生长快、用途广、经济价值高，在我国西北荒漠、半荒漠地区被誉为沙荒和盐碱地的“宝贝树”。长期的荒漠生态环境使沙枣形成了耐严寒、耐酷热、耐大气干旱的生物学特征，它的根系发达，在疏松的沙壤上能发育较多的固氮根瘤菌。沙枣枝叶稠密，萌发侧枝能力强，枝干沙埋后能萌发不定根，防风固沙作用强，在流沙上生长良好，耐风蚀能力也很强。

在河滩水边，沙枣总是和胡杨或柽柳组成混交林。由于沙枣枝叶繁茂，柽柳不能在沙枣林冠下生长，因而沙枣总是在胡杨、柽柳林中呈团状分布，且偏近河床的边缘。在沙枣林下，伴生植物主要是一些宿根耐盐的草甸植物，如苦豆子、甘草、拂子茅等，常见的灌木有乌柳、水柏枝等。

沙枣的花香浓郁，和桂花的香味极其相似，是上好的蜜源植物。沙枣核做门帘，古色古香，大有“一帘幽梦”之感。

沙枣林主要依靠种子繁殖的方式进行天然更新。在河流沿岸，种子随水散布，能在沿河滩地和河心沙洲上形成新的沙枣林。当大树被风折断或砍伐之后，沙枣根的萌芽能力很强，这一特性可用于采伐迹地的更新。沙枣的插条繁殖成活率也很高，常在营造人工林时使用。

我国的沙漠植物有1000多种，很多沙漠植物具有巨大的生产潜力和很高的经济价值。如麻黄、甘草、阿魏、肉苁蓉、锁阳、列当、枸杞都是名贵的药材；产量很高的博乐蒿、香蒿、百里香、薄荷、沙地柏是提取芳香油的原料；大叶白麻、罗布麻是纤维植物；刺山柑、文冠果是油料植物；白刺一身是宝；梭梭有“沙漠活煤”之称；牛心朴子、乳香大戟是有机生物原料。沙漠植物的开发利用，不仅会改变人们掠夺性的只采不育的习惯，改变沙漠植被的景观，而且对推动有机化学包括结构化学、精细合成化学、药物化学和生物有机化学的发展，都将起着重要的作用。

第六章

治理库布其，八仙过海凝聚正能量

一、现代林业，建设绿色大市

“怎么办？”吕荣面有难色地对马教授说，“丁局长还是不接受采访，让咱们多写写基层的同志。”

这是吕荣一路上最担心的事。吕荣从2000年担任鄂尔多斯市林业局总工程师以来，配合过5任局长。在这期间，他和丁崇明当常务副局长时就在一起，相处的时间最长，关系也最默契。十几年来，两人虽然没有谈兄论弟，但多年的工作磨合，彼此的尊重和信任，使他们之间有一种超乎寻常的亲切和信赖感。

既然丁局长不接受采访，吕荣就安排马教授看材料。

丁崇明局长于2005年在全国率先提出了建设现代化林业的发展目标。鄂尔多斯现代化林业建设的总体构想是：以现代发展理念引领林业，用多目标经营做大做强林业，用现代科技提升林业，用现代物质条件装备林业，用现代信息手段管理林业，用现代市场机制发展林业，用现代法律制度保障林业，用扩大对外开放拓展林业，用培育新型务林人推进林业，努力提高林业科学化、机械化和信息化水平，全面提高林地产出率、资源利用率和劳动生产率。

建设现代化林业的内容之一是装备现代化、办公条件现代化。丁崇明局长借助在康巴什新建办公楼的有利时机，集中布线，所有节点统一接入到数字林业管理中心机房，网络由主干网和内部办公网组成，全面推进数字林业建设。主干网络采用联通百兆光纤实现与各旗（区）林业数据中心互联，以各乡镇苏木林业工作站为终端的林业信息网络；内部办公网借助主干网百兆空间，采取物理隔离的方式实现内部网络互联；成功地接入了市政府办公专网、自治区森林公安、森防信息、林木种苗网，实现了无纸化办公、公文网络处理、视频会议和信息的集中发布。

科学决策始于现代管理。管理决策科学化、科技创新多元化是鄂尔多斯建设现代化林业的两项基本建设内容。如何做到决策科学化，丁崇明认为，科技和现代管理手段是主要实现途径。为此，他们与中国科学院遥感应用研究所北京国遥万维信息技术有限责任公司、中国联通鄂尔多斯分公司于2008年签订了无人机航空影像拍摄、数据库建立和森林草原保护远程监控系统建设合作协议。

鄂尔多斯市按照现代化林业建设的奋斗目标，以“3S”技术为核心，用现代信息手段管理林业，推进管理现代化、生产标准化、作业机械化、经营产业化、监测数字化，实现了林业信息化建设的大跨步。2009年，他们投资3000万元，对鄂尔多斯开展了8.7万平方公里无人机航拍，采集了全市地形、地貌、地类等基础数据，全面调查了全市生态环境和森林资源状况，掌握了林业资源数量、结构分布和消长变化情况，采用精确卫星导航控制、高空间分辨率数码相机拍摄，并以0.4米的分辨率制作完成了鄂尔多斯全境1：10000的正射影像电子地图、1：25000的正射影像纸质地图、三维漫游影像地图和具备地形图信息的六层数字高程图，全面满足了鄂尔多斯森林资源规划设计调查、沙化土地监测、荒漠化动态监测、森林资源管理和构建数字林业等方面工作的需要。

依托航拍成果，建立了鄂尔多斯数字林业云计算和海量数据库，构建鄂尔多斯数字林业基础地理空间体系，开发完善了鄂尔多斯林业数字平台，基本实现了林业管理“一张图、一套数”，完成征占用林地作业设计与管理等14个业务系统，逐步建立起功能齐备、互通共享、高效便捷、稳定安全的林业信息化体系。在2012年首届全国林业信息办主任协作组会议上，鄂尔多斯作为林业信息化建设代表城市做了典型发言，得到了与会代表的高度评价。

鄂尔多斯市还投资1500万元，在东胜区、准格尔旗、伊金霍洛旗和康巴什新区的重点林草植被区开展了森林草原防火远程监控系统工程建设，监控总面积达到2万平方公里，在重点火险区实现了实时监控。启动森林草原防火远程监控二期工程后，在重点火险地段和区域新建27个野外监测点，新增监控面积8500平方公里，目前全市重点地区的森林草原防火远程监控系统全部建成。以市林业局森林草原防火远程监控系统为平台，实现全市监控资源的共享，24小时有效监控全市森林资源的火情、虫情及人畜危害，提高了突发事件的快速反应能力、林业监测数字化和管理科学化水平。

看到这里，马教授陷入了沉思。丁崇明的形象在他脑海里晃来晃去。大约在七八年前，分配到鄂尔多斯市林业局的学生不断回来讲，鄂尔多斯市林业局的局长叫丁崇明，非常厉害，一点小事做不对就把他们臭骂一顿，市领导都得让他三分。来人说得多了，马教授脑海里慢慢形成一个印象：丁崇明，没文化的乡干部，五大三粗，专横跋扈，凶神恶煞。

2008年鄂尔多斯市造林总场课题鉴定会上，忽然有人说，因出车祸摔断腿、在家休养的丁局长来了。当众人拥簇一个人进来时，马教授当时就惊呆了。只见一个中等身材、皮肤白皙、头发黑亮、一双大花眼、戴着金丝眼镜的中年美男子缓缓走来。如果不是双臂夹着拐杖，马教授打死也不会相信这就是传说中的丁崇明局长。当他和丁崇明握手的一瞬间，这个美男子的笑容竟像婴儿一样极富感染力。

后来两人见面多了，传说的形象虽然彻底颠覆，但仍有一个问题使马教授始终困惑不解，丁崇明一个高中生、乡干部，他是怎么把鄂尔多斯现代化林业搞成全国一流水平的？林业局可以说是博士、硕士林立，教授级高工几十人的高雅殿堂，丁崇明是怎么让他们一声喊到底而又心甘情愿的？

他想起前几年这里流传的一句话："自从丁崇明在鄂尔多斯市林业局主政，林地变成黄金；吕荣任总工，四季都造林。"吕荣的四季造林好理解，丁崇明是怎么把林地变黄金呢?

在达拉特旗采访时，当马教授知道丁局长的老妈妈就在达拉特旗住着，立刻提议前去看看，他想探究一下这样一位天不怕地不怕、敢作敢当的汉子的家庭背景。

结果是大大出乎人们的意料之外。

吕荣问丁妈妈："崇明小时候调皮吗？"

丁妈妈回答："他可不调皮，人家可不。那会儿，别人还常打他了。但他不，可不，不惹一个人。"

吕荣笑着问："小时候就不调皮？"

"不，小时候可不，可不调皮。9岁才开始念书，念书的时候可艰苦了，一礼拜回来一次，就吃玉米窝窝，从高头窑跑回来，那时候家里也没什么好吃的。"

吕荣问："崇明脾气不好，没惹你生气？"

"哎，可没有。从小就不惹人，从小就要强。我们那些都不惹人，上学的时候也经常劳动。"

马教授对大家说："妈妈永远是妈妈，慈祥又可敬。老太太这么大岁数还一心护着儿子，只说好的不说一点坏的。"

马教授笑着问丁妈妈："我们听说丁局长小时候就很厉害，也可能祸害人呢？"

"呵呵呵，可没有。我们那孩儿可没有害人，哎，可不。"

在一片欢乐的笑声中，短暂的拜访结束。吕荣边往外走边说："老人家已经是92岁了，还家里坐不住，有空就出去干活去呢。"

马教授低着头走，眼里已是热泪满盈，他想起了自己去世10年的老妈妈。

一天，吕荣告诉马教授："丁局长说你来了几天了，不聊聊也不好，但只是聊天，不算采访。"

在丁局长的办公室，寒暄后马教授一行各自落座。马教授打量着丁崇明局长，只见他依然是神采奕奕、风度翩翩。只是由于近视眼的缘故，眼睛显得更大了，有点像猛张飞的铜铃眼。

丁局长确实是聊天，语调平和舒缓，说起他的童年，既是怀念又是感慨，给人一种耐人寻味、难以忘怀的感觉。丁崇明是1956年生于缩亥图乡五大场羊场湾小队，这个地方属于库布其沙漠中段，高大沙丘连绵，他住的那个村庄大部分房子都是背靠沙子，后墙就靠在库布其的沙丘上。沙丘特别陡，流动沙子把房子都给包围了。在20世纪60年代，家家都没粮吃，没炭烧。吃粮是草籽，烧饭取暖用的都是沙蒿，掏沙蒿、种荒地是当地的家常便饭。今年种在这里明年就沙化了，再倒在别的地方种，这样沙化更严重了，最后都变成沙丘了。倒山种地扒荒皮，爷爷吃了孙子的粮。再就是穷，没钱，当时的人民公社，一大二公穷得过度，折腾得生产队收入很低。小时候的丁崇明基本上就是靠吃灯香籽度过来的。

人们惊叹地了解到，库布其沙漠中少的可怜的植被为什么破坏的这么严重呢？就是因为开荒种地。再加上经济困难时期，买不起煤炭，就掏沙蒿烧火，所以变成了赤地千里的明沙梁。那时候植被建设这个观念还没有引入人们的脑海里，掏沙蒿，越掏越穷，越沙化，这就是贫困化导致沙化，越沙化越贫困，恶性循环在这里愈演愈烈。恶劣的生存环境，贫穷的家庭生活，深深地根植在丁崇明的脑海里。

20世纪80年代末，丁崇明家的房子，沙子已经滚到房顶上了，羊圈也被沙子埋住了。地根本种不成了，风沙把庄户苗苗都吹死了。他念书回家还得放羊，干零活。上初中、高中的时候暑假回来必须把工分干完，因为生产队的粮食是按挣工分多少进行分配的，不把工分挣够，家里供不起就念不成书了，当时这是个严峻的问题。

他深情地说："我这一生当中，童年记忆最深刻的就是我家的那个库布其沙漠。那时候交通极不方便，信息特别闭塞，去供销社还要走15里路，去趟公社就是去了大城市了。秋天放假回家劳动，那时也栽树，栽树很简单，就是把那个沙柳铡成一节节，用铁锹三四下就能在沙子上挖出个坑，然后把沙柳栽子放进去踏实就行。那个沙柳一拨一拨长出来挺看好的，走在那个树林里，感觉挺好的。记得我一天最多能栽上150棵树。”

有点可惜的是，在困难时期的丁崇明，念完高中就回生产队了。起先队里让当出纳，他不愿意做涉及经济的事，但是群众选出来的，不干也不行。当时大队队长找来说：“你干好以后，今年就给你入党。”入党这个事还是非常有吸引力的，所以就接上这个活了。干了3个月后，大队改选班子，他被选为大队的民兵营长和团总支书记，又干了1个月的时间，到公社当借干，由于他字写得漂亮，文章写得快，成了秘书。就这么不到半年的时间，换了5个工作岗位。之后在缩亥图待了5年，然后到高头窑当5年秘书，1984年调到旗委办当秘书，又是5年，所以当秘书就当了15年，1989年的时候去达拉特旗农牧业机械化局当了副局长。

可能是漫长的成长过程使他压抑、激奋，要不，就是他又习惯性的恢复到局长作报告的状态，只见丁局长身体前倾，手势有力，声音也高亢起来：“1992年因为农牧业机械化局领导班子不团结，最后就把我给免了。当时免了2个，局长和我，局长是党内警告处分，我是待分配。免了以后没事干，就下海。下海挺好，下海2年赚了些钱，那时候觉的一辈子也赚不了那么多钱。1994年达拉特旗领导班子调整后给我平反了，认为是免错了，旗里来人给我做了半年思想工作。那时候我不想去上班了，因为下海能赚点钱，也是很有诱惑力的。我这个人比较直。”

丁崇明说得话很朴实，也不遮掩、不回避，道出的都是心里话。

“党的安排你得听，最后7月份到解放滩镇当党委书记。在解放滩干了5年，1998年调到盟林业局了，所以说我在6个地方工作过。”

“人们都知道，当时解放滩镇是一个新建的乡镇，沿河地区条件都不错的。但解放滩的面目让人不敢相信，干部工资发不开。干部们白天喝酒，晚上跳舞，过着灯红酒绿的生活，吃完饭付不起饭钱，最后把整个镇上的饭馆吃得全关门了，乡政府基本上是一个空架子。

“办公环境更是没法说，办公室地板上的砖头都被老鼠撬开了，沙发呢，被老鼠啃得里面的棉花都翻出来了，门窗玻璃都被打烂了，有些职工干脆不锁门，喝完酒为了省事，把玻璃打烂，打烂的玻璃上贴一张报纸，回来时直接往里一伸手，把里面的锁打开进去就睡。当年走廊里芦草长得1米高，院子里头的草长得满满的，周围的农牧民把毛驴、羊都赶到乡镇府院子里放，就像草场一样。后面客房的玻璃打得一个不剩，干部也不上班。乡政府当时只有一辆幸福250摩托，到哪喝酒时，镇长用摩托车捎上书记。还有300万的债务，300万的债务可不是小数目。哎呦呦，这还像个镇政府吗？”

曾有下海经验的丁崇明就是有市场概念，知道要解决经济问题，首先要抓收入。于是他先成立了一个煤炭运输公司，这个办法确实有效，每年能有100万的收入。同时他制定了好多规章制度，用制度管人，一下就把干部的作风给扭转过来了。村干部也一样，老的、没文化的，都调整，一年换了15个村干部，都换成年轻的文化人。这样干部队伍整齐了，思想统一了，就形成了干事情的氛围，这也为解放滩培养出一支能吃苦、肯干事的干部队伍。后来在解放滩工作起来得心应手。

在谈到离开解放滩时，丁崇明说：“我对解放滩特别留恋，当地老百姓对我确实是评价很高的。因为当时解放滩社会秩序比较乱，街上乞丐多，还有闹事打架的，为了整顿社会治安我抓过五六个人，现在包括那些被抓过的人都说，那时候抓他们是对的。当时的想法是什么都不怕，就是一心想把这个地方弄好，所以啊，人要做好事，做公道事，厉害一点没有关系，多数人还是能看清主流和大局的。”

他意味深长的说，“当官不在大小，关键是如何作为，怎么作为、为谁作为。你处处想当官，为自己作为，你的官肯定当不好，尤其是当主要领导，想问题、办事情的出发点，必须是站在90%以上人民的角度上考虑。离开了这个基础做事情，老百姓就不认可你。千碑万碑不如老百姓的口碑，银奖金奖不如老百姓的夸奖。老百姓的认可是最公道的。当领导做事必须要公道，老百姓有事要找你的时候，你必须给他一个明白的说法。就是现在解放滩的那些人坐在一起，谈起解放滩的那一段工作，都说是他们一生当中难忘的经历。”

这时，丁崇明若有所思地说：“对我来说，最大的影响或者说是有成就的有2个地方，一个是在解放滩，一个是林业局。在这2个地方我做了我想做的事情，也做成了应该做的事。”

在人们心目中，丁崇明在解放滩当书记时，可以说是一声喊到底，自己想做的事情可以去做，自己想干的事情一定能干成。解放滩这个地方，是他人生当中受挫折最大，也是任务最艰巨的地方。解放滩这个地方不是很大，200平方公里，南面靠库布其沙漠，北面是黄河，东面是罕台河，西边是西柳沟河。那时候植被不好，一下雨就发洪水。基本上是发一次大水，包钢的进水口就堵一次，堵一次就得停产，堵过多次。20世纪90年代至少堵过三四次。那时候最怕的就是东胜那边下雨，罕台河是条悬河，一下雨，解放滩就发洪水。如果东胜下雨，达拉特旗也下，那么解放滩就是四面环水。

1996年解放滩一年遭受了三大灾。

第一灾是3月28日的黄河水决口，总共淹了3个村，当时农民的粮食还没卖出去，房屋基本倒塌。3个村基本上是一片汪洋大海，人们出行全部都要坐划子。当务之急是排水和恢复生产，还有盖房子。当时洪水漫漫、人头涌动，部队也开进去抗洪抢险救灾了。水灾的第二天中午，解放滩桥头上的饭店，不管是公家饭店还是个人饭店都在给救灾队伍做饭。桥头上，旗里的领导24小时都在第一现场，因为老百姓都已无家可归，无粮可吃。

水灾的事刚完，5月2日又来了第二灾——地震。地震很严重，老百姓的房子基本上都损坏了。震倒的房子要重建，危房要上钢架，整个解放滩，到处都是一片忙乱的场景。

第三灾是7月20日的雹灾，这是解放滩历史上最严重的一场冰雹！本来当年小麦长得特别好，正准备收割，突然来了一场灭顶之灾。东面3个村被水淹了，西边3个村被冰雹齐排排扫过去，玉米头都被打掉了，小麦头被打得什么也没有了。最后一亩地用收割机收下来50斤小麦，成熟的麦粒都被打在地上，看着让人心疼。所以，解放滩三灾过后，成了东边没有房子，西边没有粮食。

丁崇明深沉地说："解放滩的三大灾，说实话，打击太大了，那时候确实撑不住了，说心里话是不想干了，不干了就能解脱，当时就是这种感觉，没办法干下去了。到了7月24日，当时的盟委书记云公明在中央党校学习完了，回来的时候路过解放滩看了一下。路两旁老百姓，特别是那些女人们都爬在路两旁哭着，很凄凉。盟委书记看完以后心情也很沉重。当时我想是要受批评了，没有想到盟委书记不但没有批评，而且深情地给我们讲了一些人生观、世界观、苦乐观。虽然解放滩遭受灾难，但同时给我们基层领导干部带来了锻炼的机会，干部只有在大风大浪中才能成长，在和风细雨中是培养不出好干部的。这么大的领导来了给我们讲了这些后，鼓舞了士气，我们说一定要对上级负责，不辜负上级的期望和信任；再就是要对老百姓负责，你在这个地方既然干这份工作，那也就同时接受了这份责任，你必须要对老百姓负责。"

这次采访，马教授一行特意去了一趟解放滩。

在解放滩采访时，老百姓谈起当年的三大灾，异口同声地重复着三句话："大灾之年大发展，大灾之年大变化，大灾之年大丰收。"发自内心地给大家讲了当年在丁书记得带领下，全镇上下齐心协力抗灾自救的故事。面对大灾不屈不挠，东边村子给西边村子无偿捐粮，西边村子积极帮助东边村子修房子。虽然一年遭受了3次自然灾害，但没有一个上访的。真正做到了无愧于百姓，无愧于党赋予的职责。借着大灾机遇，1996年，丁书记做了一个村镇重建规划，全面进行解放滩基础设施建设，尤其是村镇道路。解放滩是个红泥土质的地方，路下点雨就滑得走不成。他们用2年时间修马路，村乡都铺了标准很高的沙石路，沙子全部是从包头那边拉回来的。这样既改善了农业基础技术条件，乡村交通也畅通了。

解放滩的另一个问题，是当时老百姓靠着黄河，喝的水却是含硝水。水的颜色是发红的，就像茶水一样，老百姓牙都变成黄颜色。丁书记看在眼里，急在心上，当机立断决定打240米以下的深水井，打出的井水就等于是矿泉水，再把供水管道通到家家户户。老百姓一下子就喝上了甘甜的自来水，村民们感动得笑脸上流出了泪水。

1997年后，解放滩在所有的考核中拿第一，几年时间解放滩就变成了生产条件第一、老百姓收入第一、全区乡镇建设的先进镇。获得了全盟好多项奖励，如“交通道路奖”、“民族团结奖”、“精神文明建设奖”、“计划生育全国先进集体”、“全区乡镇先进基层党组织”等。当时参观考察者络绎不绝，基本上天天有人去。

1998年丁崇明调到盟林业局工作，那时叫伊克昭盟林业处，当时是副处长。从这时开始，丁崇明这个门外汉进入一个新领域，认真琢磨林业是干什么的，林业能起到什么作用，从中寻找感觉和悟性。

2005年初，丁崇明任市造林总场党委书记、市林业局常务副局长。造林总场也是一个烂摊子，告状摊子，总场也是个吃不开、喝不开的地方。丁崇明面带难色地说：“我去了以后首先整顿职工工作作风。这次习近平总书记上来后做的就是整顿干部作风，核心问题是我们干部怎么做。老百姓盯的就是我们干部，干部不行老百姓就不信任你，没有说服力。”

丁崇明在市林业局任局长8年，在8年时间里，他干了不少全国先进、全区一流的业绩。大家问他是什么动力促使他有这样的魄力、胆识和卓见呢?

他没有正面回答，却说：“我主要思考了一些问题，无论大到国家，小到一个地区，还是一个单位，首先必须要给人们树立一个目标，让大家前进有个方向。如果没有目标和方向，你的事业是很难成功的。所以2005年开始我就提出建设现代化林业，鄂尔多斯必须要有现代化林业，什么时候实现是一回事，但目标必须要树立起来。我们现代林业的发展方向，就是要推进鄂尔多斯生态建设，这是由鄂尔多斯这个地方的立地条件所决定的。”

2000年之前鄂尔多斯地区的生态状况是不堪回首，就连人的生存环境也受到威胁。虽然经过历届领导、几代林业人的努力，森林覆盖率由新中国成立时的4.65%，上升到2000年的12.16%，50年纯增7.51个百分点，平均每年增加0.15个百分点。其次，森林的分布不均、质量不高、总量不足仍显得特别突出。

进入新世纪，国家林业六大工程的启动，地方经济的快速发展，给鄂尔多斯林业生态建设注入了生机和活力。特别是2005年丁崇明主持林业局工作后，提出现代林业建设思路，着力打造一支管理决策科学化、科技创新多元化、林业执法规范化、森林管护专业化的林业现代化队伍，全面推进管理现代化、生产标准化、作业机械化、经营产业化、监测数字化的林业现代化建设，争取实现高标准的林业生态体系、高水平的森林安全体系、高效益的林沙产业体系、高品位的生态文化体系，真正把鄂尔多斯林业纳入到现代化建设的轨道上。

丁崇明强调："生态体系是基础，安全体系是保障，产业体系是后劲，文化体系是灵魂。20世纪60年代鄂尔多斯开始重视生态建设了，为什么几十年没有从根本上转变生态状况，就是缺乏一种影响力——文化。没有把生态建设提升到文化的高度，去研究它、认识它。还有就是科技支撑，现代社会没有科技支撑肯定是做不好、做不强、做不大，包括我们的生态建设和保护都是一样的。我们做的大规模机械化造林，这不是科技？在造林过程中采用飞播治沙造林、种子包衣丸化、苗条全程保湿、抗旱造林系列技术、全球定位系统规划和导航等等科技技术，都是靠科技支撑。科技支撑推动了我们的林业快速发展，有成效的发展。再有我们的远程防火系统，现在全国乃至世界上也是一样，森林着火都是因为早发现不了才带来损失，等发现的时候已经是大火了。早发现早治理，什么事情都是萌芽状态下好办，火灾尤其是这样。现在2万平方公里的林地全部安上监控，占全市1/4的面积。包括森防上也是一样，重点区域都已经装上监控。"

2012年底，鄂尔多斯2万多平方公里的林地，灌木面积就有1万多平方公里，灌木平茬是制约鄂尔多斯林业可持续发展的瓶颈，灌木如果长期不平茬，会退化、枯梢乃至死亡。丁崇明对这个问题特别重视，他说："灌木平茬靠人工是解决不了根本问题的，必须搞大型机械化，必须是小型往中型、中型往大型机械化发展。数字林业也是保护措施之一，即林地的监测，假如有人破坏了，我们在电脑上一调，屏幕就能显示出来，看得清清楚楚。所以说科技是支撑，从建设到保护都离不开科技支撑。"

在马教授一行采访快结束时，丁崇明意味深长地说："从事林业的人是最幸福的人，而且是最伟大的人，也是做善事的人。因为林业建设是个公益事业，我们栽的每一棵树都是为地球整容，为人类造福。人类一定要善待自然，不善待自然必然要受到自然的惩罚。

“最近几年鄂尔多斯每年造林1300多平方公里，去年又提出了生态林业、景观林业、产业林业，最后汇聚成民生林业的发展思路。生态林业是为发展景观林业、产业林业提供基础。鄂尔多斯这几年树种结构变了，林分质量也提高了。人们亲眼看到鄂尔多斯‘四个百万亩’的效果，这不是喊出来的，是干出来的，这些都是现代林业的一部分。首先景观林业给老百姓提供一个良好的人居环境、发展环境，第二是给老百姓提供一个致富环境，环境好来的人也多了，给当地老百姓提供赚钱的机会。还有景观林业包含的一个精神，即生态文化精神，生态林业和景观林业发展起来，就会推动产业林业，产业发展直接惠及百姓。”

丁局长感慨地说：“三大林业发展起来，生存环境得到了有效的改善，发展环境也得到了明显优化。景观林业能为老百姓提高幸福指数，产业林业给老百姓增加收入，生态林业还为老百姓提供舒适环境。产业形成以后，反过来推动林业的发展。2000年后鄂尔多斯涌现出一批造林大户，这是被当时的恶劣环境逼得没办法，不造林就生存不下来，造林大户造林影响了周边的好多人。现在环境好了，能生存了，人的观念也不一样了。所以说一个时期和一个时期人的观念不一样，这和当时的环境都有关系。

“现在鄂尔多斯市以企业为主造林，大规模造林推动了鄂尔多斯的林业发展。过去全鄂尔多斯一年完成约67平方公里的造林都很困难，现在一年完成1300多平方公里。企业为什么要造林？企业认识到生态是可持续发展的，是绿色产业、循环产业、无污染的产业，能带动就业，能推动企业发展。在这个时段我们也做了好多基础性工作，如出了很多书，水平不一定是最好的，但我们用心了，为今后的鄂尔多斯林业发展做了好多铺垫，在我们行业里影响还是比较大的。

“最近全国在350多首歌曲里筛选十首生态之歌，我作的一首歌被选上了。有专家评论这首歌，说这首歌源于生活、高于生活。不管怎么样，能评上全国十大生态之歌对鄂尔多斯影响还是很大，对老百姓的教育、引导都有很大的作用。这也是文化。”

说着，丁局长轻轻地唱起了：

把蔚蓝还给云天，
把碧绿还给草原，
让山岭郁郁葱葱，
让大地芬芳灿漫。
这是我们共同的企盼，
这是子孙的呼唤。
为了今天，为了明天，
行动起来，
保护这绿色天地，
让我们的家乡鄂尔多斯山青水秀，草绿花鲜，
山青水秀，草绿花鲜。

给飞鸟休憩的空间，
给骏马驰骋的乐园，
让荒漠变成绿洲，
让河水清澈甘甜。
这是各民族的嘱托，
这是子孙的呼唤。
为了今天，为了明天，
行动起来，
保护这绿色天地，
让我们的家乡鄂尔多斯山青水秀，草绿花鲜，
山青水秀，草绿花鲜。

丁局长的歌声博得大家热烈的掌声。歌词道出了大家共同的心声，也寄托了治沙人的美好愿景。

丁局长的歌声把聊天的气氛带入了高潮。丁局长的歌声也使马教授忽然明白几年来一直困惑他的问题：丁崇明一个高中生、乡干部，是怎么把鄂尔多斯现代化林业建设成全国一流水平的？他明白了，丁崇明是个名副其实的外显胆识、内具谋略的人。是他对事业的追求，牢记自己担当的责任，从小饱受风沙之苦，15年秘书的漫漫生涯，解放滩三大灾的磨练和改变家乡生态恶化的强烈愿望，生生把一介文弱书生淬砺成“一声喊到底”的领导。

现在是一个民主和法制社会，人们法制意识普遍淡漠了，推开饭碗就敢骂娘。民主了，废掉三纲五常，连长幼有序、师道尊严也弃之爪哇国了。这时候如果每个单位都有一个“一声喊到底”的领导，“中国梦”何愁不能实现。

马教授思绪万千，他由丁崇明的奋斗史和成长史，想到共产党培养干部、使用干部确实有自己一套成功的经验。一个人学历或高或低，一个单位有内行外行，选用领导干部时，尤其是丁崇明反复强调的一把手，一定要选对党的事业不单单是忠诚热爱，而是要选呕心沥血、有能力、敢担当、能把事业做大做强的能人。庸才、老好人是选用领导的大忌，这些人当领导的效果和阿斗也差不多。

丁局长看看时间差不多了，意味深长地结束了这次谈话：“林业上我工作了16年。让我说，三天三夜也说不完，非常值得回忆和总结。我现在特别喜欢这个行业，从事这个行业感到特别自豪，我为我们共同从事的这个行业感到骄傲。只要看到绿色植物，我的心情就愉快了起来。人类现在最缺乏的是生态产品，因为地球原有的东西基本上都完了，所以再不反思、再不建设、再不保护，那么人类灭亡的时候也就到了。人类最大的危机不是战争、不是经济危机，而是生态危机。我们是务林人，是大地的绿色艺人。”

过了几天，吕荣把丁局长没有讲的材料拿给马教授，马教授看完既惊讶又感慨，收录在此。

鄂尔多斯市境内东部为丘陵山区，西部为波状高原，中部为毛乌素沙地和库布其沙漠，北部为黄河冲积平原，其中毛乌素沙地、库布其沙漠和丘陵沟壑水土流失区、干旱硬梁区各占全市总面积的48%，黄河冲积平原占4%，是我国沙漠化和水土流失较为严重的地区之一。特殊的地理环境，使得国土绿化事业成为了鄂尔多斯一项特殊重要的历史使命。20世纪末，连续3年大旱，赤地千里，80%草原沙化、退化，全市森林资源面积仅为1588万亩，森林覆盖率仅达到12.16%。

面对严重的沙患，鄂尔多斯历届党委、政府始终把防沙治沙工作摆在重要位置，坚持"既要金山银山，更要绿水青山"和"保护也是发展"的生态理念，调整农牧业生产区域布局、种养结构、养殖方式、人口布局、产业化发展、资金使用方式，率先实行禁牧、休牧、轮牧和标准化舍饲养殖，规划确定农牧业经济优化开发区、限制开发区和禁止开发区，启动建设无人居住的生态自然恢复区，促进生态自我修复。同时，采取因地制宜、因害设防、分类指导、分区实施的方法，总结了"全面进攻、各个击破"、"锁边"治理、"切割"治理等等10个成功的沙漠化治理模式，毛乌素沙地治理率达到70%，沙害基本消失；库布其沙漠治理率达到25%，沙漠趋于稳定；丘陵沟壑水土流失区治理率达到36.35%，水蚀明显减弱。鄂尔多斯生态状况基本摆脱了长期以来恶化—治理—再恶化—再治理的困扰，实现了由严重恶化到整体遏制、大为改善的历史性转变，一个美丽的鄂尔多斯，已经再现在世人面前。

工程驱动使鄂尔多斯国土绿化取得了新成就。长期以来，鄂尔多斯市坚持不懈地开展以林业为主的生态建设。特别是确立鄂尔多斯林业现代化建设的奋斗目标以来，依托国家林业重点工程，大力发展地方林业生态工程，全力推进生态建设，形成了国家林业重点工程和地方林业生态工程双轮驱动，个体、集体、国家一齐上的新局面，有力地促进了资金、技术、劳动力等生产要素向生态治理和开发聚集。2000年以来，鄂尔多斯市累计完成国家林业重点工程人工造林764万亩、飞播造林785万亩、封育407万亩。

特别是2005年以来，提出建设鄂尔多斯现代化林业的奋斗目标，构建完善的林业生态、健全的森林安全、发达的林沙产业、繁荣的生态文化四大体系。全市地方财政累计投入资金170多亿元，启动实施了“六区”（城区、园区、景区、通道区、生态移民区、新农村新牧区）绿化、“四个百万亩”（百万亩油松、樟子松、沙棘、山杏）、碳汇造林、城市核心区百万亩防护林生态圈建设等地方林业重点工程，完成高标准造林430万亩。

2009年鄂尔多斯开展了8.7万平方公里的全境航拍工作。据统计，全市荒漠化土地面积占国土面积的比例为31.6%，较2000年下降30.16个百分点，年均下降3.35个百分点。鄂尔多斯境内流沙面积由2000年的3341万亩减少到2010年的2339万亩，年均减少100万亩。全市水土流失治理面积由2000年的2541万亩增加到2011年的3881万亩，治理率由23.8%提高到36.35%，年均提高1.14个百分点。1961~1999年的39年间沙尘暴年均发生3.4次，2000年以来12年间年均发生3次，而2005年以来7年间年平均只发生2次。

截至2012年底，全市森林资源总面积达到了3266.5万亩，森林覆盖率达到了25.06%，植被覆盖度提高到70%以上，超出全国和全区平均水平。2000年以来的13年间，全市森林资源面积增加了1587.96万亩，森林覆盖率提高了12.9个百分点，高出2000年以前51年建设总和0.74个百分点。全市林业总产值达到42.7亿元，农牧民来自林业的人均纯收入达到2443元，比2005年提高了1932元，走出了一条沙漠增绿、资源增值、农牧民增收、企业增效、地方增税的成功之路。

国土绿化事业的不断发展，为生态文化事业的繁荣发展创造了良好的环境。鄂尔多斯林业局相继出版了《鄂尔多斯林业志》、《绿色之光》、《鄂尔多斯植物志》、《鄂尔多斯植物资源》、《鄂尔多斯蜜源植物》、《鄂尔多斯花卉》，创作了《鄂尔多斯——我总在远方把你眺望》、《与天地共生》、《鄂尔多斯经济论丛生态篇》、《鄂尔多斯林业系列技术》、《鄂尔多斯林业可持续发展战略研究》等等生态图书，拍摄了《大漠长河》、《沙变》、《走进灌木王国》、《绿色和谐曲》等等专题片，谱写了《绿色的呼唤》、《鄂尔多斯生态美》、《绿色的梦》、《绿色鄂尔多斯》等等林业治沙歌曲。建成了鄂尔多斯生态建设成就展厅、恩格贝沙漠科技馆、七星湖生物馆等生态道德教育基地。特别是集演示、观赏、科研和教育等多种功能为一体的鄂尔多斯生态文化博览馆，融合了声、光、电和生物仿真技术，采用多通道视频、图文展板和动植物标本、模拟场景与现实景观相结合，全方位展示鄂尔多斯市、内蒙古自治区、中华人民共和国乃至全世界的森林生态系统、荒漠生态系统、湿地生态系统、海洋生态系统、草原生态系统、农田生态系统和城市生态系统，彰显窥一斑而见全豹的视觉效果。

生态、生计兼顾，治沙、致富双赢。鄂尔多斯在生态建设取得巨大成就的同时，地区经济也实现了跨越式发展的态势，2011年，全市地区生产总值达3200亿元，财政收入达796.5亿元，城乡居民人均收入分别为28986元和9982元。实践证明，发展经济绝不能以破坏生态、牺牲环境为代价，这是必须坚守的一条底线。以自然规律为准则，以可持续发展为目标，以人与自然和谐相处为核心，坚定不移地实施禁牧、休牧、划区轮牧政策，坚定不移地推进人口转移，政策不变、目标不改、力度不减，不仅要有能力建设一个良好的生态系统，更要有决心保护好来之不易的森林资源。

上述的一组组林业生态数字正向世人昭示，鄂尔多斯的生态环境发生着翻天覆地的变化。全国灌木林建设现场经验交流会、全国退耕还林、退牧还草工程建设现场会和全国防沙治沙现场会等大型会议相继在鄂尔多斯召开，党和国家领导人先后到鄂尔多斯考察，2007年胡锦涛在鄂尔多斯考察时说，鄂尔多斯地区“整个生态环境有了明显改善”。原国家林业局局长周生贤在2005年召开的全国防沙治沙现场会上说：“鄂尔多斯这个典型不是选出来的，而是干出来的。”鄂尔多斯生态状况的历史性转变，被两院院士称为“中国干旱与半干旱地区实现经济、社会与生态环境协调和持续发展的典型范例”。

鄂尔多斯生态的改观和造林绿化取得的突出成就，使他们先后获得“内蒙古自治区生态园林城市”、“内蒙古自治区绿化先进集体”、“全国防沙治沙先进集体”、“全国绿化先进集体”、“全国三北防护林建设突出贡献单位”、“全国林业科技工作先进集体”、“全国文明城市”、“国家卫生城市”、“全国双拥模范城市”等等荣誉称号。2012年，鄂尔多斯市被评为“全国林业信息化示范市”，东胜区被评为“全国林业信息化示范县”。鄂尔多斯市成为内蒙古自治区唯一获此殊荣的盟市。2013年，鄂尔多斯市被全国绿化委员会授予“全国绿化模范城市”荣誉称号。

马教授对吕荣归纳的材料很满意，但总觉得鄂尔多斯现代化林业还缺点鲜活的东西。吕荣说这好办，这些都是贺丽萍一手操办的，问她就行。

贺丽萍现在是鄂尔多斯市林业局常务副局长，正高级工程师。马教授给她讲过研究生课程“荒漠化防治”。看到马教授和吕荣两个长辈级人物一起来到她的办公室，高兴得像个孩子，完全没有局长的架子。

马教授打量了一下贺丽萍，贺丽萍还是那么清丽、娟秀，多年的工作历练使她显得干练、利落。

贺丽萍讲的内容跌宕起伏、一波三折，她的亲身经历和感受，其苦其乐，都散发着温馨的女人味：“我对库布其沙漠的认识主要有两方面，理性认识和感性认识。理性认识方面，是马老师教给我们的，书本上的；感性认识比较深刻，就是2002年退耕还林工程实施的时候，去亿利资源那边的西部大沙漠。这是我第一次去七星湖，最初的感觉是惊喜，原来库布其沙漠里面还有如此好的地方，那么好的水、那么好的草场，恬静、优雅的库布其沙漠也显得那么可爱。”

在亿利集团采访时，尹成国副总裁就给大家讲到了贺丽萍队长，当时贺丽萍是市林业工作勘测设计队队长，她的一些设计理念、思路和治沙技术、措施，一下子把他们从过去治沙的死胡同解救出来了。2003年日元贷款项目是亿利集团在室内的地形图上画的，都是方方正正的造林地块。有一块8万亩的大沙丘，他们一冬天用几十台拖拉机把大沙丘给推平了，推平后种上美国三角叶杨，花了几千万，施工完了以后，成活率低，未上沙障的造林地沙子又活化了。由于造林地不合格，没有通过验收。

贺丽萍到现场一看说：“哪有这样做的？治沙造林是在沙湾湾里造，能造林的地方造，不能造林的地方不用造，不能大面积把沙丘推平治理，这样把原始的地貌给破坏了，重新形成新的系统可能危害更大一些。”当时贺丽萍就在现场，面对起伏不平的沙丘给亿利技术人员讲，大家要一簇一簇的造林，在沙湾里，平面上看10亩，但实际也就2亩左右能栽树，种柠条也好、沙柳也好，最终都是1×6米。但有时6米过去了，正好是下一个沙坡上了，怎么办？1×6米的造林密度，株距是1米，行距是6米，如果把6米放在无效面积上，无形中扩大了有效治理面积。所以只要株距不低于1米，那就1亩地110株，就可以达到国家造林治沙标准，将来验收的时候就按这个要求验收。把行距6米推在边上，沙也治了，也符合适地适树、按自然规律办事，同时达到近自然造林治沙法则。

尹总说：“贺局长就这条，使我们亿利的治沙不知少走了多少弯路，省了多少钱，也取得了今天这样的大成果、大变化、大效益。我们有今天的成效，全凭贺局长的设计理念和现场指导，我们从内心感激她。”

在采访中，偶遇乌审旗林业局女强人徐秀芳，她给马教授一行讲了和贺丽萍一起下乡做作业设计的故事。

当时，她们吃住在牧民家里，一下去就20多天。去的那个地方缺水，卫生条件也差，贺丽萍带的一位女同志得了尿道感染病。可是这种病又没法和大家讲，条件本来就差，贺丽萍是领导，看见这位女同志成天难受，干着急没办法。正在这节骨眼上，吴兆军局长给打电话让她们回去。那时路很烂，车也走得很慢，当时把她们急得嗓子都冒火。回去的路上正好碰见吴局长，她们就停下来了，以为吴局长有什么事呢。吴兆军说没什么事，这么长时间了，回去洗一洗，换换衣服吧，知道她们很辛苦。当时贺丽萍感动得潸然泪下：“领导能想到我们这些下乡的人，心里真的特别感激，干活也特别有劲儿。”

回到嘎鲁图镇，她们整修了一天，贺丽萍带领大家又下去，直到完成外业才回家。而那位女同志尿道炎住院住了半个多月，病得不轻，差点就酿成大祸。

马教授和吕荣要求贺丽萍谈点下乡辛苦的事，她说：“说辛苦吧，我在乌审旗有故事。那时早上起来吃豆面，豆面饿得快，而中午一点多两点才能吃上饭。在巴图湾村，要是赶上好饭，偶尔也就给你炖个鸡，弄个糕。那天真饿了，满满跑了几个小时，下午2点多才吃饭，然后人家给我盛上一碗，就这么大一碗。”说着贺丽萍用手比划了一下，有点夸张，大家都笑了。“碗里有一坨糕，要是米饭的话肯定不够吃，当时我真饿了，端上一碗倒上鸡汤就吃。谁知道那个黄米糕很黏，根本就吃不完。感觉怎么连一半也没吃就饱了，吃不进了。我看他们，他们都低着头吃。我说这个东西怎么越吃越多呢。哗的一下，他们都笑了，说他们在端碗的时候就注意到，我端了个最大的，农村人都知道，男的也吃不了那么大一坨呢。

“当时做国家重点工程的时候是辛苦点。不过，不管走到哪儿，当地政府的领导呀，镇干部呀都对我们的工作是非常支持的，受点苦、受点累是难免的，这对我们经常出外业单位的人来说，都是家常便饭。有一次，跑了一天光喝水没吃饭，结果还拉肚子。晚上在老乡家里吃饭，肚子难受得怎么也吃不进去。我记得那次也是炖的鸡，乌审旗是走到哪儿都炖鸡，是最高的待客方式。我强忍着吃完一碗米饭就难受得不行了，跑到院子就吐了，吐了觉得不好意思，用沙子埋住。但那家的女主人还是看见了，认为是人家饭没做好，把人给吃吐了。我连说不是不是，是我难受的不行。结果是我一边解释一边吐，那家的女主人就在旁边哭，嘴里还不停地念叨：‘老公家是怎么回事，这么漂亮的女人犯点错误好好教育呢哇，咋解弄到下面这么整操呢？’

“再就是我父亲得急性脑溢血去世，那是2001年的事。去世的第二天我就去单位上班了，因为那时候全市的封山育林项目实施就要开始了，所有的文本都是我写的，必须加班加点才能完成任务。第一个清明节，我正好在乌审旗搞日元贷款项目，回不去了心里特别难受。然后张林领我去买了点纸，在嘎鲁图的路上，他说让我在十字路口烧纸，白天烧，晚上不能，他们那个地方都是白天烧纸。那次我是真的很伤心，反正沙漠里也没有什么人，我就放开声音好好地大哭了一场，把所有的委屈、难过都哭出去了，最后，哭累了就睡着了。”

说到难受处，贺丽萍又哭了。吕荣、马教授全哭了。贺丽萍擦擦眼泪笑着说：“我这是干什么呢，害得两位老师也掉眼泪。”

平静了一会儿，吕荣又把话题拉了回来："说了不少吃，住呢？我听说你遇到不少麻烦？"

贺丽萍笑了笑说："确实有很多故事。何美玲和我下去，晚上就在农牧民家吃饭、睡觉。16个人睡一个炕，当时男女睡一个炕的时候太多了。有一次，张林的车坏了，还赶上下大雪。我们就在雪地里走，找牧民家，雪借风势斜着飞，刮得人眼睛也睁不开，心里就想，我这是图什么呀，真是太苦了！

"好不容易找到一个牧民家，没人，可能是出去放羊去了。牧区有个好习惯，就是越纯朴的牧区越不锁门，你可以进家里喝喝茶，吃吃炒米。还有就是凉房里有生肉，挂的风干羊肉呢。我下乡学会了吃生肉，不吃的话什么也没有，没办法。然后等到晚上牧民回来，一起吃饭。

"那天的牧户家，一进门是厨房，两边是卧室。是一对年轻的夫妇，都不太会说汉话。晚上，男主人指着我说去那个，意思就是说你去那个房间睡觉，但那个房间里是两个男的呀。后来呢我也是理解了，因为你是陌生人，人家感觉不安全。当时我就想，要都是我们一个单位的，人也熟，大家都了解也无所谓，让我和当时不熟悉的张林，还有他侄儿子，当时想这怎么睡呀，的确是有点别扭。最后只能是不脱衣服睡。而且牧民家那个炕平时是不住人的冷炕，家里也没有生火，冷了一冬天的家，哈口气都能冻着，冻得我一黑夜没有睡着，没睡着也不敢动。我发现张林冻得也没有睡着，冷得也不可能睡着，但他也不敢动，生怕引起误会。越不敢动浑身越冷，冷的血液都快凝固了，牙都不由得直打颤。那一黑夜的冷，我这辈子也忘不了！"

说的人冷，听的人更冷，吕荣和马教授不由得打了个冷颤。

"我和李志忠还在一个炕上睡过觉呢！"贺丽萍忽然爽朗地笑了，"飞播打点在鄂旗，人家牧民招呼你，晚上12点羊肉才上来了。上羊肉的时候我就注意到了，那个端羊肉的盆，就是每天早晨洗脸的那个盆。当时农牧民很穷，确实很可怜的。到了晚上老李坐在炕中间抱了个枕头，铺的盖的什么也没有，我一个女的，四个男的。人家照顾我，给我一个儿童被子，盖住下面盖不住上面，被子小嘛，哪能睡着了。人家牧民把炕给腾出来也没有了睡的地方，老李只好和人家一块喝酒，喝醉了，喝累了，大家东倒西歪随便一躺就睡了。

“我们鄂尔多斯飞播治沙造林技术是走在全国前列的，在沙区最早把全球定位系统技术用在飞机导航上。我对机器比较在行，反正给我一台机器我动动就会了，全球定位系统也算是顺手吧。包括后来我们也成立了飞播指挥中心，当时吴勇、吕总、和平、我是飞播技术组的成员。我去培训飞行员，让他们学会怎么用全球定位系统。我还去过包头机场，凡是要飞播的地方，一个地方一个地方的去。

“我最怕上飞机，吐得不行。我根本不晕车，我是运输公司长大的，但是飞机上真不是闹着玩的，确实不行，上完以后下来吐，吐完还得上。那天晚上给莫仁他们教全球定位系统教到半夜3点多钟，然后4点就起床，一晚上几乎没睡觉。早上莫仁飞回来了让我上，我说我一晚上没睡觉，早上也没吃东西，还有心脏病。吴勇说，这是政治任务，必须上！把我紧张的，倒霉的，在伊旗我就吐得趴在地上了，现在又让我上！在飞机上，莫仁已经能熟练地用上全球定位系统了，然后他说，一回头见我扶着栏杆站着，再一回头我扶着栏杆坐下了，再一看我已经趴在飞机上吐了。当时胃里难受得翻江倒海，和上刑一样，真的非常难受，飞机离地面近的时候，我真想跳下去呢。

“我可能是个工作狂，这个毛病可不好。顾不上给孩子过生日，孩子打来电话说：‘你是个坏妈妈，不认你这个妈妈了。’

“那次去库布其沙漠飞播，我爸去世不久，幼儿园也放假了，没人看孩子。没有办法，我只好带着我妈和晶晶去机场，让我妈看着晶晶。我女儿中考的时候我也不在，志坚也不在，也是我妈陪的。孩子考完打来电话说是考上一中了，当时高兴得掉了眼泪。我不爱哭，但常掉眼泪。父母、丈夫、女儿，这是我最亲的人，但是我欠他们的太多了！飞播的时候，一晚上要做好几个全球定位系统输入点，因为第二天一早飞播导航就要用，耽误不得。时间过得真快，那时候还年轻，现在已经老了。

“林工队要是有点业绩的话，还和咱们这个大环境、大形势是一致的。过去我们都是手工绘图，老李手上一直都是这样的呃，一有自治区作业设计任务或评审什么的，我们单位男女老少都上，黑夜经常加班。

“再就是冬天下乡是必须的、经常的，因为第二年春天一开始就要造林，所以头一年冬天必须把作业设计给做完。还有就是冬天的话，地是冻住了，沙漠里车好走，咱们一般走的都是沙路么。所以我们的冬天是又累又辛苦的。

“有一次加班到半夜4点多钟了，我把设计组的人全领到我们家，我们家沙发上、地板上都是睡的人，天亮了再回单位上班。那时候几乎天天加班，志坚我们两口子住在一个屋，一个多月没见面，没说上话。我晚上12点多回家他没回来，黑夜他在资源站查车，天亮了他回来了，我上班去了。当时单位职工都很辛苦。

“所以从2005年接班以后，我做的第一件事情就是带上小朝他们几个年轻人在北京跑了半个月，我就下决心要把电脑制图引入日常工作。手工制图大家每天都在画，但效率不高，根本赶不上任务需要。这里面故事很多，我们单位霍俊琴一开始不会用全球定位系统，后来硬逼得学了。何美玲说手工画图比电脑画图快，不想学这个电脑，我就逼着何美玲学，所有的学费都给报销，现在她制图也是高手。林工队的电脑是全自治区林业系统配置是最高的，我一般隔两年就换一次。后来又买下了电子版地图之类的，工作效率提高几十倍。我们单位职工要学什么软件，学多长时间也行，学费单位都给你解决。单位职工在现有的学历基础上要深造，所有费用单位都给你解决。

“林工队现在研究生9名，本科6名，加上推广硕士，总共是30来个人，研究生占1/3，全是业务上的好手。林工队业务水平的提高是和鄂尔多斯的信息化建设、数字林业分不开的。

“2009年鄂尔多斯无人机航拍，丁局长要做这个事情，带领大家参观了国家地理信息研究所。当时我个人就觉得这些东西不就是一些照片么，飞机上拍照片么，对我们林业建设没有什么意义。当时我对这个问题的认识还是不足，丁局长回来后坚持要做这个。

“2009年拍完后用3年的时间把数据矢量化了，这个工程做完以后最先受益的是我们林工队。林工队把这些东西活学活用了，2009年、2010年、2011年全市征占用林地面积不断增加，按过去的方法做的话，是根本不可能完成的任务。结果我们在1个月的时间内完成了几百个项目，这真是不可想象的！就是因为用上了正射影像图了。因为这是2009年拍摄的，2010年几乎没什么变化，可以直接拿过来用。我们在野外简单地打几下点，然后在图上找，基本上和实际地块是吻合的。现在只要我们输入外业打的几个点儿，相应图的信息马上就出来，表格、文本内容的格式化部分也都出来了，比过去工作效率提高了不知多少倍。

“技术革命，有时候带来的效果是以前想都不敢想的事情。所以说丁局长这个人是挺厉害的，思维超前，咱们内行专业人员都没看出来的事情他看出来了，这件事我真的是很佩服丁局长的。

“而且这个正射影像图在全鄂尔多斯数字化建设过程中是起基础作用的。现在我们搞的数字林业这块也是底数基础，数字化和信息化引领现代化，要讲现代化你就必须弄数字化和信息化，没有这个就无从谈什么现代化林业，它是基础也是先锋。我们的信息化主要体现在这14个业务平台，咱们就简单地说防火吧，全市有2万平方公里、60多个探头，在这个范围内哪个地方着火了或者是偷牧了，在总指挥室第一个就能看到，这是一个信息化的东西。要是过去吧，烧完了都没人知道，现在就可以立马知道。上次成陵着火，我们在监控室就先看见了，镜头可以拉近，直接能看到起火点，第一时间通知消防人员去救火，所以避免了很多灾情损失。

“还有就是森林资源站李升那边，征占用林地那块，有了数字林业，森林资源总量都在系统里放的呢。森林资源数据是一个动态的数据，比如，今年征占用林地是多少，它就消减多少，而且消减的那块地，还能显示出有没有林权证，又反馈到林改系统，林改系统可以显示这块地是林权某某号，有没有作废等等。

“我们现在已经做到14个子系统，第15个是苏梅那边的荒漠化动态监测，第16个是湿地系统监测也在开始做。这个大系统相互关联，而且现在每一块地的造林信息都可以查出来，林种、树种、年度、面积等等信息应有尽有。现在我们有外网、内网两个，内网就是我现在一打开就知道今天要处理的文件、需要办理哪些事情都能显示出来，无纸化办公。我们是内蒙古自治区唯一一家信息化建设示范市，我们局的外网是评了全市第一名。对我们的奖励很多，市里好多领导包括云光中书记、廉素市长都专门过来看过我们的数字林业。国家林业局局长贾治邦也来看过，而且特别感兴趣，没想到鄂尔多斯做的这么好，对鄂尔多斯的樟子松基地建设给予了高度评价，说数字林业是鄂尔多斯的地上能源。国家林业局张建龙副局长明确指示，鄂尔多斯数字林业是全国学习的样板。

“去年在赤峰召开的全国林业信息化会议上，鄂尔多斯是唯一一家作典型发言的单位。国家信息中心主任李世忠就说，鄂尔多斯是真正干了信息化的一个地区，好多地区都是搭了框架而已，里面没有内容。我们是有十几个子系统，这都是请了北京一家公司，一个系统一个系统的做了2年多了，一直在做。

“在这个管理工作方面我是这样想的，除了常务我还兼着林工队的工作。我对林工队的职工，是因人管理，我不知道这个话对不对。你作为一个单位的领导，你不能摆架子，尤其是业务单位。比如说我这个全球定位系统，我当领导后就不参与这个了，不再弄什么技术权威了。应该转变角色，更多的空间交给年轻人。我做的事情，就是怎么样更多地去关心职工的生活、家庭，作为领导你要为职工服务。

“我是这么想的，我是服务的，业务你们去搞，放心搞，出了问题我承担责任。如果我们的设计队员和当地百姓发生矛盾时，我是耐心地协调噢，因为我知道我们单位的职工很实在，不可能下去胡作非为。我既然给你这么宽松的政策、平台去发挥了，你如果不好好干是你的问题，如果干了出问题了我承担责任。

“我就是把单位每个员工的能力发挥到极致，我为他们提供舞台。所以林工队的人对我比较认可，是我给每个人一颗包容的心，为每个职工提供一个量身定做的舞台。老李现在64岁了我们还在返聘，他的植物分类在鄂尔多斯市可以说是数得上的人物，我们单位出的那些花卉之类的书，把他的心愿都了了。

“所以作为一个单位的领导没有什么窍门可言，你就放下身段，搞好服务，给大家提供平台，这就可以了。我也没什么领导艺术，也没什么本事，人都是一样的，平等的，只不过是分工不同而已。所以要摆正自己的心态、摆正自己的位置，不是你当了领导就是老大，你只不过是正好处在为大家提供服务的这个点上了。我是这么想的也是这么做的，至于给大家做了什么我真的不记得了。我把我们单位每个人的生日都给记下来了，然后到了生日让全单位给他过生日。有一次，单位忙的，我也忘了自己的生日了，到了单位，单位职工把我往饭店拉，到了饭店才知道是我生日，饭店里挂的气球之类的感觉真好。从那一刻感觉到，人的关心、尊重是相互的。哦，说起生日想起来了。”贺丽萍说着拿出一个手工做的小纸片，“这是今年过生日的时候林工队给我送的，在家的全体职工都把名字写上给我的。我一个搞技术的，也不认识什么名人大师，更没有什么古董墨宝，我收藏的全是我们林工队同志们手工做的这些艺术珍品，它们都是我生命中最宝贵的东西！”

二、封育搬迁，解决世界难题

封育搬迁是全球治沙的首选和最佳手段，这是各国治沙科学家数百年来达成的共识，也是沙区各级领导和群众多年的夙愿。但是，封育搬迁是个世界性的难题，它除了要有足够的资金以外，还意味着要让沙漠化地区的牧民、农民离开自己祖祖辈辈生活过草原和土地，脱离他们熟悉的生产和生活方式。自古有言：“故土难离。”难度之大可想而知。

鄂尔多斯沙漠占全市总面积48%，干旱硬梁和丘陵沟壑地区占48%，年降水量为350毫米，蒸发量却高达3000毫米，沙漠化最严重时向黄河输入泥沙1.6亿吨。由于20世纪无节制地开荒种地、超载过牧，造成了草牧场严重退化沙化，全市40%的草牧场被风沙吞噬，当地农牧业生产水平低下，农牧民增收非常困难。为了实现由生态恶化地区向绿色大盟的历史性跨越，2000年，伊克昭盟党委痛下决心，作出《建设绿色大盟、畜牧业强盟的决定》，要求东部的准格尔旗、达拉特旗、东胜区、伊金霍洛旗全面禁牧；西部的鄂托克旗、杭锦旗、乌审旗、鄂托克前旗生态项目区禁牧和季节性禁牧，实施舍饲养畜和半舍饲养畜。

2001年撤盟改市，鄂尔多斯市委、市政府紧紧抓住国家实施西部大开发战略的历史机遇，沿着建设绿色大市、畜牧业强市的农村牧区工作思路，在世纪之交掀起了禁牧、轮牧、休牧的绿色风暴，将农牧业发展的重点集中到黄河和无定河“两河”流域及城郊，40%的草原禁牧，60%休牧、轮牧。

根据内蒙古自治区党委、政府“三区”规划的要求，鄂尔多斯市将沿河区和城郊区确定为农牧业优化发展区（约1.05万平方公里，占全市总面积的12.1%），将年降雨量在250毫米以下的广大丘陵沟壑、干旱硬梁区和部分沙区确定为农牧业限制发展区（约3.19万平方公里，占全市总面积的36.8%），划定占全市国土总面积一半的不适宜人类生存的生态极端退化的地区为禁止发展区（约4.44万平方公里，占全市总面积的51.1%），称之为生态自然集中恢复区。先后转移了40多万农牧民，城市化率大幅度提高，2007年达到61%。封育搬迁彻底解除人和畜对草场的压力和破坏，加快休养生息，促进生态自我修复，做到封育复壮。

分区治理模式为：东部丘陵沟壑区实施沙棘封沟、柠条缠腰、松柏戴帽，生态林上山、经济林下川，建设生态经济沟的治理模式，改变了荒山秃岭、穷山恶水的面貌，每年减少入黄泥沙1000万吨；南部毛乌素沙地实施庄园式的生物经济圈治理模式，使毛乌素沙害基本消失；针对库布其沙漠沙丘高大、地下水位较低、沙丘移动大、治理比较困难的实际，采取“南围、北堵、中切隔”的治理模式，沙漠南北两侧营造生物锁边林草带，阻止沙漠南侵、北扩、东移，利用天然的十大孔兑和修建的穿沙公路进行切隔治理。

“三区”规划的实施，让项目区昔日被牲畜啃食低矮光秃的草原重新焕发了生机，生态环境的各项生态指标逐渐向良性演化，部分地区重新再现了“风吹草低见牛羊”的景象。据测定，项目实施地区草原植被盖度由以前的25%提高到目前的80%，草群高度由过去的15厘米提高到现在的40厘米以上，牧草生物多样性显著提高，野生动物的数量也有所增加，鄂尔多斯重新构筑起祖国北部一道绿色生态屏障。

“十五”期间鄂尔多斯市生态建设总投资达到了21.1亿元，其中国家投资16.1亿元、地方投资2亿元、社会投资3亿元，是“九五”期间的23倍，是建国以来历年总投入的6倍。

“十一五”期间，鄂尔多斯市共完成林业投资174亿元。其中，2007年集中投入生态自然恢复区建设，3年累计投入资金10亿多元；2009年“四区”绿化（城区绿化、园区绿化、景区绿化、通道区绿化）投资16.76亿元，各级财政投入生态建设资金91.5亿元；2010年，鄂尔多斯市投资43.8亿元，启动实施了“四个百万亩”生态工程。

强有力的资金投入，极大地推动了鄂尔多斯生态建设速度，实现了森林面积和森林覆盖率持续“双增长”，荒漠化和沙化土地面积持续“双减少”的目标。2008年，全市森林覆盖率由2000年的12.16%提高到23.01%，比“十五”提高了6.77个百分点，年均增长1.35个百分点。全市植被覆盖度由2000年的不足30%提高到2008年的75%。毛乌素沙地治理率达到70%，库布其沙漠治理率达到25%。治理范围内的植被覆盖度达到50%以上。全市生态状况首次实现了由严重恶化到整体遏制、大为改观的历史性转变，使鄂尔多斯市成为全国防沙治沙典型示范区。

2012年，全年共争取国家和自治区投资9.05亿元，完成地方投资28.5亿元。全市森林资源面积达到了3266万亩，森林覆盖率达到了25.06%，较2011年增加近2个百分点，创造了有史以来的最高增长值。

鄂尔多斯历史上是典型的以农牧业为主的地区，1978年三次产业结构的比例是45：28：27。实行封育搬迁以来，鄂尔多斯大力推进工业化进程，工业在经济总量中的比重不断提高。2002～2007年，工业增加值年均增长率达34.89%。2007年，三次产业结构的比例发展为4.3：54：41.7。工业的发展不断带动农牧业和第三产业的发展，农牧业综合生产能力大幅度提高。2001～2007年，粮食产量由13.3亿斤增加到27亿斤，牧业年度牲畜头数由615万头（只）

增加到1350万头（只）。2012年全市地区生产总值达到3218.5亿元，第一产业实现增加值83.2亿元，第二产业实现增加值1933.6亿元，第三产业实现增加值1201.7亿元，三次产业结构的比例为2.6∶60.4∶37.3。粮食总产量142.5万吨，牧业年度牲畜头数1213万头（只）。“政府一道禁牧令，富了一方老百姓。”

采访中，马教授和吕荣很注意收集封育搬迁的故事。涉及库布其沙漠的3个旗中，沙漠尾部的准格尔旗和沙漠中部的达拉特旗都是以农业为主，属于农牧业限制发展区，封育搬迁的故事都属于薄物细故；而沙漠龙头部位的杭锦旗以牧业为主，属于不适宜人类生存的生态极端退化的禁止发展区，封育搬迁的故事可谓波澜壮阔、惊天地泣鬼神。但不管怎么说，从禁牧到封育搬迁的十几年来，一场史无前例的轰轰烈烈的生产生活乃至生命的变革中，没有出现一例死亡事件，这不能不说是一件人间奇迹。

准格尔旗昔日92.5%的面积是水土流失区，被列为国家水土流失重点监督区和治理区。截至2010年底，全旗大规模生态建设涉及100多条小流域，生态治理已达6138平方公里，完成总投资22亿元，治理度由20世纪80年代初的12.2%提高到79.8%，植被覆盖率由20世纪80年代初的10.5%提高到72%，森林覆盖率达到28.65%。

准格尔旗10年前到处是光秃秃的一片，一眼望不到边的黄土丘陵沟壑和沙漠，“年年种草不见苗，岁岁植树不见林。”经过10年自然修复，和辅之以“油松戴帽，柠条缠腰，沙棘固底封沟”的水土保持治理，现在，簇簇沙棘，排排柠条，棵棵油松，像给准格尔旗覆盖上了一层厚厚的人工绿毯，一派生机尽显10年禁牧封育的成效。移民区恢复生态面积1206平方公里，森林覆盖率达到49.3%，植被覆盖率达到75%。近日，准格尔旗被水利部评为“全国首个水土保持生态文明县（旗）”。

布尔陶亥治沙站张万禄站长说，在拉网围栏的过程中，因界限问题和很多周围的农牧民有过摩擦。后来他们想了个办法，凡是阻拦网围栏的那些农牧户，都给安排成护林员（包括村里的那些刺儿头），有一定的报酬。变成护林员后，这些人把林子保护得很好，把网围栏都围好了。

达拉特旗坚定不移地实行禁牧政策，大力推行人工种草，积极落实草牧场“双权一制”，全面实施草原围栏、退牧还草等项目。自2007年以来，用于封育搬迁累计投资12.6亿，完成人工造林15.7万亩，封育14万亩，飞播造林3万亩。截至2011年底，全旗森林覆盖率达到25.18%，植被覆盖度达到78.8%。

说起禁牧，达拉特旗林业局李连生副局长很有感慨：“禁牧是从2000年开始的，当时开展的时候是相当困难的，特别是老百姓对这个禁牧不接受，所以好多禁牧队下去之后被拦住过，被农牧民打过。那时候逮住了放牧的人，就把羊拉上车，可是老百姓躺在汽车下不出来。再后来农牧民看见禁牧政策硬，禁牧成了游击战，白天放牧变成了夜晚放牧。还有就是放牧的有专人放哨，看见禁牧的人来了，就放一个炮，其他人听见了都知道禁牧的人来了，就把羊群赶到隐蔽地方。在禁牧过程中还出现过雇用包头黑社会的现象，黑社会的人来了把一个副镇长给带走了，抓错了，应该抓镇长（禁牧大队队长）来着，后来他们知道后就把人放了。

“羊也奇怪，过去天一黑，眼睛看不见东西就往圈里跑，现在天一黑就往外跑，眼睛黑黑的什么草都能看得见。过去漫山遍野跑一天也吃不饱，现在黑夜出去，一会儿就吃饱了。这可能和禁牧后草长得好有关系。”

杭锦旗林业局局长侯少林还兼着杭锦旗政协副主席，一张晒得黑黑的脸上永远散发着微笑。说起禁牧，侯局长兴奋起来，说：“杭锦旗禁牧是我们阿门其日格乡在1999年最先搞起来，这都是给逼出来的！过去我们这里不禁牧，柠条这些耐旱植物都长不起来，只要长出来一点嫩芽，羊就吃了，沙漠化我们杭锦旗最严重。

“刚开始禁牧，难度太大，农牧民们把汽车围得走不动，把车给毁了！我们禁牧的力度也不小，阿门其日格乡为了搞生态把山羊都杀断了种，当时的口号是‘有我没山羊，有山羊没我’！我们一个乡就杀了2万多只山羊！然后把绵羊引进来。过去阿门其日格乡那地方，地面都是光光的，汽车开上随便跑，现在阿门其日格乡植被覆盖达90%多，骑马、毛驴，植被密得都走不成。夏天去阿门其日格乡，比咱们旗里这些地方的风景还好。

“杭锦旗从2007年开始，将规划禁止开发区10033平方公里人畜整体退出，建设生态自然恢复区。2012年全旗实现全年禁牧，实现牲畜养殖由自然放养向舍饲和科学养畜转变。目前累计建成生态自然恢复区7500平方公里，全旗累计转移人口超过1万人。

“再就是精心实施重点生态建设工程。积极争取并组织实施了退耕还林、退牧还草、天然林保护、日元贷款风沙治理、飞播造林等一大批生态工程。全旗累计完成人工造林211.6万亩，飞播178.8万亩，封育136.5万亩，草原围栏820万亩。森林覆盖率由1998年的7.21%达到现在的15.15%，植被覆盖度由25%达到现在70%以上。其中亿利资源大面积实施人工造林和封育飞播，形成杭锦旗造林总面积三分天下有其一的态势。

“禁牧令出台后，旗政府首先要求加强宣传教育，使禁止放牧、舍饲养畜的观念深入人心。旗政府统一组织工作组进村入户，深入群众宣讲禁牧舍饲的现实意义和长远意义。让广大农牧民明明白白意识到传统的放牧方式已经走到尽头，必须实现由靠天养畜向舍饲养畜、科学养畜的过渡。明确要求各乡镇要通过广播宣传、张贴布告、召开乡镇干部大会和社员大会等多种方式，向农牧民宣传实行禁止放牧，推行舍饲养畜，封山育林育草的政策。乡镇政府与农牧户签订禁牧合同，详细规定奖惩办法。对先禁牧的农牧户在畜种改良、棚圈和青贮窖建设、优良牧草种植、饲草加工粉碎机具购置等优先提供贷款。通过树立典型示范户，引导广大农牧民走禁止放牧、舍饲养畜的致富之路。

“我们旗里还规定，以乡镇为责任单位，第一次发现偷牧，在财政上扣款1万元；第二次发现偷牧，主要领导引咎辞职。对屡禁不止、继续偷牧的农牧户，责成监督执法部门巡回检查，发现一起处理一起。旗里先后处理偷牧户43户，罚款1.2万多元。一奖一罚、双管齐下的措施，有效地保证了政令畅通，从而不断促使农牧民养畜由行政手段转变为自觉行动，收到了很好效果。”

“封育禁牧不是靠一纸红头文件就能解决问题的。为了使禁止放牧、舍饲养畜的政令顺利实施，得到广大农牧民的拥护，就必须使群众在舍饲养畜中有足够的饲草资源作保证，以解除农牧民的后顾之忧。旗政府为转移农牧民提供

‘五个一’保障，即为转移进城农牧民提供一套住房，培训一项技能，找到一份工作，落实一份社保，发放一份补贴，确保转移后的农牧民能留得下、住得好、快致富。

“‘一套住房’指为每户提供一套70平米左右的住房。‘一项技能’指由旗就业局牵头，整合统战部、团委、妇联、发改委、扶贫办、民委、人口转移、科技和就业等等部门培训资金，对拟转移的农牧民劳动力，有针对性地免费培训，使之掌握非农产业劳动技能，顺利上岗就业。‘一份工作’指培训过的劳动力实现稳定就业，凡企业招录转移农牧民为产业工人并签订劳动合同，同时交纳养老、医疗、失业、工伤、生育等‘五险’，且连续稳定就业满5年以上的，培训费直接划予企业。‘一份社保’指稳定就业的，纳入城镇职工社保体系；未稳定就业的，大部分由政府出资，纳入城镇无业人员社保体系。‘一份补贴’，即转移进城农牧民每人每年补贴4000元生活费，每5年续签一次合同，连补至2028年。补贴期满稳定就业的，取消补贴；未稳定就业的，纳入城镇低保体系。进城农牧民将补贴资金部分或全部纳入社保，实行与市民一样待遇的基本生活保障，每月凭存款折子领取保险金，如同干部按月领取薪金，其打工收入就是用来提高生活水平的质量。几年下来，农牧民与市民的收入差距基本拉平。

“2010年以来，为确保‘五个一’配套政策落实到位，动员全旗3608名在岗干部职工、企事业单位环节以上干部每人至少结对联系1户少数民族转移农牧民家庭，跟踪落实‘五个一’配套政策。

“十几年的实践证明，禁牧禁出大发展。禁牧前，灌木被羊啃成光杆杆，牧草食成干地皮；禁牧后，山坡上的灌木全部开花，枝繁叶茂，一派生机，牧区重现蓝天、白云、绿草地的迷人风景。禁止放牧、舍饲养畜的观念已深入人心，变成了农牧民的自觉行动。走出了一条粮多、草多、畜多、肥多、钱多的良性循环的沙区脱贫致富的路子。

“我们旗里出台了共赢政策，就是政府主导，企业运作，农牧民参与，实现互赢。我们陆陆续续引进亿利、伊泰、嘉业、隆昌等20多家企业，分布在库布其沙漠的北沿和南边。我觉得企业参与带动农牧民致富，这很关键。我给你算一下，比如说，亿利集团准备种二三万亩树，然后全部雇当地农牧民栽树，农牧民可以挣栽树的钱。后来绿化面积大了，当地人手不够，当地农牧民就做了小工头，他们再雇甘肃等地的人栽树，一春天人均纯收入6000多元。还有，靠近亿利集团旅游区的农牧民还可以发展第三产业，开饭馆，喂个骆驼、马等。曾经有个牧民跟我说，他开饭馆，保守点估计每年收入10万元。

“杭锦旗原来有23个乡镇，经过合村并镇，现在只剩下6个了。库布其沙漠西部一带都是市里规划的禁止开发区，我们将原先分布濒危植物的镇区原住居民都进行了生态移民，共移走七八千户，分布濒危植物的镇区现在已经没有一户人家。通过治理，效果是相当不错的。生态移民，我觉得不止杭锦旗，其他旗区也应该推广生态移民这种做法。让我说，联合国笨的，几十年领导全球治沙，结果越治越多，来我们库布其沙漠看看，看看我们的封育搬迁不就学会了么？”

侯少林局长说得高兴起来，小眼睛笑得眯成一条缝：“我告诉你们一个新发现。我们引进的一家企业前两天给柠条搞平茬，那个平茬机器是德国进口的。他们一共平茬了10来万亩地，当时茬口留有10公分左右，所有的人都想，这下可坏了，茬口这么高，柠条非死不可。但是过了一段时间我们去看，柠条都长得绿绿的，这么高。当年那个新枝牲口都不吃，可奇怪了。不但骡马牲口不吃，虫虫也不上，凡是柠条平茬的新枝连个虫子也没有。说是当年新枝是苦的，这和我们多年看到的情况不一样，违反了常规。吕总，你说这是咋回事？”

吕荣也是第一次听到这种事，他的眉头皱了起来。

侯少林局长显然不需要吕荣的回答，他接着说：“咱们的平茬机械不行，库布其10多万亩灌木得不到及时平茬都死了，没死也枯萎起了虫了。平茬可以防虫，可以复壮，现在又和经济效益直接挂钩。过去一斤沙柳条六七分钱，后来涨到2毛，现在沿河地区的沙柳一吨卖六七百元，但是平茬机械不行，有钱拿不回来。

“制约库布其治理的因素还有地价越来越高，协调难度越来越大。原来亿利集团花一元钱就租一亩地了，他们想这么荒凉的沙漠有人给钱就高兴。现在一亩沙漠租金涨到五六元、十几元。农牧民也意识到，出租沙漠是块很大的收入。所以旗政府还是竭尽全力地进行引导，困难也要协调。另外，造林空间难度越来越大，如果企业不参与治理高大困难沙丘，靠我们农牧民大户治理是不可能的。”

吕总问侯少林局长：“杭锦旗以前是咱们鄂尔多斯沙尘暴的发源地之一，现在情况怎么样？”

侯少林局长笑着说：“2000年左右多了，一年有10多次，最高上过21次，沙尘暴天气一年有60多天。现在我们这里只有飘过来的浮尘天气，刮是刮不起来了。”

陪马教授一行实地采访的杭锦旗自然保护区管理局牛斯日古愣局长介绍了库布其沙漠的3个自然保护区的情况。它们是白音恩格尔荒漠濒危植物自然保护区、库布其沙漠柠条锦鸡儿自然保护区、杭锦淖尔湿地自然保护区，3个自然保护区总面积1269.64平方公里，占全旗国土面积6.72%。

白音恩格尔荒漠濒危植物自然保护区地处杭锦旗巴拉贡境内，东与鄂尔多斯波状高原的荒漠草原相邻，北与库布其沙漠西段相望，西靠近黄河，南与内蒙古西鄂尔多斯国家级自然保护区相邻。这是一个以古老孑遗珍稀濒危植物及草原荒漠化生态系统为主要保护对象的自然保护区，保护区内现已查明的植物种类有326种，其中被列入国家级重点保护的珍稀和濒危植物有四合木、半日花、绵刺、霸王、沙冬青、革包菊、蒙古扁桃。

白音恩格尔荒漠濒危植物自然保护区因地理位置处于库布其沙漠的南缘，而库布其沙漠又是西北风的主要沙源地，因此自保护区建立后，保护区管理局与地方政府经过深入嘎查和农牧民家中进行调研，共同研究制定脱贫致富长远规划，广泛开辟致富渠道，引导群众参加保护区的建设、管护、宣传等活动，并在尊重农牧民的生活习惯、生产方式和传统风俗的前提下，有计划地实施了移民工程，目前保护区内农牧民已全部搬迁，这样就为保护区内的濒危植物及草原的自然修复和人工抚育提供了很好的先决条件。经过10多年的保护与建设，保护区内的濒危植物及植被覆盖率得到了明显的恢复和提高，为阻止库布其沙漠南移形成新的草原荒漠化设置了天然屏障，同时白音恩格尔荒漠濒危植物自然保护区是研究亚洲干旱地区生物多样性和全球变化的一个关键地带，对研究各大植物区系之间及植物与动物之间相互影响、相互交流有着重大意义。

1999年建立、2000年晋升为自治区级自然保护区的库布其沙漠柠条锦鸡儿自然保护区，地处杭锦旗西北部库布其沙漠的西缘，总面积150平方公里。保护区内柠条锦鸡儿是天然林唯一大面积保存于库布其沙漠西缘的植物种群，它分布集中，面积之大，是其他分布点所没有的，防风固沙的作用也是库布其沙漠里别的物种所不可替代的。

但是这些宝贵资源过去曾因人为的不合理利用，特别是过度放牧，牲畜的啃食致使柠条锦鸡儿的个体生长发育残缺，植株高度降低。当地部门多次呼吁加强保护，但都成效不大。为了保护这片沙漠绿洲，当地政府在此建设了自然保护区。近年来，随着保护区保护事业的开展，沙漠柠条锦鸡儿种群得到了有效的保存和扩大，有效地调节了地方小气候，增加了空气湿度，减少了灾害性风灾。更重要的是阻止了沙化前移，遏制了周边地区土地荒漠化，从而促进了整个库布其沙漠的治理进程。

在库布其沙漠的北缘，黄河一路东去，从呼和木独镇的马头湾向东至独贵塔拉镇的杭锦淖尔全长184公里范围内，就是杭锦淖尔湿地自然保护区，总面积857.54平方公里，在这里有沙漠、湖群、草原、沼泽、湿地、黄河、丘陵、绿洲等一大批天然景观，风光独特。

该保护区是一个以保护黄河沿岸滩涂湿地生态系统和黄河上中游库布其沙漠北缘草原生态系统，以及湿地珍稀鸟类和各种生物为对象的综合性自然保护区，具有地理位置的特殊性和湿地生态系统的稀有性、脆弱性以及生物多样性等特点。湿地与森林、海洋并称为三大生态系统，被誉为“地球之肾”。健康的湿地生态系统，是国家生态安全体系的重要组成部分，对经济社会的发展发挥着重要的作用。

杭锦淖尔湿地自然保护区是黄河上中游较大的湿地之一，具有广阔的水域，河流滩涂湿地是众多鸟类栖息、繁殖的理想场所，在调节气候、涵养水源、防洪泄洪、调节河川径流、蓄积洪水、防止荒漠化等方面起到至关重要的作用。因它的南缘是库布其沙漠，东侧是毛布拉孔兑，因此保护区的建设也有效地减少了库布其沙漠向黄河的泥沙输入量，同时它也是从事湿地动植物生态学研究和进行河流、滩涂湿地生态系统演变规律研究的理想场所，有着重要的科学研究价值。

马教授一行特意去看了一下位于巴拉贡乡的大白柠条国家的采种基地。鄂尔多斯，或者再往大说，我国只有库布其沙漠有这么一块天然分布的大白柠条。大白柠条是治理沙漠、防止水土流失的最佳植物种之一，但是前些年竟沦为濒危植物区，整个景观让人看了心酸，不得不用政策保护起来。

这一回，繁茂的大白柠条实实在在让大家高兴得不得了！

马教授和吕荣认识大白柠条几十年了，没有想到大白柠条原来可以长这么高。以前见过的大白柠条最高也就是3米多，而保护几年后的大白柠条可以长到八九米，地径达到碗口粗，灌木长成乔木状！走进柠条林，可以说株株都让人惊喜，片片令人感叹。嫩黄色的蝶形花还在开，咖啡色的荚果已缀满枝杈。围绕着株株柠条，沙芦苇、沙蓬、草木犀状黄芪和一些禾本科的植物茂密，细高细高，大有与高高在上的柠条一争高下的态势。看着这生机勃勃的旺盛生命，你会突然意识到所有教科书里有关沙漠植物必须和沙漠水分吻合的论断全是胡说九道。

封育，可以完全恢复大自然的状态。高永教授讲，他在库布其沙漠格状沙丘副梁南侧看见一片沙竹，株株高达3米！当时他就懵了，他带的一群博士生、硕士生都问他是什么植物，他只好让大家一起讨论讨论。然后他仔细地看看沙竹的叶鞘、花穗、窜根地下茎，所有的生态特征都证明这就是沙竹。可是，多年来一直是几十厘米的沙竹怎么能长这么高、这么粗壮？高永教授当时的感觉，就像矮人国突然来了个姚明，个个都惊讶得不得了。

姚洪林研究员也有过类似经历。他在杭锦旗段的库布其沙漠里的一片人工樟子松林地里，发现一株沙米。虽然认植物不是他的强项，但沙米这种最常见的沙生植物在他上大学时就认识，可以说沙漠治理专业的学生如果不认识沙米就像不认识自己的饭碗一样。但是那天他不是懵了，而是彻底傻了。樟子松林中，竟然长着一株和树一样高的沙米！沙米这种仅在流沙地上生长的一年生的短命草本植物，平常也就是20～30厘米，偶然有70～80厘米。可是在没有人畜干扰破坏、水肥条件较好的人工林内，他看到的这株沙米，长得就像小乔木一样，地径有7厘米，胸径5厘米，冠幅176厘米，由于当时没有塔尺测量，众人一致认定高为4.3米！

自然界到底蕴藏着多少秘密，沙漠里还会有多少奇迹！

马教授给大家讲了旱生植物和沙生植物适应恶劣环境的生存法则。旱生植物为了避开干旱季节，它们把叶子有的退化成针状、刺形，减少蒸腾，防止植物体水分失衡；有的叶子、枝条肉质化，内储大量水分，保证缺水期维持生理活动；还有的植物处于干枯假死状态，只要一遇到雨水，它们马上枝繁叶茂；更有的植物是以根渡过旱期，有一次有效降雨，它们茁壮生长，马上形成郁郁葱葱的景观……沙生植物也有它们的生存法宝。以种子渡过非生长期，有水它就会萌发、生根、冒茎、长叶、开花、结果，短期内就完成一代生殖周期。更令人惊奇的是，它们为了传宗接代，一代的结实量，少则几十，多则几万，以多取胜。为什么雨后沙丘上会均匀地长出沙生植物？马教授作过调查，在沙丘迎风坡上挖深1米见方土样，筛选出0.3斤沙生植物种籽，发现沙子1米以下也有种子，而且还有生命力。当地农牧民说的“好人不死、草籽不坏”，确有其道理。所以，植物适应环境的生物学特性，是封沙育林（草）和自然修复的科学依据。

兴奋，惊喜，植物神奇的生存本能给人的感觉是说不完的愉悦。

欣喜中，马教授一行来到杭锦旗造林大户乌日更达赖家。

乌日更达赖是鄂尔多斯市林业局扶植、培养的治沙造林专业户，他本人也是全国林业劳动模范。

乌日更达赖的家就在杭锦旗哈日柴登，库布其沙漠高大沙丘的背风湾里，可想而知，他的家里生活很困难。14岁因为家贫就不上学了，开始打工、掏甘草，在盐场下湖捞盐。那时候一天好好干也就赚3块钱。1989年他成家，父亲给他分的地方条件好一点，明沙中间有点湿地。

成家独立后他想种树，那时候没钱，种的树也少。种上一棵，过两天就被风吹得没有了。没办法只好又外出打工。1996年库布其沙漠第一条穿沙公路修通了，乌日更达赖看见那个穿沙公路两边的护路林长得很好，琢磨着，穿沙公路能栽活，他也能栽活。榜样的力量有时候确实是无穷的。

那时候交通不行，他住的周围几十公里都没有树苗，买沙柳苗还得去离家六七十公里的地方，买上沙柳还得再用骡子把树苗拉回来，每回争取拉上四五百斤，拉回来就开始种树。乌日更达赖忘不了1997年吕荣还去他们家，送给了他2000棵沙柳苗子，所以今天看见吕荣来了非常高兴。

乌日更达赖的家收拾得很漂亮，又找的年轻媳妇也很漂亮。吕荣一边喝茶一边问："第一次我们领着白市长去你们家，进不去，路不好走，都是沙子，白市长和巴拉吉局长的车好进去了，我们的车进不去，那个路很难很难走，小车根本就进不去。"

"现在路好了哇，"乌日更达赖汉话说得也不错，"今年种的是沙柳，我总共1000多亩沙柳，全都包给人家了，5万元，一亩地平均是50元，什么也不管，还能赚钱。我现在连沙柳、杨柴总共种了5～6万亩地，自己的是1万多亩地，承包人家的有个5万多亩地。"

"现在这个杨柴平茬是个大问题，人工平茬费用太高，一天200元没人干。吕总，咱们鄂尔多斯有没有专门平茬的机器？"

吕荣说："有，但是效果不太好，现在还在研究当中。"

"杨柴平茬完了有地方要吗？"

吕荣说："有哇，发电厂就收。"

"哎，那个发电厂塌了，现在都不收沙柳了。去年还收了一段时间，给的都是现钱。"

陪同马教授一行的杭锦旗林业局梁长雄副局长说："乌日更达赖的故事可多了。他当年治沙出名了，也发了点财，买下了大屁股212，拉苗子方便吧，但没有驾照。路过旗里的时候被交警查住了，然后不让他走。乌日更达赖说：'你们怎么不看电视？我是乌日更达赖！’然后直接就给旗委书记打电话，说他拉树苗治沙路过走走还拦他。交警没有办法只好把他给放了。”

“啊哈哈，瞎说。”乌日更达赖对他当年创造的故事显然很满意，“现在有驾驶证了，有两三个车了，当时开上车就住在沙漠里，打个帐篷，条件很艰苦。”

梁局长说：“乌日更达赖现在有装载机、拖拉机。牛有个七八十头，马有几十匹，还有百十个羊羔，一年差不多收入30来万元。今年买了个几十万的霸道小轿车，林业生态的效益，在他这儿真正的体现了。”

目前，封育搬迁的禁牧政策已成为鄂尔多斯高原的一个致富经。

三、飞机播种，快捷治理沙漠

1899年，美国的威尔伯·莱特和奥维尔·莱特兄弟俩制造出了他们的双翼滑翔机；1902年他们完成了自己设计的汽油内燃机；1903年12月17日，莱特兄弟成功制造出世界上第一架动力飞机“飞机者1号”，实现了人类飞行的梦想。

虽然这次飞行的留空时间只有短短的12秒，飞行距离也是微不足道的36米，但它却是人类历史上第一次有动力、载人、持续、稳定和可操纵的重于空气飞行器的首次成功升空并飞行，标志着人类征服天空的梦想开始变为现实。

人类社会的好多进步，最初都基于梦想。

1931年，苏联在莱特兄弟的梦想上进一步发挥，开始了飞机播种治沙试验。

飞机播种是一种大规模机械化直播造林的方法。它模拟天然飞籽落种成林的自然现象，造林不仅速度快、省劳力、投入少、成本低，而且能够深入交通不便的偏远山区、沙区或人力难以企及的地方进行播种造林，拓宽了造林绿化的地类，能够快捷地治理沙漠。可以说，全球的治沙措施首推是封沙育林和移民搬迁，排在第二位的治沙好办法就是飞播治沙。

中国于1956年在广东省吴川县首次试用飞机播种马尾松和台湾相思造林。目前，中国已经在全国的26个省（区、市）的931个县（旗、市、区）开展了飞播造林，占人工造林保存面积的1/4。

飞播造林已经是中国的三大造林方式之一。

1958年，中国在内蒙古伊克昭盟、陕西榆林、甘肃民勤、古浪等地沙区首次用“安二”型农用飞机试验了飞机播种。

在一片欢呼声过后，几大播区得到惨痛失败！以至于十几年后再提飞播时，林业系统的人没有一个人同意再搞飞播。一朝被蛇咬，十年怕井绳。这句名言警句被当时的伊克昭盟治沙人集体进行了诠释。

当年飞机播种是政治任务。伊克昭盟林业系统在中国科学院治沙队和内蒙古林业厅指导下，在库布其沙漠中段的达拉特旗展旦召治沙站七里沙作业区和库布其沙漠西段的杭锦旗什拉召，首次进行了飞播造林试验。由于是第一次，没有经验，大家都以为种子经过飞机播下来就能活。所以既没有播种地、播种期的选择，也没有对飞播植物种进行配置，当时把能找到的草籽以及糜子、麻子、麦子及一些粮食作物全部装上飞机，任由不熟悉地形的飞行员随意播撒。

结果最高兴的是农村老太太。飞播种子撒的房顶、院子里到处都是，那年老母鸡下蛋特别勤。

至于沙漠里，飞机播后，沙面上当时也有落种，但是，几场风刮过后，飞播种子都不见踪影。乐观点估计，飞播保存率仅为1%～3%！

1958年的飞播，成了人们多年来饭后茶余的笑柄。

1977年6月，伊克昭盟治沙造林局长张稼夫召集科级以上干部讨论再次飞播。会议一开始就炸了锅，所有的人都争先发言，用1958年那次他们的亲身经历或亲耳听到的故事、数据，慷慨激昂地谴责飞播的种种罪行。张稼夫局长是“文革”中由内蒙古农委下放来的干部，当年飞播他不在伊克昭盟。看到大家踊跃发言，他听得非常认真。

2个小时过去了，3个小时过去了，大家反对的意见都说完了，静下来了。

张稼夫局长见没有人说话就低着头看材料，前一阵子还热闹喧嚣的会场，这一会儿静得出奇。大家不停地看表，到中午了，该下班了。

事情没有那么简单。平日干练、威严的张局长今天似乎并不着急，没有人发言，他就看材料，神情专注，似乎忘了大家的存在，而且他根本没有让大家下班的意思。

1点钟，2点钟，3点钟……最后大家终于明白了，如果今天不同意飞播，恐怕不但没有饭吃，晚上可能连觉也睡不成。于是，与会者你一言我一语的开始说，假如飞播的话，应该注意什么问题。

张局长还是不理睬大家，只是开始在本子上记着什么。资格较老的造林科长王澍看不下去了，干脆出面临时主持会议，让1958年曾经参与过那次飞播的张敬业、许清云提方案，大家补充。于是，从播种地点、时间、植物种搭配、机场修建、经费预算、人员分工，到后半夜，大家终于完成了沙漠飞播成功方案。

人们应该记住张稼夫局长，因为在飞播各种大奖获奖名单里没有他，他不是科技人员。

台格庙的飞播成功，后面还有更离奇的故事。他让主持榆林飞播的北京林学院李滨生教授气得胃痛。

1978年，伊克昭盟治沙造林局在毛乌素沙地伊金霍洛旗台格庙公社台格庙大队老来疙旦境内的新街治沙站“六八作业区”进行了飞播试验。播区南北长4000米，东西宽1760米，总面积7平方公里。境内以流动沙地为主，高大沙丘占播区总面积的66%。

播后，张敬业、许清云相继调到内蒙古林科院和内蒙古林学院，唯一在台格庙观测记载播区植物种的严圭考上研究生回了南京。播区一时间成了被人遗忘的角落。

而李滨生教授在榆林带领20多名科技人员，从20世纪50年代起，一直坚持着飞播，飞播当年的成苗率也逐年提高，只是第二年的保苗率一直提不高。

1981年，伊克昭盟治沙造林研究所指派所里的王蕴忠负责飞播。王蕴忠，在家行二，由于从小肚子大，昵称“二胖”。“二胖”这个爱称，在飞播这个行业叫的比他的名字响，连部里的领导也喜欢这么叫他。当时，让他搞飞播这个决定似乎不近人情，王蕴忠刚从旗里调来解决了两地分居，家还没有安顿好又叫到更偏僻的沙窝子。

另外，1958年的飞播阴影恍如昨日，谁不想干点有前景的工作。再则他的理想是搞木本油料文冠果的试验研究，所以王蕴忠迟迟不愿动身。拖到很晚了，5月下旬了，万般无奈下他去了一趟台格庙。

几天回来后，他只说了一句话："没有找到飞播区！"

这一下，所里、局里都炸了锅！所有领导的批评，犹如日寇狂轰滥炸的飞机，大有炸平庐山之势。"二胖"一时成为众矢之的，万劫不复的千古罪人。

如实回顾这段历史，好像是对老朋友的大大不敬。其实正相反，这个典型案例恰恰说明，社会上的恩怨情仇，往往只是短暂的表面现象，决定事物发展的，是主宰一切的自然规律。客观事实表明，王蕴忠是中国飞播治沙战线上最幸运也是最成功的人士。只是，社会活动折射到自然规律，往往会有喜剧性效果，而喜剧效果才是人们应该敬畏和尊重的。

当王蕴忠再次下去找到飞播区的时候，眼前的景象让他惊呆了！钻过铁丝网进入播区，满眼都是绿汪汪一片。飞播的第三年，杨柴开花了，红色、蓝色、紫色的豆科花序姹紫嫣红；白柠条、小柠条的豆科花序嫩黄嫩黄；沙打旺和紫穗槐的豆科花序紫黑紫黑；籽蒿长得油光锃亮；草木樨更是令人惊讶，它们在丘间低地密密地挤在一起，高度都在3米以上，让人根本无法通过！

这哪是飞播区，伊克昭盟的人工草场从来也没有达到过这种效果！让王蕴忠不明白的是，哪来那么多蜜蜂，整个头顶上就是嗡嗡一片，而脚底下，走上三五步，就有一只兔子窜出，吓得他不得不像赶山人一样，手里拿根棍子边喊边打。喊声中，他吼出压抑多日的愤懑，也道出他按捺不住的喜悦。

张稼夫局长听到汇报后，立刻前去看了一趟，回来后发出通知：租用运输公司大轿车一辆，欢迎局里的同志都去播区参观，中午给吃炖羊肉。

1978年，飞播所采用的植物种有杨柴、籽蒿、白柠条、小柠条、草木樨、沙打旺、紫穗槐共7种，除杨柴采用单播和混播外，其余均为混播类型。根据严圭的记录，各植物种单播和混播发芽面积占播区总面积的56.4%，当年保存面积为46.5%，各植物种在流沙上发芽及保存率均在43%以上！

台格庙播区演绎了精彩的沙生植物演替，令世人大开眼界。

选定的台格庙播区，主体地形都是高大流动沙丘，植物盖度不足10%。飞播的时候用铁丝网把播区围护起来，没有人畜干扰破坏。沙丘上，飞播当年的沙米先长起来。沙米是一年生植物，死后株体坚硬，针刺状的茎叶，忠诚地阻挡了野兔、老鼠的啃食，成为杨柴、籽蒿、柠条的保护伞；第二年，沙米的坚硬株体还在，籽蒿迅速生长，浓密的灌丛又成为杨柴的护花使者。杨柴初生体质柔弱纤细，又系豆科，名门望族，所以幼时极易受到啮齿动物的伤害，但是到了第三年，杨柴一下子就出落得成人一样高，亭亭玉立、花枝招展，而且随着枝条的生长，花絮不断绽放，花期能从5月一直开到9月。

当然，这只是播区头三年几种沙生植物的演替，仿佛一场大戏的序幕刚刚拉开。

面对着播区的繁花世界，局里立刻集中了两部分技术力量，一部分人协助王蕴忠进行样方调查、数据整理、准备鉴定，另一部分人准备继续飞播，扩大试验范围。

1982年8月15～20日，伊盟林业局在新街治沙站召开了飞机播种治沙试验的鉴定会议。这是伊克昭盟有史以来召开的规模最大的科技鉴定会，各路专家，纷纷到场，北京林学院李滨生教授担任鉴定委员会主任。伊克昭盟各局、旗县领导所坐的212吉普车全部调用，50多辆一走开，从头望不到尾。通过现场考察测试、原始资料及鉴定报告的评审，认定伊克昭盟台格庙的飞播，创造了我国沙区飞播的最好水平，属于国内重大科研成果！

在会上，李滨生教授一直眉头紧锁，似乎很不高兴。王蕴忠问他，说是胃痛。

鉴定后一个星期，治沙研究所的几位同志和王蕴忠去北京办事，特意去看望了一下李滨生教授。李教授说，他是看到台格庙播区的铁丝网才胃痛的。

原来，李教授的飞播区位于毛乌素沙地东南缘榆林县城西北的红石峡和小纪汗。两片地方都处于几个县的交叉地带。李教授的飞播区都在台格庙南200公里，降雨等自然条件都要比台格庙好得多。经过多年努力，他们已经很好地掌握了飞播的技术环节，发芽率和发芽面积都远远超过伊克昭盟，但是每年一个冬天过后，保存率折损大半。关键原因就是一到冬天，各个县的农民从四面八方都把羊赶过来吃草。

伊克昭盟台格庙播区是纯牧区，蒙古民族是个伟大的民族，他们不但崇尚自然，而且特别尊敬领导，服从命令，行动一致，要不然当年也不会称霸欧亚。台格庙播区用铁丝网一拉，4年没有任何破损，这才使得飞播保存率能达到这么好的效果。

听到这里，大家理解了，重大的飞播技术难题都攻克了，成果却毁在这么个不能容忍的后期管护的小事上，谁能不气的胃痛。看来，成败在于细节这句话不是白说的。

这件事也促使后来的鄂尔多斯人，在封育搬迁上痛下决心。

1982年又在台格庙播区实验了2次，第3年保存率均为41.7%。

从1983～1987年进入中间试验研究，飞播由毛乌素沙地的中东部向西北高大沙丘推进，伊金霍洛旗、乌审旗、鄂托克旗、鄂托克前旗林业局共同完成。累计飞播造林种草259平方公里，保存率达到了40%以上，取得了较为理想的成效，而且在适宜飞播立地类型上也有了新的突破。

1988～1990年，伊克昭盟的飞机播种地区转向难度更大的库布其沙漠。全盟共飞播造林治沙454.6平方公里。1991～1995年，全盟共完成飞播造林约727平方公里，是计划任务的119%。

播后的沙区景观，都发生了明显的变化。无论原地貌是流动沙丘还是沙化退化草场，几年后都已被郁郁葱葱的植被所覆盖，昔日的不毛之地变成了优良草牧场，成为杨柴、蒿籽种源基地和打草场。在适宜飞播的沙地类型、播区类型、播种量、播期、主要植物种选择及植物种配置上，也都取得了突破性的成果。

2002年，鄂尔多斯市林业局与企业共同投资组建了通运航空公司，购进“运五”型飞机10架，组建了装备一流的鄂尔多斯市通用航空公司，有力地支持了鄂尔多斯及陕西、宁夏、河北等周边地区的大规模飞播造林、黄河防凌防汛、森林草原防火和病虫害防治任务，为构筑祖国北疆生态屏障作出了突出贡献。据统计，截止2008年底全市共飞播造林种草约7507平方公里。

根据鄂尔多斯封禁地区较多、飞播任务较重的特点，他们针对飞播中种子下落飘移、落地位移保水、闪芽、驱避兔鼠鸟危害等技术难题，“十五”期间，鄂尔多斯市林业局引进国外先进设备，创建了全国最大的种子包衣丸化现代化企业——鄂尔多斯市碧森种业有限责任公司。公司拥有成套引进美国克立本公司生产的种子精选机和全球加工能力最大的德国佩特凯斯公司生产的CT200型自动化种子丸粒机。建起了年生产能力达3000吨的全国首家林草种业加工中心。相继成立了“飞播林草种子处理技术整合配套研究”课题组，进行系统研究飞播林草种子的种衣剂和种子处理技术，2007年研究成果获得了自治区科技进步一等奖。

同时，鄂尔多斯还成立了网围栏厂和10个机械化造林作业队，大中型植树机械达到350台套。装备现代化的提升，使林业生产从种子处理到整地、栽植、抚育、平茬复壮以及资源利用方面机械化程度达到了70%以上，彻底告别了林业生态建设“小米加步抢”的落后时代。

鄂尔多斯沙区飞播造林的成功，带动了周边省区飞播事业的发展。“十五”期间，我国西北地区共完成飞播造林2.673平方公里，占全国飞播造林面积的85.8%。仅鄂尔多斯市就累计完成飞播造林5233平方公里，占西北地区飞机播种造林任务的20%。

鄂尔多斯市的飞播造林经过40多年的认真实践和积极探索，成功地确立了飞播用全球定位系统规划导航、飞播区地面处理、飞播种子处理三大技术体系和分种装机、交叉作业、种子包衣丸化、人工促种覆沙技术措施，在主要技术环节都取得了重大突破，获得了丰硕的科研成果。大规模、高成效的飞播造林，使鄂尔多斯市有林地面积迅速扩大，约2.18平方公里，生态状况实现了由严重恶化向整体遏制、局部好转的历史性转变。

鄂尔多斯市突出的生态建设成绩，也引起了国家和自治区的高度重视，中央领导及国家林业局主要领导先后到鄂尔多斯地区视察，对鄂尔多斯市的生态建设给予了高度评价。

与此同时，在大量的飞播造林实践中，磨练和造就了一批业务精湛的技术骨干，成为鄂尔多斯市乃至全自治区飞播造林事业的中坚力量。刘和平就是新世纪以来鄂尔多斯飞播治沙的领军人物。

刘和平，新世纪以来的飞播站长，正级高级林业工程师。30年前内蒙古林学院治沙专业毕业生。中等身材，体形微胖，面色白皙，凤眼细长，未开言先有三分笑容。

当马教授一行问到飞机播种在库布其沙漠的情况时，他又先笑了。

“库布其沙漠最东段是在1985年开始飞播，是在准格尔旗乌兰不浪飞播了2万亩，这个很成功，当年的成苗率就达到了60%～70%。到了3年后成效调查的时候，由于管护不到位，成效率稍微低了一下，但还是成功的。

“到了1991年，库布其又在2个地方搞了飞播，恩格贝搞了2万亩，吉格斯太镇沟心召村搞了1万亩。1991～1997年之间，先后都在达拉特旗搞了飞播，从东到西，从吉格斯太到恩格贝，都是非常成功的。而且这个阶段是库布其飞播的黄金时期，获得过国家科技三等奖。那时候的飞播种子播量是一亩地8两左右，主要是杨柴、花棒、沙打旺、籽蒿为主，一开始飞播的时候是一斤半，然后在慢慢地摸索过程中，8两是适合飞播的种子量，也达到了国家飞播规程要求。

“我们最早使用全球定位系统是在1996年，从贵州的山区飞播那边引进来的。这个全球定位系统的作用是不可估量的，无论是人工造林还是飞播造林，减轻了大量的工作量。鄂尔多斯地区飞播技术上，全球定位系统已经形成了成套技术，也鉴定过，像全球定位系统地面规划技术、全球定位系统导航技术、种子处理技术等，这些课题都获过奖。

“没有全球定位系统那时候飞播很艰苦。规划设计的话，1万亩要搞1周的时间，基本上都是靠人工罗盘仪定向、拉测绳量距、打桩设标完成的。那时候各个地方都非常欢迎飞播，老百姓都是自己掏钱，一亩地0.5～1元，飞播1万亩交1万元。飞播要有2个过程：一是看飞播地。第二年飞播的话，第一年就要完成这个过程。

“二是飞播过程。飞播过程又分3个步骤，一是规划设计，按照飞的方向打桩子、定航线，这个工作量比较大，每隔50米就要打一个桩子，1万亩不少于2条线，2万亩不少于5条线，假如说长是2公里的话，在50米就打一个桩子，一条线打40个桩子，3条线是120个桩子。

“第二步就是飞播作业，主要是以人工信号为主，一般情况下是早上4点就出去。信号员要比其他人还辛苦一点。如果机场到播区的距离是20公里或30公里，一天飞播2万亩是没问题的。信号员点火冒烟，飞行员看到火焰冒烟就开始起飞，1万亩飞播需要3个信号员，一个地面指挥员，还有3~5个接种人员，接种人员是要在飞行航线上布设1平方米接种布，检查种子落地后重播、漏播和均匀度等情况。更有意思的是，播区规划的标志桩子有的还活了，长成大树了。

“飞播是一个非常枯燥的工作。早上进去大沙里，晚上才回来，太阳烤得真的受不了，早上走的时候把一天的粮食背上。当时，飞播造林的这个生活待遇要比人工造林好，补助是一样的，就是生活上相对好一点，这是因为沾了飞行员的光。

“飞播总体来说，成功与否，主要还是靠天，现在也是一样。这两年，鄂尔多斯飞播也出现了一些困难，容易飞播的沙丘越来越少。再飞播，面对的都是原始的高大沙丘，可以说一次性成功的可能性非常小。现在的飞播造林技术环节，主要是沙障设置这一块，还有就是管护跟不上。飞播也是一个特殊的造林方式，总体来说，飞播造林对整个鄂尔多斯的森林覆盖率提高的贡献是应该肯定的。

“飞播造林还是有前景、有发展空间的，但是必须要克服科技难关，高大沙丘如何能飞播成功，这是第一个难题。其次，飞播植物种多样化配置不足的难题仍然没有得到彻底解决，这一因素制约了鄂尔多斯市飞播造林工程综合效益的持续发挥。

“首先，由于飞播植物种配置的单一化形成了相对简单的人工植物群落。在该群落的自然演替中，由于植物种生态位的重叠导致物种间的激烈竞争与排斥，造成群落逐渐失衡衰落；其次，从地区森林资源存量上讲，由于灌木群落的退化，优质资源呈现逐渐减少的趋势；第三，优良灌木柠条的人工种植虽然发展迅速，但不可避免地受到了自然条件和劳力因素的极大制约，发展创新飞播造林势在必行。

“柠条（中间锦鸡儿和柠条锦鸡儿），是构成内蒙古高原西部景观植被的主要物种，耐寒、耐旱、耐瘠薄，适应范围广泛，枝叶茂密、根系发达，是鄂尔多斯地区治沙造林的先锋树种。柠条被鄂尔多斯老乡誉为‘冻不死、旱不死、埋不死、砍不死、啃不死’的‘五不死’树种，不仅生态效益明显，而且有着很高‘三料价值’，即饲料、燃料、肥料价值，深受广大农牧民喜爱。

“据测定，8年生柠条高1.5～2米的植株，可覆盖地面4平方米，减少表土流失68%。试验显示，柠条的枝叶营养丰富，而且耐牲畜啃食，是很好的冬季避灾牧场。柠条一年四季可以平茬，生长旺盛、生物量大，是优质的饲料加工原料。柠条是优质薪材，1.5公斤的枝条相当于0.5公斤的煤，1公顷的柠条可供1家农牧户烧1年半。柠条是优质绿肥植物，1000公斤干叶含氮素29公斤。柠条的枝条可用于编织，茎皮可用于造纸和纤维制作。柠条的根、花、种子可作药用，种子的含油率比较高，可提供工业用油的粘接剂，开发利用前景广阔。柠条在鄂尔多斯地区适应范围广、抗逆性强，在突出生态效益的同时充分兼顾经济效益，所以将柠条作为飞播造林课题的试验树种。

“2002～2006年国家天然林保护工程在鄂尔多斯市实施以来，飞播造林任务逐年增加。鉴于鄂尔多斯市宜林地广阔，人口稀少，劳动力不集中的实际情况，市政府提出利用飞机播种这一机械化造林方式发展柠条资源。根据这一指示精神，市林业局组织科技人员和相关专家经过反复论证，决定依托天然林保护工程，由吕荣任课题组长，市旗两级科技人员参加，开展‘鄂尔多斯地区柠条等植物种飞播造林技术研究与示范’课题工作，为鄂尔多斯市大面积飞播柠条提供科技支撑。

“根据柠条的生物学特性，课题组选择了库布其沙漠和毛乌素沙地范围内的平缓沙地、梁地覆沙区、沙丘密度小于0.6的中小型沙丘等类型区，作为柠条飞播造林技术研究的试验地，面积12.5万亩。其中，平缓沙地和梁地覆沙区，用地面覆沙器进行地面处理，或赶入羊群踩踏；沙丘密度小于0.6的中小型沙丘迎风坡需设置部分沙障。

“在过去的飞播造林中，特别是飞机播种柠条屡遭挫折，其主要原因是柠条种粒大、难覆沙，种子胚乳易吸水，若覆沙不及时，在小于10毫米无效降雨的情况下易造成种子闪芽，导致成苗率降低。

“课题创新性地将飞播种子处理、飞播用全球定位系统导航和飞播区地面处理3项技术的集成配套应用，充分展示了3项技术的优越性，有效地解决了飞播落种的准确率、种子下落漂移率、种子落地位移率、种子吸水闪芽率、鼠鸟危害率等难题，大大地增加了飞机播种柠条试验的科技含量。飞播种子处理技术提高了种子的发芽率，其中柠条达到80%以上；飞播用全球定位系统导航技术提高了飞播植物种的落种准确率，达到98%；特别是地面处理技术的创新性应用，使播区当年成苗率较对照提高18.8个百分点，达到74.8%，其中柠条的当年成苗率较对照提高21.2个百分点，达到27.8%。试验3年后，播区保存率达到51%～92%，其中柠条的保存率较对照提高19.7个百分点，达到39.5%。飞播地面处理技术成为影响飞播造林成效的关键性技术。

“柠条飞播的成功，不但推翻了中科院兰州沙漠所赵兴梁先生认定的柠条不适宜沙区飞播的结论，而且，深根性柠条和浅根性杨柴混播后形成了稳定的植物群落，对飞播造林治沙可持续发展有着重大的意义。”

刘和平最后信心满满地告诉大家：“飞播造林三大技术的集成配套使用，是鄂尔多斯飞播事业的新起点，它提高了飞播成效、降低了飞播成本，促成了飞播柠条试验的成功，确保了鄂尔多斯地区林业生态建设的成效。”

四、恩格贝生态模式，吸引全球关注

门开后，王明海大步流星走进来，使劲握住马教授的手喊道：“啊呀老马，老朋友，你好！”

自王明海进来，屋子里的温度一下子提高了8度！他爽朗的笑声立刻在满屋子回荡起来。他冲着吕荣大声说：“我和老马是30多年快40年的老朋友了，再忙，我也得见见。”

马教授问他：“怎么样，都挺好？”

“活着呢，”王明海哈哈笑着说，“一辈子穷忙，没干点正经事。”

吕荣接住说：“还没干点正经事，你这国际名人，把恩格贝都搞到联合国啦，还说没干点正经事！”

一阵爆笑响起，这回是满屋子的人都在笑。

马教授看着王明海，老了，更黑了。这黑，除了库布其的风沙，恐怕还和他的心脏病有关。都死过一回的人了，还这么乐观，真是罕见。想当年他在报社时，英俊潇洒，标新立异，活力四射。不管在哪里，他永远是公众人物。

这时，王明海的话立刻引起了他的注意。只听王明海对吕荣说：“恩格贝的事就甭提了，我都退了。咱们今天老朋友见面，只谈友情不提荆州。”

王明海，鄂尔多斯人，说的也是一口地道的鄂尔多斯话，他自嘲这是“秦朝的普通话”。他说话声音很大，像是在辩论，说到兴奋时，他会站起来，走到你面前，眼睛瞪着你，打着手势向你陈述。

马教授想了想对王明海说：“这么多年了，咱俩见面每次都是匆匆忙忙，有一件事我一直想问你，当年你在羊绒集团干得好好的，怎么想起治沙来的？”

这句话可能一下子切中要害，王明海长叹一声，笑容收起，脸色凝重，语调也平缓下来，他的话匣子一下子打开就收不住了。

“那是1988年，旭日干回国。他在国外名声可大了，《光明日报》第一版报道了旭日干的试管山羊试验。《光明日报》的总编老路，当时在火车上碰见了我，谈起旭日干，他说：‘你们支持支持旭日干，你们鄂尔多斯温暖全世界有钱嘛，这么好的一个科学家，你们支持支持他。’我说怎么支持呀！老路说：‘他主要缺经费，有经费还能再搞大，我就叫他去找你。’

“我回来就跟大家商量，大家都觉得这是一件有意义的事，回来给了旭日干7万元。布赫后来一次性给了他100万元，建立了试验室。我后来又零星地给了他些经费。

“有一次，我问旭日干，靠他的科学技术，能不能使羊绒提高产量。就和他商量，也是想用用他，让他在伊盟的羊绒这方面给出点劲。旭日干说这个完全可以呀，快速繁育技术，试管山羊体外受精、怀胎，将优良品种快速繁育就行。我说这个好呀，从根本上说对我们羊绒企业是一个好事呀！于是大家都同意合作。同意以后，我就准备筹建怎样开展工作，如何给旭日干立项。当时也不知从何下手，后来说建个草场吧。

“一开始想到的是飞播。王林祥在这个事上很有水平，一下子敢拿出400万元，我认为王林祥是很有魄力的。

“王林祥让我去看可行性怎样。我去你们林业局，找了当时那帮老的，有人说行，也有人说不行。伊克昭盟每年都飞播，飞播就像二股叉打老婆——有一下没一下的。后来大家建议，在草上不要考虑了，那是政府考虑的事情，建议搞个种羊场，旭日干是搞试管山羊的，这样对口，也能为社会培养好的种羊，可以从根本上解决问题。这个思路当时看是先进的，现在看也不落后，在市场上乱抓不行。

“当时的背景就是这样。1988年开始干这个事。”

马教授问：“当时一斤羊绒多少钱？”

王明海：“当时1吨120万左右。关键是企业的钱啊，财政上是卡得很严的。”

马教授问：“当时你的想法是什么？这好像和你的恩格贝连不到一块儿？”

王明海说：“你听我慢慢给你说嘛。当时我们是准备飞播，后来没办法就转到养种羊上来。养羊就要找旭日干，还得找刘震乙。你知道吧，刘震乙是原来咱们自治区政协副主席，畜牧业专家，也是你们农大的。当时我想组织这么一套班子，我找过畜牧局张润武，刘震乙是张润武的老师，张润武说刘老师是很好的一个人，我找刘震乙时态度也挺好。我当时想，改良品种，旭日干是技术，刘震乙是搞理论，大家形成合力一块儿搞。可是，人联系好了，怎么个合作法？你这个羊咋配，才能配出好品种？我这个外行一时没了主意，所以这个队伍一直没拉起来。

“后来我有点事去呼市，当时杨晶在党校学习。星期天我和杨晶约好，给达旗建个电厂。

“当时电厂早就定给包头了，马上就要开工了。包头整土地时，农民闹事，不让建，想抬高地价，资金又到不了位，电力局乌力吉局长气得眼睛都瞪红了，嘴里骂个不停。杨晶就乘住机会说：‘我们达旗白给你2万亩地，你来吧！输电嘛，一架电杆就过去了。电厂建在包头，从我们伊盟拉煤还要过黄河，建在我们这里一切费用都便宜，运途又不远。’乌局长这个人有个性、有脾气，他问杨晶说话算数不？杨晶说算。

“就这么着，给达旗抢回个电厂。

“过了两天，我和杨晶又去了乌力吉局长那里。他正开会，让我和杨晶两个人就坐在那里等等。

“乌局长他们正研究德国进来的一套风能发电设备往哪儿放，四子王旗、西蒙、东部区、包头，说了半天，地方配套资金哪儿也配不上，还挺麻烦。说要项目行，要了项目配套资金谁也不给。

“杨晶那时候也年轻，大声插话说放在达旗，然后表态：‘我说话可是说了就算的。’后来他们副总老马说：‘这不是挺好嘛！达拉特旗，位置也合适。’杨晶答应下之后，我悄悄问他：‘杨晶，你真做呀？’杨晶说：‘做嘛，放在你的种羊场，配套资金，几百万配套资金咱们想办法让政府出。’

“回去跟王林祥商量，人家设备那么贵，全国哪儿也给送，咱们也就是安装配套一下需要200多万。王林祥说：‘做，咱们和种羊场一块做它。’

“可是这套风能发电设备往哪闹呀！杨晶说放在我的种羊场，可是种羊场放在达旗什么地方？杨晶怕我跑了，天天拧着我。他让达旗白玉岭、白色登天天拧住我，不让放开我。

“几天后，杨晶让我跟他去恩格贝。这是我第一次去恩格贝。走时他又把个王学隆老汉拧住，杨晶告诉王书记，让他就做这么一件事，盯住我。

“那时候恩格贝是个小地方又不出名，归乌兰乡管，王学隆在乌兰乡当过书记，所以杨晶把他拉上。

“正好那天刮大风，天昏地暗，当时达旗也没有个正经路。我们几个车绕来绕去就是找不见个恩格贝。王学隆让一个农民领路，结果走了几个小时也没有找到去恩格贝的路。把人饿的，最后碰见一家农户煮了些鸡蛋。鸡蛋一往开扒皮，鸡蛋上就是一层沙子！家里空气中弥漫的全是沙子。那天那个风沙呀，我这辈子忘不了。那天我记得3月份，晚上我们就在乡里住的。

“第二天起来，天晴了。到恩格贝一看，沙丘绵延起伏，浩瀚无垠，这个地方气势挺好的。王学隆说：‘这儿有个泉子哩。’就是我们后来开发矿泉水的那个泉水。矿泉那儿，还有一片片草，水不大，但顺着流水，有条小沟，显得恩格贝多少有点生气。

“王学隆悄悄告诉我：‘我都提议你去展旦召那里，那个地方草场好，搞种羊场那儿合适，可是杨书记非要让我把你领到这里。’”

听到这里，吕荣忍不住笑了：“闹了半天，是杨晶把你煽骗到沙窝子里。”

“那可不。”王明海顺着吕荣的话应了一句，随后他又说，“不过这事归根结底是怨我，我要不是爱上治沙，随时可以回去。我觉得，治理沙漠就是挑战人类的极限，我喜欢这种挑战。王林祥年年跟我说，甚时候想回来你就回来。再说，那几年北京、上海、贵州等地的好几家公司先后开出100～200万元的年薪请我帮忙给他们搞企业，我都一一婉言谢绝。当时脑子一根筋，就想把恩格贝的沙漠治理住，不服这口气。”王明海边说，边扭着嘴，圪溜着头，一股不认输的样子。

王明海想了想，接着刚才的话茬又往下说：“我说那我就要1万亩吧。王学隆说1万亩太少，闹个十几二十万亩吧。我说为啥，他说了实在话，这地方白给人也没人要。再说草场就河沟那点，几十米，连100米宽也没有，上面有点草，下面细细的一点小水。

“我说我得问问云大。

“云大是盟草原站长云生才，那家伙是搞草原的，老云这家伙一辈子就搞草原。我跟老云一说，他对恩格贝这个地方非常了解，说：‘甚事不害，草一种就起来了。第一批草我给你种。’

“杨晶很支持在恩格贝建种羊场，土地全白给。

“我又找的小杨悦、高耀进给我当律师，让他们俩看看在法律上是合法不。高耀进和小杨悦查了查，说土地这个东西不能白要，白要的将来都无效。给上他一毛钱就是合法的，这叫有期有偿使用，土地得按政策办，不能今天听领导高兴了，说白给，到时候有事，法律上一抠就站不住脚了。最后，杨晶给划了个7.8万亩治理范围，另外又给25万亩。我说不要，太多了。杨晶说以后会有用的。

“于是，我们7万多亩是给了8万块钱，1亩沙地1块来钱。8万多块钱也是我们硬要给的，旗政府还坚决不要。旗政府说我不是让你们投资来的。高耀进解释说：‘这个便宜占不得。你要是不要就给老乡、给生产队里。’后来生产队拿了这个钱，当时这可是点好钱，那几个大队高兴的。这么个就把恩格贝给闹下来了。

“也可能是杨晶打了招呼，我还不知道，云生才把这30万亩沙漠用网围栏给我围上了，怕我不干哩！云生才说，只要他当草原站长，有空他给我把草种上。就这样歪打正着，悠悠忽忽地一步一步走上了治理沙漠之路。

“恩格贝建立以前，我那30万亩沙漠内只有两三间被人遗弃的茅草房。走在沙漠里，一天也见不到一个人影，就是有一种与世隔绝的感觉。

“我们先盖个自己住的房子，那个土房子现在还保留着。说好给旭日干盖个实验室，前后院的实验室，结果没有路，材料拉不进去，没办法搞建设。干脆，修路吧，反正早晚都得修。达旗往西，公路整个没有，一下雨车都停了不能走，到了西面纯粹没路。可不是现在的高速、油路，什么路都没有。

“我们修路时，拿推土机往起堆，拉些红泥往起垫。修路必须往上垫红泥，要不然沙石子就入了沙窟子。我们闹得差不多了，路整个修得差不多了，蹭的一下来了一场大洪水……”

王明海突然停止了说话，仿佛又回到了那揪心岁月，神情痛苦而严肃。马教授递上一支烟，王明海猛地吸了两口，脸上慢慢露出笑容。

“我们是3月份考察完，6月份修路，那已是1989年。

“有一天夜里，闪电撕开天幕，发出刺眼白光，雷暴就像在头顶滚过，在离地面很近的低空雷鸣电闪。大雨过后，山洪暴发，山洪暴发的声音更是惊天动地、骇人心魄！

“第二天，恩格贝风停雨住，蓝天白云。可是使我们吃惊的是，大洪水一下子从沙丘头顶上都灌下来了，过去有点绿草，一圪蛋让洪水上去，平地上被洪水撕开一条裂口。那条沟就是一库、二库、三库，从铁路（指后来呼和浩特铁路局在恩格贝修建休闲度假村的地方）那边一直拉过黑濑沟。我们算了一下，有1亿多方土，把沙子冲走，把我的沟冲了20多米深，沙地上就拉出一条宽百余米、长14公里的深沟大壑！出了沟以外，原来那点草地上淤上了1米厚的沙子，一点草都没有了。

“一场大洪水，不但把修好的路毁了，连象征希望的那点绿草也冲进黄河里了。

“大家都静静地蹲在沟边发呆。谁能抵挡自然的力量？要挖掘这样一条河沟，得耗费多少人力工时啊？大自然却只在一夜间就完成了。一边是荒漠的干旱，一边是水土的流失，当时我就想，能不能使这两只手紧紧握在一起？

“你看，什么是沙漠？你们都是专家，沙漠就是缺水的代名词。库布其沙漠能有这么大洪水，沙漠不就是有希望了吗？当时好像有一种暗示，借助水的力量，把高高低低的沙丘推平；再借助洪水中泥土的腐殖质的力量，给沙漠以土壤和肥力，恩格贝不就有希望了吗？

“当时我就决定，筑坝拦洪，淤沙造田。

“我把老云叫来，老云看了看说，咱们伊盟老百姓说的一句俗语：‘种地要种沙盖楼，娶老婆就娶一篓油。’退过洪水以后沙里就含有肥泥了，肥土淤沙就叫‘沙盖楼’，肥沃，松软，一定能长出好庄稼。

“老云真是个有胆魄的人，他骂我说：‘别发愣了，这是老天爷在帮你！’

“我说：‘干就干！’

“我这是以洪治沙、以洪淤地、化害为利的治沙之路。

“于是，一条4～5公里长，40米宽，7～8米高的沙坝筑了起来。那时候的恩格贝，或上游东胜那边一下雨，大家就议论着这次有没有洪水，洪水成了大家年年盼望的老朋友。每次洪水来，推涌着沙丘，滞留在大坝里，给我澄出一片片平整的土地。厚厚的泥土和腐殖质铺在沙子上，软软的，像是铺上一层海绵。我那几十万亩都是好地。”

王明海说到这，转向吕荣问到：“老吕，你是咱们的老伊盟，过去伊盟十大孔兑每年向黄河输入泥沙1亿多吨，我们成了危害‘母亲河’的罪人。经过我的带头作用，现在十大孔兑的洪水哪有白流的，全部造福于沙漠。你得给我记一功!”

吕荣笑道：“没问题，你是我们治沙的‘带头大哥’。”

一阵笑声后，王明海接着说：“在云生才的支持下，草长起来了。但是，这个草没树根本长不住，恩格贝的风大，风一来，呲的一下，刮得草连根都没了。种草做不成，所以后来又想着种树。

“一开始种树，我又叫的咱们杨政清，造林总场场长杨政清，那个人也是挺有哈气的。我说你给我看看咋办，他说咱们得规划一下。杨政清和云生才两个人，一个是种树的，一个是种草的，两个人闹不到一块。嘿，两人一天一个故事，都是专业理论知识，成天辩论上没完，各说各的一套理论，晚上点个煤油灯还吵还骂架。我就在旁边听，长了不少知识。他们俩是我种树种草的启蒙老师。

“创业那时候条件很艰苦，晚上就点个煤油灯，还住过地拉子，每天像老鼠一样钻进钻出。

“没有电不行，我们就栽杆子、拉线，先解决电的问题。架电得申请，虽然人我都认识，但是手续还麻烦哩，杨晶就派王学隆专门协调。

“后来我就向盟委汇报，得到盟委的支持。陈书记建议张文彬副盟长分管支持，好不容易有企业进来，这也是个新事。让张文彬组织个领导小组，并担任组长，剩下的农、牧、林的人，都进来给出点主意。达旗派的王学隆，就什么不做，专门跟我们做这个事。

“盟里这个领导小组建起以后，有事我就找张文彬。后来咱们盟改市，领导换了一茬又一茬，但是这个领导小组一代一代都有继承，有组长。再后来是陈启厚组长、邢云组长、雷·额尔德尼组长，一直都有政府领导小组。”

说到这里，王明海停下不讲了。

马教授问：“你生病的事说一下。”

王明海挥挥手：“那有什么好说的，我这不是好好的嘛。”

马教授挑出几份材料递给王明海：“这是记者马利等人写你的，你看看这几段，写得都很生动。”

王明海掏出一副眼镜戴上，几份材料上都有用红笔画出的地方：

肩挑企业管理的沉重担子，王明海像一个工作狂，没日没夜，没有节日假日。而他负责领导治理的这一片沙漠，更让他揪心。在这关键时刻，王明海却被疾病击倒：大面积心肌梗塞，使他躺在伊克昭盟医院的病床上。五天五夜，昏迷不醒。

当王明海在病床上睁开眼睛时，只看见面前静静地站着一位老人。身穿厚厚的棉大衣，严寒冻得他的鼻子通红，还吸溜着鼻涕。是远山正瑛，一位曾经从日本自告奋勇帮他治沙的专家。老人说：“得知你病了，我是专程从日本赶回来看你的！”老人紧紧握着王明海的手，一股暖流从手上流进王明海的心里！

王明海环顾四周，病房里摆满了鲜花。

医生赞叹地说：“每天都有许多人来看你，每天都送来了那么多鲜花。为了不惊扰你，我们只好让他们排队走过你的身边。”

“死”过一次的王明海，还有什么不可舍弃的呢！

王明海清楚，如果他不是第一个敢闯库布其沙漠禁区，冒死挑战人类极限，人们还会这么爱戴他吗？

人可以选择多种职业，只要他能为社会作贡献都是正道。但是选择治沙，意味着更苦、更累、更难，所以更受人们尊敬。

一边是沙漠，一边是黄河。沙漠要绿，黄河要清！

8万元买下30万亩沙漠，便宜！可是，投入，却像一个无底洞。播下草籽栽下树苗，风沙的口，吞噬！再栽，再吞，又再栽！这是人和自然之战，是生与死的较量，在这种较量中，金钱是必不可少的盾牌。600多万元，就这样一点点投入了恩格贝，而效益只是黄沙中初见点点嫩绿。

1994年，就在王明海积劳成疾住进医院时，鄂尔多斯羊绒集团领导班子冷静决策：撤出恩格贝。对于企业经营者来说，也许不失为一个正确的决策，而对于王明海，却是一个不小的打击！

病好之后的王明海作出了一个让人们听后瞠目结舌的决定：辞去待遇丰厚的集团副总裁的职务，承包恩格贝，一心一意治沙。

消息传出，集团上下一片惊诧。集团总裁王林祥找他谈话：“看你身体已经累成这样了，还是回来干集团常务副总裁吧，并兼任集团所属的资产超亿元的东乔建材公司党委书记、总经理。”

在争做商界巨贾与甘当治沙农民之间，他选择了后者。

如果说当初王明海是被动走进沙漠的，现在，却有一种激情，一种理念推动着他，使他下定扎根这片沙漠的决心。

他以个人名义向鄂尔多斯羊绒集团承包恩格贝15年，并经伊克昭盟公署批准成立恩格贝生态建设示范区，肩负起自费治理这一沙漠的沉重使命。

王明海曾经是个走南闯北的人。现代社会的快捷、豪华和财富都见识过了。从一个现代企业的副总裁到一个治沙的农民，生活的反差太大了。如果说，当初他是一盏照耀现代都市的彩灯，现在却只是一棵扎根荒漠的绿树，他该如何忍受那种寂寞和孤独？

王明海说自己是“穷人治沙”，他没有足够的资金投入，一棵杨树苗成活得5元钱。恩格贝各种花费每年都得上百万元。近千万元的贷款要还，债主时时敲门索债。王明海得四处去筹划资金，经常是捉襟见肘，阮囊羞涩。当年，曾经出入于星级宾馆的鄂尔多斯羊绒集团副总裁，如今，出差北京却为了省几十元钱，去住旅馆的地下室。

但是，王明海相信自己是为了改变库布其沙漠来恩格贝的。一要生存，二要发展。摆脱目前经济的困境，使他寝食不安。要开发沙漠经济，不能只是简单的种树，种树！

王明海把沙漠绿化当作一种产业，赢得效益，再投入新的沙漠改造！

辞职治沙的最初几年中，王明海的事业充满了艰辛，治沙资金捉襟见肘。他把自己过去积攒下的几十万元工资和奖金都扔到了无情无义的黄沙中。不够，又借贷了200多万元。

从一个现代企业的副总裁到一个治沙的农民，生活的反差太大了。企业界的朋友们劝他“亡羊补牢”，全身而退。

“甭把钱往沙子里扔了，靠过去建立起的关系你搞羊绒衫还能发大财。”这是亲朋好友发自心底的劝慰。但王明海矢志不移，坚持治理恩格贝沙漠。

承包之后起步的四五年里是恩格贝最艰难的岁月，恩格贝的员工经常连续十几个月发不出工资。职工们的工资只发在账本上，可是创业者没有怨言。因为他们信任王明海，关于未来，关于理想，关于人要有一点精神……王明海的话语和人格比金钱更有吸引力，更有鼓动力！

有一年春节，王明海使尽浑身解数，想尽一切办法，借遍所有亲朋，大家还是被卡在了年关。大漠的冬夜里，人们陆续围聚在一堆篝火旁，沉默良久，王明海说了一句：“把我们的种羊卖几只过年吧。”负责种羊饲养的杨永林呼地从沉闷的人群中站了起来：“绝对不行，那是我们恩格贝的命根子，卖了我也不能卖它们！”这位年近古稀的老人曾是邻近村庄的党支部书记，铁了心和王明海治沙。

老人的话使从未流过泪的王明海流泪了，也使他更坚定了度过难关的决心。那年春节，王明海只给每户发了2瓶老酒，给最困难的人家送去150块钱。

看完了记者们的这些报道，王明海擦了擦溢出眼角的泪水，乐得哈哈大笑："对嘛，事情就这么回事，还有人记得这些事。马利他们写得不错，源于生活，高于生活！"

王明海站起来要走，他握住老马的手说："今天主要是看看老朋友，结果一扯到当初为什么去恩格贝话就多了，这些话只能咱们老朋友之间随便拉拉，跟外人怎么说呢。"

送走王明海，吕荣对马教授说："今天王明海说的他当初为什么去恩格贝这一段我还真不清楚，剩下的恩格贝情况我非常了解，我来写。"

马教授说："恩格贝我也年年去。你写完，我再把我的体会揉进去。"

说到恩格贝，还有一个人那是非提不可，他就是日本鸟取大学名誉教授、沙漠绿化实践协会会长远山正瑛先生。

1990年，远山正瑛以耄耋之年，带领他的协力队来恩格贝义务植树，使恩格贝的治沙具有了国际知名度。他在日本媒体大力宣传恩格贝，使王明海成为日本家喻户晓的名人。他号召日本国民关心恩格贝沙漠的改造事业。十几年来，已有逾万名日本朋友组织起来，自己出路费，来到恩格贝，荷锹背苗，传情播绿，种下一棵棵象征中日民间友谊之树，如今，数百万株树已在恩格贝扎下了根，茁壮成长。

远山很自豪江泽民总书记接见他。他说："我对江泽民主席发过誓，要在中国开发沙漠！"他的卧室兼办公室里，土墙上醒目地挂着毛泽东、周恩来、刘少奇、邓小平的画像。最大的一张照片，是江泽民总书记1996年在北京接见和他握手的照片。

远山正瑛先生说，中国是日本的老师，可日本这个学生"回报"老师一直是用枪炮。"我希望各国都降低军费，把这些钱用来治沙、植树！让士兵们到沙漠来栽种绿色，栽种和平，这才是全人类未来的希望！"

在恩格贝的14年里，远山正瑛的形象是，戴着遮阳帽，一身工装，高腰雨鞋，腰带上挂着剪理树枝的工具，手中是一把明亮的铁锹。工装的腿袋里，装着一台照相机，右臂鲜艳的红袖箍上，印着一行“中国沙漠开发日本协力队”几个耀眼的黄字。

2004年，99岁的远山正瑛去逝。恩格贝为远山正瑛塑了纪念铜像，建了远山正瑛纪念馆。在他的影响下，国内成千上万名青年志愿者不计报酬地来这里进行义务植树和开发建设。

恩格贝，像一块磁铁，吸引着四面八方的志愿者。

德国人、美国人、英国人、法国人、澳大利亚人、奥地利人、韩国人以及香港、台湾、澳门的同胞，也陆陆续续到恩格贝义务植树。

来恩格贝栽树的志愿者，小的只有五六岁，年长的有九旬老人。

恩格贝的名人墙，熟悉或不熟悉的名字，永恒地记下了这些为恩格贝作出贡献的志愿者。

有人把恩格贝绿洲的精神实质概括为“恩格贝境界”。王明海的精神首先感动了他身边的一批人，曾是达拉特旗王爱召乡党委书记得王文清自告奋勇与王明海并肩治沙；原任杭锦旗政府办公室主任的杨文杰1994年底也辞去公职，投入到恩格贝的治沙事业中。目前，在恩格贝治沙的志愿者已增加到100多人。

雄奇、壮美的沙漠景观和创业者艰苦奋斗的精神，也成了吸引游客的一份宝贵资源。自从1995年以来，每年有20万名国内外游客来到恩格贝休闲和参加义务植树。

恩格贝，一朵沙漠中灿烂的奇葩！

恩格贝的事业，托付着人类对自身生存环境的忧患与希冀。在开发治理过程中，得到了国家领导人和各部委、自治区、市有关厅局领导的大力支持。王震、万里、薄一波、张平化等老一辈无产阶级革命家通过各种渠道了解这里的开发情况，原中共中央政治局委员、中组部部长宋平亲自来这里考察并植树。

恩格贝动员中外社会各界力量改善生态环境，综合治理库布其沙漠和十大孔兑，沙产业全面发展等示范作用的典型性和重要性，已在国务院研究恩格贝发展的专题会议上得到了肯定。

其示范作用主要有：

恩格贝不仅用种树种草的生物措施治理沙漠，更重要的是灵活稳妥地运用了“用洪害治沙害，用沙害阻洪害”的示范作用。

恩格贝在一定范围的沙漠治理取得成效时，种植业、养殖业、旅游业、服务业等沙产业同时发展，相互促进，相得益彰，起到了以林养林，以林促林的示范作用。

恩格贝逐步走“多采光、少用水、新技术、高效益”的国际上先进的沙漠开发路子，丰富了著名科学家钱学森院士关于沙产业的理论，在应用高科技治理沙漠中起到了示范作用。

至目前为止，投入恩格贝建设的1亿多元资金中，来自国际社会援助和国内企业团体的投资占到70%，这在沙漠治理开发方面是一个创举，为典型的多渠道引导资金开发沙漠起到了示范作用。

新闻宣传部门普遍认为，恩格贝的今昔变化是一个奇迹，而创造这样的奇迹必然有一种强大的精神动力。恩格贝具有时代特征，体现了科学发展观。恩格贝精神的实质是新时期鄂尔多斯精神的精髓与延伸。

王明海不仅是“不信邪、不畏难、不怕苦”的实干家，同时也是沙漠治理方面的理论家，以思路确定出路，在出路中丰富思路。他的“经营沙漠”才是治沙硬道理，沙产业大有“钱途”。

王明海被中央到地方新闻媒体誉为“沙漠王子”。

恩格贝的治沙模式为：产业带动、科技推动、名人效应、项目推动、引智治沙、招商用沙、外资治沙、多元治沙、多业驱动。

恩格贝现象的关键是有王明海等人的参与。

恩格贝现象给人们启示：沙漠这个地球癌症是可以治好的。这也正是恩格贝的领头人王明海所信奉和所要实现的目标。

恩格贝沙漠生态旅游区位于鄂尔多斯市达拉特旗（现在改名恩格贝镇）境内，库布其沙漠中段腹地，地理坐标为东经109° 11′ 20″ ~109° 28′ 00″ ，北纬40° 18′ 30″ ~40° 26′ 20″ ，正处于地球金腰带的中心，北临黄河，距包头市60公里。

“恩格贝”是蒙古语，意为“平安、吉祥”。这里历史上是一块水草丰美、风景秀丽、绿草如茵、牲畜成群，召庙香火缭绕，人民世代生息的地方，曾是这一地区的经济文化中心。当地俗称“五里明沙”，即60年前南北仅有5里宽的沙带。但是由于人为的开荒种地和挖掘甘草，掠夺性的开垦、过牧，致使沙化面积逐年增加，平均每年以600多米的速度向南、北缘扩展，现南北宽距实际达到了40公里，是原来的16倍。在1957～1974年的17年间，当地就有5个生产队的100多户农牧民被迁往他乡。

恩格贝由于地处干旱、半干旱过渡地区，位于鄂尔多斯台地北侧，鄂尔多斯高原脊线阻挡了暖湿气流的最后余威，所以年平均降雨量仅250毫米左右。植被稀疏，风狂沙漫，再加上十大孔兑之一黑赖沟的山洪，自然条件十分恶劣。

经过20多年的艰苦奋战，王明海他们在恩格贝沙漠南缘筑起一道宽4公里、绵延20多公里的“沙漠长城”，在恩格贝示范区内建成了总蓄积量达300多万立方的4个大水库，使沙漠里有了长年不断的水源，并淤澄出万亩“沙盖楼”，成了绿树、青草和庄稼环绕的现代庄园。

1999年中科院杨根生研究员到恩格贝考察时说：“恩格贝的变化不得了啊，我认为它是世界沙漠中最大的人工绿洲。”

恩格贝绿了，绿得生机盎然。电通了，水通了，有线电视和固定、移动电话网通了，柏油路也修了。先前被风沙逼走的生态难民们又渐渐聚拢过来。绿洲深处办起了沙漠酒家、绿洲快餐城、恩格贝民族饭店……时尚的生活充溢着这片荒芜的沙漠。

1997年恩格贝被国家环保局命名为国家生态建设示范区（试点），2000年自治区人民政府又将恩格贝晋升为自治区级生态示范区。

恩格贝生态旅游区寄托着人类对自身生存环境的忧患与希冀，来自各地的志愿者用他们真诚的手，在沙漠中留下了珍贵的绿色。20多年来，恩格贝沙区初步形成带、网、片、乔、灌、草结合的综合防护林体系，为保护母亲河——黄河形成一道绿色的屏障。

恩格贝现在是国家级4A级旅游景区。建有恩格贝旅游度假宾馆2处，面积5680平方米，拥有高、中、低档客房100多间，床位300多张，蒙古包16顶。

恩格贝的主要景点有沙漠生态园、鸵鸟观赏园、珍禽异兽园、沙漠绿洲、沙漠峡谷、沙湖、沙生植物园、抗日将士纪念塔、恩格贝展览馆、恩格贝沙漠科学馆、远山正瑛纪念铜像馆、神石、功勋墙等。百禽园、瓜果园、葡萄园、蔬菜园、松柏园、花卉园都是随处可见的精品。还有恩格贝矿泉水厂、沙漠螺旋藻生产线、沙漠种山羊胚胎繁育基地和正在建设的内蒙古最大的沙漠露天温泉水浴场。

景区的主要活动项目有沙漠滑翔、滑沙、骑骆驼游沙漠、驾驶沙漠越野车、沙地摩托车、沙漠卡丁车及沙疗浴、沙漠探险等。恩格贝展览馆，占地面积500多平方米，馆内陈列有反映恩格贝艰苦创业历程和中日两国人民真诚友好交往的实物和图片，展示了在世界各地友好人士和国内志愿者的援助下，荒无人烟的沙漠变成绿洲的真实历史。

沙漠峡谷是1995年鄂尔多斯台地骤降暴雨，经7小时的洪水冲刷而成。由于山洪切割很深，使地下潜水和泉眼出露，形成长流水的沙地沟壑，而且水质清澈透明，甘洌如醇，人称“漠中河”，是沙漠中的一大奇观。峡谷长湖，水面长6.5公里，一直延伸到沙漠腹地，乘快艇或荡舟随着沙丘的蜿蜒曲折可以直入沙漠腹地，堪称天下一绝。

抗日将士纪念塔和忠魂滩是抗日战争的历史纪念碑和纪念地。这里安葬着500多名抗日将士的忠魂，它记录了一场惨烈的战斗和一段沉重的历史。1943年3月，傅作义部队32师的600多名将士，在师长袁庆荣的率领下奉命清除设在昭君坟、柴登等地的日伪军据点。由于汉奸告密，在黑赖沟遭日军和蒙伪军夹击，500多名官兵壮烈牺牲。战后，突围出去的袁师长率余部70多人返回战场，埋葬了战友的尸体。为永记这段历史，人们又把这个地方称为“忠魂滩”。

现在，恩格贝被命名为爱国主义教育基地、青少年教育基地、中日友好基地。

龙泉矿泉水，当地人称为“圣水”，是库布其沙漠腹地深处的一股自涌泉。经鉴定，此水含有多种有益人体的微量元素，属低矿化含锶重碳酸钠镁钙型优质天然矿泉水，对人体有良好的保健和治疗作用。

沙漠绿洲中的另一类风光便是多种多样而又层次分明的植物群分布。这里有见证中日民间友好交往的中日友谊林，各种特殊团体如将军林、知青林、老板林，区内外有关单位的公益林，约近百处。松树林内，多种地衣、苔藓、菌类万花筒似的竞相出现，针叶、阔叶、乔木、灌木、草本，组成丰富多彩、生物多样的绿色宝库，它们不仅起到保持生态平衡的作用，而且创造着巨大的公益效益。

对了，王明海为旭日干建的优质白绒山羊培育基地早已投入使用，旭日干也用试管快速繁育技术，为恩格贝及附近地区累计提供“中华白绒山羊”5000多只，带动了周边几十个乡镇的养殖业发展。

恩格贝永远是人们在沙漠里重建的精神家园。这珍贵的绿色，享誉中外，充满传奇色彩。这块曾被人类放弃的土地，现在重新绽放光彩。人类共有一个恩格贝，恩格贝的事业属于全人类。

恩格贝，这个原本在地图上找不见的一个小地方，现在成为一颗远近闻名的冉冉升起的明星。

王明海，圆一个绿色的梦，成为恩格贝的“第一公民”。

恩格贝，祝福你吉祥、平安。

五、风水梁改变风水，发展特色养殖

赵永亮是一位拥有“全国新长征突击手”、“全国优秀乡镇企业厂长”、2012年度CCTV“三农人物”众多头衔的名人，同时他是中国光彩事业促进会副会长、中国沙产业协会副会长、内蒙古政协常委，享受国务院特殊津贴的东达蒙古王集团董事长。

在库布其沙漠中段采访时，马教授等人住在达拉特旗赵永亮的假日酒店。

只要打开电视，屏幕上就会自动播放他创业的录像。于是，有时间马教授和吕荣就观看录像，记记有关事情和数据。

赵永亮，鄂尔多斯达拉特旗人。1957年生，16岁时练就了用一双眼就能准确判断一只羊能杀多少肉、剪多少毛、抓多少绒的硬功夫，顺利成为一名采购员。 1979年，赵永亮在一次全国性的技术大比武中技压群雄。1980年赵永亮被内蒙鄂尔多斯集团破格录用。 1984年，他和助手张全祥出版了《山羊绒毛学》，奠定了赵永亮在国内羊绒界的地位。1988年，31岁的他成了鄂尔多斯集团最年轻的副厂长。1990年赵永亮以副处级的身份下海经商。

1994年，赵永亮靠外商唐悦淋出资的20万美金，在鄂尔多斯建了一个羊绒纺织厂，用2年时间就把企业发展到销售额上亿元的规模。

2000年，在壮大羊绒业务的同时，进军煤炭、房地产、酒店、物流等行业。到2001年，赵永亮旗下已经有6家地产、3座煤矿、5家酒店，资产达到30亿，成为鄂尔多斯公认的商业奇才。

2001年，赵永亮投资3亿实施一个大胆的财富计划，经过2年苦战，带领员工在库布其沙漠里栽下了20万亩沙柳，用沙柳造纸、做板材。

2004年，赵永亮又提出了一个疯狂的计划，要在库布其沙漠里建一座可以让12万人有活干、能赚钱的以特色养殖为主的创业城。

2012年，赵永亮以56亿净资产，位居内蒙古富豪榜前三甲。

马教授、吕荣等人这次主要是看看他在库布其沙漠里搞的特色养殖，听听他的治沙理念。

赵永亮是马教授和吕荣的老相识。有关《敢问库布其》的采访，吕荣一个月前就和他打过招呼，从准格尔旗往达拉特旗走的时候又和他联系过，他答应尽快往回赶。

一天，东达蒙古王集团公司董事长助理李占华约马教授和吕荣去沙漠里看看养殖基地。

李占华先把马教授等人领上东达集团的观景台。观景台位于黄河二级阶地的一处高高的梁峁上，北面是黄河的河漫滩地，南面是浩瀚的库布其沙漠。观景台原来叫风干圪梁，正是河漫滩地与沙漠的分水岭。

10年前，赵永亮看到达拉特旗盐店村北部库布其沙漠的腹地有一大片比较平坦的土地，方圆十几里没有村庄。附近的村民告诉他，这里叫风干圪梁，因为黄沙满天飞、多风无水而得名。

赵永亮咨询了水利部门的专家后，决定把十几里外库布其沙漠十大孔兑之一的哈什拉川水送上沙梁。最初他考虑的是自己村里的28户乡亲，想建设一个生态扶贫移民村。他把风干圪梁改名为风水梁，目的就是想改变风水，带领家乡父老脱贫致富，在沙漠里发展特色养殖。

如今，经过几次思想上的蜕变和认识上的飞跃，东达蒙古王集团正在这里建设一座产业化、生态化、科技化的城市型新村。占地53平方公里，已经规划建设好18平方公里，来自12个省份的3万多农民在这里创业。新村里，草木茂盛，高楼林立，产业众多。一幢幢整齐的兔舍、楼房拔地而起，学校、幼儿园、医院、商店等服务设施应有尽有，走在这里就仿佛进入了一座新兴的城市。

为了纪念赵永亮的这个特殊决定，集团把风水梁圪台建成观景台，一幅幅巨幅照片、文字，都是赵永亮的辉煌瞬间和沙漠的财富理念。虽然他的事迹马教授等人知道得不少，但面对着真切直观、详实具体的照片、文字，内心还是感到一阵阵震撼。一个人能够奋斗到如此辉煌，确实是不枉一生。

董事长助理李占华白皙的脸上戴副眼镜，给人的感觉是位干练的文案高手。

他领马教授等人参观他们的育苗地，一片片樟子松、油松、云杉、新疆杨、馒头柳，每一种苗木都面积大，长势好，抚育管理的让人啧啧称慕。

每到一块育苗地，车停下，他手里总拿一把剪枝剪，一边给大家讲，一边手不停地修剪着枯枝、病枝。吕荣细心地要看看他的手，他不好意思地伸开手，果然，李占华的手掌上长满老茧，手指肚上新磨的血泡还在流血。李占华笑笑说："我现在对这个绿化有感情了。有时候心情不好，开车来这边转转，心情马上就好了，感到好亲切。"

大家在李占华的身上看到了赵永亮的影子。

李占华告诉马教授等人："当地农民奇怪，他们种树怎么种不好，我们怎么就能种好？他们没有想到我们种树下了多大的功夫。我们把树苗买回来后放在水窖里，几点几分放到水窖里的记得清清楚楚，杨树必需泡到5天以上，柳树必需泡到7天以上。我车里经常放着一把铁锹。

"每次一到栽树季节，我们早晨太阳升起时就起来，中午不休息，晚上11点前根本睡不了。而且我们还得把明年的安排全部做好。比如电、高压线、低压线，变压器从哪块儿上、明年种多少亩树都得安排好。

"附近的农民在我们这里栽树得到了实实在在的实惠，因为以前这个地方栽树一亩地才2元多，现在在我们这里栽树，一亩地3000多元，所以农民最先得到了治理沙漠的最大实惠。老百姓过来打工，养兔子，集团给他们就业带来很多机会。只要老百姓过来就有活干。"

在沙漠的深处，几十台推土机还在轰鸣，壮观的场面活脱脱就像一片诺大的建筑工地。李占华说："去年推土机坏的零件就有十几卡车，我们现在看到平展展的苗圃地都是这么推出来的。"

赵永亮真是聪明绝顶的商界奇才，在当今土地属于珍贵的稀缺资源的情况下，他几年平整出的在几百万亩的土地恐怕是他的最大一笔财富。

李占华带大家去看他们的养殖基地。

东达集团推进生态移民的根本目的，是要在保护生态的同时改善农牧民的生产生活条件，关键是要有效地解决农牧民搬迁出来后的生计问题，要大力发展特色种养业，增加农牧民收入，使农牧民迁得出、稳得住、能致富。

李占华说："我们是2005年开始征地，2006年正式开始建设，现在从一期建设到目前已经九期了，现在搬进差不多2000多户了。风水梁这块一期到五期，东区还有六到八期。风水梁这个地方过去一个人也没有，现在的住户都是外面搬进来的，全国各地人都有，当地人多一点。对于来养兔的人，我们实行'五包'政策，包饲料、包防疫、包品种、包回收、包舍饲。保险留给了老百姓，风险留给了企业。

“獭兔养殖场的小户型基本上是一个劳动力，正好安排一个小户型。两口子过来了，一个人养獭兔，一个人打工。中户型一户院子400平方米，就是需要两个劳动力。中户型后面的都是养兔子的獭兔养殖区，前面的是人居住的生活区，养兔和住宿分开的，从卫生、防疫、管理角度上要好点。

“中户型是投资将近30万元，一开始跟农牧民签合同的时候是5年免费使用，但现在已经过去8年了，还是免费使用，以后还是免费使用。也就是说，这些房子，养兔人员是白住白使用，现有养殖户每户年净利润平均在8万元以上。包回收是我们最重要的一点，就是说市场低迷的时候我们也是以70元的价格回收。我们现要在二三产业上找出路，养兔是起步，最终是生态扩张移民，产业拉动扶贫。

“截至目前，东达生态移民新村累计投入资金30多亿元，其中19亿元用于基础设施建设，年出栏商品兔近300万只。

“国家林业局局长贾治邦在养殖基地考察指导时讲到：‘像东达蒙古王集团这样的企业在社会主义新农村建设事业上，在生态文明建设事业中，真正起到了示范带动作用。赵永亮这样的企业家，我们不支持还支持谁呢？’

“他指着无偿为养殖户提供的住房和兔舍风趣地说：‘给我也留一间，退休后我也来这里养兔种菜，好好享受享受。’”

晚上10点多，赵永亮从外地匆匆赶了回来，因为他的时间安排得太满，所以要求连夜畅谈。

这次长谈，大家一直聊到凌晨3点。

赵永亮，中等身材，圆脸浓眉秃顶，一双大花眼闪烁着摄人魂魄的智慧和温情。他的口音是典型的鄂尔多斯乡土话，但不时又夹杂着大量的专业术语和时尚词汇。他是主讲，时不时和大家还有互动。渐渐地，大家都很庆幸能够如此愉快地聆听一位成功的企业家、思想家、慈善家，是如何感受沙漠、驾驭沙漠，开拓他独特的沙产业的。

马教授也相信，所有的读者只要看了下面赵永亮充满睿智、幽默的谈话，了解一个沙窝里的穷小子如何成为巨富名贾的故事，都会有所感悟，有所启发的。

“我治沙是与我的出身有关，因为我生在这个沙区，而且与沙子结下了不解之缘。记得小时候，有一次刮了大风，刮了三天三夜，刮死了我们附近的一个智商有点问题的女孩，所以从小就很怕沙漠刮风。

“小时候上学的时候，尤其是在三四月份，正是库布其沙漠的大风季节，我们小孩子都用手一个拉着一个走，不然走不动。自己也穷过，幼小的心灵里有好多创伤。所有这些事情，点点滴滴都映入脑海、渗入骨髓。

“参加工作后，沙区的老百姓还是靠天吃饭。春天满满种上一坡，秋天收割一车，最后打上一笸箩，煮上一锅，吃上一顿剩得就不多，确实日子没办法过。

“尤其是我奶奶去世时，我已经是副总裁了。她是腊月二十五去世，所以离过年就剩下5天时间了。腊月天，找不到出殡的人，我只好拉上音响回去。但回去以后发现没有电，全村没电，一个村连10万元的安电费都凑不起来。我只好把小货车的门卸下来，把喇叭上的线连在音响上，再把磁带放上，大冬天就这么放了一晚上。自己就在灵堂前面守候，就是在那个晚上，我发誓：赵永亮，你连家乡的电也上不去，那你就是狗熊！那一晚我就萌发了下海的念头。

“第二年我就下海。当时我在鄂尔多斯当副老总月工资已经是114元了，但到了西安公司，一下子就给了我1200元，正厅级待遇，还给了我一个120平米的房子。在西安搞了一年，给了我3万元，我全部拿回来给家乡安电。当时的老盟长胡治安、陈启厚书记都很感动，又给了我5万，剩余的是乡里凑的，然后就把家乡的电给上去了。

“老百姓为了感激我，我去上坟的时候，村民们一人凑起2毛5分钱，给我送来了1筐鸡蛋、2盒云烟，还有十几只活鸡。我说安电这件事是我在奶奶灵堂前发过的誓言，让他们把这些鸡蛋给‘五保户’。活鸡呢，都活的，我把口袋一打开都跑出来各自回家了。

“上完坟，回去的时候路过民办学校，碰到一群学生。大的有十一二岁，小的有八九岁，在学校门口哭呢。我好奇地把车停下来，我问他们怎么啦。那些学生哭着说交不起49元的学费要辍学了。我当时又掉眼泪了。

“那次我开的是日本的三菱车，我把这些学生都放进我的车，剩下的五六个叫他们等等，我送完他们再回来接。一共30多个学生，一半都交不起学费就要辍学了，然后我把这些学生的学费都给交上了。

“后来我建了个学校，学生增加到108个学生，约30个孩子住校。住校我就要管吃管住。住校的孩子们看见我去了就高兴，因为我一去就带着肉了。中午吃饭的时候，那些娃娃就吃着碗里的，还看着锅里的。

“所以呢，家乡的人，家乡的事，点点滴滴的，让我感到非常沉重。

“我常带着2个儿子回老家看看。有一次，我去的时候腊月二十五，去看那些‘五保户’和困难户。大队书记问我拿的东西多不多，有没有富余的。我说还富余2份。

“他说：‘你那个同学马换虎虽然不是“五保户”，但比“五保户”还困难。“五保户”吧，老百姓每年过年的时候都给个二三斤肉，你那个同学又没人给他送，他们家的猪也没吃就死了，今年过年就他老姐给了2个猪蹄子，再的什么也没有。’

“正好我带的还有一块猪肉，一袋面，还有点烟酒，那时候的价钱也就个三五百元吧。去他们家的时候，我那个同学正在羊圈里接羊羔子，家里面一股臭味。我2个儿子闻到这个味，就捂住鼻跑出去了。

“我把东西刚放下，我那个同学满手都是血，高兴地一把把我的手握住就不放了，这么折腾了几分钟，弄得我也满手是血。

“在车上，我2个孩子都不说话。我问他们怎么不说话。二儿子说：‘爸爸你太伟大了，我和我哥商量了，我们长大以后也要做好事。’我说我怎么伟大了。他说：‘那个人激动的，那么脏的手握住你不放呢。’从那以后，他们把零花钱都存下来给农村的孩子买书、本子之类的。

“榜样和偶像的力量是无穷的。日本人没想到我这个中国的企业家赚了钱拿出20亿不计报酬地投入家乡建设。我给清华、北大讲课，包括参加2006年CCTV年度人物颁奖的时候，记者们也问刚才你们说的问题，作为私营企业，为什么要治沙、扶贫？

“我的答复是马克思讲过，资本没有阶级性，它追求的是利润最大化。中国的企业家必须具备政治家的素质，中国的企业必须抓住老百姓、抓住政府，否则你行不通。为什么呢？中国的经济就是政治经济。没有共产党的领导也没有我们的今天，没有改革开放也没有我的几十个亿，不讲迷信也要讲良心。所以人生最真诚的是友情，最浪漫的是爱情，最难还的是人情，我们欠党中央国务院的人情。

“家有三件事，先从紧上来。现在我们企业家发得流油，贫困区的老百姓孩子在流泪啊。10年前邓小平让一部分人先富起来，先富的要帮后富呀。10年前我们就是‘万元户’了，现在沙区老百姓仍然穿的烂棉裤。”

赵永亮说的话，有点像四六句子，句句都很押韵，意思还耐人寻味。大家多次在各种会议和电视上听过他的讲话，但今天面对面近距离眼对鼻子地听他讲、会意他的表情、领悟他的肢体动作，让马教授等人也能很快入戏。

“现代化的企业家需要有社会责任感，而最好的社会责任感就是你要创造更多的财富，开创更多的产业模式。大家谈到企业的公益慈善，我觉得捐助再多，救得一时，救不得一世，与其输血，不如造血。通过创造财富，提供共同创造财富机会，让更多人参与进来，最终共同分享，不正是企业为平安中国建设所作贡献的一个缩影吗？我所选择的‘造血式’扶贫，说到底，就是通过改变沙漠，使得沙漠的经济效益、生态效益、民生效益、社会效益齐头并进，契合了中央的城乡统筹，缩小贫富差距的精神，也让我的企业在高科技、现代化、产业化的正确道路上越走越宽敞，更多的人和我一起分享财富、分享和谐。

“企业家讲和谐就得拿钱，否则你就是狗皮膏药、为富不仁。我也不傻，一个人的聪明有十分，用上七分留三分，留下三分给儿孙。承前启后是一种责任，与时俱进是一种使命。自古以来就是‘长江后浪推前浪，一代更比一代强’。企业家下一步的竞争就是下一代的竞争，贫富差距就是观念差距，观念是思想，思想就是文化。

“所以我常讲，有思想才能成行为，行为变成习惯，习惯变成性格，性格决定命运，肚量决定格局，细节决定成败。长命百岁不是梦，万寿无疆是不可能。文化传承的是永恒，一个民族没有文化就没有魂，一个企业没有文化就没有根。

“我对美国钢铁大王卡耐基的一句话挺感兴趣，他说一个人在巨富中死去是一种耻辱。实际这个财富就如水，当你有一杯水的时候你自己喝，当你有一桶水的时候和家人享受，当你有一条河流的时候就和老百姓分享。企业家要树立新的财富观，现在好多中国人连信仰都没有。我是中国大学生的终身创业导师，好多的90后的大学生自己的定位都定不准了，他们定位就是等、靠、要，等机会、靠父母、要投资。由于定位不准，造成少年无能，中年无事，晚年无奈。

“什么叫幸福呢？人生有三感，开始有使命感，同时有着危机感，中间伴随着失落感，通过三感才找到幸福感。幸福是一种感觉，你看见别人比你不幸，你就觉得幸福。什么叫不幸？你看见别人比你幸福，那就不幸。它是一种感觉，期望值越高，幸福指数越低；希望值越低，幸福指数就越高。回馈家乡老百姓，就能增加你的幸福指数。

“我认为企业家最重要的品质就是激情、韧性和责任。对于企业家来说，没有激情不干事、没有韧性干不成事、没有责任干不好事，缺一不可。我把企业家分为4个等级，第一等是做小本生意的人，称为买卖人；第二等称为商人；第三等称之为老板；而有社会责任感的才能称之为企业家。

“有时候，自己觉得就在天上躺着，他们就在地下。这种感觉是种负罪感，觉得企业家更要有责任。我们这种企业知名度高了，透明度也高了，透明度高了你能干什么？什么也干不成。

“所以，一个人一生什么也没干，你就吃喝嫖赌一辈子花天酒地还有什么意思？到了百年之后，你这个悼词都没法写。悼词就说，那个谁谁活了100岁，存款100亿，第三句话死了。因为你做的坏事不能拿出来说吧，好事没有做，第三句话没有了。

“人有三宝精气神，天有三宝日月星，地有三宝水火风，海有三宝天地通。我们不可能天地通，但可以实实在在地为了国家、为了社会、为了贫困老百姓、为了下一代、为了自己的良心，做一点实实在在的事情，那是天经地义的。

“事实证明我也没有亏，老天爷有眼。我一直讲伦理道德创造大财富，你说现在你们一生能消费多少，百八十万才是自己的，超过的都是社会的。就是现在再涨价1000万、2000万够了吧？

“我说那些不为老百姓做事的贪官，应该到4个地方看看，这是我给鄂尔多斯市党校学员讲的。让那些贪官第一个去产房看看，当母亲的不容易。我们把党比作母亲嘛。第二个去监狱看看，不听党不听母亲话的下场。第三个的话去贫困地区看看，看能不能唤起一点良心的发现。第四个地方去火葬场看看，看你死了到底能带走多少。

“我现在都快是60的人了，就说我现在总资产账面上130亿，实际是160亿。我养活的11000员工，六大产业七大板块共50多个企业。”

这时，赵总有趣地说：“你们看我的头，朝后看大海航行波浪涌，朝前看光芒万丈照全球，中间溜冰场转边铁丝网。我现在头发都没了，沙漠变绿了，但头发没了，成转移支付了。

“从沙产业起步，也是逼出来的，当然和扶贫治沙有一定的联系。但是真正的沙产业，首先要科学治理沙漠，其次是智慧地向沙漠要效益。生态建设，西部开发，不能以绿色划句号。变绿是手段，发展绿色产业才是目的！”

赵永亮自信地说：“我这种方式改造沙漠，在世界上也是独一无二的。它不仅仅是治理沙漠，更是点沙成金，造福人类。我现在做的就是点沙成金的大产业。”

赵永亮说：“2001年时，我对集团下一步发展感到困惑。当时是走投无路，自己真的没有方向了。我就给钱学森写信，就是奔着试一试，也要碰一碰这种感觉，确实是没有办法。

“没想到91岁高龄的钱学森院士在病床上亲自给我写了一封回信。

“钱老在信中说：‘关于东达蒙古王集团在库布其沙漠实施沙柳综合利用产业化工程的材料我都看到了，非常感谢！看到了你们的材料，我认为东达蒙古王集团是在从事一项伟大的事业——将林、草、沙三业结合起来，开创我国西北沙区21世纪的大农业，而且实现了农工贸一体化的产业链，表示祝贺，并预祝你们今后取得更大的成就！’

“到95岁高龄的时候，钱老还念念不忘这件事，又托人打电话来鼓励我。

“钱学森一生当中，唯一一个给企业题过词的就是我们这个企业。”

赵永亮说：“我最崇拜的人就是中国两弹一星元勋——钱学森。鲜为人知的是，钱学森不仅是中国航天事业的奠基人之一，还是最早提出开发沙产业的人，他认为中国16亿亩戈壁沙漠，蕴藏着无限宝贵的资源，要当作一个百年大计来开发利用。

“钱学森说能不能换一种思维来看待沙漠资源，把这个过去误解为包袱、祸患、灾难的沙漠资源，通过科学技术很好地经营管理开发起来，所以他对美国人到月球找未来生存空间的做法嗤之以鼻。他说与其到月球上寻找人类生存空间，为什么不把地球表层的沙漠资源调查好、研究好、利用好，开发好。

“得到大科学家钱学森的鼓励之后，那种感觉就觉得自己无限光荣，铁了心要在沙漠里实施我的财富计划。从那时我就说，我要是办不成那件事，我这辈子就不见人了。当时，他们大部分人都说我是疯子，说我是被大漠的风沙吹晕了头脑。

“创业的‘创’，是不是‘人’字下来一个‘㔾’，过来是个铡刀，就是说，人已经走在创业的路上，刀光剑影没有回头路！

“确立了用沙柳养獭兔、围绕獭兔产业建一个城的方针，为了迅速形成规模，我的房子建得越来越快。甘肃、四川、宁夏，各省区前来养獭兔的人也越来越多。这次迁移被学者称为‘无土移民’。移民不在沙漠土地上做文章，而在沙漠的二、三产业上找出路，在产业链上谋生存、求发展，聚焦绿色生态产业。

“风水梁移民新村的‘村长’，是我最看重的称谓。这是科学创新向沙漠要效益，形成沙漠地区循环经济，走适应西部地区共同致富和城镇化建设的实践，更是我毕生的追求和人生价值的最大体现。我身上现在已经有了太多的荣誉和光环，而我个人的愿景就是我们风水梁这个‘西部第一村’的兴旺、繁荣。

“沙漠是我的家乡，治理沙漠不只是政府的责任，也是我的责任和义务。开发沙漠、遏止沙漠化大有可为。风水梁的成功，我希望能够给西部其他地区脱贫有好的借鉴意义。我们沙漠里的小天地成为国家城镇化的大写照，让风水梁移民新村的小和谐去铸就国家的大平安。

“建设移民新村，我投入30多个亿，是从我其他产业盈利中投入的。现在是我暂时担风险，让部分百姓先受益。长远来看，只要大规模形成产业，积少成多，我不就盈利了吗？当西部的沙漠都成为沃土，产业价值不断增加、百姓富裕安康的前景成为现实，这也是我个人的‘中国梦’。‘空谈误国，实干兴邦。’我相信，我要成为沙漠里的比尔·盖茨不是大话，是基于我的探索和坚持科学、创新，依托以人为本、科技成果得出的结论。

“党的十八大给中国描绘了‘建设美丽中国’的愿景，党的十八大报告说：‘给自然留下更多修复空间，给农业留下更多良田，给子孙后代留下天蓝、地绿、水净的美好家园。’

“1974年，第一颗人造卫星唱着《东方红》乐曲，路过了天安门广场，毛泽东就赶紧找钱学森。从那儿以后，毛泽东每年生日就找3个人，其中就有钱学森。

“我看过好多写钱学森的书。他是1935年出国，1955年回国。在美国的20年当中，其实工作了10年，剩下10年都是被软禁。因为10年当中美国的地对地导弹，他是主要研究人员，受过美国总统的特奖。当时几次要枪毙他，钱学森太重要了，一个人能超过美国的5个师。回国的时候是从马达加斯加回来的，连个笔记本都没带。那时候基辛格和周总理谈判，最后说了不管怎么样，赚了个钱学森，有这么一段话吧。他回国后研制了我国的两弹一星，所以说他是人民的科学家。

“钱老在1984年就提出，我国的西部沙漠，21世纪要兴起第六次产业革命，就是知识密集型。所谓知识密集型就是延伸产业链，提高附加值，钱老沙产业的12字真言就是多用光、少用水、新技术、高效益。他说沙漠的阳光充足，是用不完的资源。钱老提出的沙产业可不光是种树种草，而是把不毛之地变成经济增长的沃土，向沙漠要高效益。现在我们国家70%的土地污染，100%的河流污染，我们18亿亩耕地红线早就超了，但恰恰有16亿亩沙漠没有开发。

“我们用龙头企业去拉动经济杠杆，反弹琵琶，产业链上加生物链。首先，种植沙柳固定沙丘，沙柳有平茬复壮的特点，越平茬长得越旺盛。粗枝做了纸，现在都做了板，细条嫩条还可以做饲料，通过这个沙柳产业，最后做了这个拉丝板。

“沙柳在做板过程当中的下脚料，又做香菇、蘑菇、木质菌的菌棒。香菇用的是木质素，木质素提完以后留下好多的蛋白质、纤维，通过高温灭菌后，我再加工粉碎成蛋白饲料喂兔子。一个兔子又拉了6个链条，皮子、肉、睾丸、血、内脏、粪便，粪便下面还有3个链条。因为獭兔上了规模，直接带动了兔肉食品加工业的发展。2008年，风水梁建起了2家大规模的食品加工厂。也因为獭兔上规模，又吸引了几家狐狸、水貂养殖场。养殖户多了，又引来了饲料加工厂和皮草加工厂。

“你看我为什么要打造世界级的獭兔航空母舰，因为把獭兔拿到南方养，皮毛长不起来，拿到哈尔滨、吉林又太冷，过不了冬天，皮草太薄了。就在咱们这个风水梁，冬天正好零下20度左右，你拿到巴盟临河也不行。兔子怕潮，它会生杂病，一有了真菌病皮毛就坏了。就在这个沙漠上是干干净净的。

“从绒、毛、皮良好的生长环境看，肉是贵族肉，高蛋白低热量。

“人体缺少的是蛋白质和维生素，富余的就是碳水化合物。猪肉热量143、羊肉203、牛肉125、鸡107、兔肉热量是102，你看那些糖尿病人吃兔肉根本不用怕，那个谁谁吃了5年兔肉，现在连药也不用吃了。

“兔子的生殖力是一般动物的25倍，关键它是笼养，不破坏生态。兔子吃的是有机饲料啊！有机肥料是什么？氮磷钾嘛。中国整体上是南方缺钾，北方缺磷，我们这个地方正好是缺磷少氮钾有余。磷就是发完电沼气的磷，钾我们当地的红泥要多少有多少，所以这就又形成一个链条。兔子的血喂貂，貂的下脚料喂狐狸，狐狸的下脚料喂狼，狼的下脚料做药材。整个就是生态型、环保型和科技型。

“这些产业链的动物粪便做肥料又能改造沙漠，变成有机良田。有机良田又拉出了食品链条。我们的大棚产品，搞旅游景点了，这就是产品变礼品。这种链条套链条的循环经济，解决了我们沙区老百姓多少年来捧着金饭碗讨吃的局面。

“为了让长皮子，兔子的蛋白饲料要达到18.6%。兔皮和牛皮、羊皮一样，大缝缝3层，小缝缝6层，表皮层、真皮层、皮下组织层，有弹性，网状纤维编织而成的。貉子是珍贵动物，飞机驾驶员的领子必须用它。另外貉子的绒毛也厚，绒毛能做女人擦粉用的刷子，因为它没有静电。”

赵永亮说：“我在沙漠里建有一家高档服装厂，引进了先进的裘皮加工技术，并与国内5家知名厂商达成合作。2011年，仅裘皮服装一项，销售收入达2.7亿元。我要用风水梁的獭兔皮、狐狸皮和貂皮，做畅销世界的服装。

“最后总结成‘三生、五增、四个一’。‘三生’是恢复沙区的生态，发展沙区的生产，提高沙区人民的生活；‘五增’是沙柳增值，沙漠增绿，农牧民增收，企业增效，地方曾税；还有‘四个一’，上一个项目，带一片产业，兴一个经济，富一方百姓。

“我对库布其沙漠的这50年状况的看法是：50年代是风吹草低见牛羊，60年代是滥啃滥牧滥开荒，70年代是沙进人退无躲藏，80年代是人沙对峙互不让，90年代是人进沙退变模样，21世纪是产业链上做文章。

“治沙不用沙，就是大傻瓜。你看我现在是不挣钱的，投了35亿了，但你知道我达到1亿兔子的时候，就是美国的5倍。中国现在不到2000万，美国也是2000万只。如果獭兔数量达到1亿只，按1只兔子平均年增值50块钱算，一年就是50亿元的利润。做什么生意能一年有50亿纯利呀！

“企业家要想做大文章、大手笔，就得有大手笔所具备的大胸怀，你不能动不动就赚老百姓的钱。我们国家这几年就缺乏‘三化’：规模化、产业化和专业化。要规模化养殖，产业化配套，专业化管理，系统化分隔，现代化加工，资本化运作，这6轮驱动的路子中国一定要走，协同发展，希望能为我国新农村建设提供一些有益的参考。

“我说，再不能用我们儿孙的资源和沉痛的环保代价换那点低质量的国内生产总值。那个国内生产总值能把人害死。汽车跑在马路上不产生国内生产总值，把人撞了才产生国内生产总值。是不是这样？就是说我们不能单纯的只要国内生产总值，这不是办法。我们还是要科学的、合理的，谋划我们将来的可持续发展。你看，党的十五大提了精神文明和物质文明，十六大又提了政治文明，十七大为什么要提生态文明，就是意味着我们国家经济发展模式要转变，实际就是科学发展观理论上的升华，同时也是和谐社会的保障。科学发展观是什么？就是以人为本可持续，十八大又提了‘中国梦’。十七大提了建设小康社会，十八大提了建成小康社会，一字之差，40万亿呀，翻了一倍。

“城市是什么？城市的产业化必须用工业化来实现，工业化促进城市化，推进信息化，它们是相互交叉的共同体。你看看我这个城市好不好，人均住12平方米，下风头是工业轮胎厂，它再好的工业也有点污染。我的养殖在沙漠中，总共53平方公里，10年后，风水梁就是漂漂亮亮的一座微型城市。

“我一直是低调做事。但是10年以后你再看看，我就是中国沙漠的比尔·盖茨。我要把风水梁打造成‘中国西部第一村’，‘世界獭兔的航空母舰’和‘中国沙产业的硅谷’。10年以后，我这个风水梁产值要达到钱学森所说的1000个亿。

“我也真的不傻，我有生之内把这件事做好，就是我人生价值的最大的体现。人们都说我赵永亮有3个儿子，大儿子赵志强，二儿子赵智慧，三儿子就是风水梁。

“林业部门的最大贡献就是刘拓主任来了几次，就是把沙柳作为防护林带，放入防护林的建设中，这是我们林业部门对治沙的最大贡献。

“林业部高部长、蔡部长来看了，包括贾治邦部长，他们走在哪儿都说真正治沙的是赵永亮。你们看，就沙柳来说，我自己这里有21万亩，新农村那儿8万多亩，福源泉5万亩，中和西有8万亩，和老百姓对接的300万亩，最终辐射带动的是1000多万亩，

“现在大家说我是奇才，实际我也有失败的时候。治沙扶贫，资金链条断了，我把3个煤矿卖掉，损失了近100个亿。但是也不能后悔，企业家得学会丢。企业家有所为有所不为。所谓商业奇才，奇在我会整合。现在我们搞的是多元化产业，多元化产业必须专业化管理。我路桥有路桥的队伍、地产有地产的、酒店有酒店的、羊绒衫有羊绒衫的、治沙有治沙的、养殖有养殖的、食用菌有食用菌的队伍，这样的话，才能形成合力。再说，你只闹成一个产业，老百姓还是富不了嘛！你说光种树，老百姓图的是啥？

“一个人要做好事，行善事。好心，也不一定要图个好报。但是你要打算图那个好报，你也不要操那个好心。一个好的心态，吸收的是正信息；不好的心态，吸收的就是负信息。我觉得人要实实在在做事，凭良心干每件事，不要讲究回报，回报是后人对你的评价。我现在，肉不让吃，酒不让喝，烟不让抽，你说我有甚享受了。肝炎、胆囊炎、扁桃腺炎、喉炎、颈椎增生、布氏杆菌、脂肪肝、脑血管供血不足，就享受的个虚荣心，但一个人能满足虚荣心就是最大的享受。”

六、骨干林业，典型示范功勋

为了治理库布其沙漠，伊克昭盟党委和行政公署于1953年就相继建立了治沙站和林场。围绕着库布其沙漠，从东至西有布尔陶亥治沙站、乌兰不浪林场、白土梁林场、中和西林场、阿鲁柴登治沙站、浩绕柴达木治沙站、什拉召治沙站、改更召治沙站、甘珠庙柠条林场。1978年在库布其沙漠中段达拉特旗组建了伊克昭盟机械化造林总场，下设7个分场：三十顷地分场、沟心召分场、白泥井分场、九大渠分场、树林召分场、展旦召分场、万太兴分场。

库布其沙漠地区分布的这些林场、治沙站，总经营面积263.8万亩，其中现有林面积148.5万亩，森林覆盖率56.29%，占库布其沙漠森林覆盖率6.3%，对库布其沙漠治理起到骨架支撑和示范带动作用。鄂尔多斯全市有国营林场、治沙站26个，库布其就有10个，加上造林总场各个分场，全市32个，库布其有16个，占到全市50%的份额，充分说明鄂尔多斯市政府对库布其沙漠治理的重视程度。

在库布其沙漠中段的达拉特旗，马教授等人首先采访的是在旗林业局当过副局长、后从旗人大退休的金琦主任。金琦1950年大学毕业就来到伊克昭盟，是伊盟林业上最早的技术干部之一，目前是鄂尔多斯首屈一指的林业元老。

马教授和金琦主任是忘年交，金主任的儿子金建民当年在内蒙古林学院进修就是马教授关照的，所以这几十年他们一直有联系。几个月前，吕荣电话告知将因为《敢问库布其》要采访他时，金主任便精心地做了准备。

一见面，大家便是一番热情地寒暄。金主任首先告诉大家，他已经活得没有九了。

人们不明白什么意思。

金主任笑着解释说："我下个月就要过90岁生日了。中国人讲究逢九，一九、二九、三九……一直到九九，过90岁就没有九了。"

"90岁不是10个九吗？"马教授虽然没有完全明白这个讲究的说法，但也随着大家高声祝贺金主任身体健康、长命百岁。

在一阵祥和的气氛中，金琦主任把一摞摞奖状、发表的论文以及准备好的材料清单一一给大家介绍，问马教授和吕荣需要他讲什么。

吕荣说："金老你60多年一直在达拉特旗工作，达拉特旗除了黄河滩地就是库布其沙漠，希望金老谈谈你对库布其沙漠的印象、体会和一些亲身感受。"

金琦想了想便讲了起来。马教授欣喜地发现，他的这个患过癌症的老朋友依然是神清气爽、思维缜密。

"1964年开始注意这个库布其沙漠，是在太原开的华北林业会议上。会上看了一下山西的飞播、荒山荒地造林，也提到发展木本油料树种。当时内蒙古地区就是木瓜，河北是核桃。在那次会议上，我提出治理库布其沙漠的构想，得到了有关领导的肯定。可是过了不久，'文化大革命'开始，说是搞这些东西是批判社会主义，也就没有往下搞。

“到了1981年，我又提出了治理库布其沙漠的建议，盟委提出让我准备个材料。为了准备这个材料，我做了半年以上的调查研究，从白泥井到盐店，树林召到东胜，展旦召到萨巴嘎，再从中河西到盘锦河。后来我提出治理库布其沙漠要以林为主，林水结合。

“20世纪50～60年代，包括的80年代，库布其沙漠是很可怕的。在调查库布其沙漠的过程中，我记得从吉嘎苏台跨过库布其沙漠到马什壕，我一个人走，空旷的旷野，又恐慌又恐惧，走一天连一个人也碰不见。偶尔碰见只狐狸、兔子嚓地跳出来，吓你一跳。常常是从一大早走到下午才到地方，又饿又渴。走的时候带上一个烙饼和一瓶酸奶，从这以后我知道了这个奶油是怎么弄出来的，是摇出来的。在路上走，把一瓶酸奶抖动的，吃的时候，酸奶里面就有大块大块凝固的奶油。

“那时候，走着走着天黑了，那就在老乡家过夜。但老乡家过夜要注意一个问题，不能洗脸。因为缺水，老乡家的水都是从几公里以外的地方拉回来的。

“有一次，我走着走着天就要黑了，心里也怕，怎么办呀，突然碰见一个牛车，是老乡回家的牛车，当时那个心里真是很高兴，就跟着牛车去老乡家住了一晚。

“有一次我带着勘测队去测量，黑夜回来的时候，把一个小伙子给丢了，叫张宇平。然后大家都返回去找他，后来找到了，他在沙漠里迷路找不见方向找不见路了。还有一次调查库布其沙漠的时候，于忠和我去的，那时候还给我们两个一人配了一把枪，是防止野生动物的攻击，防止一些坏人的。那时候的柠条都很粗，粗得都跌倒了。

“20世纪80年代，我当林业局副局长的时候，每年防洪。所以我提出把十大孔兑的水呀，不要流入黄河，让它流入库布其沙漠。当时的旗水利队长文恒，对我提出的问题很满意，他对库布其沙漠全部孔兑的水土流失问题、洪水问题都作了调查，我俩合作提出了一个很厚的治理十大孔兑流域的本子。文恒后来去了内蒙农大水利系当主任，现在是博士生导师，跟我关系很好。

“治理库布其沙漠是在十一届三中全会以后开始的。‘七五’时期伊盟决定一个方针，以治沙为中心，农牧林规划治理库布其，我又写了个《林水结合，治理库布其沙漠》规划。当时的政策、认识、治理的水平比较还是狭隘的，过去的林业政策是房前房后不能栽树，还有就是把达拉特旗的毛驴都杀光了。所以一个时期和一个时期都不一样，我写的这些东西都是十一届三中全会以后写的，就是80年代以后写的。

“那个时候治理库布其沙漠是以国营为主，所以在治理库布其沙漠规划里设置了8个治沙站。具体来说，恩格贝就是个例子，最后存下来的就一个恩格贝，也只剩下两间破房子，其他的都垮台了。有个阶段是社社队队建林场，每个公社，每个大队，必须有个林场，或者有苗圃，或者治沙站、果园。所以治理库布其沙漠，主要是80年代以后开始的。

“过去的沙子没人要，现在的沙子一亩地多少钱，抢着要呢。这个过程、认识、体制都变了，现在就是放开造林了，时代变了，思想也变了，情况都变了，这是自然现象，没有变化就没有进步，所以不变是不正常的。”

突然，金琦严肃起来：“小马、吕总，我跟你们反映个问题。有个企业家在大圐圙的敖包上又建了个大敖包，把2株几百年的蒙古扁桃、柳叶鼠李给砍掉了。蒙古扁桃、柳叶鼠李是国家重点保护植物，虽然这2棵树长得不高，但几百年了，属于古树名木，他们这么做是犯罪、犯法！”

金琦越说越生气：“我写了个材料，旗长签了字，要严肃查处，旗委书记也签了意见，让立即调查。结果这么长时间过去了，也没有个结果。我们几个退休的老同志准备联名再写个材料，非把这件事弄个结果不行。现在好了，你们来了，你们去把这件事调查一下，完了给我打个电话。”

挺愉快的一次见面，结果是以金老生气而分手。但是，一位90岁的老人还对自己的事业如此执着，也确实令马教授等人心生敬意。

马教授等人采访的日程都已排满，但是金老对马教授等人提出的要求也不能不管。吕荣只好和陪同的达旗林业局副局长李连生说："连生，联系大敖包的老板，咱们去一趟大圐圙！"

大敖包的老板名叫布赫。

布赫显然不知道马教授等人要见他的意图，神色略显拘谨。

马教授等人打量着这位身家数亿的老板，40多岁，中等身材，瘦瘦的，黑脸膛，颧骨高高的，显示出他是个地道的蒙古人。

"圐圙"是"草圈"的意思。库布其沙漠中的大圐圙，远近非常有名。它植被非常茂密，而且植物种类繁多，和周围沙漠景观形成鲜明对比。看着随处可见的上百年的文冠果和柳叶鼠李，一时真猜不透它形成的原因和现在存在的奥秘。鄂尔多斯禁牧之后，大圐圙恢复得很不错，植被面积比原来还大了。据老年人们说，当年他们想在这个地方开荒种地，但刚开始种，就出现好多蛇，根本种不成，所以这些人就不敢在这里种地了，也没有再动过这里的一草一木。

原来这里的三层旧敖包，醒目的矗立在大圐圙旁边的高岗上。高岗本身就很有霸气，傲然俯视着浩瀚的沙漠。高岗的下面都是百里罕见的大白石头，使这个敖包充满诡异和神奇。很久以前，这里就是许多人前来祭祀的敖包。

敖包东边是石头川，有个老人给布赫说过，这是个真的故事。在60年代，有个测量队进入这个敖包，敖包背面有个洞，他们也不知道这个洞是怎么形成。后来测量队在这里打井，当时就被雷劈死了一个人。老汉人反复安顿布赫：千万不要动上面的石头。

布赫还请来活佛，祭祀敖包、念经的时候，活佛又告诉布赫，原来这个旧敖包下面，压进去一个长胡子骑黑马的蒙古汉子，连马带人都压进去了。活佛说，原来的东西一点也不能动。

布赫说："我修建敖包的时候，原来的东西一点也没用，也不敢动它，修建敖包的石头都是从别的地方拉过去的。我把原来的三层旧敖包，都包起来建的，一点也没敢动原来的旧敖包。”

耸立在眼前的大敖包，完全是用汉白玉栏杆和大理石筑成。敖包为圆形，直径43米，高28米，共分9层，最上面的是用6吨黄铜精铸而成的藏式佛顶，在白云蓝天下，金光闪闪、佛光无限。

敖包是蒙古民族祭祀和相会的地方，主要分布在中国内蒙古和蒙古国。经吉尼斯记录考察队定位，大圐圙的大敖包，是世界上最大的敖包。

大圐圙里总共打了6眼井，每眼井都有个一百大几两百多米深，水质特别好。

吕荣压住火气问布赫老板：“敖包上原来有2棵古树哪去了？”

布赫老板答应一声：“噢，在这里。”说着，他把大家领到第三层的东南角。果然，在一处不显眼的汉白玉的栏杆下面，有五六平方米的地方没有铺大理石，一株蒙古扁桃、一株柳叶鼠李，两位“老寿星”赫然长在那里！

看到2棵古树俨然健在，大家都松了一口气。

布赫老板好像明白了什么，他说：“有人告诉我，这2棵树是宝贝，比我的老爷爷的爷爷岁数还大。所以修敖包的时候，我整天就守在它们的旁边，生怕大石头砸坏了它们。工人们都知道，这是国家文物。后来我们专门留了一块地方，没有铺石头，让它与敖包同存。”

看到布赫老板把2棵古树保护得这么好，吕荣满脸堆下笑容，亲切地问这问那。

布赫老板说：“我公司的全称就是银肯塔拉沙漠生态文化旅游。我是2006年开始治理库布其沙漠的，那时候只有骆驼才能进入呢。为了推开路，有六七个军用六轮卡车都跑烂了，你看，在那边放的那些车都是那个时候跑烂的。那个时候饭吃不上水喝不上，要吃饭的时候一刮风饭菜里都是沙子。

“刚开始的时候工人们也不想待在那边干活，开车的人也不想去那边，车也烂了，司机也走了，都不想去那个艰苦的地方干活。现在一年比一年好，也见到效益，自己也有兴趣了。有了绿色就有兴趣，心态各方面都不一样了。沙漠治理，这是一种精神。好多爱国主义者和环保主义者都来看，来学习参观呢。

“再就是旅游反哺生态，通过古老的文化元素，比如银肯敖包这些亮点，把沙漠风情旅游搞成沙漠生态文化旅游。治沙这一块好多人都不愿意做，都去做房地产、煤矿之类的。我既然踏上这条路，肯定要往下走，而且是越走越好。

“这几年林业上确实是给了好多好政策，而且真金白银投上。我们作为治理沙漠的人也好，企业也好，心里确实很感激。再过两三年，这个地方绝对是个风水宝地。再说，国家提倡人人栽棵树，所以不管是做什么也罢，赚了点钱就要回报社会，所以旅游赚到的钱，我都会反馈到生态上。”

银肯塔拉敖包像一颗璀璨的明珠，耸立在库布其高高的制高点上，雄伟而淳朴，神圣而庄严。它镌刻着蒙古族源远流长的辉煌，彰显着蒙古民族的豪放气派，释放着蒙元文化的浓厚香醇，演奏出鄂尔多斯民族文化的华美篇章。

吕荣当场给做了个广告词：“想体验神奇响沙，请您到银肯塔拉。”大家掌声齐鸣，笑声回荡在浩瀚的库布其沙漠上空。

给金琦回电话是件愉快的事情。

达拉特旗林业局周帅局长，人长的和他名字一样，高大白净，周正帅气。

他跟大家讲：“库布其沙漠对我影响很深，因为我出生在库布其沙漠腹地。我们家是背靠着沙，每年春季，家里人都会专门抽出时间来清除这些靠近房子的沙子，不这样做的话，过不了几年，整个房子都会被沙子埋住。后来呢，我们整个村子被迫搬迁到哈庆壕，搬迁到哈庆壕第二年，盟里开始重视治沙造林工作，在哈庆壕弄了个植树造林作业区，办公地点就在我们家那边，白泥井分场那边。所以我从小就参与植树造林了，每天早上把沙柳背上，在沙漠里把沙柳种上，然后再设置一条条的简易沙障。

“现在我们那边沙漠治理得很好，植被盖度也上去了，野生动物也多了，有狐狸、獾子、野兔、野鸡等。我上班后对沙漠的接触越来越少了，是因为我的工作性质，我在组织部工作了15年。现在来到林业上已经2年多了，对林子、沙子有一种特殊亲切感。”

达拉特地形地貌情况是丘陵地区占33%，库布其沙漠占44%，黄河冲积平原占23％。林业生态建设方面，达拉特旗历任领导们也很重视，也作出了很大的贡献。特别是国家林业重点工程实施以来，达拉特旗的生态建设得到长足发展，2001年森林覆盖率是10.19%，提高到现在的27.55%，这个数据高于全市平均数据。植被覆盖度由过去的64.4%提高到现在的78.8%。

库布其沙漠在达拉特旗境内的面积是540平方公里，占库布其沙漠总面积的22%。黄河穿越达拉特旗的长度是178.8公里，达拉特旗境内的黄河大桥有7座，浮桥有5座。

周帅局长说："达拉特旗是鄂尔多斯市北部的门户，它的发展和全市一样，50年代的时候是禁止开荒保护农田，60年代是种树种草搞基本农田建设，70年代是以治沙为中心的农林水利综合技术，80年代是'三种五小'，90年代植被建设是最大的基础建设。进入21世纪，生态建设和过去相比，简直是不可同日而语。"

的确，2001～2008年，是鄂尔多斯生态建设历史上投资大、速度快、成效好、农牧民得实惠多、发展引人注目的高速发展时期。这一时期是"十五"、"十一五"时期，鄂尔多斯紧紧围绕"建设绿色大市、畜牧业强市"的发展新思路，组织实施了天然林保护、退耕还林、"三北"防护林建设、自然保护区建设等林业重点工程，走出了一条林业可持续发展的新路子，生态建设取得了显著成就。

机械化造林总场场长乔交其说："当年的库布其沙漠是'沙上房顶拦不住，十年种田九年空，家家户户逃外村，黄沙漫漫无人行'。90年代开始沙退人进了，去年西北规划院给我们测出来的生态数据，结果是侵蚀模数下降了6.5%，向黄河输泥沙量减少了21.05%，粮食年产量明显增加。过去每年种3～5次，还不一定能收获，现在种一次都是保收的。

"当时成立总场的目的就是治理库布其沙漠，全市社队林场都没有了，只剩下国有林场了。关键是地方政府重视不重视，还有一个就是林业部门重视不重视。林场是离不开国家工程，离不开上级部门的支持，离不开林业部门的支持，离开这三个，你再有本事也不顶事，因为林场是公益性事业单位，不创造财富，社会不要把国有林场看成包袱。

“虽然国有林场占全市森林面积的比例小，但蓄积量高。林场在全市林业生态建设的屏障中起到骨架的作用，你不要看它面积小就忽略不计。国有林场的林子大概是90%都在生态区域十分脆弱的地方，起到骨架的作用，老百姓是哪儿好在哪儿种，林场虽然造林量少，但是都在生态屏障十分重要的地方种树，没有经济效益，所以林场的发展必须搞产业。

“搞产业的最大的问题是现在的造林技术规程、政策等不符合地方实际情况，尤其是乔木禁伐，是不符合自然规律。但是这种国家政策，谁也左右不了，造林规程应该按照地理位置重新调整。还有就是造林后的后续产业部分，现在飞播区不及时抚育，扬柴、沙柳4～8年都枯死，资源的管护方面，从让你管护转变成我要管护，现在抓生态是对的，但是后续产业跟不上，国有林场也没有发展空间。

“我们从以下几方面来抓产业的，一是我们搞了2个万亩基地，1万亩良种苗木基地，1万亩苗圃基地。通过这2个万亩基地，职工收入增加了21%。二是林下经济问题。我们的林下经济是高效种植、规模养殖，灌木平茬能做饲草料，但是有个漏洞，饲草料价格极不稳定，而且成本很高。养羊的最大问题，是林牧的矛盾问题，禁牧是对的，但实际上都偷牧着了，我们是舍饲育肥。

“现在必须弄一个综合治理实验示范，造林绿化—资源管护—产业发展—职工利益结合起来，必须有一个一条龙生产线，缺一不可。关于林业科研，就是林场起主要带头作用和推广作用。所以呢，不抓生态建设的国有林场是丧失主业的林场，不抓产业的国有林场是没有活力的林场，不抓森林资源管护的林场是失去生存根基的林场。”

在林业职称上，鄂尔多斯市也是个突出的地方。鄂尔多斯市人口152万，林业局和所管的7个旗县林业局共有正高级林业工程师48位，他们一多半人都在库布其沙漠进行过研究工作。也可以说，是库布其沙漠造就了鄂尔多斯一大批沙漠治理的高级专业人才。

毛云峰就是这些优秀人物的代表之一。

毛云峰，现任鄂尔多斯市林业局总工程师，正高级林业工程师。用他的话讲："这些年我走过的路程就是，先是在市局当科长，后下去在第一线库布其沙漠的乡里当过副书记，抓过林业生产，在恩格贝示范区既当指挥员又当技术员，到了造林总场当生产业务副场长，更是一头扎进库布其沙漠，在148公里的风沙线上度过了他的青春年华。

"树林召是达旗也是鄂尔多斯市的北大门。树林召南部就是库布其沙漠的北缘，立地条件属于沙滩地，而且正好位于风口。在树林召工作期间，我和王果香每天骑着摩托车出去指导造林。那时候树林召造林的种苗都是外调，后来我们就自己育苗，通过3年时间，农田防护林的苗子基本上自给，为今后的大开发奠定了生态基础。

"在恩格贝生态示范区期间，条件相当艰苦，王明海带了一帮人基本上也不发工资。我去了以后，也没有什么办公室，当时既是技术员又是生态站长。

"我记得那年调回10万株樟子松容器苗，一株0.55元，拉回来拉在恩格贝，一往下卸，满满一大片。当时地不便宜，栽不进去。那时候通过市里头统一下令，市委政府、林业局的人员全部下去，通过20多天才把苗子给栽进去。当时我的脸也变得黑黢黢的，老婆王美兰去了以后，看见我黑不溜秋的，原来漂亮的好后生突然变成了个脏兮兮的半截老汉，一看见抱住我就哭，说科长不当下来受这苦了。当时还有王斌、王森都在场，也是晒得黑黑的。

"当时在恩格贝，经常一两个月不回家，也回不了家。回家没有班车，回家时坐车，打听说哪有车来了能坐一段，然后再倒几次车才能回来。在树林召乡还骑烂2个摩托车，但恩格贝那时候连个路也没有，后来路还好点。王明海是个人投资，属于个人企业，人家投资弄得苗子，你再管理不好说不过去。现在的科长们都有车了，那时候哪有车了。技术干部去了以后有个吃的地方、住的地方就不错了。

"我住的地方哪有现在这大的办公室了。市里头的一个科级干部下去以后就那么个小房房，给你放个小桌桌，白天出地干活，黑夜就在那里住，写东西也自己写。恩格贝示范区所有的大型规划，都是我给闹出来的。基本上是生态建设规划，沙产业发展规划，十几年的规划，都是我给在那个小房房里写出来的。所以，在恩格贝建设这块，受了那么多苦我觉得很充实。现在有时间去看看我栽过的树，宾馆门前的樟子松，育苗地里栽的树，如今基本上是绿树成荫，感觉到自己很有成就感，因为你实实在在做了些事情。

“王明海是恩格贝示范区的创业者、开拓者，带领一帮有识之士治理沙漠，取得的现在的成效，是实实在在干出来的。市里面的领导，包括国家和自治区的一些领导，都对恩格贝高度重视。当时的邢云书记、杜梓书记、王凤山书记，还有陈启厚书记，每年都去，去了以后亲自给制定规划，进行指导。

“在库布其沙漠的治理过程中，我们国营林场治沙站和乡办村办治沙站可以说功不可没，立了大功。现在我们国营林场造林面积达到200万亩，乡办治沙站当时一个乡里有十几个村子，一个村子办一个，基本上是集体造林。前两年搞的林权制度改革，把集体造林的这部分林权划分给了社员。

“国营林场治沙站的作用是引领作用，群众治沙没有技术。国营林场作为专业队伍，有技术，‘前挡后拉’、‘前挡后不拉’、‘穿鞋戴帽’这些治沙措施都是最基本的方法。另外一个就是苗木，群众想治沙，没有树苗。林场都有自己的育苗地，能够提供苗子，所以就形成了一个全民治沙的氛围。国营林场的骨干示范作用，带动了周边群众共同治沙。”

鄂尔多斯市林科所所长高崇华，正高级工程师，伊金霍洛旗布尔台人。身材高大，为人正直，性格豪爽，爽朗的笑声非常感染人。高崇华是吕荣、马教授多年的酒友，酒品极好。高崇华也是人才，当时他非要从团委回林业上种树，错失了在官场上施展的机缘。

高崇华是马教授和吕荣的重点采访对象。

吕荣说：“崇华，今天这么个，你先把穿沙公路的事说一下，然后咱们再谈你林科所的事情。”

高崇华说：“好。我知道你们肯定要采访林科所的研究成果，所以昨天准备了一晚上，提前做做功课。再一个，我对你们这本书怎么写也有点想法，咱们最后再谈。”说着，他把本子放在一边，陷入对岁月长河的回忆中。

“那是1998年，杭锦旗扶贫办组织了建设一条穿沙公路，邀请了林工队搞的设计。当时设计公路两侧的防沙林带，西侧林带宽度是200米，东侧，就是背风这一面林带宽度是50米。设计方案讨论后，大家都觉得林带有点窄，旗委书记白玉岭说：‘小高，你们这样弄起来后，必须把沙固住了，要不然我这个旗委书记就当不成了。’正好李处长也过去了，为了保险起见，扶贫办有关领导又开了一次会，最后定成公路的西侧林带宽度是500米，东侧林带宽度是200米。事实上，穿沙公路的防沙林带根本用不了那么宽。这个问题就像当年设计中卫铁路防沙林带，前苏联专家非要在迎风面把防沙林带设计为2000米，其实根本用不着那么宽。这些年，鄂尔多斯人都让风沙刮怕了。”

吕荣说：“把你第一次勘测时整个把车陷在沙里，步走到独贵塔拉的过程说一下。”

高崇华说：“第一次规划是杭锦旗扶贫办主任白永薛带领的。他们的司机说要领路。那时沙漠里纯粹没有路，有一段大沙子的宽度是29公里，加上两边的小沙子一共是32公里，这就是当时穿沙公路主要的大沙丘长度。

“他们扶贫办司机说对沙子很熟悉，领路领得好。我们是下午开始走的，走了一会儿车轮儿就陷在沙里了，李处长他们下来推。推推走走，一下走进了旋风湾子里，三四辆车都陷在沙窝里，出不去了。没办法了，我们就把车撂在沙窝里步行走。正常的话下午五六点就到独贵塔拉镇的，人家把饭都安排好了。结果我们步走，走出那段大沙子就到晚上11点多了。最后乡镇府的车来到沙漠边上接我们，第二天雇了个链轨车去把我们的车都拉出来。”

吕荣说：“在沙子里走路时你们是怎么定方向的？”

高崇华说：“当时穿沙公路已经把修路的木桩子给打进去了。沙灌到鞋里走不动，我们就脱了鞋，光着脚，一手拿着鞋，一手爬沙子。走得渴了，就喝点矿泉水，1998年的时候刚刚有矿泉水。”

吕荣说：“有女的吗？”

高崇华说：“有，女的当时有王美兰。还有包晓峰，司机是连利明，领导是李处长……”

突然，高崇华的手机响了，他起来走到一边接电话。

他关上手机匆忙说："王市长叫我赶快去一下，对不起了。"说着，高崇华绝尘而去。

吕荣想了想说："咱们林业上的人，有不少是茶壶里煮饺子，有东西说不出。再找两个。"

苏梅是鄂尔多斯市防沙治沙工程管理中心主任，1985年毕业于内蒙古林学院治沙专业，正高级林业工程师。

苏梅说："我从小生长在达拉特旗树林召镇。小时候常在沙漠里玩，酷爱沙漠，所以长大后报考了沙漠治理专业。"

她是马教授和吕荣众多采访对象中，是唯一一位从小喜欢沙漠，而且是城镇里长大的漂亮姑娘。直到今天，一生多半时间在沙漠里摸爬滚打的苏梅，仍然觉得沙漠好玩儿。尤其是在正午烈日炙烤、沙漠燃烧酷热的时候，她很享受沙漠的壮美和大自然的神奇。

西段库布其沙漠里天然分布着大片梭梭林。库布其沙漠肉苁蓉项目，是苏梅从2009年开始进行的新课题，地点在杭锦旗的巴音乌苏，种植面积800亩。虽然现在在梭梭根部接种肉苁蓉菌还处在试验阶段，但成活率能够达到60%左右，当年种植苁蓉的效果还不错。

肉苁蓉的药用价值在其未开花之前最大，被称为"男人的加油站，女人的美容院"。这个项目为提高防沙治沙效益提供了一个新渠道。

李志忠是原林工站站长，正高级林业工程师。他和吴健雄并称鄂尔多斯植物界的双杰，也是马教授的同学。采访他，三句话不离本行，又谈起他的植物调研。

"最早1981年我们搞植物调查时，承担的是市科技局的任务。多数时间是我和宋瑜生搞调查。有一次上骆驼山，就有一条上山采矿的小路，领着孙彦楠、王永光我们4个人顺着这个路上去的，去找内蒙古野丁香。

"上山时，下面的路修得挺好的。我问司机李军，跟着这个路上山行不行。他说行，没问题。结果蹒跚蹒跚上到半山上，一拐弯，前面突然有一个七八十度的陡坡！下面就是200多米的深沟，那次心里头确实有点儿害怕，但又不能表现出来，车中间换挡的时候，联合器咔啦咔啦响的，我心里头捏了一把汗，但还是硬着头皮上去了。上去一个多小时，采标本、拍照什么的都弄完了，还是惊魂未定，心有余悸。稳定了一下，我跟孙彦楠和王永光说：‘你们两个步走下吧，我跟李军开车下去。’

“我坐在前面看得清清楚楚，他俩坐在后面什么也看不见，也不知道害怕。我当时还不会开车，我老了，只能我陪着司机开车下去。后来李军说，那次如果中间换挡换不上去，车就会往后倒，掉进悬崖里。那个拐弯儿太直了，原来没上过也不知道。那次真的比较悬，事后他们都说太危险了。

“还有一次我和吴剑雄他们步行爬骆驼山，我和鄂旗哈马太的一个人顺沟往前走，以为那个沟也能穿出去。走着走着，我俩在路上发现乌头叶蛇葡萄，赶紧拍了照，采了标本。再往下走，前面突然来了个深深的滴水沟，人根本下不去。那时候还不服老，就这么往下走吧，走到沟底，我们还能听见他们在山上的说话声。我说不行就爬上山吧，我们俩就从桌子山的峭壁上，顺着偶尔能见到的羊粪蛋蛋慢慢爬上来。”

吕荣说：“说说你在亿利的库布其规划。”

李志忠说：“亿利库布其的规划设计主要从退耕还林工程、林业生态六大重点工程启动开始的。库布其沙漠里面人少，一户一户之间离得很远，有时候从一家到另一家就得走好几个小时。车经常被沙子陷住，弄得走一走停一停，在沙子上挖车推车是家常便饭。有时候早晨出去，晚上才能回来，中午吃不上饭。这还不算，白天跑外业，晚上回来还得把内业整理完，有时候要干到凌晨一两点钟，只有这样才不会影响第二天的外业工作。”

森林病虫害防治站站长刘朝霞，1984年内蒙古林学院沙漠治理专业毕业，林业正高级工程师。她属于女强人一类，能干能写也能说。

“1996年我在树林召挂职，那年我33岁，如果是现在，我说什么也不去，那时小孩刚上一年级。

“上班第一天就把我放到沙漠造林现场，还是离住的地方最远的地方。其实他们是想，市里来的一个女干部，还能吃下苦？专门把我放到最远的地方，跟一大堆农民一起栽防护林。你们也知道，达旗的农民是不好对付的。

“当时是4月25日，天气已经很热了。树坑还没有挖好，突然给卸下一大堆苗子，一两天内栽不下的话，就发芽报废了。于是我建议让他们用挖土机挖出一个很深的坑，把苗子全部埋在里面，能保水又避开太阳，保持低温，防止发芽。这也是当时的树林召人专门考验我的，看你这个林业干部怎么处理。

“在下边整整干了一个多月吧，回来换换衣服。家里没人，同学叫我去她们家吃饭。我进了大门，谁也不认识我，说是哪儿来的个农村老婆。

“2008年我被调到森防站的，2009年开始，地方政府开始大投入搞生态建设，规模大，档次高，是空前的。记得当年4月29日，贵州有个培训会，当时我还想着，我市的造林绿化面积这么大，怕在森防上出问题，但恰恰是我在北京机场的时候，就接到电话，说是逮住了一个像蛾子的东西，我赶快就返回来。

“初步鉴定，这是个很危险的蛾子。然后我们立马就给自治区送过去，自治区鉴定完了确认就是美国白蛾。接下来就要处理这些事了，都是胸径七八公分粗的国槐，是从河北运输过来的，在国槐上发现的这个虫子，所以需要销毁这些树，难度很大。我们开始和货主交谈，因为现在正是产卵期，产卵期时，用简单的肉眼是看不到卵的，一旦这个卵留下了，对全市造林绿化将带来很大的危害。经过我们耐心解释和沟通，通过法律的程序，最后把这些苗子都销毁了。

“从2010年开始每年都能查到美国白蛾，但是到目前为止，我们是检测日报告制度，各旗区每天都在检查，全市有89个检测点。我们这个队伍确实为全市生态建设的保护作出了很大贡献，确实很不容易，也很累。从3月份开始到7月份，从来没有节假日，五一我们也从来没有休息过，苗子车来了，我们随叫随到，很多时候我们晚上12点都回不了家。

“2011年春，我们查出一车带天牛的苗子，做笔录的时候，人家也不跟你配合。跟他说好，让他把车开到碧森种业大院里，然后第二天处理，当时已经是晚上10点多了。没有想到他一上车就跑了！我们赶紧调车追。当时我们有2个组，一个组留下来继续查岗，查苗子，另一组就开始追，带疫苗的车是绝对不让放跑的，怕把疫情扩散。

“当时也没有司机，我自己开上车追，到布日都梁的时候追上了，然后我们2个车，一个在前面一个在后面把苗子车夹在中间，带回来了。到了碧森种业公司，大门锁不住，没办法，我们把一个车停在大门口堵上，6个人挤在一辆车上回来休息，第二天去才把苗子都给销毁了。

“销毁苗子就是销毁人家的钱，所以人家不配合你。有的苗子车主都放出话要打我们的人了，说实话那时候也有点怕。

“我现在不敢保证我们这边的检疫工作是最好的，但到目前为止，我们还没检测到有病虫害的。乌兰察布、巴彦淖尔这些地方都发现了很多林木病虫害，我们这边相对来说还是比较安全的。因为我们对旗区加强宣传力度，旗区以及用苗单位自己也开始非常重视这项工作了。调苗子的时候要检疫一番，拿回来后检疫一遍，然后再采用喷药、灌根等措施，对防疫是非常管用的。”

林业正高级工程师，林木种苗站、林木种苗质检站韩丽华站长，一肩双挑，管理着全市的林木种苗培育、质量和种质资源保护工作。

韩丽华是一位俊秀、干练的女强人。见面时常带着微笑，给人的感觉是与人为善、和蔼可亲。但是干起林业种苗执法时，她是出了名的六亲不认，温柔的眼光之中又透着几丝犀利。

记得她老公李树成20世纪90年代在神华苗圃当主任时，引进的一批树苗中发现了检疫对象，韩丽华一株没留全部销毁，恩爱出名的老公求情，也无济于事。

在这次采访中，韩丽华给我们介绍说：“林木种苗是林业生态建设中基础的基础，如果没有种苗，无论是植树造林，还是防沙治沙，那是无源之水、无本之木。如果种苗质量不高，那也是事倍功半，无法实现目标。

“种苗站的职责是核发种苗生产经营许可证，林木种苗质量的检验，良种选育等。库布其沙漠里有很多珍贵树种，在种子资源方面采取了摸底调查，确定原地保护或异地保护等措施，通过宣传让人们认识到濒危植物的重要性。库布其沙漠里有柠条锦鸡儿、霸王、蒙古扁桃、四合木、沙冬青、棉刺等稀有的树种，保护这些物种，对于库布其沙漠治理起着很重要的作用。库布其沙漠治理，今后要重点培育耐干旱、适应性强的灌木树种，比如梭梭、柠条锦鸡儿、沙柳等，因为这些物种抗性强，固沙效益好，有的还有着很高的经济价值。”

森林草原防火办公室主任阿拉腾宝，林业正高级工程师。给人第一印象是慈眉善眼、身材高大、膀阔腰圆、魁梧强壮，一看就是个地道的蒙古大汉。

阿拉腾宝也是内蒙古林学院毕业的，和马教授熟得不能再熟。采访中，他把手腕伸出来，让马教授摸摸他的脉，一分钟跳71下。吕荣知道阿拉腾宝的意思，故意把话题扯开，然后趁他不注意，悄悄地拨通他手机。

阿拉腾宝的手机猛地一响，吓得他浑身一颤，额头上顿时渗出密密麻麻的冷汗。大家见状，都哈哈大笑起来。

马教授再一摸阿拉腾宝的脉，一分钟跳到89下！

阿拉腾宝笑着说：“没办法，我这是吓出来的职业病。白天还好些，尤其是半夜，我最怕电话响！咱们内蒙古各盟市的防火办公主任基本上都有心脏病。”

说起防火工作，阿拉腾宝讲得头头是道。他和大家讲：“现在把沙漠治理好了，防火任务紧跟着就来了。亿利资源集团在库布其沙漠里种的美国三角叶杨，那一块林地已经着了2次火了，而且面积还都不小。库布其沙漠中防火工作，我们采取的措施是在杭锦淖儿建了个监控台，七星湖建立了防火瞭望塔，恩格贝有一个监控台。在库布其沙漠我们还修了多条防火隔离带，清除枯草，尤其植被盖度大的地方。

“现在库布其沙漠的植被盖度越来越好，所以一旦着火就是天大的事。防火首先要有预防措施，要做好宣传。特别是今年，清明节前后一段时间，我们的宣传达到了近几年的最高力度，以市人民政府名义发布了防火禁严令。然后针对清明节上坟烧纸的高峰期，市防火办、文明办、民政局、林业局联合倡议文明祭奠，并在鄂尔多斯电视台、鄂尔多斯报纸上全文发布。自己还制作公益广告的动漫，也在鄂尔多斯电视台的3个频道滚动播放。

“再就是远程监控。今年清明节前后总共发生了70多次火情，远程监控第一时间就检测到十几次的火警！我们直接给乡镇府领导打电话通知到位，做到了早发现早处置。

“很简单的一个例子就是准格尔旗的布尔陶亥，在监控里看见一辆白色车辆进入林子里了，没多长时间就看见冒烟，火势越来越大。指挥中心立刻给布尔陶亥镇长打电话通知他们，没多长时间，去了几个装载机，有的挖隔离带，有的直接灭火，前后没用上15分钟就把火给灭了。

“防火队伍建设是重点，我们优先将一些退伍军人安排到防火办，着火了可以立刻出发奔赴到火场。有的旗区还把防火队伍设置在武装部，这个模式也行。现在每个旗区都建立了一支防扑火专业队伍，在乡镇有半专业队伍，专业队伍在防火期都集中住宿、待命。每支防扑火专业队伍都配有水车，因为樟子松等针叶树种着了火，风力灭火器是不行的，必须得有水车。国家防火办主任来鄂尔多斯调研时说，我们是地级市里防火工作做得最好的。”

沙漠的未来价值也可能体现在藻类的生产上。藻类植物是隐花植物的一大类，由单细胞或多细胞组成，用细胞分裂、孢子或2个配子体相结合进行繁殖。植物体没有根、茎、叶的区分，绝大多数是水生的，但生活在沙漠里的具有较厚胶鞘保护壳的藻类，不仅在固沙、固氮、植物群落演替中起着重要的生态作用，而且是人类未来的可观的食物来源之一。

2001～2005年，中科院水生所和内蒙林科院在库布其沙漠进行了“荒漠藻综合治沙技术与开发利用”研究。通过5年工作，筛选出了适合当地的固沙藻种，进行了藻种的规模化养殖，在达拉特旗建立了300亩荒漠藻的综合治沙模式和规模化示范区。该项目于2005年9月通过鉴定，成果达到国际领先水平。

内蒙林科院达拉特旗试验站主任安晓亮告诉马教授，在库布其沙漠进行的实验还在继续，来自各省区的科学家很多。现在发现了生物结皮中藻类在微米级呈层片分布的规律，揭示了荒漠藻结皮的胶结机理。荒漠藻可以在库布其沙漠固定、流动沙丘上接种，而且成活率很高。这种组合模式符合半流动沙地生态环境特点，加速了植物群落的演替进程，能促使生态系统向良性方向发展。

库布其沙漠总面积15606.73平方公里，经过30年来的建设和保护，已治理面积3640平方公里，占沙漠总面积的23.3%，治理范围内的植被覆盖度达到50%以上，沙漠趋于稳定。带网片、乔灌草相结合的林业生态防护体系已经初步形成，较好地改变了农牧业生产条件和人居环境。

据统计，鄂尔多斯市2000～2005年沙尘暴年均发生4.8次，而2005年以来7年间，年均只发生2次。2005年以来年均降水量308毫米，2012年降水量达到了448毫米。全市森林覆盖率和植被覆盖度分别由2005年的16.2%和45%，提高到2012年的25%和70%。昔日一度袭扰京津冀地区的风沙源头，今朝已经成为祖国北疆的重要绿色生态屏障。

在库布其沙漠的治理中，科技人员针对库布其沙漠的地质地貌、沙丘形态、植被水文等特点，创造了“南围北堵锁边、沟川道路切隔、丘间低地点缀”等一系列综合治理模式，在沙漠南北两侧营造生物锁边林草带，阻止沙漠南侵、北扩、东移，利用天然的十大孔兑和修建穿沙公路将沙漠切隔治理，在沙漠中的丘间低地建绿岛绿洲，取得了丰硕成果。

“锁边”治理模式。“锁边”即在库布其沙漠南缘和北缘条件较好的立地营造乔、灌、草结合的锁边林带，防止沙漠南侵北扩。

这是在治理库布其沙漠长期实践中总结出来的一种有效模式。在库布其沙漠北部边缘“锁边林带”治理流沙过程中，逐步摸索出“流沙固定，乔灌并举、封沙育草”乔灌结合治理的技术措施，获得成功，在库布其沙漠北部边缘治理中发挥了重要作用，收到了良好的效果。此外，在库布其沙漠北部边缘的鄂尔多斯市造林总场九大渠分场、展旦召分场和恩格贝示范区利用孔兑汛期来临时，进行分洪拦蓄，引洪淤地，种树种草，建设边缘绿洲。在南部边缘丘陵山区结合水土保持工程措施营造以油松、沙棘、柠条等为主的水土保持林。

“切隔”治理模式。“切隔”即在十大孔兑、穿沙公路两侧营造水土保持林和护路林。

近年来，随着鄂尔多斯地区社会经济的发展，纵横穿越库布其沙漠兴修公路、铁路18条。为保障公路畅通，必须采取行之有效的工程或生物措施，防止沙漠侵袭公路，造成经济损失。公路面是非常好的集水面，道路两侧的林带可吸收到周边2～3倍的水分，这是护路林长势好的原因之一。穿沙公路两侧的护路林形成一道绿色屏障，起到阻隔风沙流动的作用。公路两侧较远地方设置沙障，起到防风固沙作用，也有利于植物种子沉积和植物生长发育，增加植被，达到永久治理目的。

“点缀”治理模式。“点缀”即围绕沙漠腹部的湖盆滩地和丘间低地水分条件相对较好的地段造林，建设沙漠绿岛。

农用林业治理模式，如达拉特旗树林召乡在五股地对库布其沙漠北缘的荒沙荒滩进行开发、整理，通过营造防护林体系，配套完善井、电、渠、路基础设施，采取快速土地培肥技术，提高土壤肥力，进行立体种植、复合经营，经济效益大幅度提高，为治理沙漠摸索出一条可借鉴的经验。

此外，防护林体系治理模式、乔灌并举治理模式、乔灌草结合治理模式、封沙育林治理模式、飞播造林种草治沙模式、建设草库伦治理模式、企矿大户造林治沙模式，以治理为重点，点线面有机结合，科技支撑与示范效应都非常显著。

《西北是块宝地》——1939年，正当中华民族奋起抗战之时，著名作家老舍经过5个月的西北之行，发表了这篇振聋发聩的传世之作。半个世纪来，中国发生了翻天覆地的变化，西北这块宝地随着祖国的日新月异，也日渐显示出它风光绮丽、物华天宝的灵气。

沙漠是块宝地，它曾是中华民族的摇篮和发祥地，也是我国21个世纪经济腾飞的厚望所在，是中华儿女未来生存和发展的空间。

人沙和谐论，即在处理人沙关系时，以谋求自然环境与人类活动空间的和谐。它的模式应为以沙漠资源开发为中心，既要适当建立高效、和谐和良性循环的绿洲生态系统，更要着眼建构全新的、独特的沙漠价值系统，提高人类生存空间的质量和容量。

第七章

企业当主力，治理沙漠的终极之路

一、王文彪获得“全球治沙领导者奖”

2013年9月23日，全国政协常委、中国亿利资源集团董事长王文彪在纳米比亚首都温得和克召开的联合国防治荒漠化公约第十一次缔约方大会期间荣获联合国颁发的首届“全球治沙领导者奖”。

这是国际社会对中国政府创造性地引导和鼓励社会力量通过经济手段进行防沙治沙和生态建设的高度肯定，表明中国在绿水青山生态文明建设方面已迈出了重要的一步，特别是以库布其为代表的中国防沙治沙，已经成为世界治沙的典范，中国治沙赢得世界头彩。

“全球治沙领导者奖”是由联合国防治荒漠化公约组织倡议发起，用于表彰在全球防治荒漠化领域作出卓越贡献的个人。在中国政府的支持下，王文彪带领亿利资源集团25年来绿化库布其沙漠5000多平方公里，占全球荒漠化面积的1/7000。

大会期间，中国库布其治沙案例被联合国选定为大会官方宣传片，片中重点介绍了中国创造的库布其治沙实践成果和沙漠重现“绿水青山”的奇迹。该片在来自全球190多个国家3000多名与会代表参加的大会上循环播放，赢得热烈反响和广泛赞誉，中国防沙治沙成就世界瞩目。

在颁奖仪式上，王文彪从联合国防治荒漠化公约组织执行秘书长吕克·尼亚卡贾手中接过了沉甸甸的奖牌。

执行秘书长吕克·尼亚卡贾盛赞中国荒漠化防治的工作和成就，认为中国在发展中国家荒漠化防治中处于世界领先地位。他说，中国通过多年不懈的努力，不断改进防治荒漠化的方法。今天，中国政府的政策已经成功地把所有利益攸关方团结在一起，共同应对荒漠化问题。

王文彪在颁奖仪式上感谢此次联合国大会各缔约方对中国库布其治沙精神、治沙经验和治沙实践的认可与支持。他强调：“只有政府、企业、民众、社会多元力量联手行动，防治荒漠化这项艰巨的任务才有可能完成。”王文彪还表示，很想把这块奖牌献给25年来与他一起不离不弃坚守治沙事业的6000多名亿利治沙人；也很想献给他那年迈的母亲，因为母亲为了他的治沙事业担心了几十年。他最后说：“我更想把这块奖牌献给我的祖国，这个古老的国度有个年轻的‘中国梦’，那就是我们习近平主席提出的‘宁可不要金山银山，也要建设一个绿水青山的美好家园’，这就是我们治沙人的‘中国梦’。”

中国库布其沙漠治沙实践成果之所以在世界防治荒漠化大会上引起热议，主要是这个案例和与会的其他政府及个人治沙案例相比较，中国库布其沙漠25年的治理实践是由政府推动的商业力量参与荒漠化防治的最佳案例。中国亿利资源集团运用市场化、产业化、公益化的可持续公益商业治沙方式，“兴沙之利，避沙之害”，开创了一条治沙、生态、民生、经济平衡驱动的绿色发展之路，为其他各国荒漠化防治树立了标杆，为全球荒漠化防治工作带来了更多的信心和启示。

王文彪最后说：“我很感谢本届大会和大会成员国的各位代表对中国库布其的治沙精神、治沙经验和治沙实践的认可与支持，也感谢你们给予我的这个重奖。中国有一句古话：‘路漫漫其修远兮，吾将上下而求索！’守住每一寸土地，让更多的沙漠变成绿水青山，任重而道远，让我们一起努力。”

中国治沙人王文彪获得首届“全球治沙领导者奖”，不仅是其个人和中国亿利资源集团的光荣，也是中国人民和中国的光荣。“全球”这个词，对这个奖的范围、性质和份量已经作出诠释。

十八大报告中明确提出，加强生态建设，建设“美丽中国”；最近，中央中央总书记、国家主席习近平再次响亮提出：“宁可不要金山银山，也要建设一个绿水青山的美好家园。”这是对绿水青山的钟情，对美好家园的憧憬，也是对中国人民的要求，对世界人民的承诺。

治沙行动是一项生态行动，治沙也是一项世界难题。到底该如何治沙，目前没有现成答案。王文彪和他集团的员工绿化库布其沙漠的壮举，政府推动商业力量参与荒漠化防治的最佳案例，在联合国倡导全球治沙的范围内都是一个伟大的成绩，成功的典型。这种示范和榜样作用，可贵的坚持精神，是对绿色发展之路的不懈探索，对生态环保的执着追求。王文彪获得“全球治沙领导者奖”，实至名归、当之无愧。

就在王文彪获奖同时，2013年9月24日，中国外交部长王毅在纽约联合国可持续发展高级别论坛上表示，可持续发展是实现“中国梦”的必由之路，已经取得阶段性成果。他举了一个中国的案例：“库布其沙漠是中国第八大沙漠，以前是沙进人退，当地居民日夜与风沙为伴，后来他们转变思路，变沙为宝，用沙柳绿化荒漠，用沙粒制造建材，治沙与发展齐头并进。”

这两场举世瞩目的大会不约而同地肯定了中国库布其现象。库布其沙漠治理的成果，正成为伟大“中国梦”的美丽缩影展示在世人面前，也为全球治沙提供了样板，注入了新的活力。

“中国在全球荒漠化防治中显示出了非凡的领导力，并取得了诸多重要成果。”联合国秘书长潘基文在2013年8月3日向第四届库布其国际沙漠论坛所发贺词中赞扬了中国为治沙造林和遏制沙漠化经验提供的良好平台。

荣誉属于过去，治沙还需努力。中国治沙仍然是一个长期的过程，需要地方领导改变思维，以市场化、产业化、公益化的可持续公益商业治沙方式，持之以恒地坚持治沙；中国治沙更需要企业和社会团体主动参与，需要广大人民积极支持。只有这样，“美丽中国”才有希望建成，进而为“美丽世界”、“美丽地球”建设作出负责任的大国应有的贡献。

王文彪在联合国荣获“全球治沙领导者奖”时，马教授和吕荣正在库布其响沙湾采访王文俊老板，这是马教授和吕荣为写作《敢问库布其》而进行的最后一次采访。

那两天，王文彪成了库布其沙漠里人们议论的中心。

马教授和吕荣回想起3个月前在七星湖对王文彪的那次采访。

这些年，马教授和吕荣在很多场合都见过王文彪，彼此并不陌生，但是真正坐下来近距离的长谈，这还是第一次。

王文彪身材魁梧、器宇轩昂，虽然笑起来小眼睛很有亲和力，但他浑身上下都焕发出一种领导人物的特质。库布其沙漠出过不少省部级官员，却很少有王文彪这种给人安全又朴实的感觉。

马教授和吕荣的心情也很复杂。马教授和吕荣一辈子讲授治沙、管理治沙，但真正对治沙作出特大贡献的却是眼前这位以前和治沙并不沾边的外行人。

王文彪笑着说：“你们要采访的内容是挺大的容量，我一时半会儿能给你们说清楚了？

“第一，我很支持你们做这个事情。专家、教授写我们治理库布其，能从科学的角度把握题材，写出实实在在有用的东西，这是我支持你们的原因。

“第二，我认为要想写库布其，必须立足于市场化、产业化、公益化，如果把它写成政策性的东西就跑偏了。为什么现在国际组织以及很多国家地区对咱们库布其这么关注？他们看好的是治理库布其的模式和技术，这只有你们专家、教授，才能把库布其沙漠治理的模式、技术和工艺，用科学道理谈深讲透。

“前几天自治区的主要领导到北京和我专程谈这个治沙的市场化、产业化、公益化，他们问：‘你怎样把库布其的治理模式复制到别的沙漠？库布其模式究竟是什么？’我理解的就是‘3+4’，‘3化’加‘4’治沙方式。

“‘3化’就是市场化、产业化、公益化；‘4’就是4种治沙方式：第一种是生态移民治沙，第二种是科学技术治沙，第三种经济开发治沙，第四种是政策机制创新决策。再没有别的，就是‘3+4’，我们就是这样做成的。当然今天咱们不能说非常成功，因为经济这一块的路很宽泛，这是我最深的体会。要想在沙漠里淘金，必须首先解决防沙治沙问题，继而再解决生态和老百姓的共存问题。这两个共存很重要，如何让生态、生存共赢，让老百姓活得很好，这两个问题中第二个解决不好，第一个问题也解决不好。

“首先，治沙就得和沙漠中居住的农牧民对话。就是说在把沙子治理住人能进来的情况下，你才能和老百姓对话，人都进不来，连老百姓都找不到，怎么对话？所以我觉得先解决治沙。‘治’有2个层面的意思，一是起码让这个地方有人类活动，第二就是找到治理的途径。

“实际上，我们鄂尔多斯的生态最主要的都是人为破坏造成的。老百姓在这里生活，就要放牧，要生存，做饭要烧火，烧火要砍柴，买油买米买盐买醋都要钱。钱从哪里来？卖羊。羊从哪里来？从沙漠里来。吃草嘛，很简单的道理。

“我觉得解决好治沙问题后，第二就是解决生态和老百姓的生存。老百姓从生态移民中得了一个很大的实惠。为了治理库布其，我们做得非常辛苦，今天给你这么介绍，明天往出搬一户，你知道我们花了多少钱？我们治理库布其沙漠，几十个亿有2/3都给老百姓了。按理说这是非常不公平的事情，买沙漠、再治沙，再用沙，我们掏了3份钱。

“但还有3点很重要，在库布其，企业拿钱买了沙子，如果不把沙子变成钱，老百姓没办法安置，以致涉及到与农牧民共同生存的问题。农民们没办法生存。他说我就不走，反正我就这么穷过来的，我就在这沙漠里，这也是人的生存权利。这样农牧民受穷受苦，沙漠状况越来越糟糕，成为恶性循环。我们生态移民第一份掏的是买沙的钱，第二份是治沙的钱、种树钱，第三份掏的是让沙子变成财富的钱，这个负担是很重的。我们不能只讲阳光的事情，还要讲些阴暗的事情，这是什么问题？这是体制问题。

“沙漠还能卖钱？让别人笑话，不好意思讲这些事。我前些天给中央领导汇报完后他们脸色都变了，问我地方政府是干什么的？我马上改口说不是地方政府的问题，我就给领导讲背景和历史，内蒙古从哪年开始把沙漠承包给农牧民我们不太清楚，但一定不是改革开放后期做的事情。领导问：‘全国的沙漠都没有承包到户，怎么内蒙古的承包到户了。’我说内蒙古有内蒙古的特殊情况，现在内蒙古想要回来但是要不回来，这里边最大的问题是，谁给的政策，谁干的，我们都不知道，在20多年前就出现这种事情，这几年在治理库布其沙漠的过程中这个现象越来越突出。

“沙漠怎么在农牧民手里？沙漠的农牧民既可怜也可爱，所谓的可爱就是他们成为我们的合作伙伴了，所谓可怜就是他们在沙漠里生活真的很苦。但是现在也让人很羡慕，他们总共拿了多少次钱了，你们可以调研，过去1亩沙地大概40元左右，现在涨到100多元，这还是什么也不长的大沙丘。

“他们知道我们要买，所以农牧民最关心的问题就是你买了沙漠还种树吗？农牧民很淳朴，很可爱，说白了农牧民的收入主要靠企业。你不种树，他们沙子卖给谁，更重要的是得不到工资收入，我觉得这是最重要的精华部分。你们要写农牧民或者地方政府，这里边有一个政策机制创新，很自然就把这些加进去了。我认为政策机制不是政府创造的，也不是企业创造的，它是通过市场机制而创造的。

“其次，政府是提供政策的，我认为政府政策在鄂尔多斯这块，在自治区内这方面做得最好。库布其是实实在在在政府的支持下，亿利人民和当地老百姓经过25年不懈的努力促成的。在大的宏观的政策方面，政府也是很给力的，每年的飞播规划等项目，尽可能地帮助企业，我很感动。包括杭锦旗林业局的支持，我都知道，当然内蒙古、国家的支持就更不用说。上次我和赵树丛局长一起探讨到晚上12点多，最后吵起来了，我说我不对，不是你不对，我们都是为了沙漠更好，生态更好。

“林业部门领导现在很重视企业治沙，他们尽其所能给予政策支持。作为地方林业局能有多少钱呢？我认为能给一元钱，那在精神支持方面都很重要，更何况近年来每年给予2000～3000万的项目支持。我现在让统计呢，究竟政府为我们支持了多少。我估计是在4000～5000万元。

“第三，我们鄂尔多斯主要是封沙育林工作做得好，如禁牧、休牧、划区轮牧，这在治理沙漠的过程中是很重要的事情。但是这个过程前紧后松，前面做得很好，后面有所放松，因为只靠林业部门是不能做好的，还有地方政府的事情。

“前几年这里发生一件事情，虽然我是全国工商联副主席，但我不能和地方政府要求这些。虽然这件事已经解决，但我现在还很有想法。政府要搞农业，就把我们的锁边林破坏了，我给政府领导写了一封信，我说我感到鄙视，这个问题很恶劣，沙漠的老百姓和亿利人几十年，种一棵树比养一个小孩还费劲，你一夜之间推毁了林地搞农业？

“那次我非常动怒，很想找国家林业部门负责人，将这些干部绳之以法。这事当时搞得沸沸扬扬，杭锦旗领导们见我也不高兴。后来我和他们讲，我是对事不对人，你们怎么敢做这些事情，这和杀人、大屠杀有什么两样！这反映出我们政府在有些方面还是不妥的，是认识不到位。后来我们成立了派出所，这也是政府支持的。

“事情处理完后，我和他们也沟通过，他们也认为那件事确实做得不对。当时的事弄得很大，如果上报国家林业局，有可能会追究地方政府领导的责任。多大面积的树木，一夜之间就推平了，而且是在沙漠里辛辛苦苦栽的树！现在那块地还荒着，我也不种了，再种心里很痛苦，这是什么事啊！

“前一段时间政协会议上专题研究生态问题，我建议必须走市场引导，机制驱动的道路。包括我们今天大城市的阴霾雾霾，还是个机制和市场问题。你明天把电价涨到3元，油价降到2元，大家都把汽油当水喝了。家里有一部车就行，现在买下5部车，能不阴霾雾霾吗？然后换天然气，也是能源吧，那是给子孙后代的财富，不能当代人都吃掉。包括搞生态，你说国家花了多少钱，究竟收到什么效果，值得研究。但看到我这儿治理效果还不错，我没有花国家的钱，所以我们必须承认市场的驱动力是很重要的。

“我为什么要做治理沙漠的事呢，很朴实地讲，20多年前，大家还没有开始讲环保问题，那时候只是想如何保住企业，活下来。对于我来说，治理沙漠这个想法是被逼出来的。

“过去的企业是盐场。盐场在库布其沙漠里，天天从早到晚都是刮沙尘。显然要想发展，必须解决生态环境问题。我是1988年5月8日上任，5月10日就出台政策开始种树。开始一吨盐提5元的林业基金，栽沙柳种杨树，成立27个人的林工队开始治沙，但是感觉不怎么解决问题。盐场发展速度很快，生产量大，几十万吨产品出不去，库布其沙漠挡在这里，到对面的火车站本来只有60公里，但我们要绕道走330公里才能到。运不出去就影响效益，面临破产。原来生产1万吨盐就能养活所有职工，我们一下子能生产几十万吨，不只是盐，还有芒硝等产品，但是都运不出去，企业开始亏损，后来下定决心修建穿沙公路。1995年开始做设计，做前期准备工作，1997年动工，贷款几千万。当然政府给予了大力支持，如果政府不参与，我一个人、一个企业也修不通路，如果林业部门不给予支持，防沙问题也解决不了，所以修建穿沙公路是大家共同努力的结果，包括全旗的父老乡亲。

“我始终讲企业是主体，政府是重要推手，没有政府的助推，也是走不动的，每一步都是如此。我们当时治沙是被动的，就是为了生存。后来作为企业得考虑，通过进一步了解发现沙漠里有文章可做，偌大的沙漠谁也不用，光秃秃的不毛之地，所以思考别人不用，我能不能用这个沙漠。

“竞争中卖煤炭比不过别的企业，利用沙漠也没有人和你竞争。与人争什么都是有限的，与天争利益无穷，这个原理大致我还懂得。开始与天争，天不照顾我们，我们自己照顾自己，把沙漠改造好，苍天也会善待我们。我开玩笑说，我每次来一定会下一场雨，每次雨后都是彩虹。很奇怪，十有八九吧都要下雨。种瓜得瓜种豆得豆，好事做多就会感动天地，但不是我一个人做，大家都在做，包括你们。所以，为什么要治沙？起初就是为了企业的生存与发展，后来还是为了更好地发展。当然我生在这里长在这里，谁不感觉家乡的老百姓可爱呢。我的老家就在这附近，杭锦淖尔。”

吕荣插话说：“王主席，把你小时候在沙漠里吃苦的事讲一讲。”

王文彪主席看着吕荣笑着说：“那多了，从我睁开眼睛就能闻到沙子的味道，这我深有体会。沙漠边缘全部是盐碱化土地，沙漠化加盐碱化。我是农民的孩子，村里很穷，太穷了。小孩一年穿一对鞋，当时小孩容易丢东西，要是把鞋丢一只，就得穿一只鞋上学，这事有过。很穷，土地盐碱化、沙漠化，种什么都不长。

“我是1958年出生，到1996年我根本没有摸过沙漠的‘屁股’。尽管出生在沙漠边缘，从小父母就告诉我们，千万别到沙漠里去，进去会找不到回家的路，会有狼什么的，所以从来也没有进过沙漠。

“1988年开始种树，1996年开始修建穿沙公路才开始真正的接触沙漠，其实也并没有那么可怕。真要是像老人们说得那么可怕，我也就不做这个事情了。

“沙漠的情结对于我来说很深，我的理想或者是梦想就是怎么才能不刮沙尘暴。有一天若能不刮沙尘暴，真的很开心。每天吃饭的时候碗里都是沙子，家里，炕上，头上都是沙子。我们杭锦淖尔在沙漠的北面，从小就想能不能有一条路穿过沙漠到城市（锡尼镇）里边去。考学也想考到锡尼镇上的杭锦旗一中。但就这60多公里的沙漠过不去，绕着去得四五天。后来我就考到了杭锦旗二中，黄河边的农村学校，不用穿过沙漠，就在我家乡的西边，骑自行车7～8个小时就到了。

“那时沙漠基本没给人类带来一点点好处，都是危害。现在看，哪有沙漠，能知道下面没有石油，能判定这个地方就是最穷的地方。沙漠除了有黄金和石油，下面还有煤。如果没有煤，鄂尔多斯还能有什么？

“但是今天看库布其，沙漠的潜力是巨大的。你们进去看看，土地空间有多大。库布其还不能养活一个市？两个市也不止。沙漠已不是一个简单的生态环境问题了，也不是简单的名声不好的问题了，它是个社会问题，涉及到很深层次的问题。改造好荒漠化，一定要改造好环境，改造好民生，发展经济，这三个重要的问题关系到开拓国土空间的大事。这不是一对一的事，是一对几的事，这也是为什么我咬着牙也一直去做这件事的。

“现在国内外对库布其沙漠越来越关注，但我担心的是他们照抄、抄错，劳民伤财。我做事很严谨，你们要报道、研究，我很感谢，但不能误导别人。写库布其沙漠必须客观实际，误导别人，那不仅是钱、时间的损失。他在不具备这个技术、不了解这个机制、不具备这个条件的情况下做这个事情，很有可能就会造成损失。

“内蒙古政府一直让我去东部区，我很慎重。我说先让我搞5万亩，5万亩对林业局来说也是一个大数目。而且我还说，让他们一个月给我打个报告，关于长势等各个方面，一年内初步总结出这个地方是否可以干。包括赤峰，内蒙古设计院规划出这个2000多平方公里圈起来让我弄，这两天调研组刚回来，基本上定了，但是要进去，产业必须跟着进去，没有产业你别去。

“我有一个关注，咱们都是治沙的老同行，我特别在意库布其的品牌的问题，从商业的角度，我们现在关于库布其的所有东西都注册完了。这半辈子二十几年什么也没干，就干库布其沙漠这个事情。我不希望别人用‘库布其’这3个字来做其他事情，这3个字是亿利资源的核心灵魂。希望把库布其变成生态文明的标志，所以包括肉、菜、酒等好多的品牌都在国家注册了。

“我支持你们办好这项工作。我有个建议，吕总和马老师，我特别感谢你们。本土作家很重要，本土专家更重要，对于你们的工作我全力配合。第一，咱们这个定位肯定就是库布其，肯定要这3个字，库布其是世界的库布其；第二，市场化、产业化和可持续，是库布其沙漠治理的核心，不能离开这个主题。”

二、全球治沙，独领风骚

“中国治沙看内蒙古，内蒙古治沙看鄂尔多斯，鄂尔多斯治沙看库布其。”这是流传在全国林业系统内部专业人士中的一句口头禅。

改革开放以来，鄂尔多斯人由过去多年的怕问库布其，壮着胆子试问库布其，到今天自豪地敢问库布其，是因为库布其东部已彻底治理，库布其中部整体治理，自然条件最严酷的库布其西部，经过亿利资源企业25年的不懈努力，在库布其沙漠创造出通过改善自然、促进经济可持续发展的治沙模式，为中国乃至全球治沙走出了一条成功实现沙漠环境大范围改善、沙区百姓大幅度致富、沙漠产业大规模发展的新路子。

2013年2月25日，由世界自然保护联盟、亚太森林组织、北京师范大学、亿利公益基金会共同主办的生态文明建设指标框架体系国际研讨会暨中国首个生态系统生产总值项目启动会在北京科技会堂举行。相关国际组织和国内外专家学者出席了会议。

北京大学环境科学院在会上发布了内蒙古库布其沙漠生态系统生产总值评估核算报告。结果显示，亿利资源企业用了25年时间，在库布其沙漠不毛之地上创造出了305.91亿元的生态系统生产总值。

生态系统生产总值，是由世界自然保护联盟提出，旨在建立一套与国内生产总值相对应的、能够衡量生态良好的统计与核算体系，主要指标是生态供给价值、生态调节价值、生态文化价值和生态支持价值。在会上，世界自然保护联盟把内蒙古库布其沙漠作为中国首个生态系统生产总值核算机制试点项目落地启动，以进一步检验和衡量生态系统生产总值的可行性和准确性，为我国创新生态文明走出一条新路径。

亿利资源集团董事会主席、亿利公益基金会发起人王文彪表示，呼吸干净空气，享受天蓝地绿已成为每个人的热切渴望。用生态系统生产总值来量化评估生态系统价值和绿色发展，是迫切改善当前生态环境、助推生态文明的一条现实路径。生态文明的核心宗旨就是通过改善自然，促进经济和社会的发展，实现资源节约、环境友好、农民致富、企业发展、社会和谐。

王文彪用国内生产总值和生态系统生产总值的方式分别算了算亿利资源企业25多年治理库布其沙漠的绿色发展账。从国内生产总值的角度，亿利资源

25年投入了30多亿元进行沙漠生态修复绿化和沙漠经济的发展，投资大、周期长、见效慢，很多人认为不划算。但从生态系统生产总值的角度来算库布其沙漠事业绿色发展账，绿化了5000多平方公里的沙漠，遏制了刮向北京的沙尘暴，创造了几百亿造福人类的生态价值。而且库布其沙漠的生物多样性得到了明显恢复，出现了大量的野生动物，特别是出现了“大面积厘米级”的土壤迹象。有专家指出，在沙漠里靠自然恢复增加1厘米的土壤需要1万年的时间。

亿利资源企业1988年以来，在党和政府的重视支持下，坚持“厚道共赢、生态惠民、绿富同兴”的发展理念，依托政府政策性支持、企业产业化公益化投资、农牧民市场化参与，多元投资、多方受益的发展机制和通过改善自然促进经济的可持续发展模式。

亿利资源集团20多年来实施了长200多公里、宽20公里左右的沙漠化治理生态绿化工程，包括1000多平方公里的人工林建设工程、1000多平方公里的甘草药材种植工程和大规模的沙漠飞播封育生态工程，并且高起点发展了沙漠天然药业、清洁能源、沙漠旅游和沙漠现代农业等沙漠绿色经济产业，带动沙漠地区十几万百姓走出了风沙困境，摆脱了贫困落后，过上了幸福的好日子，实现了“民生、环境、经济、发展”共赢，引起了国际社会的广泛关注。中国创造了沙漠生态文明的奇迹。

亿利资源企业大规模、高技术实施了沙漠产业，创造了市场化、产业化、公益化相结合的沙漠绿色经济发展机制，走出了一条全面遏制荒漠化、整体消除贫困化、改善区域生态、整治沙漠土地的绿色发展之路。

2012年6月，库布其沙漠生态文明被列为联合国“里约+20”峰会重要成果向世界推广。企业董事长王文彪获得了联合国颁发的“全球环境与发展奖”。联合国防治荒漠化公约组织提出了“2030年世界耕地荒漠化零增长”的目标，其目标的决策依据来自于中国库布其沙漠的发展模式。

2012年9月，联合国在库布其沙漠发布了影响人类未来绿色事业的《全球环境展望报告》，并决定将中国库布其沙漠确定为全球沙漠绿色经济发展交流示范区，向世界分享和推介中国生态文明建设的先进经验模式，让中国的绿色发展成就影响世界。

联合国环境规划署副执行主任阿米娜·穆罕默德女士在发布会上表示："中国亿利资源企业治沙绿化展现出的变革性思想和坚定的行动，对世界其他国家尤其是面对荒漠化挑战的国家和地区有着积极的借鉴意义。"联合国副秘书长施泰纳评价说："亿利资源在如何通过改善大自然促进经济发展方面作出了典范。"前联合国副秘书长、"里约+20"峰会秘书长沙祖康认为，中国人首创的这一沙漠生态工程是伟大的奇迹。

从全球各国治沙的历史、技术和模式来看，人们会明白王文彪和他的亿利资源集团在治理库布其沙漠中所闪现的智慧和成就，明白联合国为什么要给王文彪和他的亿利资源集团如此高的评价意义。

考古发现，早在六七千年前，在底格里斯河和幼发拉底河平原，即美索不达米亚，那里的人民就懂得把河水引到农田，在沙漠中栽培了许多作物。在巴基斯坦的印度河平原上，早在4000年前，古代人民就利用河水在沙漠地区发展灌溉农业。

世界各国的治沙工作，有文字记载的历史有600多年。

早在1316年，德国就已开始海岸沙地造林工作，之后丹麦（1660年）、匈牙利（1709年）等国也先后开始了海岸沙地造林，但这些尝试，多以失败告终。

第一个从理论上提出造林治沙的是德国人J.D.提丘斯。据记载，早期北欧的但泽（现在波兰的格但斯克），曾经由于沙丘移动而遭受很大灾害，虽然采取过不少措施，但没有收到应有效果。于是，那里的自然科学学会在1768年发起了一个以"如何才能最好又最经济地防止沙丘的发展"为题的悬赏征文。当时的威顿堡大学自然科学教授J.D.提丘斯写了一篇论文并且当选。论文认为："唯一的根本防止方法，就是种植针叶树和刺槐，以恢复过去的树林"，并提出"在靠海的一边，安设同人身高度相等的沙障，以防止飞沙，则在内侧直播刺槐种子，并栽植松树和杉松等苗木"。

这是一个划时代的伟大发现。J.D.提丘斯的论点一直是治沙工作的重要依据，并为近300多年的实践所证实。

1768年以后，奥地利（1770年）、法国（1779年）等也都开始了海岸固沙造林，并逐渐地出现了各种不同类型、不同材料的沙障。如德国北部沙丘采用埋设松枝或芦苇形成网格沙障，网眼3～4平方米，地上高约30厘米；法国用枝条覆盖沙面，以保护直播；丹麦设石楠枝条沙障；波兰安设1米多高的立式沙障等。1784年法国一位工程师在总结以往治沙工作的基础上，制订了一项治沙新计划，它包括以下3项内容：沿海滨设立"海墙"，以阻挡流沙；种草将"海墙"固定；在草本植物覆盖保护下，种植南欧海松。

沙障是沙地造林中出现的一种独特形式，归类为现在的工程治沙措施。它的出现促进了在流沙上造林，使沙地造林成活率有了保障，但随之而来的是树种的适应性问题。

造林初期，人们多采用易活速生的阔叶树种，但都不能适应。据记载，早期德国集中于提高柳、白杨、木棉树的成活生长，奥地利用板栗、白杨、山杨、柳等造林大都不适应，匈牙利开始时采用柳、白杨和桦，先期栽植柳树头10年内尚满意，以后逐渐衰退，沙地造林工作多次为栽种柳、桦、木棉所重复，但都遭到失败。

经过一段较长时间的实践，聪明的欧洲人才找到适应性较强的松树。如1790年法国治沙初期多采用针叶树种南欧海松，丹麦1793年后大面积移植松树，德国到1820年，松树的造林才作为一个治沙的标准方法被采用，奥地利1834年改用松树造林，匈牙利1827年用刺槐造林获得较好效果。欧洲黑松在沙丘上的适应性远远超过刺槐。

海岸沙地造林阶段，从14世纪初至18世纪末，延续了400年之久。主要取得了三大成绩：从理论上提出采用造林恢复植被治理流沙，创造了沙丘造林的特有方式——配置沙障，筛选出了对沙地适应性强的松树。

这3项成果，至今仍为各国所采用。此外，也试验了种草固沙，但直到1780年才获得成功。

自19～20世纪中期，苏、美、英等国继续了前一阶段固沙造林成果，并向纵深扩展，治沙工作出现了新内容，发展到一个新的阶段。

1808年俄罗斯帝国在欧洲草原地带的河岸沙地开始固沙造林，先用尖叶柳固沙，风沙严重处结合沙障，然后栽植松树，效果很好，推广到各草原区沙地。从1898~1917年，固沙工作开始活跃，各地大量栽植了尖叶柳、松树、阔叶树。阔叶树的试验表明，“沙地上所栽的榆、白杨、橡树产生了不好的结果。杨树（柏林杨、加杨、苦杨、钻天杨）头几年生长很好，当树高达3.5~4米之后就枯干了，而且也不长寿。”“刺槐只有在沙壤土或黑钙土的沙地上才能成活和形成生产性林分。”“多年实践证明，克里木松是沃龙什沙地的主要树种。”

1880年，俄罗斯帝国在中亚沙漠栽植梭梭、沙拐枣、碱柴等灌木获得一定成效。20世纪30年代，布哈拉固沙队设置了平铺式沙障，扦插了沙拐枣和李氏碱柴插条，在浅洼地直播了黑梭梭，在110公里长度内把卡拉库湖和布哈拉绿洲圈了起来。

1919~1932年，在阿斯特拉汗沙地簇播沙燕麦，设立行列式沙障和压草式沙障，沙障内播种和栽植灌木尖叶柳。到1932年底，80%的沙地变成了草沙地。

1931年前苏联开始了飞播治沙试验，1934年开始化学治沙试验。

苏联在欧洲草原地区的沙地上，营造了750多平方公里以松树为主的人工林，保存率由19.1%提高到可观的93.1%，在荒漠地区营造黑梭梭牧场防护林也获得很大成功。

在沙漠治理与开发利用方面，前苏联是具有代表性的国家之一，无论是基础理论研究还是具体实践都是先进的，其经验和方法在世界各国的治沙事业中都有所体现。直至现在，许多原理、公式依然应用于我国的治沙研究。前苏联治沙学者提出的理论，有许多到现在仍然是正确和适用的。

总体来说，前苏联沙漠综合治理与合理利用还处在深入探索之中。成功与失败的实例告诫人们，沙漠的开发利用必须采用综合方法，其中不可缺少的是固沙造林，其中，森林的防护作用极为重要。在沙漠上对各种用地开发的同时，必须强化防护林网建设，只有在防护林的庇护下，才可以栽培农作物及饲草、饲料，种植瓜、蔬菜，建立果园、葡萄园，用作牧场和打草场。

1977年在苏联召开沙漠区域综合研究和开发大会上，苏联科学院院士A．Г．巴巴耶夫认为，确定生态系统的标准负荷对扩大沙漠的开发有特殊意义。曾经多次来过库布其沙漠的土库曼共和国科学院院士M.П.彼得洛夫认为，工业利用沙漠比农业更为有效，沙漠矿产资源的开发，输电线路、煤气管道、公路、铁路等建设，可使沙漠地区自然资源的利用价值大大提高。

1826年美国在大西洋沿岸开始固沙工作，以后发展到五湖地区，这两地气候条件优越，年降雨量700毫米以上。治沙主要措施是呈网状栽植美国海岸草和欧洲海岸草，结合施肥固定流沙，然后进行松树造林。因为降水充足，种草固沙为美国特色，连续使用了100多年，历史悠久，成效显著。

美国除继续试验研究草本植物的种植、施肥、混种等固沙技术外，也开展了玫瑰花、杨梅、日本黑松、刺槐等乔木固沙试验。结果表明，成活率除刺槐较低外，其余都在50%以上。玫瑰花是固沙的好灌木，以泥炭处理和秋季定植为好；杨梅以泥炭处理和春植为好；黑松春植优于秋植；李树各种处理成活均好。

美国政府为了合理开发利用沙漠资源，曾由内政部长组织制定了在加利福尼亚沙漠保护区内管理、利用、发展和保护公共土地的综合性长期规划。这个规划的指导思想是，在提供资源利用、开发时必须考虑多种利用和持续生产的原则。所谓多种利用是指整治公共土地和开发利用各种有价值的资源时，在兼顾当前和未来需要的前提下，实行多资源的综合开发利用方案。所谓持续生产是指在开发利用沙漠地区资源的同时，要注重维护生态系统的平衡，要使各种自然资源尤其是可再生资源维持长期利用的原则。为此有关部门对加利福尼亚沙漠保护区的地矿资源、能源、土壤、水分、空气、植被、野生动物、文化和娱乐等方面，进行了全面、细致的定位和定量普查。在对普查结果进行全面系统分析的基础上，编制了沙漠中期、近期和长期综合利用开发方案。

英国于1893年在苏格兰的库尔滨沙丘上，曾用欧洲油松造林。1934年以前，先种海岸草固沙，然后造林。1934年以后改用荆豆属及桦木枝条平铺固沙，造林用科西嘉松、欧洲油松、海岸松等。

20世纪50年代以来，除欧洲外，亚、非、拉美、大洋洲等洲的很多国家，都广泛开展了治沙工作，国际交往增多，学术活动频繁，使近40年来治沙事业迅速发展。

印度在塔尔沙漠治沙试验自1953年开始，经10年研究技术已标准化，它包括以下措施：设围栏防止人畜破坏，设立式沙障或活沙障固沙，造林种草建立人工植被。种植方式有直播、容器育苗造林、带状配置造林，带间种草或植灌木、乔灌、乔灌草结合，技术得到肯定。

塔尔沙漠是世界沙漠中风能最低的沙漠，但它的太阳光却比世界上任何沙漠都更充足，科学家预测，用不了15年塔尔沙漠将会成为世界上最大的太阳能发电中心。拉贾斯坦地区能源开发局局长说：“印度政府把该沙漠中心的一块3500平方公里地区作为太阳能工业区，不久将达到1万兆瓦发电能力。”

日本从17～18世纪开始在各地进行防风固沙林带的营造，到1953年基本完成了海岸防沙林的营造工作。日本把海岸林称为“保安林”，并制定出《海岸沙地地带振兴措施法》纳入日本森林法。日本海岸沙地治理措施中成效显著的方法有：堆沙沙障法，利用沙墙保护内陆土地；设置高立式沙障防止风沙流动；利用生物措施，加强防护效益，最终建成防风固沙林带；利用先进技术和新材料，促进林木生长；优化乔、灌、草三结合生物技术及管理措施。

利比亚于1952年大规模开展造林，固沙方法为：用三芒草等扎方格沙障，接着栽相思树、桉树；结合植树采用原汕乳液和合成橡胶、矿物油与水的乳浊液固沙，效果颇佳。化学固沙上成效较大，费用比沙障低，树木生长亦好。1965年以后，开始用化学纤维以及石油乳剂进行固沙，喷洒后即可栽植苗木，栽植的树种中槐树占40%，桉树占60%，每公顷栽植600株左右。由于海风强烈，海岸防护林栽植密度较大，树种以槐树为主。1972年专家们召开了土地开发审议会议后，植树造林取得了迅速发展，营造了大量防风固沙林和海岸护岸林，他们在植树前首先设置茅草沙障或铺设化学纤维，然后进行固沙造林。

也门采用芦苇沙障，深植柽柳、沙拐枣等，栽后每株浇水5～10公斤，在年降雨量100毫米左右、无地下水补给的沙地上，能获得较好效果。

以色列1948年以来治沙试验一直在进行，内容有植物固沙、化学固沙、沙障、城市垃圾利用等。试验结果：板条型沙障为塑料沙障代替；化学薄膜与种草结合效果良好，并使成本下降90%；垃圾是流沙的优良固着剂；有5种植物能在其上顺利生长，柽柳生长快、耐沙埋、根系发达，适宜沙地生长。而槐树作为饲料树种也广泛栽植，3～4年后便可发挥很好的经济效益。

以色列人采用喷灌和滴灌的方法，在沙漠里生产水果、花卉、药材，每个农业劳动者年产值达2.5万美元，超过美国2.2万美元的平均劳动效率。现在，沙培技术、沙地温室栽培的研究，也取得了令人瞠目的结果，它的前景目前是不可名状的。

伊朗约有20万平方公里的沙漠，政府为了开发沙漠和防止土地沙漠化，早在1974年就由环境保护部制定了防治沙漠化的专门规划，建立健全了规章制度。

突尼斯用石棉—水泥波纹板先做沙障，后种植莎草，流沙固定后栽植松、柏、柳、桉等苗木，效果很好。

阿尔及利亚在位于沙漠中的古河床凹地，人工挖掘小盆地，深5～10米，盆地内植椰枣，椰枣林下亦可栽果树、蔬菜，因接近地下水一般不灌溉。盆地上面的斜坡修筑沙障，每个小盆地成为一个独立的生态系统。

沙特阿拉伯是世界上沙漠面积最大的国家之一，其治沙工作主要是围绕着保护沙漠中的绿洲进行。风沙对哈萨绿洲的危害已持续了几百年，20世纪60年代以前，曾经采用过设立沙障，挖截沙沟和使用沥青、重原油、黏土、橡胶、水泥、混凝土覆盖等物理化学措施，耗费很大而且作用有限。1962年以后造林采用无叶柽柳、法国柽柳、蓝叶相思树、扁叶轴木、腺牧豆树和赤桉等，在棕榈叶沙障和黏土覆盖保护下进行栽植。结果表明，6个树种中，只有无叶柽柳、腺牧豆树和蓝叶相思树获得成功。

科威特在极端严酷的沙漠自然条件下，克服干旱、高温、水源缺乏和土地贫瘠造成的困难，在沙漠中发展农业，取得了显著成就。其农业开发利用方式有：塑料薄膜棚和永久性人工温室条件下的新鲜蔬菜种植业，生长快、饲料转化率高的密闭式笼养家禽饲养业，保障鲜奶生产，提供青贮饲料的牧草种植业，耐贮藏蔬菜大田种植业，试验性果品种植业，谷物、油料大田生产，为改善环境而设置的绿带、片林、公园、花园等，舍饲为主兼有放养的畜牧业等。

科威特在沙漠条件下大搞农业综合开发，其生产规模已由小地块、小规模的研究试验阶段，进入了规模生产阶段。据资料介绍，科威特在沙漠地区已经成立了450个农场，为社会提供了大量新鲜的高品质的蔬菜、瓜果、奶品以及肉食。

澳大利亚栽植美国海岸草或设置沙障治沙，然后种植羽扇豆，营造木麻黄等，对海岸草做了施肥处理，并试验了淀粉、水泥、沥青、石油、橡胶和合成乳胶、树脂、塑料等各种物质的固沙效果，制成了铺施覆盖物、扎沙障、起海岸草根和沙地播种的各种机械。

新西兰治沙措施是先用沙障固定前沿沙丘，沙障类型有灌木篱、透风板皮、聚丙烯网等，然后栽植海岸草萌条，半年后再播羽扇豆，以增加沙地覆盖度和氮肥，3~5年后开始造林，主要是营造辐射松。

沙特阿拉伯、科威特、阿联酋等国家，由于盛产石油，虽然沙漠占去了大片国土，但却是世界上最富有的国家。政府用石油收入的10%进行大规模的植树造林，虽然造价高，种活1棵树约耗资1000美元，但成效显著，城市街道两旁都植了树、种了花、铺了草，处处绿树成荫，片片繁花似锦，使沙漠里充满了勃勃生机。

1970年2次大干旱袭击了撒哈拉沙漠地区，在联合国的高度重视和直接领导下，1981年以后各国相继成立了国家防治荒漠化机构。现在，以沙漠为中心的国际性组织机构约50多个，各国建立的沙漠研究单位达200多个。全球用于沙漠研究与开发整治的人力和财力也逐年递增。1973年全世界用于沙漠研究与开发的总经费为964亿美元，从事沙漠研究的科学家和工程师约230万。其中发达国家占绝大部分，尤其是美国、前苏联、日本、联邦德国、法国和英国这六大发达国家，投入的人力占70%以上，经费大约占85%。发展中国家主要是南美洲、中美洲和非洲及亚洲，虽然经费较少，但从事沙漠研究的科技人员在逐年猛增，研究机构和水平也在不断充实、提高和扩展。在全球性的开发干旱、半干旱地区，防治沙漠化的背景下，无数科学家利用高科技手段取得了累累硕果，作出了巨大贡献。

从各国治沙的历史、现状，治沙方法和理念，相信读者不难看出以下几点：首先，各国治沙都是政府行为，而亿利资源集团是民营企业，其主动、积极、热情治理库布其沙漠的公益性行为令人敬佩；其次，亿利资源集团市场化、产业化的治沙模式已远远跳出各国传统治沙的农业范畴，天然药业、生态修复、循环经济、再生能源，其行为、理念引领了全球沙漠的绿色经济，开拓了人类未来生存的绿色空间；第三，亿利资源集团在多年的治沙实践中，创造出“水冲沙柳”等一系列可以在高大流动沙丘上直接造林的快捷技术，免去了设置沙障这一费钱、费力的治沙环节，推广之后，必将大大加快全球绿化沙漠的速度；最后，也是最关键的一点是，亿利资源集团25年来在库布其沙漠投入了30多亿元生态建设资金，绿化了5000多平方公里的沙漠，控制沙漠化面积1.1万平方公里，使不毛之地上创造出了305.91亿元的生态系统生产总值，带动沙漠地区十几万百姓走出了风沙困境，3.2万农牧民直接致富，为全球沙漠生态文明创造了典型范例。

这就是为什么2012年6月王文彪获得联合国颁发的“全球环境与发展奖”，2013年9月23日王文彪又荣获联合国颁发的首届“全球治沙领导者奖”的原因所在。

沙漠治理最大的瓶颈就是如何实现可持续操作，也就是说如何解决从输血治沙到自我造血治理的问题。亿利资源集团经过反复实践，探索出了防沙与经济效益并存的复合生态模式，在地下大规模种植甘草等中药材植物，在地上大规模种植有经济价值的灌木乔木，并采取“公司+农户”、“企业+基地”的联盟发展模式，大力发展有千亿规模的有机肥料、有机材料、有机能源、有机食品的沙漠绿色经济。通过持续的沙漠生态建设，整理和改良了数百万亩的沙漠沙丘，极大地提升了沙漠土地的价值空间。

沙漠治理是一项复杂的系统工程，仅靠政府单方面投资或沙区农牧民单方面努力，都是难以为继的。亿利资源集团通过让沙漠地区农牧民或以土地入股，或以有偿租赁，或以劳务投入参与亿利沙产业项目，按照市场规律，让农牧民既按股分红，又按劳计酬，成为产业治沙的新工人、新主人。这个举措使1990年人均收入不足2000元的沙区牧民，到2012年沙区牧民的人均收入增长到了3万多元。沙漠生态绿化和沙漠经济的需求甚至为远在青海、宁夏、甘肃的农民提供了大量的绿色就业岗位。25年来累计提供了10万个绿色岗位，目前每年可提供1万人（次）的就业岗位。

亿利资源集团是在库布其沙漠中成长起来的半公益化企业，全体创始股东捐赠了30%股份的永续分红收益设立了亿利治沙公益基金会，致力于治沙绿化、环境改善等公益事业。企业总资产1000亿元。

亿利资源集团的沙漠绿色经济主要有：

沙漠天然药业（中药种植加工+医药商流）。沙漠中建成了120多万亩以甘草为主的中药材基地，在内蒙古发展了中蒙药业，拓展了北京、西安、河南等地的商业医药，医药年销售收入过百亿元人民币。

沙漠生态肥料（沙漠植物+煤气化）。采取现代煤气化和沙漠沙柳等生物气化融合技术，发展500万吨/年级的生态复混肥。

沙漠生态材料（沙子+工业废渣）。利用库布其沙漠的沙子和粉煤灰等工业废渣，通过技术创新，变沙为宝，生产石油压裂支撑剂、纳米釉新材料、沙漠艺术品。

沙漠再生能源（太阳能+生物能）。依托沙漠丰富的太阳能资源，建设规模化的太阳能光伏发电和厂房屋顶发电项目；引进国外蓖麻种植新技术，发展高端生物能源；利用沙柳5年左右平茬的生长规律，创新研发了沙柳汽化和沙柳饲料等技术，使治沙、富民、产业互动发展。

沙漠生态修复（绿化沙漠+美化城市）。利用沙漠寒旱植物的技术优势，发展沙漠生态修复和城市高端绿化等生态环境工程。

亿利资源集团的煤炭循环经济，2000年以来依托内蒙古煤炭资源优势，发展了能源循环经济产业，即年生产煤炭2000万吨→生产PVC50万吨→生产树脂高端产品100万平方米→生产乙二醇20万吨。

亿利燃气致力于全国城市与工业燃气供应，燃气供应区域遍布广东、天津等全国20多个省市。

亿利金威采取“生态人居、生态文化、生态创业”的发展模式，已在内蒙古鄂尔多斯市和乌兰察布市等地区实施了示范项目。2012年销售收入突破100亿元。2013年，在北京、福建、海南等地实施“生态小镇”建设项目。

亿利金融专注于财务公司、信托、金融投资等金融业务的拓展。目前经国家批准设立的亿利财务公司已经挂牌运营，信托、金融投资等金融业务正在进行重组整合。

位于库布其沙漠西部龙头位置的亿利资源集团，除种植封育甘草126万亩外，累计人工造林150万亩，飞播、封沙育林495万亩，控制沙漠化面积1.1万平方公里，相当于全球荒漠化面积的1/7000。沙丘高大、自然条件严酷的库布其沙漠西部的治愈率已达到25%。

亿利资源集团多年坚持致力于中国第八大沙漠库布其沙漠的治理，有效地遏制了库布其沙漠沙尘暴源头的沙尘，为中国北方地区建立了一道绿色长城，改善了空气质量，保卫了北京及周边地区的生态安全，走出了一条遏制荒漠化、整体消除贫困、改善区域生态环境、建设整治沙漠土地的绿色发展之路。

众多国际专家认为，治理库布其沙漠的实践为全球寻找防治荒漠化、改善气候变化、拓展土地空间找到了一条新路子。防治荒漠化直接关系着全球气候的改善，而且直接关系到人类的生存环境。

20年前，库布其沙漠一年大概要刮百十场沙尘暴，黄沙滚滚，遮天蔽日，生态环境非常恶劣，而且殃及首都北京和东北亚地区，使这些地区深受其害。多年来，亿利资源集团在库布其沙漠进行了大规模改造，建设了全长242公里的沙漠绿洲带和几百公里的沙漠绿色长廊，牢牢地把沙子锁住，使得现在库布其每年的沙尘暴锐减到了3～5次，降雨量从过去每年不足70毫米，近几年增加到难以置信的100～300多毫米。

亿利人创造的沙漠奇迹惊天动地。亿利治沙生态治理工程，不仅是路两边的绿化，更多更重要的是在大漠腹地的成功种植。可以说，亿利资源集团的生态建设创造了一个历史伟绩。

亿利集团在库布其沙漠发展循环经济、变沙地为财富、以产业发展带动治沙走出了一条常人难以想象的新路子，也使自己成长为当地龙头企业。在当前中国防沙治沙任务繁重、国家投入不足的情况下，他们这种创造性思维所迸发出的独特的防沙治沙经验和模式值得深思总结和借鉴推广。

国家林业局局长赵树丛在治沙办呈报的《关于内蒙古亿利资源集团防沙治沙情况的调研报告》上批示："亿利资源和杭锦旗党委、政府狠抓防沙治沙、改善沙漠生态的经验值得学习和借鉴。"

内蒙古自治区巴特尔主席在调研报告上批示："亿利资源20年来始终如一地致力于生态建设，取得了明显的成就，已经得到上级领导及各方面的充分肯定和高度评价。自治区政府要继续给予重视和支持。希望各级政府给予经常的指导和帮助。"

亿利资源集团副总裁尹成国说："我们老板当年是28岁，凭借着这种思乡、恋土情结，毅然决然来到盐海子。20多年前，为了让我们的企业活下去，才被迫切开大漠修路治沙，大规模种树、种草、种药材，走上了产业化治沙的道路。这么多年，我们认识到，可治理的沙漠也是一种资源，我们应当重新认识其价值，特别是沙漠所具有的阳光、土地、生物资源都是十分宝贵的。而亿利资源企业正是看到了其价值所在，通过发展沙漠绿色经济的方式，实现了防治荒漠化事业的可持续，从一个沙漠深处濒临破产的小盐厂成长为一个在全球有一定影响力的沙漠绿色经济企业。

"亿利资源集团过去在库布其沙漠里摸索出一套'生态建设+旅游休闲+清洁能源'三位一体的治沙模式，改善了沙区3.2万老百姓的生产、生活和生存状况。未来几十年，我们想牢牢把握沙产业这个脉搏，作为环保产业的根基，引进更多产业，带动老百姓一起发家致富。沙漠土地是最好的资源，光、热丰富，而且又环保。未来的库布其将采取功能化布置、多元化投资、一体化建设、专业化管理，整个沙漠功能化布置为5个功能岛：

“空气岛：两大装置器，把空气预冷、加压，然后蒸馏分离，分离出氮气、氧气、仪表空气等工业装置需要的气。

“热电岛：汽轮机发电，整体科学布局。

“气化岛：把劣质煤引入航天技术进行气化，这在世界都领先，而且只有一个统一规划的输煤管路。

“净化岛：把前面各种生产造成的废气，如二氧化碳等进行净化，用来再利用。

“排水岛：净化外来水并供入工业装置，工业装置产生的废水，再进入净化岛进行净化还可重新利用，形成了循环利用的系统。

“这五大功能岛具备了整个园区的覆盖和科学规划，为扩大投资和进一步增加其他工业装置如蒸馏、置换、合成、造粒等装置预留了空间和提前统筹。”

亿利资源集团副总裁王瑞丰重点讲了一下沙产业这一部分。

“沙产业这一块亿利做了25年，1988年开始做的。我的理解，治沙有很多做法和模式。最重要的，一是带头人的风范和气魄；二是国家政策支持。政府要支持企业产业化、市场化的治沙。这也包括了国家、自治区各级领导的重视，资金的支持，技术模式的供应。

“治理沙漠最好是规模化的。亿利种树大家都知道，一个工头带20个人，100个工头带2000个人，各联系各的。所以我们最多能培训100个人，分层培训，这种也是一种治沙的模式。关于寒旱花卉、寒旱种苗，我们主要是从苗圃基地到园林绿化开始做的，集团也要求我们要寻找产业化的问题，不光是种树。

“我们现在有2个园林绿化公司，一个是沃泰园林绿化，另一个园林绿化公司注册到北京的延庆了。那里生态基础很好，有一定的拓展性。今后的发展，关键是市场的问题，信息渠道要通畅，发挥沙漠药材这一特殊产业的优势。

“亿利资源企业的愿景是引领沙漠绿色经济，开拓人类绿色空间。‘绿化沙漠、美丽中国'是我们坚守的新使命，实现'中国梦'是我们的新愿景，我们将在十八大精神指引下，继续脚踏实地推进沙漠生态文明建设，加速推进'创新、转型、改革'的发展战略，把库布其沙漠生态文明事业建设成为美丽中国的典范，为'中国梦'奉献力量。"

2012年10月，库布其沙漠生态文明被确定为党的十八大生态文明重要典型在全国范围内推广。

亿利资源集团荒漠化防治的成果殷实而丰硕，在国内荒漠化防治领域起到了典型示范效应，为中国荒漠化防治树起了一面绿色的旗帜。亿利资源集团公司荣获"中国二十大人民社会责任奖"。

公司总裁王文彪荣获"全国绿化工作劳动模范"、"全国五一劳动奖章"、"中国十大人民尊敬企业家"、"中国十大光彩人物"、"中华慈善奖"。他还当选为中国光彩事业促进会副会长、中华全国工商业联合会副主席。

2012年12月25日，习近平总书记在接见全国工商联代表时鼓励王文彪："你们绿化了好几个新加坡大的沙漠，很了不起。"

2013年8月2日，李克强总理向库布其国际沙漠论坛发来贺信，指出："中国防治荒漠化取得了可喜的成绩，促进了我国沙漠化地区经济社会发展，也为世界治沙事业作出了贡献。"

2013年4月9日，全国政协主席俞正声在听完库布其治沙事迹的汇报后，指出："亿利资源找到了治沙、生态、民生、经济的平衡点，实现了可持续发展。"

2014年4月22日，库布其沙漠治理区被联保国环境规划署确立为"生态经济示范区"。

三、七星湖，大自然的鬼斧神工

外行人经常很关心地问，什么是沙漠？什么是沙地？这两者有什么区别？《沙漠学》对沙漠、沙地的定义非常科学、准确，受得了国内学术泰斗吴正先生的首肯和赞誉，可惜定义太专业，字数也长。《沙漠学》对沙漠、沙地的阐述有6点相同和6点不同，归纳总结得也很精辟，但如果照本宣科说给别人听，既啰嗦又麻烦，而且容易使听者越听越糊涂。马教授最后归纳为一句话：凡是在半荒漠、荒漠地带分布的沙丘形态都称为沙漠；反之，凡在草原地带和森林地带分布的沙丘形态就叫作沙地。

这样，问题又来了，什么是荒漠、半荒漠？什么是草原、森林？这个问题在前文已经说过，生态学里有些概念连相关领域的博士都弄糊涂了，何况不相关领域的人士。

马教授认为这个问题可以简单化，用干燥度K来区分。干燥度K < 1.0为森林地带；干燥度K＝1.0 ~ 2.0为草原地带；干燥度K＝2.0 ~ 4.0为半荒漠地带（虽然它也是草原地带自然条件最差的一部分，叫荒漠草原）；干燥度K > 4.0以上的均为荒漠地带。可以更简单地说：沙丘形态凡是分布在干燥度K > 2.0的地方，就叫沙漠，此外统称为沙地。

干燥度K的公式计算比较麻烦，可以不去管它，用时查找有关资料即可。

读者可能奇怪，作者啰嗦这些干什么？

大有关系。它不但和七星湖有关，和库布其沙漠有关，而且和鄂尔多斯以及鄂尔多斯以外的地方也大有关系。

20世纪60年代初，国家自然资源委员会耗时数年，将我国的生物气候带的干燥度考察得一清二楚，而且都标在地图上。其中，干燥度K＝2.0、干燥度K＝4.0的两条线都经过鄂尔多斯。后一条线在鄂尔多斯的最西边，面积小是其次，关键是和库布其沙漠没有多大关系。

而干燥度K＝2.0的这条线，正好经过库布其沙漠。

这条线从二连浩特起始，向西到包头，由包头穿过库布其到杭锦旗锡尼镇，再过鄂托克前旗三段地，向西南淡出内蒙古……

严格地说，这条线以东的库布其应该属于干草原地带的沙地，这条线以西的库布其才属于半荒漠地带（也称荒漠草原）的沙漠。本书的第一章就交代过，库布其沙漠东西长400公里，东部宽约10公里，年降雨量接近400毫米；中部宽约20～30公里，年降雨量200～300毫米；只有西部宽约60公里，年降雨量却只有70毫米，而且沙丘高大密集，关键是库布其沙漠的主体位于半荒漠地带，所以不论学术界或官方都把库布其定为沙漠。

同理，干燥度K＝2.0的这条线也穿过毛乌素沙地，因为线东为沙地的主体，故毛乌素称为沙地。但是线西面积相当可观，关键是位于半荒漠地带，所以叫毛乌素沙漠也不为过。

近年来由于华北地区的气候趋于干燥，干燥度K＝2.0的这条线也在向东向南移动。因为半个世纪以来国家再没有组织专家进行过考察，各派学者说这条线向东向南各移动50公里、100公里，甚至说200公里的都有。这一次采访，吕荣和马教授特意在杭锦旗锡尼镇以东的区域反复考察，依据植被景观，最后判定这条线向东只移动了30公里，到泊江海子西部。也就是说，地带意义上的库布其沙漠又向东扩展了30公里。这30公里包含两层含义：一是库布其西部原属沙漠的地区自然条件更加趋于恶化；二是亿利资源集团所要治理的库布其，是学术界或官方一致认同的真正意义上的沙漠，其整治难度可想而知。

自然界的组合有很多非人类思维想象的奇妙诡异的现象。

新疆是我国最大的荒漠中心，有极端干旱地区、干旱地区、半干旱地区，但是人们可能不会想到，它还有比海南岛西部半干旱地区条件更好的半湿润地区、湿润地区。宁夏也是荒漠干旱地区，但是一条黄河使宁夏成为著名的“塞上江南”。

敢于担当、敢于啃“硬骨头”的亿利人，终是上天眷顾的幸运儿。

库布其西部沙漠虽然沙丘高大密集，人迹罕见，但是它海拔低、地下水位浅，水分条件好。以七星湖为例，海拔只有1040米，和它北面相距10公里的黄河水面齐平，和呼和浩特的内蒙古农大校门等高。好多地方地下水位只有1～2米。

面对神奇变幻的自然界，专家教授也往往显得幼稚，成了书呆子。马教授十多年来曾在多种场合，提醒、呼吁在七星湖周围少种树，减少年降雨量只有

70毫米的沙漠地区水分蒸发。而事实是，亿利人大面积植树造林改造沙漠后，七星湖年降雨量近几年不可思议地增加到100～300多毫米！不但湖水没有减少，湖的周围也经常形成积水的小水泡子。

就在沙丘高耸、奇峰耸拔，环立如障的库布其西部大沙漠中，分布着一处自然奇景、人间仙境的七星湖。

七星湖分别由大道图湖、天鹅湖、爱情湖、月亮湖、珍珠湖、神海子、太阳神湖等7个明镜般的湖泊组成。7个湖泊排列有序，状如北斗，因此有“天上北斗星，人间七星湖”一说。在现实中，7个湖却是各具情态，犹如南国佳丽，沙漠里的娇娃。

站在沙山上远眺，碧绿的湖水，美丽的草原，起伏的沙峰，蔚蓝的天空，羊群似的云朵，大自然的神工鬼斧使其众多的天然景观相互映衬，浑然天成。七星湖就像沙漠怀里的小情人一样，风情万种地依恋在裸沙的怀里。扎汉道图、东达道图、大道图3个湖以沙山相隔，犹如3颗蓝宝石镶嵌在金黄色锦缎的之中。这种沙水共生、干湿互存，两级耦合、阴阳和泰，取精用宏、相互交融的仙境奇景真可谓是大自然的天作之合。

夏秋之际，库布其沙漠的天空纯净得好似不是人间，沙漠中的七星湖湛蓝似海，满眼满眼都是近蓝远黄、斑块色彩，满脑子都是弥懵与悠远。天际处，水、沙、天相接，百鸟飞翔，尖叫呢喃；湖面上，芦苇荡漾、鱼蛙畅游，浪花轻摇，温情软意；沙丘上，沙气蒸腾，似地气般的轻雾缭绕。人们常比喻七星湖是库布其沙漠的七滴眼泪，珍贵而稀少，因为它蓝得晶莹、纯得质朴、澈得剔透。

清晨，站在高高的沙丘上眺望东方，一团鲜红但不耀眼的太阳慢慢升起，开始是红弧，随之是半圆，之后是红彤彤的大火球跃出地平线，映在沙丘上，明暗相间，层次分明，沙丘的立体感突兀夺目。再揽湖面，太阳、沙丘在湖面的倒影，黄、红、黑、蓝，浮水幻景，色彩宜人。如果把七星湖比作美女，那一定是集小家碧玉的温柔和大家闺秀的灵气于一身，姿态万千、风情万种，妩媚而又宁静。傍晚，烧红的晚霞低垂，蓝色的湖水被夕阳映照的赤红浓绿、流光溢彩，沙山金顶悬空，霞光直射，宁静的七星湖，仿佛脱离了尘世。

傍晚，七星湖的游客散去。暮色中，空中和湖面辉映着2个月亮，蓝色的湖水成了乳白色。七星湖像南方城市的夜市一样，开始一天之中最热闹的景致。牛犊大的黑鹰尖叫着从头顶飞过；湖对岸的白天鹅像羊群一样，影影绰绰，挤在一起，争相为爱侣鸣唱着高亢的情歌；白色国宝级的遗鸥，黑色未成年的野鸭，留恋着这静谧、温馨的时光，在湖面上荡来荡去……

几千年来，七星湖一直超然世外，默默地等待着它的主人。

七星湖所在自然区属温带半荒漠地区，行政区划地处鄂尔多斯市杭锦旗的库布其西部大沙漠境内，东西长29公里，南北宽24.6公里。距包头160公里、呼和浩特市200多公里、北京700多公里。是离北京最近的沙漠旅游区之一。

2002年5月起，由亿利资源集团陆续投入巨额资金建成七星湖沙漠生态旅游区，2003年5月正式接待游客。景区规划面积8.89平方公里，其中水域面积1.15平方公里，芦苇湿地面积0.41平方公里，草原面积3.8平方公里，沙漠面积3.84平方公里。2006年2月份开始三期工程建设，三期工程投资3000多万元，建成了2000平方米的餐饮中心、450平方米接待大厅、2000平方米会议中心、篮球场、网球场等场所，建筑面积达到4000平方米。旅游景区内部交通方便，游客步道设置合理，形成了游览环线，景区内部生态停车场面积达到1万平米以上，方便游客停车。截止2011年，共投资近10亿元。

有人说“七星湖”3个字就透着秀气，自舌尖上婉约吐出，便是不尽的水润丰盈，唇齿流芳。是的，秀丽的七星湖，是库布其沙漠中极为稀缺的、典型的沙湖。沙漠旅游资源丰富，风光独特。湖中栖息着十几种鸟类，其中有国家一级保护鸟类遗鸥几千只，还有白天鹅等珍稀鸟类。七星湖湖水旖旎，水波不惊，芦苇丛生，沙色空濛。淡水湖中生长着甲鱼、红拐子鱼等，因鱼香而驰名。

进入七星湖沙漠生态旅游区，映入眼帘的是一条条平坦、交错的穿沙公路，一排排整齐站立的小树，一块块固沙用的网格沙障。人工治沙措施浩大雄伟，天然景观沙海漫漫，苍茫无垠，二色元素组成一幅跌宕起伏、流动不息的丹青画卷。在这里游人可以领略“大漠孤烟直， 神湖日月辉”的雄浑神韵，思接千载地追忆金戈铁马，战火纷飞的古战场；可在晨曦红霞时观赏“日出大漠红胜火，塞北金秋美如画”的旖旎风光；可在月朗星辉下，高卧沙岗，低傍湖泊，体验壮美的大漠风光，心随景变，情由景生。

结合沙漠风情观赏与体验探险等为主要特色，亿利资源集团投资兴建了一个以沙漠生态为主题、以沙漠和沙湖为依托、以沙漠探险为亮点的度假型沙漠旅游区，最大限度地为游客展示库布其沙漠雄浑的自然景观和粗犷、豪爽、多姿多彩的沙漠风情与匈奴遗风，拓展了沙漠旅游经济，书写了沙漠绝境传奇。

目前水上项目有摩托艇、快艇、游船、水上自行车、垂钓等，沙上项目有滑沙、欢乐球、滑翔伞、热气球、沙地排球、沙地足球、骑马、骆驼、探神湖。近年新增项目有气垫船、沙漠冲浪车、沙漠野战营、观光小火车等。

特色佳肴：鱼全部是湖中的野生鱼，以家炖为主；牛羊鸡主要从当地的牧民家收购，烧烤堪称一绝；大部分蔬菜为自种的无污染大棚绿色食品，另外，苦菜、沙葱、沙芥等可从沙漠中自采、自制。

2013年4月，马教授在七星湖“两湖一沙”的地方，发现了分布于我国最东部的金字塔沙丘。同时，和内蒙古林科院的姚洪林研究员、闫德仁研究员在七星湖游客中心北部沙丘上研制出露天“人造响沙”的地点、措施，丰富了景区的游乐景点和沙文化。

当然，七星湖西部稍远的地方就有 100 多公里的响沙带，响彻中外。

在采访的空当，马教授一行驱车来到七星湖西部的响沙带，这里也是亿利资源集团的影视城、越野e族沙漠挑战赛及李连杰壹基金中国沙漠救援大型活动的基地。凭着多年研究响沙的经验，马教授很快就找到2处能响的沙坡。大家尽兴地玩了一会儿，经不住浩瀚沙海的空灵诱惑，甘心费力地向大沙丘顶部爬去。

站在光秃秃的丘顶上，凉飕飕的剪切气流沿着沙丘脊线吹来，浑身热汗，顿时清爽。

眼前的这片沙漠是未经治理的原始地貌。极目远眺，高大的沙丘仿佛一望无际地伸向天际。这里还保留着令人闻之色变的库布其沙漠的老样子，沙山耸立，空旷无垠、寂静无声。但是，只要沙漠里不刮风，库布其沙漠展现的就是大自然苍凉雄浑的极致之美。美丽的沙纹像新画的油画一样，既抽象又具象，无论是人是神，都无法在沙面上留下永久的痕迹，风沙流会把一切返璞归真。

有这么一句话："如果爱一个人，陪她去沙漠，因为那里美丽如天堂；如果恨一个人，带他去沙漠，因为那里苦若地狱。"

但是就在这苦若地狱的沙漠中，无时无刻不在上演着精彩的"动物世界"。沙坡上，几只小步甲虫快乐地小跑步，你追我赶，忽而集队，忽而单行，一会儿跑，一会儿刨，不知在寻找什么，好像在给自己造屋。再看另一侧，一只沙和尚，站在一制高处，尾巴向上摇弋卷曲，歪着小脑袋，大眼睛一眨一眨，就像在问你，你是哪部分的，这么高大，来我的领地干什么，请不要打扰我的生活。忽然一条小蛇蜷曲着躯体，斜飘着向沙丘上飞奔，走过的踪迹非常不规则，蛇身在飞奔时部分身体着地，部分不着地，出现了怪异的七断八圪节的蛇踪。

午后2点多，正是沙面温度最高的时候，蛇是在逃避高温的沙丘部位。不到1分钟，小蛇就跑得有踪无影了。

更有意思的是，不远处的丘间低地的沙蒿灌木丛边，一只野兔半蹲半立，两只前爪不知捧着什么好吃的，三瓣嘴不停地咀嚼。它的前爪不停地晃动，边吃边望，悠闲自得，在自己的家园享受着。突然，一只老鹰从头顶飞过，大家还没有察觉，野兔却撒腿就跑，一头扎进灌木丛中。老鹰在空中由低向高盘旋着，找不到猎物，又向别处飞去了。

马教授和吕荣看得入了神，凝息观望，屏息顿足，生怕惊扰这个沙漠动物世界的社会秩序。忽然，吕荣的手机响了，他打开一看，叫了一声："啊呀，韩美飞回来了，我们该干活去了。"大家这才回过神来，一同走下沙丘，这个采访对象是个忙人，吕荣已经约了好几次了。

临近天鹅湖，有一处牧民新村。

2006年，根据景区发展的需要，亿利资源集团对景区周围牧民进行了整体搬迁，并为当地牧民新建了牧民新村。牧民新村，新屋栋栋、大棚座座。谁曾想到散居大漠以牧为生的蒙古族牧民，能集中生活，谁还能料到，祖祖辈辈以放牧为主的蒙古族牧民现在能经营塑料大棚特殊种植，还能开食堂、制沙雕工艺品，牵驼拉马，融入七星湖旅游的大潮中。想当年，牧民上水冲厕所得教，不会用开关，电灯昼夜长明……笑话多得是。不愧为亿利人，苦口婆心说服、耐心细致教帮、舍利割让项目，才使今天沙漠得以治理、修生养息。

社会主义牧民新农村的建设，不仅为当地牧民提供了优质的居住环境和畜牧饲养等基本生活条件，同时也为七星湖旅游景区增添了一个供游客参观、游览的新景点。

在库布其沙漠的牧民新村，大家看到了治沙与致富双赢的局面。大家去牧民新村采访，新村村干部都是蒙古人，说蒙古语。随行的格希格图硕士又发挥出他蒙汉兼通的长处，只见他和那几个老蒙古聊得热火朝天、笑声不断。

出来后，格希格图告诉马教授和吕荣："老牧民说，他们的祖先都是成吉思汗的部下，住在这里已经快40代了。过去，这里没有这么大的沙漠，这都是近一二百年植被破坏造成的。他们还说王文彪是他们的大恩人，'他把我们带到北京，住大酒店，看天安门，吃西餐，还教我们洗澡、开电灯、坐电梯、换脑筋。'他们现在住在牧民新村很幸福。"

吕荣着急地问："你没有问问他们，以前住在沙漠里和现在住在牧民新村比有没有什么变化、感觉？"

格希格图说："有，我问了，他们说现在最大的变化是'三多'。"

吕荣盯着问："哪'三多'？"

格希格图说："钱多、汽车多、离婚多。"

"什么，离婚多？"马教授一时没有转过弯来，随即他也哈哈大笑起来。

七星湖沙漠生态旅游公司是亿利资源集团旗下的一家全资子公司。董事长杜宏明带领马教授等人参观了七星湖的主要建筑。虽然有些景点马教授去过多次，但有董事长陪着，再加深一些印象也是好的。

七星湖景区，分南区和北区。南区有七星级宾馆和观光馆园，北区设度假村。引人注目的是五棵树托起的地球雕塑和世界沙漠论坛永久会址的巨型石碑，雕塑蕴意着世界五大洲生态森林是骨架。北区是排排正欲展翅腾飞的大雁造型的度假村，用沙生植物命名的房间别具一格。

坐落于七星湖景区的七星湖沙漠酒店，是亿利资源集团专门为库布其国际沙漠论坛和沙漠旅游事业投资而建的。酒店以阿联酋阿布扎比皇宫建筑风格为主，米黄色的外观也包含着浓郁的蒙元式风格。

七星湖宾馆内置豪华，囊括中外先进设备。酒店是引进中科院上海分院技术，充分利用沙漠生物质能、太阳能、热能等绿色能源来补充酒店的能源消耗。宾馆大漠天池及四季生态厅玻璃屋顶全部采用光伏发电，日常生活热水利用的是太阳能，冬季宾馆取暖是温泉循环水，夏天宾馆制冷通过地源热泵技术。宾馆交通全部依靠太阳能车、太阳能船，实现绿色交通。雨水、中水回收再利用，全部用于沙漠园林灌溉。

“三网五能”是七星湖沙漠宾馆的另一大特点。“三网五能”是“三网互联”和“五能合一”的简称。“五能合一”是指供能、用能、储能、节能、智能融合为一体。在能源的使用过程中，将能量的供应、使用和富裕能量的储存以及节约能源，通过智能化的控制达到能源利用效率的最大化。

经过设计师和工匠们巧夺天工的设计和创意，七星湖沙漠宾馆已成为融科技、绿色、环保为一体的特色鲜明的、引领时代新潮的建筑杰作。

七星湖沙漠宾馆东侧是沙漠植物馆，占地面积1600平方米，由法国瑞奇公司设计。外形设计理念来源于法国卢浮宫的造型，建筑材料也均来自法国。沙漠植物馆楼顶和外墙均采用了太阳能发电板装置，该装置在向沙漠植物馆提供电源的同时，也源源不断地向七星湖宾馆供应电能。

沙漠植物馆中包含了澳洲、美洲、亚洲、非洲等五大洲近400种珍稀植物，这些珍稀植物在让人们观赏的同时，也通过光合作用，不断地吸收七星湖沙漠酒店释放出的二氧化碳。这种清洁、低碳的建筑模式，出现在沙漠中，更突出了现代工业文明与生态文明的完美结合。

沙漠博物馆，物、图、文、声、光、电一体，如诗如画，似景似情。它坐落在湖边沙上，以沙傍水，水沙衬映，展现在人们面前的既是一幅多彩的画卷，也是一首千古的诗篇。

到2013年，景区已成功举办4届国际沙漠论坛、2届国际旅游小姐大赛、3届越野e族沙漠挑战赛及李连杰壹基金中国沙漠救援大型活动。这些重大赛事的成功举办，吸引了众多国内外媒体的关注，七星湖景区的知名度得到大幅提升，为当地旅游业的进一步发展提供了一个稳定、成熟、卓有成效的推广平台。并且，七星湖也逐步成为以沙漠草原风光著称的影视拍摄基地。杜宏明董事长说，他们就是要“栽下梧桐树，引得凤凰来”。

2010年1月，七星湖沙漠旅游景区又勘探出水温达到52℃的温泉，更为珍稀的是，这是内蒙古地区目前唯一一口能够自流出水的温泉，水头高达20米，流量每小时可达100立方米，矿化物又是非常适宜人体需求的神奇沙漠温泉。仅自流的水量，一天就够1900多人同时洗浴。大漠温泉已经是七星湖沙漠酒店最大的亮点。

现在，亿利资源集团的七星湖景区生态旅游已经发展成为一个集餐饮、住宿、娱乐、会议接待、休闲度假为一体的国家4A级旅游景区。被国家多个部门评为国家水利风景区、鄂尔多斯地质公园景区、国家沙漠新能源转化基地、国际科技合作基地、国家沙漠旅游试验基地、中国沙漠（七星湖）汽车越野训练基地、中国生态文化示范基地。2007年，亿利资源集团七星湖生态旅游景区被定为库布其国际沙漠论坛的永久会址。

站在新的起点，七星湖景区大胆构筑了“沙漠生态新经济”的发展战略，依托独特的大漠自然风光和大规模的生态建设成果，将旅游市场的各种要素、各种力量、各种资源整合起来，高起点定位、高标准规划、高质量建设，推动七星湖旅游向品牌化、集团化、网络化、国际化发展。力争在3～5年内，通过开发沙漠温泉、建设国际温泉酒店，挖掘朔方古城遗址文化，实施沙漠高尔夫球场等措施，把七星湖景区建设成集荒漠化防治、新能源开发、沙生植物研究、国际会议、沙漠越野、旅游休闲、老百姓脱贫致富的“七位一体”的“国家、地方、企业相结合”，“产、学、研相结合”，“经济效益、生态效益、社会效益相结合”的3个“三结合”的产业化平台和示范基地，以全力打造全国沙漠旅游的新亮点，把库布其沙漠七星湖切实建成一个高品位的国际沙漠旅游胜地。

四、国际沙漠论坛，蜚声海外

七星湖有2个既隆重又热闹非凡的节日，一个是春夏之际的植树节，另一个就是夏秋之际的国际沙漠论坛节。植树节时，七星湖的沙丘起伏处，彩旗飘扬、红旗招展，上万的植树人海海漫漫、人头攒动、人声鼎沸、车水马龙，让人立刻回想起久违了的热闹场面。而国际沙漠论坛节则是另一番景象，整个节日显得庄严肃穆、隆重神圣，白人、黑人，黄头发、蓝眼睛外国专家学者成为最抢眼的热点。

2007年8月25日，第一届库布其国际沙漠论坛在七星湖隆重举行，论坛主题为“沙漠·生态·新能源”。论坛通过了《2007库布其国际沙漠论坛宣言》，其使命是为中国、国际组织和相关国家的政府官员、商业领袖和专家学者提供一个以“沙漠·生态·新能源”为主题的高层对话平台，唤起各国政府和民众呵护地球，关爱家园，保护生态，防治荒漠化，开发利用新能源，为人类造福。

第一届论坛达成4点共识：

防治荒漠化是全球、全人类共同面临的一项艰巨事业，必须站在维护全人类共同利益、维护子孙后代生存发展的高度，用战略眼光来规划和开展防治荒漠化事业，进一步增强防治荒漠化的使命感、责任感、紧迫感。

防治荒漠化应当以自然修复和人工治理相结合，以恢复和增加林草植被为主，建设沙区特有的林灌草结合的复合生态系统；应当依靠综合防治、科学防治、依法防治等措施手段，提高防治荒漠化的综合水平；应当合理利用沙漠再生资源，积极发展沙产业，促进生态改善、经济发展和农民致富。

进一步加强防治荒漠化的国际合作、区域合作、部门合作，热忱欢迎国际组织、国际专家和友好人士、各国企业参与防治荒漠化事业。呼吁各国企业家携起手来，共同挑战全球3800万平方公里荒漠化土地，共同关注并致力于改善荒漠化地区人民的生产和生活。

鉴于增加共识、增进了解、增强合作的积极作用和重大意义，为确保经常性的交流合作，决定今后每1～2年在论坛永久会址库布其沙漠七星湖举办一次库布其国际沙漠论坛，并形成长效机制。

2009年8月28～29日，库布其国际沙漠论坛在内蒙古自治区鄂尔多斯市召开。这是继2007年首届库布其国际沙漠论坛后召开的第二届论坛，论坛主题是“沙漠·科技·新能源”。会议围绕荒漠化防治与生态建设、新能源和新经济的发展以及我国荒漠化防治与生态建设的成果展示3项内容展开，探索由工程带动、政策拉动、科技驱动和法制推动的新型治沙之路。论坛由科技部、农业部、国家林业局、内蒙古自治区人民政府、全国工商联和中国光彩事业促进会等共同主办。

全国政协副主席、致公党中央主席、国家科技部部长、库布其国际沙漠论坛组委会主席万钢在致辞中指出：“中国是荒漠化最严重的国家之一，荒漠化面积占国土面积的27.4%，治理荒漠化是关系到国家发展和民族生存的长远大计。内蒙古政府与当地企业积极进行荒漠化防治，为国家环保事业和荒漠化治理作出应有的贡献。内蒙古库布其沙漠地区探索的产业化治沙的新思路，紧密依靠科技进步，努力实现由被动防治向主动防治，由征服自然向利用自然，由沙逼人退向人逼沙退，由贫瘠荒漠向绿色产业的4个转变，通过以沙治沙，开发了沙漠旅游、沙漠中草药种植加工、沙漠新能源等多种沙漠生态产业，在全球防治荒漠化中走到了前列。”

如何提高科技与新能源在沙漠产业中的核心竞争力，成为本届库布其国际沙漠论坛的重要议题。来自中国、美国、德国、日本、伊朗、埃及、瑞典、苏丹、乌干达、哈萨克斯坦、埃塞俄比亚、博茨瓦纳、联合国等国家及国际组织的领导人、企业家、专家学者出席论坛。

《2009库布其国际沙漠论坛宣言》呼吁，各国应加大荒漠化治理的政策扶持和投入力度，积极推进荒漠化防治、沙漠治理等生态建设工程。进一步加强技术创新，依靠科技进步，推进荒漠化防治和生态建设；进一步促进学术组织、科研机构和企业产业发展的结合，积极推进科技成果应用转化和产业化；进一步建立和完善荒漠化防治、实施生态建设的良好体制和机制，促进各种沙区资源的开发利用，扶持相关旅游产业、植物资源利用、沙区矿业开发、沙区新能源开发，全面推进可持续发展。

在论坛闭幕式上，科技部向亿利资源集团授予“国家沙漠新能源科技成果转化基地”及“国际科技合作基地”两块牌匾并举行揭牌仪式。全体与会代表再次发出倡议，将库布其国际沙漠论坛办成国际性的常设论坛，论坛的永久会址设在鄂尔多斯市库布其沙漠七星湖。

第二届论坛共识：

一是在全球气候变化大趋势下，荒漠化仍然是威胁人类、尤其是发展中国家的重大问题。中国防沙治沙、荒漠化治理形势依然十分严峻。论坛与会者充分认识到，防治荒漠化对于改善人类生存环境具有重要意义，需要各国政府、各国际组织高度重视，需广泛动员社会各界积极行动，提高公民环境意识，保护人类共同家园。

二是长期以来，中国政府实施生态工程，社会各界积极投身沙漠治理，沙区面貌正发生积极改变，沙区生态和人民生活改善明显，成效显著。

三是综合防治荒漠化，涉及技术、资金、生态、产业等不可回避的重大课题。中国库布其沙漠地区依托沙区资源，发展“沙漠生态新经济”取得的成功经验，值得借鉴。

四是论坛呼吁加大荒漠化治理的政策扶持和投入力度，积极推进荒漠化防治、沙漠治理等生态建设工程。

五是荒漠化防治和生态环境保护是人类面临的共同课题，必须同舟共济，共同努力，加强国际交流和合作，实现全球荒漠化防治和沙漠经济发展科学理念和先进技术共享。论坛呼吁积极倡导和鼓励荒漠化防治最新成果的应用和推广，采取更加积极灵活的政策，促进技术、人员、物资、资金等的流动，加快科学发展，构建资源节约型、环境友好型社会。

2011年7月8～10日，第三届库布其国际沙漠论坛于七星湖景区开幕，论坛以“沙漠·科技·新经济”为主题。国内外治沙专家和政要300多人参加了本次论坛。

论坛协办方之一——内蒙古亿利资源集团向参会人员展示了库布其沙漠生态工程和沙产业项目。亿利资源集团以“以路划区、分块治理；锁住四周、渗透腹部”的方针，采用网格治沙法分割控制沙漠，已控制沙化面积1万平方公里，为库布其沙漠筑起了一条全长242公里、宽5公里左右的绿色生态屏障，有效地锁住了肆无忌惮的沙子。

会议以观摩体验和会议交流研讨相结合的方式，围绕荒漠化防治与技术创新、荒漠化防治与新兴产业、荒漠化防治与区域扶贫开发、荒漠化防治与应对气候变化、荒漠化防治与沙漠旅游、荒漠化防治与社会责任等为议题，交流了全球荒漠化防治及新兴产业发展的先进技术与经验，展示了中国加快生态建设、促进绿色发展、改善民生环境的努力和成效，引导创新思维，探索荒漠化防治产业化与市场化的新路径。

论坛上，爱尔兰前总理约翰·布鲁顿、韩国前总理李寿成、联合国政府间气候变化委员会副主席莫汉·莫纳辛等参加论坛，并围绕荒漠化防治与社会责任等议题，彼此交流了环境保护尤其是沙漠化防治方面的经验和技术。

第三届论坛共识：

一是土地荒漠化是全球共同面临的问题。在此，论坛呼吁全世界各国秉承国家、地方、企业相结合，政、产、学、研、用相结合，生态效益、经济效益、社会效益相结合的理念，在更大范围、更广领域和更高层次上开展广泛的国际交流与合作，充分发挥科技创新在荒漠化防治中的支撑作用，为建设人类美好家园作出更大的贡献。

二是库布其国际沙漠论坛为全球搭建了应对荒漠化防治的高层对话平台，已成为展示荒漠化防治最新科技成果，推广新技术与新模式，交流国际成功经验的重要的渠道和窗口。论坛呼吁世界各国政府、国际组织、学术组织、企业界对举办论坛持续给与大力支持与配合，加强论坛休会期间的沟通与交流。

三是联合国可持续发展大会将于2012年在巴西里约热内卢召开，本届论坛是中国政府为迎接大会胜利召开所做的努力和准备。为纪念联合国可持续发展大会20周年，进一步发挥库布其国际沙漠论坛在推动荒漠化防治与可持续发展中的平台作用。论坛定于2013年8月在库布其沙漠七星湖召开，并在环境保护与绿色经济和消除贫困等方面展开广泛而深入的探讨，共同谋划全球未来可持续发展的新道路。

四是与会者认为全球荒漠化防治在局部地区取得了积极的成效，但从全球范围内看荒漠化蔓延的趋势仍在加剧，人类生存与发展的空间面临着严重的威胁。为此，论坛呼吁各国政府和国际社会高度重视荒漠化问题，发展中国家应切实改变可能导致土地沙化的生产和生活方式。发达国家、国际组织和跨国集团应积极向发展中国家提供各种帮助，共同承担带有区别的责任。

五是与会者认为中国亿利集团探索建立的“以科技带动企业发展、产业带动规模治沙、生态带动民生改善”的库布其产业化治沙模式为全球荒漠化防治提供了新的发展模式，具有广泛的借鉴意义。希望亿利资源集团进一步完善库布其模式的内涵，深化国际交流与合作，不断向全球荒漠化地区提供技术、人才等方面的援助，努力为全人类荒漠化防治作出更大的贡献。

联合国环境规划署公布的数字显示，全世界有21亿人口居住在沙漠或者干旱地区，其中90%属于发展中国家。全球44%的可耕地为旱地，30%的耕植作物生长在旱地上。荒漠化影响着世界上3600万平方公里的土地，约占地球陆地总面积的25%，110个国家面临着土地退化的危险。每年有12万平方公里土地消失，这些土地可生产2000万吨粮食，每年由于荒漠化和土地退化造成的经济损失达到420亿美元。

2013年8月2日，第四届库布其国际沙漠论坛如期在七星湖景区开幕。论坛以“沙漠·生态·科技”为主题，采取沙漠现场考察和会议交流研讨相结合的方式举行。与会嘉宾参观了库布其沙漠生态新经济产业，并围绕土地零退化与绿色增长、下一个可持续发展的商业模式、投资自然资本、创造企业价值等议题，交流了全球荒漠化防治及新兴产业发展的先进技术与经验，展示了中国加快生态建设、促进绿色发展、改善民生环境的努力和成效，引导创新思维，探索荒漠化防治产业与市场化的新路径。

日本前首相鸠山由纪夫、新西兰前总理迈克·穆尔，联合国防治荒漠化公约秘书处执行秘书吕克·尼亚卡贾等应邀参加论坛并发表主题演讲。中央统战部副部长全哲洙、国家林业局局长赵树丛、环境保护部副部长李干杰出席并发表演讲。以色列驻华大使马腾·威尔耐、科技部副部长王伟中、中科院副院长詹文龙，自治区领导符太增、王玉明、杨成旺等出席论坛开幕式。来自30多个国家的政府官员、科学家、企业家等中外来宾300多人参加第四届库布其国际沙漠论坛。

开幕式上，联合国防治荒漠化公约秘书处与亿利公益基金会签署全球荒漠化防治战略合作协议。

国务院总理李克强向论坛发来贺词，国务院副总理汪洋出席开幕式，宣读了李克强总理的贺词。

李克强在贺信中对论坛的开幕表示衷心祝贺，向与会嘉宾表示热烈欢迎，向长期致力于荒漠化防治事业的各界人士表示崇高敬意。李克强在贺词中指出："荒漠化防治是人类面临的重要课题和挑战，需要国际社会的共同努力。中国防治荒漠化取得了可喜成绩，为构筑北方生态屏障、改善环境和促进沙漠化地区经济社会发展发挥了积极、重要的作用，也为世界治沙事业进步作出了贡献。中国将继续遵循规律，强化科学治沙、综合治沙。我们愿与各国加强合作，探索实践防治荒漠化的新理念、新模式，拓展生态环保新技术、新产业，在打造中国经济升级版的进程中更好地推进生态文明建设，推动人类的绿色可持续发展。"

汪洋在讲话中说："中国是世界上荒漠化问题最严重的国家之一。在过去相当长的时期内，由于气候变化、水资源匮乏、人口增长、土地利用过度等原因，中国荒漠化面积不断扩大，给经济社会发展和沙区群众生产生活带来了严重影响。痛定思痛之余，中国政府和人民下决心改变这种局面，实现了广泛的社会动员，投入了巨额资金，持久开展了规模浩大的防沙治沙行动。国家颁布了世界上第一部防沙治沙专门法律，制订了全国防沙治沙规划，实施了一大批重点生态建设和保护工程。广大农民群众积极参与防沙治沙，科技工作者努力探索防沙治沙的科学方法。经过艰苦努力，我们初步遏制了沙漠化扩展的趋势。全国沙化的土地面积由上个世纪末年均扩展3436平方公里，转为目前年均缩减1174平方公里，为改善生态、消除贫困、促进可持续发展发挥了重要作用。”

汪洋还说：“防沙治沙是一项长期艰苦的事业，需要持之以恒的不懈努力。中国新一届政府把生态文明建设放在更加突出的地位，明确要求树立‘尊重自然、顺应自然、保护自然’的生态文明理念，努力建设美丽中国，实现中华民族的永续发展。今年1月，中国政府颁布了新的全国防沙治沙规划，提出到2020年全国一半以上可治理沙化土地得到治理，沙区生活进一步改善。为此，要积极调整经济结构，加快转变生活方式，加大生态建设和环境保护力度，推进绿色发展、循环发展、低碳发展，建设资源节约型、环境友好型社会，走生产发展、生活富裕、生态良好的文明道路。遵循新的发展理念，围绕新的发展目标，我们要进一步加强防沙治沙工作，坚持科学防治、综合防治、依法防治。坚持依靠人民群众、依靠科技进步、依靠深化改革，坚持预防为主，积极治理，合理利用，努力使沙区的生态、民生尽快得到明显改善。”

汪洋在致辞中强调，中国将多措并举加大防沙治沙力度，继续加强国家重点生态建设和保护工程，广泛调动社会力量积极参与，注重发挥科技支撑作用，推进依法防治，努力走出一条中国特色沙区生态保护和民生改善相结合的路子。

联合国秘书长潘基文在视频贺词中高度评价中国在荒漠化治理方面发挥的领导力和取得的成就，赞扬论坛为分享造林和遏制沙漠化经验提供了良好平台，希望各国共同努力实现联合国千年发展目标，走上可持续发展之路。

与会国内外嘉宾普遍认为，改革开放以来，特别是进入21世纪以来，中国政府确实高度重视荒漠沙化治理和环境保护，真抓实干，取得了很大成绩。联合国驻华机构总协调员安吉蒙先生感慨地说："荒漠沙化治理和环境保护不只是一个地区、一个国家的事，而是全人类共有的地球生存和可持续发展的大事。这次亲自看到、听到中国在这方面做了很多有成效的工作，中国确实是令世人敬佩的负责任的发展中大国。"

通过政府长期不懈的努力，我国荒漠化土地面积实现了净减少，由20世纪末年均扩展近1万平方公里转变为现在年均缩减7585平方公里，沙化土地由年均扩展3436平方公里转变为年均缩减1174平方公里。为此，联合国可持续发展委员会第十六次会议评价："中国防治荒漠化处于世界领先地位。"这是国际社会对中国政府高度重视防沙治沙工作的肯定。

鄂尔多斯市地区生态发展道路的探索和亿利资源集团防沙治沙的做法令与会者耳目一新。鄂尔多斯市的探索和经验主要是：

一是转变发展理念。变"征服自然"为"顺应自然"，将生态建设与"三农三牧"问题结合起来统筹考虑，调整农牧业生产力布局和人口布局，大力度转移农牧区人口，在自然生态恶劣地区建设不种不养的生态自然恢复区，减少人类对大自然的索取，减轻生态压力，通过人的主动退出求得生态的自我平衡，自我修复。

二是变革生产方式。变"广种薄收"为"集中发展"，变"靠天养畜"为"标准化舍饲养殖"。

三是创新体制机制，变"单一投入"为"多元投资"。坚持"谁造谁有，长期不变，允许继承流转"，坚持"个体、集体、国家一齐上"，推行"五荒"拍卖治理，深化林权改革，实施生态林补偿制度，引导民营企业进入防沙治沙领域，鼓励多种所有制参与生态建设，形成了全社会参与、多元化投资的新格局。

四是发展林沙产业，变"贫瘠荒凉"为"绿色银行"。用产业化的思路指导生态建设，积极实施"反弹琵琶，逆向拉动"战略，着力支持建立沙柳、沙棘、柠条、甘草等林沙产业基地。

五是坚持因地制宜、分类指导，积极科学地推进荒漠化治理。

六是依靠科技进步，着力提高防沙治沙的质量和效益。建立健全防沙治沙、生态建设技术推广和服务体系，建设一批科技示范区、示范点。

七是坚持依法行政。切实把防沙治沙纳入法制化轨道。

八是加大宣传力度。努力提高全民生态意识。

亿利资源集团的库布其沙漠防沙治沙工程赢得了与会者的广泛赞赏。主要做法是：按照“政府引导、企业投资、民众参与”的机制，探索确立了“以路划区、分割治理、锁住四周、渗透腹部、科技支撑、产业拉动”的防沙用沙战略；建设“南北五纵”穿沙公路，既解决了企业产品运输的问题，也解决了沙区百姓因大漠“无电、无水、无路、无讯”导致“看病难、生产难、生存难”的问题；实施“东西两横”生态建设工程，锁住了沙漠的北缘，遏制了原平均每年向黄河逼近十多米的流沙，保护了“母亲河”；实施了沙旱生林草和甘草等复合生态工程；发展“两大沙漠产业”。以库布其沙漠生态公园为龙头的旅游产业和以甘草为主的中草药种植加工产业，变“沙害”为“沙利”，取得了生态、社会和经济效益多赢的显著成效。

国内外专家学者一致认为，鄂尔多斯市对生态发展道路的探索和亿利资源集团防沙治沙的做法值得学习借鉴。此次论坛交流的学术报告紧密结合实际，有质量，有水平，是国际一流的。

库布其国际沙漠论坛汇聚了全球防沙治沙、沙漠再生能源以及沙产业发展的先进技术成果，建设具有前瞻性的沙漠新能源和沙漠休闲渡假旅游为主的沙产业示范基地，充分展示了中国在防沙治沙、改善生态环境、发展低碳经济、应对气候变化方面的大国形象。

王文彪、七星湖、库布其、国际沙漠论坛，像一个个耀眼的光环，既珠联璧合，又使叠加效应撞击出中国首创的企业治沙，是治理沙漠的终极之路。

库布其国际沙漠论坛的使命是分享沙漠价值，分享国际沙漠治理的最新成果。库布其国际沙漠论坛作为目前全球唯一致力于世界沙漠环境改善和沙漠经济发展的国际性论坛，它不仅展示了中国负责任的大国形象，而且现在已成为世界荒漠化防治、拓展新兴经济领域以及展示企业投身防沙治沙、生态建设成就的荣耀和盛事，对全球的沙漠生态建设及环境保护具有重要的、示范性的意义。

五、从穿沙公路到黄河大桥

杭锦旗原独贵特拉公社和杭锦淖公社处于一个非常封闭的地理位置。它西起库布其沙漠与黄河连接的西沙咀，东到达拉特旗中和西公社最西边的交界处毛布拉孔兑，全长60公里，东半部归杭锦淖公社，西半部归独贵特拉公社，南北最宽处在独贵特拉公社位置，约10公里。整个地形像一条细长的黄瓜，南面是库布其沙漠，北面是黄河，交通非常不便利。

建国后，这两个公社属伊克昭盟杭锦旗管辖，因为中间库布其沙漠的阻隔，旗和公社之间无法通电话。旗里的文件主要靠邮政系统传递，传递方式又是靠公交车。这样，文件、通知等公文随班车先到东胜，再转去包头，再转去乌拉特前旗，遇到方便的人，才能捎回到西小庙（现在的乌拉山），带到黄河三湖口渡口，通过小船摆渡后再步行5公里方能到独贵特拉公社。若是东面的杭锦淖公社，离独贵特拉还有30公里。旗与公社之间，一封信走上十天半个月也稀松平常。经常是旗里的“三干会”、“四干会”已经闭幕了，这两个公社才接到开会通知。

到20世纪60年代初，伊克昭盟借着“三十年河东、四十年河西”的黄河改道，通过自治区政府把这两个公社的包袱甩给巴彦淖尔盟。巴彦淖尔盟管了几年，因为交通实在不方便，又把这两个公社踢回给伊克昭盟。所以这两个公社经济、文化一直处于非常落后的境地。

1969年，内蒙古生产建设兵团决定在独贵特拉公社、杭锦淖公社范围内成立二师二十团。当年10月19日，二十团筹备组在团长任德志、政委牛福全的带领下第一次进驻独贵特拉，团部就设在独贵特拉公社。筹备组成员中，除司令部参谋长、政治部主任、后勤部部长和6名现役军人、2名地方干部外，6名兵团战士中就有本书作者之一马玉明，他当时的职务是司令部文书。

独贵特拉公社作为当地最大的组织，对二十团的组建给予了力所能及的支持。公社腾出信用社的3排土房安排了团部机关，其余各单位都分散在公社的各个角落。大家都体会着当年八路军的感觉。

1969年了，建国20年了，当地的老百姓都没有见过汽车。二十团唯一一辆嘎斯69车成了当地的"明星"。破车每到一处，大人小孩围作一团，摸一摸停在那里不动的汽车，显然是他们人生中最大的享受。当地人也没有去过旗里，到南面的旗政府有库布其沙漠挡着。公社邮电局和旗里联系，是靠二战时期使用的手摇发报机，两个人坐在板凳上使劲摇把手，运气好时，电文也能发出去，但要接受一份电报可就难了。手摇电话倒是有，但要给杭锦旗打个电话，先得接通巴彦淖尔盟总机，再转包头、伊克昭盟、杭锦旗，然后由一级级话务员再转到单位。

西小庙，1969年兵团没有组建时，它只是铁路沿线的一个小站。货车不停，24小时内只有1趟特慢客运火车在西小庙停1分钟。十几平米的小站房周围，十几里内看不到一户人家。

1969年5月，兵团在西小庙北侧、乌拉山脚下开始修建二师师部，10月建成。这样，使乌拉特前旗到独贵特拉公社有了中转站。过了两年，随着180化肥厂的建设，西小庙改名为乌拉山。

从二师师部去二十团，沿一条土路往南走5公里，就到了属于巴彦淖尔盟的黄河三湖渡口。

过黄河唯一的办法是靠船摆渡。

一种是大船摆渡汽车过河。大船有20米长、8米宽，一次能并排摆渡2辆大卡车。摆渡时，汽车先开上船，船工在岸上把船逆流拉上五六里，然后奋力向对岸划去。在十几个船工与黄河激流一番紧张的对抗后，船停在对岸，司机再把汽车开上岸。尤其是汽车上船时，由于司机紧张，把汽车一下子开进黄河的事时有发生。大船开动一次也不容易，它必须把这十几名船工凑齐才能行动，所以司机在岸边等上三五天那是常事。

小船过黄河相对容易一些。小船长6米、宽2米，只需前有划桨、后有撑杆的2名船工，就能摆渡10个人。不管大船、小船，过河必须得看天气。黄河上由于水汽蒸发强烈，局地小环境气流扰动频繁。大风要是刮上十天半月，不论大船、小船一律不敢摆渡，两岸堆聚的人在漫天风沙中哭天恸地，瑟瑟发抖！没有人抱怨官家的不作为，也没有人埋怨科技不发达，因为几千年来，祖祖辈辈，人们在三湖渡口就是这么过黄河的。

1970年，二十团已发展成几千人的队伍。政委牛福全以备战“反修、防修”的名义，利用部队关系，给二十团弄回一艘烧柴油的小轮船，改变了兵团战士过黄河困难的局面。1975年，兵团解散，小轮船留给了地方。1983年10月，东胜到包头的第一座黄河大桥通车，东胜到包头的黄河浮桥移至三湖渡口，从独贵特拉过黄河已是美如喝蜜。

采访中，亿利集团副总裁尹成国告诉马教授和吕荣，1988年，他们在盐海子小企业创业时，王文彪董事长当时就有一种建设家乡的情怀，想修一条穿越库布其沙漠的穿沙公路，再从黄河上盖一座钢筋水泥的黄河大桥直通西小庙火车站。王文彪经常和他们讲述修穿越沙漠的路、飞越黄河的桥，那就能把盐海子产品到铁路火车站的运输费用节省一大笔，盐海子小企业也就活了。他们都把这种说法看作是一种梦想，因为那简直是天方夜谭！

有梦就有追求。

就是这个梦想的驱动，王文彪向旗里申请，也向盟里多次汇报，想修一条穿越库布其沙漠的穿沙公路。开始，听汇报的领导都觉得这是说梦话，但听的多了，也有不少领导支持这个想法。

机会终于来了！时任自治区党委书记得刘明祖来杭锦旗这个贫困旗考察时，王文彪和尹成国就大胆地向刘明祖汇报了这个想法，这个想法受到了各方面的重视和肯定。然后旗政府、盟委、行署一起开始对这条穿沙公路动工，全杭锦旗人齐心协力一同努力。当时杭锦旗财力非常有限，修路，最大的受益者是亿利也就是盐海子。政府就说：“将来这个路呢，受益者是亿利，政府财政没钱，盐海子那就贷款吧。”于是，亿利通过盟行署协调，向建行贷了7000万元。

“贷这个7000万是太害怕了，对我们当时来说就是个天文数字，时间也很长，是10年期。”尹成国讲到这段往事时，脸上掠过一丝愁容。不过，早已练就成荣辱不惊的尹总立刻高兴起来：“就这样，我们开始修筑中国最早的沙漠公路，在解决沙漠公路养护的基础上又开始了大规模的沙漠生态治理。”

尹成国的思绪又回到当年：“110公里的沙漠路，我们一修就是整整3年。修第一条穿沙公路的艰苦岁月，现在依然历历在目。勘测线路时，恶劣的沙漠环境损毁了几部小车。建路基时，推土机、人、风沙混在一起，场面既雄宏又悲观。在修路基的同时，发动周围的农牧民收集沙柳、沙蒿枝条、农作物秸秆，在路两侧做成方格沙障，保护路基。修路人在沙漠里吃饭不敢咬，晚上睡觉不敢露头……

“随后林业部门采取人工造林、飞机播种等措施，营建护路林带。就这样，上下联动，八方动手，轰动全国的首条穿沙公路——锡尼镇直通独贵特拉的沙漠公路终于成功了。它给库布其沙漠南北两翼群众带来了方便快捷，带来了改变命运的人流、物流、信息流。时光荏苒，20世纪50～70年代信件要走半个月，人坐班车需经受无数磨难走1个星期，1988年开车还需要走3天的路程，如今只要1个小时。

“这条路为亿利整个沙漠产业的未来打开了局面，我们虽然没直接从沙子里面拿到钱，但是修通了这条路，企业各方面的效益得到了飞速发展，促使了亿利上市工作的启动。到1999年，盟委行署决定把伊克昭盟医药公司、制药厂、中药厂包括杭锦旗甘草公司进行一个整合，打包了一个上市公司医药产业的体系，取得了上市资格。亿利也开始了沙漠产业、甘草产业、医药产业等特色产业的开发。尤其亿利的甘草产业，杭锦旗政府很重视。

“亿利为护住穿沙公路这条生命线，专门雇了飞机参与维护。”尹总感慨地说，“我记得有一年国家林业局的一名王处长在杭锦旗考察，看到上空有飞机飞，就打电话问这是哪的飞机。后来一查是我们的，于是那位王处长就来了，我参与接待了他。他当时有几句话，我至今印象深刻：‘一个民营企业能雇上飞机去护沙护路，是很了不起的一个事情，我回国家林业局，开会时要把你们好好宣传宣传。他把我的电话也给留下了。’”

第一条穿沙公路的修通极大地鼓舞了亿利人利用沙漠，改造沙漠的信心。如今，穿沙公路已经在库布其沙漠里延伸了5倍，5条全长500多公里纵横交错的穿沙公路及绿色生态屏障，似系住沙漠的绿色腰带，如人类降服沙漠的绳索，更是罕见的大漠奇观。

从空中俯瞰，条条黑色的柏油路，两侧延伸着十几米乃至几百米的绿色林带，长240多公里、宽3～5公里的防沙护河锁边林，再加上沙漠雄浑的金色背景，黑、绿、黄3种浓重的主色调，在蓝天辉映下，分外醒目，惹人遐思，诱人感慨：这还是当年风沙肆虐、尘暴滚滚的库布其沙漠吗？旧时赤地千里、黄沙遍野的死亡之海，今日怎么就变成了生机盎然、景观壮阔的无垠绿洲？

库布其沙漠占杭锦旗总面积的61%。“十年九旱，年年春旱”是杭锦旗的基本自然气候特征。历年来，所有的造林均需一次种植多次补植，才能达到验收标准，造林成本远大于其他立地条件相对较好的旗区。

为了破解这一难题，杭锦旗人民开动脑筋，创造了“瓶栽造林法”、“引锥造林法”，积极采用当前国内外所有时髦的沙区造林新技术：大坑深栽、顶凌造林，引进推广抗旱保水剂、ABT生根粉等，结合容器保水造林、雨季造林、冷藏苗反季节造林和迎风坡灌木密植造林等抗旱造林技术，使造林成活率比以前有了大幅提高，但整体效果仍不是十分理想。

亿利人建设七星湖旅游区的地方，除了老天眷顾留下几个沙湖外，周围都是800里库布其沙漠中沙丘高大密集、最典型的造林极度困难地区。尤其是在高大流动沙丘上造林，是一个世界性的多年未果的难题。

自从德国（1316年）、丹麦（1660年）、匈牙利（1709年）开始在海岸沙地造林以来，人类一直梦寐以求地想找到一个科学有效、快捷便利的治理沙漠方法。600年来，全球各国不少于百万的专家教授对宏观沙漠形态、微观沙粒运动研究出卷帙浩繁的规律、定义、公式。但是，在高大流动沙丘上的造林，不论理论上还是技术上，一直属于未被攻克的禁区。因为沙漠表面流沙30～50厘米厚，干沙层流动性强，树坑往往是边挖边埋，造林难度极大。

然而，出乎所有人想象的是，经过在七星湖周围高大流动沙丘上20多年的摸索和实践，亿利人竟然成功地研发了一种能在高大流动沙丘上快速营造沙柳的“水冲沙柳”技术，令几届库布其国际沙漠论坛的中外专家学者啧啧咂舌、称赞不已。

该项技术种植一棵树的时间只需短短10秒钟，两人配合每天可种植20多亩树，较以前用锹挖植树效率提高了30多倍，每亩成本降低了2000多元，成活率也提高到90%以上！

2009年在库布其沙漠种植“水冲沙柳”1万亩，验收成活率达90%以上。2010年在七星湖旅游专线和环湖公路两侧推广种植“水冲沙柳”5万亩，验收成活率也达到90%左右。2011年这项新的造林技术在杭锦旗开始大面积推广应用，先后由亿利集团、伊泰集团、嘉烨生态等多家公司种植“水冲沙柳”47.3万亩，虽然经历了历年罕见的极端高温干旱少雨的恶劣气候，验收成功率仍达到85%以上。

“水冲沙柳”是流沙地“水抢冲沙长插条沙柳扦插造林技术”的简称，它是适合于高大流动沙丘上的栽植技术。

具体内容是根据库布其沙漠地下水充足且水位较浅的优势和施工要求，先在沙漠低洼的丘间低地打多管井，以12HP柴油机和与之相配套的3寸离心水泵为动力装置，再用输水软管连接长1.5米、口径2～3厘米的钢质冲水枪（连接处钢管做弧形处理，便于使用），形成一套“一泵三枪”的最佳配套装置。造林时，通过抽水泵的压力，利用冲枪将水注入沙质造林地中形成栽植孔，打孔同时把准备好的沙柳条插入孔中，并用水枪将插条周边的沙土冲入空隙，填满封实，使枝条与注水后的湿沙土充分接触即可。

利用该技术可增加了扦插深度，使树苗的根系都可以达到沙漠的湿沙层；还可免去沙地挖穴整地的繁重工作，10秒钟就能扦插一棵沙柳，一次性完成沙柳造林和灌水的工序，省时省力，并大大提高造林成活率，造林成效十分显著。

“水冲沙柳”适用范围广。现在所用的柴油机和离心水泵动力装置，适用于地下水小于2米的所有流动、半流动沙漠和沙地。沙丘高度小于20米，或高大沙丘20米以下的部位可全部造林。适用于杨树、柽柳、黄柳等各种需要进行长枝扦插的树种。

在采访中，韩美飞介绍，1.1米的长插条地下植1米、地上露头10厘米的栽植方法，是经过多年试验摸索出的成果。正常年份，库布其沙漠年风蚀量是40厘米左右，如果采用常规40厘米的沙柳插条，风蚀严重部位，没有沙障保护，当年就把苗条吹出。而1.1米的插条若风蚀40厘米，地下还有60厘米，经过一个生长季节，长出很多水平根，这些水平根密密麻麻铺在插条周围，形成效果很好的沙障，保护着沙柳苗。第二年再大的风蚀也只能吹出20厘米，地下还有40厘米的插条，正好和常规插条一致，第三年就稳定了。

“水冲沙柳”的关键，是把沙漠表面看似松散、流动、挖坑无奈的干沙，通过抽水泵压力注水方式，快速将均匀的细沙瞬间彼此固结，形成栽植孔，在把沙柳条插入孔中的同时，水枪也将插条周边的缝隙冲实封满。如果采用这套原理和技术，加大柴油机马力和配套的离心水泵动力装置，造林部位沙丘高度可以提高5～10倍。所以，沙地长插条沙柳造林有效地解决了高成本沙障费用。水冲沙柳还体现在免除干沙流坑、坐水栽植、根接湿沙、沙苗密接等措施一次完成。

那么，全球所有需要治理的沙漠，只要地下水符合条件，这项历史性的发明必将在中外治沙史上留下浓墨重彩的一笔。

亿利资源沙产业集团副总经理韩美飞便是“水冲沙柳”的发明者。

2013年，马教授曾3次前去七星湖找过韩美飞。一是让他演示“水冲沙柳”的造林过程，观看在沙漠上造林后不同年份的保存效果；二是听他讲述库布其沙漠群众，在20世纪60年代初“三年自然灾害”中“无粮过冬”的故事。

韩美飞，独贵塔拉人。进入亿利资源集团之前是小学校长，自幼喜欢机械，尤善观察、记忆。每次马教授去七星湖，他都领马教授看他的“水冲沙柳”效果，讲述他在沙漠里发现的奇怪现象和看法。

在全长12公里沙峰绿谷，马教授等人看到了韩美飞发明的“水冲沙柳”的可喜成果。“整个这一片沙柳，都是今年种的，都活了！”和库布其沙漠打了20年交道的韩美飞，看见一行行成活的沙柳就像看见了自己的孩子，他痴爱地摸摸这枝，抚抚那株，眼睛里散发着无限柔情。

在七星湖马教授和吕荣还采访了亿利沙漠生态建设公司总工奥文祥。他原来是杭锦旗甘草公司的，合并入亿利资源集团后也一直搞甘草种植，一生都情有独钟，酷爱甘草。

杭锦旗的梁外甘草驰名中外。几年前，奥文祥就带马教授去库布其沙漠腹地，看过亿利甘草公司的半野生化甘草基地。甘草地上的种子是“财籽”，去年价格1斤是230多元，今年是180元；甘草也是地下的“林木”，它的抗旱能力，沙蒿都竞争不过。甘草很适合在沙地种植，而且在沙柳中间也能兼种。甘草喜沙埋，沙子埋住了地上茎部分，茎就会变成根，而且越埋根会变得越粗。

奥文祥说，他们公司主要承担亿利资源集团的生态建设任务。在植树造林过程中，他发现了治理沙漠的“三行理论”、“三定原则”和“三个概念”，而且种树方式采用拖尾扦插器，将25厘米的甘草、胡杨、杨柴的实生苗扦插造林，成活率非常高，能达到80%～90%。

可惜马教授一行去的不是时候，既错过了造林季节，又不能到实地感受他的“三行理论”、“三定原则”、“三个概念”。但是，亿利集团的企业使命是全球沙漠绿色经济的领导者；企业愿景是引领沙漠绿色经济，开拓人类绿色空间。亿利人热爱沙漠，热心治沙的激情给马教授等人留下了深深的印象。

马教授的学生张吉树，现在是亿利资源集团技术中心沙产业研究所副所长。马教授每次去，他都匆匆忙忙打个招呼就走。临到年底了，他才打电话说，他一直忙着总结亿利以“水冲沙柳”为核心的治沙技术，课题的名称为“库布其沙漠固沙造林技术研究与示范”，经过评审、答辩，已获得2013年自治区政府科技进步一等奖，目前正在网上公示。

王文彪早在1988年在小盐海子创业时，就有修穿越沙漠的路、建飞越黄河桥的梦想。穿沙公路梦想的实现，使王文彪的小企业变成了上市的大集团，而且成功地锁住了库布其沙漠龙头。进入新世纪，王文彪一直积极筹建他的另一个梦——再从黄河上架一座钢筋水泥的黄河大桥直通乌拉山火车站。

2008年5月，由亿利集团投资2.9亿元，中铁二十局一公司承建的亿利黄河大桥正式开工。桥长1847米，桥面宽12米，连接桥面的公路长约13公里，按照二级公路标准建设。大桥地处三湖口段下游2公里处，是连接110国道和109国道的重要桥梁。

2010年9月20日，亿利黄河大桥举行了建成通车仪式。

王文彪的又一个梦想实现了。

马教授每次路过亿利大桥，都会让司机停下来，沿着大桥走一段。看着滔滔的黄河水，抚摸着大桥的护栏，脑海里老是浮现着当年兵团二十团三连的那座小桥。

那是1971年夏天，马教授在三连二排当排长时的事情。

三连在杭锦淖公社四大队一个名叫村保卫的地方。连队北面紧挨着三黄河，再北面就是大黄河。在两河之间有三连新开辟的一块庄稼地。为了到河滩地，在三黄河上架了一座只能人走的简易小浮桥。浮桥是用几根木桩竖在河槽当桥墩，桥面用80号铁丝把柳树椽子绑起来，宽不过1米，人走在上面虽然有些晃动，但走惯了也就习以为常了。

为了纪念兵团那段岁月，每年5月6日，这些当年的兵团战士都要搞一些小型聚会。三连后勤排长乔世华每到酒至半酣时便大声指责："老马，你臭！那天连长……"

乔排长所骂的事，发生在8月初的一天夜里。晚上熄灯后战士们睡得正香，连里突然紧急集合，外面下着瓢泼大雨，从连长严肃的语调中，大家都预感到发生了重大事件。全连5个排200多人冒着大雨沿渠埂向北跑去，没有几步路，大家浑身衣服就淋个透湿，雨点打在脸上生疼。跑到三黄河边上，大家都吃了一惊，平常老是少半槽水的三黄河，水一下溢得满满的，流速也非常快，河水已涨到离浮桥不到半米。

连长大声喊着说了浮桥的重要性，紧急集合的任务就是要冒雨连夜抢护浮桥。连长突然大声喊："二排长，你带战士跳下去，用革命的身体护住浮桥！"

二排的战士听到命令，纷纷脱去衣服。因为乔排长有胃病，平时后勤排也一直跟二排一起行动。这时，后勤排的战士也不甘落后，三下二下除去衣服也围在我身边嚷嚷。当时的马玉明用手拦住抢在前面的几个班长，低声喝道："别动！谁也别动！"

连长在那边还在喊："二排长！二排长！指挥大家跳下去！"战士们见马玉明拦着他们，都喊着："排长，你不用下，我们下去！"借着雷电的闪光，马玉明连推带搡就是不许任何人下去。连长那边开始骂人了，马玉明还是不让大家动。战士们几乎都愣了，一时僵在那里。最后，连长气得骂骂咧咧回去了，全连战士垂头丧气地跟在后面。乔排长顺着渠埂挤过来大声喊："老马，你臭！刚才只要你一句话，我们保证全都跳进去！"战士们也抢着埋怨马玉明："马排长，你真是，你只要说句话……"而马玉明始终没说一句话。

第二天早上，晴空万里。连队因为昨夜的折腾，上午休息。马玉明一个人悄悄来到三黄河，浮桥已被冲走，满槽的水似乎有增无减，激流中只剩下几根木桩的顶部，间或溅起几朵浪花。浮桥冲垮了，大家谁也不谈它，或者有意不在马玉明面前谈它，好像浮桥被冲毁责任全在马玉明身上。第七天，河槽里的水少了，连里找了当地的老乡，浮桥很快又修好了。

2005年5月，在三连当了8年通讯员的李正突然开车从天津来，个儿还是不高，仍是一张娃娃脸，只是多了些小老板的味道。为了给他接风，在饭店又叫来了乔排长和数年未见的女排三排长苏连荣。席间，大家又谈起那个暴雨夜和三黄河上的浮桥，许多细节就像眼前刚发生的事情一样，记忆犹新。不同的是，34年后，大家的观点都发生了根本性的变化，一致问马玉明当时是怎么想的，为什么敢顶着连长那么做？憋在心里多年的委屈就像要开闸的河水，但马玉明忍住了，只给大家讲了2件事。

一件事是关于金训华的事。1970年元旦刚过，马玉明组织团部机关战士学习过金训华。通过辅导材料，知道金训华是为了抢救一根替换下来的废弃木头电线杆而牺牲的。马玉明问过两个参谋和一位地方干部，都说那根电线杆最多也不值10块钱。当然，那是国家财产，但是怎能和一个年轻的生命相比？这件事引起过马玉明很长时间的思考。

另一件事是关于三黄河的事。那两年马玉明经常偷着在黄河里游泳，团里连里都知道马玉明这个毛病。一天，马玉明看着三黄河突发奇想，结果跳进水里却让马玉明大吃一惊。三黄河平时的水虽然只有半槽，深不过1米多，但由于它是人工挖掘的直直顺顺的倒梯形，流速竟比大黄河的急流处还要快两倍！人置身其中，要想停留片刻是根本不可能的！那天晚上三黄河满满一槽水，别说一个连，就是一个师、一个军的人都跳进去，顷刻间会被冲的一干二净！

当然，三连长也没有放过马玉明，偷偷在马玉明的档案里塞进了黑材料，改变了马玉明的命运轨迹。

一条小河，一座小桥，都连着这么多人的命运。亿利大桥，连接着黄河两岸几十万人，它能改变多少人的命运轨迹呢？

记得采访王文彪时，他的桌子上放着一副鄂尔多斯市地图。地图上，尤其是库布其沙漠这一块，已经用各种彩笔涂的花花稍稍。王文彪把地图推到吕荣和马教授面前说："吕总，马教授，你们从我画的图案中能看出什么？"

马教授和吕荣凑在地图前。地图上，金黄色的以七星湖为轴心的沙漠像一只鲲鹏的躯干，蓝色的穿沙公路和黄河大桥像两羽振翅的双翼，几个红色的箭头向上、向前。

王文彪笑着说："画得有点乱，不够美观。但它是我多年的一个梦想，现在终于实现了。美是人类的追求，库布其沙漠如果没有穿沙公路和黄河大桥，就缺少腾飞的翅膀，飞不起来也就不美了。你们是搞自然科学的科学家，美推动着科学家，激励着、诱惑着科学家。我们企业家面对着的是市场，市场既绚丽多彩，又严酷无情。中国一句古话讲：'天下事或激或逼而成者，居其半。'人在困境，市场成功的诱惑和魅力，才能使人充满激情、充满丰富的想象力和创造力。从大的范畴来说，我们都在一个领域。科学求美求真，我们企业求实求利。科学是为了人类改造自然，我们企业家是为社会创造财富，造福人类。”

望着眼前这位杭锦旗自汉朝以来最有影响力的人物，马教授和吕荣的脸上露出几丝困惑。王文彪似乎也看出几分端倪，他把地图往前推了推：“好，咱们就说你们的沙子。人们都说，文化像一般散沙一样。这句话说得很好。其实，沙漠本身就是散沙的集结，是一种综合文化，必须有一种东西把它凝结起来，这种东西就是市场化、产业化、公益化。库布其沙漠是怎么运作市场化、产业化、公益化？靠的就是穿沙公路和黄河大桥。中国的文化博大精深，是天人合一的文化，是人类无比的瑰宝。中国的沙文化也是中国文化的特色之一，它更能向世界展示我们中国文化的建设成就，保持中国风格和中国气派。”

读懂王文彪难，解读王文彪更难。但无论如何，这位从库布其沙漠走出来的企业家，是中华民族的英雄。

六、七星湖夜话——治沙人的“中国梦”

晚上11点了，吕荣的手机突然响起。他拿起一看，回头对马教授说：“是王文彪的办公室主任贺鹏飞。”接起电话，只听他诧异地口气连声问：“什么？现在？在哪？好好。”关了手机，吕荣着急的一边穿衣服一边催促：“王文彪老总现在要咱们去他那儿，这么晚了，不知道有什么事？”

贺鹏飞主任把马教授和吕荣领到王文彪的房间，开开门就退了出去。这和白天不一样，白天采访时，贺鹏飞主任一直在场。

王文彪从套间的里屋出来，西服换成了休闲装。他好像刚刚沐浴过，红光满面，精神焕发，看见马教授和吕荣连声招呼：“来来，吕总，马教授，今天咱们聊聊天。”说着，他拿起桌子上的几本书递给马教授和吕荣：“这几本书你们看过没有？”

马教授和吕荣一看都笑了，这几本书是军旅作家李伶写的长篇报告文学《西藏之水救中国——大西线“再造中国”战略内幕详录》，十几年前邓英淘、王小强、崔鹤鸣、杨双写的《再造中国》，邓英淘今年刚出版的新作《再造中国，走向未来》和一些网上下载的书评。

马教授和吕荣知道了王文彪今天晚上要谈的内容，心里很高兴，这也是他们白天想谈而没有时间谈的事。

王文彪用双手搓搓脸，神情专注地说："今天这么着，平常是别人采访我，今天变一下，我采访一下你们，你们是主讲，我负责提问。两位都是沙漠专家，既然书你们都看过，那好，我的第一个问题就是，这个事你们怎么看？"

吕荣看看马教授，马教授示意让他不必客气。于是吕荣说："《再造中国》十几年前一问世，立刻轰动全国。好像作者都是几个年轻人，这个大胆构思，基础是扎实的，方案非常有创意。

"李伶写的《西藏之水救中国——大西线'再造中国'战略内幕详录》，第一次全面介绍了'再造中国'的构想——大西线南水北调战略工程，从设想到科学的进展历程和曲折内幕，又一次在全国引起轰动。听说这本书曾经是中共中央政治局成员必读书，震动了中南海。《再造中国，走向未来》我买了一本，别人送我一本。是鲁迅还是谁讲过'书非借不能读也'，有两本就不着急，再说，今年的事也太多。"

马教授看着《西藏之水救中国——大西线"再造中国"战略内幕详录》说："水利专家郭开提出'朔天运河'，指的是从西藏的朔玛滩到天津之间开一条运河，把雅鲁藏布江的水引向西北、华北、东北三地，彻底解决中国北方的缺水问题。西藏之水有相当于12条黄河的水量，现在使用率仅占1%，其余大都白白流出境外，造成下游国家几乎年年水灾。'朔天运河'计划总调水量2006亿立方米，相当于4条黄河的年流量。

"这个构想的要点是在雅鲁藏布江朔玛滩筑坝，把水抬高至海拔3588米，然后通过开凿隧洞，筑坝拦江，引水入黄河（海拔3399米）。一期工程的黄河水流入青海湖边的耳海淡水湖，成为新疆、甘肃、内蒙古、宁夏、河北及京津等地的水源；部分水沿黄河下流，成为黄河的新鲜血液，以解晋、陕、豫、鲁之渴。

“从雅鲁藏布江到黄河，这就是‘朔天运河’的雅黄工程，又称‘大西线’南水北调工程。

“这一工程的工程量是：从雅鲁藏布江到黄河，直线距离760公里，实际流程1239公里，其中隧洞工程有8处，最长的隧洞60公里，短的6公里，隧洞总长240公里。这段雅黄运河，两岸皆是人烟稀少的山区，线路低平顺直，全部自流。实行定向爆破，搞人工塌方，堆石筑坝，堵江截流，施工容易，不怕地震，且淹没极少，移民仅25000人。

“‘大西线’调水工程的明显效益是受益面广，可以涵盖国土面积的65%。而且可利用黄河4600公里的河道把水送到西北、华北、中原。它的社会、经济和生态效益都十分巨大。”

王文彪似乎有点不太满意：“你说的有些地方我也有意去过，当然太偏的地方没时间去。我的问题是，‘朔天运河’、南水北调，真有这么大意义？”

吕荣说：“原全国政协副主席赵南起在党的十六大前夕联名向中央写报告，称赞‘大西线’藏水北调是我国南水北调所有方案中最宏伟、最壮观、受益面最大的奇特方案。它是人类世界有史以来最伟大的工程，不仅能解决中国十几亿人口的干渴，还能减少东南亚特别是印度和孟加拉几亿人口的洪灾。这样一个影响人类1/3人口的壮举，无与伦比。它一旦成功，已有的世界七大奇迹，甚至让长城、大运河都要望其项背。

“李伶撰写的《西藏之水救中国——大西线‘再造中国’战略内幕详录》讲，水利专家郭开提出的南水北调‘大西线’引水方案，是影响中国经济格局的大国策，它比发现新大陆更伟大。书中记载了一系列的惊人发现：巴尔博亚发现了巴拿马地峡；地理泰斗翁文灏发现了黄河3个大拐弯之间连线的特点，其中一个黄河大拐弯就是咱们鄂尔多斯大拐弯；水利部总工程师崔宗培发现堆石坝不怕地震；大西南考察队长郭敬辉等人发现横断山垭口；郭开等人发现了雅江峡谷朔玛滩。

“周子健部长特别欣赏南水北调‘大西线’奇特的治水理念。他从引水方案中归纳出五大全新观点：

“一是治水从源头下手，从高处下手，等于为全中国修建了一座大水塔。西藏水高，高水下流，可以发电，也便于调水。

“二是正确认识了横断山。表面看来，横断山是藏水北调的大敌，仔细想来却是非常有利的条件：只要在合适的地方筑坝拦水，几十公里、几百公里的水渠就形成了，这一条条天然沟渠，省力省工，也很少破坏环境。

“三是蓄洪济旱，合理利用洪水资源。我国的大江大河都受季节影响，雨季闹洪灾，洪水也是资源，这笔资源不利用，还闹灾，损失更大了。郭开的蓄洪济旱方案，十分可贵。

“四是以治水为突破口，带动沙漠治理、土地利用、资源整合等综合效益，起到一石多鸟的作用。

“五是最重要的一点，毛主席提出‘南水北调’战略口号60年了，迄今没有很好地研究一番，实现这一战略口号的进军方向究竟在哪里。搞来搞去，还是从低水上做文章，急功近利，泥巴萝卜揩一段吃一段，事倍功半。郭开方案给人以启示：建立中国水塔，沟通江河联网，这才是南水北调的战略目标和进军方向。”

王文彪说：“南水北调这个方案和我们治理沙漠有什么关系？”

这回轮到马教授兴奋了：“王总，中国的气候区也划分为三大区，东南季风区、青藏高原区、西北干旱区。西北干旱区，顾名思义，就是干旱缺水，所以我国的沙漠主要分布在西北干旱区，有干旱才有了沙漠。

“历史上，我国的西北地区是温暖湿润的稀树草原区。后来因为青藏高原的3次抬升，把只有2100公里的印度洋到西北地区的暖湿气流阻断，太平洋到西北地区距离是3400公里，而且中间有秦岭、太行山、贺兰山等高大山系的横竖阻隔，太平洋的暖湿气流很难到达西北，所以西北地区成了干旱区。

“前些年，电视、网络上都流行一种炸山说法，说是把青藏高原炸开一条10公里的长廊，让印度洋的暖湿气流通畅地再输送到西北地区，改变这里的沙漠。但是，这种方法显然是不科学的，无法实现的。可是，如果把西藏之水引入西北，那真能改变西北地区沙漠的现状。

“李伶的《西藏之水救中国——大西线‘再造中国’战略内幕详录》讲，根据治沙专家们几十年的经验，年降水在50～350毫米地区，平均每亩沙漠灌溉100立方米水，连续10年可成绿洲。以此推算，每年调水入区（新、青、蒙、晋、陕、甘、宁7省区）1000亿立方米，连续40年，可改造10亿亩沙漠成绿洲；年调水入区2000亿立方米，15年可以改造10亿亩沙漠成绿洲。年调水入区3000亿立方米，7年即改造10亿亩沙漠成绿洲。

“我和吕总讨论过这个问题。这些治沙专家们对沙漠变绿洲的年限都估算的长了一些，每亩沙漠灌溉100立方米水，只需3～5年即可变成绿洲。一旦将10亿亩沙漠变成绿洲，我国的气候及生态环境将会出现根本改善。北方年降水达900毫米，北国成江南。

“至于‘大西线’对环境的影响，更是功德无量。留住的水可使西藏高原特别是藏西北干冷地区的生态环境得到极大改善。调水更可以增加调入区的大气降水，调来的水蒸发到大气中，不仅自己凝结成水滴，而且捕获或结合大气中原有的水分子，一起落下，大大增加降水，改善生态气候。水体是调温调湿的最大调节器，随着水体的增加，水总量的增加，地区温度湿度都将发生巨大变化。当调水达到万亩规模，每亩沙漠灌溉300立方米水连续10年，降水可增加30%～40%，连续40年干旱区可以变成湿润区，如果规模可以大到500万平方公里，中国的北方将胜过江南。

“王总，白天你讲的‘三北’防护林工程的成效还有提升的空间。水利专家郭开说，目前我们国家实施的林业六大生态工程之一的退耕还林，是割肉疗疾的不得已之策。仅仅依靠退耕还林、退耕还草之策，10年后能否阻止沙化的侵蚀而彻底改变沙进人退的局面？不可能！治沙之道，只有调水。”

王文彪拿起手边的一份文件：“这是2013年3月发布的《全国防沙治沙规划（2011～2020年）》。文件明确提出，到2020年，全国一半以上可治理的沙化土地得到治理，沙区生态状况明显改善；到本世纪中叶，全国可治理的沙化土地基本得到治理。到2020年，满打满算最多8年，我现在心里不光装着库布其，心里着急啊。”

王文彪的话，令马教授和吕荣顿时肃然起敬。他在库布其沙漠的成功，已让全球瞩目。看来，他的胸怀，他的视野已远不在眩晕的光环里了。

王文彪缓缓说到：“不谋全局者，不足以谋一域；不谋百年者，不足谋一时。我虽然也是芸芸众生中的一员，但位卑不敢忘忧国。习近平主席提出的‘宁可不要金山银山，也要建设一个绿水青山的美好家园’，这就是我们治沙人的中国梦。十八大提出‘五位一体’建设总布局，纳入生态文明建设，提出要从源头扭转生态环境恶化趋势，为人民创造良好生产生活环境，努力建设美丽中国，实现中华民族永续发展。但是，怎么样才能从源头扭转生态环境恶化趋势，这是问题的关键。水利专家郭开说得对，割肉疗疾，头痛医头，脚疼医脚，这是我们国家工作的弊端，也是我们治沙工作存在的根本问题。”

王文彪的“采访”渐渐逼近主题：“生态问题，实质上是个水的问题。大家讲的都对，有水就是绿洲，无水就是沙漠。水不仅是农业的命脉，而且是人类和一切生物生存的命脉。要解决我国‘三北’地区沙漠化和生态问题，关键性的问题是得到足以维持当地人民生产生活、足以维持恢复生态的水。不从根本上解决水的问题，在我国气候变暖趋势日益明显，干旱化趋势日趋严重的情况下，什么也阻挡不了‘三北’地区继续变成沙漠。那我问你们，这么好的事，这么重要的事情，两届中央领导集体都要做的事，为什么没有做成？”

吕荣说：“我先说说过程。李伶写的《西藏之水救中国——大西线‘再造中国’战略内幕详录》里面说得很清楚。由于周子健部长的荐举，江泽民总书记作了重要批示：‘南水北调的方案，乃国家百年大计，必须从长计议，全面考虑，科学比选，周密计划。’温家宝副总理批示：‘请水利部发改委认真研究。’从此，这一民间方案进入了最高决策层的视野。

“2001年江泽民同志曾指示赵南起、迟浩田二位老上将抓一抓‘大西线’。总参作战部利用现代技术手段，几十个人搞了3个月，证实在技术上‘大西线’完全可行。江泽民把‘大西线’提到常委会上讨论，并请温家宝、赵南起列席。

“常委们一致认为，‘大西线’调水工程意义重大，具有深远战略意义，应加大研究力度。2004年，江泽民同志又多次讲话从战略意义上论述‘大西线’调水工程的必要性。

“正如中央领导同志所说的：“西藏那么多水，白白外流，而北方特别是西北十分干旱，沙漠扩展，黄河断流，这个现实是不能接受的。必须把这些水合理截留，引到西北、华北，这是好事，大好事，我们必须做好。这是我们的责任。’‘我们这一代人不做，我们的下一代也一定要做。’

“胡锦涛同志也对‘大西线’表示关注，他说：‘我在甘肃工作了十几年，深知西北缺水的严重。我也在西藏工作过，深知西藏水多，雅鲁藏布江经常泛滥成灾，水源没有问题。’

“2005年2月28日，千名老干部、专家学者（包括多名省部级老干部、老将军和几十名院士）就已联名上书中央要求上‘大西线’调水工程，指出南水北调东中线已经远远不能满足化解北方水危机的需求，只有引水2000多亿方的‘大西线’能够救中国，受到中央领导同志的高度重视，胡锦涛主席于2005年3月2日很快就作了重要批示。

“根据胡锦涛主席的批示，2005年6月30日，40多位国内研究干旱和蓄调水方面的专家走进北京香山饭店，参加中国科学院组织的第二百五十七次香山学术讨论会。会上，‘大西线’调水工程方案首倡者郭开就这一方案作了长时间报告。讨论会持续了3天，专家估计：西北到2030年人口将达4亿，由于人口增加，经济发展，生活水平提高，用水量随之增加，即便采取最严厉的节水措施，每年需水也在4690亿立方以上。而西北水资源总量仅2694亿立方米，尚缺水1996亿立方米，且随着气候变化，还有进一步干旱的趋势，必须从外流域调2000亿立方米水来才过得去。专家们达成的共识是：调往北方的总水量应在目前南水北调工程总体规划的448亿立方米基础上，至少再扩大2倍，才有可能保障我国北方地区经济的持续、全面、健康的发展。

“‘大西线’必须上马。

“2005年8月2日，郭开和‘大西线’调水工程方案的另一位倡导者于招英被请进了中南海，坐在他们面前的是中共中央政策研究室副主任郑新立和另外3个局长。6个人谈了3个多小时，主题就是‘大西线’调水工程方案。他们认为，‘大西线’将是本届领导人可以为中华民族做的能载入史册的重大项目之一，是可以彻底解决我国水资源危机和沙漠治理的最大的国土整治项目，是关系全国经济发展、社会改造的一件大事。‘大西线’也是解决我国耕地、粮食及新农村建设问题，西部大开发及油气能源、矿产资源、水资源问题，国家战略安全问题等一系列重大问题的重要途径。

“在三峡、小浪底、青藏铁路、西气东输等大项目都已完成并且投入开始产出，在当时我们国家每年财政收入超过3万亿元的情况下，国家财力也已经可以承担，有条件上马。青藏铁路提前完工也充分证明了‘大西线’的可行性，并没有技术障碍，远不像想象的那样难，而且为‘大西线’上马铺通了道路。‘大西线’上马的时机和条件已经日益成熟。23万原铁道兵正枕戈以待，准备青藏铁路完工后马上转向延伸线，将青藏铁路修至‘大西线’起点朔玛滩，为‘大西线’铺平道路，随后全力突击上‘大西线’。他们甚至向中央立军令状，保证5年就可全部完成‘大西线’工程，比东中线调水都快得多。当时‘大西线’沿线的西藏、甘肃、陕西等省区都迫切要求‘大西线’尽快上马。‘大西线’已经再次成为举国瞩目、共同期盼的项目。

“2006年3月两会期间，代表委员们相继提出了30多个议案提案要求上‘大西线’。在两会上，全国政协委员、内蒙古军区原副司令员李国安就建议在‘十一五’期间增加一条南水北调西线调水线路（即指‘大西线’）的大会发言。而在随后十届人大四次会议刚刚批准的‘十一五’规划中，出现了‘完成南水北调东线和中线一期工程，合理规划建设其他水资源调配工程’这样一句话，所有的专家学者都认为，‘十一五’期间，‘大西线’调水工程马上就要建设。”

吕荣说到这里停下来不讲了。

等待下文的王文彪微微皱起了眉头。

马教授接着说下去：“我分析‘大西线’调水工程没有行动主要有2个原

因。一是众口难调，有人反对。咱们国家人多，改革开放以来言论自由到可以任意胡说的地步，说什么的都有。你比如，有人说治理沙尘暴是违反自然规律，钱学森的沙产业是不务正业，这都是有点身份地位的人讲的。三峡大坝吵了几十年，就是现在也有人说它的不好。青藏铁路建设时，反对的人也不少。而‘大西线’调水工程，反对的人大有身份地位。这是原因之一。

“原因之二是行政体制问题。‘大西线’调水工程涉及中国北方十几个省市区、国务院几乎所有部门，权限、利益相互交错，很难协调一致。设想一下，现在就是国务院一位副总理，也很难协调这么多省市区和各部委，因为他上面还有总理，而总理只有一位。”

王文彪眉头紧锁，小眼睛眯成一条缝。

马教授又说：“王总，我和吕荣商量过，原打算给你写个建议谈‘西水北调’，没有想到你今天连夜谈这个问题。说实话，国内就我们认识和知道的范围内，凭你在联合国的威望声誉、咱们国家领导对你的重视，你现在出面张罗、主持‘西水北调’，是最合适的人选，而且只有你才能尽快地把这件事办成办好。”

王文彪眉头皱得更紧，但眼睛睁大了许多。

马教授这个讲课常常能得到学生掌声的教书匠，为了他朝思暮想的事游说起来：“王总，天下事有难易乎？为之，则难者亦易矣；不为，则易者亦难矣。25年前，你在小盐湖当厂长时，幻想着修穿沙公路、筑黄河大桥难不难？治理库布其沙漠龙头沙丘难不难？说实话，当初你办成这些事比登天还难！而现在的‘西水北调’，你要办的话就简单得多。

“首先，中国人谈问题喜欢讲天时、地利、人和。咱们先说天时。

“天时。这一届中央领导班子是想干事、能干事的一届领导，抓廉政、反腐败深得人心，尤其是2个100年的‘中国梦’，激发了全国人民振兴中华的壮志豪情。刚才咱们谈的十八大把生态文明建设纳入‘五位一体’的建设总布局，把从源头扭转生态环境恶化趋势提到重要地位。什么是源头？就是利用‘西水北调’治理沙漠。

“‘西水北调’不仅在短时间，也就是在3～5年把10亿亩沙漠变绿洲，可使新疆、内蒙古等200万平方公里低海拔荒漠和草地成为适合人类居住的乐园。就扩大耕地、增加绿地而言，等于再造了一个中国。而且‘西水北调’可以解决我国首都北京及天津、青岛、威海、潍坊、烟台、长春、大连、西安、太原等400座城市的缺水问题。

“再说地利。

“我国虽然有960万平方公里的土地，但70%以上是高原、山地和丘陵。真正适合人类居住的地区则很少，13亿人口中，10亿多人挤在100万平方公里左右的东部地区。

“气候和地域的差异造成了我国240万年以来的永久性干旱区。长江流域以北，包括西北内陆河在内的广大地区，总面积占全国国土总面积的63．5%，而水资源仅占全国的19%，属严重缺水水平，而且是绝对缺水。由于老天爷的厚此薄彼，中国北方出现了无处不旱、无城不渴、无河不干、无水不污的严重局面。

“汉朝留下一句话：‘成也萧何，败也萧何。’西北地区的高大山系就是干旱地区的‘萧何’，因为它，阻挡了海洋暖湿气流的进入，使西北地区成了干旱区；同样还是因为有了它，高大山系成了干旱地区的‘湿润孤岛’和水源地，成就了荒漠地区的宝贵绿洲。

“我国藏东南离印度洋近，只有600多公里，又在高空西风急流带上，所以大量水汽沿雅鲁藏布江大拐弯水汽通道而来，在念青唐古拉山形成大量降水。青藏高原3500米等高线以上山体形成的降水，年降水量在1000～2000毫米，东南部念青唐古拉山年降水高达2800～3600毫米，是全国大面积降水最多的地方。西藏水多，年总量在2.8万亿立方米，形成径流8989亿，流出国境6000多亿，有相当于12条黄河的水量，但是目前使用率仅占1%，其余大都白白流出境外，而且造成下游国家几乎年年水灾。

“‘西水北调’，从中调水2006亿，不过1/3。雅鲁藏布江全部在我国境内，是中国的内河，属于三级支流，调水不会引起国际争端。

“西藏之水至北方，中国北方增加4条黄河的水量，整个西北、华北及东北西部地区的干旱问题就会迎刃而解。

“早在20世纪的40年代，著名科学家翁文灏就发现：由于喜马拉雅山造山运动，三大拐弯（雅鲁藏布江大拐弯、黄河阿坝大拐弯、鄂尔多斯大拐弯）的连线是一条低地带形成的谷川，两边都是高山。我国西南地势高，西北华北地区地势低，沿着这条线路，完全可以把西南诸河之水顺利地引到西北华北缺水地区。

“西北有地，西南有水，调水则皆兴，不调则俱废。跨流域‘西水北调’，几乎是命中注定、迟早要做的事。不调水，直接就意味着废弃了一半以上的国土。

“第三，咱们说说人和。中国有句老话，治国必须治水。几千年前，有大禹治水九州，奠定以农业立国的基础。到了秦朝，有李冰父子造都江堰，使四川成为天府之国；后来又有隋炀帝开运河，贯通南北，遂促盛唐之业。今虽有三峡工程，但是要等到以后才能看出效果。

“毛主席非常重视南水北调，他早就说要抓南水北调，目的是开发北方、开发西部，结果因为水利建设的思想不一致，所以只得先开发三峡。

“但是毛主席的重视南水北调的思想大家没有忘记。半个世纪以来，不少部长、将军、院士、专家教授、文人学者、作家记者、热血青年为了‘西水北调’，呕心沥血、殚精竭虑、无私奉献，到现在已经形成一个几近完美、可以实施的开工方案，这是千年一遇的天赐良机。

“埃及自古以来就有开凿苏伊士运河的经验，曾经开凿了数千公里的人工灌渠和排水渠。近百年来仍在建设水利控制工程，这是开发沙漠土地、改造盐碱地的根本策略。为了控制尼罗河的水量，保护沿岸人民的安全，改造沙漠，开发沙漠土地，埃及政府在20世纪60年代修建了世界闻名的阿斯旺水利控制工程。渠全长1000公里，水源来自尼罗河，并横穿苏伊士运河，灌渠修成有60平方公里土地受益。

“现在咱们国家实施的南水北调工程，东、中、西三线计划总计年调水量

448亿立方米，对于缺水几千亿立方米的北方地区来说，杯水车薪。而且存在着污染问题、移民问题、破坏文物问题。最主要的弊端是在长江上做文章，并不能增加我国的水资源总量。在长江自己2020年后都将成为缺水户的情况下，还要从那里调走几百亿方水，是拆东墙补西墙。

“要彻底解决我国西北、华北地区缺水和环境恶化问题，必须上‘西水北调’工程。‘西水北调’工期5～10年，年引水2006亿立方米，总投资2250亿元，平均每吨水仅1元多，线路总长才1200多公里，移民仅2万多人，水质优，水量丰。比起投资5000亿、工期50年、移民40多万、调水仅448亿的东部南水北调工程简直不可同日而语，具有不可比拟的优越性。

“‘西水北调’工程也得到过联合国与世界银行的支持。在获得亚洲开发银行的支持和联合国的首肯后，世界银行曾允诺和亚洲开发银行联合，提供全部项目的80%贷款。

“现在我们国家经济总量排世界第二，技术进步远非昔日可比，完全有能力在西北地区实施大规模战略反攻，收复失地，重整河山。‘西水北调’就是深根、固本、培元，为中华民族在本世纪的腾飞，铸就千年不坏之基。”

吕荣说：“王总，在等你回来的这段时间，我们去了趟兰州沙漠研究所，老专家杨根生最后问我们，咱们科技人员的中国梦是什么？后来他告诉我们，中国知识分子的中国梦是‘上天、入地、下海、拓沙’。‘拓沙’就是全方位的开拓、治理沙漠。”

马教授接着说：“刚才咱们说到‘西水北调’涉及中国北方十几个省市区、国务院所有的部门，权限、责任、利益相互交错，很难协调一致。那是现有体制造成的客观事实，但是这绝不等于这些省市和部门反对‘西水北调’的实施。这时候，如果有一个有影响、有能力的，他又不在权限、利益交错部门之内的人站出来振臂一呼，所有为国家、为民族大义而思考的人，都会不遗余力地支持这件事情的。

“历史给我们留下了许多许多的启示：

“我国的第一条人工运河胥溪亦即苏州至太湖的苏太运河，时属吴国，功成者却是楚国的伍子胥。

“秦国的郑国渠，功成者为韩国的水利专家、入秦充当间谍的郑国。

“蜀地都江堰，功成者并非巴蜀人，而是秦国派驻的蜀郡太守李冰父子。

“地属楚国的灵渠，功成者却是秦始皇麾下的十万秦军。

“苏伊士运河竟然是法国驻开罗副总领事勒塞普鼎立修成的。

“现在人们呼吁，中国的勒塞普，你在哪里？”

王文彪听到这里，不由自主“腾”地站起来。随后，他大步地在房间里走来走去。许久，王文彪坐下来，闭上眼，双手慢慢地搓着面颊，一言不发。

马教授看到他的游说有了效果，接着又说：“王总，你的市场化、产业化、公益化三化机制在库布其已取得成功。现在‘西水北调’需要的就是这种模式，市场化搞水利，我们国家上世纪末就已经放开。市场化运作‘西水北调’，是企业行为，各省市和政府部门都要为企业、为市场服务。

“西藏水好。西藏的江河湖泉里，都是冰雪水，活性强、无污染，分子团粒小，能促进人体细胞的微型循环，很容易被人体吸收，是真正的‘软黄金’。凡是到过西藏的人，都被那里的山水所震撼，都有‘西藏归来无洁水’的感慨。

“你的产业化可以扩大到水资源管理、水利发电、城市供水等多个领域，而且将来都是在国内占据半壁江山的大产业。

“公益化的效果更为显著，‘西水北调’成功，我国八大沙漠、四大沙地通通治理，10亿亩沙漠成绿洲，北国变江南，这是对国家、对民族作出的最大贡献！可以毫不夸张地说，功效相当于上百个都江堰，是泽及亿万人民的千秋功业！”

从王文彪的住处出来，马教授和吕荣都的大脑还在兴奋中，于是两人干脆来到七星湖。

离开酒店，外面黑黝黝的，时间正是黎明前的黑暗时期。

天上的北斗星依然闪烁，七星湖里的北斗星也在闪烁。